재벌집 막내아들

4

재벌집 막내아들

산경
현대 판타지
소설

테라코타

순양가(家) 가계도

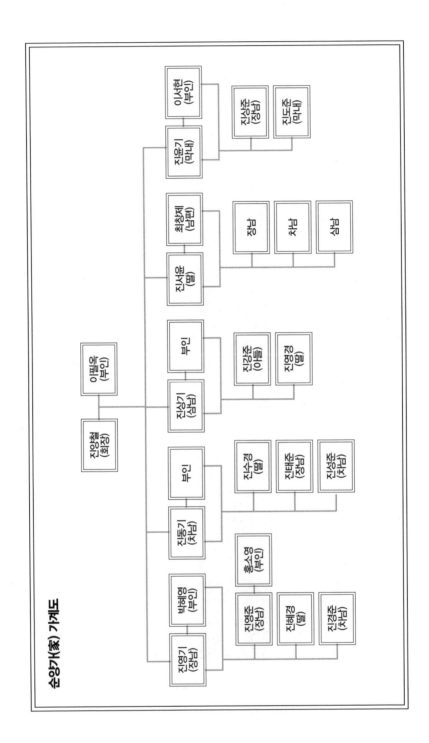

진도준 (전생 윤현우) 순양그룹 창업주의 막내 손자이자, 순양그룹 미래전략기획본부
에서 총수 일가의 온갖 구린 일을 뒤처리하다가 살해당한 윤현우가 환생한 인
물. 전생에 자신을 죽인 진씨 일가를 무릎 꿇리고 순양그룹을 차지하는 것이
이번 생의 목표이다. 자신을 능력자가 아닌 '미래를 조금 아는' 평범한 사람이
라 생각하기에 목표를 위해 단 하루, 한 시간도 헛되이 보내지 않는다.

진양철 순양그룹의 창업주이자 총수. 적을 무릎 꿇리고 새로운 영토를 정복하는 왕처
럼 순양그룹을 키워 왔다. 사람들은 그를 정경유착의 상징, 편법과 탈법을 일
삼는 재벌, 하청업체 쥐어짜서 부를 쌓아 올린 악덕 기업주라고 손가락질하면
서도 국가 권력 기관을 줄 세울 정도로 큰 힘과 돈을 가졌기에 두려워한다. 자
신의 성정을 쏙 빼닮은 막내 손자 진도준에게만큼은 인자한 할아버지의 모습
을 보인다.

이필옥 진양철의 아내. 순양예술재단 이사장으로 한국보다는 유럽에서 미술품을 사
모으며 귀족처럼 살고 있다. 유럽에 머무는 또 하나의 이유는 남편 진양철을
증오하여 같은 공기를 마시는 것조차 싫기 때문이다. 남편 대신 아들들에게 집
착하여 막내아들을 변하게 만든 막내며느리와 손자들을 매우 혐오한다.

진영기 진양철의 장남. 순양의 창업자 장남으로 태어나 특권의식이 매우 강하다. '망한
다스 손'이라 불릴 만큼 경영자로서 능력이 부족하지만, 본인은 창업자의 장남
이니 당연히 그룹을 물려받아야 한다고 여긴다. 그룹의 벽돌 한 장마저 자신의
것으로 생각할 만큼 욕심이 크며 그룹의 주인이 되는 데 방해가 되는 것은 무
엇이든 제거할 준비가 되어 있다.

박혜영 진영기의 부인. 순양그룹보다 아래에 있지만 그 이름을 모르는 사람이 없는 재
벌가 출신으로 과시욕과 욕망을 마음껏 분출하며 사는 사람이다.

진영준 진영기의 장남. 여자, 술, 갑질… 망나니 재벌 3세가 할 수 있는 사고는 모두 치

고 다닌다. 할아버지가 세상을 떠나면 순양그룹은 아버지 것이 되고, 결국 장손인 자신이 모든 걸 물려받을 거로 생각한다. 회장의 장손 앞이라 고개 숙이고 반발하지 못하는 사람들을 보며 자신의 장점이 '사람 관리'라고 착각한다.

홍소영 진영준의 부인. 국내 언론사 중 가장 발행 부수가 많은 한성일보의 장녀다. 순양의 안주인이 되기 위해 장손 진영준과 정략 결혼한다. 진영준의 문란한 여자 문제를 모두 알고 있지만 신경 쓰지 않고, 남편을 회장으로 만든 후 자식도 회장으로 만들겠다는 목표에만 집중한다.

진경준 진영기의 차남. 한때 진영준 못지않은 망나니였지만 유학을 마치고 철이 들었는지 순양물산 호주 법인에서 순양전자의 1호 스마트폰을 알리기 위해 열심히 뛰어다니고 있다. 성질을 죽일 줄도 알고 필요한 것을 얻기 위해서 자존심도 버릴 줄 안다.

진동기 진양철의 차남. 합리적이고 차분하며 신중한 성격의 소유자로 장남에 비해 사업 실적이 뛰어나고 계열사 사장과 임원들에게 평판도 좋다. 그래서 그룹을 이끌어 나갈 사람은 자신밖에 없으며, 자신만이 '회장의 그릇'이라고 자부한다. 무능한 형이 장남이라는 이유로 더 많이 물려받고 더 높은 위치에 있는 것에 늘 불만을 품고 있다.

진태준 진동기의 장남. 큰 사고 안 치고 평범하게 자라 아버지 진동기가 이끄는 순양건설과 준공업 계열 경영지원본부장으로 일하고 있다. 역량이 뛰어나진 않지만 착실하고 성실한 편이라 그룹 내에서 평판이 나쁘지 않다.

진서윤 진양철의 유일한 딸. 딸이라는 한계, 출가외인이라는 한계 때문에 후계 구도에서 일찌감치 떨어져 나갔지만, 호시탐탐 기회를 노린다. 남편을 정계로 진출시켜 정치권력으로 순양의 후계자들을 하나씩 제거한 후 회장 자리에 앉겠다는 야심을 품고 있다.

최창제 진서윤의 남편. 순양가의 사위라는 후광. 남편을 정계로 진출시키려는 아내의
　　　 노력으로 승승장구하며 대선까지 꿈꾼다. 하지만 욕심보다 능력이 부족하며
　　　 순양의 후광이 없으면 할 수 있는 게 많지 않다.

진상기 진양철의 삼남. 어차피 아버지에게 인정받지 못할 바엔 일찌감치 맏형 진영기
　　　 와 한배를 타는 것이 유리하다고 판단하여 그 옆에 붙어 있다. '진영기의 따까
　　　 리'로 불리며 둘째 형 진동기에게는 없는 동생 취급을 받는다.

진윤기 진양철의 막내아들이며 진도준의 아버지. 공부 잘하고 성실하여 아버지에게
　　　 가장 큰 기대를 받았다. 하지만 영국 유학 중 연극과 영화에 빠져 눈 밖에 나버
　　　 리고, 반대를 무릅쓰고 영화배우와 결혼까지 하는 바람에 집안에서 철저히 배
　　　 제되었다. 사실 진양철의 아들 중 경영자 자질이 가장 충만한 사람이다.

이서현 진윤기의 아내이며 진도준의 어머니. 단 한 편의 영화로 스타 반열에 올랐다
　　　 가 진윤기의 열렬한 구애를 받아들여 결혼한다. 재벌가 시집 식구들의 괄시와
　　　 구박을 받지만 남편에 대한 사랑으로 이를 모두 감내하며, 자식을 위해서라면
　　　 두려운 시아버지 진양철 앞에서도 할 말은 하는 강단 있는 모습을 보이기도
　　　 한다.

진상준 진윤기의 장남이며 진도준의 형. 아버지를 닮아 예술 분야에 관심이 많다. 진
　　　 양철 회장에게 미움을 받기에 주눅 들고, 뛰어난 동생 진도준 때문에 기죽어
　　　 지내지만 엇나가지 않고 자신의 길을 개척해 나간다.

서민영 진도준의 법대 동기이자 여자친구. 집안사람들만 모여도 법원 하나쯤은 구성
　　　 하고도 남을 정도의 법조인 집안의 딸로 일찌감치 진양철 회장이 진도준의 짝
　　　 으로 점찍어 놓은 인물이다. 법대 졸업 전 사시 합격을 목표이자 의무로 여기
　　　 며 공부에 열중하며, '직진 서민영'이라고 불릴 만큼 하고자 하는 일에 거침없
　　　 이 달려들고 기어이 해내는 근성을 지녔다.

이학재 순양그룹 비서실장. 그룹의 비밀과 전체 현황을 가장 잘 파악하고 있어 진양철 회장이 장남보다 더 장남처럼 대할 정도로 신뢰를 아끼지 않는 오른팔이다. 어떤 사안이든 그가 거부하면 진 회장도 거부할 만큼 큰 영향력을 가졌기에 순양 일가 사람들은 물론 그룹 임원들까지 그를 두려워하고 불편해한다.

오세현 진도준의 사업 파트너. 친구 진윤기의 부탁으로 어린 진도준을 만나 인연을 맺은 후 투자, 기업 인수 합병의 전면에 나설 수 없는 진도준의 대리인 역할을 해준다. 세계적인 자산운용사의 대표라고 하기에는 좀 허술해 보일 정도로 동네 아저씨처럼 굴지만, 현명하고, 경험 많고, 전 세계 어딜 가든 꿀리지 않는 경력을 보유하고 있다.

레이첼 진도준이 미국에 만든 투자회사 미라클 인베스트먼트 창립 멤버. 뛰어난 투자 감각으로 미국 법인을 총괄한다. 진도준을 보스로서 존중하면서도 큰누나처럼 조언을 아끼지 않는다.

김윤석 순양그룹 전략실 대리. 전략실 소속이지만 그룹 전략을 짜는 인재들이 모인 진짜 전략실이 아니라 3세들 뒷수발을 담당하는 파트 소속으로 진도준을 수행한다. 성격이 우직하고 매우 성실하다. 문제만 일으키는 다른 재벌 3세들과 다르게 열심히 살아가는 진도준을 존경한다.

우병준 순양시큐리티 상무. 모시는 사람의 가장 깊숙한 곳에 감춰진 추악한 비밀을 알아도 혼자만 알고 죽을 정도의 인물이기에 진양철 회장이 진도준에게 특별히 지정해 준 사람이다. 좀처럼 감정을 드러내지 않으며 잘 벼린 칼처럼 쓸모 있고 무서운 사람이다.

장도형 순양금융 계열사 임원. 40대에 임원이 되어 순양그룹 초고속 승진의 상징이다. 서구식 시스템을 선호하지만 순양에서는 통하지 않는다는 걸 알고, 현재를 있는 그대로 받아들이며 자신만의 방법으로 실적을 쌓아 왔다.

주병해 순양그룹 창업공신. 모종의 사건으로 진양철 회장과 등지고 시골에서 유유자
　　　　적한 삶을 살고 있다. 머리가 비상하고 추진력이 뛰어나 순양에 계속 남아 있
　　　　었다면 회장 자리에 앉았을 수도 있다는 평가를 받는다.

조대호 순양그룹 임원. 순양자동차 사장을 거쳐 진도준이 만든 HW자동차로 옮겨가
　　　　자동차 개발을 이끈다.

백준혁 장남 진영기의 비서실장. 진영기의 마음을 빨리 읽어 내는 눈치와 실행력으로
　　　　그의 오른팔 역할을 하고 있다.

주영일 순양그룹과 재계 유일한 경쟁자인 대현그룹의 회장.

일러두기
이 작품은 회귀, 빙의, 환생 등 판타지 세계관을 가진 '현대 판타지 소설'로 실제가 아닌
가상의 이야기입니다.

1장

되돌릴 수 없는 비극

은밀하게 한 짓 때문에 둘째 큰아버지의 얼굴을 보기가 아무래도 쉽지는 않았다. 혹시나 두 사람과 접촉한 사실을 알아채진 않았는지 계속 눈치를 보게 됐다. 하지만 큰아버지의 얼굴에는 감출 수 없는 웃음이 가득했다. 이 순간이 지나면 순양의 핵심 계열사 하나를 더 거느리게 되고, 회장 자리에 한 발짝 더 다가서는 느낌이 든 것일까?

　"너도 참 치밀하구나. 순양카드가 쥔 다른 계열사 주식도 좀 섞여 있으면 좀 좋으냐? 단 한 주도 없더구나."

　"할아버지가 주신 건데 잘 보관해야죠. 순양카드 넘기는 것만으로도 이미 할아버지 꾸중을 많이 들었습니다."

　"하지만 지금처럼 카드사를 넘기듯 내가 절실히 필요할 때 주식을 넘길 수는 있겠지?"

　은근한 눈빛으로 바라보는 큰아버지가 부담스러웠지만, 흔쾌히 고개를 끄덕였다.

　"제가 보관하는 시간이 그리 길지는 않을 겁니다. 각자 가는 길이 다르지 않겠습니까?"

　믿든 안 믿든 기대에 찬 저 눈빛을 매몰차게 외면하진 않았다. 이때 장도형 부사장과 큰아버지의 측근들이 몇 개의 결재판을 들고 들어왔다.

　"서류는 완벽합니다. 이제 두 분께서 사인하시면 모든 절차가 끝납니다."

　큰아버지는 기다렸다는 듯 내용 확인도 없이 사인을 했고 난 꼼꼼한 모습을 보여 주기 위해서라도 글자 하나 빼먹지 않고 읽었다. 사인을 끝내자 큰아버지는 내 손을 덥석 잡았다.

"이유가 어떻든, 고맙다는 말은 해야겠다. 덕분에 자금 운용이 한결 수월해지게 됐다."

"별말씀을요. 거래일 뿐입니다."

겸양을 떨자 큰아버지는 눈짓으로 사람들을 내보냈다.

"라부안은 잘 다녀온 게냐?"

은밀한 거래에 관해 물어보는 큰아버지에게 웃음부터 보였다.

"잘 쉬다 왔어요. 물론 그 이상한 은행도 구경했고요."

"네가 쉬다 온 곳이 코타키나발루였던가?"

"네."

"그곳에 리조트를 올릴 생각이라고?"

"확정 지은 건 아니고요. 지금 사전 조사 중입니다. 그리 나쁘지 않다면 진행할 생각입니다."

큰아버지는 웃으며 나를 툭 쳤다.

"그 돈으로?"

"네. 제 개인 소유로 해두고 싶어서요. 법인화하면 이것저것 걸리는 게 많지 않겠어요? 개인 소유라면 우리 식구들 마음 놓고 쉴 수 있고 가끔 임원들에게 혜택도 줄 수 있으니…."

"그거 좋은 생각이다. 출처가 명확하지 않은 돈이니 외국에 그대로 재투자하는 것도 나쁘지 않아. 참, 순양금융그룹 계열사와 미리 계약서를 만들어 둬라. 임직원 복지 정책으로 그 리조트를 사용하는 내용으로 말이다."

"아, 그런 방법이 있군요."

"직원들 복리후생은 국세청에서도 까다롭게 굴지 않아. 여유 자금 만드는 데 도움 될 게다."

참 꼼꼼하다. 포상으로 해외여행을 할 수 있는 직원이 1년에 몇이나 된다고? 그 경비까지 빼먹는 이 디테일이 개인 재산을 늘리는 방법인가 싶어 헛웃음이 났다.

"그렇군요. 거기까지는 생각 못 했습니다."

"내가 말레이시아 고위 관료들과 줄이 닿아. 그쪽에 정밀기계 부품 공장 세우면서 가까워진 놈들이지. 너희 리조트 공사 손쉽게 해줄 테니까 우리 순양건설에 맡겨. 멋지게 올려 주마."

대충 맞장구쳐 주니 감춰 둔 속내까지 다 보여 준다. 조카에게까지 영업하는 이런 노력이 대단하기는 하나, 나도 먹고살아야 하지 않겠는가? 멀쩡한 내 회사를 놔두고 왜 남에게 맡긴다는 말인가?

"이런, 어쩌죠? 이미 오세현 대표와 이야기를 끝내 버렸어요. HW건설에서 사람까지 파견했는데…."

"파견 조사 정도야 큰일도 아닌데, 뭐. 적당한 비용을 지급하고 본 공사는 순양이 하면 돼."

여전히 막무가내인 큰아버지께 완곡히 거절하려다 그의 날카로운 눈빛이 마음에 걸렸다.

"음… 그럼 조사 끝나고 나서 다시 이야기해 보겠습니다. 지금은 뭐라고 확답드리기가 좀 곤란하네요."

"그래. 아무튼, 항상 순양을 우선으로 생각해라. 외부로 돈이 빠져나가는 걸 막기 위해 만든 게 그룹 아니겠니?"

"네. 제가 아직 서툴러서…. 명심하겠습니다."

날카롭던 그의 눈빛이 다시 부드러워졌다.

이 양반 혹시 뭔가 눈치챈 걸까?

▲ ▲ ▲

"지금부터 순양중공업과 순양건설의 무기명 회사채를 은밀히 사들이세요. 단, 2003년 상반기에 만기가 돌아오는 것만 사야 합니다."

펀드매니저들은 의아한 표정이었지만 반대 의견을 내지는 못했다. 채권보다 훨씬 수익성 좋은 투자처가 많이 있지만, 지금까지 투자 성적으로만 본다면 내 선택을 반대할 명분도 구실도 없기 때문이다.

"알겠습니다. 금액은 어느 정도로 할까요?"

"그보다 먼저 매입할 수 있는 양이 얼마나 되는지부터 파악하는 게 우선이겠죠?"

"아, 네. 죄송합니다."

"오늘 중으로 보고서 볼 수 있도록 해주세요."

이제 준비는 다 끝났다. 순양중공업 주식도 야금야금 사들이지만 대주주 요건 때문에 한계가 있다. 하지만 무기명 채권은 얼마든지 확보할 수 있다. 자금이 말려 피가 빠져나가는 심정일 때 채권 만기까지 돌아오면…? 진동기 부회장이 어떻게 대처할지 정말 궁금하다.

딱 2년 뒤 내 손에 들어오는 그룹 지배지분이 얼마나 더 늘어날까?

"또 무슨 꿍꿍이기에 그런 표정이냐?"

노크도 없이 문을 벌컥 열고 들어온 오세현이 피식 웃었다.

"꿍꿍이는 무슨…. 아닙니다."

"말레이시아에 파견 나간 직원들이 1차 보고서를 보냈다. 볼래?"

오세현이 툭 던진 얇은 파일을 펼쳤다. 절반의 긍정과 절반의 부정의견이 섞여 있다.

"입지나 경관은 정말 좋은데 직항로가 없는 게 흠이다. 우리나라 여행객을 기본으로 깔고 가야 수익을 보장할 수 있다는 게 그들의 의견이야."

싱가포르나 쿠알라룸푸르를 경유하는 것이 현재의 문제점이지만 찾는 사람이 많으면 일주일 2회 정도의 직항은 언제든 열린다.

"사람이 몰리면 직항로도 개설하겠죠. 항공사도 바보가 아닌데요."

"어떻게 모을 건데? 여행사와 특약이라도 맺으려고? 그것도 사람이 몰린 다음에나 가능한 거야."

"광고하면 되죠. 코타키나발루의 아름다운 해변과 낙조를 보는 순간 모두 꿈꾸는 휴양지가 될 겁니다."

"광고까지 쏟아부으려고? 여행사 차릴래?"

"방법이 있어요. 우리나라 미디어의 거물을 아버지로 뒀습니다. 붐업 하는 것쯤은 일도 아니죠."

아버지가 제작하는 영화나 드라마에 제작비를 투자하고 코타키나발루를 배경으로 촬영하자고 하면 된다. 그 아름다운 해변과 황홀한 낙조를 영상으로 보는 순간 사람들은 코타키나발루 여행을 꿈꾸게 될 것이다. 여행 콘셉트의 예능 프로그램 제작을 제안해 보는 것도 좋겠다. '꽃보다 할배' 같은 대박 프로그램만 나온다면 항공사가 먼저 직항로를 개설할 것이다.

'참, 나영석 PD는 지금쯤 뭘 하고 있으려나?'

▲ ▲ ▲

뜨거운 여름이 한풀 꺾이는 2001년 8월 23일, 정부가 IMF 구제금융 195억 달러를 전액 상환하면서 IMF 관리 체제가 종료되었다. 정부는 한국의 위기는 완전히 끝났다며 그간 국민이 겪은 고통과 노고를 다시한 번 위로했다. 정부 스스로 자축하는 것도 잊지 않았다.

그러나 위기는 끝났지만, 한국은 되돌아갈 수 없는 강을 건넜다. 평생직장 개념은 사라졌고, 개인의 삶은 돈의 무게에 따라 달라졌다. 돈이 최고의 가치가 되었고 소비는 생활이 아니라 부의 과시 수단으로 변질

되었다. 사치품이라는 단어보다는 어느새 '명품'이라는 단어가 자연스럽게 자리 잡았다.

구조조정이 고용 불안정, 비정규직, 소득 불평등을 증가시켜 노동 소득은 급격히 위축됐다. 부의 불평등도가 높아짐에 따라 부익부 빈익빈 현상이 시작되었다. 빈자들의 소비 위축으로 내수가 부진하게 되었지만, 다른 한편으로는 대규모 유동자본이 형성됐다. 수백조 원에 이르는 대규모 유동자본은 IT 붐의 붕괴 이후 주식시장에서 부동산으로 이동해 전국적인 부동산 투기 광풍을 불러 왔다.

물론 현재의 부동산 광풍은 전 세계적인 현상이긴 하다. 미국발 초저금리 정책은 시장에 유동성을 과다 공급하였고, 이러한 유동성이 부동산시장에 흘러 들어가 거품이 발생한 것도 그 요인 중 하나다. 하지만 원인이 무엇이든지 간에 결과는 참혹해 이제 집 한 채 갖는 것조차 포기해야 하는 세대가 등장한다.

사실, 나는 앞으로 정확히 19일 뒤에 벌어질 일 때문에 방송에서 떠들어대는 IMF 극복 특집프로그램은 물론 다른 것은 아무것도 눈에 들어오지도 않았다. 모니터를 가득 메운 미국, 일본, 한국의 주식 차트와 현황판도 다 부질없어 보였고 끝없는 망설임 속에서 갈팡질팡하는 것이 전부였다.

키보드와 마우스를 잡은 내 손이 주저하는 이유는 하나였다. 타인의 비극이 주는 기회를 이용하는 것은 정당한가? 어차피 막을 수도 없는 타인의 비극이다. 누군가는…. 아니, 투자라는 세계에 몸담은 수십, 수백만의 인간들 중 누군가는 이 비극 때문에 돈을 벌 것이며 더 많은 누군가는 돈을 잃을 것이다. 나 역시 이 세계에 몸담고 있다. 둘 중 어느 한쪽에는 서야 한다. 그렇다면 잃는 쪽에 설 수는 없는 일 아닌가?

이미 어느 쪽에 서야 할지 결정을 내렸지만, 타인의 비극을 이용하여 떼돈을 버는 파렴치한은 피하고 싶었다. 결국, 얼마의 돈을 버느냐 하는 문제다. 내가 나에게 스스로 손가락질하는 수준까지는 가고 싶지 않았다. 이럴 때 두 눈 질끈 감고 확 지르는 게 할아버지 스타일인데…. 따라가려면 나는 한참 멀었다. 마음을 다잡고 모니터를 응시했다.

풋옵션의 행사가격을 확인한 뒤, 키보드의 숫자를 눌렀다. 엄청난 금액을 찍어 봤자 노름판의 배율만 흩트린다. 누구도 주의 깊게 보지 않을 적당한 금액을 선택하고 주문을 넣었다.

이 숫자가 어떻게 변할까? 과거의 나는 주식에 큰 관심이 없었다. 그래서 2001년 9월 12일의 주가조차 모른다. 아는 거라고는 큰 폭락이 있다는 평범한 상식이 전부다.

열 배? 스무 배? 몇 배나 될까? 고개를 흔들었다. 벌써 들어올 돈을 생각하다니…. 컴퓨터를 리셋한 후 해외 투자 모드로 로그인했다. 일본을 선택한 후 조금 전보다는 더 높은 숫자를 입력했다. 다시 리셋했다. 미국 증시와 금융상품, 파생상품이 반짝이며 나를 반겼지만, 망설임은 더욱 커졌다. 그냥 컴퓨터를 껐다. 여긴 방어만 하자. 이 정도만 해도 충분하다.

▲ ▲ ▲

9월 11일 화요일.

한국 시각 저녁 9시, 일과를 끝낸 샐러리맨들이 삼겹살을 안주로 소주를 마시거나, 마른오징어에 맥주를 들이켜며 피로를 푸는 시간이었다.

같은 날 아침 미국, 7시 59분에 아메리칸 에어라인 11(AA11)편은 탑승자 92명을 태우고 평소와 다름없이 이륙했다. 그리고 거의 15분이 지난 뒤 보스턴의 관제소에서는 AA11과 교신을 시도하지만, 10분이 넘도록 응답이 없었다. 잠시 후 관제사는 "우리는 비행기들을 납치했다. 가만히 있으면 무사할 것이다. 공항으로 회항하고 있다."라는 교신을 듣는다. 그리고 AA11편은 뉴욕 상공의 레이더에서 사라졌다.

오전 8시 13분, 로건국제공항 동부 관제탑은 유나이티드 항공 175편의 이륙을 허가했다. 그리고 30분 후, 납치범들은 기장과 부기장을 칼로 찔러 살해하고 조종간을 잡았다.

출근을 서두르는 뉴요커들의 발길이 분주한 아침 8시 46분, 갑자기 한 대의 비행기가 세계무역센터 북쪽 건물에 충돌했다. 레이더에서 사라진 AA11편이었다. 북쪽 건물이 불타는 모습이 방송을 통해 전 세계에 거의 실시간으로 중계되며 수많은 사람들의 눈과 카메라가 전부 세계무역센터를 향했다. 잠시 후 9시 3분, 유나이티드 항공 175편이 시속 872킬로미터의 속도로 세계무역센터 남쪽 건물에 충돌했다.

이날 나는 하루 종일 미라클 사무실을 지켰다. 모두가 퇴근한 뒤에도 TV를 켜놓고 멍하니 앉아 있었다. 결국, 역사는 변함 없이 흘러갔고 밤 10시가 넘자 모든 방송사에서 긴급 속보를 쏟아 내기 시작했다.

속보를 보자 마음이 쓰렸다. 하지만 이런 감정은 오래가지 못했다. 집에서 편히 TV를 보며 쉬던 사람도, 여의도 술집에서 한잔하던 사람도 모두 회사로 몰려왔기 때문이다. 그들은 모두 컴퓨터를 켜고 모니터를 확인하기 시작했다. 물론 CNN 속보도 놓치지 않았다.

나는 인터폰을 눌렀다.

"팀장 이상 모두 회의실로."

천천히 몸을 일으켜 회의실로 갔다. 술 마시다 달려온 사람이 많은지 회의실은 비릿한 술 냄새가 진동했다.

"모두 속보 확인했겠지요. 그러니 이 시간에 회사로 달려왔고요."

모여 있는 사람들은 1초가 아쉬운 순간에 회의실로 모이라고 한 나를 못마땅한 표정으로 바라보고 있었다.

"가장 중요한 룰 하나를 '지시'합니다. 만약 제 지시를 어기는 사람이 있다면 해고합니다. 명심하세요."

이때 회의실 문이 벌컥 열리며 오세현이 뛰어 들어왔다.

"뉴스 봤어?"

소리치던 오세현은 급히 입을 다물었다. 회의실의 침묵이 대답을 대신했기 때문이다.

"오 대표님, 혹시 하실 말씀 있습니까?"

매우 정중하고 사무적인 내 말투가 어떤 의미인지 눈치챌 사람이다.

"아니. 하던 이야기 계속해."

"네. 그럼."

다시 사람들을 둘러보며 말했다.

"제 지시는 아주 단순합니다. 내일 아침 증시가 열리더라도 평상시와 다름없이 행동하십시오. 다시 말해 조금 전 이 사태를 생각하면 안 된다는 말입니다. 매도 주문은 없습니다."

"헉! 실장님! 그게…!"

"안 됩니다. 증시 폭락은 뻔합니다. 최대한의 물량을 신속히 팔아 치워야 합니다."

예상했던 대로 반발이 심했다. 실적으로 인센티브가 결정되는 사람들이다. 계약서에 적힌 연봉보다 몇 배의 인센티브를 가져가니 오늘 내 결정이 부당하다는 생각이 들 것이다.

"모두 조용! 지금부터 진도준 실장의 말을 끊는 사람은 이 자리에서 해고야! 끝까지 듣고 진 실장의 지시를 무조건 따라!"

오세현이 눈을 부릅뜨고 소리치니 회의실은 냉랭한 기운만 감돌았다. 그는 나와 눈이 마주치자 한쪽 눈을 찡긋했다.

"만약 매도를 원하는 고객의 요청이 있을 때는 원하는 대로 해주십시오. 하지만 임의로 팔아 치워서는 안 됩니다. 특히 우리 자본이 보유한 주식은 꼭 쥐고 있어야 합니다."

굳은 표정의 직원들은 머리를 숙인 채 불만을 속으로 삭이는 듯했다.

"특히 우량주의 경우, 장 마감 전에 계속 사들이십시오. 분명 하한가를 찍을 테니 망설이면 안 됩니다."

더 이상 말하면 같은 말을 되풀이하는 것이며 잔소리가 될 뿐이다.

"뭘 염려하는지 알아요. 하지만 며칠 지나면 증시는 원 상태로 돌아옵니다. 남들이 들썩인다고 우리까지 부화뇌동할 필요 없어요. 이상입니다."

말이 끝나기 무섭게 모두 제자리로 달려갔다. 새로운 속보를 확인해야 한다. 이들은 내일까지 자리를 뜨지 못할 것이다. 모두가 빠져나간 회의실에는 나와 오세현, 단둘만 남았다.

"너 미친 거 아니지?"

"아주 정상입니다."

"그럼 됐다."

오세현은 긴 하품을 하며 몸을 돌렸다.

"고생해. 난 퇴근한다. 내일 보자."

"끝입니까? 더 하실 말씀은 없으세요?"

"네가 잘 판단했겠지. 난 미국에 전화할 데가 많아. 위로와 유감을 전해야. 참, 너도 레이첼에게는 전화 한 통화 해줘라. 월드트레이드센터에 레이첼 지인이 많이 근무하잖아."

"네. 전 이삼 일 뒤에 할 생각입니다. 지금 제 위로가 들리겠어요?"

"그러든지. 아무튼, 고생했다."

오세현이 사라진 텅 빈 회의실에서 잠시 멍하니 앉아 있었다.

하지만 다시 일어섰다. 감상에 빠져 있을 때가 아니다. 아직 끝나지 않았다. 나는 여의도를 나와 순양증권으로 달려갔다.

미라클에서와 똑같은 지시를 하자, 순양증권 대표이사와 장도형 부사장은 어이없는 표정으로 나를 바라봤다.

"모든 책임은 제가 집니다. 제 말을 따라 주세요."

"실장님, 뉴스 보셨겠지만 이건 테러입니다. 미국이 가만있겠어요? 전쟁이라도 불사할 겁니다."

"어디랑요?"

"네?"

"어디와 전쟁한다는 말입니까?"

"그야… 테러 집단 아니겠어요?"

"일개 테러 집단과 전쟁을 벌이면 미국이 패배할 확률은?"

장도형은 대답을 못 했다.

"너무 충격적인 일이라 큰 파문이 일어나는 건 피할 수 없습니다. 하지만 냉정히 보십시오. 미국 전역에서 동시다발적인 테러가 일어나지는 않습니다. 그렇게 놔둘 미국 정부도 아니고요. 오히려 테러 집단 공격을 시작하면 주가는 금방 회복할 겁니다."

"실장님, 미국 증시를 확인한 뒤 결정해도 되지 않겠습니까?"

듣고만 있던 순양증권 사장이 조용히 입을 열었다.

"당분간 미국 증시는 폐장입니다. 최소 사오 일은 열리지 않을 테니 우리가 결정해야 합니다."

"폐장…?"

"월가는 미국 경제의 기둥입니다. 폭풍우는 피하는 게 맞습니다."

"흠… 장 부사장."

"네, 사장님."

"실장님의 의견에 따르도록 하세나. 투자에 관한 한 자네나 나보다는 몇 단계 위의 고수 아닌가?"

사장은 역시 나이만큼 노련하다. 아주 짧게 의견을 냈지만, 속으로는 만세 삼창이라도 하고 있을 것이다. 잘못될 가능성이 큰 시기에 오너 가족이자 대주주인 내가 모든 걸 책임지겠다고 하니 얼마나 반가울까?

여의도로 돌아와서 밤을 꼬박 새우며 CNN 속보만 계속 확인했다. 나뿐만이 아니었다. 이 사태가 어떻게 번질지 아무도 모르는 상황에서 후속 사태를 대비하기 위하여 여의도는 물론 이 도시의 대형 빌딩의 불은 밤새 꺼지지 않았다.

다음 날 하루 종일 초조한 마음으로 증시가 끝나기를 기다렸다. 12일 폐장시간까지 전 세계 증시는 폭락이라는 말이 딱 어울리는 하루였다.

직원들은 긴 한숨과 함께 삼삼오오 모여 사우나로 달려갔다. 앞으로 언제 끝날지 모르는 기나긴 전투를 위해 잠깐의 휴식은 필요하다.

난 오늘 증시의 마감을 확인하기에 앞서 며칠 전 나 혼자 벌였던 은밀한 작업의 결과부터 확인했다. 조금은 떨리는 손으로 오늘 행사한 풋옵션의 결과를 모니터에 띄웠을 때 머릿속이 하얗게 변했다. 빼곡히 적힌 숫자와 그 숫자 사이에 찍힌 콤마. 머리가 어지러울 정도였다. 몇 번이나 확인했지만 믿기 힘들었다.

'어떻게 이런 일이!'

"일, 십, 백, 천, 만, 십만…"

일일이 한 자리씩 세어 봤지만, 착각이 아니었다. 의자에 몸을 묻고 두근거리는 심장이 가라앉을 때까지 기다렸다. 장중 폭락은 틀림없고 풋옵션으로 큰 수익이 생긴다는 건 짐작했다. 지금 모니터에 보이는 숫자는 예상과 다르지 않았다. 단 하나 틀린 점이 있다면 수익률이다. 상상을, 예측을 초월한 수익률!

현황을 파악하기 전에 일본 주식 현황으로 재접속했다. 또 한 번 확인한 빼곡히 적힌 숫자와 그 숫자 사이에 찍힌 콤마. 우리나라 증시보다 더 큰 숫자다. 그야말로 난 떼돈을 벌었다. 하지만 마음이 편치 않다. 주식시장에서 내가 엄청난 돈을 벌었다는 건 누군가 엄청난 돈을 잃었다는 뜻이다.

마음을 진정시키고 오늘 하루 만에 일어난 일을 확인했다. 9.11테러 여파로 개장 시간을 세 시간 늦추었으나 종합주가지수 12퍼센트 급락, 하한가 종목이 621개에 이르렀고 코스피 200지수 역시 7.96포인트 하락했다. 코스닥 역시 11.59퍼센트 급락. 지금의 가격변동제한폭이 12퍼센트인 걸 생각하면 전 종목이 하한가를 찍었다는 뜻이다.

이 같은 양대 시장 주가 폭락으로 이날 하루만 거래소에서 23조 4000억 원, 코스닥시장에서 4조 3000억 원 등 모두 27조 7000억 원의 시가총액이 날아갔다. 오늘 쪽박 찬 개미 투자자들의 곡소리가 여기저기서 들리는 듯했다. 하지만 오늘 하루 동안 가장 큰 곡소리가 울리는 곳은 다름 아닌 증권사들이었다. 개인과는 달리 매도포지션으로 수익을 올리던 증권사들이 풋옵션으로 엄청난 손실을 본 것이 확실했다.

내가 거래를 막은 순양증권은 예외였다. 순양증권 사장은 지금쯤 가슴을 쓸어내리며 내게 감사하는 마음을 어떻게 전할까 고민 중일 것이다. 그리고 오늘이 끝이 아니다. 이제부터 시작이다. 풋옵션으로 오늘 큰돈을 번 극소수의 사람이 나타났고 내일의 증시 또한 폭락이 예상되니 투자자들은 풋옵션 매수에 나섰다. 12일 하루 동안 무려 21만 건이 넘는 엄청난 규모였다. 하지만 막차를 타거나 뒤차를 탄 사람은 늘 그렇듯 쪽박이다. 앞으로 이삼 일간 큰돈을 날리고 우는 사람들이 속출할 것이다. 도박은 아무나 하는 게 아니다.

▲ ▲ ▲

나흘간 폐장했던 미국 증시가 다시 열렸을 때 뉴욕의 레이첼에게 전화를 걸었다. 충분히 잘 대응하리라 믿었기에 투자에 대해서는 한마디도 꺼내지 않았다. 설사 좀 실수하면 어떠랴? 모두가 제정신이 아닌 상태 아닌가? 미국은 당사국인 만큼 가장 큰 타격을 입었다.

그녀에게 심심한 위로의 말을 전한 다음 전화한 목적을 꺼냈다.

"레이첼, 거기 내 계좌에서 1억 달러를 꺼내 기부하세요. 뉴욕 미라클 인베스트먼트 이름으로요."

"뭐? 1억 달러나?"

"네. 돈은 충분하잖아요. 구호작업도 좋고 메모리얼 사업에 기부해도 좋겠죠. 어디에 기부할지는 레이첼이 판단하고요."

비극을 돈으로 되돌릴 수는 없으나 치유에는 도움을 줄 수 있다. 이 기적이기는 하지만 마음의 짐을 조금 더는 방법이기도 했다.

2001년은 IT 붐 붕괴 후였었기에 그 이전부터 금리 인하는 지속하였지만, 9.11사태의 충격을 완화하기 위해 미국 FRB의 그린스펀은 금리 인하를 더욱더 빠르게 진행했다. 결국, 지속적인 금리 인하로 기준금리는 6.5퍼센트에서 1년 만에 1.75퍼센트까지 떨어졌고 추가로 하락시키면서 1퍼센트대에 완전히 굳어졌다. 낮은 금리는 다시 주식시장에 활기를 불어넣었고 폭락했던 시장은 서서히 제자리를 찾아갔다.

이번 일로 두 개의 큰 변화가 찾아왔다.

첫 번째는 미라클 내 사람들이 나를 대하는 태도가 완전히 바뀐 것이다. 엄연히 대표이사인 오세현이 있음에도 나를 마치 명예 회장인 듯 대했고, 오세현 역시 웬만하면 업무 지시를 거의 내리지 않았다.

대신 나만 바빠지기 시작했다. 사무실에 있을 때는 수시로 직원들이 몰려들었고 외부에 있을 때는 휴대전화가 불이 났다.

"일 안 하세요? 이렇게 두 손 놓고 계실 겁니까?"

"왜? 나한테 대표이사 월급 주는 게 아깝냐?"

"수상해서 그럽니다."

"뭐가 수상해?"

"설마 벌써 은퇴 준비하시는 건 아니죠?"

"이놈아, 은퇴 준비는 벌써 시작했다. 타이밍만 보는 거야."

"삼촌, 이제 겨우 50대 중반 아닙니까? 남들은 일 못 해서 안달인데…."

"그건 남들이고! 난 다르지 않냐. 누구 덕분에 떼돈을 모아 뒀는데 늙어서까지 일하는 건 억울하지."

"은퇴하기에는 아직 젊으십니다."

"일하기에는 돈이 너무 많아."

낄낄대며 웃는 오세현의 모습을 보니 어느 정도는 마음을 굳힌 것 같았다. 사실 미라클은 그가 없어도 큰 문제는 없다. 지금껏 그가 해왔던 일 중 가장 중요한 것은 바로 HW그룹의 관리다. 오세현이 아직 은퇴를 공식적으로 말하지 않은 것은 그 일을 내게 맡길 시기를 조율하고 있다는 뜻일 거다. 그 시기가 최대한 늦춰지기만을 바랄 뿐이다.

두 번째 변화는 10월 7일 시작되었다. 테러와의 전쟁을 선포한 미국은 '항구적 자유 작전(Operation Enduring Freedom)'이라는 이름의 전쟁을 시작했다. 아프카니스탄의 수도 카불을 비롯한 주요 군사거점 및 대도시들에 대규모 총 공습을 시작했고, 단 하루 만에 아프간의 방공망과 통신망, 공군 세력은 소멸했다. 21세기 최초의 전쟁이며 미국 역사상 최장기 전쟁이 시작된 것이다.

전 세계 언론은 이 전쟁의 시작을 알리는 기사를 일제히 쏟아 냈고 한국도 마찬가지였다. 하지만 1면 전쟁 기사 다음이 문제였다.

「뉴욕 세계무역센터 쌍둥이 빌딩이 무너진 지 한 달, 승자는 순양증권?」

「모든 증권사가 엄청난 손실에 허덕일 때 순양증권만이 고공 행진. 주가 폭등.」

「순양금융 그룹의 젊은 지휘자, 능력을 검증받다.」

「2세를 제친 3세, 진양철 회장의 선택이 옳았음을 증명하다.」

또다시 내 사진이 언론을 도배해 버렸다. 하루아침에 스타가 된 사람들은 그 급격한 변화를 어떻게 견디는 걸까. 인터뷰 요청이 줄을 이었고 회사 로비에 기자들이 죽치기 시작했다. 지하 주차장에서 잠복하는 기자들까지 나타나니 움직일 수가 없었다.

"실장님, 인터뷰 좀 하는 게 어떻겠습니까?"

장도형 부사장은 은근히 재촉했다.

"부사장님, 밖에 죽치고 있는 기자 중에 경제 용어 훤히 꿰는 기자가 있겠어요? 전부 독자들 호기심을 긁어 돈 벌려는 속셈입니다."

"누가 모릅니까? 그런데 지금 순양증권이 순양의 견인차 역할을 합니다. 금융뿐만이 아니라 다른 계열사 주가까지 끌어 올리고 있습니다. 이때 결정타 한번 때려 주면 좋지 않습니까?"

"제가 인터뷰한다고 주가가 오르겠어요?"

"오릅니다. 이미 홍보실에서 기사 표제까지 생각해 뒀습니다. 한국의 조지 소로스, 20대의 신화."

'젠장, 닭살이 확 돋네.'

"지금도 우리 증권사에 고객이 몰려듭니다. 이 기사가 나가면 몇 배 늘어나는 건 일도 아니죠. 올해는 최고의 경영 실적이 나올 겁니다."

주가와 영업에 큰 도움이 된다는 말을 듣고 거절할 수는 없었다.

"알겠습니다. 그렇게 하죠."

장도형 부사장은 기다렸다는 듯 종이 한 장을 쓱 내밀었다.

"인터뷰 스케줄입니다. 일간지, 경제지, 주간잡지 그리고 월간지 하나. 딱 네 군데만 선정했습니다."

"네? 네 군데나요?"

일정표를 보니 월간지는 시사도 경제도 아닌 미용실에서 볼법한 잡지였다.

"이건 뭡니까? 여성 잡지가 왜 여기에…?"

"홍보실에서 꼭 해야 한다고 끼워 넣었습니다. 알고 보니 중요한 잡지더군요. 저도 놀랐습니다."

장도형은 의외라는 듯 어깨를 으쓱했다.

"강남에 돈푼깨나 있는 사모들이 꼭 챙겨 보는 잡지랍니다. 보통 몇억에서 많게는 몇십억까지 돈을 주식에 묻어 두는 부류라 인터뷰 기사만 잘 나오면 전부 순양증권으로 갈아탈 거라면서…."

얕보던 여성 잡지가 이런 막강한 힘을 가졌다니! 새삼 놀랐다.

"알겠습니다. 이왕 하는 거 잘해야겠네요."

허락이 떨어지자 홍보팀 직원이 몰려왔다. 그들은 인터뷰하는 언론사에 배포할 사진부터 찍어야 한다고 호들갑을 떨었다.

"잠시만, 사진 여기서 찍을 거죠?"

"네, 집무실을 배경으로 쓸 겁니다."

"그럼 여기 치장 좀 합시다. 이왕 하는 거 제대로 해야죠."

난 곧바로 백화점에 연락했다. 고모가 보내 준 인테리어 전문가와 코디네이터들은 중앙지와 경제지에 어울릴 법한 콘셉트와 여성지에 어울릴 콘셉트, 두 개로 나눠 집무실을 꾸몄고 각각에 어울리는 정장으로 코디했다.

고생한 보람은 있었다. 최종 결과물인 사진을 보자 역시 전문가의 손길이 얼마나 중요한지 다시 한 번 깨달았다. 사진을 쫙 깔아 놓으니 화

보나 다름없다.

연이은 인터뷰는 역시 예상한 대로였다. 경제지마저 내 개인적인 모습을 긁어 가려고 신변잡기에 불과한 질문을 던져댔고 네 곳의 인터뷰 중 쓸 만한 질문은 딱 하나였다.

"9.11테러가 터진 뒤, 순양증권의 움직임을 잘 살펴보면 이상한 점이 있었습니다."

"그게 뭐죠?"

"아무런 조치를 하지 않았다는 거죠. 그냥 아무 일 없다는 듯 평상시와 다름없었습니다. 주가가 폭락하니 우량주를 중심으로 매입했어요. 그 덕분에 엄청난 수익을 올렸죠."

이 질문은 경제지 기자가 아니라 중앙일간지 기자가 던진 것이다.

"정확히 보셨습니다."

"어떻게 그럴 수 있죠? 주가가 끝없이 폭락하면 그야말로 돌이킬 수 없는 엄청난 손실을 보았을 텐데 말입니다."

"과한 욕심을 버렸기에 가능했습니다."

"네? 욕심을 버려요? 그럼 다른 증권사들은 욕심을 부렸다는 뜻입니까?"

"원래 출렁이는 장에서 큰돈이 오고 가는 법입니다. 당연히 '실적'에 대한 욕심이 앞서겠죠. 우리 순양증권은 그 욕심을 버렸습니다. 워낙 큰 사건이라 고객의 돈을 지키는 데 중점을 뒀습니다."

고객의 돈을 지킨다는 회사의 뜻은 원금 손실을 가장 무서워하는 사람들의 신뢰를 얻을 것이다.

"우리는 어떤 상황에서도 돈의 주인은 고객이라는 것을 절대 잊지 않습니다."

이 정도면 충분한 립서비스가 됐으려나?

　　▲ ▲ ▲

　1998년 20조 원을 넘긴 순양전자 매출은 불과 2년 만인 2000년 34조 원대로 급격히 불어났으나 IT 버블이 꺼진 올해는 32조 원대로 감소했다. 영업 이익은 2조 원대로, 7조 원대였던 작년의 30퍼센트 미만으로 줄었다. 그러나 여전히 국내 최고 기업의 위용을 자랑했다. 내가 가진 금융그룹이 아무리 좋은 실적을 내도 진영기 부회장의 전자 하나에도 못 미친다.

　9.11테러 때문에 내 개인 재산은 또 한 번 크게 뺑튀기가 일어났지만, 돈은 직접적인 화력이 아니라 보조 수단일 뿐이다. 계열사를 흔들어 핵심 자산을 내놓게 만들어야 하는데 순양전자는 철옹성으로 보였다. 저 철옹성을 직접 공략하는 것은 바보짓이다. 성안의 위태로운 의자에 앉아 있는 왕을 흔들어서 굴러떨어지게 해야 한다. 그리고 의자를 흔드는 역할은 내가 아니라 바로 왕의 동생인 진동기 부회장이 맡아야 한다.

　한 해가 저물어 가니 온갖 생각이 머릿속을 휘저었다. 일주일 뒤면 새해가 밝아온다. 지자체장 선거가 있고 '대한민국'이라는 함성이 나라를 뒤흔들 월드컵도 있다. 그리고 제16대 대통령 선거도 치러진다. 셋다 나와 큰 상관이 있는 일이다. 2002년의 나의 큰 숙제는 HW그룹의 핵심 경영진으로 진입한다는 것이다.

2장

전면에서 입지 확보

유럽연합에서 유로화를 공식적으로 사용하기 시작한 2002년, 나의 첫 행보는 아진자동차와 순양자동차의 연구소를 하나로 합친 HW자동차 연구소였다. 내 뜻이 반영된 첫차의 프로토타입을 보기 위해 송현창 회장과 조대호 자동차 사장, 오세현 대표와 함께 아침 일찍 방문했다. 연구소 전시장에는 아담한 자동차 한 대가 반짝이는 광택을 자랑하고 있었고, 디자인센터장과 디자이너들, 그리고 연구원들이 긴장한 표정으로 우리를 기다리고 있었다.

    [M21-1]

    21세기의 첫 미니 자동차라는 의미의 프로젝트명이 적힌 이름표까지 달고 있었다. 신차를 본 순간 머릿속에서 매긴 점수는 85점이었다. 이 숫자가 얼굴에 드러났는지 디자인센터장과 수석 연구원 두 사람은 경영진 곁에 착 달라붙어 설명을 시작했다.

    "전체적으로 둥근 디자인을 선택했습니다. 경차이다 보니 안정감을 주기 위한 선택이었습니다. 하지만 뒤쪽으로 갈수록 실루엣과 캐릭터 라인이 치켜 올라가는 공격적인 디자인입니다. 긴장감이 있고, 역동적인 형상입니다."

    "낮은 포지션을 선택함으로써 노면에 밀착되어 달리는 듯한 느낌의 순수한 드라이빙의 즐거움도 추구했습니다."

    "이렇게 작은 사이즈의 귀여운 차가 예상외로 짜릿하게 달리니 그 격차에서 오는 즐거움도 클 것이라고 예상합니다."

나는 그들의 설명을 듣는 둥 마는 둥 하며 자동차를 살피기 시작했다. 배기량 796시시, 자동 4단, 2인승 쿠페, 첫눈에 반할 만한 디자인, 이것이 내가 요구했던 전부였다. 하지만 지금 내 눈앞에 있는 자동차는 첫눈에 반할 만한 건 아니다. 물론 귀엽고 예쁘다는 말을 듣기에는 충분했다.

실내까지 꼼꼼히 확인했을 때쯤 개발진들의 설명이 끝났고 다른 이들도 차를 살펴보기 시작했다.

"컨버터블 버전은 도저히 안 되겠습니까?"

수석 연구원 곁에서 조용히 묻자 그의 얼굴에 곤혹스러움이 드러났다.

"유럽 안정성 기준을 통과하려면 제조원가의 압박을 피할 수 없었습니다. 도저히 채산성이 나오지 않아 설계 단계에서 제외했습니다."

채산성 따위는 생각하지도 말고 멋진 신차를 만들라고 몇 번이나 당부했지만, 뼛속까지 박혀 있는 실적에 대한 압박은 피하지 못했나 보다. 아쉬워서 가벼운 한숨만 나왔다.

모두 자동차를 살피고 나자 개발진들은 한층 더 긴장한 표정이었다. 이제 회사의 경영자들이 평가를 할 차례. 이들의 입에서 조금이라도 부정적인 말이 나오는 순간 지금까지 고생한 것과 비교할 수 없는 악몽 같은 시간이 기다린다.

가을에 출고할 수 있도록 타임라인이 짜여 있다. 오늘 엎고 다시 하라는 말이 떨어지면 그야말로 살인적인 일정에 시달리게 된다. 모두의 시선이 송현창 회장에게 꽂혔다. 누가 뭐래도 아진자동차를 국내 2위까지 끌어올린 자동차의 산증인 아닌가? 또한, 혁신적인 자동차 개발에 온 힘을 기울인 사람이다. 한국 최초로 엄청난 출혈을 감수하면서까지 2인승 컨버터블 스포츠카를 출시할 정도로 앞서나간 사람이기도 하다. 비록 조립이 전부였다 해도 말이다.

그는 천천히 입을 열었다.

"잘 뽑았네. 모두 고생했어."

송현창 회장은 긴장이 탁 풀린 개발진들의 어깨를 두드리며 그들의 고생을 위로했다.

"모두 수고했어. 오늘은 개발진 전부 지금 퇴근해서 식구들 얼굴이라도 보라고. 내일부터 또 어떤 고난이 기다릴지 모르니까."

조대호 사장은 평가를 아꼈지만, 그 역시 이들의 노력을 인정하는 모습이었다.

"자, 우리는 차나 한잔하면서 이야기 좀 하시죠."

조 사장은 송 회장을 포함한 우리를 데리고 밖으로 나갔다.

연구소 내의 접견실에서 찻잔을 앞에 두고 모두 말을 아꼈다. 특히, 송현창 회장이 아무 말 없이 차만 홀짝이자 조 사장이 마음이 다급했는지 먼저 입을 열었다.

"회장님, 솔직한 의견을 듣고 싶습니다만…."

"응? 아까 했던 말 진심인데?"

대수롭지 않게 툭 던지자 조 사장은 미심쩍은 표정을 지우지 못했다.

"그렇습니까?"

"우리나라에 경차가 몇 대나 있나? 저 정도면 훌륭하지 않나?"

"2인승이라는 게 약점이 될 듯한데…."

"약점 없는 차가 어디 있어? 그리고 4인 가족은 아이의 안전을 먼저 생각해서 경차를 좀 멀리하잖나? 경차는 서브카라서 어차피 2인용이야."

송 회장은 진심으로 만족한 듯 보였다. 그리고 예상치 못한 말로 우리 모두를 놀라게 했다.

"이제 내 의견 따위는 생각하지 마. 난 이미 저물어 가는 석양 아닌가? 진즉에 자리를 털고 나갔어야 하는 늙은이야."

"아닙니다. 아직···."

송현창 회장은 손을 저어 조 사장의 말을 막았다.

"재계 공식 모임에서 그나마 얼굴마담이라도 할 수 있는 여력이 있어 자리를 지켰네. 하지만 대현 주 회장님도 세상을 떠나시고, 순양의 진 회장님도 이선으로 물러나지 않았나? 내 역할이 끝난 건 부인할 수 없는 사실이야."

송현창 회장은 갑자기 찻잔을 싹 비우고 벌떡 일어섰다.

"내 의견 무시하고 자네들 생각이나 정리하게. 난 먼저 올라가겠네."

"회, 회장님."

송 회장의 돌발 행동에 우리 모두 당황했다.

"괜찮아. 앉아서 마저 이야기 나누게. 늙은이는 자리를 피해 줘야 할 때를 알아야 어른 대접 받는다네. 난 자네들에게 어른 대접 받고 싶어. 허허."

송현창 회장은 휘적휘적 발걸음을 옮기며 뒤도 돌아보지 않고 연구소를 떠나 버렸다. 갑작스러운 선언에 모두 놀랐지만 이대로 멍하니 손 놓고 있을 수만은 없다. 남은 자들은 일을 해야 한다.

"자, 이제 솔직하게 의견을 나눠 볼까요?"

조 사장은 오세현을 먼저 쳐다봤다. 그의 시선을 받은 오세현은 어깨만 으쓱할 뿐이다.

"제가 뭐 압니까? 전 크고 널찍하고 트렁크에 골프백만 넉넉히 들어가면 좋은 차라고 생각하는 평범한 중년입니다. 경차의 평가는 전문가이신 조 사장님 의견이 제일 중요하죠."

조 사장은 한 발 빼는 오세현 대신 내 의견을 물었다.

"도준이 넌 어떻게 생각해?"

"제가 원하던 바로 그 차입니다. 100퍼센트 만족스럽지는 않아도 저 정도면 충분하다고 생각하는데요?"

"디자인 잘 빠지고, 적당한 안전성을 갖춘 저렴한 차?"

"네. 중산층 부모가 대학 졸업반 자녀에게 사줄 수 있는 차. 사회 초년생이 3년 할부로 충분히 유지할 수 있는 차. 타고 다닐 때 없어 보이지 않고 좀 세련돼 보이는 차. 이게 제 생각입니다. 그리고 저 신차는 어느 정도 제 생각에 부합하고요."

평범한 사람이 생각하는 수준, 난 그 수준에서 의견을 내놓았다.

"자동차를 성능 따져 가며 사는 사람이 몇이나 되겠습니까? 출력, 파워, 제로백, 밸런스… 까다롭게 차를 고르는 마니아가 아닌 이상 출퇴근과 주말 나들이 정도가 대부분 아닙니까?"

"차만 보면 그렇지. 나도 네 생각과 다르지 않다."

"하지만 뭔가 다른 생각을 하시는군요."

"그래. 정보에 의하면 일본 다이하츠에서 600시시급 경차가 나온다. 2인승 컨버터블이야."

'다이하츠 코펜? 그게 올해 나오던가?'

"국내는 그렇다 치더라도 해외에서는 그런 차와 경쟁해야 한다. 부끄럽지만 아직 우리 한국 차는 싼 맛에 사는 차야. 그런데 방금 본 저 신차는 가격 경쟁력이 현저히 떨어져. 국내 경차 시장만 생각하고 양산에 돌입할 수는 없잖냐."

"HW자동차 전체 순익률을 제로로 맞추면 어떻습니까? 그래도 경쟁력이 떨어질까요?"

"뭐?"

"M21-1이죠? 프로젝트명이?"

"그래."

"그러니까 M21-1은 손해 보면서 팔아도 됩니다. 다른 차종에서 이익이 나니까요. 즉, 돈 벌 생각 포기하고 생산대수를 늘리는 것에만 집중해도 가격 경쟁력이 떨어질까요?"

조대호 사장이 잠시 생각하며 뜸을 들이는 동안 오세현이 물었다.

"생산 규모 확대에 따르는 이익만 생각하자?"

"네. 삼촌, 대주주로서 받아들이시겠습니까? 이익 없는 회사 경영을?"

슬쩍 오세현에게 신호를 보냈다. 그는 재빨리 맞장구를 치기 시작했다.

"상관없다. 하지만 이익이 안 나면 주가는 계속 떨어진다는 것도 염두에 둬."

"중장기 전략입니다. 어차피 우리가 자동차 주가를 지탱해야 하는 것은 아니지 않습니까?"

나와 오세현의 의견이 일치했음에도 조대호 사장의 표정은 여전히 좋지 않았다. 기업 경영의 지표는 주가다. 주가가 내려가면 좋은 경영이라고 볼 수 없고, 그 일차적인 책임은 당연히 대표이사가 져야 한다. 회사의 주인인 대주주가 문제없다고 말해도 내려가는 주가를 보고 있으면 금방 마음이 바뀌는 게 바로 주주들 아닌가?

"조 사장님."

"어? 응⋯."

생각에 빠진 그에게 내 목표를 정확히 전달해야 한다. 천천히, 제대로 된 자동차 기업을 만드는 데 10년, 20년이면 어떤가?

"우리와 대현자동차의 격차가 얼마나 됩니까?"

"출고대수 기준으로는 65퍼센트지만 매출로 따지면 대현의 절반에도 못 미쳐. 49퍼센트⋯."

이익률 높은 고급 차의 부재를 바로 보여 준다. 제대로 된 방향이라면 이쁘장한 경차 생산보다는 럭셔리한 중형 세단으로 가야 하는 게 맞다. 하지만 이미 고백했듯이 글로벌 시장에서 우리의 위치는 값싼 자동차다. 중형 세단으로 방향을 잡으면 글로벌은 물론이고 대현을 이길 수 있을지조차 미지수다.

"이익 포기하고 격차를 줄이는 데만 치중하면 저 신차가 가격 경쟁력이 있다고 보는데요.

"진심이냐?"

"네."

불안한 표정으로 다시 한 번 내 의중을 확인하는 조대호 사장을 향해 오세현이 말했다.

"조 사장님, 한번 해봅시다. 자동차로 돈 못 벌면 어떻습니까? 이놈이 순양금융그룹에서 돈 벌어다가 우리한테 갖다 주겠죠. 임직원들 월급 안 밀리고 연구개발에 투자하고 생산 라인 증설할 정도의 수준으로 맞춰 보자고요. 그럼 대현을 누를지도 모르는 일 아닙니까?"

역시 눈치 빠른 삼촌이다. 목표를 정확히 설정하면 쓸데없는 걱정을 할 필요가 없다. 대주주는 흑자보다 규모를 목표로 하겠다고 선언했다. 주가가 아무리 떨어져도 목표를 향해 한 발씩 나가면 경영진의 교체는 없다는 말과 다르지 않다.

"올해 나온다는 그 다이하츠 경차보다 좋은 평가를 못 받아도 괜찮습니다만, 최소한 그 차 다음의 대안이 될 수는 있겠습니까?"

"아니."

조 사장은 잠깐의 망설임도 없이 곧바로 머리를 흔들었다.

"대현과의 기술 격차도 한참이야. 하물며 일본? 어림없어. 아마 마지막 선택지로 고를 거야. 미안하지만 그게 우리 위치다."

혹독한 자기 평가가 온몸을 찔렀다. 다시 현실에 맞춰 물었다.

"그럼 우리나라 경차 시장에서는 어떨까요?"

"경차 시장 점유율 50퍼센트 이상. 이건 내가 해내야 하는 일이지. 말겨 둬. 내년까지 달성한다. 원가에 팔면서 이 정도도 못 한다면 대표이 사 경질 감이야. 내 자리를 걸고 약속하마."

이번엔 대단한 의지를 보여 준다. 이렇게 보니 믿음직하다.

"그럼 10월에 출시, 6월에 신차 발표를 목표로 서둘러 주십시오."

"6월? 왜 하필 6월이지? 프랑크푸르트 모터쇼는 5월, 파리는 10월이 야. 난 파리 모터쇼를 생각하고 있었는데?"

"말씀하셨다시피 글로벌 시장보다 내수 공략이 우선 아닙니까? 6월 에는 월드컵이 열립니다. 절호의 기회죠."

월드컵이란 말에 조 사장은 물론이고 오세현마저 얼굴을 찌푸렸다.

"야! 우리나라에서 열려도 어차피 남의 잔치야. 예선 토너먼트가 끝 인데 왜 하필 월드컵이냐?"

오세현은 얼굴을 잔뜩 찌푸린 채 말했다.

"이번에는 다를 것 같던데요? 홈그라운드 이점이라는 게 있지 않습 니까? 좋은 성적 내면 축제 분위기일 테고, 그 분위기에 편승하면 효과 는 말할 것도 없죠."

이거 참… 아무도 믿지 못할 일이라 설명할 방법이 없다.

"월드컵이라…."

조대호 사장은 눈을 깜빡이더니 가볍게 박수를 쳤다.

"나쁘지 않아. 우린 공식 스폰서가 아니라 광고 기회가 없지만, 월드 컵 시즌에는 외신기자들도 대거 몰려오니까 잘 활용하면 엄청난 광고 효과를 볼 것 같기도 해."

"잘하면! 이건 좀 무의미한 소리 아닐까요? 월드컵이 아니더라도 뭐 든 잘하면 좋은 거죠. 문제는 어떻게 하는 게 잘하는 것일까? 이거 아닙 니까?"

오세현은 여전히 미덥지 못한 표정이었다.

"잘하는 방법이 있습니다."

두 사람의 시선이 내 입으로 쏠렸다.

"대형 이벤트 한번 하시죠."

"이벤트?"

"네. 우리나라 대표팀이 1승 할 때마다 추첨을 통해 신차 100대를 뿌리는 겁니다."

"뭐?"

"한국전을 경기장에서 직접 관람한 사람 중에 고르면 됩니다. 좌석번호를….'"

"자, 잠깐만. 100대나 뿌리는 것은 좀 심해. 보통 이런 대형 이슈에 기댄 이벤트는 10대 정도가 적당해."

조 사장은 펄쩍 뛰었다.

이벤트치고는 좀 과하다. 신차를 출시하면 돈 들어갈 곳이 한두 군데가 아니다. 모든 방송, 언론사는 물론이고 인터넷에도 돈을 쏟아부어야한다. 특집 기사도 줄줄이 부탁해야 하며 하늘 높은 줄 모르고 치솟는모델료도 감당해야 한다.

"100대로 끝난다고 보십니까?"

"응? 무슨 뜻이야, 그게?"

"단 1승으로 끝난다고 보세요?"

"목표가 16강 진출 아니냐? 그러니까 1승은 할 것 같은데?"

오세현이 자신 없는 투로 말했다.

"전 더한 것도 생각하는데요? 8강 진출하면 500대 뿌리고 4강 진출하면 1000대 뿌릴 생각입니다."

두 사람은 8강, 4강이라는 말에 피식피식 웃었다. 특히 조대호 사장은아예 대놓고 비웃는 표정을 숨기지 않았다.

"정말 네 말대로 4강에 올라가서 1000대를 뿌릴 수만 있다면 얼마나 좋겠냐? 1000만 원대의 경차 1000대면 100억 원이면 뒤집어써. 그 돈으로 기적 같은 순간에 우리 신차를 광고한다는 건 엄청난 효과지. 하지만 1승에 100대 뿌리는 건 10대 뿌리는 것과 효과 면에서 큰 차이 없다."

"그 기적 같은 순간에 기대 볼 수 있는 여지가 있지 않습니까? 대표 팀이 1승을 더할 때마다 신차 광고 효과는 몇 배씩 뛰는 겁니다."

조 사장은 내 의견에 더는 반대하지 않았다. 어차피 1승 정도가 기대할 수 있는 최대치, 10억 정도의 효과는 충분히 뽑을 수 있을 거라는 계산일 것이다.

"또 다른 의견 있어?"

분명 기대 없이 지나가는 투로 물었겠지만, 꼭 관철해야 할 의견이 아직 남아 있다.

"하나 더 있습니다. 이번 대표 선수 중에 박지성이라고 있어요."

"누구?"

"일본 프로팀에서 뛴 선순데 이번에 발탁됐습니다. 그 선수와 모델 계약하십시오. 그리고 히딩크 감독도 계약하시고요."

구겨진 두 사람의 얼굴이 펴지지 않았다.

"신차가 마음에 안 들면 그냥 말해. 홍보로 말아먹으려고 작정했나?"

조대호 사장은 평생을 모신 진 회장의 손자인 내게 차마 싫은 소리를 하지 못했고, 자신이 하고 싶은 말을 대신해 주는 오세현을 보며 머리를 끄덕였다.

"그런데도 네 말대로 해야 한다는 생각이 드니… 이거 참…."

"네? 오 대표님. 갑자기 그게 무슨…?"

"제가 이놈의 황당한 소리를 10년 동안 들었습니다. 그런데… 늘 결과가 좋았어요. 그러니 이젠 아무리 황당한 소리를 해도 그냥 따릅니다.

어쩌겠어요? 결과가 말해 주는데?"

미소 짓는 오세현을 보며 조 사장은 더 황당해 하는 듯했다.

"이번에도 예외는 아닐 겁니다. 사안이 크면 클수록 이놈 말은 더 잘 맞아떨어지거든요. 그러니 조 사장님께서도 한번 믿어 보십시오."

"참, 히딩크 감독은 1년, 박지성 선수는 5년 이상 장기 계약하십시오. 모델료도 최상급으로 주시고요."

"뭐, 그 고집, 할아버지를 닮았으면 더 말해 봤자 꺾을 수 없을 것 같고… 할아버지만큼 감이 좋기를 바랄 뿐이야."

"전 확신하는데요? 월드컵이 끝나면 두 사람은 우리나라 최고의 국보급 스타로 발돋움할 겁니다. 그래서 순양생명과도 광고 계약을 추진할 생각인데요?"

"걱정하지 마세요. 이놈 촉은 진 회장님도 못 따라갈 겁니다."

낄낄대며 웃는 오세현을 보던 조 사장은 머리를 푹 숙이며 한숨을 내쉬었다.

디지털 위성방송 서비스와 HD 방송이 기지개를 켤 무렵, 히딩크가 이끄는 대표팀은 남미와 유럽의 전지훈련 평가전에서 그리 좋지 않은 결과만 보여 주었다. 조대호 사장은 별다른 말은 하지 않았다. 아직 시간이 남아 있으니 내가 먼저 홍보 전략을 포기할지도 모른다는 생각인 것 같았다.

▲ ▲ ▲

「태극전사의 선전을 기원합니다.

HW자동차.」

딱 한 줄, 이 문장 외에는 아무것도 찾아볼 수 없는 검은 바탕의 전면 광고, 5월 31일 월드컵 개막식 아침, 이 광고가 모든 일간지를 뒤덮었다. 광고를 자세히 보지 않으면 검은 바탕에 아주 희미한 자동차 실루엣이 있다는 것을 발견하기 힘들다. 아무도 신차 광고라고 생각하지 않을, 단지 국가대표를 응원하는 정도라고 여길 만큼 평범한 광고다.

중앙일간지를 전부 확인하니 마음이 놓였다. 내가 원하는 대로 아주 잘 나왔다. 이 광고는 앞으로 계속될 광고의 신호탄에 지나지 않는다.

그리고 이날, 대한민국이 4강에 진출해도 이상하지 않을 이변이 일어났다. 서울 월드컵 경기장에서 열린 개막전에서 지난 월드컵의 우승팀 프랑스가 대회 새내기인 세네갈을 상대로 0대 1로 패배하였다. 이때만 해도 프랑스가 조별 예선에서 탈락할 것이라고는 아무도 예상하지 못했다.

6월 4일. 우리나라의 첫 번째 경기가 부산 아시아드 주 경기장에서 열렸다. 이날 아침의 광고는 지난번과 조금 달랐다. 검은 바탕은 똑같았지만 흐릿한 실루엣이 조금 더 선명하게 나왔다. 누가 보더라도 자동차 루프 라인이라는 것을 알 정도였다. 그리고 선명하게 인쇄된 광고 문구.

「대한민국 대표팀의 월드컵 첫 승리를 진심으로 축하합니다.
HW자동차는 이 기쁨을 함께 나누겠습니다.
오늘 추첨을 통해 100분께 HW자동차의 뉴 모델 100대를 드립니다. 자세한 내용은 홈페이지를 참고해 주십시오.」

곧바로 HW자동차 홈페이지에 접속했으나, 접속 폭주로 서버가 다운됐는지 들어가지도 못했다. 다시 인터넷을 뒤졌다. 이미 각종 커뮤니티의 화제는 단연 HW자동차 광고였다.

예언이냐? 아니냐? 단순한 시선 끌기로 도발한 것이다. 혹시 '진심으로 기원합니다.'를 '진심으로 축하합니다.'로 인쇄를 잘못한 건 아니냐?

반응은 예상대로였고 월드컵에 편승한 모든 광고를 눌렀다. 타사의 광고는 온라인상에서 전혀 눈길을 끌지 못했다.

순양전자는 첫 승리를 하면 개인당 최대 30만 원 이내로 상금을 지급하는 이벤트를 진행했다. 대현자동차는 예선 세 경기 중 한 경기라도 이기면 고객 2200명에게 각각 22만 원을 지급하는 총 5억 원의 상금 이벤트를 개최했다. 물론 이들의 이벤트는 자세히 들여다보면 복잡한 조건이 걸려 있었다. 우리 HW자동차만이 조건 없이 100대를 나눠 주는 것이다. 그것도 1000만 원짜리 자동차를!

놀라기에는 아직 이르다. 다음 광고가 나오면 한국은 물론 세계가 뒤집힐 것이다.

HW그룹 사옥의 가장 넓은 방을 쓰는 조대호 사장은 하루아침에 10년은 늙어 보였다. 밀려드는 전화를 더는 소화하지 못하고 차단할 정도였다.

사장실 문을 열고 들어가니 조 사장은 긴긴 한숨을 내쉬었다.

"결과가 어떻게 나오든 대성공이긴 하다. 미친 짓이지만."

"미친 것처럼 보이지만, 오늘 이깁니다. 안심하세요."

"내가 축구는 잘 모르지만, 폴란드가 유럽에 붙은 국가라는 건 안다. 우리가 월드컵에서 유럽 국가를 이겨?"

"전력상 분명히 이깁니다."

조대호 사장은 더는 듣고 싶지 않다는 듯 손을 휘휘 내저었다.

"자, 오늘은 괜찮아. 지더라도 우리 회사가 승리를 염원하는 진심을 담았다고 말하면 되니까. 그런데 다음은? 미국전은 어떻게 할 거야? 홍보팀은 지금 전쟁터나 다름없어. 예견한 거냐고 확인하는 기자들 전화를 소화도 못 해."

"그만큼 엄청난 광고 효과를 봤다는 증거 아닙니까? 전쟁터면 어때요? 홍보팀 직원들도 오랜만에 일 좀 하겠네. 흐흐."

"웃을 일이 아니야. 기대치를 한층 올려놨으니 다음 경기 광고는 정말 신중해야 해."

딱딱하게 얼굴을 굳힌 조 사장을 향해 나는 미소를 보냈다.

"사장님. 우린 도박꾼이 아닙니다. 못 맞혔다고 욕할 사람이 더러 나오겠지만 중요한 건 광고 효과의 극대화입니다. 오늘만 해도 우리 자동차 말고는 아무도 눈길을 못 끌었어요. 수억씩 돈을 퍼붓는 데도 누구 하나 관심 가지는 이 없지 않습니까?"

하지만 조 사장은 이미 내 말이 귀에 들어오지 않는가 보다. 여전히 걱정스러운 말만 계속했다.

"이젠 멈출 수 없다. 알지? 다음 광고도 예측해야 해. 물론 오늘 예측이 틀리면 욕만 얻어먹을 거다."

"다음 광고 문구도 정했습니다."

"뭐야? 이겨? 져?"

답답한 와중에도 호기심을 감추지 못한다.

"멋진 경기를 보여 주신 대표팀께 아낌없는 박수를 보냅니다."

"뭐? 이제 한 발 빼는 거야? 이러면 약한데?"

"예측해도 문제, 한 발 빼도 문제… 이런 겁니까? 하하."

조대호 사장은 잠시 눈을 깜빡이며 생각하다 입을 열었다.

"흠… 혹시 비긴다고 생각하는 거야?"

대답을 잘해야 한다. 점쟁이 노릇은 사양이다.

"이기든 지든, 비기든. 다 어울리는 문구 아닙니까?"

"그렇긴 한데, 비긴다면 아주 적절한 표현이겠어."

그건 6월 10일 결론이 나올 것이다.

"아무튼, 오늘 8시 반, 우리 회사 사람들은 단 한 명도 빠짐없이 경기를 볼 거다. 경기 결과 보고 다음 광고 문구를 어떻게 할지 생각해 보자. 괜찮지?"

"네. 오늘 지면 다음 문구는 무조건 바꿔야죠."

하지만 그런 일은 일어나지 않았다. 그날 저녁, 우리나라는 월드컵 최초의 1승을 거두었고, 두 사람의 영웅이 탄생했다. 황선홍과 유상철 선수가 그들이었다.

영웅은 아니지만, 화제의 주인공도 등장했다. 바로 승리를 예견한 오늘 아침의 광고가 바로 그 주인공이었다. 예언이 맞는다는 의견이 압도적이었고, 어쩌다 소 뒷걸음질로 쥐를 잡았다는 말도 나왔다. 하지만 소 뒷걸음질로 쥐 잡는 게 얼마나 어려운지 아느냐며 이것도 실력이라는 우스갯소리도 있었다.

그리고 우리가 원하던 대로 실루엣만 보인 자동차가 어떤 차인지 관심이 쏟아졌다. 루프 라인으로 봐서는 날렵한 스포츠카가 아니냐는 의견이 압도적이었다. 그만큼 사람들은 평범한 세단이 아닌 특이한 자동차가 등장하기를 기다린다는 의미이기도 했다. 사실 흐릿한 실루엣만으로는 어떤 차인지 알기 어렵다. 하지만 원래 인간은 원하는 것을 상상하기 마련이다. 평범한 실루엣을 스포츠카로 받아들이는 것은 그만큼 평범한 세단에 질렸다는 것을 뜻한다.

이제 다음 경기에서 HW자동차가 어떤 예언을 하느냐가 월드컵보다 더한 관심의 대상이 되었다.

「멋진 경기를 보여 주신 대표팀께 아낌없는 박수를 보냅니다.

HW자동차는 오늘도 역시 기쁨을 함께 나누겠습니다.

오늘 추첨을 통해 100분께 HW자동차의 뉴 모델 '이스퀼로' 100대를 드립니다. 자세한 내용은 홈페이지를 참고해 주십시오.」

한국과 미국의 경기가 벌어지는 6월 10일 월요일의 광고였다. 이젠 실루엣 정도가 아니라 흐릿하지만 2도어 쿠페라는 걸 확실히 인지할 수 있는 형상이 지면에 등장했다.

새롭게 출시하는 차가 스포츠형 쿠페라는 사실에 열광하는 사람도 꽤 있었지만, 결과를 예측하기 모호한 문구는 사람들의 궁금증을 증폭시켰다. 패배로 받아들이는 의견이 압도적으로 많다 보니, 경기 시작 전에 초 친다고 비난하는 여론도 있었다. 하지만 경기 결과가 1대 1 무승부가 되자 여론은 180도 변해 버렸다. '멋진 경기를 보여 주신 대표팀께 아낌없는 박수를 보냅니다.'라는 문구가 너무도 적절한 결과였다. 이제 HW자동차에 앉아 있는 점쟁이가 누군지 알고 싶어 하는 문의 전화로 홍보팀은 정신 줄을 놓을 지경이었고 홈페이지 서버는 여전히 복구 중이었다.

기대했던 외신도 조금씩 흥미를 드러냈다. 펠레의 저주와 비교하며 우리의 광고를 소개하기 시작한 것이다. 그리고 세 번째 경기의 광고에는 어떤 예측을 보여 줄지 기대한다는 말도 빼먹지 않았다.

6월 14일 금요일, 포르투갈과의 경기만 남은 조별 예선전의 광고는 그야말로 한국을 떠들썩하게 만들었다.

「축! 한국 대표팀 16강 진출!
HW자동차는 오늘도 어김없이 '이스퀼로' 100대를 쏩니다!」

홍보팀은 전화 코드를 전부 뽑아 놓고 멍하니 앉아 있는 게 할 수 있는 최선의 일이었다. 조대호 사장은 어젯밤 "내일 이기면 인천 경기장으로 가서 추첨 행사에 참석한다. 지면 네가 가서 추첨해라. 나도 이젠 모르겠다."라는 말만 남기고 연락 두절 상태다.

승리를 간절히 원하지만, 포르투갈을 이긴다고 생각하는 이는 없었다. 거스 히딩크 감독과 나만 빼고 말이다. 예정된 미래는 문제없이 굴러갔다. 월드컵 첫 승리만 해도 축제 분위기인데 16강 본선 진출이라니! 거리는 붉은 티셔츠를 입은 사람들이 넘쳐났고, 호프집은 사상 최대의 매출을 올리며 사장님들의 가슴을 벅차게 했다. 그들은 왜 월드컵은 4년에 한 번만 열리는지 FIFA를 원망했다.

처음 두 경기 때는 보여 주지도 않던 우리 추첨 행사를 이제 생중계로 잠시 보여 주기까지 했다. 조대호 사장은 한껏 인자한 미소를 보이며 관중석을 향해 손을 흔들었고 기자들은 마이크를 갖다 대기 바빴다.

"한 말씀만 해주시죠. 도대체 어떻게 승패를 딱딱 맞히십니까?"

"전문 분석가들을 동원하신 겁니까? 아니면 소문대로 용한 점쟁이라도 있는 겁니까?"

조 사장은 웃음을 잃지 않고 손을 저었다.

"아이고, 아닙니다, 우리 회사는 단지 국민의 염원을 광고에 쓴 것뿐입니다. 첫 승을 간절히 원했고, 멋진 경기를 보고 싶었으며, 16강 진출이라는 꿈을 국민과 함께 꾼 것입니다. 그게 전부예요. 점쟁이 같은 건 없습니다. 하하."

TV로 생중계되는 걸 아는지 그는 기자들의 질문에 가장 적절한 대답을 하고 사라졌다.

"영감님, 역시 노련하네… 흐흐."

더 지켜볼 것도 없다. 이번 한일월드컵의 진정한 승자는 바로 HW자동차다. 대현자동차는 이번 월드컵의 공식 후원사로서 FIFA에 스폰서 비용만 약 1000억 원을 썼다. 그리고 입버릇처럼 말하는 수조 원에 달하는 홍보 효과를 누릴 것이라고 자랑했다. 하지만 우리는 월드컵 로고를 사용하지 못했을 뿐, 대현자동차 이상의 홍보 효과를 누렸다. 이미 외신도 정확히 들어맞는 우리의 예견을 계속 보도했으니 전 세계를 대상으로 신차 홍보 효과를 톡톡히 누렸다.

"이번엔 뭐야? 또 8강 진출 축하야?"

"그것보다도 이길 것 같아? 이탈리아인데?"

조대호 사장, 오세현 대표, 그리고 홍보팀 직원들은 내 입만 바라봤다. 나는 머리를 갸웃거리며 뜸을 들였다. 점쟁이 흉내를 내면 안 된다. 가장 적절한 광고 문구를 뽑아내야 한다.

"AGAIN 1966. 우리는 확신합니다."

"뭐?"

"뭐?"

수첩을 들고 내 말을 기다리던 홍보팀 직원들도 무슨 뜻인지 몰라 멍하니 바라보기만 했다.

"1966년 월드컵에서 북한과 이탈리아가 맞대결했어요. 이때 북한이 1대 0으로 이겼고요. 그때를 재현하자는 뜻입니다."

"뭐? 북한?"

나이 지긋한 조대호 사장은 북한이라는 말이 나오자 거부감부터 보였다.

"너무 놀라지 마세요. 이건 공식 서포터즈인 붉은악마가 쓸 구호라고 하더군요."

"진짜?"

"네. 초대형 플래카드를 준비할 겁니다."

"넌 어떻게 알았어? 붉은악마는 매 경기 구호를 비밀로 한다던데?"

오세현이 미심쩍은 표정으로 나를 쳐다봤지만 둘러댈 말은 얼마든지 있었다.

"순양그룹 정보력을 무시하시네요? 이 정도는 한 시간이면 알아냅니다."

"아, 그걸 깜빡했네."

난 불만에 찬 조 사장에게 말했다.

"어차피 AGAIN 1966이라는 문구가 경기장 안을 가득 메울 겁니다, 우리가 조금 빨리 쓰는 건데 효과도 좋죠. 서포터즈가 한 번 더 광고해주는 모양새가 나오니까요."

효과 좋다는 말에 그의 표정이 풀어졌다.

"그런데… 우리가 이겨요? 아니면 져요?"

수첩을 들고 있던 홍보팀 직원 하나가 조심스레 입을 열었다. 이제 직원들도 예언이 맞는지 안 맞는지 궁금해하는 지경에 이르렀다.

"광고 문구 보세요. 우린 승리를 확신한다. 이겁니다."

"야! 모호하게 말하지 말고, 어떻게 될 것 같아?"

"승패 맞히자고 시작한 거 아닙니다. 다행히 지금까지는 광고와 결과가 대충 맞아떨어졌어요. 그게 중요하죠. 조 사장님께서 인터뷰 때 말씀하셨죠? 그게 중요한 겁니다."

오세현의 호기심을 못 들은 척하며 다시 홍보팀에게 말했다.

"이번엔 500대로 올리죠. 우리가 승리를 확신한다는 걸 돈으로 보여주자고요."

"솔직히 1000대를 걸어도 반대할 마음 없어. 내가 지금껏 자동차 만지며 살아왔지만, 이번만큼 신나는 일은 처음이다. 이럴 땐 확 질러야해. 그래야 타오르는 불이 꺼지지 않아."

조 사장은 500대 경품을 조금도 반대하지 않았다.

"참, 6월 29일 서울광장 사용 신청하세요. 그날 우리 신차 '이스퀼로'

를 처음으로 선보일 겁니다. 당첨자들에게 직접 나눠 주는 건 가을이겠지만 우리 차를 먼저 보여 줘야 할 타이밍이에요."

누구도 우리 대표팀이 4강까지 오른다는 생각은 못 한다. 6월 29일은 3, 4위전 경기다. 우리들의 월드컵은 그 전에 끝날 거로 생각할 테니 서울광장 사용 신고서는 받아들여질 것이다.

"마지막으로 홍보팀."

나와 눈이 마주친 홍보팀 직원들은 초롱초롱한 눈빛으로 내 입만 바라보았다.

"신문사에 전부 통보하세요. 우리가 받아들일 만큼 광고비를 할인하지 않으면 광고 뺀다고요."

"네? 그게 무슨…?"

모두 월드컵에 편승해서 광고를 실으려고 안달이니 신문 광고비는 사상 최대로 치솟아 있었다. 그걸 깎자고 하니 모두 황당한 눈빛으로 변했다.

"우리의 예언성 광고는 이제 광고가 아니라 특종이에요. 지하철 신문 가판대 보셨죠? 우리 광고를 내세우며 진열합니다. 신문사는 지금 특종을 제공받고 광고비까지 받는 거예요. 장담하는데 무가지는 광고 뺀다고 하면 공짜로 실어 줄 겁니다. 중앙일간지는 분명 할인해 줄 테고요. 홍보팀의 능력을 보여 주세요."

홍보팀 직원들은 내가 그냥 하는 말이 아니라는 걸 알아챘다. 이건 업무 지시며 꼭 해내야 한다.

"네. 알겠습니다."

힘찬 그들의 대답을 끝으로 회의를 마무리했다.

그리고…. 6월 18일, 대전에서 벌어진 이탈리아전은 안정환의 골든 골로 끝났다. 이제 사람들의 관심은 딱 두 개뿐이었다. 대표팀은 언제까지 승리할 것이냐? 그리고 HW자동차가 광고를 빌려 발표하는 예언이 언제까지 들어맞을 것인가?

「Hurray! World Big 4」

4강 진출을 예언한 광고 그리고 1000대의 자동차 선물, 확연히 드러난 신차의 모습. 광고가 나가자 4강 진출에 대한 이야기가 반, 신차에 대한 이야기가 나머지 반이었다. 900시시급 경차라는 게 밝혀지자 실망하는 사람도 꽤 많이 있었지만, 일반인들은 손닿을 수 있는 가시거리의 저렴한 가격에 열광했다.

22일 저녁, 믿기 힘든 대표팀의 4강 진출 확정에 대한민국 전체가 들썩였다. 토요일 주말 저녁이다 보니 밤을 잊은 젊은이들은 새벽까지 거리를 활보하며 승리를 즐겼다.

그 시간, 3일 뒤면 열릴 4강전에 대해 어떤 전략을 취할 것인지 논의하기 위해 조대호 사장은 물론이고 홍보팀, 마케팅팀, 전략실 임원까지 모두 모였다. 그들은 흥분에 휩싸인 채 최고의 기획을 뽑아내기 위해 머리를 맞댔다. 만약 결승에 진출하는 기적만 나온다면 어떤 이벤트로 시선을 확 끌어야 할지 앞다퉈 의견을 내놓았다.

이래서 흐름을 탄다는 게 무서운 것이다. 연승 행진을 계속하니 4강전 상대가 전통의 강호 독일이라는 것도 잊고 승리를 확신하는 사람까지 있었다. 하긴, 스페인, 이탈리아, 포르투갈을 꺾은 것도 기적이다. 세 번의 기적이 연속으로 나오면 네 번째도 기대하는 게 사람의 심리 아닌가?

"도준이 생각은 어때? 대대적으로 해야 할까?"

조 사장이 냉정함을 잃지 않고 내게 물었다. 지금까지 내 의견 덕분에 엄청난 효과를 본 것은 의심할 여지가 없기 때문이다.

"이제 그만하죠."

"뭐?"

"이번 월드컵에서 비용 대비 몇백 배의 효과를 뽑았습니다. 더 해봤자 재미도 없고 감동도 없어요. 이미 관심은 준결승전에서 이기느냐, 만약 이긴다면 결승에서 누구와 맞붙을 것이냐로 모였습니다. 우리가 또한 번 예언 같은 광고를 한다고 하더라도 리스크만 커집니다."

"리스크?"

10여 개의 의아한 눈빛이 내게 쏠렸다.

"지금 여러분들은 이기는 게 당연한 듯 말씀하시죠? 아마 대한민국 국민이라면 누구나 그렇게 생각할 것입니다. 그럼 우리 광고가 승리를 예견한다 해도 별다른 효과를 주지 못해요. 그런데 진다는 예언은 할 수 없는 노릇 아닙니까? 만약 4강에서 진다면 그 책임은 대표팀이 아니라 바로 우리 HW자동차가 다 짊어져야 합니다."

지금까지 패배를 예언한 적이 없다. 조별 예선의 유일한 무승부 한 게임만이 아쉬운 광고였지만 토너먼트 진출이라는 좋은 결과를 맞았으니 화살을 맞지 않았다.

"다시 한 번 말씀드리지만 우린 예언자가 아닙니다. 패배를 예언하고 그 예언이 정확하게 들어맞으면 좋은 홍보 전략입니까? 불길한 예언인데? 잘 생각해 보세요."

모두 입을 다물었다. 지금이 가장 조심해야 할 때라는 걸 모두 인식한 것 같다. 전 국민이 승리의 기쁨에 도취해 있을 때, 이 자리의 우리들은 그 국민을 대상으로 장사를 해야 하는 처지라는 것을 절대 잊으면 안 된다.

"네 의견은 결승 진출 실패?"

모두 입조심할 때 나를 아주 만만하게 생각하는 오세현이 웃으며 물었다. 경직된 회의 분위기를 푸는 방법이기도 할 것이다.

"지금까지 온 것도 기적이에요. 독일을 이길 정도라면 기적이니, 새로 쓰는 신화라느니 하는 말이 필요 없죠. 전 진다는 데 한 표 겁니다."

"그럼 패배를 가정하고 전략을 짜야겠군."

조대호 사장도 조심스레 말했다.

"관심을 끌려면 아무것도 하지 않는 게 가장 좋은 전략 아닐까요?"

다시 회의실은 침묵이 내려앉았다. 홍보팀과 마케팅팀은 섣불리 의견을 말하는 것보다 충분히 생각한 뒤 입을 여는 게 현명하다고 판단한 것 같다.

"어쩌면 호기심을 자극해서 사람들의 입방아에 오르는 전략으로서는 좋은 것 같습니다."

"익숙한 것이 사라질 때 호기심은 극에 달하죠. 매 경기 등장했던 우리 광고가 없다면 그것만으로도 화제가 될 겁니다. 과연 준결승전의 결과가 어떻길래 광고를 싣지 않았나 하고요."

그 뒤로도 많은 의견이 쏟아져 나왔다. 이젠 이들 같은 전문가가 맡아야 할 시점이다. 난 마지막 의견을 내놓고 일어섰다.

"이젠 4강전 결과에 상관없이 두 경기 남았습니다, 이기면 결승전, 지면 3, 4위전. 29일 서울광장 사용 신고를 끝마쳤습니다."

"가만, 그날은 3, 4위전 아냐? 넌 확실히 진다고 생각하는구나!"

오세현이 경기 일정을 확인하고 소리쳤다.

"어차피 결승전은 일본입니다. 만약 결승에 올라간다면 사전 축제를 즐긴다고 생각했어요."

일단 나는 시치미를 뗐다.

"이제 순위와 상관없습니다. 여기까지 온 대표팀에게는 칭찬과 후원이 쏟아지겠죠?"

"그래 봤자 최고 인기 스타 두 사람은 우리와 계약했어. 아하하."

히딩크 감독과 박지성 선수, 두 사람과 광고 계약을 일찌감치 끝낸 조대호 사장은 기분 좋은 웃음을 터트렸다.

"우리는 선수를 제외한 나머지 스태프진에게 감사를 전합시다. 그들에게 신차를 선물하기에는 좀 없어 보이죠? 경차니까요. 대신 HW의 중형 세단을 선물하는 건 어떨까요?"

"스태프진이라면…?"

"코치진, 테크니컬 코디네이터, 물리치료사, 체력 담당 트레이너, 비디오 분석관, 장비 담당, 통역, 언론 담당관 등등… 꽤 많은 인원입니다. 이들은 음지에서 묵묵히 일했어요. 아무도 관심 두지 않을 때 우리가 감사의 마음을 전하면 어떨까 싶은데요?"

"그거 괜찮은데요? 세심한 배려… 훈훈하잖습니까?"

"제 의견은 여기까지입니다. 이제 해당 부서의 전문가들께서 잘 풀어 나가시기를….""

25일 아침, 우리의 광고가 보이지 않자 의견이 분분했지만, 오늘의 운세가 빠진 허전한 신문 같다는 평가가 가장 많았다. 그리고 그날 저녁 시작한 준결승전은 독일의 승리로 끝났다. HW자동차의 광고가 없을 때부터 짐작했다는 댓글도 심심치 않게 등장했지만, 4강 진출이라는 신화를 만든 대표팀에 대한 칭찬과 감사의 의견이 가장 많았다. 우리 직원들이 어떻게 풀어 나가나 지켜보니 다음날 26일, 곧바로 확인할 수 있었다.

「월드컵 4강 신화를 써 내려간 대표팀께 감사의 마음을 담았습니다.
거스 히딩크 감독님부터 대표팀의 먹거리를 챙겨 주신 조리사님까지 우리 HW자동차가 작은 선물을 준비했습니다.」

광고 문구 아래에는 중형 세단 사진이 큼지막이 박혀 있었다.

그리고 누구 아이디어인지 모르겠지만, 그날 저녁 뉴스는 100여 대의 자동차 행렬로 시작했다. 이 자동차 행렬의 목적지는 파주 NFC였다.

비록 감독과 선수들은 뉴스에 등장하지 않았지만, 코칭 스태프부터 파주 NFC의 경비 아저씨까지 모두 등장해 자동차 키를 받는 모습이 몇 분간 이어졌다. 아주 고맙게도 파주 센터의 식당 아주머니 몇 분이 눈물까지 흘려 주셨고 뉴스 카메라맨은 이 광경을 놓치지 않았다. 이 정도면 성공적인 사전 마케팅이다.

콘셉트카를 프랑크푸르트 모터쇼에 출품하는 것보다 훨씬 적은 비용으로 한국과 해외에 충분히 선보였다. 이미 해외 딜러들의 관심도 폭발하여 '이스퀼로'의 정식 출시 시기를 앞당겨 달라는 요청이 밀려들고 있다고 들었다.

3, 4위 결정전 저녁, 서울광장에서 '이스퀼로'를 직접 선보이는 이벤트도 성공리에 끝내고, HW자동차의 홍보팀과 마케팅팀 직원들은 겨우 안도했다. 그리고 월드컵과 함께한 한 달 동안의 프로모션이 성공리에 끝났음을 뿌듯해 하면서 실로 오랜만에 집으로 향했다. 터키를 상대로 이겼으면 참 좋았을 텐데, 아쉽다.

▲ ▲ ▲

브라질의 우승으로 끝난 '2002 월드컵'은 많은 것을 남긴 국제적 행사였다. FIFA 위원인 정치인 한 명이 대선후보급으로 급성장했으며, 한국에서는 비주류인 록밴드 하나가 국민가수 반열에 올라 버렸다. 외국인 축구 감독은 당장 대선에 출마하면 대통령 당선은 문제없다는 농담이 돌 정도로 국민 영웅이 되었으며, 월드컵 이전에는 무명에 가까웠던 젊은 선수 몇 명은 해외 구단에서 러브콜을 받는 스타 반열에 올랐다.

몸값이 오른 사람이 있다면 추락한 사람도 있다.

"스폰서 비용만 1억 달러, 국내 이벤트 비용 400억 원, 맞나?"

질문인지 질타인지 구분하기 힘든 대현자동차 주태식 회장의 목소리가 회의실을 가득 메웠다.

"뭐야? 왜 아무도 대답이 없어?"

"마, 맞습니다."

"그런데? 돈은 그렇게 처발랐는데 왜 아진과 순양 같은 떨거지 집합소인 HW가 이렇게 떴지? 그놈들은 수천억, 수조 원이라도 퍼부었나?"

"그, 그게 광고 때문에…."

"광고? 무슨 광고?"

몰라서 되묻는 게 아니다. 경기 결과를 귀신 들린 무당처럼 딱딱 맞힌 HW자동차의 광고를 모르는 사람이 없다.

"아, 노스트라다무스도 울고 갈 그 광고?"

임원들이 입이 붙은 것처럼 대답하지 않자 주태식 회장이 스스로 대답했다.

"내가 아무리 공부 안 하고 탱자탱자 놀았다지만, 그 광고는 지독히 머리 굴린 거지 예언이 아니라는 것쯤은 읽을 수 있어. 조대호 인터뷰 안 봤어?"

"회장님, 그럴듯하게 들렸지만 정말 무당이라도 데리고 있지 않으면 그런 광고 못 합니다. 월드컵 아닙니까? 매일 아침 그날 경기 결과를 맞혀 버리는데 그걸 어떻게 누릅니까?"

주태식 회장에게 말대답하는 한 사람 덕분에 임원들은 속이 다 후련했다. 모두가 하고 싶지만 차마 하지 못한 말을 저렇게 시건방지게 한 사람은 바로 주태식 회장이 가장 아끼는 장남이었다.

"그래서? 우리도 무당 한 놈 데리고 와? 미아리 갈까?"

"아뇨. 미아리가 아니라 HW자동차로 가야죠."

"뭐?"

"이번 광고 기획한 놈, 그놈을 데리고 와야죠. 회장님 말씀대로 예언과 국민의 마음 사이를 절묘하게 줄타기했던 그 광고 문구 만든 놈, 그놈을 데려와야죠."

주태식 회장의 장남은 아주 괜찮은 생각임을 확신한 듯한 거만한 표정이었다.

"좋다. 그럼 그 광고 기획한 놈을 네가 데려올 수 있겠지?"

"맡겨만 주십시오. 그리고 예산도 넉넉하게 잡아 주세요. 돈을 처발라서라도 데리고 오겠습니다."

아들이 가슴이라도 탕탕 칠 기세로 자신 있게 말하자 주태식 회장의 입가에 야릇한 미소가 보였다. 임원들은 뭔가 이상하게 흘러간다는 걸 직감했다. 저런 미소 후에는 손에 잡히는 건 뭐든 집어던진다는 것을 경험으로 알기 때문이었다. 하지만 예상과는 달리 아무것도 던지지 않았다. 아들이라 봐주는 건가?

"돈을 처발라서? 그런다고 그놈이 올까? 만만치 않을 텐데?"

"네?"

"우리나라 20대 이하 최고 부자라던데? 알려진 개인 재산만 1000억 원이 넘고 우리나라 최고 금융사 서너 개를 물려받은 차세대 최고 경영자. 그런 놈을 네가 데리고 오려면 얼마가 필요할까? 1조 원? 2조 원?"

"서, 설마 그놈이…?"

주 회장의 장남은 당황해서 입을 떡 벌렸다.

"그래, 바로 그놈이다. 순양그룹에서 제일 잘난 놈. 너 같은 놈들 한 트럭을 줘도 진 회장이 바꾸지 않을 똑똑한 3세. 그놈 작품이라는데 그래도 데려올 수 있어?"

"혹시 진도준 그놈이 이 광고를 기획했다는 뜻입니까?"

"그 집안에 똘똘한 3세가 또 있어? 다들 너처럼 개폼만 잡는 등신만 득실거리잖아?"

주태식 회장이 비아냥거리자 그의 아들은 시선을 돌려 버렸다. 모처럼 괜찮은 의견이라고 생각했는데 입 밖으로 꺼내지 않느니만 못했다.

"그놈들 신차는 어때? 의견 말해 봐. 솔직하게."

주태식 회장은 못마땅한 표정으로 임원을 돌아보며 말했다. 지나간 일도 중요하지만 당장 닥쳐올 일도 걱정이었다. 그가 보기에도 HW의 새로운 경차는 꽤 잘빠졌기 때문이다.

"아직 출고가가 나오지 않아 판단하기는 어렵습니다만, 2인승이라는 게 발목을 잡을 겁니다. 국내 사정상 4인승을 선호하는 건 어쩔 수 없습니다."

"그렇습니다. 지금껏 경차의 주 소비층은 '아이 엄마'입니다. 어린 자녀를 조수석에 태운다? 타깃층을 잘못 해석한 겁니다."

"해외 시장을 메인 타깃으로 삼았다면 그야말로 실수한 겁니다. 일본 소형차 브랜드와의 경쟁에서 버티기 힘듭니다."

자동차 업계에서 잔뼈가 굵은 임원들의 의견은 한결같이 부정적이었다. 가격, 효율 등을 생각하면 그리 잘못된 생각도 아니다. 하지만 생산 설비를 늘리고 대량 생산과 비용 절감에 치중했던 전대 회장의 측근들은 세상이 변해 간다는 걸 체감하지 못했다.

"그런데 왜 난 그 깜찍하게 생긴 차를 사고 싶을까?"

주태식 회장은 그들을 바라보며 싱긋 웃었다.

"손가락 하나 겨우 들어가는 구멍이 거대한 댐을 무너뜨려요. 균열이 시작되면 이미 늦어. 그런데 내가 보기엔 저놈들의 작은 쿠페는 손가락 정도가 아니라 주먹만 한 구멍을 뚫을 것 같단 말이지."

단지 임원들을 깨기 위해 한번 해보는 말이 아니다. 처음 그 모습을 신문 지면으로 봤을 때 가슴이 철렁했다. 가격, 성능, A/S 같은 외부 요인은 궁금하지도 않았다. 이거… 먹히겠는걸, 이런 느낌이 먼저였다.

"참으로 안일하군. 우리 대현의 중심 댐인 자동차가 구멍 난 채 달린 다는 걸 나만 걱정하는 건가?"

주 회장의 상태가 심상치 않음을 감지한 임원들은 서로 눈빛을 교환했다.

"대책을 마련하겠습니다. 회장님."

가장 쉽게 할 수 있는 말부터 던진 후 눈치를 살폈다. 이 정도로 끝날 것 같지 않다.

"HW 신차는 10월 초순 출시 계획입니다. 우리의 신차 출시가 11월 이지만 한 달 앞당기겠습니다."

"우리 신차? 그거 경차 아냐?"

"맞습니다. 프로젝트명 '포르투나'입니다. 5인승이니 충분히 제압할 수 있을 겁니다."

"오호라, 그거 딱 딱이군. 젊은 애들이 좋아할 만한 2인승 쿠페와 '아이 엄마'가 좋아하는 4도어. 좋아 제대로 한판 붙어 보자고."

순간 주태식 회장의 얼굴이 밝아졌다. 임원들이 그의 표정을 보고 한 시름 놓았을 때 주 회장의 입에서 폭탄 같은 경고가 터져 나왔다.

"3개월. 출시 후 딱 3개월 뒤의 결과로 인사 조처합니다. 시기도 아주 적당하네. 내년 1월이니까 말이야. 그때 우리가 HW보다 뒤처졌다면 이 자리 임원님들 전부 옷 벗을 각오하세요. 분명히 말했습니다."

결국, 주 회장이 원하는 것은 물갈이다. 실적으로 평가하겠다는 건 반박할 수 없고, 불만을 가질 수 없는 인사다. 경쟁사와의 한판 승부에서 이기면 되는 일이다. 자동차 전체 실적을 따지겠다는 것도 아니다. 지면 물러난다는 간단한 규칙, 마치 월드컵 토너먼트 같다. 회의실에는 적막이 흘렀다.

"자, 대책을 마련하면 내게 가져와 봐요. 어떤 전략인지 한번 보자고."

주태식 회장은 회의를 끝냈다. 오늘 취임식을 끝낸 새로운 서울시장과 차 한잔할 시간이 다가왔기 때문이다.

▲ ▲ ▲

정말 어색하다. 도대체 나를 이 자리에 부른 큰아버지의 속셈을 모르겠다. 순양호텔 레스토랑에 모인 네 남자. 두 큰아버지, 나 그리고 이학재 실장. 이 조합으로 뭘 하자는 건지….

"이번에 네가 순양자동차에 큰 도움을 줬다고 들었어. 잘했다."

"아닙니다. 광고 문구 짤 때 의견 낸 게 전분데요, 뭐."

진동기 부회장은 아직 순양자동차를 자신의 것으로 생각하는 걸까? 화제가 된 HW자동차를 너무나 당연한 듯 뿌듯하게 생각한다. 저 태도는 할아버지가 보일 법한 반응이다.

"그 덕분에 순양전자 핸드폰 프로모션은 기사 한 줄 안 나왔다. 너무 튀지 마라. 이런 국가적인 큰 행사는 계열사가 골고루 올라타서 함께 가야 하는 거야. 허허."

진영기 부회장은 아예 계열사 전체를 관장하는 회장님 같은 풍모를 보여 준다.

'이 양반들이 지금 뭐하자는 거야. 이학재 실장 앞이라고 속 넓은 척하는 건가?'

"울타리를 벗어난 순양자동차지만 잘 됐으니 좋은 거죠. 순양자동차가 남의 집 식구가 됐어도 도준이는 몇 다리 걸친 주주 아닙니까? 실낱같은 인연은 아직 남아 있다고 봐야죠."

"그러니까 내가 이렇게 웃고 있지. 만약 딴 놈이 날 물 먹였다면 내가 이렇게 웃고 있겠어? 작살냈지."

진영기 부회장은 날 바라보며 여전히 웃고 있었다.

이건 또 무슨 말인가? 언제든 날 작살낼 수 있다는 엄포 같다.

"자자, 식사 다 끝났으면 어떻게 할 건지 결론 내자고."

"돈 많은 형님께서 책임져 주시면 되겠네요."

"그럼 날 회장으로 추대하든가? 그럼 내가 이번 대선 책임지지."

대선? 이번 대선의 대비책을 세우는 자리인가 보다.

"회장 하세요. 아버지께서도 별말 없으실걸요? 호칭 바꾸고 명패 바꾸고 명함 바꾸면 끝 아닙니까? 쉽잖아요?"

"그래, 싹 바꾸지. 대신 회장에 어울리는 지분은 가져야겠지? 우리 동생이 15퍼센트, 똑똑한 조카가 5퍼센트, 이렇게 나한테 넘기면 내 지분이 56퍼센트니, 좋네. 회장 해도 되겠구먼."

두 사람의 날 선 대화를 듣던 이학재 실장은 슬쩍 웃으며 서류 파일을 꺼냈다.

"지금 현황입니다. 두 분의 판단대로 집행하시랍니다."

"아버지가?"

"네. 다음 대통령이 누가 되든 그 사람 임기보다 당신의 목숨이 더 짧을 거라고 하시더군요. 그래서 청와대 주인은 두 분께서 잘 모셔야 할 거라고…."

농담 같은 이학재의 말에 내 가슴이 철렁 내려앉았다. 혹시 할아버지 건강에 무슨 일 있는 건 아닐까?

"도준이 너도 파일 봐. 넌 촉이 좋잖아. 한번 예측해 보라고."

이미 두 큰아버지는 서류를 읽어 내려가는 중이었다.

난 파일을 펼치고 읽는 시늉만 하다 다시 덮었다. 누가 되든 재벌은 영원한 것 아닌가?

"응? 왜 덮어? 벌써 촉이 온 거야?"

이학재의 날카로운 눈빛이 거북했지만, 어깨만 으쓱했다.

"제가 뭐 봐도 아나요? 여야 후보가 팽팽한데…."

"그럼 결과는 어떻게 될 것 같아?"

"아직 5개월 넘게 남았습니다. 정치 평론가들이 말하지 않습니까? 선거 3개월이면 조선왕조 500년이라고요. 이렇게 엎치락뒤치락한다면 앞으로 어떻게 요동칠지 아무도 모를 겁니다."

두 큰아버지들도 파일을 덮었다. 서류만으로는 아무런 답을 끌어낼 수 없다고 결론 내린 것이다.

"도준이 말이 맞다. 이런 건 무의미하지."

진영기 부회장은 서류 파일을 한쪽으로 쓱 밀어 버렸다.

"관행대로 가자. 7대 3 이렇게 전달하자고."

7대 3이라고? 내가 머리를 갸웃하자 이학재가 말했다.

"차기 정권에 보험 드는 거다. 너도 모르지는 않겠지?"

"그럼 7은 여당입니까?"

"아니. 이번엔 야당이다. 처음 있는 일이야."

아, 보수당이 야당이 된 게 이번이 처음이구나.

"그런데 이런 이야기까지 도준이가 들을 필요 있나? 이 실장이 실수한 거 같아."

진영기 부회장이 슬쩍 이학재 실장에게 핀잔을 줬지만, 그의 표정은 변함없었다.

"회장님 지시니까요. 그리고 도준이도 어엿한 금융그룹 대표입니다. 순양에서 책임져야 할 부분은 마땅히 책임져야 한다고 생각합니다만."

대선에서 순양의 이름으로 돈을 건네는 사람, 정계에서는 그 사람이 바로 순양의 선장이라고 생각할 것이다. 진동기 부회장이 돈 없다고 엄살을 떨었지만, 그 역시 거금을 건네고 싶을 것이다. 단, 자신의 이름으로 말이다. 난 내 이름을 드러내고 싶지 않았다. 평범한 사람이라면 상상도 할 수 없는 창의적인 방법인 '차떼기'의 오명에 내 이름을 올릴 수는 없는 노릇이다. 다행히 진영기 부회장이 운은 뗐으니, 말없이 앉아 있다가 때가 되면 슬쩍 빠져나가는 게 상책이다.

"형님 말이 맞는 것 같습니다. 물론 도준이도 아버지가 지목한 순양의 한 축이 맞아요. 하지만 이런 은밀한 일에 깊숙이 개입하는 건 아직 멀었습니다."

진동기 부회장까지 거들어 준다. 물론 이들이 나를 생각해서 멀찍이 떨어지라는 건 아니다. 어차피 이 나라 권력의 핵심에 다가서는 일이다. 내가 벌써 그런 권력자와 연을 맺는 게 껄끄러울 뿐이다.

"그러니까 이렇게 하자. 도준아."

"네."

진영기 부회장이 은근한 목소리로 나를 불렀다.

"아버지가 널 이 자리에 참석시키라고 한 뜻은 알겠지?"

"네. 그룹 이름으로 하는 일이니 저도 일부분은 책임져야 한다는 뜻 아니겠습니까?"

"맞다. 너도 알다시피 올해 대선에 우리 순양이 보험금을 내는 거야. 넌 보험금 일부를 책임지면 돼."

"그런데 큰아버지. 문제는 제가 돈을 마련하는 방법을 아직⋯."

"그건 내가 정리해 주마."

진동기 부회장이 기다렸다는 듯 나섰다.

"대략 이삼십 억 정도 준비하면 될 거다. 안 그렇습니까?"

진동기 부회장이 동의를 구하는 듯 형을 바라보자 진영기가 말없이 고개만 끄덕였다.

"내가 처리해 줄 테니 넌 내게 맡기면 돼."

"네, 감사합니다. 큰아버지."

머리를 꾸벅 숙인 다음 슬며시 의자를 뒤로 밀었다.

"그럼 연락 주십시오. 먼저 일어나겠습니다."

"그래. 그만 가봐."

호텔을 나와 차에 올랐다.

"할아버지 댁으로 갑시다."

월드컵 프로모션으로 바쁜 탓에 할아버지 댁에 정말 오랜만에 방문했다.

"뭐? 내가 죽으면 매일 아침 내 무덤에 찾아와 문안 인사를 하겠다고? 살아 있을 때나 잘해, 이눔아."

"죄송합니다. 지난달에는 너무 정신없어서요. 앞으로 자주 오겠습니다."

"일없다. 바쁠 때 짬을 내는 게 정성이지, 한가할 때 짬 내는 게 뭐 어렵다고?"

할아버지는 나를 보자마자 버럭 소리를 질렀지만, 얼굴은 웃고 있었다. 그런데 마음이 아프다. 고작 한 달 만인데 하루가 다르게 쇠약해지는 게 눈에 보인다.

"거참, 뭘 드시길래 목청만 더 좋아지십니까? 팔다리는 자꾸 가늘어지고… 뭡니까? 식단 좀 바꾸세요. 단백질 위주로 드시라니까요."

"딴소리는…!"

할아버지는 내 등을 한 대 쳤다.

"어쨌든 지난달에 재미 좀 봤더구나. 잘했다."

"조대호 사장이 잘한 겁니다. 저야 뭐 어시스트 정도죠."

"어울리지 않게 겸손은. 조대호가 몇 번이나 전화했다. 네 덕분에 수천억 광고 효과를 봤다고 칭찬이 자자하더라. 외국 딜러들 반응도 폭발적이라고 입이 찢어졌어. 돈으로는 절대 얻지 못할 결과를 네가 해낸 거다."

눈치가 빠른 것인지, 솔직 담백한 건지, 아직 조 사장의 캐릭터를 잡기 힘들다.

"대선 자금 때문에 온 거냐?"

"아뇨. 얼굴 뵈려고 왔습니다."

"시간 보니까 너 먼저 빠져나왔구나. 왜? 그놈들이 너는 빠지라고 하디?"

"제가 부담스러워서요. 대선 자금은 큰아버지들께서 결정하시고 전 일부만 책임지기로 하고 나왔어요."

"왜? 권력이 없어도 돈 벌 자신이 있어서?"

"아, 아닙니다. 그런 이야기를 하는 게 어색해서…."

"도준아."

"네."

"돈을 힘으로 바꾸는 일이다. 한낱 숫자에 불과한 돈이 금력(金力)이라는 이름으로 변하는 게야. 네게 꼭 필요한 것 아니냐?"

할아버지는 어느새 웃음을 거뒀다.

"꼭 필요하지만, 이번은 아닙니다. 아직 멀었습니다."

"뭐가 멀었어?"

"정치인과 밀접한 관계를 맺는 것 말입니다. 고모부까지 시장 자리에서 내려왔으니 이제 현역 정치인은 아무도 모릅니다. 돈이 아니라 금력이 필요할 때 그들과 만나겠습니다."

"쯧쯧, 아직도 어린애라고 생각하는 게냐?"

할아버지는 혀를 끌끌 차며 못마땅한 표정이었다.

"네가 아무리 부인하려 해도 넌 이미 3세라는 딱지를 뗐어. 순양의 금융 부분을 맡은 어엿한 후계자라고. 몇 번이나 언론을 탄 네놈을 어린애로 여길 사람은 없다."

'이런, 오해하셨구나. 그 이유가 아닌데….'

"재계 순위 바닥을 기는 기업도 알게 모르게 선거 캠프와 줄을 닿으려 여기저기 찔러 본다. 너만 빠진다는 건… 득 보려고 하는 게 아니야. 손해 보는 건 피해야 하지 않겠느냐?"

자세히 말할 수도 없으니 머리를 끄덕였다.

"네. 제 생각이 짧았습니다. 양쪽 캠프 인사를 만나 보겠습니다."

"똥통에 발을 담그는 게 빨리 온 것뿐이다. 적당히 예의 차려 주고 안면 익혀 두도록 해라."

"알겠습니다. 그런데 오늘은 이런 이야기 하려고 온 거 아닙니다. 어떻게 지내시나 인사드리러 온 건데…."

"욕심도 많다. 허허."

"네?"

"우리가 평범한 조손 간의 대화를 나눌 수 있다고 생각했더냐? 손자가 할아버지 건강을 걱정하고 할아버지는 손자가 잘 지내고 있는지 마음 졸이는…. 그런 건 일찌감치 포기해야지. 우린 그저 만날 때마다 회사 걱정이나 하는 거다. 허허."

농담이 아니란 것을 할아버지의 표정을 보며 알았다. 할아버지에게 효도하는 방법은 안부를 묻고 건강을 걱정하는 게 아니라. 일 이야기를 하며 아직 경영자의 면모가 펄펄 뛰고 있음을 느끼도록 하는 것이 제일이다.

"그럼 다른 이야기해 볼까요?"

"응? 무슨…?"

"대현자동차가 단단히 벼르는 것 같습니다. 우리 신차가 나올 때 그쪽에서도 준비한 신차로 맞불을 놓으려 한다는 정보를 입수했어요. 된통 붙을 것 같습니다."

"네가 질 거다."

조금도 망설이지 않고 단정 지으셨다.

"그런가요?"

"너도 어느 정도는 예상했을 텐데? 대중성 없는 스포츠 타입으로 무난한 4인승을 어떻게 이겨?"

"그래도 누르고 싶은 마음이 불쑥 드는데 방법이 없을까요?"

"나 심심하지 않게 해주려고 마음 쓰는 거냐?"

'우리 할아버지, 눈치 하나는….'

"아닙니다. 오죽했으면 제가 이러겠습니까?"

"됐다. 네 녀석이 했던 말을 내가 잊었을 성싶어? 건망증이 심해지긴 했지만, 회사 일은 잊어버리지 않아. 잘 팔리는 차가 아니라 제대로 된 차, 보는 순간 갖고 싶은 차가 목적이라고 하지 않았어? 멀리 보고 한 걸음씩 간다면서?"

나도 잊어버린 걸 이 정도까지 기억하는 걸 보니 건강 걱정은 괜히 했나 싶었다.

"어차피 판매량 싸움에서는 못 이겨. 하지만…."

"화제성에서는 밀리면 안 되겠죠?"

"그래. 대현이든 우리 순양이든 두 회사 모두 경차로는 돈 못 벌잖아."

순양이 아니라 HW라고 정정하고 싶었지만 참았다. 선물로 준 회사니 할아버지에게는 영원한 순양의 계열사여야 한다.

"대현에서 경차의 위치는 구색 갖추기일 뿐이야. 넌 그 이상으로 보지?"

"네. 순양자동차 아이덴티티를 구축하는 첫 출발이라고 봅니다."

"그래. 그럼 그 경차가 주전은 아니지만, 조연… 아니 이번 월드컵에서 붉은악마인가 뭔가 하는 그놈들 있지? 외신에서 보도까지 했잖아."

"네."

"그런 놈으로 만들어 보라고. 월드컵은 끝났어도 그 붉은 티셔츠는 여전히 팔리잖아."

내 생각과 정확히 일치한다. 팔순이 훌쩍 넘은 할아버지지만 감각 하나는 젊은 마케터 못지않다. 괜한 걱정이었나?

▲ ▲ ▲

"20억이면 부담이냐?"

"부담이지만 어떡하겠습니까? 할당은 채워야죠."

"그래. 1차로 150억 건네기로 했다. 네가 20억은 해줘야 대충 구색이 맞는 것 같아서 그렇게 정했다."

대충 20억이라는 할당이 어디서 나왔는지 알 것 같다. 내가 가진 10퍼센트의 순양그룹 지분, 그만큼 나눈 것이다.

"그런데 큰아버지. 지난번에 말씀드렸다시피 전 회사에서 비자금을 만드는 방법을…."

"있는 놈이 더 한다더니, 네가 딱 그 짝이구나. 하하."

진동기 부회장은 어이없다는 듯한 웃음을 보였다.

"인도네시아에서 찾은 돈이 1000억일 텐데? 20억이면 겨우 2퍼센트야. 그것도 못 빼?"

"아, 그 돈은 한 바퀴 더 돌려야 한다고 해서요. 지금쯤 남미 어디쯤 있을 겁니다."

"오세현이 그래?"

"네."

"이런, 저쪽에 전해야 할 돈은 급한데…."

내 돈이 전달된 흔적이 있으면 안 된다. 이 불법 선거자금은 언젠가 밝혀질 것이고 누군가는 책임을 져야 한다. 분명 큰아버지 두 분은 임원 중 누군가를 골라 그 책임을 뒤집어씌울 것이다. 하지만 난 그럴 수 없다. 계열사를 맡은 지 이제 겨우 2년 남짓, 충성보다는 어린놈 밑에서 일해야 하는 불만이 더 크다. 날 대신해서 검찰청에 출두할 만큼 충성심을 쌓을 시간이 부족했다. 아직은 스스로 나를 지켜야 한다. 조금이라도 흠집이 생기면 안 된다.

"순양증권에서 이삼 일 작업하면 20억쯤은 쉽게 모을 텐데, 한번 해볼래?"

장 마감 직전 몇 퍼센트 높은 가격으로 주식을 사겠다는 주문을 잔뜩 내어 종가를 끌어 올린다. 이유는 모르지만, 주가가 오르니 개미 투자자가 덤벼들고, 그렇게 주가가 오르면 차익을 꿀꺽한다. 이 작업을 한 달만 하면 수백억 정도는 쉽게 챙기고 손해는 개미 투자자가 다 뒤집어쓴다. 이삼 일의 작업이라는 것은 이걸 말한다. 이상하리만치 반짝이는 진동기 부회장의 눈을 보자 섬뜩하기까지 했다.

"아, 그렇죠. 무슨 말씀인지 알겠습니다. 그렇게 준비하면 되겠군요."

선거자금도 불법이지만 그 자금의 출처가 더 문제다. 있는 놈이 더하다고, 개인 재산이 수천억이지만 절대 자기 주머니에서 꺼내는 법이 없다. 꼭 회삿돈을 빼내 전달한다. 정치 자금이 수사의 대상이 되면 검찰은 정치라든가, 대선이라는 단어는 슬며시 감추고 배임, 횡령으로 초점을 맞춘다. 그리고 재벌 대기업의 적당한 머슴 한 명이 자진 출두하는 것으로 마무리한다.

진동기 부회장은 하루라도 빨리 내 손톱 밑에 지울 수 없는 때가 잔뜩 꼈으면 하는 걸까?

"자금 준비하면 전달은 어떻게 할까요?"

메모지에 전화번호를 하나 적어 쓱 내밀었다.

"이 친구에게 전하면 돼. 뒤는 내가 처리하마."

자리에서 일어서니 그가 슬며시 웃었다.

"도준아."

"네."

"이 세계에 들어온 걸 환영한다. 아니, 안쓰럽다고 해야 하나? 하하."

아직은 아니다. 똥물 뒤집어쓰는 건 다음으로 미뤄야 한다.

나는 돈을 준비해 우병준 상무를 오피스텔로 불렀다.

"완전히 차단해야 합니다. 절대 나를 추적하지 못하도록 말입니다."

전화번호가 적힌 메모장을 받아든 우병준 상무는 만 원짜리 다발이 가득한 스포츠백과 나를 번갈아 쳐다봤다.

"저게 다 돈입니까?"

"네. 20억입니다."

"만약 검찰에서 수사를 시작한다면 전달자를 추적하지는 않아요. 돈의 흐름을 추적합니다. 회사 계좌와 실장님 개인 계좌를 싹 뒤져서 20억이라는 숫자를 맞춰 볼 겁니다. 심부름꾼이야 누구라도 상관없습니다."

"그쪽으로는 못 찾아낼 돈입니다. 미국 계좌에서 몇 쿠션 먹은 돈이거든요. 제 흔적은 나오지 않습니다."

"아…."

내가 이 사람에 대해 잘 모르는 것처럼, 우병준 상무 역시 나에 대해서는 잘 모르는 것 같다. 할아버지가 자세한 설명은 하지 않으셨나 보다.

"개인 돈인가 봅니다?"

"네. 회삿돈은 건드리면 안 되죠. 급한 일도 아니고 큰돈도 아니니까요."

"20억이 큰돈이 아니다…? 이거, 제가 짐작하는 것보다 훨씬 돈이 많으신 것 같군요."

"궁금하십니까?"

웃으며 묻자 그도 슬며시 미소 지었다.

"아닙니다. 단지 제 월급 못 받을 일은 없겠다 싶어 안심입니다."

이런 농담까지 하는 걸 보니 내가 좀 편해졌나 보다.

"사람은 걱정하지 마십시오. 배달꾼은 전혀 다른 곳에서 나온 돈으로 생각할 겁니다. 그리고…."

우병준은 내 눈치를 슬쩍 살폈다.

"말씀하세요. 혹시 무슨 일 있습니까?"

"이 돈, 오피스텔까지 누가 배달한 겁니까?"

그것까지 점검하다니, 꼼꼼하긴 하다.

"믿을 만한 분이 보내신 겁니다. 괜찮아요."

"그 믿을 만한 분이 직접 들고 오신 건 아니죠?"

"네."

"앞으로 이런 일은 우리 애들 시키십시오. 믿을 만한 분과 그분의 직원은 다릅니다. 언제든 입을 열 수 있으니까요."

"명심하죠."

이런 조심성은 어디서 나온 것일까? 이 사람만 특출한 걸까? 큰아버지들 곁에서 일하는 순양시큐리티 직원들도 이 정도 신중함은 기본인 걸까? 궁금했지만 입 밖으로 내지는 않았다.

우 상무는 직원들을 불러 가방을 옮겼다.

"끝내고 연락드리겠습니다."

우병준 상무가 나가자 긴장이 탁 풀렸다. 저 사람은 믿음직하지만, 왠지 좀 불편하다. 하루 날 잡고 술이라도 진탕 먹여야겠다. 가로막고 있는 벽을 그대로 남겨 둔 채 내 사람이라고 말할 수는 없다.

▲ ▲ ▲

　쌀쌀한 바람이 불기 시작했지만 우리나라는 여전히 뜨거운 열기가 사라지지 않았다. 이번 대선은 정말 뜨겁다. 엎치락뒤치락하는 건 물론이고 온갖 이슈가 터져 나오며 양 진영을 흔들었다. 자식의 군 면제, 월드컵 4강 신화를 등에 업은 다크호스의 등장, 여전히 판을 치는 색깔론, 자당 후보를 흔들기 시작하는 여당 의원들…. 신차의 정식 출시를 앞둔 조대호 사장도 흔들릴 수밖에 없었다.

　"뉴스가 정치뿐이야. 우리 차를 광고해도 누가 관심이나 둘까 싶다."

　"우리 타깃이 정치에 관심 없는 젊은 층이라는 게 다행이죠."

　"정치도 문제지만 대현도 문제야. 아예 우리 밟아 죽이려고 작정하고 덤빈다는 소식이야."

　"그쪽에서도 경차 나온다면서요?"

　"그래. 이름이 '포르투나'란다. 우리보다 300만 원 이상 싸게 나온다는데…."

　"300이요?"

　출시가격이 600만 원 후반대라는 뜻이다. 경차 한 대 팔아서 남는 게 뭐 있다고 저 가격에 판다는 걸까? 손해 볼 각오하고 출시하는 거다. 우리를 밟아 죽이려고 한다는 조대호 사장의 말이 엄살은 아니다. 잠깐 흔들렸지만, 마음을 다잡았다.

　"사장님. 우리 경쟁심을 버리죠."

　"응? 무슨 말이냐?"

"많이 팔려고 만든 차도 아니고, 돈 남기려고 개발한 차도 아니지 않습니까? 처음 계획한 대로 내년까지 7000대 판매라는 목표만 생각하시죠."

"현장에서는 그것도 달성하기 어렵다고 징징대니까 하는 말이야. 경쟁차종이 저렇게 후려치면 아무래도 밀리기 마련이거든. 그리고…."

표정이 굳은 거로 봐서는 약점이 또 있다.

"생각보다 퍼포먼스가 나오지 않는다고 하더라."

"문제가 될 만큼요?"

"아니, 소비자의 기대치만큼 안 나오는 거지."

조 사장은 한숨을 쉬었다.

"생긴 건 미친 듯한 출력으로 쌩쌩 달릴 것 같지만, 어차피 경차 아니냐? '스포츠 룩'이라는 걸 소비자들은 자꾸 망각하거든."

"그만큼 디자인이 잘빠졌다는 뜻이기도 하죠."

"그래, 디자인을 못 따라가는 퍼포먼스. 우리나라에서는 용서될지 모르지만, 외국에서는 곤란해. 쟁쟁한 차종이 한둘이 아니라서 말이야."

뭐니 뭐니 해도 기술력의 문제다. 역사가 짧은 회사가 전통의 강자들과 어깨를 나란히 하는 건 불가능하다. 하지만 선택의 폭이 넓은 외국 소비자들은 우리 역사가 짧은 것까지 고려하지 않는다.

걱정 가득한 조대호 사장의 표정을 보며 한 가지 결심했다. 역사가 짧으면 특별 과외라도 받아 그 격차를 줄이면 되지 않을까?

"사장님, 회사 하나 사버릴까요?"

"응? 회사를 사다니?"

"유럽이나 일본 회사요. 슈퍼카 잘 만드는 회사를 사서 그 기술을 우리 것으로 만들죠."

"슈퍼카 제조사가 장난감 회사냐? 마음 내키면 사게?"

말 같지도 않은 소리 말라는 듯 손을 내저으려던 조 사장이 내 얼굴을 유심히 보더니 입을 떡 벌렸다.

"농담이 아니구나! 정말 사려고?"

"산다기보다는 기술 이전을 목적으로 투자하는 거죠. 만약 인수할 수 있다면 사업성을 검토한 후 인수 여부를 결정하고요."

"기술을 빼먹기 위해 회사를 인수한다…. 드문 일은 아니지만, 거참 그런 대범한 생각을 하다니."

독일 BMW그룹은 1994년 영국 로버그룹의 미니와 로버, 랜드로버 브랜드를, 1998년에는 영국 럭셔리 브랜드인 롤스로이스를 인수했다. 그러나 2000년에 로버와 랜드로버를 미국 포드사에 매각해 현재 BMW 와 미니, 롤스로이스 등 세 개 브랜드만 유지하고 있다.

BMW가 랜드로버 브랜드를 보유한 기간은 단 6년이다. 랜드로버를 인수해 SUV 기술을 활용해서 BMW X5를 만든 후 이용 가치가 떨어지 자 팔아 치운 것이다. 물론, 포드사가 로버그룹을 인수한 이유도 마찬가 지다. 기술을 모두 빼먹고 나면 어딘가에 되팔 것이다.

"지름길 아니겠습니까? 송현창 회장님도 저와 같은 생각을 하신 분 이죠. 큰 차이는 없습니다."

"큰 차이가 없으면 시작도 하지 말아야지. 송 회장의 과감한 투자는 전부 실패로 돌아갔으니까 말이야."

"차이가 있습니다. 같은 생각이지만 사람은 다르니까요."

"너니까? 투자의 귀재?"

고개를 흔들었다. 이건 투자의 문제가 아니라 경영의 문제다.

"아뇨. 메인스트림이 다르잖습니까? 아진 사람들이 아니라 순양 사람 들이 주축이니까요."

"그런가?"

기분 좋아 보이는 표정이다. 애나 어른이나 칭찬 싫어하는 사람은 없다.

"순양자동차가 3위니, 4위니 해도 실적은 좋았습니다. 자동차 기업 중 가장 후발주자였지만, 대현 같은 놈들의 등쌀을 견디면서 그 실적을 냈어요. 사람이 다릅니다."

"부담 팍 주는구먼. 허허."

슬쩍 웃음을 흘리던 조대호 사장은 다시 진지하게 물었다.

"투자든, 인수든… 돈은 있어?"

"그냥 해보는 말이 아닙니다. 계속 마음에 담아 두고 있었어요. 한 단계 더 오르려면 엄청난 자극이 필요합니다. 그 자극은 뛰어난 기술력의 외국 자동차사와의 협업이겠죠. 적당한 기업 물색하십시오. 돈 걱정은 마시고요. 어떻게든 마련해 보겠습니다."

나도 진지하게 대답했다.

"참, 오해는 마십시오. 제가 자동차광이라서 괜한 돈지랄하려는 거 아닙니다. 아시죠? 전 장롱면허라는 거? 지금도 기사 따로 둡니다."

"재벌 3세의 취미생활이 아니라는 건 알아. 좋다! 지금부터 한번 알아보마. 슈퍼카 생산업체는 아니라고 봐. 우린 풀파워의 고성능 자동차를 생산하는 건 아니니까. 우리에게 꼭 필요한 기술을 보유한 회사들부터 조사할 거다."

"네. 그 역시 사장님께 전적으로 일임하겠습니다."

전문가의 영역에 감 놔라 배 놔라 할 필요는 없다. 할아버지와 함께한 시간이 적지 않은 사람이다. 돈을 어떻게 써야 효율적인지 아주 잘 배웠을 분이다.

대현자동차가 정확히 3일 앞섰다. 신문, TV, 잡지, 인터넷 등 광고할 수 있는 모든 매체에 그들의 경차 '포르투나'로 도배했다. 버스 광고까지 손댄 건 아마도 이번이 처음일 것이다.

"손해 많이 보겠는걸?"

오세현 대표가 TV 광고를 보며 웃음을 흘렸다.

"새싹은 짓밟아야 맛이죠. 우리 '이스퀼로'의 열풍을 차단하려는 겁니다."

"가격과 4인승이라는 걸 너무 강조하잖아."

"정석대로 가는 거죠. 정확한 타깃팅."

"어때? 해볼 만하겠어?"

"신경은 쓰이지만, 애초부터 포지셔닝이 달라요. 우린 신규 시장 창출이 목적입니다."

오세현은 피식 웃음을 터트렸다.

"크크, 그거 어디서 많이 듣던 소리다. 아, 그렇지. 투자받으려고 안간힘 쓰는 벤처 애들이 프레젠테이션할 때 포지셔닝, 타깃팅, 신시장 개척, 이 말 꼭 쓰잖아. 너도 잘 알지?"

"전부 실속 없었죠. 하지만 전 투자받으려고 안달 난 벤처 사장이 아니거든요. 그래서 입에 발린 소리는 할 필요 없어요."

"그래? 두고 보자. 흐흐."

"저기요, 삼촌. 아니, HW자동차 최대주주 투자사의 대표님! 이렇게 불구경하듯이 하실 겁니까?"

"이보세요, 진짜 주주님! 전 당신의 충실한 대리인일 뿐이랍니다."

이렇게 실없는 농담을 주고받다 다시 TV에 집중했다.

"자, 한번 보자. 첫 번째 우리 광고가 어떻게 나오는지."

"뉴스입니다. 돈은 꽤 들었지만. 흐흐."

9시 메인 뉴스의 첫 꼭지는 이색적인 이벤트부터 다뤘다.

『오늘 HW자동차는 월드컵 4강 신화의 주역인 거스 히딩크 감독, 박지성 선수와 함께 또 한 번 붉은악마의 함성을 재현했습니다.』

앵커의 오프닝에 이어 공장의 거대한 야적장을 항공 촬영한 광경이 TV 화면에서 흘러나왔다. 1000여 대의 붉은 '이스퀼로'와 나란히 대기하고 있는 붉은악마 티셔츠를 입은 1000여 명의 군중이 화면에 잡혔다.

『월드컵 기간에 당첨된 서포터즈 모두 각자의 자동차 앞에 섰습니다. 특히, HW자동차는 당첨자가 부담해야 할 제세공과금 22퍼센트를 전액 선납했으며, 등록 절차까지 완벽히 처리했다고 전해집니다. 당첨자들은 그야말로 영화처럼 자동차 키를 받고 떠나면 됩니다.』

카메라는 일렬로 서 있는 1000여 명의 사람들과 히딩크 감독, 박지성 선수를 쭉 훑으며 기나긴 행렬을 보여 주고 있었다.

『아, 이제 출발하는가 봅니다. 서울, 부산, 대구, 인천, 대전 등 전국 각지에서 모인 붉은악마가 붉은 '이스퀼로'를 타고 공장을 빠져나가는군요.』

앵커의 멘트를 듣고 있던 오세현이 낄낄대며 웃었다.
"야, 도대체 얼마를 먹였길래 광고보다 더하냐? 확실하게 빨아 주는군."
"마케팅비 쓴 겁니다. TV 광고 좀 넉넉하게 잡아 주고, 보도국에 봉투 쫙 돌렸죠. 이건 할 만하니까 저렇게 해주는 겁니다. 대현이라고 보도국에 봉투 안 돌렸겠어요? 다만 이슈가 없으니 뉴스에 나올 방법이 없는 거죠."

"시청률 25퍼센트짜리 광고를 1분이나 해줬네. 돈 쓸 만해."

"차는 어떻습니까?"

"이쁘다. 내가 해줄 칭찬은 이게 전부야. 내 취향은 아니거든."

취향에 맞지 않는 사람들에게 어필 여부가 가능한지 확인도 했다.

"내일 공고 좀 띄우세요."

"공고?"

"네. 미라클 직원이 '이스퀼로'를 구매하면 무조건 15퍼센트 할인 들어갑니다. 무상 A/S 기간도 1년 연장. 어떻습니까?"

"그 정도면 좀 팔리겠지? 여기에도 고액 연봉 못 받는 보조 직원들도 꽤 있으니까."

"그럼 고액 연봉 받는 사람들은 쳐다보지도 않을 거다?"

"야! 여기 애들은 트렁크에 골프백 안 들어가면 절대 안 사."

"운전 보조석에 세울 수는 있는데도요? 세컨카로 구매하지 않을까요?"

"세컨카로 독일제 사는 놈들이다. 큰 기대 하지 마."

본격적인 신차 판매가 시작되고 초대박을 꿈꾸지는 않았지만 기대가 없었다면 거짓말이다. 하지만 현실은 냉혹했다.

"일선 영업사원들도 돌아 버리겠다고 난리다. 문의 전화는 엄청난데 실제 계약하러 오는 사람이 많지 않아. 이러다 7000대 목표 못 채울 수도 있겠어."

조대호 사장의 표정은 좋지 않았다.

"1000만 원에 가까운 돈이 적은 건 아니지. 어쩌면 이건 돈 좀 있는 애들의 장난감이 될 소지가 커."

오세현은 명단이 프린트된 종이를 획 던졌다.

"내 예상은 틀렸어. 미라클 직원들은 폭발적인 반응이야. 그놈들에게는 '1000만 원도 안 하는 차'니까."

100명에 가까운 명단.

"우리 회사는 연봉이 좀 세잖아. 일반 직원들 특히 미혼은 전부 신청했어. 매니저급도 많이 신청하고. 와이프가 타는 국산 2000시시급 세단 처분하고 이거 산단다. 임원들은 자식에게 주는 선물이고."

"결국, 갖고 싶지만, 돈이 부담이라는 결론이네요. 할부를 48개월까지 할 걸 그랬나?"

조 사장은 급히 손을 내저었다.

"안 돼. 36개월이 한계야. 금융비용 생각 안 해?"

불쏘시개 한 방이면 뭔가 확 달라질 것 같은데… 그때 그 불쏘시개가 뭔지 갑자기 와닿았다.

"결국, 조금 부족한 돈이군요. 아주 애매한 간격으로 우리 차를 사는 게 부담이다, 맞습니까?"

"그래."

조 사장은 다짐을 받으려는 듯 나를 노려보며 똑똑히 말했다.

"더는 가격 못 깎아 줘. 남는 것 없이 파는 거야. 손해는 못 봐."

잘못 읽었다. 더 싸게 팔자는 건 아니다.

"카드 할부 어떻습니까?"

"뭐?"

"뭐? 카드?"

두 사람이 동시에 외쳤다.

"순양, 대현. 지금 이 카드사들 아주 공격적이죠? 둘 다 주인이 바뀐 지 얼마 안 됐잖아요. 카드로 몇십만 원 긁는 것보다 한 방에 1000만 원입니다. 혹하지 않을까요?"

이번엔 둘 다 대답이 없었다.

카드사와 협의만 되면 물꼬가 트일 것으로 예상하지만, 카드사 입장에서는 리스크가 좀 크다. 하지만 미친 듯이 경쟁하는 순간 아닌가? 경쟁에 불붙었을 때는 이만한 호재가 없다. 순식간에 고객 확보가 가능한 사안이다. 나중에야 신용카드로 차를 사는 게 흔한 일이지만 아직은 아니다. 지금은 오로지 자동차사와 캐피털사의 할부 프로그램을 통해서만 가능하다. 이 기회에 복합 카드 금융을 슬쩍 끼워 넣는 것도 나쁘지 않다.

"한번 해볼까?"

조 사장이 먼저 입을 열었다. 그가 긍정적으로 생각한다는 건 오세현 역시 받아들인다는 거다. 오세현이 먼저 말하지 않은 건 경영의 책임자는 조대호 사장이기 때문일 것이다.

"그럼 두 분께서는 저쪽에서 받아들일 만한 금융 프로그램 만들어 주세요. 카드사의 오너 두 분과 사전 미팅부터 하겠습니다."

다행히 둘 다 아는 사람이다. 한 사람은 큰아버지, 한 사람은 숙부라고 부르는 사람 아닌가? 더욱 재미있는 건, 카드사는 내년에 박살 난다는 것이다. 난 그들에게 더 큰 폭탄 몇 개를 얹히는 것이다. 더욱 헤어나오기 어려울 만큼 말이다.

▲ ▲ ▲

"자동차를 카드로?"

"네. 사실 특별한 것도 아닙니다. 물건 살 때 할부로 사는 것 아닙니까? 금액이 큰 게 다르긴 해도… 그 한도를 정하는 건 카드사니까요. 300만 원짜리 명품백을 사는 것과 뭐가 다르죠?"

대현금융의 주광식 회장은 홍미를 느끼고 내 말에 귀를 기울였다.

"우리 자사 할부는 36개월이 전부예요. 카드는 48개월, 60개월 해도 문제없지 않습니까?"

"흠… 그럴듯해."

"금리를 촘촘하게 따져서 상품 하나 만드시죠? 우리 '이스퀼로'를 시험 삼아 한번 해보시고, 괜찮으면 차종을 확대해 나가는 방향으로…."

"우리 조카님, 순양자동차랑 깊은 관계가 있나 보군. 이렇게 먼저 찾아와서 영업하려는 걸 보니 말이야."

날카로운 그의 눈빛이 내 얼굴을 찔렀다.

"제가 미라클과도 좀 엮여 있고 순양은 할아버지 거 아닙니까? 나 몰라라 할 수는 없죠."

"단지 그게 전부?"

"뒷이야기는 나중에 하고, 눈앞의 비즈니스부터요."

"안달 난 우리 조카님 구경하는 재미도 쏠쏠한데? 나도 이래저래 이야기는 들었어. 고전을 면치 못한다고?"

"그게 다 숙부님의 형님이신 자동차 회장님 때문입니다. 덤핑도 이런 덤핑이 없어요. 팔면 팔수록 손해 볼걸요?"

"경차 팔아서 보는 손해쯤이야 플래그십 몇 대 팔면 메꿀 수 있어. 대현자동차는 스펙트럼이 넓어. 흐흐."

"그러니까 손해만 보고 이미지를 확 깎아 먹으면 재미있지 않겠습니까?"

주광식 회장은 아주 잠깐 대답을 못 하다가 웃음부터 터트렸다.

"으하하, 형님의 일그러진 얼굴을 구경하겠군."

"카드사 할부 상품만 나오면 곧바로 역전입니다. 우리 회사의 분석은 그래요."

주 회장의 웃음이 잦아들 때쯤 새로운 조건을 내걸었다.

"알짜배기 36개월까지는 순양캐피털에서 먹고 길게 늘어지는 48개월만 내가? 그건 안 되고… 순양캐피털 프로그램을 중단하면 생각해보지."

"콜."

1초도 생각하지 않고 대답하는 날 보는 그의 눈이 커졌다.

"고민해야 할 문제는 아니니까 생각할 필요도 없습니다."

"순양캐피털의 금융 프로그램을 포기하고 차를 판다? 남을 돕기 위해 자기 회사 수익을 포기하는 건 생각해야 하고, 고민해 봐야 하는 문제 아닌가?"

주광식 회장은 이해하기 힘들다는 듯 따지고 들었다.

"말씀드렸다시피 남은 아니죠. 오세현 대표님은 제게 금융 전반에 대해 가르쳐 주신 스승님 같은 존재고 순양자동차는… 할아버지 유산이니까요."

슬쩍 눈치를 보며 엄살까지 떨었다.

"돈 놓고 돈 먹기가 쉽지…. 어휴, 물건 파는 건 정말 못 할 짓이네요."

"이거 큰일이네."

"네?"

무슨 뜻인지 몰라 눈을 동그랗게 뜨자 주광식 회장이 싱긋 웃으며 말했다.

"금융 사업을 이렇게 쉽게 생각하는 조카님이 내 경쟁자라고 생각하니 눈앞이 캄캄해서 말이야."

"경쟁이라니요? 이렇게 적극적으로 협력하는데요."

"좋아. 협조라니 일단 믿어 보지. 그리고 나도 신세 진 게 있는데 나몰라라 하지는 않아."

카드사를 인수할 때 나를 이용해서 양다리 전략을 쓴 걸 말하는 것이다.

"하지만 그 전에, 나도 카드 할부 프로그램을 시뮬레이션 해봐야지. 수익 없고 리스크만 있다면 없었던 일이 될 거야."

"그럴 리가요. 대현자동차가 지금껏 할부로 팔아먹은 자동차가 몇 대일 것 같습니까?"

"뭐, 그건 그렇지. 이건 단지 돌다리 두들겨 보는 거야. 우리 조카님도 막상 닥치면 시뮬레이션할 거잖아."

카드 수수료와 할부 이자, 결코 손해 보는 장사가 아니다. 카드 대란이라는 리스크만 없다면 말이다. 난 그가 머뭇거리기 전에 쐐기를 박았다.

"네. 당연히 그러셔야죠. 그런데 하나만 기억하세요."

"뭘?"

"대현자동차가 할부 장사로 번 이자 수익이 얼만지 말입니다. 잘만 하면 그거 전부 카드사로 가져올 수 있습니다."

주태식 회장이 관리하는 자동차 할부 프로그램에서 벌어들이는 수익을 뺏어올 수 있다는 건 경쟁 관계인 주광식 회장에게는 아주 큰 유혹이다.

"이거 참 큰일이네."

"또 뭐가 말입니까?"

"우리 조카님이 내 약점을 너무 잘 알아. 으하하."

"가려운 데를 긁어 주는 거죠."

"이거 원, 진씨 조카가 주씨 조카보다 훨씬 마음에 드니 어떡하나."

"지금처럼 숙부님과 계속해서 협력 관계를 유지한다면 친조카나 다름없지 않겠습니까?"

서로 마음에도 없는 소리를 해가며 활짝 웃었다.

주광식 회장에 이어 진동기 부회장을 만났다. 진동기 부회장은 내 설명을 듣고 정말 재미있는 광경이라도 본 듯 폭소를 터트렸다.

"원래 그런 거야. 필요 없다고 버리고 나면 꼭 쓸데가 생기는 법이지. 하하."

"그러게요. 이럴 줄 알았으면 그냥 쥐고 있었을 겁니다. 자동차 할부 프로그램을 신용카드와 연계할 생각은 못 했거든요."

나는 아쉬운 표정으로 머리를 벅벅 긁었다.

"누구 생각이냐? 이것도 네 아이디어?"

"아뇨. 오세현 대표 생각이에요. 순양자동차 판매 부진의 가장 큰 원인은 소비자들의 금융 비용 부담이라고 판단한 모양입니다."

HW라는 말 대신 순양이라는 이름을 썼다. 조금이라도 더 자기 일처럼 받아들이도록 하기 위함이다.

"순양캐피털은? 이미 그쪽에서 할부 프로그램을 돌리고 있잖아?"

"36개월이 맥시멈이라서요. 금리를 좀 더 올리고 연장할 생각까지 해 봤는데, 캐피털 임원들의 반대가 심하네요. 타사와 비교해서 괜히 금리만 높다는 인상을 심어 준다고."

"그렇지. 소비자들은 이것저것 꼼꼼히 안 따져. 할부 기간이 늘어난 만큼 금리가 오른다는 생각은 못 하고 가장 높은 금리만 따지고 나서 비싸네, 마네 하지."

부지런히 머리 굴리는 진동기 부회장의 모습을 보며 말했다.

"대현카드는 긍정적으로 검토하겠다고 하네요. 특히 순양캐피털이 이번 신차에 대한 할부 프로그램을 중단하겠다는 뜻을 비쳤거든요."

"뭐? 그걸 왜 양보해? 자동차 금융 수익이 캐피털의 핵심인데?"

대현을 먼저 찾아간 것보다 순양캐피털의 이익을 버렸다는 게 더 충격이었는지 진동기는 눈을 부릅뜨고 소리를 버럭 지른다.

"어쩌겠습니까? 이럴 때 서로 도와줘야죠. 오 대표가 제게는 좀 각별한 분 아닙니까? 그리고 알짜만 남겨 두고 부담만 카드사에 넘기는 모양새는 피해야죠."

자신에게도 이익이 된다는 걸 알아채자 진동기의 목소리가 가라앉았다.

"카드 구매 프로그램은 할부 이자를 더 높여도 될 것 같아?"

어느새 수익을 더 높이기 위해 꼼수까지 생각한다.

"현행 이자율만 해도 더 높으니까요. 그러니까 36개월 이내는 이자율을 할인해 준다는 프로모션도 가능합니다. 큰아버지 말씀대로 소비자들은 결과만 보니까요."

"흠…."

복잡한 계산을 시작하는 큰아버지를 보니, 이 정도면 내 일은 끝났다는 걸 알았다. 이제 구체적인 숫자를 보고 최종 판단할 시간이 필요하다.

"아무튼 순양자동차에서 제안서를 보낼 겁니다. 그거 검토해 보시고 결정하세요."

물꼬는 터줬다. 이제 HW자동차와 카드사 실무진이 협상할 차례다. 난 순양캐피털의 유능한 인재들을 추려 HW자동차로 보냈다. 그들이 최상의 조합을 만들어 내면 전세 역전을 기대해 볼 수 있을 것이다.

▲ ▲ ▲

이미 곳곳에서 징후가 나타났다. 조금만 들여다보면 이제 터질 일만 남았다는 걸 모를 리 없을 텐데, 멈추기가 힘든 것이다. 현금서비스로 돌려막기하는 사용자나, 신규 고객을 확보하고 그들이 긁어대는 카드의 수수료를 포기하지 못하는 카드사나 매한가지였다. 그리고 그들은

1000만 원대의 자동차를 카드로 긁는 순간 들어올 수수료와 할부 이자를 포기하지 않았다.

"계약 체결했다. 카드 수수료가 좀 부담이기는 하지만 대신 판매량 증가로 충분히 만회할 수 있어."

이제 카드사 두 곳이 대대적인 광고를 시작할 것이다. 덕분에 우리 '이스퀼로'도 덩달아 홍보가 된다.

"잘됐네요. 큰아버지는 직접 만나셨다고요?"

"그래. 모르는 사람도 아니고 아쉬운 쪽이 우리니까 인사차 들렀다."

"별말씀 없으셨습니까?"

조대호 사장은 싱긋 웃었다.

"그 양반, HW자동차가 마치 자기 것인 양 이야기하더라. 미팅하는 내내 순양자동차, 순양자동차 하는데… 내가 좀 거북할 정도였어."

"설마 업무 지시까지 하신 건 아니겠죠? 회장님처럼? 흐흐."

순식간에 얼굴을 찌푸린 조 사장을 보고 웃음을 되삼켰다.

"엥? 설마가 사람 잡았습니까?"

"솔직히 어이가 없었어. 콘셉트 자체가 문제였다는 둥, 해외 경쟁력을 생각하면 나오지 말아야 할 차라는 둥… 나중에는 차기 프로젝트까지 설명하더라. 준중형 라인업을 보강해야 한다면서…."

화난 듯한 조대호 사장의 모습에서 우리를 뛰쳐나온 맹수는 두 번 다시 가두기 어렵다는 걸 느꼈다. 순양과 아진이 합병한 후 그는 누구의 지시도 받지 않고 회사를 이끌었다. 소유와 경영의 분리를 맛본 최초의 대기업 대표이사일 수도 있다. 이따금 할아버지께 회사 현황을 보고했을 테지만, 별다른 지시는 받지 않았다. 오로지 자기 뜻대로 회사를 끌어왔고 회삿돈을 빼먹으려는 오너 가족의 검은 지시도 받지 않았다. 그가 순양에 몸담았을 때부터 지금까지, HW자동차의 대표이사로 지낸

기간만큼 경영자로서 자부심을 느낀 적은 없었을 것이다.

"그래서 뭐라고 하셨어요?"

"카드 할부 프로그램 계약만 아니었다면 내가 알아서 할 테니 신경 쓰지 말라고 따끔하게 말했을 텐데, 어쩌겠냐? 아쉬운 건 나니까 고개를 끄덕이며 듣는 척했다."

역시 장사할 때는 간과 쓸개는 깨끗이 빨아 집에 널어 두고 나와야 한다. 더럽고 아니꼽더라도 머리 숙이는 건 일선 영업사원이나 사장이나 똑같다. 하지만 그 결과가 좋으니 충분히 참고 견딘 보람은 있었다.

겉으로 보기에는 세 회사 모두 큰 성과를 거둔 거래였다. 2인승 쿠페를 구매하기에 조금 부담되는 젊은 층도 카드를 긁는 것은 익숙하다. 게다가 포인트까지 쌓을 수 있다는 유혹이 그들의 마음을 움직였다.

최초의 신용카드를 이용한 자동차 할부 구매 프로그램은 순양, 대현 카드사의 신규 고객 유치에 불을 붙였다. 또한, 자동차 매장으로 쏟아졌던 문의 전화는 카드사로 몰렸다. 매월 갚아 나가야 할 금액을 확인한 사람들은 카드를 손에 쥐고 매장으로 달려왔다.

"이거 먹혔어. 7000대 목표를 상향 조정해야 할 것 같다. 아하하."

"예상치는 어느 정도입니까?"

"최소 1만 대 이상이다. 내부적으로 1만 2000대까지 올려 보려고 해."

"카드 수수료 때문에 수익은 좀 나빠지겠죠?"

"전체 손익은 초기 7000대 목표 때와 비슷할 거야. 하지만 생산량이 늘었으니 원가 부분에서 좀 더 세이브 될 테고. 가장 중요한 건 따로 있잖아."

평범하고 무난하지 않아도, 좀 튀는 디자인으로 소비자의 감성을 건드리면 구매욕이 생긴다. HW자동차는 천편일률적인 차만 생산하는 대현과 다르다. 무엇보다도 젊은 신규 고객층의 첫차가 HW자동차라는 것이다. 이제 그들의 신뢰를 저버리지 않는다면 든든한 소비자층을 확보한 것이나 다름없다.

"늘어난 고객층은 어디서 유입된 건지 파악할 수 있어요?"

"대부분 대현이지. 재미있는 건 대현의 경차 '포르투나'를 사려던 사람이 아니고 준중형에서 넘어온 거야. 중형 세단 구매층은 흔들리지 않지만 1500시시급은 조금 더 싸고 예쁘기까지 한 우리 걸 놓고 저울질하기 시작했거든."

조대호 사장은 갑자기 웃음을 보이며 말했다.

"이거, 대현 주태식 회장의 고함이 들리는 것 같아. '포르투나'는 손해 보며 팔지, 준중형 판매는 줄어들지… 짜증 나겠어."

"우리 광고가 본격적으로 나가기 시작하면 더 열 받겠는데요?"

"현재 가장 비싼 몸값의 두 스포츠 스타가 우리와 독점 계약이니 미치고 환장할걸? 내가 장담하는데, 이번에 대현자동차 임원 싹 물갈이된다. 흐흐."

"탐나는 분 있으세요? 개인적인 친분을 빼고 말이에요."

내 말의 의미를 단번에 눈치챈 조 사장은 잠시 생각에 잠겼다.

"딱 한 명 있다. 마케팅 출신인데 그 사람은 주태식 회장이 자동차 회장으로 취임한 뒤부터 찬밥 신세였거든. 이번에 정리 대상 1호야."

"마케팅이라면 딱히 탐낼 이유가 없는데, 뭔가 특별한 점이 있군요."

"그 사람은 세계적인 주요 랠리에 대현이 참가하는 걸 처음 기획한 사람이고 현재 우리나라에서 그만큼 랠리에 대해 잘 아는 사람은 없어. 대현은 성적이 잘 나오지 않으니까 주태식 회장의 관심 밖이야."

조 사장은 날 보며 다시 확인했다.

"유럽 스포츠카 회사를 인수하면 랠리에 나가야 하지 않겠어? 기술력 확보하면 성과를 봐야지."

"대현의 해고 1순위가 우리의 영입 1호가 되겠군요."

2002년은 정말 재미있는 한 해였다. 전생의 월드컵과 선거는 나와 아무런 상관없는 일이었고, 난 철저하게 구경꾼 중의 한 명이었다. 하지만 현재의 나는 국가적인 큼지막한 일의 일원이었으며 아주 깊숙이 관여했다. 비록 결과는 변하지 않았지만….

대통령 선거 전날 밤 여당 후보 단일화는 금가고 새벽까지 속보가 계속 쏟아졌다. 위기감을 느낀 지지자들이 집결했을 수도 있고 원래부터 후보의 힘이었는지 모르지만, 12월 19일 파란만장한 인생의 주인공이 제16대 대통령에 당선되었다.

지금껏 우리나라를 지배하던 딱 맞물린 톱니가 삐걱거리기 시작했다. 재벌과 언론, 언론과 정치, 이 구조의 톱니바퀴에 전혀 생각하지도 못했던 '국민'이 끼어든 것이다. 한국의 뉴 밀레니엄은 바로 이 순간 시작했다.

3장

다면기 대국?

2003년 3월 14일 아침, 여의도 산은캐피털 빌딩에서 나온 금융감독위원회 정책1국장은 흐린 날씨만큼이나 수심 가득한 얼굴이었다. SK글로벌의 분식회계 사건을 조사 중이던 그는 금융시장 전체를 흔들 만한 문제를 발견했기 때문이다.

　그는 SK그룹의 채권이 포함된 펀드를 현미경 들여다보듯 낱낱이 조사했고 펀드의 규모에 비해 환매 요청 규모가 광범위한 점을 이상하게 생각했다. 그리고 그 원인이 바로 카드채라는 걸 발견한 것이다.

　카드채는 신용카드사가 고객이 사용한 카드 대금을 대신 결제하기 위해 빌리는 단기자금이다. 신용카드 자체가 부채로 이루어진 연결고리다. 이미 2002년 후반기부터 과당경쟁과 신용불량자 급증으로 금감위가 불안한 시선으로 바라보고 있었다. 다만 자산을 근거로 한 채권이 많았기에 채권의 만기 연장에 특별한 변수가 없다면 큰 문제는 일어나지 않으리라 판단했을 뿐이다.

　하지만 북핵 문제가 터지면서 해외 단기차입이 중단됐고, SK글로벌의 분식회계 사건으로 금융시장 불안은 걷잡을 수 없는 위기를 맞이했다. 카드채 규모가 50조 정도로 알려져 있었지만, 금감위의 조사 결과 90조가 넘자 더는 가만히 있을 수 없었다.

　금융당국은 서울 명동 은행회관에서 재경부 차관 주재로 금융정책협의회를 열었다. 긴급한 회의는 밤을 넘겼고 3월 17일, 신용카드사 종합대책을 발표했다. 이날 대책은 신용카드사의 강도 높은 자구책을 전

제로 규제를 일부 완화해 자금 조달을 지원한다는 내용이었다.

　문제는 카드사의 강도 높은 자구 노력이었다. 이 자구(自救)라는 말속에는 회삿돈을 쏟아부어서라도 부채를 줄이라는 압력이 포함되어 있다. 하지만 재벌 일가는 회사보다 자신들의 재산을 더 중요하게 생각한다. 카드사의 부실을 막기 위해 회삿돈과 정부 지원 자금은 쓸망정 사재를 털어 낼 사람은 없으니 사태 악화는 불 보듯 뻔했다.

　"단기채는?"

　"계열사 여유 자금으로 겨우 메꾸고 있습니다만, 며칠 버티지 못합니다."

　"임시방편으로 현금서비스와 카드 사용 한도를 줄여 놓긴 했습니다. 하지만 다음 달이면 현금서비스는 중단해야 합니다. 현금이 부족합니다."

　진동기 부회장은 이마를 문질렀다. 땀이 나는 줄 알았는데 착각이었다.

　중공업을 맡다 보니 장기적인 경기 흐름에 따른 시장의 변화는 감지할 능력은 있었다. 하지만 카드사 같은 금융회사에서 하루하루 돈을 굴려야 하는 상황은 참으로 견디기 힘들었다.

　"계열사 자금을 좀 더 끌어와야 합니다. 아니면 다음 달에 큰 문제가…."

　"안 돼. 카드로 돌려막기하는 놈들 돈 빌려주자고 건실한 우리 계열사까지 자금난에 밀어 넣을 수는 없어요!"

　"하지만 현금서비스가 중단되면 걷잡을 수 없습니다."

　"그렇습니다. 순양카드 사용이 중지되면 카드사 주가는 물론 순양그룹 전체에 악영향을 미칩니다."

　임원들이 걱정을 늘어놓자 진동기 부회장은 이마를 문지르던 손을 멈췄다.

"지금 무슨 말을 하는 겁니까? 오늘 회의 안건이 내게 위험을 경고하는 겁니까? 그 위험을 돌파할 대책을 마련하자고 모인 것 아닙니까?"

단기 외채니 카드채니 이름은 그럴듯하지만, 어차피 빚이다. 빚을 졌고 그 빚을 갚아야 할 때가 온 것이다. 빚을 청산하는 건 돈을 갚는 길뿐이다. 임원들은 그 빚을 갚기 위해 돈을 짜내는 중이지만, 더는 방법이 없으니 경고 외엔 꺼낼 말이 없는 것이다. 급한 불을 끄는 방법이 없지는 않다. 진동기 부회장이 여기저기 숨겨 놓은 돈을 꺼내면 된다. 못해도 수천억은 될 테니까 말이다. 하지만 누구도 이 말은 꺼내지 못한다.

진동기 부회장은 입을 다문 임원들을 못마땅하게 바라보며 말했다.

"도준이⋯ 아니, 순양생명의 채권 상황은 어떻습니까?"

그에게도 가장 신경 쓰이는 부분이다 보니 짚고 넘어가지 않으면 안 된다.

"3000억 상환이 두 달 남았습니다. 이건 꼭 만기 연장해야 합니다. 솔직히 상환은 불가능합니다."

예상했던 대로 가장 극단적인 선택만 남았다.

이때 회의실 구석에서 한 임원의 목소리가 들렸다.

"부회장님, 이제는 정부가 말한 자구책에 대해 논의를 해야 하지 싶습니다."

"뭐?"

"카드사 자본금을 늘려야 합니다. 안정성을 담보하지 않는 한 모든 대책은 임시방편일 뿐, 언젠가는 카드 사용 중지라는 최악의 상황을 맞이하게 됩니다."

다른 임원들도 모르는 바는 아니지만, 공적인 자리에서 말하기에는 부담스러웠다. 순양카드는 계열사 지분이 없다. 자본금을 늘려 봤자 그룹 지배력에는 전혀 도움이 안 된다. 그런 기업의 자본금을 늘리느니 순양중공업의 자본금을 늘려 진동기 부회장의 지배력을 더욱 공고히 하는 편이 낫다. 그리고 중공업의 자금을 카드사에 빌려주고 급한 불을 끄는 것이 진동기 부회장이 원하는 대답이며 생각이기도 하다. 하지만 눈치 없는 그 임원은 부회장의 대답을 재촉했다.

"순양그룹이라는 이름이 주는 믿음이 있습니다. 순양카드의 자본금 확충에는 큰 무리가 없을 겁니다."

"이봐, 그 이야기는 나중에…."

곁에 앉은 임원이 눈짓을 주며 말렸지만 이미 늦었다.

"그래? 얼마나 필요하지? 자네 생각을 말해 봐."

"4000억입니다."

"그 돈이면 문제없나?"

"네. 급한 불을 끄는 것뿐만 아니라 안정적인 자금 운용이 가능합니다. 4배수 증자는 충분히 가능하니…."

"액면가 5000원짜리를 2만 원에 뿌리자?"

"순양그룹이니까 문제없다고 생각합니다. 자본금 1000억과 자본잉여금 3000억, 총 4000억이면 이 난관은 해결할 수 있습니다."

임원들은 긴장한 표정을 숨기지 않았지만, 말하고 싶었던 의견이 공개적으로 회의실 탁자에 올라오니 속이 다 후련했다.

"하지만 부회장님, 순양생명의 채권 8000억은 꼭 연장해야 합니다. 4000억 이상 들어온다고 해도 순양생명의 채권은 막을 방법이 없습니다."

눈치 없는 놈은 끝까지 눈치 없다. 진동기 부회장의 표정을 조금이라도 읽었다면 마지막 말은 하지 말았어야 했다.

"자, 밑바닥까지 다 뒤집어 놨으니 더 할 이야기는 없어 보이는데….

회의 끝마칠까요?"

진동기 부회장은 뒤도 돌아보지 않고 회의실을 나갔다. 모두 엉거주춤 회의실에 남아 있을 때 그의 목소리가 회의실 안에 꽂혔다.

"카드 사장은 나 좀 봅시다."

순양카드 사장은 단거리 선수처럼 회의실 밖으로 달려 나갔다. 성큼성큼 걷는 진동기 부회장 곁에 가까스로 다가갔을 때 차디찬 목소리가 들렸다.

"저 새끼는 내일부터 안 봤으면 해요. 그리고 순양생명 채권은 내가 어떻게 해볼 테니까 나머지는 사장인 당신이 해결해."

저 새끼가 누군지 이름을 말하지 않아도 안다. 자본금 1000억이 늘어나면 30퍼센트 이하로 떨어지는 지분이며, 순양카드의 지배는 물 건너간다. 재벌가의 오너들은 경영권을 잃느니 회사를 버린다. 지주가 마름으로 전락하는 꼴은 절대 받아들이지 않는 족속들 아닌가?

"네. 부회장님."

순양카드 사장은 자신의 목숨이 얼마 남지 않았다는 걸 알았다. 어쩌면 순양그룹 최초로 부도가 날지도 모르는 일이다. 불명예 퇴임을 하게 될지도 모르니 저도 모르게 입술을 깨물었다.

▲ ▲ ▲

"'여러분, 모두 부자 되세요.'라든가, '열심히 일한 당신 떠나라.'라는 광고가 얼마나 어처구니없었는지 이젠 모두 알았겠죠?"

"알아도 까먹는다. 모든 걸 기억한다면 이런 사기꾼 같은 놈들이 한국에 남아 있겠어?"

오세현은 냉소적인 미소를 보였다.

"자, 이젠 솔직히 말해 봐. 이런 사태를 직감했어?"

'직감이 아니라 내 눈으로 목격한 일이죠.'라는 말 대신 다른 대답을 했다.

"부채가 자꾸 늘어 가는 사업입니다. 이 정도 사태는 아니지만, 회사를 이끌어 나가는 일이 버겁다고 생각했을 뿐입니다."

"어찌 됐든 그 덕분에 품 안의 폭탄은 없어졌네. 천운이다."

"폭탄이 사라지면 다시 가져올 생각입니다."

"괜찮을까?"

"카드사는 돈 먼저 빌려주고 이자 챙기는 은행이나 다름없어요. 카드 발급과 한도를 신중히만 했다면 땅 짚고 헤엄치기 사업 아닙니까?"

은행은 대출을 원하는 고객을 낱낱이 조사하고 담보를 확보한 후에 돈을 빌려준다. 카드사가 은행처럼 할 필요는 없다. 왜냐하면 대부분의 대출 기간이 한 달이기 때문이며 소액이기 때문이다. 처음 카드 발급 때 고객의 신용도와 소득만 잘 따진다면 손실의 위험성은 급격히 떨어진다. 이런 장사를 왜 마다하겠는가?

"순양카드를 되찾는 게 쉽진 않을걸?"

"서두를 필요는 없지만 떨어지는 주가에 맞춰 주식을 매집해야죠. 그리고 전 거액의 채권자 아닙니까? 방법은 많습니다."

카드사만 되찾는 건 쉽다. 문제는 일거양득이 가능한가이다. 진동기 부회장이 형인 진영기 부회장에게 아쉬운 소리를 해야 한다. 그러려면 내가 독한 짓을 한번 해야 하는데…. 어려운 건 아니다. 그리고 그날은 곧바로 찾아왔다. 그만큼 카드사에 떨어진 불똥이 뜨겁다는 의미였다.

"큰아버지, 그건 곤란합니다. 제 코가 석 자라서요."

"뭐?"

진동기 부회장이 눈을 부릅뜨고 나를 노려보기 시작했다.

"카드 대란으로 돈줄이 막혔어요. 생명, 화재… 전부 아우성칩니다.

저도 지금 단기차입을 알아보고 있을 정도로 심각해요. 오죽하면 아버지 병원에서 돈을 빌렸겠습니까?"

1999년, 48조에 불과하던 현금 대출이 작년 2002년 말 기준으로 268조까지 치솟았다. 카드사가 신용 한도를 낮추자마자 300만 명의 신용불량자가 쏟아졌다. 이미 한국 경제는 동맥경화에 걸려 버렸다. 아무런 문제 없다고 큰소리칠 기업은 별로 없다.

"매달 꼬박꼬박 들어오던 보험료가 반토막 날 지경입니다. 큰아버지께서 그 채권을 정리해 주지 않으면 우리도 큰일 난다고요."

전에 없이 엄살을 떨며 두툼한 서류를 툭 던졌다.

"한번 보십시오. 자금 계획이 다 무너지니까 계열사 전부가 경색되었습니다. 아시다시피 우린 돈놀이 하는 게 전부 아닙니까? 큰아버지께서는 중공업 계열이니 우리보다는 자금 사정이 더 나으실 텐데요?"

"말도 마라. 다른 계열사 쌈짓돈까지 탈탈 털어서 카드에 넣고 있어. 이러다 거덜 나겠다."

큰아버지의 엄살도 보통 아니다. 아니, 이건 엄살이 아닐지도 모른다.

"아무튼, 조금만 더 지켜보시죠. 정부가 자금 지원을 할지도 모르고…."

"아니, 정부 지원은 없어. 새 정부가 들어서자마자 터진 일이다. 그것도 카드 긁으며 흥청망청한 대가야. 도덕적 해이를 비판하는 여론을 무시하고 강행할 배짱은 없을 거다."

'이런, 똑똑한데?'

채권 만기 막바지까지 미뤄 두면 진짜 뒤통수를 칠 수 있는데 미리미리 대비하는 조심성이 보인다.

"그럼 이대로 계실 겁니까? 큰아버지께서 우리 채권을 해결해 주시지 않으면 전 못 버팁니다. 그간 채권 이자마저 제대로 챙겨 주지 않았어도 그냥 넘어갔어요. 이 정도가 한계입니다."

진동기 부회장은 난감한 표정을 숨기지 않았다. 그 표정을 보며 슬며시 말했다.

"차라리 외부에서 돈을 좀 빌리는 건 어떻습니까?"

"도준아, 돈 빌릴 데가 있었으면 내가 조카인 네게 아쉬운 소리를 하겠니? 은행도 카드 때문에 휘청휘청한다고."

"아무리 힘들어도 부자 3대 간다고 했습니다. 몇천억쯤은 쉽게 빌려 줄 곳이 있지 않습니까?"

갑자기 진동기 부회장의 눈이 반짝거렸다.

"어디? 그만한 자금력 있는 곳이 있어? 설마 명동 사채꾼들 말하는 건 아니겠지?"

"명동까지 가면 갈 데까지 간 거죠. 거기 말고요… 큰아버지 계시지 않습니까?"

손가락을 들어 위로 슬쩍 찔렀다.

"큰? 형님!?"

진동기 부회장은 대번에 이맛살을 찌푸렸다.

"네. 순양전자, 순양물산 등, 캐시 벌어들이는 회사가 수두룩하잖습니까? 쌓아 둔 사내유보금도 처치 곤란이라고 소문났는데."

그는 이미 내 말을 듣지 않는다.

"도준이 너, 지금 순진한 척하는 거냐? 아니면 날 곤란하게 만들고 싶은 거냐?"

진동기 부회장의 안색이 불꽃처럼 붉게 타올랐다.

"큰아버지, 지금 형제의 힘겨루기할 때가 아닙니다. 카드사가 정상적으로 흐르려면 조 단위의 돈이 필요한 거 아시죠? 정부 발표 보셨잖습니까? 부실 금액만 90조라고 합니다. 그 속에 순양카드의 부실이 몇 퍼센트나 될까요? 더 큰불 나기 전에 진화 작업 시작하셔야 합니다.”

“넌 네 큰아버지를 몰라서 그따위 소리를 하는 게냐? 형님이 나를 위해서 회사 유보금을 단돈 10원이라도 빌려줄 것 같아? 내가 몰락하기만을 기다리는 사람이다.”

“잘 압니다. 두 분께서 지금 힘겨루기 중이라는 걸 전 국민이 다 아는데 제가 모를까요? 그러니까 돈 빌려 달라고 부탁하지 마십시오.”

“부탁 안 하면? 뺏을까? 훔치기라도 해?”

“아뇨. 돈 빌려 달라고 협박하십시오.”

“뭐?”

붉은 안색으로 입을 떡 벌리는 진동기 부회장을 보며 가려운 곳을 슬쩍 긁어 주었다.

“순양카드는 이번 고비를 넘기지 못하면 부도 날 수밖에 없습니다. 큰아버지께서도 말씀하셨죠? 정부 지원은 기대하기 어렵다고요. 그럼 자체적인 해결만이 남았는데 이건 복잡한 사안이 아닙니다. 돈으로 메워야 해요. 돈 없으면 부도죠.”

“그래서? 부도낼까?”

“부도낸다고 하십시오. 카드가 부도나면 카드사에 돈 빌려준 중공업, 건설 등 순양그룹의 핵심 계열사가 흔들립니다.”

진동기의 눈빛이 흔들렸다. 그에게 가장 두려운 일은 장남보다 부족한 차남이라는 평가를 받는 것이다. 계열사 주가는 오를 때도 있고 내려갈 때도 있다. 하지만 폭락이라도 하는 날엔 외부 기관 투자자나 임원들의 차디찬 시선을 감당해야 한다. 더 위험한 것은 그룹 전체 주가다.

“저도 충분히 파악했습니다. 두 분 큰아버지들께서 가진 그룹 지배지분과 제가 가진 10퍼센트, 이건 교묘하게 섞여 있습니다. 외부에서 보기엔 완전히 계열사를 분리한 것처럼 보이지만 누구 한 명의 주식이 외부로 빠져나가면 지배력이 약해지죠."

내부거래는 문제없지만, 우리 셋의 주식이 외부로 나가는 순간 전체 지분 비율이 바뀌기 시작한다.

"순양카드의 부도를 막으려면 중공업과 건설 등 핵심 계열사의 주식을 파는 수밖에 없다고 경고하십시오."

"내가 팔지 않는다는 걸 너도 알지? 마찬가지로 형님도 알아. 우린 순양그룹을 단 한순간도 포기하지 않아."

"제가 뭐라고 했습니까? 경고라고 했죠? 협박은 말로 하는 게 아닙니다. 행동으로 보여 주는 겁니다. 정말 주식을 팔아 치울 수밖에 없겠구나, 하는 생각이 들 만큼 말입니다."

"행동이라니?"

"현금서비스 중단하십시오."

"야!"

서비스 회사가 서비스를 중단한다는 게 어떤 의미인지 아는 큰아버지는 깜짝 놀라 버럭 소리를 질렀다.

나는 큰아버지에게 손을 내저으며 말을 이었다.

"괜찮습니다. 일시적이니까요. 순양카드의 서비스가 중단되면 그 시점부터 주가가 내려갑니다. 카드만 떨어질까요? 아니죠. 그룹 전체의 주가가 내려갑니다. 그게 협박이죠."

진동기 부회장이 부지런히 머리를 굴리는 모습이 보였다.

"딱 두 번만 서비스 중단 사태가 발생하면 모두의 생각이 달라질 겁니다. 순양카드가 부도날지도 모른다고 느낄 겁니다."

"최악의 사태를 막기 위해 형님이 움직인다…?"

"울며 겨자 먹기 아니겠습니까?"

갑자기 큰아버지의 입가에 작은 미소가 보였다.

"넌?"

"네?"

"네 금융 계열사의 주가도 하락할 텐데? 가뜩이나 순양생명 자금난이 심해진다면서? 너도 내 형님이나 다를 바 없는 처지다. 넌 지금 내게 네 목을 조르는 방법을 알려 준 셈이야."

큰아버지의 미소가 더 커졌다.

"아이고, 그렇네요. 이런 멍청한 짓을⋯ 하하."

터져 버린 내 웃음 때문에 큰아버지의 미소가 사라졌다.

"딴 속셈이 있구나."

"두 분 큰아버님과 저의 차이점을 아직 모르십니까? 전 순양의 금융 계열사 앞날이 흐릿하다면 전부 정리해 버릴 수 있습니다."

"뭐?"

"제가 계열사를 꼭 지키고자 생각했다면 카드사를 큰아버지께 넘겼겠습니까?"

진동기 부회장은 눈을 실룩거리며 아무 말도 못 했다.

"계열사 자산가치를 냉정히 평가하고 회사가 나락으로 더 떨어지기 전에 조각조각 내서 가장 비싼 값에 팔아 버리면 됩니다."

아무렇지도 않게 말하자 그가 버럭 소리를 지르며 화를 냈다.

"이 자식아! 네 할아버지가 물려주신 회사를 그따위로 가볍게 생각해? 힘들 때 버티고 버텨서 지금의 순양그룹을 만들었다. 어렵다고 팔고, 힘들다고 넘겼다면 지금의 순양이라는 이름이 가당키나 해?"

"시대가 변했습니다. 언제까지 과거의 방법으로 순양의 이름을 지킬 수는 없죠."

"뭐야?"

"카드 대란 이거, 만만하게 보시면 안 됩니다. 내수가 확 죽었어요. 그리고 회복의 기미는 보이지 않습니다. 이럴 때 목을 죄어 오는 계열사를 쥐고 있느니 싹 정리하는 게 낫습니다. 그리고 경기가 정상으로 돌아오면 다시 인수하면 되죠."

"회사가 구멍가게야! 힘들 때 팔고 형편 풀리면 다시 사고?"

"제게는 다를 바 없습니다. 기업 M&A가 복잡하고 어려워 보여도 상품을 사고파는 본질은 똑같지요. 어려운 순양생명을 팔고 나중에 좋은 생보사를 사서 간판을 바꿔 달면 됩니다. 지금보다 훨씬 더 좋은 회사가 될걸요?"

기가 차서 입을 열지 못하는 큰아버지에게 한마디 덧붙였다.

"제 선택을 탓하지 마십시오. 이건 큰아버지 때문입니다. 우리의 채권 8000억을 만기 때 주시면 회사를 사고팔고 할 필요도 없어요. 그룹을 위험하게 만든 건 큰아버지의 순양카드입니다."

자기 책임이라는 걸 아는 큰아버지는 입을 열지 못했다. 지금 그의 머릿속은 복잡할 것이다. 내 입에서 나온 말은 순양그룹에 손톱만큼의 미련도 없어야 할 수 있는 것이다.

내 말이 진심인지, 아니면 이것 역시 돈을 갚지 않으면 순양의 금융 부문이 사라질 것이라는 협박인지, 파악하려고 애쓰는 모습이 역력했다. 그가 내 마음을 더 읽어 내기 전에 나는 자리에서 일어섰다.

▲ ▲ ▲

진동기 부회장은 진도준이 떠난 빈자리를 한참 동안 노려보다 중얼거렸다.

"저놈의 검은 속을 알면서도 속아 주는 척… 아니, 저놈 원하는 대로 해줘야 하나…"

어린 조카에게 끌려다녀야 하는 자신이 한심한지 씁쓸한 표정을 감추지 못했다.

『오늘 자정을 기점으로 순양카드 현금서비스가 중지되었습니다. 일시 사용 중지된 K카드 이후로 두 번째 카드사의 서비스 중단입니다. 순양 카드 측은 조속한 서비스 재개를 위해 최선의 노력을 아끼지 않겠다고 밝혔습니다. 하지만 아직 순양그룹 측의 공식적인 발표는 없습니다.』

TV 저녁 뉴스가 흘러나오는 곳은 한동안 비어 있었지만 늘 깨끗이 관리하는 순양그룹 회장실이었다. 순양의 두 부회장 중 누구도 회장 의자에는 차마 앉지 못했다. 대신 나란히 소파에 앉아 벽에 걸린 그들의 아버지 초상화를 한동안 바라보기만 했다.

"이제 어떡할래? 저 뉴스대로 곧 해결할 수 있어?"

"아니. 못해."

"지랄한다. 자랑이냐?"

두 사람은 서로를 바라보지도 않고 부친의 초상화에서 눈을 떼지 않았다. 하지만 별일 아니라는 듯 덤덤한 목소리로 이야기를 주고받았다. 내용을 모르는 사람이 봤다면 초상화 감상을 주고받는 줄 알았을 것이다.

"도준이한테 줘야 할 돈, 카드사 굴려야 할 돈, 모두 1조 3000에서 4000억이야. 그걸 어디서 구해? 이미 까먹은 돈은 빼고 계산해도 그 정도 나와."

"조카한테 된통 당했구나. 꼬시다."

"된통 당한 건 아니고···. 한 1년 정도는 재미 좀 봤어. 그리고 이런 사태가 터질 걸 도준이가 예측했다고 생각하기에는 너무 나간 거 아닐까?"

"너무 딱 들어맞으니까 하는 소리다."

진영기 부회장도 그렇게 믿고 싶지 않았다. 소름 끼치도록 정확히 예견한 듯 카드사를 팔아 치운 조카라면 상대하기가 버거울 정도다.

"우연이 겹치면 필연이라지만 이건 우연일 뿐이야. 그보다는 오늘이 가기 전에 600억을 구해야 해. 그래야 내일부터 정상적인 서비스가 가능해."

"돈 빌려 달라고?"

"그랬으면 해."

"뻔뻔하기는…."

진영기는 동생이 이렇듯 뻔뻔한 이유를 안다. 순양카드의 현금서비스가 중단된 오늘 순양 계열사 전체 주가가 내려갔다. 철옹성 같던 순양도 무너질 수 있다는 불신이 퍼지기 시작했다는 뜻이다. 불신은 순양의 힘을 깎아 먹는다.

"내가 안 빌려주면 순양카드는 그냥 플라스틱 쪼가리 되는 거야?"

"그보다 더하지. 부도나는 건 시간 문제야."

"막아. 엄살 부리지 말고."

"엄살 아냐. 정말 돈이 씨가 말랐어."

진동기는 고개를 돌려 형님의 얼굴을 쳐다보며 말했다.

"내가 할 수 있는 최선은 카드를 버리는 거야. 빚투성이인 회사 하나 버리는 건 괜찮은데 문제는… 도준이야."

"도준이?"

"그래. 담보로 맡겨 놓은 중공업, 건설 주식이 도준이 손에 들어간다고."

"그건 네 문제지, 내 문제가 아니야."

어차피 그룹 지배지분의 이동이다. 그 지분이 동생 손에 있으나 조카 손에 있으나 진영기로서는 차이가 없다.

"곧 형님에게도 불똥이 튈 거야. 그때는 우리의 문제지."

"무슨 소리야, 그게?"

"8000억이라는 돈을 순양생명에 갚지 않으면 그놈은 가진 주식 전부 팔아 버리고 손 떼겠다고 하더라. 싹 정리하고 나중에 봄날이 오면 그때 다시 산단다? 그놈다운 생각이지."

"뭐? 주식을 전부 팔아?"

그제야 진영기도 동생의 얼굴을 바라보기 시작했다.

"미친 새끼, 그걸 말이라고!"

"그놈이 미쳐? 아냐. 우리 가족 중에 제일 똑똑한 놈이야. 알잖아. 이런 협박이 우리에게 먹힌다는 것도 아니까 말이야. 그놈은 돈 돌려받기 위해서라면 충분히 그러고도 남을 놈이야."

진영기는 재빨리 머리를 굴려 계산했다. 조카가 가진 10퍼센트, 8000억의 담보라면 진동기의 주식 33퍼센트 중 최소한 7퍼센트 이상이다. 순식간에 17퍼센트의 주식이 빠져나간다. 이 주식이 만약 미라클로 들어간다면 그룹 지배지분의 33퍼센트를 미라클이 쥔다. 곧바로 순양그룹의 2대 주주로 등극하는 것이다. 우호지분을 확보한다면 미라클이 순양을 삼켜 버릴 수도 있다.

진영기는 진동기를 쏘아보며 이를 아득 갈았다. 이 협박이 조카에게서 나왔든 조카의 이름을 빌린 동생에게서 나왔든, 이건 제대로 된 협박이다. 하지만 협박에 굴복하기에는 자존심이 센 진영기다. 그는 협박을 거래로 바꾸고 싶었다.

"1조 5000억 주지. 대신…."

"도준이가 담보로 가진 중공업과 건설 주식을 내놓으라고?"

"우리 아우, 눈치는 정말… 나이 먹어도 녹슬지 않았군."

진영기는 웃으며 머리를 끄덕였다.

"그건 안 돼. 7퍼센트나 되는 주식을 넘기면 저 초상화 밑에 앉아 볼 기회마저 넘기는 거야. 차라리 함께 죽자고."

"독한 새끼…."

진영기는 아버지의 초상화를 가리키는 동생을 보며 혀를 찼다.

"넌 이럴 때 보면 똑똑한 것 같지만, 허술한 면이 있어."

"내가?"

"그래. 네 말대로라면 내가 1조 5000억을 들고 도준이에게 찾아가면 그놈은 담보로 가진 중공업과 건설의 주식을 냉큼 던질 것 같은데? 순양카드가 부도나든 말든, 내 알 바 아니고…. 너 빼고 나와 도준이가 이 방에서 거래한다면 어쩔래?"

진영기의 말에 진동기의 눈썹이 파르르 떨렸다. 생각지도 못한 역습이었다.

"내가 왜 순양카드가 망하는 걸 막아야 하지? 1조 원이 넘는 거금을 써서 그깟 수수료나 챙기는 회사를 살리느니 그룹 지분 7퍼센트를 가지는 게 훨씬 이익 아냐?"

진동기는 뭐라 대꾸할 말이 없었다. 그룹을 삼키는 게 목적이라면 백 배 나은 방법이다.

"네가 당황하는 모습도 참 오랜만에 본다. 네 모습을 보니 내가 올바른 선택을 했다는 게 확실한가 본데?"

자신을 향해 빙글빙글 웃는 형을 보며 진동기는 정신을 다잡았다.

"그것참, 무서운 놈이야."

"놈? 나한테 하는 소리는 아니겠지?"

"내가 친형님에게 쌍소리 할 정도로 막돼먹은 놈은 아니지. 도준이 말이야."

"도준이?"

"그래. 내게 큰 힌트를 줬거든."

여유를 되찾은 진동기도 미소 지었다.

"도준이만 주식을 싹 팔아 치울 거로 생각하지 마. 나도 그룹 지분을 싹 팔아 버릴 수 있어."

"으하하. 네가 주식을 팔아?"

진영기 부회장은 웃음을 멈추지 않고 손을 들어 초상화를 가리켰다.

"저 초상화 아래 의자, 저걸 포기한다고? 네가?"

"기어서도 못 갈 것 같으면 포기해야지."

"차라리 조금이라도 그럴듯한 이유를 말하고 돈 달라고 해. 사지가 다 잘려 나가도 저 자리에 기어갈 놈이 무슨….'

"형님이 아직 모르는 게 있어."

"그만해라."

"사람은 긍정보다 부정의 힘이 더 강해. 내가 저 자리에 앉고 싶은 마음보다 남이 저 자리에 못 앉게 하려는 마음이 더 커. 내가 가진 주식을 몽땅 팔아 버리면 순양그룹의 회장 자리는 아무도 못 앉지. 계열사 지배력이 사라지면 순양은 공중분해니까 회장이라는 직책이 없어지거든."

엄청난 발언이지만 진영기 부회장은 여전히 웃기만 했다. 동생이 절대 순양을 버리지 못한다는 것을 누구보다 잘 알기 때문이다.

"그럼 그렇게 하든지."

진영기는 소파에서 일어났다.

"넌 여기 회장실에서 푹 쉬다가 가. 앞으로 이 방에 들어올 일 없을 테니까 말이다. 하하."

웃으며 회장실을 나가는 진영기의 뒷모습을 보며 진동기는 이를 악물었다. 협박은 말로 하는 게 아니라는 진도준의 말이 다시 떠올랐다.

"같은 건물에 있으면서 얼굴 보기 참 어렵구나. 넌 뭐가 그리 바빠?"

"죄송합니다, 큰아버지. 제가 찾아뵈어야 하는데…."

"됐다. 마음에도 없는 소리 그만하고 어서 앉아."

진영기 부회장의 얼굴을 보니 내게 아쉬운 소리를 할 분위기다. 잘 보여 주지 않았던 환한 웃음이 그 증거다.

"내가 보자고 한 이유는 알겠지? 지금 좀 심각하다."

"네. 카드 대란 때문 아닙니까?"

"하루면 해결한다고 큰소리치더니만 지금 3일째 현금서비스 중지다. 이미 가맹점 대부분이 순양카드를 거부해. 그런데 동기는 두 손 놓고 있다."

"네. 연일 뉴스를 장식하니…. 심지어 고의 부도를 의심하는 언론까지 나왔습니다."

"부도는 무슨, 그럴 놈 아니라는 걸 너도 잘 알잖아."

"저라면 부도냅니다."

"뭐?"

"제가 순양카드를 넘길 때 그룹 지분을 싹 빼고 드렸거든요. 순양카드는 완전히 계열 분리된 독립 회사입니다. 카드사는 사람과 돈이 전부인 회사라서 사라져도 중공업 부문 계열사에 아무런 영향이 없습니다. 지저분한 먼지 전부를 올려 버린 다음 부도 처리하면 묵은 때까지 씻어 버리니 얼마나 좋습니까?"

진영기 부회장은 내 말을 귓등으로 흘려들었다.

"너라면 그러겠지. 하지만 동기는 그러지 못해. 순양이라는 이름의 무게가 너와는 질적으로 달라. 계열사를 그리 쉽게 버리지 않아."

"정말 그렇게 믿으십니까?"

"당연해."

"그럼 순양카드 주식을 사 모으십시오."

"응? 그게 무슨 말이야?"

"지금 순양카드 주가가 연일 하한가를 찍습니다. 곧 휴지 쪼가리가 될 것처럼요. 만약 부도 안 나고 다시 정상화가 된다면 엄청난 차익을 볼 것 아닙니까?"

순간 당황한 기색이 옅게 비쳤다.

"큰아버지, 지금 망설이셨죠? 그게 바로 진짜 마음입니다. 큰아버지께서도 사실은 순양카드가 부도날지도 모른다고 걱정하시는 거죠."

"흠···."

진영기 부회장은 헛기침을 한 번 하더니 슬그머니 말을 돌렸다.

"카드는 좀 더 지켜보고 결론 내자. 그보다 내가 널 보자고 한 이유는 따로 있다."

"말씀하십시오."

"네가 카드사를 동기에게 넘기고 담보로 잡은 주식, 그걸 내가 살까 하는데··· 어때?"

'결국, 이 말이 나왔구나. 일단은 미루고···.'

"아직은 뭐라 말씀드릴 수 없습니다. 만기는 6월 말입니다. 두 달 뒤에 전액 상환할 수도 있으니까요."

"그럴 일 없다. 내 자금이 아니면 동기는 이 위기를 못 벗어나."

"주식을 담보로 금융권에서 어떻게든 구해 올 수도 있으니까요. 상도의상 그때까지는 기다려야죠."

이로써 확실해졌다. 진영기 부회장은 순양카드의 어두운 미래는 관심 없다. 다만 순양 이름에 먹칠하지 않기만을 바란다. 그는 내 손의 담보, 그것을 원한다. 진동기 부회장도 담보만 되찾기를 원할 뿐이다. 지금쯤 머리 아픈 카드사를 정상화하기 위해 노력할 마음은 없다. 다만 부도만 피하고 명맥만 유지하면 만족할 것이다. 애초에 카드사를 인수하기 전의 상태, 딱 그때로 돌아가고 싶을 게 뻔하다. 난 둘 다를 원한다.

진영기 부회장은 물끄러미 날 쳐다보며 말했다.

"채권이 얼마더라?"

"8000억입니다."

"두 배를 주마. 그 채권 내게 팔아."

"네?"

"넌 이쪽 전문 아니냐? 채권도 상품이다. 언제든 사고팔 수 있는 거 아니니?"

"그렇긴 합니다만···."

걸려들었다.

"내가 주식을 사겠다는 게 아니라 채권을 사겠다는 거야. 만약 동기가 그 돈을 갚으면 난 8000억을 손해 본다. 넌 무조건 남는 장사고. 그렇지?"

"계산상 그렇죠."

"그럼 뭘 망설이지? 설마 너 순양그룹 지배지분을 확보해서 이 큰아버지를 누르고 회장이 되고 싶은 거냐?"

참으로 무섭게 직진하는 사람이다. 채권으로 내 속셈을 확인까지 하려 한다.

"그럴 리가요. 금융사 몇 개 받은 것도 버겁습니다."

"그럼 당장 넘겨. 채권 장사해서 두 배 벌어. 망설일 이유가 없지. 안 그래?"

숨 한번 쉴 짧은 시간··· 그 안에 계획, 계산을 끝내야 한다. 절반은 예상했던 일이지만 지분 확보를 위해 계열사 하나쯤은 날려 버릴 만큼 과

감할 줄이야…. 하지만 난 천재가 아니었다. 숨 한번 쉬는 동안 떠오른 것은 시간을 더 벌자는 것뿐이다.

"하루만 생각할 시간을 주시면 안 되겠습니까?"

"내일 만나서 거절하려면 지금 해라. 그래야 네 시커면 속셈을 하루라도 빨리 아니까 말이다."

노골적으로 드러내는 적의, 이것 역시 피해야 한다.

"큰아버지, 어떻게 그런 무시무시한 말씀을…. 긍정적인 답변을 위해 계약 조건을 좀 알아봐야 할 시간은 필요하기 때문입니다."

"진짜지? 하루 이상 끌면 네가 딴마음 먹고 있다고 생각할 거다."

이렇게 밀어붙이는 모습은 할아버지 판박이다.

"그럴 일 없을 겁니다."

최대한 공손하게 대답했다. 아직은 이 양반과 척을 지면 안 된다.

▲ ▲ ▲

"금융감독위원장을 만나고 싶습니다. 순양그룹의 금융 부문을 책임 진 저라면 독대할 수 있겠죠?"

"가, 갑자기 왜 그러십니까?"

장도형 부사장은 내 요구에 당황했는지 말까지 더듬었다.

"이유는 묻지 말고요. 오늘 저녁을 같이하고 싶다고 전하세요. 참, 고민거리를 내가 해결해 줄 수도 있다는 걸 넌지시 흘리시고요."

"아, 알겠습니다. 즉시 연락해 보겠습니다."

"아니, 연락이 아니라 약속 잡으세요. 꼭!"

내가 큰소리로 다그치자 장도형은 침을 꿀꺽 삼켰다. 얼마나 긴급하고 중요한 일인지 알아챘을 것이다.

"네. 저녁 시간 비워 놓으십시오."

장도형은 휴대전화를 꺼내 들며 방을 나갔다.

할아버지 전화 한 통이면 가능한 일이다. 하지만 언제까지나 아쉬울 때마다 기댈 수는 없다. 대통령이 아니라면 내가 직접 그들에게 연락해야 한다. 그들도 내 요청을 거절하기는 힘들 것이다. 최소한 난 순양그룹의 진양철 회장의 후광을 안고 있다.

조용한 일식집 별실에서 문을 열고 들어오는 두 사람을 향해 머리를 숙였다.

"급히 연락드렸음에도 이렇게 나와 주셔서 감사합니다."

금융감독위원장과 국장이 함께 들어왔다. 뉴스에 얼굴을 비추던 정책1국장이다.

"문제 해결에 도움을 주신다니 안 나올 수 있나요? 기대하겠습니다."

영양가 없는 소리나 한다면 곧바로 일어서겠다는 뜻이다.

"현재 우리나라에서 가장 바쁘신 두 분이니 바로 용건을 꺼내도 되겠습니까?"

음식이 나오기 전, 바로 말했다. 저 두 사람보다 내가 더 시간이 부족하다.

"물론입니다. 오히려 제가 먼저 부탁하고 싶었습니다."

1국장이 반기며 머리를 끄덕였다.

"순양카드 말입니다. 어떻게 생각하십니까?"

"혹시 진동기 부회장의 심부름입니까?"

위원장이 의심스러운 눈길로 물었다.

"아닙니다."

"그럼 제 말을 전해 주세요. 순양카드는 이 정도로 망가지지 않았어요. 오히려 다른 카드사에 비해 건실합니다. 당장 4000억 정도만 투입하면 급한 불 끕니다. 그런데 서비스를 중단한 건 정부에 대한 노골적인 협박으로 보입니다."

"1조 원을 수혈해도 살아남기 힘든 카드사도 있어요. 그런 곳도 자구책을 마련하고자 안간힘을 쓰는데 순양카드는 아예 두 손 놓고 나 몰라라 하는 것 아닙니까? 순양그룹의 현금 동원력이면 한 번에 해결할 수 있다는 거, 잘 압니다."

이미 두 사람은 불쾌한 표정을 숨기지 않았다.

"정부에 대한 협박이라는 건 어떤 의미죠?"

"몰라서 그러세요? 공적자금 수혈을 요구하는 것 아닙니까?"

공무원들이라 그런가, 정보가 늦다. 집안싸움이 한창이라는 걸 전혀 눈치채지 못한 걸까?

"순양카드가 처음에는 바로 진도준 씨, 당신 소유였기 때문에 시간 낸 겁니다. 도대체 진동기 부회장이 원하는 게 뭐요?"

1국장의 노골적인 질문, 이 양반… 화가 단단히 났나 보다.

"진동기 부회장님이 원하는 건 저도 모릅니다."

"뭐요? 지금 우리와 농담하자는 거요?"

"아뇨. 제가 그분의 머릿속에 들어갔다 나온 것도 아닌데 어떻게 알겠습니까? 대신 제가 뭘 원하는지는 정확히 말씀드릴 수 있습니다."

"이… 이 사람이…!"

1국장이 버럭 하려는 순간 위원장이 그를 바라보며 입술을 살짝 깨물고 눈치를 줬다.

"말해 봐요. 들어나 봅시다."

나는 차분한 위원장을 향해 입을 열었다.

"순양카드 사용을 금지해 주십시오. 어차피 사실상 사용 불가한 카드 아닙니까? 영업정지 명령이면 충분합니다."

"뭐, 뭐요?"

"네. 카드 업계 최초로 부도날 겁니다."

"지금 불난 데 기름 부으라고? 가뜩이나 카드 업계 전체가…."

"잠자코 끝까지 들어 봐."

위원장의 따끔한 말에 1국장은 재빨리 입을 다물었다.

"새로운 정부가 출범하고, 아직 재계 총수들과 청와대 만찬도 못 했는데 이런 사태를 맞으셨으니 좀 당황스러우실 겁니다. 그래서 지금 재계 압박의 강도를 논의 중이실 텐데… 솔직히 재벌들은 웬만해서는 눈도 꿈쩍 안 합니다."

1국장은 눈만 껌뻑거렸고 위원장은 살짝 미소 지었다. 재벌 3세 입에서 은근히 재벌을 까는 말이 나오니 별일이다 싶었을 것이다.

"순양카드 영업정지라는 조치는 새로운 정부의 강력한 메시지가 될 겁니다. 이 정도 초강력 제재라면 재벌들도 앗! 뜨거워라! 하겠죠? 자구책을 좀 더 빠르고 효과적으로 진행할 겁니다."

"그렇게 되면 순양카드는 부도입니다. 자구책이고 뭐고 더는 기회가 없어요. 순양카드 부도는 그 충격이 너무 크다는 걸 알아야 합니다."

위원장은 의도를 읽어 내려는 듯 내 표정을 유심히 살폈다.

"그 충격, 제가 전부 흡수하겠습니다. 어떻습니까?"

나는 환한 미소를 머금으며 두 사람의 표정을 살폈다.

"지금 그게 무슨 말인지 정확히 설명해 주실 수 있겠죠? 흡수라는 의미 말입니다."

"물론입니다. 그리 어려운 일도 아니니까요."

두 사람이 내 입만 바라보고 있다는 게 느껴졌다.

"순양카드가 부도나면 말씀하신 대로 국민에게는 엄청난 충격일 겁니다. 혼란스럽기도 하겠죠. 아마 가맹점들은 다른 카드도 받지 않을 겁니다. 카드로 결제한 돈을 못 받을 수도 있다고 여길 테니까요."

"그뿐만이 아닙니다. 카드사의 연쇄 부도를 염려한다면 단기채가 돌아가지 않아요. 자금순환이 완전히 멈춰 버립니다."

1국장은 카드 경제 이면의 위험까지 덧붙였다.

"잘 압니다. 하지만 새 정부 출범 이후 재계에 보내는 가장 강력한 메시지가 되지 않을까요? 무려 순양그룹인데 말입니다."

"충격을 완전히 흡수한다면 그렇겠죠."

위원장이 차분하게 말했다. 그는 내 대답을 듣고 싶은 것이다.

"순양카드를 즉시 인수할 기업을 준비해 두겠습니다."

"인수요?"

"네."

"지금 카드사는 웃돈을 얹어 줘도 가져갈 곳이 나타나지 않을 겁니다."

1국장은 말도 안 되는 소리라는 듯 손을 크게 내저었다.

"진도준 씨."

위원장은 다시 차분히 나를 불렀다.

"네, 말씀하십시오. 위원장님."

"당신이 순양그룹의 일원이니 솔직하게 털어놓겠습니다."

그는 긴 한숨을 쉬며 조심스레 말하기 시작했다.

"정부가 나서서 순양그룹 계열사 하나의 부도 원인을 제공하면 우리 금감위에 엄청난 공격이 쏟아질 겁니다. 언론과 정부 기관에는 순양그룹을 우호적인 시선으로 바라보는 사람이 많거든요."

순양 장학생이 얼마나 많으면 금감위의 수장이 두려워할 정도일까?

"재빨리 사태를 수습해 버리면 비난의 화살도 줄어들 겁니다. 그 정도에 흔들려서는 안 되겠죠? 갓 출범한 정부의 첫 기 싸움인데요."

"말처럼 쉬운 일이 아닙니다. 진도준 씨 조부님의 힘을 잘 아실 텐데요?"

"그럼 그 부분을 제가 막아 드리면 진행하시겠습니까?"

"재빠른 수습이 가능하다면 논의해 볼 수는 있습니다."

순양카드를 날려 버리는 정부, 그리고 충격이 퍼지기 전에 인수자를 찾아 순양카드를 정상화한다면? 어쩌면 카드 사태를 빨리 안정시킬 수 있다. 압박과 해결을 동시에 풀어낼 수 있으니까 말이다.

"원하시는 타임라인을 제시해 주십시오. 순양카드 최종 부도일에 맞춰 곧바로 인수해 버릴 수 있다는 걸 고려하시고요."

"진도준 씨가 인수하실 겁니까? 이를테면 순양생명 말입니다."

"전 아닙니다."

내 대답에 두 사람은 난감한 표정이었다. 그들은 나를 제외하면 그 누구도 부도난 순양카드를 인수할 곳은 없다고 예측했기 때문이다.

"도대체 지금 뭐 하는 겁니까? 모두 카드사 때문에 머리를 감싸 쥐는데 부도난 카드사를 누가 인수할 거로 생각해요?"

1국장이 다그치듯 말했다.

"잠시 실례 좀 하겠습니다."

난 휴대전화를 꺼내 전화를 걸었다.

"들어오시죠. 대표님."

짧은 통화를 끝내며 살짝 미소 지었다.

"한국 경제가 위기에 처할 때마다 부도난 회사를 구제하신 분입니다."

이때 문이 열리며 오세현 대표가 들어왔다. 두 사람은 오세현을 보며 놀라긴 했지만 믿음직한 구원투수를 바라보는 눈이었다.

"이거, 오늘 저녁 자리가 꽤 길어지겠군요."

위원장이 웃으며 오세현에게 손을 내밀었다.

"아시다시피… 비록 미라클이 외국 자본이지만, 소유와 경영을 철저히 분리한 모범적인 투자사 아닙니까?"

"예상외였습니다. 아진그룹을 인수하고 곧 갈가리 찢어 매각하리라 예상했는데…. 지금처럼 키울 것이라고는 상상도 못 했어요."

맥주 몇 잔을 마신 위원장은 자화자찬에 가까운 오세현의 말에도 칭찬을 아끼지 않았다.

"이번에도 그럴 겁니다. 만약 순양카드를 인수한다면 미국의 선진 기법을 도입하고 부실 없이 투명하고 건실하게 탈바꿈시키겠습니다. 우린 오너 일가의 전횡이 없지 않습니까?"

오세현이 괜한 너스레를 떨며 위원장의 말에 맞장구를 쳤다.

"그럼 인수자가 미라클 투자입니까?"

1국장이 조심스레 묻자 오세현은 마시던 맥주잔을 조용히 내려놓으며 말했다.

"아뇨. 미국 미라클의 자회사인데… 별도 법인이 될 겁니다. 우리 미라클을 경계하는 힘 센 재벌들의 눈총이 따가워서 말입니다."

"한 가지만 여쭙겠습니다."

"네, 편히 말씀하십시오, 국장님."

"이 어려운 시기에 카드사를 인수하려는 이유가 뭔지… 솔직히 말씀해 주시겠습니까?"

"가장 큰 이유는 자동차입니다. HW의 신차, 잘 아시죠? 우리 '이스퀼로' 말입니다."

"물론입니다. 우리 딸내미도 그 차를 샀어요. 제가 보증까지 섰습니다. 하하."

이번에는 위원장이 맞장구를 쳤다.

"네. 그 차의 신용판매를 처음에는 순양캐피털이 맡았고 지금은 카드사들이 합니다. 그런데 지금 꼴을 보세요. 우리가 잘못한 것도 아닌데 카드사 때문에 판매가 급락했습니다."

"흠…."

두 사람은 이해한다는 듯 머리를 끄덕였다.

"이래서는 안 되겠다 싶더군요. 그래서 금융도 직접 손대기로 했습니다. 물론 HW그룹 그리고 미국과 한국 미라클 모두 일치된 의견입니다. 솔직히 우리 미라클의 전문 분야가 금융 아닙니까? 한국의 어느 곳과 비교해도 잘해낼 자신이 있습니다."

오세현은 두 사람을 번갈아 살피며 조심스레 요구 조건을 꺼냈다.

"만약 진행하신다면 최대한 빨리 끝내 버리고 싶습니다."

"서둘러 달라는 뜻입니까?"

"네. 하루하루 떨어지는 판매 추이를 보면 열불이 나서 참기 힘듭니다. 전 최소한 올해 상반기 전에 순양카드를 인수하고 싶습니다. 아니, 만약 순양이 어렵다면 다른 카드사도 괜찮아요. 찬밥 더운밥 가릴 처지가 아니라서요."

수상한 낌새를 알아챌지 몰라 순양만을 고집하지는 않았다. 하지만 지금 타깃은 순양카드다. 자구책도 없고, 개선의 노력도 없으며, 고객을 전혀 신경 쓰지 않는 영업 형태를 보이며 순양이라는 이름만 믿고 까부는 모양새니 정부가 본때를 보여 줄 수도 있다.

"좋습니다. 지금 당장 정확한 답을 드릴 수 없지만, 관련 부서와 상의해서 최대한 빠른 시일 내 우리의 결정을 알려드리겠습니다."

위원장은 웃으며 말했고 1국장은 조용히 필요한 것을 요구했다.

"오 대표님께서는 순양카드의 인수 조건과 인수 후 경영방침에 대한 자료를 준비해 주실 수 있겠습니까?"

"물론입니다."

금감위의 속마음이 보였다. 순식간에 해치우려면 누가 보더라도 반대할 명분이 없을 정도의 철저한 준비가 필요하다. 오세현에게 자료를 먼저 요구한 것은 자신들이 직접 수정하거나 보강해야 할 부분을 점검하겠다는 뜻이다.

"다시 한 번 부탁드립니다. 상반기 중에 모든 걸 완료하고 싶습니다."

"확답은 곤란합니다만, 말씀드렸듯이 긍정적인 검토를 빨리 끝내겠습니다."

웃는 얼굴로 식사 자리를 끝냈다. 금감위의 두 사람이 먼저 나가자 오세현이 긴 한숨을 쉬었다.

"괜찮겠냐? 부실투성이의 카드사를 인수해도?"

"멀리 보고 시작하는 일입니다. 몇 년 고생하면 정상화될 테고 효자 노릇 톡톡히 할 겁니다. 그리고 손해 보는 돈은 큰아버지가 충당해 주신다네요."

"큰아버지? 누구? 진동기 부회장?"

"아뇨. 진영기 부회장님요."

"뭐? 그 양반이 왜?"

"지분 확보라는 욕심에 눈이 멀었으니까요. 무려 8000억이라는 웃돈을 주고 순양카드 인수 채권을 가져가겠답니다."

"미… 미친… 돈이 썩어나는구나."

"진짜 썩어나니까 가능한 일이죠."

그제야 오세현은 모든 퍼즐을 맞췄는지 이마를 탁 쳤다.

"만기 전에 순양카드를 인수하고, 부채를 갚아 버리면…?"

"네. 8000억이라는 거금이 공짜로 들어오고, 카드사도 우리 손에, 지분도 우리 손에."

"처음부터 계획한 거야?"

"계획한 건 맞는데 공짜 돈 8000억은 계획에 없었습니다."

"미치겠네, 흐흐. 카드사가 아무리 부실이라도 8000억 공돈이 들어오면 땅 짚고 헤엄치기 아니냐?"

"당장 서비스 재개를 위해서 필요한 돈이 4000억이니 문제없습니다."

"이건 뭐, 임도 보고 뽕도 따고 덤으로 8000억이라···."

"아직 좋아하기는 이릅니다. 정부가 결단을 내려 줘야 가능한 일이니까요. 그리고 내일 진영기 부회장에게 채권을 넘겨야 합니다. 내일까지 넘기지 않으면 절 순양그룹 회장 자리를 노리는 놈으로 간주하고 가만히 지켜보지 않겠다고 하시더군요."

"내일? 그럼 순양카드를 못 먹으면···? 이런!"

"임도 보고 뽕도 따는 게 아니라 말짱 도루묵이죠. 본전치기로 끝납니다."

갑자기 오세현이 벌떡 일어섰다.

"이러고 있을 때가 아니네. 가자, 금감위에 줘야 할 자료부터 만들어야지."

▲ ▲ ▲

"그렇지. 두 배 남는 장사를 안 한다면 말이 안 되지."

진영기 부회장은 함박웃음을 지으며 나를 반겼다.

"솔직히 제가 좀 죄송스럽죠."

"죄송? 아니야. 괜찮다. 식구끼리 주고받는 돈인데 뭐가 죄송해?"

"둘째 큰아버지께 말입니다. 먼저 말씀드려야 하는데 차마 꺼내지 못했어요."

"됐다. 너보다는 내가 말하는 게 더 편할 거다. 불편한 소리는 내가 하마."

"네."

큰아버지는 굳은 내 표정을 보며 어깨를 툭 쳤다.

"괜찮다니까. 그보다 계약서부터 빨리 준비하자."

"표준 계약서가 있으니 제가 내일 아침까지 준비해서 가져오겠습니다. 변호사 검토는….'

"검토는 무슨, 빨리 만들어서 와라. 내가 도장 쾅 찍고 바로 입금하마.'

"네.'

부회장실을 나왔을 때, 불안한 생각이 떠나지 않았다. 어젯밤 금감위 사람들을 만났으니 아무리 늦어도 아침에는 할아버지의 전화가 와야 정상이다. 아무리 새로운 정권이 들어섰다고 하나 공무원은 그대로다. 그들이 순양카드를 회의 안건에 올렸다면 누군가는 할아버지에게 쪼르르 달려가 보고하고, 의견을 물은 뒤 허락을 받을 것이다. 이 계획이 내 머리에서 나왔다는 것 역시 보고했을 테니 할아버지가 날 찾아야 한다.

그런데 휴대전화는 울리지 않으니 불안하기 짝이 없다. 혹시 순양의 계열사가 부도나는 걸 도저히 용납하지 못하는 걸까? 불안 요소는 한시라도 빨리 제거하는 게 낫다. 채권을 넘기는 계약서에 도장 찍기 전에 말이다. 할아버지 댁에 가기 위해 부회장실에서 곧바로 주차장으로 향했다.

할아버지는 역시 모든 걸 다 알고 있었다.

"왜? 내가 훼방이라도 놓을까 봐 그리 초조한 얼굴이냐?"

"괜찮으십니까?'

"뭐가?'

"순양이라는 이름에 오점을 남기는 셈입니다.'

"이놈 보게. 다 저질러 놓고 와서 내 눈치를 살피는 게야?'

"죄송합니다. 일이 갑자기 진행되다 보니 미처 말씀드리지 못했습니다."

"이런 건 번갯불에 콩 볶듯 해야지. 됐다.'

별일 아닌 듯 말하니 한시름 놓고 할아버지 눈치를 슬쩍 보며 말했다.

"누가 연락했습니까?"

"청와대 경제수석이라는 놈이 날이 밝자마자 전화 왔더구나. 금융감독위원장의 제안이라면서도 최초 제안자는 너라는 걸 몇 번이나 말하더라. 그놈도 눈치챈 거지. 이건 집안싸움이라는 걸 말이다."

"청와대가 우리 집안싸움에 껴들기는 거북했을 텐데요?"

"그놈들에게도 좋은 건수거든. 네가 말했다면서? 대기업에 일침을 가할 절호의 기회라고."

"네."

"정권 잡은 지 이제 겨우 두 달이다. 한창 인기 있을 때, 그리고 언론도 허니문이니 뭐니 하며 눈치 살필 때, 힘자랑하고 싶겠지. 네가 그 기회를 만들어 준 셈이니 얼마나 좋겠냐? 타이밍은 정말 잘 잡았다."

칭찬인지 평가인지 좀 애매했지만, 표정은 여전히 온화했다.

"그런데 도준아."

"네."

"만신창이가 된 카드사를 네가 되살릴 자신은 있는 게냐?"

가장 중요한 질문을 빼먹지 않는 걸 보니 할아버지는 아직 정정하다.

"자신 없으면 어떻게 하는 게 좋을까요?"

"버려."

할아버지의 명쾌한 대답을 들으니 날아갈 것 같은 기분이다.

"돈놀이의 끝은 돈을 떼이고 패가망신하거나, 돈을 벌어도 사람들의 손가락질을 면하지 못한다고 내가 몇 번이나 그놈들에게 말했어."

할아버지는 여전히 신용카드 사업을 마땅치 않게 여긴다. 화폐 대신 신용카드가 자리 잡아 가는 시대의 변화를 체감하지 못 할 것이다. 하긴, 지갑을 직접 들고 다니며 돈을 써본 적이 언제인지 기억도 못 할 것이다. 필요한 건 말 한마디면 비서들이 알아서 챙기니 돈이 어떻게 생겼는지 잊어버렸다고 해도 믿어야 할 판이다.

어쩌면 카드사였기 때문에 부도나는 걸 별것 아닌 것처럼 생각할 수도 있겠다 싶었다. 다른 제조업 계열사였다면 불호령이 떨어졌을지도 모르는 일이다.

"패가망신 일보 직전입니다만 제가 부수고 새롭게 쌓겠습니다. 튼튼하게요."

"당연히 그래야지."

"네?"

"시절 좋을 때 비싸게 팔았다가 망할 때 되산다면 바보짓이지. 다른 비전이 있으니 그리할 것 아니냐?"

"맞습니다. 앞으로 카드 사업이 순양의 금융 부문에 큰 역할을 하도록 하겠습니다. 그리고….."

눈치를 슬쩍 보자 할아버지는 눈을 가늘게 떴다.

"이놈 보게. 그게 다가 아니구먼. 뭐냐?"

"사실은….."

금감위를 급히 만난 이유, 카드사 담보 문제 그리고 진영기 부회장과의 거래 등, 단 하루 동안 있었던 일을 자세히 말했다. 내 이야기가 끝나도 할아버지는 한동안 아무 말이 없었다.

한참을 기다리다 내가 먼저 입을 열었다.

"괜찮으십니까?"

"응? 뭐가 말이냐?"

"말씀이 없으셔서요."

"욕심에 눈이 멀면 얼마나 멍청해질 수 있는지 보여 주는 아들놈이 한심해서 말이 안 나오는구나. 허허."

쓸쓸한 표정을 감추지 않는 할아버지에게 말했다.

"아닙니다. 만약 그룹 지배지분 7퍼센트를 확보할 수 있다면 저 역시 그 정도 돈은 생각하지도 않고 던졌을 겁니다."

"멍청하다는 건 그런 말이 아니다. 어째서 너처럼 생각하지 않았느냐 하는 거지. 수혈해도 되살아날지 아닐지 모르는 순양카드를 중심에 놓고 생각했어야 한다. 영기 그놈은 오로지 주식만 바라보고 있지 않으냐?"

두 번의 인생을 살지 않는 다음에야 누구나 나처럼 생각하는 건 불가능하다. 4년 뒤 벌어질 카드 대란을 예측할 천재는 쉽게 나오지 않는다.

"전 운이 좋았을 뿐입니다. 아시다시피 제게는 천운이 따르지 않습니까?"

"겸손은 됐다. 넌 큰아버지들을 반면교사로 삼아. 욕심만 앞서면 지도를 눈앞에 들이대도 길을 잃는다. 명심해라. 순양의 회장이 되려는 이유가 오로지 회장이 되고 싶다는 단 하나의 이유뿐이라면 절대 이 서재의 주인이 되지 못한다."

"워낙 높은 자리이다 보니 욕심이 앞서는 것 아닙니까? 전 큰아버지를 이해할 수 있습니다."

"목표가 목적이 되어서는 안 된다. 그랬다가는 이 자리를 오래 못 지켜."

'아뇨, 지킵니다. 수만 명의 순양 직원들이 자리를 더욱 공고히 만들어 줍니다. 물려받은 순양그룹을 자식에게 물려주는 것만이 목적인 진영기도 서재를 지켰고 아마 손자인 진영준도 지켰을 겁니다.'

입 밖으로 내지 못한 말을 삼키고 대신 크게 고개를 끄덕였다.

"명심하겠습니다."

"내가 전화 몇 통 넣어 줄까?"

금방 온화한 표정으로 변한 할아버지가 말했다.

"어떤 전화 말입니까?"

"똥 덩어리인 순양카드, 깔끔하게 치울 수 있도록 도와 달라고 말이다."

머릿속이 복잡했다. 고위 관계자들이 할아버지의 말을 어떻게 받아들일까? 혹시 부채를 덜어 달라는 압력으로 느끼지나 않을까? 새 정권의 눈치를 봐야 하는 그들에게 괜한 부담만 주는 건 아닐까? 아니, 아예 반대로 받아들인다면? 재빨리 생각을 정리한 뒤 말했다.

"그냥 강력한 조치를 할 거라는 중간발표만 빨리 해달라고…. 아닙니다. 제가 알아서 하겠습니다."

"그것참, 뭘 그리 잔머리를 굴리느냐?"

할아버지는 수화기를 들었다.

"경제수석에게 민원 하나 넣고 싶다고 해. 급한 민원이니 오후에 차나 한잔하면서 말이야. 그래, 청와대에서 가까운 명동에서 보잔다고 전해."

할아버지는 전화를 끊고 날 향해 눈을 찡긋했다. 명동이면 강북 순양 호텔이다. 나도 재빨리 휴대전화를 꺼냈다.

"조용히 대화 나눌 수 있는 자리를 빨리 준비하세요. 출입이 눈에 띄지 않도록 동선 확보해 놓고요."

전화를 끊고 할아버지에게 말했다.

"제가 모시겠습니다. 오후에 만나실 테니 저랑 점심 하시겠습니까? 호텔에 준비시켜 놓겠습니다."

"내가 왜 만나? 볼일은 네놈이 봐야 하는데."

"네?"

"가서 만나. 어떻게 할지는 네가 알아서 하고."

'이런 기회를! 가장 적절한 도움이 아닌가?'

"고맙습니다. 할아버지."

"쉽지는 않을 거다. 너만 민원 넣는 거 아니다."

"가장 먼저 민원 넣은 건 저니까, 일단은 유리하지요."

정부 발표가 나오면 진동기 부회장도 가만있지는 않을 것이다. 영업 정지라는 극단의 조치를 막으려 연줄을 총동원할 것이고, 그 연줄 속에는 분명 경제수석도 포함될 것이 뻔하다.

"그래. 단 하루 만에 이렇듯 많은 일을 벌였고, 앞으로도 많은 일이 벌어질 테니 먼저 출발하는 놈이 유리하지. 암."

재미있는 구경거리를 앞둔 할아버지는 계속 웃음을 지었다.

"그러면 여기서 할아버지와 함께 점심 먹고 출발하겠습니다."

▲ ▲ ▲

"실례를 범했습니다."

"별말씀을요, 진도준 씨. 당사자를 만나서 이야기 나누는 게 더 빠르죠."

청와대 경제수석은 환히 웃으며 손을 내밀었다.

"사실 진 회장님께서 이 자리에 계셨다면 오히려 불편하죠. 툭 터놓고 편하게 말하기도 어려우니까요. 진도준 씨는 속마음을 에둘러 말하지는 않겠죠? 하하."

자신감 넘치는 표정과 좋은 인상으로 호감을 준다. 갓 들어선 정권이니 이런 태도가 가능한 것이다.

"숨기는 게 없다면 이야기도 빨리 끝나겠군요. 한창 바쁘신 분 오래 잡고 있으면 결례니까요."

작은 테이블을 사이에 두고 마주 앉았다.

"그나저나 실물이 훨씬 잘생겼군요. 순양그룹의 일원이 아니었다면 연예인을 해도 성공하셨을 것 같습니다."

"원래 제 꿈은 잘생긴 법조인이었습니다. 할아버지 뜻에 따라 이러고 있지만 말입니다."

"재능이 꼭 꿈을 따라가지는 않죠. 타고난 갬블러 같으니 어차피 이쪽 길로 걸었을 것 같습니다."

갬블러라…. 이미 내 조사를 끝냈다. 하긴, 순양카드를 부도내자고 말한 게 나였으니 나부터 탈탈 털었음이 틀림없다.

"그럼 이번에 제가 내민 패는 어떻습니까? 승산이 있어 보입니까?"

"글쎄요. 히든카드를 한번 보여 주시죠. 그래야 승패를 점칠 수 있을 것 같습니다."

툭 터놓고 말하자더니 선문답 흉내를 낸다. 누가 정치하는 놈 아니랄까 봐.

"순양카드 외에 넘어지는 카드 회사 하나 더 살려드리죠."

"뭐요?"

"정부 차원에서 공적 자금 투입은 없을 테니까 순양카드가 부도나면 두어 개는 더 버티지 못할 테죠. 그중에 하나는 살리겠습니다. 말씀만 하세요."

경제수석은 잠깐 눈을 깜빡하더니 머리를 갸우뚱했다.

"거참, 이해하기 어렵네요. 부실 덩어리 카드사를 두 개나 떠안으면 부담이 보통 큰 게 아닐 텐데, 괜찮겠습니까?"

"감당할 수 있으니 말씀드리는 겁니다. 미라클 인베스트먼트의 자금력은 상상을 초월하죠. 이번에는 미국 자본이 들어온다고 하니 좋지 않습니까? 외국 자본을 끌어들이는 모양새가 나오니까요. 외국 자본으로 한국의 망한 회사를 살린다. 이 정도면 어떻습니까?"

"히든카드가 좀 세군요."

살포시 보이는 미소가 그의 마음을 보여 준다.

"히든이 하나 더 있는데 들어 보시겠습니까?"

경제수석은 머리를 끄덕였다.

"두 번째 카드사로 대현그룹이 어떨까요?"

경제수석의 얼굴에 순식간에 미소가 사라지고 눈이 커졌다.

"대현카드 말입니까?"

"이미 그쪽도 오늘내일합니다. 링거 꽂고 겨우 버티는 중이죠. 대현 자동차의 도움을 일절 받지 못하니 돈 나올 곳도 없을 겁니다."

"순양과 대현이라… 이거 살 떨립니다."

말과는 다르게 약간 흥분한 모습이다. 세상에 뭔가 보여 주고 싶을 때 아닌가? 새로운 정권의 힘과 권위, 그것이 한국을 양분하는 재벌을 호되게 때리는 모습으로 보인다면? 그림은 아주 좋다.

"두 곳만 손대면 대기업들은 알아서 길 겁니다. 다음 차례가 되지 않으려면 부실을 빨리 걷어 내고 정상화에 최선을 다하겠죠."

"그럴듯하긴 한데, 말했다시피 살 떨려서 원…."

이 사람이 이렇게 엄살떠는 이유는 충분히 짐작할 수 있다.

"혹시 언론이 떠들어댈까 봐 그러십니까?"

"당연하죠. 허니문 기간이라 살살 긁는 정도가 전부인데, 정부가 신문사의 광고주를 두들겨 패면 그들이 가만있겠어요? 대형 광고주인 순양과 대현을 보호하기 위해 우리를 물어뜯기 시작할 겁니다. 허니문이 비터문으로 변하는 건 한순간입니다."

"겁먹지 마십시오. 그런 일 없을 겁니다."

"네?"

난 웃으며 찻잔을 들었다. 상대가 궁금해서 미칠 지경일 때 잠시 뜸을 들이는 것도 나쁘지 않다.

"최대 광고주는 순양그룹과 대현그룹이 아닙니다. 순양전자와 대현자동차죠. 이 회사들의 주인은 카드사의 주인을 아주 싫어합니다. 이유는… 잘 아시죠?"

"아…!"

경제수석은 긴 한숨을 쉬었지만, 표정은 확연히 밝아졌다.

"모든 언론사가 청와대를 칭찬하지는 않겠지만 침묵할 겁니다. 가장 시끄러운 한성일보도 바로 순양전자와 사돈지간이니 쓴소리 한번 하겠지만 그 정도로 끝낼 거니까 걱정은 접어 두십시오."

경제수석은 등받이에 기대 깍지 낀 손으로 턱을 문질렀다. 한참을 석상처럼 꼼작도 하지 않던 그가 나를 뚫어지게 쳐다보며 입을 열었다.

"그런데 진도준 씨, 당신은 이 일로 얻는 게 뭡니까? 물론 미라클 인베스트먼트와 밀접한 관계가 있는 건 알지만, 그것만으로 집안 계열사를 망하게 하는 데 앞장서는 건 당최 이해가 안 되는군요."

"그건 이미 금융감독위원장님과 미팅할 때 말씀드렸습니다만."

"복잡한 집안 문제라고 하신 것 말입니까?"

"네."

"그렇다면 전 오늘 나눴던 이야기는 없었던 일로 할 수밖에 없어요."

갑자기 왜 딴소리를 하지? 절대 손해 보는 장사가 아닐 텐데?

"청와대, 아니 정부의 힘을 집안 문제 푸는 데 쓸 수는 없으니까요. 오늘 일을 쓸모 있게 하려면 그 집안 문제까지 구체적으로 말해 줘야 합니다. 제가 이용당한다는 기분이 들지 않도록 말입니다."

결국, 팬티 속까지 들여다봐야 움직이겠다는 말인데… 팬티 안은 지린내가 진동해야 한다. 그룹 지분을 움켜쥐겠다는 고차원적인 것보다는 좀 더 원초적이고 자극적인 게 그럴듯하다.

"제가 뛰어난 겜블러가 된 건 가려진 패를 미리 다 봐뒀기 때문입니다. 타짜들은 그렇다지요? 48장의 화투패의 순서를 다 안다고 하더군요."

"돈 때문입니까?"

눈치 빠른 자다.

"네. 전 수석님께서 제 제안을 받아들이신다면 내일부터 순양카드와 대현카드의 주식을 사 모을 생각입니다. 특히 순양카드는 이미 액면가보다 더 떨어졌으니, 다시 정상화가 됐을 때는 족히 열 배의 수익은 문제없을 겁니다."

"캬! 무섭네, 우리 후배님."

'참, 이 양반도 우리 학교 출신이었지. 그런데 왜 갑자기 학벌을 거론할까?'

"도대체 얼마나 챙길 생각이실까?"

"밑천이 워낙 많아서 얼마나 챙길지는 저도 모릅니다."

난 경제수석의 웃는 얼굴을 보며 슬쩍 한마디를 던졌다.

"필요하시면 언제든 말씀하십시오, 선배님. 어차피 전 뱀생이라 돈 쓸 일도 없습니다."

그의 얼굴에서 웃음이 사라졌다.

"진도준 씨, 괜히 재벌 총수 흉내 내지 마세요."

경제수석은 불쾌한 기분을 감추려고 애썼지만, 얼굴색이 변했다. 그는 아직 타락한 정치인이 아니다.

"재벌 총수는 저처럼 직접 돈 이야기를 꺼내지 않습니다. 말하지 않아도 다 알아서 처리하는 아랫사람이 많습니다. 저처럼 직접 돈 이야기를 꺼내면 그건 호의입니다. 이를테면 용돈 같은 거죠. 용돈 주며 대가를 바라지는 않으니까요."

"돈에 이름표를 붙이지 마세요. 돈의 크기가 바로 이름입니다. 크면 뇌물, 적으면 용돈 아닙니까?"

"크기는 상대적인 건데…. 뭐, 이런 거로 입씨름하려는 건 아닙니다. 불쾌하셨다면 사과드립니다."

내게는 부모님께 드리는 용돈 수준의 돈이 누군가에게는 팔자 고칠 돈이 될 수 있다. 저 사람의 말이 틀린 건 아니다. 경제수석은 가볍게 손을 저었다.

"사과받겠다고 한 말은 아닙니다. 단지, 서로 조심하자는 의미였어요. 아무튼, 잘 알았습니다."

"긍정적인 답변으로 받아들여도 될까요?"

"아뇨. 지금은 뭐라 말하기 힘듭니다. 하지만 충분히 시도해 볼 만한 일이라는 게 제 생각입니다."

이 정도 대답으로는 충분치 않다. 난 확답을 들어야 한다. 만에 하나 일이 잘못되면 난 현금 8000억만 챙기고 나머지를 다 잃는다. 카드사, 지분…. 그깟 돈 몇천억 챙기자고 3년을 준비한 게 아니다.

"수석님."

"네."

"충분히 시도해 볼 만한 일? 제가 그거 확인하자고 수석님 만나는 거 아닙니다. 시도해 볼 만한 일 정도가 아니라 아주 좋은 방안이죠. 전 그걸 위해 금감위부터 미라클 인베스트먼트 오세현 대표까지 만나 설득했습니다."

나는 경제수석과 달리 불쾌한 기분을 조금도 감추지 않았다.

"이 정부가 출범하자마자 맞닥뜨린 위기 아닙니까? 전 그 위기를 정면 돌파할 기회를 만들어 드렸어요. 더불어 정권의 힘을 과시할 기회까지. 그런데 충분히 시도해 볼 만한…?"

돌변한 내 태도에 당황한 경제수석이 뭐라 말하려 했지만, 기회를 주지 않았다.

"이렇게 미적거리는 건 미라클도 못마땅하게 생각할 겁니다. 망해 가는 회사를 인수하는 리스크가 큰 비즈니스예요. 미라클 마음 바뀌기 전에 먼저 서둘러야 하는 게 정부 아닙니까?"

"이봐요, 진도준 씨. 차분히…."

당황한 그를 보며 벌떡 일어났다.

"한 시간 드리겠습니다. 그 안에 확답 없으시면 없었던 일로 하겠습니다."

"하, 한 시간?"

"대통령 수석 비서관 아닙니까? 관련 부처 장관 부르시고 대통령님께 직보하십시오. 한 시간이면 충분하다고 생각합니다. 시간을 더 끈다는 건 현 정권의 추진력을 의심할 수밖에 없고, 이 의심은 이번 일을 제대로 해치우지 못할 것이라는 불신을 키울 겁니다. 그럼 저부터 없었던 일로 할 겁니다. 그럼."

그에게 공손히 머리를 숙인 다음 돌아섰다. 몰아세울 때는 틈을 주면 안 된다.

한 시간이 1년 같았다. 확신은 있었으나 몸 사리는 공무원의 습성을 완전히 무시할 수도 없다. 가만히 앉아 있기 힘들어 사무실 안을 왔다 갔다 했다.

"거참, 정신 사납다. 좀 앉아."

오세현은 느긋했다. 이번 일이 잘못되어도 8000억이라는 돈을 챙기니 절대 손해 보는 장사가 아니라고 나를 다독였다. 하지만 내게는 7퍼센트, 할아버지 서재에 딱 7퍼센트만큼 더 가까이 다가가는 일이니 8000억과 비교할 수 없을 만큼 중요한 일이다.

"걱정하지 마. 이번 건은 시나리오가 좋아. 아무도 악역을 하지 않아도 되고 손해 보는 놈이 없어, 우리만 빼고."

"우리요?"

"그래. 네가 카드 사업이 앞으로 비전 있다고 판단했기 때문에 하는 거야. 만약 카드 사업 분야가 계속 이 상태라면 엄청난 손실을 볼 거야."

"삼촌."

"응."

"지금 지갑에 현찰 얼마나 있어요?"

"뭐? 갑자기 그건 왜?"

"한번 보세요. 지폐보다 카드가 더 많죠? 혹시 몰라 비상금으로 들고 다니는 자기앞 수표 빼고 나면 카드뿐이죠? 그게 바로 카드 사업의 비전입니다."

오세현이 지갑을 뒤적일 때 휴대전화가 울렸다. 경제수석과 헤어진 지 딱 한 시간이 지났을 때였다.

"네, 수석님."

"방금 회의 끝마쳤고, 이 계획은 추진하기로 했습니다."

전화기에서 지친 목소리가 흘러나왔다.

"네. 전 지금 미라클의 오세현 대표와 함께 있습니다. 곧바로 전달하겠습니다."

"그리고 상반기 안에 인수 절차를 끝내고 싶다고 금감위에 말씀하셨다고요?"

"네. 문제 있습니까?"

"아뇨. 더 빨리 처리할 수 있는지 확인하는 겁니다. 충격파를 줄이려면 전광석화처럼, 이것이 우리의 최종 결론입니다."

듣던 중 반가운 말이다.

"타임 스케줄을 주시면 거기에 맞추겠습니다. 지금부터 한 달 안에 처리한다고 해도 문제없습니다. 인수 자금은 이미 준비했다고 들었습니다."

"잘 됐군요. 그럼 다시 연락드리겠습니다."

"감사합니다, 수석님. 그리고 좀전의 무례도 사과드립니다."

"별말씀을요. 일인데요, 뭐. 하하."

청량한 웃음소리가 들렸다.

"곧 정부 발표가 있을 겁니다. 그게 바로 신호탄이니 손발 잘 맞춰 봅시다."

통화를 끝내고 오세현을 향해 웃었다.

"됐습니다."

오세현은 박수를 한 번 짝 치고 웃음을 터트렸다.

"으하하! 이건 뭐, 투자 없이 전리품만 챙기는구나. 네 큰아버지 둘은 졸지에 호구 됐고."

"첫째 큰아버지가 제일 황당할 겁니다. 딱 두 달 만에 8000억을 날려 버렸으니까요. 하하."

그 거만한 표정이 어떻게 바뀔지 정말 궁금했다.

▲ ▲ ▲

"부회장님. 이대로 지켜볼 수만은 없습니다. 우리도 강력한 자구책을 제시해야 합니다. 심상치 않아요."

"현금서비스 중단한 지 많이 지났습니다. 금융권의 항의도 만만치 않습니다."

부회장실에 모인 카드사 임원 몇몇은 식은땀을 흘리며 진동기 부회장에게 어려움을 호소했다. 그들도 위기감을 느꼈기 때문에 더는 눈치 볼 수 없었다.

"서비스 중단은 이제 소비자들도 기정사실로 받아들이지 않습니까? 물품 구매에만 사용한다면서요? 이대로 좀 더 버팁시다. 한 방에 모든 걸 다 해결할 테니.”

임원들보다 여유 있는 모습을 보였지만 진동기 부회장도 밤잠을 이루지 못하는 듯 눈이 퀭했다.

“부회장님! 큰일 났습니다.”

갑자기 문이 벌컥 열리며 비서 한 명 뛰어 들어왔다. 그는 노크도 하지 않은 것쯤은 신경도 쓰지 않고 TV부터 켰다.

“뭐야?”

임원 한 명이 눈살을 찌푸리며 소리쳤지만, TV 화면을 보자 그도 입을 떡 벌리며 아무 말도 못 했다. TV에는 아침드라마가 한창이었지만 하단에는 속보 문자가 흘렀다.

『긴급속보 : 정부, 순양카드 영업정지 결정. 4월 xx일 자정 기점으로 순양카드 사용 불가.』

이틀 뒤다. 카드 회사의 유일한 상품인 신용카드가 단순한 플라스틱으로 변하는 시간이 단 이틀 남았다. 부회장실에 모여 있는 임원들의 휴대전화가 시끄럽게 울어대기 시작했다. 진동기 부회장의 전화도 예외는 아니었다. 하지만 그 누구도 전화를 받지 않았다. 임원들은 시끄럽게 울어대는 전화를 무시하고 오로지 진동기 부회장의 입만 쳐다보고 있었다.

“모, 모두 나가서 어떻게 된 일인지 확인해. 그, 그리고 언론 통제도 시작하고. 빨리….”

하얗게 질린 얼굴로 소리도 제대로 못 지르고 더듬거리는 걸 보면 진동기 부회장의 충격이 얼마나 큰지 고스란히 드러났다. 임원들이 자리를 박차고 일어나 달려 나가자 그는 고개를 푹 숙인 채 거친 숨만 몰아쉬었다. 숨이 어느 정도 잦아들자 그는 큰 결심을 한 듯 고개를 들었다.

일이 이 지경까지 왔으니 마지막 패를 던지지 않을 수 없었다.

형의 집무실로 향하는 진동기 부회장의 입매가 무겁게 굳어 있었다.

"어서 와라. 기다리고 있었다."

이미 진영기 부회장도 TV에서 긴급히 다루는 속보를 지켜보고 있었다.

『…이번 순양카드 영업정지는 새 정부의 가장 강력한 조치로 알려졌습니다. 이로써 카드 사태는 새로운 국면으로 접어들었습니다.

…그간 카드사의 고강도 자구책을 요구했지만, 순양카드는 별다른 반응을 보이지 않았습니다. 재계는 카드 사태를 조기에 수습하기 위한 정부의 강력한 의지가 담긴 경고로 받아들였습니다.

…순양그룹은 이번 정부 조치에 대한 공식적인 대응을 하지 않은 상태입니다.』

진영기 부회장은 TV를 껐다.

"이번 정부, 간덩이가 보통 아니지?"

"이거 형이 장난친 거 아니지?"

"나 이번 정부와 안 친해. 아니, 친하다 해도 이건 아니지. 분명히 말하는데 난 관계없어."

진영기는 머리를 흔들었다.

"이틀 남았어. 어쩔 셈이냐?"

"회사를 날려 버릴 수는 없잖아. 살려야지. 그러니까 4000억 긴급 지원해 줘."

"내가? 나 돈 없어."

동생을 바라보는 진영기의 눈빛은 이미 승리자였다.

"내가 낭떠러지에 서게 되면 무슨 짓을 할지 이미 다 말했을 텐데?"

"아, 그룹 지배지분 처분한다는 거?"

진영기가 콧방귀를 뀌자 진동기는 불안이 스멀스멀 기어올랐다. 왜 이렇게 여유 있을까?

"처분해서 막을 수 있으면 막아야지. 그게 기업을 책임진 총수의 역할이잖아."

"형님!"

진영기는 소리치는 동생에게 서류 파일 하나를 툭 던졌다.

"뭐든 타이밍이 중요한 거야. 네 협박은 이미 시효가 지났어. 그거 한 번 봐."

진동기는 황급히 파일을 펼쳤다.

"이, 이게…."

"며칠 전에 사인했다. 이제 넌 내게 8000억을 빚진 거야. 순양카드가 무너지면 내 손에 7퍼센트의 지분이 더 들어와. 내가 널 도와줘야 할 이유가 없어진 거지. 아니… 솔직히 빨리 망하라고 빌고 싶을 정도라니까. 이번 정부가 이처럼 고마울 수 없어. 이럴 줄 알았으면 선거자금 몇십억 더 얹어 줄걸, 후회되더라."

진동기는 떨리는 손으로 계약서를 쥐고 몇 번이나 되풀이해서 읽었다.

"도준이, 이 자식이…!"

"괜히 어린 조카 원망하지 마. 그놈도 네 눈치 많이 보더라. 하지만 어쩌겠어? 받을 돈 8000억이 날아갈지도 모르는데?"

"내 담보가 고작 8000억으로 보여?"

"돈으로도 못사는 주식이라는 걸 그놈도 알아. 하지만 이제 명확해졌지? 도준이 그놈은 그룹 지배력보다 돈을 더 좋아해. 어린놈이지만 계산이 빨라. 순양을 차지하는 건 불가능하다는 걸 깨달은 거지."

의구심이 드는 진동기였다. 조카는 어리지만, 야심은 이 자리의 두 사람보다 더 크다고 생각했다. 그렇기에 무슨 일이 있어도 지분만큼은 쥐고 있으리라 생각했다. 잘못 읽은 걸까?

"이제 내 지분이 43퍼센트야. 8퍼센트만 더 있으면 순양그룹 회장실에 내 이름을 붙인다. 진짜 시간문제일 뿐이지. 임원들 설득하고 도준이나 오세현에게 그룹 계열사 몇 개 떼어 주면 끝난다."

사색이 되어 아무 말 못 하는 동생에게 진영기가 놀리듯 말했다.

"아, 네 지분도 그냥 넘길래? 그럼 부회장이라는 자리와 지금 가진 계열사 그대로 맡겨 두지. 너 경영 감각 좋잖아. 그리고 우린 피를 나눈 형제니 어쨌든 모르는 놈들보다는 가족이 낫지."

진동기는 이죽거리는 형의 말을 더 듣지 않았다. 이 자리에서는 그어떤 해결책도 나오지 않을 거라는 판단이 섰다. 이제 자신을 낭떠러지에서 건져낼 사람은 오로지 아버지뿐이다. 진동기가 자리를 박차고 나가려 할 때 진영기의 독한 목소리가 그의 등을 찔렀다.

"한성일보의 내일 자 헤드라인 잘 봐."

"뭐?"

"언론이 눈치만 봐왔던 순양그룹을 마음껏 씹어도 된다는 시그널을 보낼 거야. 그럼 넌 한순간에 파렴치한 경영자가 될걸? 이제 아무도 널만나 주지 않을 거다. 못 빠져나와."

방금 핏줄이 어쩌고저쩌고했던 입으로 저딴 소리나 하다니. 진동기부회장은 턱이 아플 정도로 이를 악문 채 문을 박차고 나왔다. 마지막동아줄을 잡기 위해 빨리 평창동으로 가야 했다.

"그래서? 네놈 지분을 누가 가져갔다고?"

"형님입니다."

"다행이네."

진동기 부회장은 마치 구경꾼처럼 말하는 진 회장에게 얼떨결에 소리 질렀다.

"아버지!"

"이놈아! 밖으로 빠져나가지 않은 것만 해도 감사히 생각해. 엉뚱한 놈이 순양 지분을 가져갔으면 어쩔 뻔했어?"

진 회장에게는 왼쪽 오른쪽 주머니 정도의 차이일 뿐이다. 진동기는 그런 아버지의 생각을 바꿔야 했다.

"아직 되찾을 시간은 충분합니다."

"시간은 충분한데 돈이 부족하다?"

"네."

"그래서? 너, 설마 그 부족한 돈을 내게 달라는 건 아니겠지?"

"죄송합니다, 아버지. 딱 한 번만 도와주십시오."

"나 돈 없다."

아들의 말을 듣는 둥 마는 둥 하며 진 회장은 발걸음을 옮겼다. 정원을 산책하는 아버지의 꽁무니를 쫓는 진동기의 속은 새카맣게 타들어 갔다. 마지막 동아줄이 끊어지려 한다.

"내가 그룹 지분 정리할 때 뭐라고 했느냐? 모두 말아먹어도 관여하지 않는다고 했지?"

진동기는 입이 달싹거렸지만, 이를 악물고 참았다.

지분 말고 돈! 돈은 아직 물려주지 않았다. 바다 건너 저 멀리 어딘가에 진 회장의 돈 수조 원이 잠자고 있다는 건 걸음마 뗀 어린애도 다 아는 사실이다. 그중 일부만 꺼내주면 해결된다. 하지만 해외 비자금까지 입에 올리는 것은 금기사항이다. 더욱이 돈 달라고 칭얼대는 철부지 같은 모습은 진동기의 자존심이 허락하지 않았다.

"아, 아버지. 이렇게 부탁드리겠습니다. 돈 달라는 소리는 안 할 테니 제발 은행에 전화라도 좀 해주십시오."

"은행? 탈탈 털어 봐라. 내 돈…."

"그게 아니고요. 대출이라도 알선해 주십시오."

발걸음을 옮기던 진 회장이 휙 돌아서며 소리 질렀다.

"어림도 없다. 지금 대한민국 은행장들 모가지가 간당간당해. 정권이 눈을 부릅뜨고 그놈들을 조사하는데 부당 대출이 가당키나 해? 네놈은 담보도 없지 않으냐?"

거절의 변명치고는 너무 초라하다. 진 회장은 아들에게 어쩌다 지분을 뺏겼는지 물어보지도 않았다. 이미 내막을 다 안다는 뜻이다. 진동기는 현기증을 느꼈다. 진 회장은 참혹히 일그러진 아들을 불렀다.

"동기야."

"…네."

"넌 지금까지 단 한 번도 어려웠던 적이 없지?"

어떤 대답을 해야 할지 판단이 서지 않았다. 30년 가까이 회사에서 일했다. 젊을 때야 회사 왔다 갔다 하며 갖은 똥품을 다 잡았지만 철들고부터 일 재미를 알았다. 그 뒤로 어찌 어려운 적이 없었겠는가? 하지만 지금은 어려움이 아니라 위기다. 그것도 순양그룹에서 쫓겨날지도 모르는 위기.

"아버지, 제가 아무리 아버지께서 깔아 놓은 꽃길만 걸었다 해도 어떻게 힘든 일 한 번 없었겠습니까?"

"목숨이 간당간당하는 위험 말이다."

'바로 지금이 그렇습니다. 알면서 물어보십니까?'

입 밖으로 내지 못하는 말이 진동기의 가슴에서 소용돌이치고 있었다. 목숨 같은 그룹 지분을 뺏겼다. 형이 과반수의 지분을 확보하면 자신은 순양그룹 사옥에서 쫓겨난다. 그리고 시체처럼 숨죽이고 살아야 한다. 진 회장은 입을 다물고 있는 아들을 보자 한숨이 나왔다.

"위기가 곧 기회라는 말이 그냥 나온 게 아니다. 지금 이 고비를 네 힘으로 넘겨. 그럼 네 형 영기가 흔들릴 거다."

무슨 뜻인지는 알지만, 위기를 넘길 방법이 없다. 진동기는 마지막 카드를 꺼냈다. 가진 것 전부 던지는 일이다.

"이 위기를 넘기려면 제가 가진 나머지 그룹 지분 전부를 담보로 돈을 빌리는 수밖에 없습니다."

"그러든지. 지금 네가 가진 것 중에 쓸 만한 건 그것뿐이지?"

진 회장이 단 1초도 생각하지 않고 말하자 진동기는 피가 빠져나가는 듯한 느낌이 들었다. 버림받았다. 아버지는 자신을 버렸다. 계열사 지분을 담보로 하겠다는 게 아니다. 그룹 지배지분을 담보로 맡긴다는 말이지만 아버지는 눈도 깜빡하지 않았다. 순양의 지배력이 은행 담보로 들어가는 걸 가만히 보고만 있을 분이 아니라는 것을 잘 안다. 자신의 지분이 은행으로 들어가는 순간 아버지는 그 지분을 되찾을 것이다. 그리고 다른 누군가에게 물려줄 것이다. 그 누군가는 형님 아니면 조카다.

이제 마지막 남은 수단도 막혀 버렸다. 진동기는 아무 말 없이 머리만 꾸벅 숙이고 발걸음을 돌렸다. 진 회장은 힘없이 축 늘어진 차남의 뒷모습을 보며 혀를 찼다.

"칼을 들고 찌르는 놈이 누군지도 모르면서 아비에게 공갈이나 치다니. 쯧쯧."

▲ ▲ ▲

작년 12월에 준공한 정부중앙청사 별관 회의실은 몇몇 관계자 외에는 출입을 엄중히 제한했다. 바로 오늘 새로 출범한 정부의 결단이 성공하느냐 실패하느냐 하는 중요한 갈림길에 서 있다. 만약 오늘 회의 결과가 좋지 않다면 앞으로 5년, 아니 영원히 실패한 정책 사례로 남을 것이기 때문이다. 그뿐만이 아니다. 기회라고 생각하는 재계는 정부의 미숙한 대응으로 건실한 기업을 무너뜨렸다고 떠들며 반격할 것이다. 앞으로 그 어떤 견제나 제재도 불가능해진다.

이 사실을 잘 아는 정부 측 회의 참석자, 즉 재정경제부 차관, 청와대 경제수석, 금융감독위원회 정책1국장은 비장한 표정이었다. 이들 못지않게 긴장한 중년 사내들도 있었다. 그들은 순양카드의 채권자들이다. 순양카드의 단기 유동자금을 책임졌던 금융사와 투자사의 임원들은 빨리 발을 빼지 못한 한 박자 늦은 행동을 후회하며 이 자리에 불려 나왔다.

정부의 강압적 제재가 이어지면 그들의 채권은 휴지 조각이 된다. 하지만 그들은 한 가닥 희망을 담은 눈빛을 회의 참석자 한 명에게 보냈다. 이 회의실에서 유일하게 긴장하지 않은 사람, 마치 담소나 나누러 온 듯한 표정의 사내, 바로 미라클의 오세현 대표였다.

오세현이 누구인가? 부실기업을 인수하여 정상 궤도에 올리는 재계의 구세주 아닌가? 그가 이 자리에 있다는 것은 바로 정부의 밑그림이 뭔지 알 수 있는 힌트였다.

"먼저 어려운 걸음 해주신 여러분께 고맙다는 말씀을 드리고 싶군요. 아무쪼록 오늘 회의가 유의미하게 끝나기를 바랍니다."

"이제 순양카드의 영업정지 시각이 열여덟 시간 남았습니다. 가장 좋은 결과는 영업정지 처분을 취소하는 것이며 차선은 영업정지 기간의 최소화입니다. 그리고… 최악은 폐업입니다."

정부 측 인사들의 말이 끝나자마자 순양카드 채권자들이 불만을 늘어놓았다.

"우리의 묶인 자금에 대한 해결책은 마련되어 있으리라 믿습니다."

"사실 이런 긴급 조치는 발표 전에 최소한 우리에게 먼저 알려 주셔야 하는 것 아닙니까? 너무 황당해서, 원."

이들의 불만을 잠자코 듣던 금융감독위원회 정책1국장은 천천히 입을 열었다.

"사채업자도 돈 빌려줄 때 확실한 회수 방안을 준비합니다. 그런 여기 계신 분들… 한국을 대표하는 은행이면서 순양이라는 이름만 믿고 단기채를 사들인 거 아닙니까?"

정책1국장의 입에서 좋은 소리가 나오지 않자 금융권 임원들의 얼굴이 딱딱해졌다. 어쩌면 오늘의 대책 속에 채권 회수 방안은 없을지도 모른다는 생각이 퍼뜩 들었다.

"일반인에게 돈 1000만 원 빌려줄 때는 담보니, 보증인이니 하며 확실한 회수 방안을 세우면서, 수백억을 신용만으로 빌려준 건 바로 여러분들입니다. 정부가 돈 받으러 다니는 해결사 양아치 역할까지 해야 합니까?"

정부의 확실한 의지를 엿볼 수 있는 말이었다. 여차하면 순양카드 사태로 빚어지는 손해는 금융권이 고스란히 떠안고 가야 한다. 갑자기 모두 입을 다물고 공손히 눈을 내리깔았다. 금융사 임원들은 처분만 기다리는 모습으로 태도가 변했다. 정부는 금융권의 인사에 막대한 영향력을 미치니 어쩔 수 없는 노릇이다.

"자자, 험악한 말은 앞으로도 할 시간이 많습니다. 일단 시작은 희망적인 것부터 거론하죠."

청와대 경제수석은 오세현을 쳐다보며 말했다.

"여기 모이신 분들이 열여덟 시간 안에 정해야 하는 건 정확히 두 가지입니다. 첫째가 카드 사용금액의 결제가 불가능한 악성 소비자들을 어떻게 하느냐, 두 번째가 여기 계신 금융권 관계자분들은 회수율 몇 퍼센트 정도면 만족하느냐? 이거 아니겠습니까?"

오세현은 금융권 임원들을 향해 이야기를 시작했다.

"단기채 전부를 책임져 달라고 하신다면 전 일어서겠습니다. 조금 전 정책국장님이 말씀하신 대로 순양의 이름만 믿고 돈을 던진 여러분도 책임을 져야 합니다. 그 책임이 바로 회수율이죠."

오세현은 뜸을 잠깐 들인 뒤 싱긋 웃었다.

"잘 생각해서 말씀하세요. 밀고 당기는 협상은 없습니다. 정부의 의지는 확고하다는 걸 다 아시리라 믿습니다. 제가 순양카드 인수를 거절하면 현재 여러분이 가지고 계신 순양카드의 단기채권은 휴지 조각이됩니다. 이런 참사를 막으시려면 제 마음을 움직이세요."

예전 같으면 콧방귀 뀌고 무시해도 되는 발언이다. 하지만 5년 전 철옹성이라 여겼던 은행도 외부 입김에 따라 넘어지고 쓰러지는 IMF를 경험한 금융권 임원들은 모두 침을 꿀꺽 삼키며 눈빛을 교환했다. 물론지금의 순양카드 단기채 정도로 은행이 무너지지는 않겠지만, 앞으로도 첩첩산중이다. 부실 카드사가 그들을 기다리고 있다.

은행이 아닌 투자사 역시 마찬가지다. 부실 카드사가 번호표를 들고 그들을 기다린다. 투자자들이 이미 자금을 빼고 있다. 그들을 안심시켜야 하는 것이 이 회의에 참석한 임원들의 의무다. 모두 다 알고 있다. 휴지 조각을 들고 있으니 얼마라도 건져야 한다는 것을 말이다. 침묵하던그들이 입을 열었다.

"오 대표님. 그전에 하나 확인하겠습니다."

"네, 뭐든지 말씀하세요."

"그런 말씀을 한다는 건 순양카드의 경영권을 확보하셨다는 뜻으로 받아들이면 됩니까?"

"오늘 회의의 결과를 보고 결정할 겁니다. 제가 만족할 만한 결과가 나온다면 내일 주식시장에 쏟아져 나온 순양카드 매도물량을 전부 사들입니다. 그럼 40퍼센트 지분 확보로 제1대 주주가 되죠. 그리고 금융권이 쥐고 있는 지분을 합치면 곧바로 경영권을 확보합니다."

오세현은 회의 참석자 모두를 바라보며 자신감을 드러냈다.

"한 가지 더, 만약 성과가 좋다면 흔들리는 대현카드도 인수할 용의가 있습니다. 이 사실이 여러분의 결정에 조금이라도 도움이 되지 않을까 합니다."

이제 채권 회수율을 정하는 기준이 변했다. 만약 미라클이 대현카드까지 인수한다면 휴지가 될지도 모르는 채권 일부를 더 건진다.

"그 결정을 위해 잠시 저희끼리 자리 좀 가져도 될까요? 양해 바랍니다."

금융권 임원들은 가볍게 머리를 숙인 다음 회의실을 빠져나갔다. 그들이 나가자마자 경제수석은 비록 낮은 음성이었지만 참았던 말을 폭포수처럼 쏟아 냈다.

"오 대표님. 사실입니까?"

"뭐 말입니까?"

"아직 순양카드의 주식을 매입하지 않으셨습니까? 이건 약속과 다른데요?"

그의 안색은 이미 붉어질 대로 붉어졌다. 청와대는 순양카드의 영업정지를 원하지 않는다. 오늘 채권 문제를 정리하면 열여덟 시간 뒤 영업정지 대신 순양카드 사태를 해결했다고 발표할 생각이었다. 위기를 아주 원만하게 해결한 정부라는 평가가 절실한 집권 초기 아닌가?

오늘 회의의 전제는 바로 미라클이 순양카드를 인수한다는 것이다. 그런데 아직 경영권은 쥐지도 못한 미라클이라면 이 회의에 참석할 자격도 없다.

"이미 42퍼센트 확보했습니다."

"아…!"

"미라클이 이미 순양카드를 인수했다면 저 사람들은 배 째라고 나올 겁니다."

오세현이 회의실 밖을 가리켰다.

"전 인수한 카드사의 정상화에 최선을 다할 테지만, 저 혼자 손해를 다 안을 수는 없어요. 흥청망청 돈을 쏟아부은 저들도 책임져야죠. 그리고 책임은 말입니다, 수석님."

경제수석을 다시 한번 응시한 오세현이 입꼬리를 올리며 말을 이었다.

"도덕적으로 지는 게 아닙니다. 경제적으로 지는 거죠. 돈이 깨져야 반성하고 책임감을 느낍니다."

냉정한 오세현의 말에 공무원들은 정신이 번쩍 들었다. 경제적인 책임을 져야 하는 건 금융권만이 아니다. 흥청망청 카드를 긁어댄 일반 소비자들도 마찬가지다.

"오 대표님, 그럼 카드 연체자들은 어떻게 하실 생각입니까?"

"정부가 부채 탕감해 줄 겁니까?"

"아뇨, 아직 계획 없습니다. 생활 부채라면 어떻게 해보겠는데, 이건 카드라서요. 도덕성 해이 등의 여론 질타가 무섭습니다."

"정부가 관여하지 않겠다면 제가 알아서 하겠습니다. 신경 쓰지 않으셔도 됩니다."

청와대 경제수석은 곤혹스러운 표정이 되었다. 만약 오세현이 무리한 회수를 시도한다면 이 역시 부담이다.

"혹시 악성 채권을 팔아 버릴 생각입니까? 그런 쪽 전문으로 하는 회사에 말입니다."

그런 쪽 전문은 소위 '신용정보'라는 이름의 회사들이다. 이들은 카드사, 시중은행, 상호저축은행, 할부금융사들이 회수를 포기한 악성 채권을 평균 30에서 10퍼센트의 금액으로 사들인다. 그런 다음 채권추심을 전문적으로 하는 직원들을 동원해서 사채업자 버금가는 수준으로 채무자들을 압박해 돈을 받아 낸다.

현재 이런 신용정보 회사들이 전성기를 누리고 있다. 신용불량자가 300만 명에 육박하고 이미 카드사들이 손실로 처리한 대손상각 규모만 해도 4조 원에 달하며, 앞으로도 2조 원을 웃도는 규모의 금액이 손실 처리될 것이다. 1억 원 미만인 개인 신용불량자의 연체 금액은 모두 44조 7000억 원에 달하며 저축은행과 할부금융사의 연체 금액만 4조 원이 넘었다. 2003년의 대한민국은 '연체 공화국'이다.

"당연하죠. 순양카드 채권추심 직원들만으로는 해결 못 합니다. 전 이번 거래에서 단돈 만 원도 손해 볼 생각 없어요. 지금 밖에서 수군대는 저들의 대답에 맞춰 악성 채권을 팔아 버릴 생각입니다."

단기채를 쥐고 있는 금융권이 회수율 30퍼센트로 결정하면 연체 금액 전부를 30퍼센트에 팔아 버릴 것이라는 뜻이다.

"괜한 승리감에 빠지지 말아요. 순양카드는 시작일 뿐입니다. 여덟 개의 카드사 전부가 정도의 차이만 있을 뿐 모두 신용불량자들과 목숨 걸고 싸우는 중이라고요. 현 정부가 과감한 결단을 했다면 끝까지 그 결의를 보여 줘야 합니다."

오세현은 공무원들의 당황한 표정을 보며 말했다.

"다음 선거 생각해서 연체자들 구제 정책이라도 폈다가는 수십조의 연체금을 책임지라고 승냥이 떼처럼 달려들 겁니다. 저를 포함한 카드사와 금융기관도 그 승냥이로 돌변합니다."

오세현의 말에 공무원들이 아무 대답도 하지 못하고 있을 때 금융권 관계자들이 회의실로 우르르 몰려 들어왔다. 그들의 굳은 표정을 보며 오세현이 먼저 입을 열었다.

"결과를 말씀하시기 전에 이것 하나는 알아두세요."

회의실 안의 모든 시선이 오세현을 향했다.

"순양카드 인수가 결정되는 순간, 전 악성 연체 금액 전부를 신용정보회사에 넘길 겁니다. 그리고 그 신용정보회사는 여러분들께서 소개해 주시기를 바라고요."

순간 금융권 임원들의 눈빛이 변했다. 탐욕이 스며든 것이다. 알게 모르게 은행들은 신용정보회사와 관계를 맺고 있다. 전직 임원들이 신용정보회사를 만들고 은행에서 잘린 직원들을 추심원으로 고용한다. 이런 회사에 현직 임원들도 투자해서 아주 짭짤한 돈벌이를 하고 있다. 회수만 잘한다면 은행의 손실은 곧 신용정보회사의 이익이다. 그들은 서로 눈빛을 교환했다.

"오 대표님, 우리 결정은 바로 이렇습니다."

그들은 반으로 접은 메모지 한 장을 오세현에게 건넸다.

"만약 추심 관련해서 저희와 협상하신다면 조금 더 신경 쓰겠습니다."

오세현은 메모지를 확인하고 호주머니에 찔러 넣었다.

"계약서 준비하십시오. 앞으로 남은 시간이 얼마 없죠? 그 안에 전부 해치우겠습니다."

오세현이 벌떡 일어나자 정책1국장이 말했다.

"뭡니까? 회수율은 어떻게 정한 건지 말씀해 주셔야죠."

"국장님, 이건 기업 간의 기밀입니다. 말씀드릴 필요도 없고 아실 필요도 없어요. 그리고 정부 측은 하나만 다짐받으면 되는 일 아닙니까?"

오세현이 쏘아붙이자 1국장은 머쓱한 모습이었다.

"48시간 이내에 순양카드의 모든 서비스를 정상화하겠습니다. 이거면 된 거 아닐까요?"

회의실을 빠져나가려던 오세현이 자신의 머리를 한 대 톡 치며 돌아섰다.

"아차차, 깜박한 게 있습니다."

그는 청와대 경제수석 곁으로 다가와 귓속말을 속삭였다.

"제가 이번 순양카드를 어떻게 정리하는지 잘 보시고 흡족하다 싶으면 대현카드도 한번 맡겨 주십시오."

경제수석은 도저히 종잡을 수 없는 오세현의 행동을 보며 그가 아군인지 적군인지 가늠하느라 인사도 건네지 못했다.

오세현은 금융권과 작성한 계약서와 서류를 들고 진동기 부회장을 찾아갔다. 진동기는 눈앞에 놓인 서류를 몇 번이나 확인하고는 망연자실해 아무 말 못 했다.

"굳이 주주총회까지 해야 하나 싶어서 이렇게 찾아뵈었습니다. 사실 변하는 것은 부회장님과 순양카드는 아무런 연결고리가 없다는 것뿐이니까요."

아무런 감정이 느껴지지 않은 오세현의 목소리였다. 승자의 거만함도, 회사를 뺏어 가는 미안함도 없는, 마치 서류의 숫자 같은 무미건조함 뿐이었다.

"그런데 왜 내게 이걸 들고 온 거요? 내게 말할 필요도 없잖소. 대주주 변동 신고만 하면 될 일인데…."

"몇 가지 협의하려고 합니다."

"협의? 순양카드와 연결고리가 없다고 방금 말하지 않았소?"

"딱 하나 남은 게 있죠. 바로 순양이라는 이름입니다."

오세현의 말의 의미를 처음엔 이해하지 못했던 진동기 부회장은 곧 순양이라는 이름을 버리고 싶지 않다는 걸 알아챘다.

"바로 갑시다. 원하는 게 뭐요?"

"저랑 손잡는 게 어떻습니까?"

"뭐요?"

의자에 기대고 있던 진동기 부회장은 '아니, 이건 또 무슨 의미지?'라는 생각과 함께 상체가 스프링처럼 튀어 올랐다.

"아시다시피 미라클은 그룹의 지배지분 16퍼센트를 쥐고 있습니다. 아… 물론 다시 확인해 봐야겠죠. 그간 두 분 부회장님께서 지분구조를 어떻게 수정했는지 전 모르니까요. 하지만 최소 15퍼센트 이상은 될 거라고 예상합니다."

"그래서요?"

"순양카드는 완전히 계열 분리된 상태입니다. 만약 그룹 사옥에서 나가라고 한다면 이삿짐을 싸야 하죠. 이름도 쓰지 말라고 하면 바꿔야 하고요."

"이름도 바꾸고 싶지 않고 이사도 하기 싫다?"

"네, 그냥 여기 눌러앉아 있고 싶습니다. 회사 직원들도 변화는 두려워하니까요. 순양이라는 이름도 그대로고 출근하는 직장의 위치도 변하지 않으면 안심할 겁니다. 사실 백성들이야 왕이 누가 되든 무슨 상관입니까? 먹고사는 게 변함없다면 대주주가 누구든 크게 신경 쓰지 않습니다."

진동기 부회장의 눈이 반짝였다.

"그 말씀은 경영진의 변화도 없다는 뜻입니까?"

"대대적인 물갈이는 없도록 하려고요. 이번 카드 사태를 안일하게 바라본 멍청한 몇몇은 칼질할 생각입니다만…."

대주주만 바뀐다. 만약 진동기 부회장이 순양카드를 쥐고 있었다 하더라도 어차피 이번 사태를 책임질 경영진 몇몇은 날려 버렸을 것이다.

"그럼 나와 손잡자는 뜻은 뭡니까?"

"이번 일로 부회장님 지분 7퍼센트가 형님이신 진영기 부회장 손에 들어가지 않았습니까? 그룹 내 지지 기반이 많이 흔들리실 텐데 제가 흔들리지 않도록 받쳐드리겠습니다."

"그러니까 미라클이 쥐고 있는 16퍼센트로 날 지켜 주시겠다?"

"16퍼센트가 아니죠. 이제 23퍼센트가 됩니다. 담보로 맡겨 놓은 지분은 찾아올 테니까요."

진동기 부회장은 눈을 질끈 감았다. 회사도 지분도 함께 날렸고, 눈앞의 저놈이 둘 다 주워 먹는다는 사실을 깜빡했다. 자신은 26퍼센트, 미라클은 23퍼센트…. 이제 자신과 대등한 위치까지 올라왔다.

진동기는 한참 동안 감았던 눈을 번쩍 떴다. 이건 단순히 이름 유지하고 이사하지 않는 것만이 아니다. 미라클이 자신을 밀어준다면 단번에 49퍼센트의 지분을 확보하는 것이다. 반수 이상까지는 단 2퍼센트다. 그 정도는 임원 몇몇만 끌어들이면 된다. 단숨에 전세 역전이다. 그리고 조카도 있지 않은가? 10퍼센트를 가진 진도준이 자신의 편에 선다면 당장에라도 형님을 쫓아내 버릴 수 있다.

"이봐요, 오 대표. 그 지분의 의결권 나한테 넘겨요. 지분 달라는 소리 아닙니다. 의결권만 내게…."

진동기는 웃으며 손을 드는 오세현 때문에 입을 닫아야 했다. 명백한 거절의 의미다.

"제가 손을 잡자고 한 것은 다른 뜻입니다. 부회장님의 지금 위치를 지켜드리는 것만 도와주겠다는 의미예요. 우리가 손을 잡으면 진영기 부회장이 그룹 전체를 손안에 쥐고 흔드는 것은 막을 수 있지 않습니까?"

초조해진 진동기가 간곡한 부탁처럼 말했다.

"오 대표, 솔직히 경영자로서 우리 형님은 자격 미달 아닙니까? 그간 말아먹은 회사가 몇 개인지나 아시오? 쉬쉬해서 그렇지 열 개를 훌쩍 넘겨요.”

진영기 부회장은 한때 손만 대면 망한다고 해서 ‘망한다스의 손’이라는 별명까지 붙었다. 그나마 나이 들고 나서는 새로운 회사를 만들지도 않았고 늘리지도 않았다. 건실한 회사를 잘 지키는 것만 생각하라는 진 회장의 엄명 때문이었다.

“부회장님, 제게 그런 말은 소용없습니다. 전 과거의 진영기 부회장이 얼마나 멍청했는지 또는 무모했는지는 관심 없어요. 현재만 봅니다.”

오세현은 매달리는 진동기를 냉정히 뿌리쳤다.

“현재의 경영지표를 잘 보세요. 어디 하나 흠잡을 데 없어요. 순양전자는 막대한 돈을 벌어들입니다.”

“그거야 시황이 좋아서 그런 거 아니요? 그 자리에 허수아비를 앉혀놔도 그 실적은 나와요!”

진동기는 위기가 기회라는 진 회장의 말이 딱 맞는 순간이 지금이라고 생각했다. 이 기회를 잡기만 하면 전세 역전이기에 필사적이었다.

“전 허수아비 같은 진영기 부회장이 더 좋습니다.”

“뭐요?”

“진동기 부회장님이라면 순양전자의 막대한 영업이익을 기반으로 분명 새로운 비즈니스를 시작했을 겁니다. 그게 바로 능력 있는 경영자가 할 일이니까요. 끝없는 팽창과 확장, 이것이 재벌 대기업의 궁극적인 목적 아닙니까?”

“그런데 왜?”

“전 주주입니다. 모험보다는 안정이 우선이죠. 불확실한 성장보다는 안정된 배당금이 더 좋습니다.”

“오 대표….”

“그만하시죠. 제 생각은 바뀌지 않습니다. 그보다 제가 말씀드린 걸 받아들이실지 아닐지만 대답해 주십시오."

진동기 부회장에겐 선택의 여지가 없다.

오세현은 힘없이 고개만 끄덕이는 진동기를 보며 미소 지었다.

"그럼 순양카드 경영진에게 이 사실을 알려 주십시오. 전 이만…."

진동기는 일어서려는 오세현에게 아주 중요한 질문 하나를 던졌다.

"오 대표. 손을 잡았으니 묻는 겁니다. 미라클에서 우리 도준이의 위치는 어떻게 됩니까? 혹시…?"

그는 차마 끝까지 말을 잇지 못했다. 혹시 1대 주주냐는 질문을 하기에는 결과가 두려웠다.

"도준이요? 음… 꽤 많은 자금을 투자했고 지분도 만만치 않습니다. 왜 그러십니까?"

"아, 아니요."

오세현이 피식 웃으며 말했다.

"혹시 조카를 경계하시는 거라면 염려하지 않아도 됩니다. 도준이는 추구하는 바가 달라요. 목표도 다르고."

"그놈 목표가 뭡니까?"

"글쎄요. 저도 정확히는 모르지만, 순양그룹 회장보다는 더 원대한 목표를 가졌을 겁니다. 하하."

종잡을 수 없는 말을 남기고 오세현은 나가 버렸다. 한동안 멍하니 앉아 있던 진동기는 몸을 일으켰다. 형님에게 쫓겨날지도 모르는 위기는 넘겼다. 이제 기회를 잡아야 한다. 기회가 없다면 절망하겠지만, 구체적인 기회가 존재한다. 방금 밖으로 나간 저놈이 기회다. 저놈만 아군으로 끌어들이면 순양그룹을 통째로 뒤흔들어 버릴 수 있다. 진동기는 기회가 지시한 일을 처리하기 위해 순양카드 사장실로 발걸음을 옮겼다.

▲ ▲ ▲

『재계를 바짝 긴장시켰던 순양카드 사태가 원만히 해결됐습니다. 정부, 금융권 그리고 순양카드 관계자들이 꼬박 하루 동안 마라톤 회의를 거쳐 극적으로 타결했다고 재경부가 발표했습니다. 이로써 두 달 넘게 멈췄던 순양카드의 모든 서비스가 오늘 자정부터 시작되었습니다.』

"이, 이럴 수가. 저건 또 뭐야?"

진영기 부회장은 순양카드의 정상화 속보가 뜨자 믿을 수 없다는 듯 두 눈을 부릅떴다. 그는 속보가 끝나자마자 인터폰을 눌렀다.

"백 실장 빨리 들어오라고 해!"

자리에 앉지도 못하고 부회장실을 서성거리던 진영기 부회장은 헐레벌떡 달려온 백 실장에게 소리쳤다.

"이 새끼야! 저거 어떻게 된 거야?"

그의 손가락이 TV를 가리키자 백 실장은 황급히 대답했다.

"지금 알아보고 있습니다."

짝!

진영기 부회장은 있는 힘껏 팔을 휘둘러 애꿎은 백 실장의 뺨을 내리쳤다. 뺨을 맞은 백 실장은 결국 중심을 잡지 못하고 몸을 휘청거렸다.

"지금 알아봐? 벌써 터진 일인데 여태 뭘 한 거야?"

"죄, 죄송합니다. 부회장님."

"빨리 안 튀어? 청와대든, 재경부든 빨리 확인해!"

머리를 꾸벅 숙이고 나가는 백 실장을 노려보던 진영기는 가장 가까운 곳에 이 모든 것을 설명해 줄 사람이 있다는 걸 떠올렸다. 그는 재빨리 동생에게 달려갔다.

[부회장 진동기]

문에 붙은 이 명패가 오늘처럼 꼴 보기 싫은 적도 드물었다.

"동기야!"

문을 벌컥 열고 들어가자 잔뜩 찌푸린 얼굴의 진동기가 기가 차다는 듯 한마디 툭 던졌다.

"노크 좀 하지?"

"야! 도대체 어떻게 된 일이야?"

"뭐가?"

"순양카드! 도대체 무슨 짓을 한 거야? 어떻게 막았어?"

"어째 좀 이상하게 들리는데? 영업정지 먹고 망하기를 기다렸어? 정상화됐으면 축하한다, 수고했다, 고생했다… 뭐, 이런 말부터 먼저 해야 하는 거 아닐까?"

진영기는 노려보는 동생의 시선을 무시하며 계속 큰소리만 냈다.

"허튼소리 집어치우고 빨리 말해!"

"꽉 막힌 유동자금 뚫어 주고 부채 전부 정리한 다음 서비스를 정상으로 돌렸어."

"어떻게? 너 혹시 지분 다 팔았어?"

진영기는 침을 꿀꺽 삼키며 조심스레 물었다. 만약 그룹 지배지분이 외부로 빠져나갔다면 또 한 번의 기회가 왔기 때문이다. 순양의 지분으로 감히 순양그룹을 먹겠다는 놈은 없다. 한국에서 가장 값비싼 지분, 그것이 순양의 지배지분이다. 비싼 만큼 대가를 주면 동생이 쥐고 있을 때보다 훨씬 더 쉽게 자신이 확보할 수 있다.

"아니. 돈 많은 놈이 순양카드 인수했다. 이제 내 손을 떠났어."

진동기는 지분을 팔지 않았다는 자신의 말에 실망하는 형님을 보며 피식 웃었다.

"주가가 1000원 밑으로 떨어졌어. 시장에 쏟아져 나온 물량 전부 확보하고, 기관 투자자들 지분까지 전부 거둬들였더라고. 무려 42퍼센트 지분을 쥐고 있으니 인수한 거나 마찬가지잖아."

진영기는 입술을 깨물었다. 후회가 밀려왔다. 폭락한 주식을 사서 순양카드를 좀 살려 달라고 동생이 말했을 때 콧방귀를 뀌었다. 가만히 놔두면 망할 회사, 뭐 때문에 돈까지 써가며 살려 준다는 말인가? 망해야 그룹 지배지분을 더 확보할 수 있는데….

하지만 휴지 조각이 돼버린 주식을 사들여 인수했어야 했다. 그리고 자신이 직접 회사를 망하게 해야 했다. 회사를 흥하게 하는 것도, 망하게 하는 것도 직접 하는 게 가장 확실한 방법이다. 진영기 부회장은 그 순간 이 생각을 못 했던 자신이 원망스러웠다.

"네가 가진 순양카드 지분도 다 넘겼어?"

"아니. 중공업과 건설이 가진 순양카드 지분은 그대로야. 이제 주가가 오를 텐데 왜 팔아? 다시 예전 수준으로 회복되면 그때 팔아야지. 나도 어느 정도 본전은 챙겨야 하지 않겠어?"

"누구야? 어떤 놈한테 팔았어?"

"말은 똑바로 하자. 난 팔아 치운 게 아니라고 했지? 그놈이 지분을 확보했을 뿐이지."

"엎어 치든 메치든! 그러니까 그놈이 누구냐고?"

갑자기 등 뒤에서 낮은 목소리가 들렸다.

"저 찾으셨습니까?

진영기가 등을 돌리자 실실 웃는 오세현이 보였다.

"아, 오셨습니까?"

진동기는 의자에서 벌떡 일어나 그를 반겼다.

"네, 이거… 본의 아니게 두 분이 나누는 대화를 다 들어 버렸습니다."

"문을 닫지도 않고 큰소리를 질렀으니 일부러 피하지 않는 한 다 들을 수밖에 없죠. 괜찮습니다. 우리 잘못인데요."

진동기는 아직 놀라서 입을 다물지 못하는 진영기를 노려봤다.

"서, 설마 당신이야?"

"네. 순양카드 최대주주의 대리인 오세현입니다."

오세현이 가볍게 머리를 숙이자 진영기는 더욱 할 말을 잃었다. 순양카드의 새 주인이 오세현이라는 것은 순양카드가 정상이 되었다는 것보다 훨씬 더 심각한 문제다. 오세현은 아쉬운 것도 없고 순양의 힘을 두려워하지도 않는다. 결정적으로 그는 순양의 것을 야금야금 갉아먹는 놈이다.

"난 오 대표와 일이 좀 있으니 더 할 이야기가 있으면 나중에 해."

진영기가 방을 나가는 두 사람의 등만 멍하니 바라볼 때 오세현이 갑자기 획 돌아섰다.

"참, 진영기 부회장님. 채무 상환에 대해 드릴 말씀이 있는데 순양카드 임원들과의 미팅 끝나고 찾아봬도 되겠습니까?"

"뭐? 상환?"

"네. 아마 세 번에 나눠 상환하기로 되어 있죠? 전 한 번에 정리했으면 합니다만."

진영기는 망치로 머리를 맞은 것 같았다. 채권 담보로 사들인 지분, 무려 두 배의 돈으로 사들인 그 지분이 빠져나가는 것을 직감했다.

"자자, 그 이야기는 나중에 따로 하시고 임원들부터 만납시다. 그 양반들, 지금쯤 살생부 명단에 자기 이름 들어가 있을까 봐 벌벌 떨고 있을 거요. 죽든 살든 빨리 결과를 알려 줘야 오늘 밤 발 뻗고 잘 거 아닙니까?"

진동기 부회장은 실실 웃으며 오세현의 어깨에 손을 올렸다. 마치 친구끼리 어깨동무라도 하는 모양새였다.

카드사 임원들과 미팅을 마치고 진영기 부회장실을 찾은 오세현은 잔뜩 찌푸린 그의 얼굴을 보며 웃음을 참아야 했다. 진영기는 이번이 순양을 차지할 수 있는 절호의 기회라고 생각했을 것이다. 그 기회가 어그러졌으니 울화가 치밀어 오를 텐데 얼굴을 찌푸리는 정도라면 그래도 많이 참는 것이리라.

"당신이 순양카드를?"

"네. 액면가 이하로 떨어진 주식을 쓸어 담았죠. 그리 어렵지 않은 일이었습니다. 잘 아시다시피 여의도가 제 홈그라운드 아닙니까?"

"도대체 왜?"

"네?"

"왜 부실 카드사를 노렸냐고? 그거 정상화가 쉬울 것 같아? 신용불량자가 300만 명이야. 재기 불가능하다고!"

"그렇습니까? 전 300만 명을 제외한 나머지 숫자가 더 커 보이는데요?"

"북극에 냉장고라도 팔겠다는 생각인가? 컨설팅 강사 따위가 만든 그럴듯한 말을 따르는 아마추어는 아니잖아?"

현재 상태는 진영기의 말이 맞다. 카드 사업은 먹구름이 잔뜩 낀 하늘처럼 미래가 암울하다. 하지만 오세현은 그의 말에 일일이 맞장구치거나, 반론할 생각은 없었다. 이 자리는 대화가 아니라 통보를 위한 자리일 뿐이다.

"부회장님, 경영은 각자 알아서 합시다. 남의 회사에 감 놔라 배 놔라 하는 건 예의가 아니죠. 부회장님과 저 사이에는 단 하나의 주제만 있습니다. 채권과 채무."

진영기 부회장은 저 되바라진 새끼를 언제 한번 꼭 손봐야 직성이 풀릴 것 같았다. 어디서 감히 눈을 똑바로 뜨고!

"부회장님께서 원하시는 대로 해드리겠습니다. 채권 만기일에 상환하든 한 번에 정리하든 말입니다."

"돈 많구먼."

"네, 썩어납니다. 만족할 만한 대답이 됐습니까?"

오세현이 시큰둥하게 쏘아붙이자 진영기는 어이가 없어 할 말을 잃었다. 순양의 간판인 자신을 두려워하기는커녕 오히려 얕보는 듯한 저 표정, 아니… 경멸의 빛이 더 강한 표정을 짓다니.

진영기는 폭발하려는 마음을 억눌렀다. 조금 전 동생 진동기와 저놈의 다정한 모습이 떠올랐기 때문이다. 만약 저놈의 어깨에 손을 올리는 게 동생이 아니라 자신이 된다면? 이건 또다시 시도해 볼 만한 기회라고 생각했다.

동생 진동기를 쫓아내고 그 자리에 저놈을 앉힐 수도 있다. 사람 하나 바꾼 차이지만 그 결과는 어마어마하다. 순양그룹 내부는 물론이고 전 국민이 생각할 것이다. 바로 진 회장의 장남 진영기가 그룹을 물려받았다고 말이다. 그 순간 순양그룹의 유일한 회장은 바로 자신이다. 오세현이 아무리 많은 지분을 갖고 있어도 그는 단지 전문 경영인 취급에서 벗어날 길이 없다. 그의 성이 '진'이 아니기 때문이다. 숨을 가다듬은 진영기는 괜히 투덜거리듯 내뱉었다.

"젠장! 도준이 놈만 노래 부르겠군."

두어 달 만에 무려 8000억을 챙겼다. 오세현도 잘 안다.

"사정은 들었습니다. 무려 두 배나 주고 사셨다고요?"

"돈이 썩어나는 건 나도 마찬가지니까. 말 나온 김에 제안하지. 내가 가진 담보, 그러니까 지분 말일세. 그거 내가 다시….

"아뇨. 팔 생각 없습니다. 그 이야기는 거론하지 마시죠."

말을 끝내기도 전에 잘라 버리는 버릇없는 모습을 또 봤지만, 진영기는 대수롭지 않은 듯 대범하게 넘겼다. 생각을 바꾸니 행동도 달라진다.

"그럼 지분 말고 오 대표 당신을 사는 건 어떤가?"

"무슨 말입니까?"

"돌려 말하는 건 내 성질에 안 맞아."

진영기는 긴 숨을 한 번 쉬고 말을 이었다.

"미라클이 쥔 지분이 무려 16퍼센트야. 만약… 아니, 만약이 아니지. 내 동생 동기의 담보 지분 7퍼센트도 오 대표 손에 들어가는 건 확실하니 이제 23퍼센트나 돼."

"아시겠지만 소유와 경영을 확실히 분리하는 게 제 철학입니다. 순양그룹의 경영에 관해서는 단 한마디도 하지 않을 테니 너무 염려 마십시오. 대신 연말에 배당금이나 두둑이 주시면 됩니다."

"아니, 그런 뜻이 아니야. 오 대표의 지분은 일반 계열사의 지분이 아니라 바로 순양그룹을 쥐락펴락할 수 있는 지분이란 말일세."

"주식회사의 모든 지분은 회사를 쥐락펴락할 수 있습니다. 큰 차이는 없다고 보는데요?"

자신의 말이 무슨 뜻인지 모를 리 없는 놈이 능청을 떤다. 진영기는 또다시 마음을 가다듬었다.

"차이가 커. 순양그룹의 25퍼센트를 주지. 매출, 이익, 규모, 브랜드 등을 고려해서 자네가 골라."

"25퍼센트?"

"그래. 계열사를 말하는 거네. 자네가 원하는 계열사를 자네 손에 맡기세."

"전 투자사 대표입니다. 형식적인 순양의 전문 경영인은 사양하지요."

"누구에게 보여 주기 위한 게 아니야. 말 그대로 다 맡긴다고. 지금 내 동생이 하는 것처럼 말이야. 계열사의 인사권은 물론이고 경영 방식, 사업 방향 등등, 모든 걸 일임하겠네. 어떤가?"

오세현은 진영기의 속셈이 뭔지 알았지만, 이럴 때는 놀란 반응을 보이는 게 자연스럽다고 생각했다.

"진심입니까?"

"회사를 놓고 농담할 만큼 한가하지 않아."

"후회하실지도 모릅니다."

오세현의 대답이 애매하긴 하지만 받아들일 가능성이 엿보였다.

"가진 만큼 주겠다는데 후회는 무슨…."

"제가 M&A 전문가라는 사실을 잊으셨습니까? 순양 계열사 25퍼센트를 낱낱이 쪼갠 다음 싹 팔아 버릴 수도 있습니다. 귀찮게 경영할 필요도 없으니까요."

뜨끔한 말이었지만 진영기는 내색하지 않았다. 정말로 모든 계열사를 다 팔아 치운다 해도 다시 키우면 그만이다. 하지만 회장 자리를 차지할 기회는 자주 오지 않는다.

진영기는 대범하게 미소 지으며 말했다.

"준 걸 가지고 왈가왈부하지 않아. 팔아 버리든, 거덜 내든 오 대표 원하는 대로 하는 거지."

시원한 진영기의 대답에 오세현도 미소 지었다.

"이것 참, 형제분이라 그런가, 정말 똑같군요."

"응? 뭐가?"

"진동기 부회장도 똑같은 제안을 하더군요. 표현 방법은 다르지만 두 분이 원하는 건 이거 아닙니까? 저랑 손잡고 내 형제 한 놈을 순양에서 몰아내자! 하하."

오세현이 시원한 웃음을 터트리며 하는 말에 진영기 부회장은 하얗게 질린 얼굴로 물었다.

"동기가 날 쫓아내려 했다고?"

"표현은 달랐다고 말씀드렸습니다. 방금 부회장님께서도 동생을 쫓아낸다는 말씀은 안 했듯이요."

오세현은 진영기의 표정이 순식간에 확 변하는 걸 보자 어이가 없었다. 새삼스러운 일도 아니지 않은가? 서로 한 놈을 찍어 내고 어서 빨리 회장 자리에 취임하고 싶어 안달하는 걸 모르는 사람이 있는가?

"그, 그래서? 뭐라고 했어?"

"두 분께 드리는 제 대답은 똑같습니다. 관심 없으니 배당금만 두둑이 주십시오."

딱딱하게 굳어 버린 진영기의 얼굴이 조금씩 풀리기 시작했다. 자신의 제의를 받아들이지 않는 것이 아쉽긴 하지만, 동생의 곁에 서서 자신을 공격하지 않는 것만으로도 다행이다 싶었다.

"순양그룹의 일에 일절 관여하지 않겠다는 그 말 꼭 지키게."

"물론입니다. 전 지금 이 상태의 순양그룹이 가장 좋습니다."

그냥 흘려듣기에는 찜찜한 대답이었다. '지금의 순양'이라니?

"이 상태라는 건 무슨 뜻이지?"

"말 그대로입니다."

"내 동생 건드리지 말라는 뜻으로 들리는데?"

"건드릴 생각이었습니까?"

오세현은 빙그레 웃으며 진영기를 바라봤다. 오세현이 보기에 진영기는 정확한 현실이 뭔지 아직 알아채지 못했다. 미라클의 힘과 자신의 선택을 도구 정도로만 생각한다면 영원히 알아채지 못할 것이다.

"왕좌가 두 개인 왕국은 없으니까."

"이 나라는 왕조가 아닙니다. 견제와 균형으로 조화를 이루는 민주국가죠."

"순양은 나라가 아니야! 개인이 일궈 낸 사적 소유물이라고!"

"개인이 아니라 주주의 소유물이죠. 아무튼, 이런 입씨름이나 하려는
건 아닙니다."

이미 오세현의 얼굴에는 미소가 보이지 않았다.

"전 두 형제분이 각자의 영역에서 서로 경쟁하는 순양그룹을 원합니
다. 진동기 부회장을 하루빨리 쫓아내려는 생각은 버리십시오. 제가 영
향력 있는 주주로서 버티는 동안은 용납하지 않을 겁니다."

"이봐! 오 대표!"

"미라클의 지분과 담보로 맡겨 놓은 지분이면 새로운 순양의 선장을
제 마음대로 고르지는 못하지만…. 적어도 끌어내릴 수는 있습니다. 제
손을 잡는 사람이 부회장님이 말씀하신 그 하나뿐인 왕좌에 앉을 수 있
다는 뜻이기도 합니다."

오세현은 진영기 부회장의 표정을 살폈지만 아직 감을 못 잡은 듯싶
었다.

"양팔 저울의 균형을 언제든지 깰 수 있는 저울추라고 말하고 싶은
건가?"

"균형을 깨고 싶지 않은 저울추가 정확한 표현입니다."

오세현은 자리에서 일어나며 생각했다.

'이 정도면 충분한 경고가 됐으려나?'

"아 참, 채권 말입니다. 언제든 말씀하십시오. 계약서대로 상환하겠습
니다. 이자는… 조금 더 쳐 드리겠습니다. 속이 매우 쓰리실 텐데."

진영기는 오세현이 나가자 손에 잡히는 뭔가를 문을 향해 집어던졌다.
툭 하는 소리만 나며 떨어진 건 볼펜이었다. 8000억을 이렇게 허무하게
날려 버렸다니…. 손톱이 살을 파고들 만큼 꽉 쥔 주먹이 부르르 떨렸다.

4장

욕망을 묻어 둔 사람

진동기 부회장은 심각한 표정으로 맞은편에 앉아 있는 진영기를 보며 한숨을 쉬었다.

　"다 끝났어. 우리 둘은 깨춤 춘 게 전부고 오세현이 전부 쓸어 담았어. 아, 도준이도 한몫 챙겼지?"

　"나 약 올릴 처지가 아닐 텐데?"

　"용건이나 말하세요. 서로 상처에 소금 뿌리지 맙시다."

　"소금 뿌린 건 너. 아무튼, 오세현 저놈을 어떻게 해야 하지 않겠냐?"

　"왜? 오세현만 없으면 나 쫓아내려고?"

　"그래."

　노골적인 진영기를 향한 진동기의 눈빛이 험악해졌다.

　"꿈 깨. 오세현이가 순순히 물러날 것 같아?"

　"동기야."

　진영기는 나지막이 동생을 불렀다.

　"순양에서 우리 핏줄 아닌 놈은 들어내고 다시 시작하자. 지금 우리 모습을 봐. 이제 오세현 눈치만 보게 생겼어. 저놈이 너랑 붙어서 내 등에 칼을 찌르는 건 아닌지….."

　"아니면 형님과 손잡고 날 갈아 버리는 건 아닌지….."

　두 사람 다 지금 상황을 정확히 알고 있다.

　진동기가 찌푸린 표정을 풀며 말했다.

　"방법이 없어. 그놈은 지분만 쥐고 아무것도 안 하잖아. 순양 밖에서 우리를 노려보며 균형만 잡고 있는데, 그럼 어떻게 해?"

"그러니까 넋 놓고 있지 말고 방법을 찾아야지. 내가 약속한다. 오세현 쫓아낼 때 동기 네 지분을 다시 30퍼센트 이상으로 맞추마."

형의 말에 진동기의 눈이 반짝였다.

"진심이야?"

"물론, 그렇지 않으면 네가 내 손을 잡을 리 없잖아."

역시 피는 물보다 진하다. 집안싸움은 받아들일 수 있지만, 깜냥도 안 되는 이상한 종자가 끼어드는 건 두 형제의 자존심 문제다.

"하는 김에 하나 더, 도준이 놈 지분도 정리해야 해."

진동기가 진도준을 거론하자 진영기는 머리를 갸웃거렸다.

"도준이?"

"응. 그놈이 쥔 10퍼센트가 오세현에게 간다고 생각해 봐. 단숨에 2대 주주가 된다고. 게다가 미라클의 자금력으로 주식을 쓸어 담기 시작하면 1대 주주로 올라서는 것도 불가능한 게 아니야."

진영기는 동생의 걱정을 한 귀로 흘려버렸다.

"너무 앞서가지 마. 정부 기관이나 은행이 쥐고 있는 지분은 언제나 우리 편이야. 그걸 쓸어 담지 못하면 영원히 1대 주주는 못돼."

진영기는 자신만만하게 장담했다. 그는 순양그룹의 힘을 믿었다.

"참, 그보다 도준이 말이야. 네 말대로 그놈이 오세현과 붙을 가능성은 어때?"

"무시하기 힘들어. 오세현은 윤기랑 친구잖아. 만약 오세현이 윤기 허파에 바람을 슬슬 집어넣고, 윤기가 도준이를 설득하면?"

진동기의 말이 그럴듯하게 들린 진영기는 의자 손잡이를 탕 쳤다.

"좋아. 그럼 도준이부터 단속하자. 딴생각 못 하게."

"그보다는 도준이를 우리 쪽으로 끌어들이는 게 더 낫지 않을까?"

"어떻게?"

"지분 재조정할 때 10퍼센트 더 얹어 주는 거지. 그럼 진짜 우리 핏줄만 남게 되니까 더 그럴싸하잖아."

진영기의 표정이 밝아졌다. 조카에게 10퍼센트 더 줬다가 천천히 되찾아 오는 게 오세현을 상대하는 것보다 훨씬 쉽게 느껴졌기 때문이다.

▲ ▲ ▲

"네 녀석이 영악한 것인지, 내 아들 녀석이 멍청한 건지… 쯧쯧."

"운이 따라 주는 놈을 이길 방법은 없으니까요."

할아버지는 정원에 내리쬐는 여름 햇살 때문인지 아니면 속절없이 당해 버린 두 아들이 한심해서인지, 눈살을 찌푸렸다.

"카드사를 되찾고, 지분도 챙겼고 덤으로 8000억이라는 거금도 홀라당 먹었어. 이 모든 걸 운으로 돌리기에는 좀 억지스럽지."

"카드 대란이라는 호재가 있었으니까요. 운입니다."

"난 말이야, 네 녀석이 이 카드 대란까지 예측한 게 아닌가 의심스러워. 금융 쪽으로 훤한 네놈이 가만히 앉아서 수수료와 이자를 꼬박꼬박 챙기는 사업을 포기하는 게 이상했거든."

"불안함은 느꼈지만, 카드 부실이 이 정도까지 터질 줄 몰랐습니다."

"크게 터진 건 운이겠지. 하지만 나머지는 과욕이 빚어낸 결과다. 현찰 장사하고 싶어 앞뒤 못 가린 동기나, 지분 확보하고 싶어 8000억이나 웃돈을 준 영기나 다 똑같은 놈이야."

따가운 햇볕을 피하려 챙 넓은 모자를 눌러쓴 할아버지는 천천히 일어섰다.

"좀 걷자꾸나. 이것도 운동이랍시고 걷는 걸 빼먹지 말라고 의사가 그랬어. 허허."

나는 할아버지를 부축하며 지팡이를 드렸다. 할아버지는 천천히 발걸음을 옮겼다.

"그래, 이제 어찌할 거냐? 네가 가진 지분만큼 계열사를 떼달라고 할 참이냐?"

"아닙니다. 전 이미 할아버지께서 주신 금융 부분이 있습니다. 그 정도면 30퍼센트 지분에 걸맞다고 생각합니다."

"그래서? 별다른 건 없어?"

"네. 둘째 큰아버지의 영향력이 좀 줄어드는 건 어쩔 수 없겠지만, 그분만큼 중공업 계열을 이끌어 갈 사람도 없으니까요."

"음흉한 놈, 흐흐. 동기 목에 튼튼한 개 목줄 하나를 딱 걸어 뒀구나."

하나가 아니다. 1000억 원에 이르는 비자금 내역까지 내 손에 있으니 목줄과 채찍, 두 개나 있다.

"그럼 8000억의 공돈이 생겼는데 그건 어디에 쓸 거냐? 투자할 생각이냐?"

"아뇨. 일단은 그냥 쥐고 있을 겁니다. 금융감독위원회에 슬쩍 던져 놓은 말이 있는데…."

"대현카드 말이냐?"

"네. 언제든 신호만 주면 제가 인수하겠다고 했으니 그들도 마음 편히 대현을 압박할 수 있을 겁니다. 정부 시책에 맞게 고강도 자구책이 나오지 않으면 순양카드와 같은 꼴을 당할 겁니다."

"허허, 거참. 나도 너만큼은 아니었는데… 날강도 같은 놈."

낄낄대며 웃던 할아버지는 잠시 걸음을 멈췄다.

"도준아."

"네."

"만약 세상에 단 두 개뿐인 큼지막한 다이아몬드가 있다면 넌 어떻게 할 테냐?"

"네?"

'갑자기 왜 고승 선문답 흉내를 내시나?'

"둘 다 살 거냐? 아니면 하나만 살 테냐?"

지금 할아버지가 말한 다이아몬드는 바로 카드 회사다. 순양과 대현.

"둘 다 삽니다."

하나는 이미 가졌고 대현을 인수하겠다고 했으니 둘 다 사겠다는 대답을 해야 한다.

"하나만 사서 두 개 전부 사는 효과를 누리는 방법은 생각해 봤느냐?"

이제 선문답이 아니다. 대현카드를 인수하지 않고 인수했을 때의 효과를 다 누리는 방법을 알려 주려는 것 같다. 곰곰이 생각해도 마땅한 대답이 떠오르지 않았다. 입을 닫고 있으니 할아버지는 실망한 눈초리로 흘겨본다.

"이놈 이거 잘못 봤구먼. 이렇게 물렁물렁해서야, 원…."

"제가 좀 착하긴 하죠?"

내 농담에 웃지 않는 걸 보니 진심인가 보다.

"정답이 뭔지 그냥 알려 주시면 안 될까요?"

"세상에 딱 두 개뿐인 다이아몬드의 가치, 그걸 하나에 온전히 옮기면 된다. 이제 알겠느냐?"

"하나에…?"

"그래. 하나만 갖고 나머지 하나는 깊은 바다에 빠트려 버리든지 부숴 버리든지 하면 어떻게 될까?"

"하나 남은 다이아몬드의 가격이 두 배로 뛰는군요."

"문제는 네 것이 아닌 다이아몬드를 어떻게 부숴 버리냐는 거지. 그런데 지금은? 정부가 나서서 작살내겠다고 칼을 갈지 않느냐? 이런 기회가 왔는데 대현카드 인수에 왜 쓸데없이 돈을 써?"

"회사는 다이아몬드가 아닙니다. 딱 두 개 존재하는 보석도 아니고요."

"신용카드 회사 중에 은행 카드를 빼면 순양과 경쟁할 만한 곳이 몇 군데나 되지? 세상과 경쟁하려 하지 마. 시선의 스펙트럼을 좀 줄여 봐. 그럼 더 선명하게 보이는 법이다."

넓은 시야를 줄여 단 하나만을 선명하게 본다. 좋은 말씀이다.

"대현카드가 부도나면 그 충격파가 좀 클 겁니다. 금융권의 손실이 크면 시중 유동자금이 곧바로 경색…."

"그걸 왜 네가 신경 써?"

"네?"

"내가 말랑하다고 말한 게 바로 이런 것이다. 네놈이 왜 오지랖 떨고 자빠졌어? 시중 유동자금의 문제가 생기면? 너 돈 없어? 우리나라에서 너보다 현찰 많이 쥔 놈이 있더냐?"

이번엔 충고가 아니라 따끔하게 나무라는 거다.

"시중에 유동자금이 말라 사막처럼 변해 버린다면 네놈은 춤이라도 춰야 할 만큼 좋은 거 아니냐? 마르지 않는 오아시스를 쥐고 있으니 네 돈의 가치는 더욱 올라갈 게야."

"그 돈을 유용하게 쓸 기회는 더 많아질 테죠."

"잘 아는 놈이 그래? 혹시 알아? 쓸 만한 기업이 그 덕분에 자빠질지? 자빠진 놈을 날름 주워 먹을 놈은 너뿐이다. 어떠냐? 시선을 좁히면 더 나은 게 보이지?"

우리 할아버지… 절대 치매 따위는 걸리지 않을 것이다. 팔순 넘은 노인네 총기가 젊은 나를 찜쪄먹을 정도 아닌가?

"할아버지."

"왜?"

"제가 할아버지와 경쟁하는 게 아니라는 걸 하늘에 감사드립니다."

"시끄럽다. 아부질은 또 어디서 배워가지고…."

버럭 소리 질렀지만, 눈은 웃고 있었다.

"쉽지는 않을 게다. 대현그룹도 여기저기 뿌려 놓은 친구가 많아. 최악의 사태로 빠지지 않을 만큼 방어해 주는 고위 관료가 나타날 거야."

"그 관료들을 설득하면 되겠죠."

"하여튼… 이런 건 또 빨리 배우지? 영악한 놈. 흐흐."

▲ ▲ ▲

나는 진영기 부회장의 호출을 받자마자 달려갔다. 오세현이 한바탕 휩쓸고 지나갔으니 모두 계산기를 두드렸을 것이다. 출혈이 얼마나 되는지, 지분구조 변동이 정확히 어떻게 됐는지 지금도 파악하는 중일 게 뻔한데… 설마 얹어 준 웃돈을 다시 뱉으라고 소리치지는 않겠지?

부회장실의 문을 열고 들어가자 진영기는 환히 웃으며 나를 반겼다.

"어서 와, 도준아."

돈 이야기가 아닌가 보다. 이럴 때는 내가 먼저 선수를 치는 게 낫다.

"큰아버지, 죄송합니다."

머리를 푹 숙이자 무슨 의미인지 알아차린 그는 나를 바로 세웠다.

"아니다. 네가 죄송할 게 뭐가 있어?"

역시, 곧 죽어도 체면 깎이는 말은 절대 못 하는 사람이다. 췄던 돈을 다시 달라는 말은 하지 않을 것 같다.

"도의상 적당한 프리미엄 정도만 빼고 다 돌려드려야 하는데…."

슬쩍 눈치를 보니 큰아버지의 눈빛이 초롱초롱하다. 기대감이 슬슬 오를 것이다. 억지로 뜯어내는 건 체면 상하는 일이지만 준다는 데야 마다할 리가 없다.

"밑 빠진 독에 물 붓기였어요. 돈 들어오자마자 생명, 화재, 캐피털에서 단기채 갚느라 다 써버렸다고 하더군요. 지금 외국 자본이 싹 빠져나가서 어쩔 수 없었다고…."

큰아버지의 눈에 실망이 잔뜩 서렸지만, 입에서는 다른 말이 나온다.

"도움이 됐다니 그나마 다행이구나. 급한 불 끄는 데 회사 구분하면 쓰나? 가족인데 서로 편의 봐주는 거지. 괜찮아."

가족인데 급전 좀 빌려 달라는 동생을 매정하게 뿌리친 사람 입에서 나올 말은 아니지만, 난 당연하다는 듯 고개를 끄덕였다.

"이해해 주셔서 감사합니다."

엉덩이를 소파에 걸치자 진영기는 나를 호출한 진짜 용건을 말했다.

"내가 널 부른 건 다른 게 아니라 지분구조 때문이다."

지분? 오세현 대표에게 두 사람 모두 손을 뻗쳤고 진동기 부회장만 절반의 성공을 거뒀다. 최소한 그는 현재의 자리를 지킬 수 있게 되었다. 진영기 부회장은 대주주인 오세현을 포섭하는 데 실패했으니 내가 가진 10퍼센트라도 아쉬운 대로 끌어들이려는 걸까?

"일단은 내가 하는 말을 끝까지 들어."

"네."

"너희 둘째 큰아버지와 상의를 좀 했는데 말이다. 아무래도 지금 이 상태로는 안 되겠다는 결론을 내렸다."

"…."

끝까지 들을 수밖에 없다. 뭐가 안 된다는 건지 통 모르겠다.

"우리 집안 기둥을 좀벌레가 갉아먹고 있다."

"오세현 대표 말입니까?"

"그래. 지금 정확한 수치를 뽑아내고 있는데 대충 계산해도 23퍼센트의 지분은 넘을 것 같아. 이게 말이 된다고 생각해?"

"…."

'말이 되고 안 되고를 떠나 끝까지 듣자. 무슨 꿍꿍이일까?'

"그놈이 혹시라도 딴생각을 품으면 우리가 난처한 일을 당할지도 모른다."

"딴생각이라면…?"

"오세현이 임시 주주총회를 요청하면 순양의 모든 계열사가 주총을 열어야 해. 게다가 그놈은 금융 전문가다. 만약 우리 순양그룹의 전체 회계장부를 들여다보겠다고 하면?"

국세청이 순양그룹을 털겠다고 덤벼드는 것은 그래도 괜찮다. 여기저기 전화를 돌려 살살 다뤄 달라 부탁할 수도 있고, 언론을 동원해서 대기업 죽이기라는 여론을 조성할 수도 있다. 하지만 대주주가 덤벼들면 내부 문제로 바뀌어 버린다. 두 손 놓고 오세현의 현미경 조사를 고스란히 받아 내야 한다. 아마도 임원이나 대표이사 여럿이 고소당할 것이 뻔하다.

"그런 일 없도록 제가 미리 부탁하겠습니다."

큰아버지는 손을 내저었다.

"네게 그런 일 시키려는 게 아니다. 어차피 임시방편일 뿐이야. 그리고 이건 네게도 큰일이다. 친한 사이라고 해서 방심할 때가 아니야."

"저도요?"

"그래."

나의 유일한 약점, 나도 잘 안다. 그리고 집안사람 모두가 안다. 심지어 전 국민이 안다. 바로 상속세다. 기업가치 10조 원이 넘어가는 금융그룹을 물려받았지만, 상속세는 빌딩 하나 물려받은 사람보다 더 적게 냈다.

모두 분통을 터트릴 만했지만, 이런 재벌들의 행태에 이미 익숙해져

사람들은 '세상, 좆같네.' 하고 욕 한번 하면 다 잊어버린다. 사는 세상이 다르다고 생각하면 분통 터뜨릴 일도 없다. 다른 세상은 다른 규칙이 적용되는 법이니까. 그리고 불법이라기보다는 편법이라는 표현을 쓴다. 하나하나 따지면 불법적인 요소를 찾아낼 수도 있겠지만, 편법이라는 말로 어물쩍 넘어가는 것이다.

"설마 오 대표님이… 에이, 아니에요."

웃으며 세차게 손을 내저었지만, 목적이 다르니 큰아버지는 굳은 표정을 풀지 않았다.

"친분이 깊다고 해서 시험할 생각하지 마라. 오세현이 지금까지 투자한 돈을 생각해 봐. 어쩌면 그자는 외국 자본을 등에 업고 순양그룹을 노리고 있을 수도 있어."

방향은 엉뚱한 곳을 향하지만, 위기라는 건 정확히 알고 있다.

"큰아버지. 좀 과잉 반응이신 것 같은데요? 오 대표는 아버지와 절친한 친구입니다. 그리고 순양을 넘보기에는 너무 미약하고요."

"그래서 네게 다짐을 받아야겠다."

"다짐요?"

"그래. 만약 오세현이 네 아버지와 네게 접근해서 허황한 소리를 늘어놓으면 어쩔 셈이냐? 그자와 네가 손을 잡으면 단번에 2대 주주야. 충분히 헛된 꿈을 꿀 수 있다."

큰아버지는 곁눈질로 날 흘깃 보더니 한마디 툭 던졌다.

"지배지분을 손 좀 볼 생각이다. 그리 알고 너도 협조하도록 해라. 그게 다짐이다."

또 다른 과욕을 부리고 있다. 아니, 이번에는 불안 때문인가? 계열사 지분을 옮긴다는 건 쉬운 일이 아니다. 공정위가 우리 순양의 순환출자 구조를 살피다 포기했다는 소문이 돈 적도 있다. 전문가들이 구조를 살피는 것도 버거운데 구조를 바꾼다?

"쉽지 않을 텐데요? 순환출자로 묶인 지분을 완전히 이동해야 하는 겁니다. 다른 계열사 지분은 회사 자산인데 이동하려면 서로 사고팔아야 합니다. 자칫 잘못하다가는 대표이사 배임 행위까지…."

"그건 내가 알아서 하마. 쉽지 않은 일이라는 걸 나도 잘 안다. 단번에 해치우는 건 불가능해. 아주 천천히 그리고 신중하게 진행할 거다."

지금은 무조건 찬성하는 수밖에 없다. 지분구조를 바꾼다는 게 사실일 수도 있고 나를 시험해 보는 것일 수도 있다. 괜한 반대는 의심만 짙어진다. 두 큰아버지는 나를 향한 의심을 잠시도 멈춘 적이 없다.

"알겠습니다. 제 의결권이 필요할 때 언제든 알려 주십시오."

망설임 없는 대답에 진영기는 만족한 웃음을 보였다.

"그래. 너도 내 의견을 받아들이니 마음이 한결 가볍구나. 허허."

그의 웃음이 억지스럽게 보였다. 내 미소도 억지스럽게 보이려나?

순양 본관을 나와 일단 집으로 향했다. 생각할 게 많아졌다. 그룹의 지분구조를 정확히 파악하는 사람은 이학재 비서실장 한 명뿐이다. 내가 궁금한 것은 이 사람의 손을 거치지 않고 지분 이동이 가능할까 하는 것과 진영기 부회장이 이학재 실장과 논의를 거쳤는가 하는 것이다. 만약 두 사람이 이 문제를 이야기했다면 지분 이동은 확실하게 진행된다. 그리고 할아버지는 이 사실을 알고 있을까?

복잡한 여러 변수를 놓고 생각하려면 하나하나를 정확히 확인하는 수밖에 없다. 결국, 전화를 걸었다. 1년에 한두 번 얼굴 마주하며 안부를 묻는 사람, 두어 달에 한 번 정도 전화 통화하는 사람, 하지만 믿을 수 있는 사람에게. 그에게 일 끝마치고 집으로 오라고 하자 흔쾌히 달려왔다.

"어쩐 일로 먼저 전화를 다 주시고…."

김윤석 대리는 캔맥주 몇 개와 과자가 든 편의점 비닐백을 들고 웃으며 들어왔다.

"어쩐 일이긴요? 그냥 얼굴이나 보자고 부른 게 아니란 건 잘 알면서. 하하."

잠깐 웃으며 인사를 나눈 뒤 맥주를 마시며 이야기를 시작했다.

"요즘 특이한 일은 없었습니까?"

"없죠. 회장님이 은퇴하신 것이나 진배없으니⋯ 비서실 전체가 한가합니다."

김윤석 대리는 비서실에 완전히 적응한 듯 여유가 넘쳤다.

"요즘도 이학재 실장을 수행합니까?"

"네. 여전히 가방모찌긴 한데, 그나마 좀 편하게 대해 주십니다."

"최근에 이학재 실장이 두 부회장과 만난 적은 없습니까?"

김윤석 대리는 잠시 기억을 더듬더니 머리를 흔들었다.

"제가 퇴근한 뒤에 만났으면 모를까, 적어도 낮에 만난 적은 없습니다."

"특별한 지시도 없었고요? 이를테면 그룹 지분 현황 문제라든가⋯?"

"전혀요. 말씀드렸다시피 정말 한가해졌습니다. 두 부회장님이야 이학재 실장과 거리 두기를 한 지 오래됐어요."

두 큰아버지들은 할아버지 최측근의 사람까지 물려받을 생각이 없다. 자신들이 직접 키운 새로운 비서실장을 이학재처럼 만들고 싶어 한다.

김윤석 대리는 슬쩍 내 눈치를 살피더니 조심스레 말했다.

"무슨 일인지 여쭤봐도 될까요?"

"진영기 부회장께서 지주회사를 바꾸겠다고 하시더군요. 이게 날 떠보려는 것인지 진짜 실행에 옮기려는지는 불확실합니다."

김윤석은 크게 놀라지는 않았다. 감정을 드러내지 않는 걸 보니 교육을 잘 받은 것처럼 보인다.

"지분 문제라면 이학재 실장을 거치지 않고는 힘들죠. 지분만 담당하는 법무팀을 꽉 쥐고 있으니까요."

"은밀하게 자체적으로 진행한다면 불가능한 건 아닙니다. 단지 시간이 오래 걸릴 뿐."

김윤석은 잠시 머뭇거리다 입을 열었다.

"이런 말씀 드리는 게 좀 조심스럽지만, 지분 이동을 부회장님이 직접 하려면… 진 회장님이 안 계셔야 가능할 겁니다."

할아버지가 돌아가셔야 가능하다는 뜻이다.

"아직 이학재 실장의 빨대가 많은가 봐요?"

"네. 계열사마다 이학재 실장의 사람들이 수두룩합니다. 그들은 매일 이 실장님에게 보고서를 올리고 이 실장님은 곧바로 회장님께 보고하니까요."

김윤석은 맥주 한 모금으로 목을 축이며 말했다.

"이 사실을 보고해 버릴까요?"

"이 실장에게요? 어떻게 알게 됐냐고 물으면 어쩌려고요?"

"에이, 제가 누구 사람인지 이학재 실장님도 아는데요, 뭐… 소스야 말 안 해도 알 겁니다."

"아뇨. 그냥 놔둡시다. 당장 실행에 옮기는 건 힘드니 아직 여유가 좀 있어요."

큰아버지도 분명히 말했다. 아주 천천히 그리고 신중하게 진행한다고. 김윤석의 말처럼 계획을 세웠다가 할아버지가 돌아가시면 단숨에 처리할 모양이다. 물론 그 전에 이학재 실장부터 정리해야겠지만.

"참, 하나 물어봅시다."

"네."

"이학재 실장은 무슨 생각입니까? 할아버지가 은퇴하셨는데 언제까지 그 자리를 지킬 수도 없는 노릇 아닙니까?"

"그 때문에 요즘 머릿속이 복잡하신지 저녁에 술 드시는 횟수가 늘었어요. 회장님과 함께 은퇴하기에는 아직 나이가….."

"첫째 큰아버지와 비슷한 연배니 10년은 더 일해도 되죠."

하지만 이학재는 이제 그룹에서 계륵이 되어 버린 사람이다.

"김 대리."

"네."

"이학재 실장이 원하는 게 있을까? 아니, 할아버지가 안 계셔도 순양에 계속 남고 싶을까요?"

김윤석은 조금의 고민도 없이 대답했다.

"진 회장님이 영원히 회장님이기를 바랄 겁니다."

영원한 이인자이기를 원한다는 뜻이다. 그렇다면….

"김 대리. 요즘 이학재 실장님이 술을 즐겨 마신다고 했죠?"

"네. 우리 수행원들 먼저 보내고 혼자만의 시간을 자주 가지십니다."

김윤석은 내 뜻을 읽었는지 물어보지도 않은 것을 말했다.

"강남에 '상'이라는 조용한 바가 하나 있습니다. 거기 단골이죠."

"그럼 다음에 그곳에 들를 때 곧바로 제게 알려 주세요."

"알겠습니다."

김윤석은 빙그레 웃었다. 이제 자신의 역할이 빛을 발할 것 같은 기대감이 보이는 웃음이었다. 그리고 그런 일은 바로 며칠 뒤 생겼다.

김윤석 대리의 연락을 받고 달려간 곳은 서초동의 좁은 골목에 있는 술집 앞이었다.

"여깁니까?"

"네."

"순양그룹 이인자의 단골집이라고 하기에는 좀 초라하군요."

"외관만 그렇습니다."

한자로 쓴 '象'이라는 간판 하나만 덩그러니 매달려 있고 내려가는 계단도 좁은 지하였다.

"실내는 그리 크진 않지만 인테리어는 보통 고급이 아니에요. 게다가 술값도 웬만한 룸살롱 뒤통수칠 만큼 비싸고요."

술값이 비싸다는 건 아무나 들락거리지 못하게 하는 좋은 방법이다.

"조용히 만나는 데 돈 많이 드는 사람이군요. 수고했습니다."

김윤석이 머리를 꾸벅 숙이고 돌아섰다. 예전처럼 마칠 때까지 기다리겠다는 소리는 하지 않았다. 그를 매섭게 노려보는 몇 명의 순양시큐리티 직원들의 눈총이 따가울 것이다.

계단을 내려가 문을 여니 베스트에 나비넥타이를 한 젊은 남자가 허리를 푹 숙이다 말고 눈알을 이리저리 굴린다. 이곳에 어울리지 않는 젊은 놈이라 그럴 것이다.

"이학재 실장님 안에 계시죠?"

나비넥타이의 표정이 환해진다.

"아, 일행이시군요. 이쪽으로 오시죠. 모시겠습니다."

종업원을 따라가며 실내를 이리저리 살펴보니 김윤석의 말대로 돈 없는 사람은 발도 들여놓지 말라는 듯, 온통 황금빛으로 치장되어 있다.

이학재 실장은 바에 앉아 있었다. 바 건너편에는 젊었을 때는 대단한 미인이었을 법한 중년 여인이 웃으며 그의 말 상대를 해주고 있었다.

이학재 실장에게 다가가 조용히 그를 불렀다.

"실장님."

"응? 어? 도준아!"

입으로 가져가던 잔을 떨굴 만큼 놀라는 모습이다. 그런 그를 향해 머리를 꾸벅 숙였다.

"잘 지내셨습니까?"

"여긴 어떻게… 아, 김윤석이 말했겠구나."

"네."

"일단 앉아라. 아, 딱 봐도 할 말이 많아 보이니 편한 자리로 옮길까?"

스탠드 의자를 빼려던 이학재는 중년 여인에게 눈짓하고 일어섰다. 조금 전 그 나비넥타이 종업원이 쪼르르 달려와 문 대신 커튼이 달린 반대편의 작은 룸으로 우리를 안내했다.

다시 테이블이 세팅되자 이학재 실장은 술병을 들었다.

"한잔할래?"

나는 조용히 잔을 들었다.

술을 따르던 그가 말했다.

"안 하던 짓을 하는 거 보니… 무슨 심각한 문제라도 터졌어?"

"금융 계열사를 맡는 순간부터 심각했죠."

"엄살은…. 그 정도면 잘하고 있는 거야. 임원들에게 대부분 맡겼다면서?"

"네."

"큰 건은 네가 다 결정하고?"

"그렇지도 않습니다. 전 매일 변동 사항이나 큰 이슈만 보고받아요."

이학재는 야릇한 미소를 보이며 자신의 잔에 술을 다 채운 후 잔을 들었다. 나도 재빨리 잔을 들어 살짝 부딪혔다.

"그래, 이렇게 불쑥 찾아온 용건이 뭐지?"

"뭐라고 생각하십니까?"

잔을 내려놓은 이학재는 눈살을 조금 찌푸렸다.

"아무튼, 넌 가끔 건방진 모습을 드러내. 그거 좋은 거 아니다."

"그래도 제 사촌들보다는 훨씬 예의 바르지 않습니까?"

"네 사촌들은 멍청한데 싹수까지 없는 거고."

순간 우리 둘은 눈을 마주치고 동시에 피식 웃었다.

"말해, 뭐야?"

난 침을 한번 꿀꺽 삼키고 신중하게 입을 열었다.

"제 편이 좀 되어 주십사 부탁드리려고 실례를 무릅썼습니다."

"네 편?"

"네."

편이라는 단어는 나이 들수록 복잡해진다. 어릴 때의 같은 편이란 대등한 관계의 친구가 그 뜻의 전부다. 하지만 어른이 되어 갈수록 적이더라도 공통의 이익을 위해 같은 편이 될 수도 있다. 설사 같은 편이라 하더라도 대등한 관계가 아닌, 상하 관계가 대부분이다. 누구는 비서라는 이름으로, 누구는 직원이라는 이름으로, 심지어 경호원이라는 이름도 같은 편이다.

이학재의 입꼬리가 비뚤어진 걸 보니 그는 내 말을 오해했다. 오해는 이 술자리가 끝나면 다 풀릴 것이니 굳이 부연할 필요는 없었다.

"한국에서 가장 강한 사람이 네 편인데 뭐가 아쉬워? 이젠 사람 욕심까지 생긴 거냐?"

"제가 할아버지 품을 나왔으니 이젠 제 편이 아닙니다. 응원석의 서포터즈 정도죠."

"아니야. 회장님은 언제라도 다시 운동장으로 뛰어들 수 있어. 이건 지분 문제가 아니다. 그분이 주식 하나 없다고 해도 모두 회장님 뒤에 줄을 설 거다. 순양의 임원 전부는 회장님 편이지."

"혹시 실장님의 희망 사항 아닐까요?"

"뭐?!"

제대로 찔렀나 보다. 갑자기 얼굴이 더 붉어진 건 술 때문만은 아니다.

"할아버지는 앞으로도 계속 지켜만 보실 겁니다. 순양호라는 배가 침몰해도 나서지 않으실 거예요."

"어, 어떻게 해서 그리 확신하는 게냐?"

"이번 순양카드 사태를 보며 확신이 섰습니다. 둘째 큰아버지 지분이 확 줄었습니다. 형제 두 분이 균형을 맞춰 가며 그룹을 이끌라는 할아버지의 그림이 깨졌죠. 그래도 아무 말씀 없으셨습니다. 게다가…."

술 한 모금으로 목을 축이고 말을 이어갔다.

"순양카드가 남의 손으로 들어갔습니다. 아, 물론 신용카드 사업을 마땅찮게 여기셨지만, 순양의 이름이 떨어지는 건 절대 못 참는 분 아닙니까? 그런데도 남의 집 불구경하듯 하셨어요. 완전히 은퇴를 굳히신 겁니다."

다시 평정을 되찾은 이학재는 내 말을 가만히 듣고만 있었다. 하지만 그의 표정은 점점 변해 갔다. 내 생각과 반대로…. 그의 얼굴에 옅은 미소가 사라지지 않는다.

"회장님이 원하시는 대로 흘러가니 가만있는 거지. 그분이 당신의 뜻에 반하는 결과를 보고만 있을 것 같아?"

"계열사 하나가 날아가고, 둘째 아들의 지분이 7퍼센트나 허공으로 날아갔는데…. 그게 할아버지가 원하는 결과였다고요?"

"물론. 카드 회사도, 지분도 가장 아끼는 손자에게 흘러 들어갔으니 얼마나 뿌듯하실까? 조금도 도와주지 않았는데 가장 어린 손자가 혼자 힘으로 늑대 같은 큰아버지를 한 방 먹였어. 아마 춤이라도 추셨을걸?"

이학재 실장에게서 보고 싶었던 표정을 오히려 내가 짓고 말았다.

'이 사람이 지금 무슨 말을 하는 거지? 설마 모든 걸 다 알고 있나?'

너무 놀라 한마디 대꾸도 못 하고 눈만 깜빡였다.

"뭘 그리 놀라? 내가 모를 거로 생각했어? 아, 회장님 외에는 아무도 모른다고 생각했겠지. 검은 커튼 뒤에서 순양그룹을 조금씩 손에 넣는 미지의 인물, 넌 이런 걸 원했나? 좀 유치하지 않니? 하하."

시치미 떼고 아닌 척할 때는 이미 지났다. 이 사람은 나와 미라클의 관계를 안다.

"언제 아셨습니까?"

마음을 가라앉히고 묻자 이학재 실장은 손을 슬쩍 내저었다.

"질문이 틀렸어. 언제 알아냈는가는 중요한 게 아니겠지?"

질문을 바꿨다.

"얼마나 아십니까?"

"뉴욕의 미라클 인베스트먼트의 최대주주…. 아니, 유일한 주주이며 이 회사 투자금이 대부분 네 돈이라는 것, 한국 미라클은 뉴욕 미라클의 자회사니 이것 역시 네 회사겠지? 그럼 HW그룹도, 순양자동차도, 순양카드도 네 것이고 미라클이 가진 순양그룹 지배지분도 네 것이나 다름없지. 보자… 33퍼센트 맞지?"

이학재는 해외 투자금과 내 재산을 제외하고 전부 알고 있다.

"순양그룹의 2대 주주, HW그룹의 총수, 해외 투자사의 막대한 돈까지 보유한 네가 내게 쪼르르 달려와서 도와 달라, 같은 편이 되어 달라 하는 것은 좀 우습다. 그렇지?"

이 사람의 마음을 가늠할 수 없다. 하지만 다행인 것은 이학재 실장은 술이 좀 취했다는 것이다. 만약 또렷한 정신이었다면 자신이 내 모든 걸 안다는 사실은 말하지 않았을 것이다. 좀 더 이 사람의 속내를 후벼 파야겠다.

"미국 미라클까지 확인하려면 시간이 꽤 걸렸겠군요."

"그래. 내 인맥을 총동원했다."

난 그의 빈 잔에 술을 채웠다.

"많이 놀라셨겠습니다."

"엄청나게. 회장님 도움 없이 이뤄낸 것 아니냐? 회사 이름대로 경이 적이지. 기적이나 다름없어."

이학재는 한잔을 깨끗이 비운 후 잔을 내밀었다.

"네 능력으로 보면 순양그룹을 전부 차지하는 건 오래 걸리지 않을 것 같은데, 뭐가 아쉬워?"

"순양은 철옹성이니까요."

이학재는 머리를 저었다.

"그렇지도 않아. 특히 진영기는 미덥지 못해. 조만간 큰 사고 하나 칠 거다."

"만약 사고 치지 않으면요? 두 분 큰아버지가 살얼음판을 걷듯 조심 하기만 하면 철옹성입니다. 비집고 들어갈 틈이 없어요."

내 말이 끝나기 무섭게 이학재의 목소리가 높아졌다.

"넌 왜 순양그룹에 집착하지? 내 능력이라면 차라리 HW그룹에 전력 을 다해. 10년, 20년만 지나면 순양에 버금가는 그룹이 되지 않을까? 아 니, 지금이라도 네가 가진 순양의 지분으로 계열사 10여 개를 계열 분 리해서 HW에 붙여. 그럼 단번에 재계 3위 안에는 들 거다. 20대 재벌 총수, 역사를 다시 쓰는 거야."

틀린 말이 아니다. 지금이라도 충분히 가능하다. 하지만 내게 환생의 기회가 주어진 건 재계 순위 놀이나 하라는 뜻은 아닐 것이다.

"실장님."

"그래. 말해 봐."

"덩치를 키운다고 해서 모든 기업이 순양처럼 되는 건 아니죠. 우성 그룹 보십시오. 한때 재계 1위까지 찍은 대기업이지만 지금은 그 흔적 만 남아 있습니다."

"분식회계나 빚으로 덩치만 부풀린 우성과 널 비교하는 건 틀렸어. 모르긴 몰라도 HW가 순양보다 더 건실할걸? 넌 적어도 회삿돈을 빼먹지는 않을 테니까."

"HW를 아무리 탄탄하게 키워도 순양을 따라잡을 수는 없습니다."

"어째서?"

"역사가 없으니까요."

"역사?"

"네. 50년이 넘는 순양의 역사, 그 역사책 속에 기록된 사람들이 바로 순양입니다. 결코, 돈으로 살 수 없는 것들이죠."

이학재는 술잔을 만지작거리며 내 얼굴을 빤히 쳐다봤다.

"욕심은 회장님 못지않군. 직접 역사를 써 내려갈 생각은 없다는 말이지?"

"네. 그냥 그 역사를 가져 버리는 게 가장 안전하니까요."

"불가능하다고 보지는 않아. 너라면 성공할 거야."

"그게 벌써 막혔습니다."

이학재의 눈썹이 꿈틀했다.

"막혀? 뭐가?"

"두 분 큰아버지가 지배지분을 재조정하려고 합니다. 지주회사들도 바꾸고 비율도 조정하겠죠. 미라클의 지분을 휴지로 만드는 작업이죠. 또한, 제게 의결권도 요구했습니다. 반대하지 말라는 거죠."

"미친!"

재조정이라는 단어가 나오자마자 이학재가 소리 질렀다.

"지배지분은 순양그룹 계열사 전체 지분의 5퍼센트에 불과해. 겨우 5퍼센트로 그룹을 지배하는 거야. 사소한 것 하나라도 잘못되면 순환출자구조가 무너져. 단번에 순양의 주인이 바뀔 거다."

"신중하게, 천천히 진행한다고 합니다."

눈치 빠른 이학재는 내 말뜻을 단번에 알아들었다.

"회장님 돌아가시면 다시 판을 짠다?"

"네."

"맘대로 하라고 해. 회장님이 안 계신 순양그룹은 내 관심 밖이야. 찢어 먹든, 말아먹든 자식 놈들 마음이지 뭐."

"은퇴하실 생각입니까?"

"그럼? 날 경계하는 자식 놈들과 함께 일하라고? 부회장들도 자기들이 키운 새끼가 있어. 아, 어쩌면 지분 재조정이라는 게 날 쫓아내려는 방편일 수도 있겠군. 내가 짜놓은 판을 그대로 가져가면 내 눈치를 봐야 하니까. 허허, 참."

"전 할아버지께서 돌아가셔도 실장님을 지금처럼 모시겠습니다."

"그게 네가 말한 네 편이라는 거냐? 사양한다. 아들뻘 되는 놈의 비서질이나 하며 늙어 갈 생각은 없다."

이학재는 불쾌한지 잔을 들어 한 번에 싹 비웠다.

"비서라니요? 당치도 않습니다. 전 순양그룹 회장실의 주인을 말씀드린 겁니다."

나의 파격적인 제안에 그는 파르르 떨리는 손끝을 감추기 위해 술잔을 꽉 움켜쥐었다.

"그런 눈빛은 좀 거북합니다. 의심은 거둬 주세요."

믿을 수 없다는 눈으로 나를 바라보는 이학재를 향해 웃음을 보여 주었다. 이건 나의 진심이다.

"순양그룹 2대 회장은 이학재 실장님이, 3대 회장은 제가. 어떻습니까?"

여전히 대답은 하지 않고 나를 노려보는 그의 눈빛만 더 강해졌다.

"실장님은 은퇴하기에는 너무 젊고, 다른 일 하기에는 능력이 너무 넘치시죠. 약속드립니다. 원하시는 만큼 순양그룹 회장실에서 지내도록 해드리겠습니다."

내가 허튼소리나 지껄이는 놈이 아니란 걸 그도 안다. 그래서 느닷없는 내 제안에 머리가 복잡할 것이다. 그는 아무 말 하지 않았고 나도 조용히 술잔만 기울였다.

새로운 술병이 들어왔을 때 굳게 닫혀 있던 그의 입이 열렸다.

"넌 참 영리해. 그리고 사악하구나."

"네? 제가요?"

"그래. 사악한 거로 보자면 회장님보다 더하다. 마음속 깊숙이 꽁꽁 묻어 놓은 욕망까지 살살 건드려 사람을 움직이려고? 그거 좋은 방법 아니다. 숨겨 놓은 욕망이 고개를 들면 지키려고 애썼던 것을 버려야 하거든. 그럼 자신을 경멸하게 돼."

"욕망을 드러내는 게 뭐가 부끄럽습니까? 드러낸 욕망을 채우지도 못하고, 벌거벗은 모습만 보여 주는 결과가 부끄럽죠."

"뻔뻔한 놈. 그런 말을 아무렇지도 않게 하다니."

"그런데… 실장님께서 지키고 싶은 게 뭔지 여쭤봐도 되겠습니까?"

"의리지."

"의리? 할아버지에 대한…?"

"그래. 회장님께서는 당신의 유산을 핏줄에게 고스란히 물려주고 싶어 하시니까. 내 역할은 거기까지라고 생각했어. 그리고 훌륭히 해냈지."

사실일까? 단 한 번도 다른 생각은 없었던 걸까? 아니, 방금 고백했다. 감춰 둔 욕망이 있었다고 말이다.

"그럼 마음속 깊숙이 꽁꽁 묻어 둔 욕망은요? 순양의 회장 자리였습니까?"

"글쎄다. 다른 뭔가가 분명 있었는데 구체적이지 않았어. 네 녀석이 구체적인 그림을 보여 준 거야."

이학재 실장은 아주 편안한 태도로 속내를 털어놓는다. 내 제안을 받아들인 건가? 아니면 술자리에서 떠들어대는 지나가는 말로 생각하는 것일까? 아무튼, 진심을 내게 말한 것만으로도 한층 더 가까워진 느낌이다.

"그림은 아주 좋지? 내가 피 흘리며 두 부회장을 숙청한 다음 회장 자리에 앉고, 몇 년 뒤면 네가 앉겠지? 어차피 40대는 되어야 회장의 연륜이 묻어나니까. 가만 보자… 십몇 년 남았군."

"오해십니다. 실장님을 제 칼로 쓸 생각은 없어요. 오히려 제가 실장님의 칼 역할이지 않겠습니까?"

그의 표정만 봐서는 도무지 알 수가 없다. 정말 술자리 잡담으로 끝낼 생각일까?

"내가 널 영리하다고 한 건 바로 그 공백을 메우는 수단으로 날 선택한 거야. 네 주변의 어른들은 순양그룹 회장 자리에 관심 없지? 네 아버지는 원하는 인생을 찾았고, 오세현은 피 한 방울 섞이지 않았을 뿐만 아니라 순양과 연결고리가 없어."

이미 내 말을 듣지 않고 있는 그는 술주정뱅이처럼 자기 할 말만 쏟아낸다.

"내가 그룹 전반을 주물렀으니 모두 머리를 끄덕이며 수긍할 테지. 이방원이 이성계의 차남인 이방과를 왕으로 내세운 거랑 다를 바 없지 않아? 넌 나이가 찰 때까지 내게 맡기는 게 차이라면 차이겠지."

"절 굉장히 사악한 놈으로 보시는데 그 정도까지는 아닙니다. 전 실장님께서 원하신다면 자제분을 순양의 요직에 앉을 수 있도록 챙길 겁니다. 부회장이란 직책으로 주력 계열사를 맡길 수도 있어요."

자식 이야기가 나오자 이학재의 표정이 달라졌다.

"이놈아. 순양이 북한이냐? 대를 이어 충성하게?"

"억지스러운 말로 들립니다. 제가 전문 경영인 체제를 원한다는 걸 잘 아시지 않습니까?"

"사악한 놈. 내 아들놈들이 딴 일에 빠져 있다는 것도 모르지 않는 놈이. 허허, 참."

이학재 실장은 계속 웃음을 터트리며 내 술잔을 채웠다.

"그거 마시고 일어나라. 이 정도면 네 말 전부 들어 준 것 같은데, 더할 말 남았어?"

이 양반의 진심 어린 대답을 듣는 건 뒤로 미뤄야겠다. 적어도 나를 호의적인 시선으로 보고 있다는 건 확인했다. 미라클과 나의 관계를 잘 알면서도 아무에게도 발설하지 않았다. 내가 두 큰아버지들의 파이를 야금야금 갉아먹는 걸 가만히 지켜보기만 했다. 완전히 내 편도 아니지만, 최소한 반대편에 설 생각은 없어 보인다.

"끝까지 들어 주셔서 고맙습니다. 그럼 먼저 일어나겠습니다. 참, 술은 그만 드십시오. 많이 드셨습니다."

"까불지 말고. 나가 봐."

손을 휘휘 젓는 이학재에게 머리를 숙이고 일어섰다. 급하게 마신 탓인지 나도 좀 휘청거렸다.

▲ ▲ ▲

"그러고는 아무 대답도 없어?"

"네. 며칠이나 지났는데 모른 체합니다. 할아버지 댁에 문안 인사드리러 가서 몇 번 스쳤는데도 말입니다. 눈도 마주치지 않아요."

"그 양반이라면 신중하게 생각할 테지. 사실 잘 모르겠다. 나라면 회장님 수발 몇 년 더 하다가 돌아가시면 은퇴해 버릴 거니까. 네 말을 들어 보면 그 양반은 나랑은 좀 다른 것 같기도 해."

오세현은 며칠 전 있었던 일을 귀를 쫑긋 세우고 들을 뿐 내가 한 일에 대해 잘했다, 못했다고 평가는 하지 않았다.

"그런데 참 대단하긴 하다. 미국까지 다 뒤져서 네 비밀을 알아냈다니."

"지금까지 잠자코 있었다는 건 제게 우호적이라는 시그널이겠죠?"

"이학재 실장의 처지에서는 당연하지. 자식 같은 네가 더 편하지 자기를 못마땅하게 여기는 아들들이 편하겠어?"

오세현은 머리를 끄덕이며 말을 이었다.

"아무튼, 그 양반이 네 제안을 받아들였으면 좋겠다. 그래야 네 지분을 지킬 수 있어."

"네. 사실 지주회사를 바꾸는 건 그리 어렵지 않겠더라고요. 새롭게 지분구조를 짜고 거기에 맞춰 계열사 사장들에게 지시만 하면 끝나니까."

"그래. 네 할아버지가 살아계실 때야 계열사 사장들이 회장님의 승인 여부를 먼저 따지며 눈치 보겠지만, 돌아가시면 왕자들의 지시를 따를 수밖에 없지."

"이학재 실장은 그걸 막을 수 있겠죠?"

"지금의 순환출자구조를 짠 게 그 양반이라면서?"

"네."

"그럼 막을 수 있을 거야. 여차하면 구조 자체에 큰 구멍을 내버리겠다고 엄포를 놓을 수도 있으니까."

불안을 떨쳐 버리기 위해 자꾸 좋은 쪽으로만 이야기하지만, 사실 정반대의 선택도 가능하다. 이학재 실장이 큰아버지들을 돕고 그에 걸맞은 보상을 원한다면? 나와 손잡으면 그 보상은 미래의 일이지만, 큰아버지와 손잡는다면 지금 당장 받을 수 있는 것이다. 복잡한 경우의 수를 머릿속으로 가늠하고 있을 때 노크 소리와 함께 문이 열렸다.

"대표님, 손님이…."

비서의 말이 채 끝나기도 전에 쑥 들어오는 사내, 다름 아닌 이학재 실장이었다.

"실장님!"

"불쑥 찾아와서 실례가 아닌지 모르겠어."

"아닙니다."

오세현도 자리에서 일어나 가볍게 머리를 숙였다.

"오랜만입니다. 실장님."

"그러네요. 꽤 오래됐죠?"

두 사람은 악수를 하고 자리에 앉았다.

"오 대표는 얼굴이 좋네. 편하신가 봐?"

"이놈 덕분에 팔자 폈으니까 좋을 수밖에 없습니다. 요즘은 한량처럼 왔다 갔다 하는 게 전부니 뱃살만 늘었어요."

오세현은 너스레를 떨며 뱃살을 꾹 움켜쥐었다.

"더는 욕심부리지 않을 모양이로군요. 여기가 끝인가?"

눈치 하나는 탁월하다. 이학재 실장은 오세현의 너스레가 무슨 뜻인지 단번에 알아챘다.

웃음을 거둔 오세현이 천천히 말했다.

"떠날 타이밍만 보고 있습니다. 도준이 때문에 번 돈을 어떻게 하면 다 쓸까 고민입니다."

"그렇게 안 봤는데 내가 실수했어. 윤기 친구라 그런가, 욕심이 없군요."

"욕심이 없다뇨? 잘못 보셨습니다. 제 재산이 얼만지 알면 그런 말씀

못 하실 텐데요?”

“그런 의미가 아닌 줄 알면서… 뭐, 그렇다고 칩시다.”

이 정도면 인사는 충분하다. 누가 먼저 본론을 꺼내느냐만 남았다.

“실장님. 우리 도준이 좀 도와주십시오. 솔직히 실장님도 두 부회장
보다야 도준이가 월등하다는 걸 아시지 않습니까? 이놈 순양그룹 회장
으로 만들어 주시고 은퇴하십시오. 제가 풍광 좋은 곳에 자리 잡아 놓겠
습니다. 후회하시지 않을 만큼 말입니다.”

오세현은 막걸리 한잔 걸친 아저씨 같은 넉살로 분위기를 자연스럽
게 만들어 버렸다.

“순양그룹의 미래를 생각해도 도준이가 제격입니다. 다른 재벌가 양
아치들과는 차원이 달라요. 회삿돈을 곶감 빼먹듯 빼먹을 놈도 아니고,
전문 경영인 시스템을 정확히 적용합니다.”

“회삿돈을 빼먹지 않는 건 돈이 워낙 많아서 그런 거겠지?”

이학재 실장이 내게 눈길을 주며 말하자 오세현이 나서서 대답했다.

“세금 다 낸 깨끗한 돈만 해도 조 단위예요. 회삿돈은 푼돈일 뿐입니
다.”

조 단위라는 말에 이학재의 눈이 번뜩였다. 미라클의 구조는 파악했
지만 내 재산은 파악하지 못했으니 놀랄 만하다.

“도준아.”

“네.”

저절로 허리가 펴지며 자세를 바로 했다. 이 사람의 입에서 어떤 말
이 나오더라도 마음을 드러내지 말자고 다짐하면서….

“네 지분은 내가 지켜 주마.”

됐다. 적어도 큰아버지들의 장난질에 닭 쫓던 개 지붕 쳐다보는 꼴은
당하지 않을 것이다.

"내 손에는 수십 개의 서류 박스가 있어. 그 속에는 지금까지 지분을 관리했던 과거가 전부 들어 있지. 물론 먼지까지 전부."

불법행위의 증거, 그걸 다 가졌다는 뜻이다. 혹시 이 양반, 줄곧 딴생각했던가?

"오해는 마라. 회장님을 배신할 생각으로 보관한 건 아니다. 회장님이 돌아가시고 가마솥에 들어가는 사냥개 꼴을 당하지 않으려고 그리한 거다. 순양에 인생을 바쳤어. 명예로운 마지막은 누릴 자격이 있다."

"물론입니다. 그래서 제가…."

이학재 실장은 손을 들어 내 말을 저지했다.

"네가 두 부회장을 몰아내는 일은 내가 거들진 못해. 이건 회장님과 나의 의리다. 마찬가지로 두 부회장이 널 몰아내려고 장난치는 것도 막을 거다."

이학재 실장은 앞에 놓인 찻잔을 들어 단번에 들이켰다.

"이 정도면 대답이 됐겠지?"

'응? 이게 전부?'

다른 건 어떻게 생각하는지 말하지 않을 작정인가 보다.

"역시 술은 조심해야 해. 술 먹고 무심결에 내뱉은 말을 책임지려니 힘들군."

이학재 실장은 웃으며 일어섰다.

"벌써 가시게요? 식사라도 하면서 좀 더 이야기 나누시죠?"

일어서는 그를 잡았지만, 소용없었다.

"더 할 이야기가 남았어? 네가 원하는 대답을 들었으니 된 거 아닐까?"

"다른 이야기도 있지 않습니까?"

"뭐? 아, 날 순양그룹의 2대 회장으로 앉힌다는 거?"

왠지 낯뜨거워 얼굴이 붉어졌다.

"그건 그 정도의 힘을 네가 가졌을 때 이야기해도 늦지 않아. 갈 길이 천 리야. 우물에서 숭늉 찾는 건 멍청한 짓이지."

사람의 마음은 한결같지 않다. 이학재 실장은 내가 회장을 선임할 힘을 갖췄을 때 내 마음이 어떻게 변할지 모른다는 걸 말한 것이다.

"앞으로 지켜보마. 네가 두 큰아버지를 어떻게 상대하는지 보는 것도 꽤 재미있을 것 같구나."

이학재 실장은 문을 열고 나가려다 돌아섰다.

"참, 김윤석이 말이다."

"네."

"이제 데리고 가. 가르칠 만큼 가르쳤으니 곁에 두고 쓰기엔 부족함이 없을 거야."

"감사합니다."

머리를 꾸벅 숙이자 다시 피식하는 웃음소리가 들렸다.

"너무 기대하지는 말고. 쓸 만한 놈, 그 이상은 아냐. 중요한 일 맡기기에는 많이 부족해."

"그 정도면 충분합니다, 실장님."

이학재는 손을 한번 쓱 올리더니 곧바로 나가 버렸다.

"우와! 저 양반도 정말 보통 아니구나."

문 닫는 소리가 들리자마자 오세현은 소파에 털썩 주저앉았다.

"자신은 공정한 판만 깔아 줄 테니 싸움은 당사자가 직접 해라?"

이 정도만 해도 충분하다. 이제 두 부회장이 손잡고 날 몰아내는 건 힘들어졌으니 말이다. 삼각 구도를 계속 유지하는 것만 해도 다행이다. 오세현은 아쉬움이 남는 말만 남기고 떠난 이학재 실장에게 실망한 듯 보였지만 나는 아니다.

"지금은 이 정도 대답만으로도 충분합니다."

"만족하는 모양이네?"

"네. 오늘 보니 이학재 실장은 저랑 비슷합니다."

"이 실장이 너와? 어째서?"

오세현 고개를 갸웃하며 물었다.

"욕심을 쉽게 드러내지 않잖습니까? 순양그룹 회장 자리를 준다고 했어요. 순양을 가지지는 못해도 지배는 가능한 자리죠. 그 자리를 약속받기 위한 그 어떤 말도 하지 않았어요."

"그래 봤자 월급쟁이 회장이라는 건 변함없지."

"아뇨. 이미 제가 HW그룹의 주인이라는 것도 압니다. 마찬가지로 제가 HW그룹 경영에 거의 관여하지 않는 것도 알고요. 월급쟁이인 건 맞지만, 전권을 휘두를 수 있습니다. 지배한다고 해도 틀린 말은 아니죠."

"그래도 많이 부족하지. 월급쟁이는 실적에 따라 목이 휙휙 날아가니까."

"하나 더 있죠. 제가 HW 계열사 사장들에게 단 한 번도 이익이니 매출이니 하는 거로 뭐라 한 적이 없다는 걸 압니다. 실적 때문에 쫓겨날 일은 없다는 걸 모르겠습니까?"

"그렇긴 하네. 넌 두 부회장처럼 돈 챙기는 데 혈안이 된 것도 아니고…. 오히려 회사가 어려워지면 언제든 네 돈으로 긴급 수혈도 해주잖아. 솔직히 날로 먹는 건데 왜 요구하지 않았을까?"

"말로 하는 약속 따위는 믿지 않는 거죠. 이학재 실장님이 지분구조를 지켜 주겠다는 것도, 제가 순양 회장 자리를 주겠다는 것도 지금은 말뿐이니까요."

"정확한 거래만 하자?"

"그런 것 같습니다. 큰아버지들이 지분 조정을 시도할 때 이 거래는 효력을 발생합니다. 막아 주고, 자리 주고."

오세현은 한참 동안 말이 없었다. 그런 그가 입을 열었을 때 의외의 말이 나왔다.

"그럼 이제 나와도 거래 한번 하자."

"네? 그게 무슨…?"

"내 퇴직금 말이야. 내가 대표이사직을 꽤 오래 했잖아. 만만치 않은 금액일걸?"

퇴직금이 어마어마하니 적당한 선에서 협상하자는 말이 아니다. 오세현은 슬슬 은퇴하겠다는 뜻을 전하는 것이다. 지분을 지키는 것이 확실해지자 내가 자리 잡았다고 판단한 모양이다. 이번엔 내가 입을 열지 못했다. 언젠가 마주해야 할 일이었고 늘 염두에 두고 있었지만, 순순히 받아들이기에는 쉽지 않아 한참 만에 대답했다.

"지금부터 퇴직금 정산을 네 배로 하겠습니다. 몇 년 뒤에 다시 이야기하시지요."

"눈치 빠른 놈이 딴소리는… 이만하면 내가 할 만큼은 했어. 원래 내 꿈이 나이 50에 은퇴하고, 동남아 휴양지에서 골프나 치고 맛있는 거 먹으며 남은 인생 즐기는 거야."

"10년 더 하기로 하신 거 아닙니까?"

"난 그런 말 한 적 없다."

오세현의 얼굴에 미소가 번졌다.

"6년이나 더 했으면 충분히 오래 했어. 대신 어마어마한 돈을 더 벌었으니 억울하지는 않아. 흐흐."

맞다. 충분히 벌었고, 충분히 나를 배려해 줬다.

"그리고 두 번째 꿈은 저절로 이룬 것 같다."

"혹시 코타키나발루 말씀하시는 겁니까?"

"그래, 작년에 오픈했잖아. 거기 방갈로 하나 줘."

휴양지에서 골프나 치고 맛있는 거 먹으며 살기에는 이보다 적합한 곳이 없을 정도다. 오세현은 아마 작년부터 계속 이 말을 꺼낼 시기만 봐왔던 것 같다. 카드 사태가 아니었다면 코타키나발루 리조트가 완공됐을 때 말했을 것이다.

"방갈로가 아니라 단독 빌라겠죠. 설계할 때 삼촌이 고급빌라 몇 채를 구겨 넣지 않았습니까? 그거 말씀하시는 거 아니에요?"

"아, 마블 하우스(Marble House)?"

"네."

"역시 눈치 빠르네."

오세현은 최상위 부자 고객을 위해 18세기 미국의 대부호 윌리엄 K. 밴더빌트(William K. Vanderbilt)의 여름 별장인 마블 하우스 같은 10여 채의 화려한 빌라도 준비하자고 했고 나도 동의했다. 난 꼭 부자들을 위한 집이라고 생각하지 않았다. 나를 사랑하며 아낌없이 지지하고 도와준 사람들을 위한 곳이라고 생각했다.

"진짜 그거 한 채 주려고?"

"삼촌이 지낼 곳인데 방갈로로 되겠습니까? 빌라 정도는 돼야죠."

"그거 퇴직금이냐? 아니면 약 치는 거냐?"

"약이라니요?"

"그 빌라 줄 테니까 몇 년 더 일해라, 뭐 이런 거 아니야?"

오세현은 농담처럼 말했지만, 나도 가능하다면 그러고 싶었다. 하지만 이 거래에서는 내가 손해를 많이 볼 생각이다.

"삼촌 꿈을 미끼로 거래할 생각은 없습니다."

"네가 고집부리지 않으니 내 마음이 편하다."

떼쓰고 싶은 마음이 굴뚝같지만 어쩌겠는가? 내 주변의 사람들은 나를 위해 존재하는 게 아니다. 각자의 인생을 써 내려가는 중에 내가 잠시 끼어든 것뿐이다. 그들의 인생에서 나의 퇴장을 원한다면 당연히 빠져 줘야 한다.

"사표 처리는 언제 할까요?"

"올겨울 크리스마스는 코타키나발루 마블 하우스에서 지내련다. 그 전에 정리할 건 빨리 정리하자."

"알겠습니다. 참, 아예 이사하실 생각입니까?"

"그 정도는 아니고, 왔다 갔다 해야지. 가끔 와서 네놈이 개고생하는 걸 구경하는 재미를 놓칠 수야 없지 않겠어?"

농담이지만 웃음은 나오지 않았다. 오세현도 굳은 내 표정을 보더니 태도를 슬쩍 바꿔 진지하게 말하기 시작했다.

"송현창 회장도 올해를 끝으로 은퇴하실 거다."

"삼촌이 그 자리에 앉으면 딱인데 말이죠."

"미련 버려."

오세현은 손을 한 번 휙 저으며 말을 이었다.

"회장 자리에 앉을 사람 그리고 순양카드를 맡을 사람이 가장 급해. 지금 카드 사장은 경질해야 하니까 말이야."

"사실 이학재 실장이 선금을 요구했다면 HW그룹 회장 자리를 맡겼을 겁니다. 하지만 그마저도 물 건너갔으니… 적당한 사람 찾을 때까지 당분간 공석이죠."

"카드는 생각해 둔 사람이 있어?"

"대현카드를 인수하면 그 사장을 앉히려고 했습니다. 합병할 때, 흡수당한다는 생각이 들지 않도록 하려면 그쪽 사장이 제격이죠. 대현카드 직원들 사기 문제도 있고."

"인수는 가능해?"

"순양카드 보더니 앗 뜨거라 한 것 같습니다. 고강도 자구책을 연일 발표하고 있으니 정부도 한 발 뒤로 물러섰어요. 조금 더 지켜보는 방향으로 결론 내린 것 같습니다."

"인수 자금은 넉넉하고?"

"급한 불을 끄려면 6000억이 필요하다고 하네요. 큰아버지가 주신 8000억이 있으니 문제없습니다."

"그래. 아무튼, 넌 내년에 미라클 대표이사로 취임할 준비해라. 회사 내에 내 자리를 원하는 놈은 많지만 맡길 만한 사람은 없어."

"네."

맥 빠진 내 목소리에 오세현은 씁쓸한 미소를 지으며 등을 툭 쳤다.

"엄살 부리지 마. 넌 앞으로도 잘해낼 거다."

"섭섭해서 그럽니다."

"그럼 퇴직금으로 네 섭섭한 마음을 표시해 봐."

"마블 하우스로 만족 못 하시겠어요?"

"뭐야? 집 한 채로 끝이라고? 계산 새로 하자 이거야?"

이런 쓸데없는 농담과 함께 오세현의 은퇴가 확정됐다. 꿈을 이룬 사람이 떠나는데도 축하의 말은 쉽게 나오지 않았다.

5장

적토마의 퇴장

매년 똑같은 가을이 찾아왔지만, 올해는 특별했다. 추석 연휴의 마지막 날인 9월 12일 저녁 8시경, 초강력 태풍인 '매미'가 경남 통영을 덮쳤다. 한반도를 강타한 매미는 다음날인 13일 새벽 2시쯤 동해로 유유히 빠져나갔다. 겨우 여섯 시간 조금 넘게 경남과 동해에 머물렀지만, 자연의 힘은 인간이 어찌할 수 없을 만큼 강력했다. 4조 7800억 원의 재산 피해와 1만여 명의 이재민, 그리고 130여 명의 인명 피해를 남기며 한반도를 할퀴고 지나갔다.

13일 날이 밝자마자 난 오세현의 전화를 받고 HW그룹 사옥으로 달려갔다. 순양금융그룹도 발등에 불이 떨어졌지만, 난 위기보다 기회를 택했다. 계열사 대표이사들과 임원들의 표정은 어둡지 않았다. 아니, 오히려 옅은 미소를 보이는 이도 있었다. 태풍이 파괴한 자리는 사람이 다시 채워야 한다. 바로 건설이라는 이름으로.

"우리 HW건설이 진행 중인 공사도 일단 멈췄고 정확한 피해액 조사와 대책 마련을 지시했습니다."

"인명 피해는?"

"천만다행으로 우리 직원들의 인명 피해는 거의 없습니다. 야간작업 중이던 직원 몇몇은 부상을 입었지만, 생명에는 지장 없다고 합니다."

송현창 회장이 가장 먼저 안도의 한숨을 쉬었다. 그의 마지막이 사고로 얼룩지는 일은 없어졌기 때문이다.

"부상자들이 불편하지 않도록 신경 쓰고 섭섭지 않을 정도의 충분한 보상금을 지급하도록 해."

"네, 회장님."

HW건설 사장이 대답하자 송현창 회장은 자리에서 일어섰다.

"나머지 일은 여러분들이 알아서 진행해요. 내가 이래라저래라할 필
요는 없을 것 같은데… 그렇지 않소?"

송 회장은 오세현을 보며 눈을 찡긋했다.

"네, 회장님 먼저 들어가십시오. 나중에 정리해서 보고드리겠습니다."

"보고는 무슨, 쓸데없는 짓 하지 말고 대책이나 잘 세워요."

송현창 회장은 오세현의 어깨에 손을 슬쩍 올리고는 회의실을 나가
버렸다. 계열사 임원들은 그의 은퇴를 기정사실로 받아들이는지 모두
고개 숙여 인사만 할 뿐 놀라는 사람은 아무도 없었다.

"이번 태풍으로 공적시설 피해액은 분명 조 단위가 넘을 겁니다. 정
부도 지금 긴급 예산 편성작업을 시작했다고 하니… 말 꺼내기는 조심
스럽지만 이건 우리 건설업계의 기회입니다."

우리뿐만이 아닐 것이다. 대한민국의 모든 건설사가 피해복구와 재
건을 위해 쏟아부을 조 단위의 돈을 차지하기 위해 지금 이 시각 우리
처럼 열띤 회의에 빠져 있을 게 틀림없다. 카드 대란으로 빚어진 불경기
에 이것만큼의 호재도 드물다. 우리의 대회의실도 뜨겁게 달아올랐다.
선수를 치기 위해, 유리한 고지를 점령하기 위한 온갖 의견이 쏟아져 나
왔고 우리의 역량으로 어디까지 가능한지 의견이 분분했다.

조용히 듣고 있던 오세현은 내 귀에 대고 속삭였다.

"지침을 정해 주지 않으면 오늘 회의 안 끝난다."

"제가 정해요?"

"그럼 누가 정해?"

오세현은 턱짓으로 나를 회의 한가운데 밀어 넣었다.

"모두 잠시만. 우리 방향을 좀 바꿔 보는 건 어떨까요?"

손을 슬쩍 들어 말하자 모두의 시선이 내게 쏠렸다. 지주회사인 미라클의 이인자이며 순양의 핏줄인 내 존재를 아무도 무시하지 못한다. 그들은 동시에 입을 다물었다.

"저도 엄청난 기회가 왔다는 걸 모르지는 않습니다만, 이건 비극입니다. 비극을 돈벌이 기회로 이용하는 것보다 다른 기회로 이용합시다."

"다른 기회? 어떤 거?"

내 이야기를 끌어가기 위해 오세현이 거들었다.

"그룹 이미지 제고 말입니다."

"어떻게?"

"공공 건설 부분이니 입찰방식으로 진행할 테니까 우린 최저가 경쟁에서 빠지고 다른 방식으로 접근하는 겁니다. 이를테면 우리 이익 전체를 이재민을 위해 쓰겠다…."

"이익을 성금으로 내자는 말입니까?"

"아뇨. 성금은 흔해서 눈에 띄지 않습니다. 건설사답게 건설로 돌려주는 겁니다. 아파트를 지어 집 잃은 수재민에게 나눠 준다… 뭐, 이런 방식이죠."

"실장님, 당장 살 집을 잃은 사람들입니다. 언제 아파트 올려서 나눠 준다는 말입니까?"

누군가 현실성에 대한 이의를 제기했다. 저 자식은 안 되겠다. 문제를 제기하기 전 어떻게 접근할 수 있는지부터 생각했다면 저런 말은 꺼내지도 못했을 것이다.

"수재민들 아파트 올리는 동안 지낼 집을 사서 나눠 주면 되죠. 우리가 수재민 전체를 책임질 것도 아니니 수천 채를 살 필요는 없어요. 우리가 부담할 수 있을 만큼 집을 사면 됩니다."

이때 또 다른 누군가가 테이블을 툭 쳤다.

"비업무용 부동산을 매입할 수 있는 절호의 기회네요."

저 사람은 승진이다. 내 말의 숨은 의미를 정확히 파악했다.

"비업무용 부동산 매입만을 위해 말씀드린 건 아닙니다. 이런 방법도 있지 않겠나 하는 겁니다. 적어도 우리 HW그룹은 이런 국가적인 재난을 돈벌이의 수단으로 삼는 게 아니라, 회복을 위해 최선을 다한다는 이미지를 주도록 합시다. 정부와 국민 모두에게 말입니다."

내 의견을 듣던 건설 사장이 조심스레 입을 열었다. 그룹의 주인인 미라클에게 확답을 받고 싶은 것이다.

"오 대표님도 같은 생각입니까? 정말 이익을 포기하실 수 있습니까?"

"물론입니다."

오세현은 머리를 끄덕였다.

"단, 절대 놓치면 안 되는 것이 있죠. 우리가 포기하는 이익 이상 HW그룹의 위상을 높여야 하는 겁니다. 수백, 수천억이 될지도 모르는 이익과 맞먹는 효과, 그게 핵심입니다."

건설 사장의 얼굴에 화색이 돌았다. 이익을 사회 환원으로 돌린다면 입찰에서도 매우 유리한 고지를 차지할 수 있다. 게다가 기자를 모아 놓고 생색내는 건 바로 대표이사인 자신 아닌가?

"손해 보지 않는 범위 내에서 동원할 수 있는 모든 아이디어를 내기 바랍니다. 그게 당장의 이익보다 더 많은 것을 가져다줄 겁니다."

오세현이 내게 눈짓하며 일어섰다.

"결과 나오는 대로 알려 주십시오."

우리가 일어나자 건설을 제외한 다른 계열사 임원들도 일어섰다. 계획을 원점에서 다시 세워야 하기 때문이다.

난 회의실을 나와 조대호 사장을 기다렸다.

"사장님, 드릴 말씀이 있습니다."

"그래. 나도 네 아이디어 좀 빌려야겠다. 내 방으로 가자. 오 대표, 시간 좀 있지?"

조대호 사장이 오세현을 바라보자 그는 웃으며 머리를 흔들었다.

"저놈이랑 말씀하십시오. 저야 있으나 마나입니다. 흐흐."

오세현은 행여나 붙잡힐까 발걸음을 재촉했다.

"뭐야? 저 친구 왜 저래?"

"가서 말씀드리겠습니다."

나는 조대호 사장의 팔을 잡고 그의 방으로 향했다.

차 한잔을 마시며 태풍의 피해를 보도하는 뉴스를 확인했다. 언론의 속보 경쟁 탓인지 이미 3조 원이니 4조 원이니 하는 피해 금액이 간간이 흘러나왔다.

"오늘 회의에서 네가 말한 걸 생각해 보면 우리 자동차도 가만있을 수는 없겠지?"

"네. 대현자동차와 전혀 다른 모습을 보여 줘야 합니다."

"어떻게?"

"일단 우리 '이스퀄로'를 구매한 경남과 강원지역 고객 모두에게 전화를 돌리십시오."

"그다음은?"

"무상으로 점검과 수리를 해주는 겁니다. 괜찮다고 말하는 고객도 빠짐없이 말입니다. 잘 챙겨 준다는 생각에 우리를 고맙게 여길 겁니다."

"점검 정도야 부담 없으니 괜찮아. 하지만 무상 수리는 비용이 많이 든다. 아무리 무상 A/S 기간이라지만 천재지변은 해당 없잖아."

조대호 사장도 비용 부분에 대해서는 확실히 짚고 넘어갈 생각인가 보다. 내게 확답을 듣고 싶어 한다.

"전 더한 것도 생각합니다."

"더한 거?"

"네. 폐차 지경에 이른 침수 차량은 전부 수거하고 새 차를 나눠 주십시오."

"야!"

펄쩍 뛰는 조 사장을 웃으며 진정시켰다.

"별것 아닙니다. '이스퀼로'야 베스트셀링이 아니니 판매 차량 대수가 얼마 안 됩니다. 게다가 경남 강원지역입니다. 아시다시피 판매는 대부분 수도권에서 일어났어요. 몇 대 안 될 겁니다."

잠깐 머리를 굴리던 조 사장은 인터폰을 눌렀다.

"지역별 '이스퀼로' 판매 현황 가져와."

비서가 관련 서류를 가져오고 확인하는 동안은 아무 말 하지 않았다. 조 사장은 꼼꼼하게 확인한 뒤 안도의 숨을 쉬었다.

"좋아, 해보자. 그전에 보도자료 좀 뿌리고. 이거 뉴스에 나가면 난리 날 거다."

"아뇨. 우리가 먼저 언론에 자료를 돌리면 안 됩니다."

"뭐? 이런 걸 몰래 한다고?"

"네. 몰래 해야죠, 은밀하게."

"말도 안 돼! 무상 교환까지 해주는 일이다. 몇십억은 족히 깨져. 최소한 그 금액 정도의 홍보 효과는 봐야지. 오 대표도 말하지 않았냐? 손해 보는 비용은 그룹 이미지 제고로 돌려받는다고."

"사장님. 그게…."

몇십억의 돈을 날려 버린다고 생각하니 말할 틈을 안 준다.

"안 돼. 이건 떠들어야 해. 우리가 종교인이냐? 왼손이 하는 일을 오른손이 모르게 하게?"

"그럴 리가요. 선행은 모두가 알도록 해야죠."

"그런데 왜 보도자료를 돌리지 말라는 게냐?"

"사장님, 선행은 알리는 게 아니라 들켜야 하는 겁니다."

"뭐?"

조사장은 정확한 뜻을 아직 이해하지 못한 듯 눈만 깜박였다.

"요즘엔 비밀이 없어요. 인터넷이 모든 걸 다 까발리는 시대 아닙니까? 새 정권의 대통령도 인터넷 때문에 선거에서 이겼다고 공공연히 말합니다. 우리가 나서지 않아도 무상 교체 대상자들이 흥분해서 홍보해 줄 겁니다."

"아…."

"우린 오로지 친절만 생각하면 됩니다. 그럼 우리의 선행은 들키지 않을 수 없습니다. 언론도 분명 더 크게 보도해 줄 것이고요. 보도자료 돌리고 떠들어 달라고 부탁할 때 맨입으로 되겠습니까? 보도자료보다 인터넷의 화제를 더 크게 보도하는 게 요즘 언론입니다."

조 사장은 허탈한 웃음까지 보이며 말했다.

"이거, 이거…. 나이 먹으니 세상 돌아가는 걸 못 따라가겠어."

"건설이야 우리 의도를 알려야 입찰에서 좋은 결과를 얻겠지만, 자동차는 다르죠. 알리는 것보다 들키는 게 훨씬 더 진정성이 있어 보이고 더 부풀려 퍼져 나갈 겁니다."

"그래, 알리지 않고 들킨다. 내가 이걸 기준으로 준비하마."

만족스러운 표정의 조 사장은 갑자기 기억난 듯 말했다.

"참, 오 대표는 왜 저래? 무슨 일 있냐?"

"그게 사실은…."

난 오세현과 나눴던 이야기를 사실대로 털어놓았다. 그의 은퇴 결심을 들은 조대호 사장은 어처구니없는 심정을 숨기지 못했다.

"아니! 남자 쉰이면 이제 일 좀 하는 나이 아냐? 환갑 넘은 나도 은퇴는 생각해 본 적이 없는데… 그 친구 제정신이야? 그 좋은 머리를 왜 썩히려고 해?"

"어쩌겠습니까? 항상 꿈꿔 왔던 일이라고 하니 붙잡는다고 될 일이 아니죠."

조 사장은 조금 전보다 더 난처한 표정으로 변했다.

"이거 큰일이야. 송현창 회장님도 올해를 끝으로 은퇴하신다고 사장단에게 공언했는데…. 난 오세현 대표를 우리 그룹의 차기 회장으로 생각했다고. 자격은 충분하잖아?"

"사장님 혼자만의 생각입니까? 아니면 사장단 전체의…?"

"사장단 전부 그렇게 생각하고 있어. 오히려 우린 송 회장님과 오 대표가 말을 맞췄다고 생각했다고."

"그럼 어떡하면 좋을까요?"

"뭐? 송 회장 후임?"

"네. 혹시 사장님께서 생각 있으시면….'"

슬쩍 떠보니… 아니다. 말이 끝나기도 전에 손부터 내저었다.

"난 안 돼."

"부족함이 없으시지 않습니까? 겸손이 지나치십니다."

"아냐. 넌 네 할아버지인 진 회장님의 안목을 믿지?"

"네."

갑자기 할아버지를 거론하는 이유를 모르겠다.

"그분이 진단하셨어. 난 한 우물만 팔 놈이지 강물을 다스릴 놈은 못된다고. 그래서 자동차에 던져 놓고 크게 간섭하지 않으셨어. 회장 자리는 언감생심이다. 딴 사람 구해."

딴 사람이 없으니 문제다. 우리 두 사람은 입을 꾹 다문 채 태풍 피해

소식을 전하는 TV만 쳐다봤다.

금융그룹을 챙기기 위해 순양 본관으로 달려오니 모두 침통한 표정으로 회의 중이었다. 지급해야 할 보험금을 생각하면 머리가 지근거리는 건 당연하다. 특히 순양화재 사장의 표정이 가장 심각했다. 태풍, 호우, 홍수, 강풍, 지진 등으로 입은 손해를 보상하는 보험 상품인 풍수해 보험을 책임지기 때문이다. 뒤늦게 회의에 참석한 나를 보며 그들은 더욱 긴장했다. 하지만 나는 별다른 의견은 내지 않고 다만 한 푼이라도 보험금 지급을 아끼라는 말은 삼갔다. 대신 피해당한 사람들의 마음 상하는 일 없도록 최선을 다하라는 말로 그들의 압박을 덜어 주고 회의실을 먼저 빠져나왔다. 장도형 부사장은 내 눈길을 받고 조용히 나를 뒤따랐다.

내 방에서 마주한 장도형 부사장에게 말했다.

"회의실에서 했던 말은 빈말이 아닙니다. 그러니 괜한 억측하지 말라고 전하세요. 이 핑계 저 핑계 대며 보험금 안 주려는 짓은 하면 안 됩니다."

"네. 단단히 못 박아 두겠습니다."

"그리고 순양금융 그룹 이름으로 성금 좀 내세요."

"그렇지 않아도 준비할 생각이었습니다. 벌써 방송 3사와 신문사들의 전화가 빗발칩니다."

이것도 경쟁이다. 재해 성금 모금이 언론사들의 사세를 과시하는 경쟁으로 흘러가는 데서 비롯된 것이다. 골고루 나눠 줘야 뒷말이 없다. 하지만 나누는 순간 금액이 분산되니 기업으로서는 좋은 선택은 아니다.

"그런데 실장님, 우리 단독으로 내실 겁니까? 순양그룹 이름으로도 성금을 내야 할 텐데요?"

"금융그룹 이름으로 먼저 내버리세요. 그럼 각자 알아서 하겠죠. 그

룹 전체로 내면 우린 묻힙니다. 순양전자만 돋보일 게 뻔한데 그런 바보
짓은 피해야죠."

"진영기 부회장님이 노발대발하실 텐데…."

"그건 제가 알아서 하겠습니다. 걱정하지 말고 질러 버려요."

"네. 그럼 언론사별로 어떻게…."

"언론사는 빼버리세요. 우린 재해대책본부에 내도록 합시다. 큰 거
한 방이 작은 거 몇 개보다 더 돋보이니까요."

"알겠습니다. 얼마 정도 할까요?"

"50억이면 충분하겠죠?"

조금 놀라는 눈치였지만 가볍게 머리를 끄덕였다. 대현그룹 전체가
낸 성금이 30억이니 기업 규모로 따지면 엄청난 금액이다.

"넘치도록 충분한 금액이죠. 알겠습니다. 그리고 다른 지시사항은 없
으십니까?"

"혹시 믿을 만한 기자 있습니까?"

"기자요?"

"네. 섣불리 펜대 놀리지 않고 글발도 좀 괜찮은 그런 기자 말입니다."

"홍보팀에 알아보겠습니다. 그런데 왜 그러시는지?"

"제가 개인으로 성금을 내려고 하는데 익명으로 처리해 주세요."

눈치 빠른 장도형 부사장의 얼굴에 미소가 번졌다.

"미담 하나 만드실 생각이군요."

"네."

"익명으로 내고 며칠 뒤, 그 믿을 만한 기자가 터트리고. 맞습니까?"

"정확합니다. 하하."

"그런데 실장님, 미담이 기사가 되려면 금액이 좀 커야 하는데… 얼
마나 내시려고요?"

"500억이면 기삿거리가 되지 않겠습니까?"

"헉, 500억이요?"

눈이 휘둥그레진 그를 보며 한마디 더 보탰다.

"부족합니까? 1000억으로 올릴까요?"

"아, 아닙니다. 너무 많아서 그러죠."

"지금 부사장님의 모습처럼 누구나 입이 떡 벌어져야 효과 봅니다. 어설픈 금액은 되레 생색만 낸다고 욕먹어요. 지를 때는 예상치 금액에 0을 하나 더 붙여야 효과가 폭발합니다."

"효과 정도가 아닌데요? 이 기사가 나가면 태풍 기사를 뒤덮을 정도입니다."

"내가 원하는 게 바로 그거죠. 20대가 할아버지 잘 만나서 재벌 회장 놀이한다는 말이 안 나오도록 만들어야죠. 소위 말하는 노블레스 오블리주를 실천하는 존경할 만한 기업인 이미지로 싹 바꿔 놓아야 합니다."

후일 치열하게 벌어질 후계 싸움에서 보이지 않는 국민의 지지, 이것이 내가 원하는 것이다. 정부기관과 은행도 순양그룹의 대주주다. 그들도 언젠가는 셋 중 누구 한 명의 편에 서야 할 때가 온다. 그때 그들은 국민 여론을 무시할 수 없지 않은가?

"이미지 바뀌는 정도가 아니겠는데요? 칭송이 자자할 것 같습니다."

"그럼 더 좋고요."

"이 성금도 재해대책본부에 내는 거죠?"

"그렇습니다. 언론사 한 곳을 밀어 줬다가는 다른 곳에서 기사를 받아쓰겠습니까? 짜고 치는 고스톱이라고 도리어 씹어댈지도 모르는데."

"알겠습니다. 제대로 미담 한번 만들어 보겠습니다."

장도형 부사장은 마치 비밀스러운 임무라도 맡은 듯 흥미를 감추지 못했다. 또한 그는 미묘한 말도 슬쩍 던졌다.

"이거 참, 조금 전 그 난리를 치며 회의한 것이 조금 허탈해지는군요."

"무슨 뜻입니까?"

"아, 그렇지 않습니까? 순양화재나 순양생명이 이번 태풍으로 지급해야 할 보험금이 오육십 억쯤 될 겁니다."

'어라? 이 친구가 지금 무슨 소리를 하고 싶은 건가?'

"그런데요?"

"회사 성금으로 50억, 실장님 개인으로 500억. 이 금액과 비교하면 새 발의 피 아닙니까?"

"그러니까 푼돈 갖고 임원들이 모여 대책회의한 것이 쓸모없는 짓으로 보인다, 이 말입니까?"

웃음기 사라진 내 표정을 보자 장도형의 얼굴이 순식간에 굳었다.

"장도형 부사장님."

"네, 네."

"제가 지금까지 회삿돈에 손댄 적 있습니까?"

"네? 아, 아닙니다."

"전 순양금융그룹의 지배 주주 역할에 충실합니다. 공적인 직책도 없어요. 그래서 월급도 가져가지 않고 계열사 법인카드 한 장 안 들고 다닙니다. 알고 계시죠?"

"네. 물론입니다."

"그리고 순양의 지분을 제외한 내 재산 중에 단돈 10원이라도 순양그룹에서 나온 거 없습니다."

"죄송합니다. 제가 실언했습니다."

그가 황급히 머리 숙여 사과했지만, 이쯤에서 멈출 생각은 없었다. 기회 될 때마다 보여 줘야 한다. 조금이라도 착각하거나 방심하는 일이 없도록 말이다.

"지금껏 경영 실적에 대해 입도 뻥긋 안 했습니다. 오늘도 분명히 말했죠? 보험금을 주느니 안 주느니 하며 실랑이 벌이지 말고 넉넉하게 쥐여 주라고."

"…"

"제가 이렇게 행동하는 건 바로 회사의 임직원들에게 당당하기 위해서입니다. 손가락질받는 재벌들의 행태를 반복하지 않으려는 노력입니다."

장도형은 얼굴을 붉힌 채 여전히 아무 말도 못 했다.

"그런데 오히려 장 부사장님이 사재와 회삿돈을 구분하지 못하니 어이가 없군요. 회삿돈을 제 쌈짓돈으로 쓰고 소유와 경영의 일체화로 바꿀까요?"

"죄송합니다. 무심결에 그만… 무례를 범했습니다."

벌떡 일어나 허리까지 접으니 이쯤에서 끝내야겠다.

"앉으세요. 잘 아시는 분이 그러시니 더 당혹스럽습니다. 더는 거론하지 않을 테니 혹시라도 잘못된 생각을 하는 임원이 있다면 제 뜻을 단단히 못 박아 두십시오."

"알겠습니다."

언제까지나 좋은 사람 흉내만 내며 있을 수는 없다. 서서히 모두가 날 두려워하도록 만들어야 한다.

▲ ▲ ▲

조대호 사장은 확실히 일 처리를 빠르게 잘한다. 불과 이틀 사이에 HW자동차의 서비스를 칭찬하는 글이 인터넷 이곳저곳에 등장하더니 순식간에 퍼져 나갔다. 확산 속도가 이 정도로 빠른 걸 보면 홍보 대행사를 사용한 것이 틀림없었다. 그리고 최초의 무상 차량 교체를 받은 소비자가 칭찬과 감사를 담은 장문의 글과 사진을 커뮤니티 사이트에 올리자 확산 속도에 불이 붙었다. 이처럼 빠른 속도로 번진 건 '이스퀼로' 구매자들이 온라인에 익숙한 젊은 30대가 주류였기 때문이다.

덕분에 온라인에 등장했던 '이스퀼로'의 혹평과 조롱이 점점 발붙일 곳이 없어졌다. 모양만 스포츠, 성능은 경차라며 당연한 사실을 마치 결함인 양 씹어대던 '세력'들은 '이스퀼로'와 HW자동차 옹호 세력의 공격에 자취를 감추기 시작했다. 순식간에 실시간 검색어 순위에 들어가고 뒤를 이어 차량을 인도받은 사람들이 등장하자 결국 공중파도 두 손 들 수밖에 없었다. 저녁 9시 메인 뉴스의 첫 꼭지를 차지하지는 못했지만, 비중 있게 다뤄졌다.

"이야, 이건 뭐 손 안 대고 코 푼다더니, 월드컵 광고 때보다 더 큰 홍보 효과잖아. 메인 뉴스에서 칭찬해 대니 주가가 곧바로 수직 상승이네."

조대호 사장의 입이 다물어지지 않았다.

"판매 현황은 어떻습니까?"

"문의는 폭주, 실판매는 소폭 상승. 그런데 다른 차종이 덕을 많이 봐. '이스퀼로'는 아무래도 범용성이 떨어지니까 신뢰라는 효과가 그쪽으로 옮겨 간 거지."

"다행이네요."

"문제는 다른 차종의 침수차 주인들이 전화한다는 거지. 몇 년 굴린 차를 바꿔 달라고 난리다. 허허."

"기회다 싶겠죠. 찔러 보고 떼쓰는 데 돈 드는 건 아니니까요."

억지 부리며 진상 떠는 사람들은 어디에나 꼭 있다.

"이 호재를 놓치면 안 되니까 신차 개발을 서두르고 있어. 최대한 일정 앞당겨서 내년에는 출시하려고."

"네, 사장님께서 어련히 잘하시겠습니까?"

조대호 사장은 미소를 머금은 채 말했다.

"그래서 말인데, 우리 지난번에 나눴던 그거 본격적으로 진행할까 해. 외국 자동차사 인수 건 말이야."

"언제든지 시작하세요. 돈은 제가 책임지겠습니다."

조대호 사장의 미소가 어느새 함박웃음으로 변했다.

"개발진에서 추린 회사다. 이미 초기 접촉도 하는 중이고. 한번 봐."

조대호 사장은 종이 몇 장을 쓱 내밀었다. 자동차 회사의 이름과 회사 개요가 담겨 있는 서류였다.

"란치아, 알파로메오, 파가니…. 이건 이탈리아 메이커네요."

"그래. 마음 같아서는 람보르기니나 페라리, 포르쉐를 갖고 싶지만, 그놈들이 넘길 리도 없고. 그나마 가시거리에 있는 회사라고 하더라."

"알파로메오는 저도 한 대 있어요. 스파이더라고 2인승요. 쪼그만 게 되게 비싸더라고요."

"뭐? 네가 2인승을? 난 네가 차에는 관심 없는 줄 알았는데?"

"면허 따고부터는 계속 모았어요. 이것저것 타봐야 경험에서 우러나오는 의견이라도 내죠. 그러니까 자동차광이 아닌 평범한 사람이 느끼는 점을 알고 싶었거든요."

"너 방금 이것저것이라고 했지? 몇 대나 모았어?"

조대호 사장은 호기심을 확 드러냈다.

"열세 대? 열네 대? 그쯤요. 페라리, 부가티, 람보르기니, 포르쉐, 애스턴 마틴, 벤틀리, 마세라티… 아무튼 슈퍼카부터 세단까지 골고루 다 있어요."

컬렉션을 쭉 읊자 조대호 사장은 입을 떡 벌렸다.

"대부분 직수입한 거라 돈 엄청나게 깨졌어요."

"왜 난 한 번도 못 봤지? 너 그걸 다 타고 다니니?"

"아뇨. 전 수행원이 운전하는 BMW 세단만 타잖아요. 전 운전은 영 별로더라고요."

"야! 그럼 그건 그냥 세워 뒀어? 타지도 않고?"

"아뇨. 사서 처음에 하루 이틀 정도는 타봐요. 그래 봤자 돼지 목에 진주목걸이죠 뭐. 밟을 곳도 없고, 잘 밟지도 못하고."

조대호 사장은 기가 차는지 한숨만 자꾸 내쉬었다.

"아 참, 그거 가져가서 다 뜯어 보실래요?"

"뭐?"

"연구소에서 살펴보면 도움 되잖습니까? 아! 벌써 다 뜯어 봤나…?"

"야! 슈퍼카를 왜 뜯어 봐? 경쟁 차종이나 뜯어 보지. 그런데… 너 방금 말한 거 진심이냐?"

"뭘요?"

"네 차 연구소에 가져가서 뜯어 봐도 돼?"

"네. 어차피 주차장에서 잠만 자는데 다 가져가세요. 주행거리도 대부분 5000 미만이라 새 차나 다름없어요."

조대호 사장은 길 가다 지갑 주운 사람처럼 표정이 변했다.

"연구소 놈들, 완전히 땡잡았구나. 수십억을 장난감처럼 주무를 수 있다니."

"공짜 아니니 너무 좋아할 필요는 없다고 전해 주세요."

"뭐? 설마 그거 사란 말이야?"

"아뇨. 대신 철저한 보고서 올리라고 하세요. 제대로 된 보고서 안 올라오면 찻값 월급에서 깐다고 전해 주시고요."

조 사장은 내 말을 다 듣지도 않고 수화기부터 들었다. 마치 대단한 파티를 앞둔 사람처럼 들뜬 목소리로 한참 통화한 후 수화기를 내려놓을 때쯤엔 그래도 흥분이 가라앉아 있었다.

"착실한 재벌 3세가 곁에 있으니 여러모로 쓸모가 많아. 허허."

"그러니까 빨리 자동차 회사를 인수하세요. 그래야 제 돈이 안 깨지니까요."

"아 참, 하던 이야기 마저 하자."

"네."

"완전한 인수가 아니더라도 우리가 원하는 기술 이전을 약속하는 회사와 손잡을 거다. 방법은 여러 가지가 있을 거야. 지분 투자라든지, 로열티, 혹은 기술이전료를 줄 수도 있고."

"뭐든 괜찮습니다. 목적은 기술 확보니까요."

"그래. 여러 채널을 열어 두고 진행하마."

가능하다면 100퍼센트 인수를 원했다. 이탈리아 메이커를 인수한 한국 기업. 앞으로 벌어질 자동차사의 이합집산에 대비해 덩치를 키워 놓을 필요가 있기 때문이다.

▲ ▲ ▲

『재난대책본부에 무려 500억을 쾌척한 익명의 기부자가 다름 아닌 순양그룹의 진도준 씨로 밝혀져 화제가 되고 있습니다. 진도준 씨는 일찌감치 한국의 조지 소로스라 불리며 투자 귀재로 알려져 있습니다. 특히 이번 성금액으로 그의 재산이 얼마나 되는지 더욱 궁금증을 유발하고 있습니다. 진도준 씨의 성금액은 사상 최대 금액이며 대기업이 쾌척한 금액의 열 배에 육박합니다.

시민단체는 진정한 노블레스 오블리주의 귀감이라는 평가를 하였습니다. 그는 많은 언론사의 인터뷰를 정중히 거절하며 '필요할 때 필요한 행동을 했을 뿐 떠벌릴 일은 아니다.'라며 자신의 선행이 밝혀진 것에 대해 난처해 한다고 순양그룹 측이 전했습니다.』

장도형 부사장이 일을 깔끔하게 처리했다. 신문, 인터넷은 물론이고 방송사까지 내 이야기로 시끄러웠다.

"뭐가 어쩌고 어째? 알려진 게 난처해? 네 각본대로 진행된 거잖아. 가증스러운 놈."

"야! 너 내 아들한테 왜 그래? 좋은 일 했는데."

"속지 마라, 인마. 네 자랑스러운 아들내미가 어떤 놈인지 넌 잘 몰라."

아버지와 오세현 대표는 술잔을 앞에 놓고 유쾌하게 웃고 있었다.

"겸사겸사죠. 목적이 꼭 하나여야만 하나요? 일타쌍피도 있는 법이죠."

오세현을 향해 웃으며 말하자 그는 진지하게 물었다.

"솔직히 말해 봐. 진짜 목적이 뭐냐?"

"포석이라고나 할까요? 중장기 계획 중 일부입니다."

"거봐. 내 말 맞지? 이거 다 계획에 따라 착착 진행하는 거라니까!"

아버지는 오세현의 말을 못 들은 척하며 내 곁에 앉았다.

"목적이 뭐든 난 관심 없고, 도준아."

"네."

"우리 일 이야기 한번 할까?"

"네? 무슨 일요?"

아버지가 이런 은근한 목소리를 내는 건 매우 드문 일이다. 게다가 표정마저 영업사원 같지 않은가?

"회사에서 말이지 나한테 엄청난 임무를 던져 주더라고."

"무슨 미션이요?"

아버지는 말없이 손가락으로 나를 가리켰다.

"엥? 저요?"

"응. 넌 재벌 3세답게 가끔 언론을 타지만, 내용은 완전히 정반대거든. 다른 애들은 전부 사고 쳐서 사회면을 장식하지만 넌 경제면이잖아. 사회면이라도 좋은 내용으로 가득 차고."

"혹시…?"

"그래, 인터뷰 한번 따자. 우리 방송사에서 예능 프로그램 하나 시작하는데…."

예능이라는 단어를 듣자마자 얼굴에 경련이 일어날 뻔했다.

"아이고, 저 그런 거 못 합니다. 예능이라뇨?"

"그냥 예능이 아니야. 오락성에 정보성을 가미한 인포테인먼트라고. 너한테 웃기라는 말은 안 할 테니까 그냥 인터뷰로 생각하면 된다니까."

"이야… 여기 아들 하나 잘 둬서 날로 먹는 놈이 있네. 공중파 인터뷰도 거절했는데 애국가 시청률 나오는 케이블 방송에서 독점 인터뷰를 다 따고."

오세현의 딴지에 아버지는 눈을 부라렸다.

"첫 방, 첫 출연자라니까. 너 나오면 시청률 2퍼센트, 아니 5퍼센트는 확실하다고 제작국장이 난리 치더라. 무조건 섭외해 오라고 하면서 말이야. 부탁 좀 하자. 프로그램 하나 살리는 셈 치고 한번 도와줘."

"첫 방송인데 저로 되겠어요? 아, 배용준, 최지우 섭외하세요. 〈겨울연가〉 때문에 지금 일본에서 난리 났잖습니까? 일본열도를 떠들썩하게 했는데…. 아버지 파워라면 무조건 달려올 텐데, 뭐가 아쉬워서…?"

"일본 스케줄 때문에 안 돼. 당분간 안 들어와."

자리를 피하려 했지만 불가능했다. 아버지가 술잔 대신 내 손목을 꼭 잡고 놓지 않아 할 수 없이 인터뷰를 하기로 했다.

그리고 이날의 약속을 까맣게 잊고 있던 며칠 뒤 출근길이었다.

"실장님. 지금 방송국 사람들이 떼로 몰려왔다는데, 이미 약속한 거라고… 맞습니까?"

휴대전화를 든 김윤석 대리는 의외라는 듯 나를 바라보며 말했다.

"그게 오늘이었나?"

"네?"

"아, 맞습니다. 그 사람들 원하는 대로 하라고 하세요."

출근하는 차 속의 세 사람은 말은 못 했지만, 도대체 왜 방송사 사람들이 떼로 몰려왔는지 내가 말해 주기를 원하는 눈치였다. 특히, 옆자리의 김윤석은 수행비서라는 자신의 직무도 있는데, 무슨 내용인지도 모르고 있으니 당황스러워 보였다.

"별일 아닙니다. 아버지 부탁이라서 거절하지 못했어요. 간단한 인터뷰만 하고 끝낼 겁니다."

하지만 순양 본관 24층 내 방에는 사람들이 득실거렸다. 간단한 인터뷰 정도가 아닌 모양이다. 예능 프로그램이라 그런지 카메라만 네 대였다. 특히, 어린 스태프들은 드라마에서나 본 게 전부인 대기업 사장급 집무실을 두리번거리며 구경하느라 정신없었다. 물론 재벌 3세도 처음이니 나를 보며 수군대기 시작했다.

"처음 뵙겠습니다."

조금은 긴장한 듯 보이는 PD가 환히 웃으며 명함을 내밀었다.

"화면발 잘 받으시겠어요. 그림 잘 나오겠는데요? 하하."

"아, 네. 이왕 하는 거, 잘 부탁합니다."

"염려 마십시오. 멋지게 뽑아낼 겁니다."

조명과 카메라를 세팅하는 동안 분장이라는 것도 시작했다.

'아버지 덕분에 얼굴에 분까지 발라 보는군.'

나보다 분을 두세 배는 더 두껍게 바른 듯한 예쁜 여성 리포터가 배시시 웃으며 머리를 꾸벅 숙였다. 어디서 본 것 같은 얼굴인데 누군지 모르겠다. 아직 힘이 약한 케이블 방송이라 그런지 인지도가 그리 높지 않은 연예인을 캐스팅한 것 같다.

"자, 시작할까요?"

PD의 큐 사인이 떨어지고 카메라가 돌아갔다. 서너 시간은 걸릴 거라고 한 인터뷰가 한 시간도 채 지나지 않아 끝났다. 방송사 사람들은 모두 입이 댓 발이나 나온 채로 짐을 싸서 돌아갔다.

"괜찮으시겠습니까? 아버님 부탁으로 한 것이라면서요?"

김윤석 대리도 방송사 직원보다 더했으면 더했지 덜한 표정은 아니었다.

"김 대리가 보기에도 좀 그랬습니까?"

"네. 방송을 잘 모르는 제 눈에도 순양그룹 홍보에 열을 올리시는 게 다 보였어요."

"이거, 아버지에게 한소리 듣겠는데…."

아니나 다를까 방송사 사람들이 돌아간 지 두 시간쯤 지났을 때 휴대전화가 시끄럽게 울렸다.

"야! 너 오늘 인터뷰 뭐야?"

대뜸 소리치는 아버지의 목소리가 터져 나왔다.

"네?"

"네가 순양그룹 홍보실 직원이냐?"

"무슨 말씀이신지…?"

짐짓 영문도 모르는 척 시치미를 뚝 뗐다.

"방금 촬영분 봤다. 말끝마다 우리 순양그룹은, 순양생명은, 순양증권은…. 기가 차서… 하다 하다 펀드 상품까지 소개해? 이 자식이 어디서 약을 팔아?"

"사실은 그게…."

"시끄러워! 어쩐지 사전 인터뷰 내용 볼 필요가 없다고 할 때부터 수상하더라니. 이놈아, 방송이 광고판이냐?"

"그게 말입니다. 인터뷰가 너무 사생활 관련 질문으로 흘러가서요."

"됐고. 편집 끝내고 다시 이야기하자. 분량 안 나올 게 뻔하니까 너 각오해. 여차하면 다시 찍을 거야!"

통화를 끝내자 김윤석 대리가 걱정스러운 듯 말했다.

"화 많이 나신 모양인데, 괜찮겠습니까?"

"괜찮아요. 아버지도 옆에서 우는소리 하는 PD 때문에 생색 한번 내시는 겁니다. 아마도 오늘 왔던 그 PD는 오래가지 못할 거예요."

웃으며 말하는 나를 향해 김 대리가 눈을 똥그랗게 떴다.

"네?"

"일하다 보면 어떤 일이 벌어질지 모르는 거 아닙니까? 책임자는 그런 난관을 돌파할 지혜를 보여 줘야죠. 내가 PD의 의도와 다른 말을 늘어놓으면 현장에서 대본을 수정했어야 합니다. 자기가 원하는 방향으로 흘러가지 않으니까 포기하고 돌아가 버린 거 아닙니까? 리더의 모습이 아니죠."

열두어 명의 스태프진이 움직였고 허탕 쳤다. 아버지의 방송사는 아직 공중파 수준의 인재가 모이지 않았다는 증거다. 아버지는 대한민국의 최고의 제작진을 거느리고 초일류 배우와 함께 영화를 제작한다. 더 살벌한 현장을 매일같이 겪은 아버지가 나와 PD 중 누구에게 더 화가 났는지는 충분히 짐작할 수 있다.

하지만 내가 짐작하지 못한 것도 있었다. 항상 예상치 못한 일이 일어나는 영화 제작 현장에서 10년 넘게 구른 아버지의 순발력이 바로 그것이다. 통화를 끝낸 지 한 시간쯤 지났을 때 다시 아버지의 전화가 왔다.

"6분 건졌어, 인마."

"그 정도면 티저 예고편으로는 쓸 수 있겠는데요?"

역시 내 예상이 맞았다. 조금 전 불같이 화내던 아버지 대신 언제나 웃으며 말씀하시는 본래의 아버지로 돌아왔다.

"예고편? 원래 20분은 건졌어야 해. 14분을 더 채워야 한다고!"

"설마 인터뷰를 또 하자는 말씀은 아니시겠죠?"

"미쳤냐? 네가 무슨 생각인지 뻔히 아는데? 다른 사람 인터뷰로 그 분량 채워야지. 이미 섭외 끝났다. 제작진도 인터뷰 따러 출발했어. 흐흐."

아버지가 능글능글하게 웃는 게 뭔가 수상했다.

"누구 섭외하셨어요? 혹시 제가 아는 사람…?"

"응. 아주 화제가 될 거다. 재학 중 사시 합격, 뛰어난 연수원 성적으로 사법부 요직인 서울중앙지법 발령 난 신임 판사."

'응? 이건? 설마?'

"아, 아버지!"

화들짝 놀라 소리쳤지만, 아버지는 웃음을 참으며 계속 말했다.

"누가 보더라도 인정할 만한 미모에 재벌 3세 남자친구까지 있으니 이 정도면 너보다 더 화제가 될걸? 아, 이름이 서민영이지, 아마?"

"버, 법원에서 허락하지 않을걸요? 현직 판사가 예능 프로그램에 어떻게 나갑니까?"

"얘가 날 뭐로 보고? 인마, 너 나 무시하냐? 네가 재벌 3세면 난 2세야. 내가 그 정도 인맥도 없어 보여? 법원장도 잘 부탁한다고 말하더라. 시민의 곁에 있는 친근한 사법부로 홍보 좀 해달라면서 말이다. 아무튼 그림 좋다고 제작진도 만세 불렀어. 커플은 언제나 시청자를 끌어당기거든, 하하."

설마 아버지에게 뒤통수 맞을 때가 오리라곤 단 한 번도 상상하지 못했다.

"방송 잘 봤어요. 이야! 우리 조카님은 방송용 얼굴이야. 연예인 후광이 아주 그냥… 끝내주던데? 그리고 애인인가? 그 판사님? 우리 조카님 커플은 직업 잘못 선택했다고 다들 난리야."

"가뜩이나 요즘 놀림 받아서 창피해 죽겠는데, 숙부님까지 그러시면 어떡합니까? 그냥 갈까요?"

웃으며 몸을 슬쩍 일으키자 대현그룹 주광식 회장은 내 손목을 덥석 잡았다.

"가긴 어딜 가? 나 살려 주고 가야지."

농담을 주고받았지만, 주광식 회장의 얼굴을 보니 지금 속이 얼마나 타들어 가는지 짐작이 갔다. 잠도 제대로 못 잤는지 푸석푸석한 마른 낙엽을 보는 듯했다.

"회생이 어려운가 보죠? 수혈 못 받았습니까?"

"난 돈 많은 친조카가 없잖아. 금융권도 전부 제 살길 찾느라 대현이라는 이름도 안 통해."

"그게 아니라 형제분들이 차단한 거 아닙니까?"

"그 영향도 커. 이 기회를 놓칠 우리 큰형님이 아니거든."

대현자동차 주태식 회장이 동생들을 전부 몰아내려고 총력을 기울인다는 소문이 이미 재계에 퍼졌다.

"그런데 조카님은 어떻게 예견한 거야?"

"뭘 말입니까?"

"카드 사태. 그때 조카님은 회사를 팔았고 난 인수했어. 누구의 선택이 옳았는지는 분명하잖아."

"예견은 아니고 취향의 문제였죠."

짐짓 시치미를 뚝 뗐지만, 수상한 눈초리는 사라지지 않았다.

"들리는 말로는 온갖 재미를 다 봤다던데 사실인가? 두 분 큰아버지가 된통 당했다던데?"

"아닙니다. 전 채권 챙긴 게 전부예요. 재미는 미라클이 봤죠."

"그거 자네 작품 아냐? 그런 식으로 흘러간 거?"

"아닙니다. 전 중재만 했을 뿐입니다."

순간 주광식 회장의 눈이 반짝였다.

"그 중재, 한 번 더 해줄 수 없겠나?"

이 사람의 비명이 생생하게 들리는 것 같다. 난 잠시 입술을 굳게 다물고 주 회장의 표정을 살폈다. 어디까지 몰린 것일까? 벼랑 끝에 더 가까이 밀려날수록 더 좋은 조건으로 건질 수 있는데.

"글쎄요. 미라클도 순양카드를 인수했으니 아쉬울 게 없을 겁니다. 그리고 카드 사업에 또 거금을 투자하는 건 쉬운 결정이 아니죠. 오세현 대표는 외형 확장보다는 내실을 다지는 타입이라서요. 투자사의 전문 경영인 아닙니까? 아무래도 투자자들의 이익을 우선으로 생각하거든요."

"투자자는 아웃풋만 좋으면 얼마든지 확장하는 사람이잖아. 우리 조카님도 그렇지? 주가가 오를 게 확실하면 끝없이 사들일 거 아닌가?"

"그야 그렇죠. 하지만 대현카드는 모든 게 불확실합니다. 아니, 불안하기 그지없죠."

"대신 인풋이 적어서 좋은 조건이 될 거야. 부채만 해결해 줘."

"부채만요?"

이건 좋은 조건이 맞다. 경기가 회복했을 때 가지게 될 대현카드의 가치, 그건 인수가격에 포함되지 않는다.

"그래. 대현카드에 계열사 돈을 많이 쏟아부었어. 그것만 해결해 주면 나도 숨통이 좀 트일 것 같아."

"그 계열사 부채가 얼마나 됩니까?"

"그건 자네가 알아야 할 필요가 없지? 오세현 대표에게 직접 전하고 싶어. 내 치부까지 조카님에게 보여 주는 건 자존심 상해서 말이지."

'아차차, 말조심해야지.'

표면적으로 난 미라클의 주인이 아니다. 중재자의 역할만 해야 한다.

"그래도 대략적인 금액은 알아야 말이라도 던질 거 아닙니까? 무조건 만나게 해달라? 솔직히 숙부님도 그게 어려운 건 아니지 않습니까? 대현그룹의 주광식 회장님께서 차 한잔하자고 하면 마다할 사람이 누가 있습니까?"

"그, 그런가? 그래도 아는 사람이 다리 놔주는 게 아무래도 편하지."

주광식 회장은 갑자기 당황하는 기색이었다. 이게 당황할 정도의 말이 아닌데 이상하다. 난 다시 그의 표정과 눈빛을 유심히 살폈다. 뭔가 숨기는 게 있는 것 같다.

"아무튼, 알겠습니다. 숙부님의 뜻을 오 대표에게 전하죠. 하지만 제 예상은 부채 금액부터 확인하려고 할 겁니다. 적정 수준의 금액이 아니라면 오 대표는 만날 생각도 하지 않을 겁니다. 어차피 깨질 거래 때문에 직접 만나서 얼굴 붉힐 일을 왜 하겠습니까?"

"그건 내가 약속하지. 오 대표 얼굴 붉힐 일은 없을 거야. 하하."

다시 표정이 환해진다. 이 양반, 다른 꿍꿍이가 있는 게 틀림없다.

주광식 회장의 태도가 아무래도 마음에 걸려 장도형 부사장에게 알아보라 지시했는데 점점 더 미궁 속에 빠지는 기분이었다.

"청와대와 관계 부처에 알아봤는데, 호의적입니다."

장도형 부사장은 머리를 갸웃거리며 서류를 펼쳤다.

"강제 명령 내리는 것 같은 직접 개입은 없다는 뜻입니까?"

"네. 대현카드는 자구책을 이미 제출했고 그 계획서대로 성실하게 이행 중이라고 합니다. 불량 회원 정리뿐만이 아니라 심사 강화를 통해 신규 회원도 예전 같지 않습니다."

"지금 상황은요?"

"금융권 채무는 아직 정리 못 했습니다. 계열사 자금 지원 내용은 아는 놈이 없습니다. 최상층 임원들끼리 주고받은 것 같습니다."

"아니면 그런 사실이 없거나…."

"네?"

"아닙니다. 수고하셨습니다. 아, 조사는 계속해 주세요. 대현카드의 모든 걸 알아야겠습니다."

"네. 그런데 실장님. 조건만 맞는다면 대현카드까지 인수하실 생각입니까?"

"부사장님은 어떻게 생각하십니까?"

"왠지 부실 덩어리를 떠안는 것 같아 불안합니다만."

"네, 신중하게 결정합시다."

뭔가 수상하다. 자존심 구겨 가며 내게 매달릴 만한 상황이 아닌 건 틀림없다. 의구심이 해소되지 않아 주광식 회장의 부탁을 무시했다. 오세현과의 약속도 잡지 않고 연락하지도 않았다. 내 의구심이 사라지지 않는 만큼 주광식 회장도 초조하게 만들어야 한다. 그래야 다시 만날 때 서로 바라보는 시선의 차이가 없을 것이다.

▲ ▲ ▲

"어떻게 생각하세요?"

"뭐?"

"주광식 회장요."

"응? 주 회장? 그 사람이 뭐?"

"삼촌!"

계속 딴청만 피우는 오세현에게 결국 소리를 빽 질렀다.

"야야, 이 정도면 감 잡아야지. 눈치 빠른 놈이 왜 그래?"

이렇게 빠른 단절이라니? 어떻게 이럴 수가! 불과 한 달 아니, 보름 전만 해도 서너 개의 모니터를 들여다보며 매일같이 금융시장을 점검하고, HW그룹에서 올라오는 수십 개의 보고서도 전부 검토하지 않던가? 그런 분이 사내 전체 메일을 싹 돌리고 난 뒤, 제대를 보름 앞둔 말년 병장보다 더 늘어져 버렸다. 심신 쇠약이라는 얼토당토않은 명분으로 장기간 휴직을 선언하고, 그동안 각 부서의 임원들이 투자 책임을 지되 일일 보고는 내게 올리라는 내용의 메일이었다. 대표이사 대행, 이것이 내게 붙은 태그였다.

"내가 네 입장 생각해서 정식 퇴임 안 하고 꼼수 써준 것만으로도 고맙게 생각해. 자꾸 귀찮게 하면 이사회 열어 신임 대표이사 선출 안건 올려 버린다."

"현업에서의 마지막 미팅으로 주광식 회장 한번 만나 보시는 것도 나쁘지 않잖습니까?"

"나빠. 내가 지금에 와서 인맥 넓혀 봤자 뭐해? 이젠 휴양지 원주민들과 인맥 쌓을 거다. 네가 알아서 해."

더는 조를 수 없었다. 이 정도면 오늘 자로 은퇴가 맞다.

"그럼 힌트만 주십시오. 주광식 회장이 왜 미라클 대표를 만나고 싶어 하는지?"

"대현카드 인수 때문에 논의하고 싶어 한다면서?"

"그게 아니라면요?"

"그럼 미라클을 이용하는 꼼수밖에 더 돼?"

"어디에 이용한다고 생각하세요?"

"그건 나도 모르지."

이건 말년 병장이 갓 자대배치 받은 신병 놀리는 것과 다를 바 없다.

"다른 건 모르겠고 넘길 생각도 없는데 날 만나겠다고 우기는 건 그림이 필요한 거 아닐까?"

"그림? 아! 삼촌과 만나서 중요한 이야기를 나눴다는 그림?"

"아마도?"

문제는 왜 그런 그림이 필요한가인데, 도무지 알 도리가 없다. 한참 머리를 굴리고 있을 때 오세현은 웃으며 말했다.

"좋아, 기분이다. 주광식 회장 전화 넣어."

"네?"

"마음 바뀌기 전에 빨리."

오세현이 무슨 말을 할지 몰라 조금 불안했지만, 구력이 어마어마한 분인데 실수할 리는 없다고 생각했다.

"잠깐만요."

나는 휴대전화를 꺼내 신속하게 연결했다.

"회장님, 진도준입니다."

간단히 인사를 건네고 휴대전화를 오세현에게 넘겼다.

"이거, 전화로 인사드리게 돼서 송구합니다. 회장님."

오세현은 서글서글한 음성으로 통화를 해나갔다. 그는 평범한 안부 인사 몇 마디를 건네고 본론을 꺼냈다.

"회장님, 혹시 대현카드 인수 건에 관해 말씀하실 게 있다면 진도준 실장과 논의하시면 됩니다. 전 진 실장의 판단에 맡길 것이고 그가 내리는 결론에 따르겠습니다. 그러니까 진도준 실장과 이 건에 대해서 마무리하시죠. 그럼…."

오세현은 통화를 툭 끊어 버리고 휴대폰을 내게 던졌다.

"됐지? 이제 네가 알아서 해."

그는 다시 모니터로 시선을 돌렸다.

"이제 나 괴롭히지 말고 나가. 메일 보낼 곳이 많다."

장도형 부사장이 꽤 두꺼운 서류 파일을 들고 내 방을 찾았다.

"실장님. 아무리 봐도 엄살입니다. 대현카드가 필요한 긴급 자금은 2000억에도 못 미쳐요. 그런데 매각이라니…?"

서류에 새까맣게 손때가 묻은 걸 보니 철저하게 분석한 것 같다.

"계열사에서 빌린 돈은 어떻습니까?"

"정확한 금액은 파악 못 했습니다. 하지만 그 계열사 역시 주광식 회장 아래에 있는 회사들입니다. 긴급히 상환해야 할 이유도 없고요."

장도형 부사장은 확신에 찬 목소리로 자기 생각을 말했다.

"지난 보고에 말씀드렸다시피 정부 측도 우호적인 시선으로 바라보고 있습니다. 즉, 외부의 압박도 없다는 말이죠."

장도형은 내 눈치를 슬쩍 살피다 조심스레 말했다.

"겉으로 볼 때 그리 문제가 있어 보이지 않은데도 매각에 적극적이라면 내부에 해결할 수 없는 시한폭탄이 있다는 뜻이고, 아니라면 다른 속셈이 있지 않겠습니까? 자칫 말려들 수도 있습니다."

주 회장의 다른 속셈에 내가 놀아날 이유는 없다. 이쯤에서 욕심을 버리고 다른 시선으로 회사를 바라봐야 한다.

"부사장님."

"네."

"대현카드를 저격할 만한 전략을 수립하세요."

"네?"

"대현카드의 주 고객층을 우리가 뺏어 와야겠습니다. 대현이 보기에 아주 노골적인 전략이 필요합니다."

"아⋯!"

"그쪽 속살을 한번 들여다보고 싶군요. 큰 문제가 없는 상태라면 오래 버틸 것이고, 문제가 많다면 금방 본모습이 드러나겠죠. 인수 여부는 그때 결정합시다."

"대현카드와 유사한 서비스를 제공하는 신규 카드를 론칭하거나, 기존 카드에 그 서비스를 추가해서 광고 한번 때리겠습니다."

장도형 부사장도 싸움꾼 기질이 다분하다. 한판 붙어 보자는 말을 듣자 대번에 달아올랐다.

"네. 하지만 광고 전에 소문부터 흘려야겠죠? 순양카드의 신규 서비스가 어떤 내용인지 주광식 회장 귀에 먼저 들어가도록 말입니다."

"물론입니다. 금융권과 이 내용으로 미팅부터 하겠습니다. 그럼 곧바로 대현 귀에 들어갈 겁니다."

몰아칠 비바람에 만반의 준비를 끝내고 기다렸다. 남들이 비바람에 휩쓸려 떠내려갈 때 나 혼자 승승장구하니 자만을 넘어 오만함에 빠졌다. 주변의 모든 것이 다 내 전리품으로 보이는 착각에서 벗어나야 한다. 꼭 필요한 것이 아니면 구태여 챙길 필요도 없고, 외형 확장에 눈이 멀어 옥석을 가려낼 냉정함을 잃어서도 안 된다.

그리고 날 이용하려는 자가 나타나면 두 번 다시 그런 생각을 못 하도록 확실하게 눌러주는 것도 잊지 말아야 한다.

▲ ▲ ▲

"아이고, 우리 조카님. 나한테 화나는 일이 있었나? 어찌 그리 매정하게 날 피하시나?"

"그런 거 아닙니다. 요즘 처리할 일이 많아서 정신없이 지내느라 그랬습니다. 죄송합니다."

"아니, 아니. 사과할 필요까지 없어. 아쉬운 놈이 샘 파는 법이잖아. 엄살 한번 부려 본 거야. 하하."

호기롭게 웃는 주광식 회장이었지만, 흔들리는 눈빛은 감추지 못했다.

"참, 나도 소문 들었어. 오세현 대표가 잠시 쉰다고?"

"네. 안식년이라나요? 너무 숨 가쁘게 달려 에너지 고갈이라고 하시더군요. 1년 정도 푹 쉬고 재충전하신답니다."

"참 팔자 좋은 양반이네. 요즘같이 어려운 시기에 1년이나 휴가를? 대단해."

팔자 좋기로는 재벌가에 태어난 당신보다 더 좋은 사람이 어디 있을까? 단지 창업주의 자식으로 태어났다는 이유로 별다른 노력 없이 나이만 차면 대표이사니, 회장이니 하는 타이틀을 손에 넣는 팔자 아닌가? 반면 오세현 같은 사람들은 뼈를 깎고 살을 발라 가며 노력해서 그런 타이틀을 차지한다. 팔자 좋다는 말이 주광식 같은 재벌 2세 입에서 나오는 건 그런 사람들에 대한 모독이다. 이렇게 쏘아붙이고 싶지만, 입 밖으로 낼 수 없어 아쉽다.

"의사의 진단이 절대적이었어요. 이 상태로 가다가는 몸이 망가진다고 경고했거든요. 이미 결정하셨으니까 되돌리지는 않으실 겁니다."

"그럼 우리 조카님이 그 빈자리를 채우는 건가?"

"전부 채우는 건 아닙니다. 투자 관련해서 제가 거를 건 거르고 판단하기 어려운 건 오 대표님께 다시 컨펌 받아야죠."

"그렇군. 그런데 카드사 인수까지 자네에게 맡긴다고 했는데… 그 판단이 호락호락한 건 아닐 텐데? 안 그래?"

끝까지 오세현 대표를 만나고 싶어 하는 마음이 보인다. 그 기대를 산산조각 내야겠다.

"숙부님도 이럴 때 보면 참 눈치 없으시네요."

"뭐? 내가?"

"네. 그 정도 중대사를 제게 맡기겠습니까? 거절한다는 표현을 완곡하게 하신 거죠."

주광식 회장은 입술을 지그시 깨물었다.

"거절이라… 그럼 지금 떠도는 소문도 사실이군."

"무슨 소문 말입니까?"

"순양카드가 나와 전면전을 벌이겠다고 준비한다는 소문, 몰라?"

"그 정도 중대사를 제가 알 수는 없죠."

주광식은 내 얼굴을 잠깐 노려보더니 웃음을 터트렸다.

"으하하, 이거… 두 사람의 콤비 플레이를 당해 낼 재간이 없네그려. 대단해. 하하."

아무것도 모르는 척, 그의 얼굴을 멀뚱멀뚱 바라보자 평상시의 능글능글한 태도를 보였다.

"이거 왜 이러나? 대현카드가 흔들흔들하니까 제대로 한번 자빠트려 보겠다는 속셈인 거 같은데… 그렇게 나오면 내가 무섭잖아. 여기서 멈추자고. 우린 서로 칼을 겨눌 필요가 없는 사이 아닌가?"

"무슨 말씀이신지, 도통…."

다시 한 번 시치미를 떼자 웃음기가 싹 빠진 목소리로 변했다.

"그만해. 두 사람의 관계가 회사를 맡길 만큼 한몸이나 다름없는 데 모르기는 뭘 몰라? 떠보는 건 그만하자고."

웃음기 사라진 그의 목소리만큼 나도 건조하게 말했다.

"약한 모습을 보인 건 바로 숙부님이었습니다. 이건 사람이 아니라 회사 문제죠. 쇠약했던 경쟁사가 몸을 추스르고 다시 일어나려는 데 그걸 가만히 보고 있어요?"

본심을 드러내자 주 회장의 눈꼬리가 올라갔다.

"멀쩡한 회사도 탐이 나면 수단과 방법을 가리지 않고 자빠트리는 게 이 바닥 생리 아닙니까? 하물며 자빠진 회사가 일어서는데 발목 잡고 다시 넘어트리지 않으면 그게 회사예요? 재활센터지."

"무슨 소리 하는 거야? 그래서 주겠다잖아. 적당히 값 치르고 가져가라고. 먼저 항복까지 한 회사의 발목을 왜 잡아?"

옳지, 원하는 말이 나왔다.

"좋습니다. 그럼 미라클의 감사팀과 회계팀을 각각 한 트럭씩 보내겠습니다. 회사 속살 제대로 한번 보여 주세요. 그래야 인수할지, 인수한다면 그 금액을 얼마로 할지 결정할 것 아닙니까? 이 제안을 받아들이시면 전면전은 없었던 일로 하겠습니다만."

역시나 대답을 못 한다. 물론 회계장부를 다 보여 주는 게 쉽지는 않겠지만, 회사를 넘겨야 할 만큼 위급한 상태라면 보여 주지 못할 것도 없다. 다른 속셈이 있었던 게 분명했다.

"회사 사정을 속속들이 파악하고 나서 약한 곳을 치고 들어오겠다는 계산 같은데?"

"물건도 제대로 보여 주지 않고 사달라는 건 팔지 않겠다는 계산 같은데요?"

더는 말씨름 할 필요가 없었다. 주 회장이 어떤 꿍꿍이인지 알아낼 필요도 없어졌다. 비명을 지르고 두 손 두 발 다 들 때까지 공격하면 그만이다. 엄살이 아니라 진짜 위험에 빠트리고 두 번 다시 일어나지 못하게 만들면 된다.

"그럼 오 대표님의 의견은 전달했으니 전 이만 일어나겠습니다."

"자, 잠깐. 내 이야기 마저 듣고 가. 사실은….."

"숙부님… 아니, 주 회장님."

다급하게 내미는 그의 손을 뿌리쳤다.

"어떤 사정이신지는 모르겠지만 이미 늦었습니다. 사실, 알고 싶지도 않아요. 순양카드는 칼을 갈고 총알도 준비 중입니다. 지금에 와서 멈추는 건 이쪽 전투병의 충만한 사기만 꺾는 일입니다. 그런 짓은 못 하죠."

이마에 땀까지 흘리며 나를 붙잡으려는 주광식 회장이 안됐다는 생각이 들기도 했지만, 이번에는 모질게 마음먹었다.

"미라클이, 그리고 제가 회장님 주머니에 든 도구라고 생각하셨습니까? 마음대로 꺼내 이리저리 써먹고 다시 제자리에 두면 된다고 생각하셨어요?"

"천만에, 오해야. 약간의 도움만 주면 되는…."

"제가 왜요? 도와주긴 누가 누굴 도와주겠습니까? 조카님, 숙부님…. 이렇게 부르는 건 단순한 호칭으로 끝내야죠. 서로 먹고 먹히는 게 우리의 본모습입니다."

먹이를 눈앞에 둔 맹수, 난 그런 본모습을 보여 주고 뒤돌아섰다.

얼마 있다 주광식 회장이 사재 1000억을 대현카드에 수혈한다는 기사가 나왔다. 그리고 바로 대현카드 채권단인 은행들도 1000억의 긴급 자금 지원이 결정되었다. 주광식 회장은 이로써 한숨 돌릴 것은 확실하다. 그는 주머닛돈 1000억이 아까워 카드사를 팔아 치울 정도의 쫌팽이가 아니다. 이렇게 손쉬운 해결책이 있음에도 인수를 논했다는 것은 분명 다른 꼼수 때문이다.

"은행 채권단과 극적 타결 했답니다."

뉴스를 보자마자 확인하겠다며 달려 나간 장도형 부사장은 사실 확인이 어려운 소문까지 알아 왔다.

"처음에는 쉽게 해결한다고 큰소리 땅땅 쳤는데, 이 핑계 저 핑계 대며 차일피일 미루다 채권단의 마지막 경고에 사재를 내놓기로 한 모양입니다."

"그 큰소리가 회사를 팔아 버린다는 의미는 아니었겠죠?"

"대현자동차에서 자금을 끌어온다고 큰소리쳤답니다."

대현자동차의 주태식 회장이 동생을 도와준다고? 놀부가 흥부를 도와줬다는 것보다 더 믿기 힘든 말이다. 주광식 회장이 왜 이런 큰소리를 쳤는지 곰곰이 생각하다 머리를 흔들었다. 그 집안 형제간의 일과 그가 왜 미라클을 끌어들이려 했는지 더는 생각 않기로 했다.

사세 확장은 지금이 적기다. 작년 국내 최초로 누적 고객 1000만 명을 돌파하며 외적인 성장의 정점을 이룬 LG카드가 비명을 지르기 시작했다. 신용 조회도 없이 사인 한 번으로 카드를 발급한 결과였다. 그 속에는 백수는 물론 고등학생까지 포함되어 있었다. LG카드는 부실채권 누적으로 부도 위기까지 몰린 상태에서 정부의 공적 자금을 요청한 상태다. 경영권 포기, 워크아웃 신청이라는 마지막 카드를 내밀며 정부와 채권단의 처분 결과만 기다리고 있고, 정부와 채권단은 무려 2조 원의 공적 자금 투입 여부를 논의 중이다.

이렇듯 카드 시장은 붕괴와 재건이 동시에 일어나는 시기며 다행스럽게도 순양카드는 재건의 위치를 미리 선점했다. 대현카드를 욕심내지 않았듯이 LG카드 역시 관심을 두지 않을 것이다. LG카드는 몇 년 뒤 신한은행이 무려 7조 원이나 쏟아부어 인수할 회사 아닌가? 지금 그런 거금을 동원할 필요성은 느끼지 못했다. 그 돈의 100분의 1만 투입해도 무너진 카드 시장에서 충분히 두각을 나타낼 수 있다. 요즘 같은 혼란의 시기에는 오만을 버리고 조심스럽게 한 발짝씩 앞으로 나가도 늦지 않다.

▲ ▲ ▲

가장 큰 혼란은 바로 정치권이다. 내년 총선을 앞두고 정국은 요동치기 시작했다. 대통령이 새로운 정당을 창당하며 개혁을 시도했고, 잔류파는 기존의 야당보다 더 지독한 야당이 되었다. 여당은 국회에서 제3당이라는 초미니 정당으로 출발했고 여소야대의 국면에서 야권은 내년 17대 총선의 승리를 위해 수단과 방법을 가리지 않고 있다.

특히, 누구나 약점이 될 수밖에 없는 대선 자금을 거론하며 대통령과 여당을 압박하기 시작한 것이다. 부메랑이 되어 자신들의 목이 날아가는 것도 모른 채….

불법 대선 자금은 가장 신경 쓰이는 부분이다. 나 역시 불법 대선 자금을 건넸다. 다른 재벌들이야 언제든 선거법 위반이라는 죄를 대신 뒤집어쓸 충신들이 가득하지만, 나는 그런 충신이 없다. 만약 언론이 내 이름을 거론하고 결정적인 증거가 나오면 검찰청 포토라인에 서야 하는 건 바로 나다. 날 대신해서 내세울 사람도 없고 그런 짓은 하고 싶지도 않으니 대비를 해두어야 한다. 노아의 방주는 비가 오기 전 화창한 기간에 만들었고, 'Better safe than sorry(나중에 후회하는 것보다 조심하는 것이 낫다).'라는 말도 있지 않은가.

나는 우병준 상무를 조용히 집으로 불렀다.

"한 가지 확인해야 할 것이 있습니다."

"말씀하십시오, 실장님."

"지난 대선에 말입니다. 제가 준비해서 건넨 선거자금을 추적해 보십시오."

"갑자기 그건 왜…?"

"지금 정치권에서 슬슬 흠집 내기 네거티브를 시작하지 않았습니까? 특히 야권에서 특검까지 거론하며 대선 자금을 조사하자고 군불을 피

우는 모양인데, 저에 관한 그 어떤 흔적도 나오지 않았으면 합니다. 상무님께서 역추적해서 제 흔적이 나오면 지워 버리시기 바랍니다."

우병준 상무는 눈을 몇 번 깜박이더니 되물었다.

"지워 버리라는 말씀 속에 사람도 포함됩니까?"

'사람을 지운다'라는 이 엄청난 말에 한동안 벌어진 입을 다물지 못했다. 이런 내 모습을 보며 우병준은 슬쩍 미소 지었다.

"오해하신 것 같군요. 영화를 너무 많이 보신 것 같습니다만…."

"지, 지운다는 게 무슨 뜻입니까?"

"한국에서 지우는 겁니다. 터진 문제가 잠잠해질 때까지 외국으로 보낸다는 뜻입니다. 설마 죽여서 입을 다물게 한다고 생각하셨습니까?"

"미안합니다. 영화를 너무 많이 본 것 같네요. 하하."

웃음으로 어색함을 감추려 했지만 쉽지는 않았다. 하지만 우병준은 개의치 않았다.

"그때 자금 추적은 불가능하다고 말씀하셨죠? 미국에서 몇 바퀴 돌린 돈이라고."

"네."

"그러니까 그 돈을 추적할 수 있는지 확인하면 되겠습니까?"

"바로 그겁니다. 한번 훑어만 보십시오."

"불가능하다고 자신 있게 말씀하셨는데, 불안하십니까?"

"혹시나 해서요."

"알겠습니다. 찾아보겠습니다. 그런데…."

우병준 상무가 내 눈을 똑바로 바라보며 천천히 말했다.

"그때 현찰을 본 사람은 누구죠? 특히 돈을 오피스텔까지 가져온 사람 말입니다."

"믿을 만한 사람이라고 말씀드렸습니다. 그쪽은 문제없어요."

"총선 앞둔 정당들의 싸움입니다. 그들은 목숨 걸고 덤벼들죠. 동원할 수 있는 모든 자원을 쏟아붓습니다. 그 속에는 검찰과 경찰도 들어 있어요. 실장님을 타깃으로 삼으면 주변부터 칩니다. 주변 사람을 탈탈 털어 협박하면 의리나 신뢰는 와인잔보다 쉽게 깨집니다. 그게 사람이에요."

이 사람도 숱한 배신자를 봐온 게 틀림없다. 모든 걸 먼저 부정적으로 본다. 하지만 자신의 말속에 모순이 있다는 건 생각하지 못했다.

"그때 오피스텔에서 돈을 챙겨 전달한 사람은 바로 상무님입니다. 그럼 저도 상무님을 의심의 눈으로 봐야 합니까?"

의외였는지 곧바로 대답하지 못했다. 우병준은 한참을 침묵하다 고개를 끄덕였다.

"그렇군요. 실장님과 오랜 시간을 보낸 사람조차 믿지 말라고 하면서, 정작 저는 믿음을 보여드리지 못했네요."

"꼭 그런 뜻은 아닙니다. 상무님에 대한 믿음도 시간이 지나면 굳건해지겠죠. 서두르지는 않습니다."

그는 다시 입을 다물었다. 도무지 무슨 생각을 하는지 짐작하기 어려운 사람이다.

"시간을 좀 단축할 필요가 있을 것 같습니다. 사실 실장님이 좋아졌거든요."

우병준 상무는 잘 보이지 않던 미소까지 띠며 주머니에서 휴대전화를 꺼냈다. 전화기를 열고 만지작거리더니 주소록을 보여 줬다.

"이건 이학재 실장님 번호입니다. 삭제하겠습니다."

그는 뭐라 말할 틈도 주지 않고 번호를 지워 버렸다.

"그리고 이건 진 회장님 번호입니다. 삭제하겠습니다."

"사, 상무님. 그… 그건…."

이미 늦었다. 두 사람의 번호는 지워졌다.

"전 제 전화기에 저장하지 않은 번호는 받지 않습니다. 이 정도면 어떻습니까?"

중요한 두 사람의 전화번호 정도야 기억하고 있을 수도 있다. 기억 못 한다면 회사로 가서 다시 확인하면 된다. 어찌 보면 별것 아닌 행동이다. 하지만 이 사람은 내 신뢰를 얻기 위해 내 명령만 수행하겠다는 의지를 상징적으로 보여 주지 않았는가? 그의 말대로 신뢰를 쌓는 시간을 많이 줄였다. 이제 내가 화답할 차례인가?

"돈을 마련한 사람은 미라클의 오세현 대표님입니다. 그리고 오피스텔까지 들고 온 사람은 직원이고요."

우병준 상무는 다시 미소 지었다.

"오 대표님과의 관계는 잘 압니다. 믿을 수 있는 분이죠. 하지만 직원들은…."

"이번 주 내로 미국으로 보내겠습니다. 연수 명목으로 뉴욕 미라클 본사로 보내면 그들도 좋아할 겁니다. 내년 총선 끝나고 잠잠해지면 다시 불러들이죠."

"이렇게 빠르고 철저하니 걱정할 필요는 없을 것 같습니다만, 혹시 모르니 지시하신 자금의 흔적을 되짚어 보겠습니다."

우병준은 조용히 자리에서 일어섰다.

"더 시키실 일은 없으십니까?"

"하나만 물어봐도 됩니까?"

"뭘 말입니까?"

"아까 사람을 지운다는 거, 혹시 설마도 포함됩니까?"

죽여서 입막음하는 일, 정말 없었을지 궁금하다.

"누구 죽여야 하는 사람 있습니까?"

사람 당황하게 만드는 재주는 보통이 아니다. 할 말 잃은 내가 헛웃음을 보이며 고개를 절레절레 흔들자 우 상무도 웃으며 나가 버렸다.

▲ ▲ ▲

"그만 가봐. 이민 가는 것도 아닌데 뭐하러 여기까지 나와?"

"이 자식아. 짐만 보면 이민이야. 3개월 있다가 온다는 놈 가방이 도대체 몇 개야?"

"집사람이 챙긴 거야. 집사람은 쭉 눌러살겠다잖아."

오세현은 12월이 되자 기다렸다는 듯이 짐을 챙겼다. 아버지도 그를 배웅하러 바쁜 시간을 쪼개 공항까지 나왔다. 당신을 대신해서 무려 10년이나 아들을 돌봐 줬다고 생각하는 친구가 외국으로 떠나니 공항까지 나오는 건 당연했다.

"아무튼, 너도 자리 잘 잡아. 내가 곧 갈 거다."

"네가 코타키나발루에? 놀러 올 시간 있냐? 휴가도 못 챙겨 먹는 놈이?"

"거기서 프로그램 하나 찍을 거야. 리조트 홍보 좀 해달라고 이놈이 얼마나 조르는지. 제작비까지 대겠다고 해서 내년에 편성할 거다. 덕분에 나도 슬쩍 한 다리 걸치는 거야."

"그거 잘됐네. 유명한 애들 잔뜩 데리고 와라. 내가 거하게 한번 쏠게. 하하."

두 사람은 가벼운 농담만 계속 주고받았다. 조금이라도 이별을 떠올릴 만한 단어는 쓰지 않았다.

"코타키나발루 가시면 운동도 좀 하세요. 리조트 피트니스 센터 정말 잘 만들어 놨잖습니까?"

"잔소리 그만해라. 공기 좋고 햇볕 좋은 곳에 가면 운동 안 해도 건강해진다."

오세현은 내 옆구리를 쿡 찔렀다.

"그보다 네가 메일만 안 보내면 더 건강해질 거야. 괜한 일로 신경 쓰게만 하지 마. 알아들었지?"

"매일 보고서 보내겠습니다. 하하."

"까분다."

나를 바라보며 환하게 웃는 오세현을 향해 아버지가 말했다.

"그만 들어가라. 제수씨 기다리잖아."

"인마, 너 호칭 조심 안 해? 형수지 어떻게 제수씨냐? 두 살이나 어린 놈이!"

아버지도 웃으며 오세현을 떠밀었다. 출국장으로 들어가는 오세현은 계속 뒤돌아보며 손짓했다. 그의 모습이 완전히 사라질 때쯤 눈물이 왈칵 쏟아지려는 걸 간신히 참았다. 아버지가 없었다면 펑펑 울었을 것이다.

"가자. 참, 넌 회사로 가야 하냐?"

"아닙니다. 오늘은 오랜만에 집에 가서 저녁 먹을게요. 상준 형도 부를게요. 간만에 우리 가족 다 모여 오붓한 시간 보내죠."

"이제 철드는 거야? 세현이 멀리 가는 거 보니 효도해야겠다는 생각이 들어?"

아버지가 흐뭇하게 웃으며 내 어깨에 팔을 올렸다. 그때 아버지의 휴대전화가 요란하게 울렸다.

"응? 이 양반이 웬일이래?"

"누군데요?"

"의료원 원장. 또 VIP 한 명이 입원했나?"

아버지는 고개를 갸웃하며 전화를 받았다.

"네, 원장님. 진윤기입니다."

시끄러운 공항이라 잘 들리지 않는지 손으로 다른 귀를 막았다.

"네? 누구요…? 뭐?!"

갑자기 하얗게 질린 표정의 아버지 손에서 휴대전화가 툭 떨어졌다.

휘청거리는 아버지를 부축하자 뒤따르던 김윤석 대리를 비롯한 수행원들이 달려왔다. 그들에게 아버지를 부탁하고 공항 바닥에 떨어진 전화기를 주웠다.

"원장님, 진도준입니다. 무슨 일입니까?"

"아, 도준이구나. 아버님은?"

떨리는 목소리… 무슨 일인지 단번에 짐작할 수 있었다. 두근대는 심장을 진정하며 말했다.

"지금 충격받으셔서 통화가 힘듭니다. 제게 말씀하십시오. 혹시 할아버지께서…?"

"그, 그게… 이거 참…."

병원장이 머뭇거리자 속이 탔다. 무슨 일인지 빨리 알아야 하기에 소리를 질렀다.

"원장님!"

"아… 회장님께서 쓰러지셨…."

나도 모르게 눈을 질끈 감고 이를 악물었다.

"다행히 이학재 실장과 함께 계셨기 때문에 급히 병원으로 모시고 왔어. 그런데 이 실장이 컨피덴셜을 지시했어."

"함구령을 내렸다고요?"

"그래, 그렇지만 이사장님은 아셔야 할 것 같아 연락드린 거다."

가슴을 쓸어내렸다. 다행히 이학재 실장이 함께 있었고 그는 내가 원하는 조치를 했다.

"할아버지 상태는요?"

"괜찮으시다. 지금 안정을 취하는 중이니…."

괜찮다고 해서 안심할 수는 없는 일이다. 노인은 한번 쓰러지기 시작하면 다음이 없을 수도 있다. 두 번째가 곧 죽음이라 할지라도 이상한 일이 아니다.

"알겠습니다, 원장님. 병원 직원들 입단속 단단히 시켜 주시고…. 고맙습니다, 아버지께 연락 주셔서…."

"아니다, 당연한 일인걸."

통화를 끝내자마자 나만 바라보는 수행원들에게 말했다.

"순양의료원으로 갑시다. 최대한 빨리요."

"네."

김윤석 대리는 휴대전화를 꺼내 승용차부터 대기시켰다.

"뭐래? 아버지는 괜찮으시냐?"

하얗게 질린 아버지가 가까스로 입을 뗐다.

"네. 지금 안정을 취하신다고 하니 염려 마십시오."

"휴… 다행이다. 빨리 가자."

아버지는 뛰는 것 같은 빠른 걸음으로 앞서 나가기 시작했다.

6장

매듭지어야 할 일들

병원 로비를 가로지를 때 병원장과 과장 서넛이 달려와 허리를 꾸벅 숙였다.

　"아버지는요? 특별 병동에 계십니까?"

　"네. 하지만 면회는 어렵습니다. 지금 숙면 중이시니 조금 기다리셔야 할 겁니다."

　로비 한가운데 서서 질문을 퍼부어대는 아버지와 난처한 표정의 병원장, 그리고 안절부절못하는 과장들을 보자 함구령이 아무짝에 쓸모없어질 것 같았다. 지나다니는 병원 직원 중에 아버지와 날 모르는 사람은 없으니까 말이다. 우리 부자의 표정만 봐도 집안에 큰일이 생겼다는 건 누구나 짐작할 수 있을 것이다.

　"여기서 이러지 마시고 조용한 곳으로 옮기시죠. 보는 눈이 많습니다."

　내 말이 떨어지자마자 병원장은 아버지를 특별 병동으로 안내했다.

　"이학재 실장님은 아직 병원에 계십니까?"

　"조금 전에 떠나셨습니다. 회사로 가신 것 같습니다만."

　아버지는 묻고 싶은 말이 산더미지만 가까스로 참아 내는 것 같았다. 할아버지 모습을 확인하는 게 먼저다.

　병실의 할아버지는 산소 호흡기를 달고 의식 없이 누워 있었다. 우리 모두 아무 말 없이 몇 분간 그 모습을 지켜보다 밖으로 나왔다. 병실 입구를 지키는 두 명의 건장한 사내들도 잔뜩 긴장한 모습을 감추지 못했다.

병원장실에 앉아 차 한잔을 마시고 나서야 아버지는 입을 열었다.

"깨어나시면 퇴원 가능합니까?"

아버지는 차마 생명에는 지장이 없냐는 말을 못 하고 이렇게 에둘러 말했다. 하지만 병원장을 비롯한 의사들은 아버지와 눈을 마주치지 못했다.

"계속 입원해 계셔야 합니다, 당분간…. 아니, 퇴원은 어렵다고 보셔야 합니다."

"위독하시다는 뜻입니까?"

병원장은 곁에 앉아 있는 의사에게 눈길을 보냈다.

"음, 음. 뇌혈관 질환입니다. 혈류가 원활하지 않다는 말이지요."

"뇌졸중?"

"그렇습니다. 심장이 많이 약해지셔서 그렇습니다. 회장님의 연세를 생각하면 자연스러운 노화 현상입니다."

"퇴원이 어려운 이유는 뭡니까?"

조심스러운 내 질문에 병원장이 말했다.

"또다시 이런 일이 생기면 아무도 장담할 수 없습니다. 다시 쓰러지신다면 세 시간 이내에 치료를 끝내야 합니다. 그다음부터 골든타임은 점점 더 줄어들고요. 앞으로 이런 일은 빈번히 반복될 것이고 주기도 점점 더 짧아질 겁니다."

"이런 말씀 드리게 돼서 죄송하지만, 자연스러운 노화 현상입니다."

의사라고 해서 생로병사까지 거스를 수는 없는 일, 이제 질문은 단 하나만 남았다.

아버지는 천천히 입을 뗐다.

"어… 얼마나 더…?"

의사들은 대답하기 어려운지 서로 눈치만 살피다 모두 병원장을 쳐다보았다. 이건 병원장이 대답해야 할 질문이었다.

"확답할 수는 없습니다. 다음에 이런 일이 또 생기면 아무도 장담할 수 없습니다. 최선을 다하겠다는 말밖에 할 수 없는 우리를 이해해 주십시오."

할아버지의 죽음을 더는 미룰 수 없다. 도저히 받아들일 수 없는 일이지만 받아들여야 한다. 그날이 얼마 남지 않았다는 생각이 들자 참았던 눈물이 터져 버렸다.

▲ ▲ ▲

다시 병원으로 돌아온 이학재 실장은 진윤기를 발견하고는 조금 놀랐지만, 그가 이 병원의 수장인 이사장이라는 걸 떠올렸다.

"형님."

"응. 언제 왔어?"

"좀 됐습니다. 어떻게 된 일입니까?"

이학재는 진 회장이 쓰러졌을 때 그 자리에 있던 사람이며, 이 상황을 통제하는 사람이다. 진윤기는 자신이 아들이라는 이유만으로 그를 배제할 생각은 없었다.

"나야 매일 몇 시간씩 말 상대 해드리지 않냐. 함께 정원 산책하시다 쓰러지셨다. 참, 의사들 소견은 다 들었지?"

"네."

"할 말은 아니지만 이제 준비해야 한다. 회장님께서 다시 건강하게, 정상적으로 돌아오실 가능성은 없어."

"네, 각오하고 있습니다. 그런데 형님."

"응."

"왜 함구령을 내리셨습니까? 제가 형님들에게 연락하려다 잠깐 미뤘습니다만….”

“회장님 지시였다. 당신은 한 번에 저세상으로 뜨지 않는다고 늘 말씀하셨어. 저승사자가 눈앞에 나타나도 한 번은 쫓아내고 정신 차리신다고 했어. 남은 일을 다 정리하시고 저승사자 만나러 직접 가신다고 신신당부하셨다.”

진윤기는 어이가 없었다. 팔순 넘은 노인은 눈길에 미끄러지는 사소한 사고에도 유명을 달리한다. 희박한 회복 가능성을 두고 도박해서는 안 될 일이다. 이학재는 진윤기의 표정을 보고 그의 생각을 짐작한 듯 웃으며 말했다.

“회장님을 믿어. 너보다 내가 더 잘 안다. 아직 남은 일이 있다고 하셨으니 그거 마무리할 때까지는 돌아가시지 않아.”

“그래도 형님들과 누나에게는 연락해야겠습니다. 아버지가 쓰러지셨는데 숨길 수는 없지 않습니까?”

이학재는 세차게 손을 내저었다.

“기다리자. 의사도 괜찮다고 하지 않았어? 곧 깨어나실 거다. 그때 회장님 지시받고 연락해도 늦지 않다. 네 형제들 원망은 내가 감수하마.”

진윤기는 아버지가 지금 잠자고 있는 거라는 의사의 말이 떠올랐다. 이대로 돌아가시는 일은 생기지 않을 것이니 이학재 실장의 말을 따르기로 했다.

그렇게 모두 진 회장이 깨어나기만을 기다렸다.

▲ ▲ ▲

새벽이 돼서야 할아버지가 깨어났다. 초조하게 기다리던 우리는 병실로 달려갔지만, 할아버지는 이학재 실장만 찾았다. 아버지와 나는 병실 밖에서 안절부절못하며 기다리는데 두 사람의 이야기는 끝이 없었다. 한참 만에 병실에서 나온 이학재는 우리를 막아섰다.

"오늘은 그만 돌아가. 아무도 만나고 싶지 않다고 말씀하셨다. 좀 더 주무시고 연락하시겠다고 하니 회장님 뜻에 따라."

"무슨 소리예요? 잠깐 얼굴이라도 뵙고 돌아가겠습…."

"그만해."

내가 병실 문을 잡으려 하자 아버지가 내 손목을 잡았다.

"네가 있다는 걸 아시잖아. 그런데도 돌아가라고 하신 걸 보면 혼자 계시고 싶은 거다. 조용히 하고 일단 돌아가자."

"그래, 도준아. 오늘내일 당장 돌아가시는 것도 아니다. 의사들 말로는 안정을 취할수록 더 좋다고 했어. 답답하겠지만 지금은 기다려야 한다."

아버지와 이학재 실장의 눈을 보자 더는 고집 피울 수는 없었다.

"국내 최고의 의료진이 24시간 대기 중이니 걱정하지 말고 돌아가. 나도 회장님 지시 몇 가지만 처리하고 돌아갈 거다."

"알겠습니다. 그럼 할아버지께서 찾으실 때까지 병원에서 기다릴게요."

"두 번 말하게 하지 마. 회장님은 모두 집으로 돌아가라고 했어. 그리고 네가 병원에 죽치고 있으면 의사들도 신경이 쓰여 날카로워져. 일단은 집으로 돌아가라. 회장님이 찾으시면 곧바로 연락 갈 거다."

이학재 실장의 엄중한 눈길을 받으니 더는 고집 피울 수 없었다. 이 실장은 병원 관계자를 만나겠다며 사라졌고 나도 아버지와 함께 병원에서 나왔다.

집으로 가는 차 속에서야 아버지의 눈가가 젖은 것을 발견했다.

"괜찮으십니까?"

괜찮을 리야 없겠지만 달리 위로의 말이 생각나지 않았다.

"도준아."

“네.”

“아버지가 쓰러졌다는 전화를 받았을 때 말이다. 난 내 기억에서 전부 지워졌다고 생각했거든. 그런데 아니더라.”

“어떤 기억 말입니까?”

“내 젊은 시절의 10년, 아버지가 내게 실망하고 내가 아버지를 원망했던 그 세월 말이야. 최근 10년 동안 부자 관계를 회복하고 좋은 기억도 많이 있는데… 왜 그때 미안했던 일만 생각나는지 모르겠다.”

나는 아무 말도 하지 못하고 아버지의 손만 꼭 잡았다.

“도준아.”

“네.”

“너도 지금부터 딴생각하지 말고 귀여운 막내 손자 역할에만 충실해. 후계니, 지분이니 이런 복잡한 건 다 잊고 어린 손자처럼 굴어. 아버지가 부탁하마.”

“네. 할아버지께서 즐거운 기억을 조금이라도 더 가지시도록 노력할게요.”

원하는 대답을 들려드렸으나 쉬운 일은 아니다. 내 머릿속이 복잡한 만큼 할아버지도 복잡할 것이다. 그리고 내 할아버지는 임종 직전까지 순양그룹 진양철 회장이라는 직책에 전념할 것이 틀림없다.

언제 할아버지를 볼 수 있을까 생각하다 보니 아침이 될 때까지 잠한숨 자지 못했다. 병원에서 연락이 올지도 몰라 출근도 하지 않고 만하루를 꼬박 집에서 지냈다. 전화가 울린 건 밤 10시가 넘어서였다. 이학재 실장의 전화였다.

“네, 실장님.”

“회장님께서 찾으신다. 수행원 달지 말고 조용히 혼자 와. 참, 네 아버지에게도 알리지 말고. 무슨 말인지 알겠지?”

"네."

"특별 병동 지하 주차장을 통해서 와라. 전용 통로 알지?"

"네, 지금 출발하겠습니다."

통화를 끝내자마자 차 열쇠를 쥐고 주차장으로 향했다. 빠른 스포츠카를 전부 줘버린 걸 처음으로 후회했다. 몇 번의 교통 신호 위반과 단속 카메라를 무시하고 병원으로 달렸다. 특별 병동의 지하 주차장에는 이미 이학재 실장의 부하직원이 나와서 나를 기다리고 있었다.

"키 주시고 올라가시지요. 기다리고 계십니다."

"고마워요."

차 키를 전해 주고 곧바로 엘리베이터를 탔다. 오늘따라 엘리베이터 속도는 왜 이리 굼뜬지… 발만 동동 굴렸다. 병실 문을 열고 들어서니 전혀 의외의 광경이 기다리고 있어 말이 나오지 않았다.

"하, 할아버지. 지금 뭐 하시는 거예요?"

할아버지는 코트에 중절모까지 쓰고 밖으로 나갈 준비를 하고 있었다.

"뭔 호들갑이냐? 다녀올 데가 있으니 차려입은 게지."

병실에는 병원장과 의사들도 함께 있었다. 혹시 퇴원하겠다고 쓸데없는 고집을 부린 건 아닌지 모르겠다.

"괜찮다. 이분들도 허락했어."

"괜찮을 리가 있습니까? 아직 퇴원은 안 됩니다. 좀 더 누워 계세요."

"시끄럽다. 어디서 감히 죽을 병 걸린 환자 취급이냐."

"할아버지!"

"이놈아. 시간이 없어. 빨리 따라나서지 못하겠느냐?"

할아버지의 간절한 눈빛, 그리고 할아버지 뒤에서 머리를 끄덕이는 이학재 실장을 보고 나도 고집을 꺾었다. 특히, 시간이 없다는 할아버지의 일갈이 내 속을 후벼 팠다. 부족한 시간을 나 때문에 허비할 수 없는 일이다. 재빨리 다가가 할아버지의 몸을 부축했다.

"좋은 데 가는 거 아니면 차 돌릴 겁니다."

"미루고 미룬 곳이니 네 마음에 쏙 들 게다. 허허."

부축한 내 손을 꼭 잡은 할아버지는 바짝 마른 입으로 환하게 웃었다. 주위를 완전히 차단한 경호원들을 지나 지하 주차장으로 내려갔다. 이미 세 대의 자동차가 시동을 건 채 대기 중이었다. 가장 뒤에 대기 중인 구급차를 보자 그나마 마음이 놓였다.

"이 차 어떠냐? 새 차가 나왔다길래 가져와 보라고 했다."

선두 차와 앰뷸런스 사이에 떡하니 그 자태를 뽐내는 BMW 7시리즈가 낮은 배기음을 내며 우리를 반겼다.

"오늘 내가 쓰고 나면 더 쓸 일은 없지 싶다. 네가 가져가서 써라."

"저도 좋은 차 많습니다. 이 차는 할아버지가 계속 쓰세요. 앞으로도 좋은 곳 많이 다니시며 바람 쐬셔야죠."

"쓸데없는 소리. 내 상태 뻔히 알면서 그러느냐? 위로랍시고 하는 말인 건 잘 알겠는데, 손자의 위로로 다시 젊어진다면 얼마나 좋겠냐마는…. 부질없다. 가져다 써라."

할아버지가 이미 죽음을 순순히 받아들였다는 게 더 마음 아프다. 생명을 하루라도 더 연장하려는 노력조차 하지 않을 것 같다. 어쩌면 이 순간이 할아버지와 단둘이 함께할 수 있는 마지막 순간일지도 모른다.

'정말 시간이 없다. 젠장…!'

선두 차에 건장한 경호원들이 먼저 올랐다.

"그럼 조심해서 다녀오십시오, 회장님."

이학재 실장이 머리를 숙였다. 동행하지 않을 생각인 것 같다.

세 대의 차가 천천히 출발했다.

"힘드실 텐데 눈 붙이고 계십시오. 도착하면 말씀드리겠습니다."

"영원히 쉴 날이 며칠이나 남았다고? 목숨 붙어 있는 동안 부지런히 우리 손자 얼굴 봐둬야지."

철면이라는 우리 할아버지, 별명을 바꿔야 하나? 한 마디 한 마디가 내 가슴을 후벼 판다.

"하긴 이 정도 잘난 손자는 어디 가서 보기 힘들죠. 하하."

막내답게 재롱이라도 떨어 할아버지를 즐겁게 해주고 싶었지만, 기껏 할 수 있는 게 이따위 썰렁한 농담뿐이다. 하지만 이런 내 모습도 계속 웃으며 봐주는 게 다행이라면 다행이었다.

"참, 이야기는 들었다. 대현카드 인수는 포기했다면서?"

참 말리기 힘든 사람이다. 이 와중에 일 이야기라니? 딴 이야기나 하자고 말하려다 생각을 바꿨다. 당신이 살아 있다는 걸 느끼는 순간은 바로 일을 하거나 일 이야기 하는 순간일지도 모른다는 생각이 퍼뜩 들었기 때문이다.

"네. 실망하게 해드려 죄송합니다. 대현이 제게 미끼를 던지긴 했는데 물지 않았습니다."

"그래서? 대현카드는 완전히 포기한 거냐?"

"아뇨. 노선을 바꿨습니다."

"어떻게?"

"제대로 한판 붙어서 아예 피떡으로 만들어 버리려고요. 돈 되는 고객을 싹 끌어올 생각입니다."

할아버지는 싸운다는 말에 눈빛이 선명하게 빛났다. 역시, 우리 할아버지에게 생기를 불어넣는 건 손자의 재롱이 아니다. 오로지 일에서만 살아 있다는 걸 느끼는 사람이다.

"돈 좀 깨지겠는걸?"

"제 유일한 무기 아닙니까?"

"깨지는 거에 비해 전리품이 부실할 수도 있어."

"아마도요. 하지만 이번에는 손익 따져 가며 싸울 때가 아닙니다."

"어째서? 장사치는 이문 남는 장사가 아니면 시작하지 않는 게 순리다."

"그렇지만 본때를 보여 줄 때라는 생각이 들더군요. 절 만만하게 보는지, 이리저리 도구로 쓰고 싶어 합니다."

"주광식 그놈이?"

"네."

"얕보이면 끝이지. 암, 두 번 다시 바라보지도 못하게 밟아 버려. 네 그림자만 봐도 오줌을 찔끔 싸게 말이다. 허허."

달리는 차 안에서 시시콜콜한 회사 일까지 이야기했다. 내 이야기를 들으며 흐뭇한 미소를 짓는 할아버지를 보니 점점 마음이 편해졌다.

"참, 오세현 대표는 회사 일 손 떼고 코타키나발루로 떠났습니다."

"뭐라? 아니… 그놈 나이가 몇인데 벌써 한량으로 지낸다는 게냐?"

"제 말이요. 이제 팔자 늘어졌죠, 뭐. 참, 할아버지도 거기 리조트 한 번 구경하셔야 하는데…."

"리조트? 됐다. 내 집이 그 리조트보다 백배는 더 좋고 편한데 뭐 하러 더운 나라까지 비행기 타고 간단 말이냐? 외국은 출장 갈 일이 있을 때만 가는 거다. 내가 거대한 집에 사는 이유가 뭔데? 편히 쉬려고 그 큰돈을 쓴 거 아니겠냐?"

빈말이라도 손자가 지은 리조트 구경 못 해서 아쉽다는 소리는 하지 않는다. 참, 할아버지답다.

밤늦게 출발해서 도로는 한산했다. 어느새 차는 서울을 벗어나 남쪽으로 달리고 있었다. 계속 나타나는 표지판을 보니 목적지가 어딘지 알 것 같았다.

"차 잠깐 세우지."

"네, 회장님."

비상 깜빡이를 켜고 도로 한쪽에 서자 할아버지가 창문을 내렸다.

"저기 기억나느냐?"

할아버지가 가리키는 곳, 그곳에는 그때와 마찬가지로 신호등이 빨간 불빛을 내고 있었다.

"네."

바로 김윤석 대리가 우리를 대신해서 BMW로 돌진한 곳, 황천길을 건널 뻔했던 바로 그곳이었다.

"자네는 좀 내리게. 장시간 운전한다고 힘들었을 텐데 허리라도 좀 펴고, 담배도 한 대 피워."

운전기사를 위한 배려가 아니다. 지금부터 할아버지가 하는 말을 모르게 하기 위함이다. 운전기사도 그 뜻을 모르지는 않았다.

"감사합니다, 회장님. 밖에서 대기하겠습니다."

기사가 내리자 할아버지는 다시 창문을 올렸다.

"우리 저기서 사고 난 후 시간도 꽤 흘렀지?"

"네. 오늘 여기 안 왔으면 기억도 못 했을 거예요. 김윤석 대리가 새삼 고맙네요."

"아차, 그놈 한번 데리고 와라. 내가 고맙다는 인사도 제대로 못 했어. 네게 착 달라붙을까 봐 윽박지르기만 한 것 같아. 허허."

"아닙니다. 할아버지께서 이학재 실장에게 보내지 않으셨습니까? 많이 배웠다고 늘 고마워하고 있습니다."

"그래도 데리고 와. 생명의 은인이다."

"네, 그리하겠습니다."

할아버지는 한동안 사고 지점을 말없이 바라보기만 했다.

"도준아."

"네."

할아버지가 다시 입을 뗐을 때 목소리가 살짝 떨렸다.

"넌 그 사고에 대해서 이상하다는 생각을 단 한 번도 해본 적 없어?"

뭐라고 말해야 하나? 궁금해서 미칠 지경이었고 어느 정도 짐작한다고 대답해야 하나? 하지만 그냥 평소와 다름없이 대답했다.

"사고니까요. 트럭 기사 과실이라고 하지 않았습니까?"

"진정 그렇게 믿는 게냐?"

"네."

조금의 망설임도 없이 대답했다. 가족을 의심한다는 말은 차마 할 수 없었다.

"이젠 거짓말을 해도 표정도 변하지 않는구나. 사기꾼이 다 됐어. 허허."

무슨 이유인지 모르겠지만, 할아버지는 암 레스트까지 탁 치며 웃음을 터트렸다.

"할아버지, 말씀하시기 곤란하신 건 그냥 묻어 두셔도 됩니다. 제가 이미 말씀드리지 않았습니까? 오늘 여기 안 왔으면 기억도 못 했을 거라고요. 전 이미 다 잊었습니다."

진심이었다. 누구 짓인지 말하지 않아도 뻔하다. 가족 중 한 명 아니겠는가? 이미 묻어 버린 사건을 다시 들춰내서 감옥으로 보내는 것도 불가능하다. 정말 끝난 일이다.

"미안하구나."

할아버지는 내 손을 덥석 잡았다.

"다 나로 인해 벌어진 일이다. 내 책임이야."

"갑자기 왜 그러세요…."

할아버지는 손을 들어 내 말을 막았다.

"내가 네 할미를 조금만 챙겼다면 그런 일은 생기지 않았을 게다. 언제부턴가 남남처럼 지냈으니 그 할망구가 나 대신 아들에게 집착한 거야."

'할머니였다니!'

차라리 큰아버지 중 한 명… 아니, 큰아버지들이 함께 벌인 일이라고 생각하는 게 더 낫다. 손주를 해하려는 할머니는 너무 비정하지 않은가?

"내가 순양그룹 전부를 아들이 아니라 네게 물려준다고 생각하고 눈이 뒤집혔을 게야. 네가 순양그룹을 차지한다면 모든 걸 다 잃는 셈이니까 말이다. 남편도, 유산도, 아들도. 그래서 그런 일이 벌어지기 전에 막으려 했던 게다."

더 듣고 싶지 않았지만, 할아버지의 말을 끊을 수 없었다. 할아버지는 아직 하고 싶은 말이 남았고, 나 역시 들어야 할 말이 남았다.

"네 에미를 그리 싫어한 이유도 아들을 뺏겼다고 느꼈기 때문이다. 나도 한때 그랬어. 하지만 이유는 달라. 난 내 기대를 저버린 네 아비에게 실망했고, 그 분노를 죄 없는 네 에미에게 쏟아 냈어."

"어제 아버지가 그러시더군요. 할아버지가 쓰러지시니 할아버지를 원망했던 젊은 시절의 10년이 너무 죄송하고 후회스럽다고 말입니다. 너무 자책하지 마십시오."

"유, 윤기가 참으로 그리 말하더냐?"

"네."

할아버지의 손끝이 파르르 떨렸고 눈에 기쁨이 서렸다. 나도 아버지의 진심을 고스란히 전달할 수 있어 한없이 기뻤다.

할아버지는 눈가에 맺힌 한 방울의 눈물을 훔치며 말했다.

"늙으면 눈물이 흔해진다더니, 내가 딱 그 짝이로구나. 그놈 말 한마디가 내 가슴에 박힌 대못을 뽑아 줬어."

“다행입니다. 그러니 할아버지, 더는 말씀하시지 않으셔도 됩니다.”

“아니다. 아직 멀었다.”

할아버지는 떨리는 목소리를 다 잡았다.

“네 할미는 살아 있는 동안 앞으로도 계속 널 미워할지도 모른다. 죽고 나서야 그 미움이 풀릴 게다. 그 엄청난 증오는 나 때문이야. 그러니 넌 나를 봐서라도 네 할미를 너그러이 대하고 용서하거라.”

이것이 내가 들어야 할 말이다.

“걱정하지 마세요. 전 할머니가 어려울 뿐이지 미워하지 않습니다. 그리고 용서하고 말고도 없어요. 이미 까마득히 잊었습니다.”

“아니다. 내가 단단히 일러두겠지만, 그 할망구가 또 네게 해코지할지 몰라서 하는 소리야. 그런 일이 있더라도 용서하라는 뜻이다.”

내게 향하는 증오는 바로 할아버지를 향한 것이다. 참 지독하다. 아무리 남편이 미워도 그 덕에 평생을 호의호식하지 않았는가?

아니, 어쩌면 증오가 아니라 욕망일 수도 있다. 남편이 일군 모든 것을 바로 자신의 것이라 여기기에 단 하나도 뺏기지 않으려는 욕망. 그래야 이해할 수 있다. 손자를 해치려는 마음이 증오보다는 욕망이라고 해야 조금 더 받아들이기 쉽다. 욕망은 충분히 핏줄을 뛰어넘을 수 있을 만큼 강력하기 때문이다.

“앞으로 어떤 일이 벌어지더라도 할머니를 원망하지 않겠습니다. 약속드릴 테니 이제 그만하십시오.”

할아버지는 내 눈을 보며 진심을 읽으려 애썼다.

“그래. 내가 널 믿지 않으면 누구를 믿겠냐?”

고개를 끄덕이며 창문을 내렸다.

“추운데 고생했다. 이만 가자.”

기사는 재빨리 다른 차에도 신호를 보내고 차에 올랐다. 자동차는 다시 남쪽을 향해 달렸다.

"할아버지, 서울로 가는 거 아니에요?"

"아니다. 여긴 지나는 길에 들른 게다. 우린 군산으로 간다."

'군산이라고? 설마 그때 못했던 그것 때문에 아픈 몸을 이끌고 이렇게 무리하시는 것인가?'

"할아버지. 전 이미 할아버지의 뜻을 잘 압니다. 굳이 군산까지 갈 필요가 있을까요? 편찮으신데 몸만 축납니다. 그냥 돌아가시죠."

"이놈이! 순양그룹 역사의 출발점이야. 그 중요한 곳을 그냥 지나친다고? 어림 반푼어치도 없는 소리 말아라! 때로는 내용보다 형식이 더 중요할 때도 있는 법이야."

이 고집을 내가 꺾을 방법은 없다. 마지막 그날까지 할아버지가 원하는 대로 군말 없이 따르기로 마음먹었다.

"그리고 단지 그것 때문만은 아니야. 네가 인사드려야 할 분도 계시다."

'인사? 누굴까? 설마… 꼭꼭 숨겨 두신 작은할머니는 아니겠지?'

▲ ▲ ▲

"이게 원래는 목조창고였는데 보수작업을 계속 거치면서 이렇게 변했어. 까마득한 옛일이지만 아직도 기억나. 때 묻은 나무가 내는 향기, 바짝 말라가는 쌀가마니의 냄새와 누렇게 변해 버린 그 갈색 나락…. 난 거기서부터 돈을 모았어."

할아버지는 이미 콘크리트와 벽돌로 뒤덮인 건물을 매만지며 추억에 잠겼다.

"바람이 찹니다. 회장님. 안으로 들어가시지요."

급히 연락받고 달려 나온 순양그룹 역사관의 책임자는 하얀 입김을 내뿜는 할아버지 곁에 서서 안절부절못했다. 감기라도 드는 날엔 본사에서 불호령이 떨어지기 때문이다.

"거, 사람 참…. 조금만 기다리게. 자네가 일을 똑바로 하는지 안 하는지 점검하는 게야. 건물 벽에 금이라도 하나 발견하는 날엔 아주 혼쭐날 줄 알아."

"아이고 회장님. 제가 이곳을 얼마나 애지중지하는지 아시지 않습니까? 여기 거미줄만 발견해도 온갖 호들갑을 다 떱니다요. 보십시오. 먼지 좀 묻은 게 전부 아닙니까? 땟자국 하나 없어요."

역사관 책임자는 건물 벽을 손으로 쓱 훔치고 할아버지 눈앞에 내밀었다.

"허허, 그러네. 관리 잘 해줘서 고마워."

할아버지는 그의 어깨를 가볍게 툭 쳤다.

"자, 들어가자."

아무도 없는 텅 빈 실내는 할아버지의 구두 소리가 낮게 울렸다. 우리는 구식 양복 차림의 중년 남자들이 환하게 웃는 모습을 담은 낡은 흑백 사진 앞에 멈춰 섰다.

"이건 순양섬유가 최초로 1억 불 수출을 달성했을 때야. 지금이야 너도나도 1억 불이지만, 저 때만 해도 정말 대단한 쾌거였지."

불도저와 포크레인, 공사장 인부들의 곡괭이질 사진도 있었다.

"너 이 사진 뭔지 알겠니?"

"혹시 경부고속도로 아닙니까?"

"맞다. 대통령의 특별 지시로 시작한 대역사 아니냐? 건설, 토목회사들이 난리 치던 때야. 누가 가장 먼저 공사를 끝내느냐로 마치 달리기 시합처럼 공사를 서둘렀지. 그래야 대통령 눈에 띄거든. 허허."

과거 빛나는 순간을 포착한 사진은 계속 이어졌다.

"이건 리비아 대수로 공사 때 쓰던 송수관 사진이구나. 정말 말도 안 되는 엄청난 사업이지."

리비아 대수로는 남부 사하라 사막의 지하수를 북부 지중해 해안에 있는 도시들로 공급한다. 총 길이가 4000킬로미터가 넘는 거대한 송수관이 사막을 가로질러 하루 650만 톤의 물을 지중해 연안에 공급하는 이 초대형 프로젝트는 총공사비가 무려 300억 달러에 이른다.

할아버지는 사진과 기념품을 통해 과거의 기억을 더듬으며 하나하나 설명을 이어갔다. 마치 현장에 있는 듯 상기된 표정, 쉴 새 없이 흘러나오는 미소, 형형한 눈… 할아버지는 꺼져 가는 촛불이 아니라 활활 타오르는 횃불 같았다. 미술관 큐레이터처럼 사진 하나하나에 얽힌 일화와 그때의 감정을 자세히 설명하고는 한쪽 벽에 놓인 의자에 앉았다.

"어떠냐? 이렇게 보니 그럴싸하지?"

"뭐가 말입니까?"

"순양의 성장 말이다."

"그럴싸한 게 아니고 대단한 거죠."

"아니다."

"네?"

"저거 전부 다 가짜야. 허허."

가짜라니? 이건 또 무슨 의미일까?

"보자… 어디였더라? 아, 아마 '한일상사'였을 거다. 지금이야 흔적도 찾기 힘든 회사지만, 아무튼 그놈들이 최초로 1억 불 수출 달성을 코앞에 두고 있다는 소문이 돌더라고. 이거 큰일이다 싶었지. 최초는 내가 되고 싶었거든. 그래서 가짜 서류 만들어서 언론에 발표해 버렸지."

가짜라고 하길래 모든 게 허망하다든지, 부질없는 1등 싸움에 치중했다든지 하는 비유적 의미인 줄 알았지 정말 거짓이라고는 생각지도 못

했다.

"기자들에게 떡값 돌리고 잘 부탁한다고 하니까 대서특필한 거야. 떠들썩하게 해놨으니 다들 그런가 보다 하고 받아들였어."

"그래도 수출 통관 서류가 남아 있을 텐데요? 그거 확인하면….'

"아, 그거야 금방 들켰지. 정부도 난감해 했지만 어쩌겠어? 1억 불 수출이라는 상징성 때문에 국민들도 자기 일처럼 뿌듯해 하는데 아니라고 초를 칠 이유가 없잖아. 대통령도 수출, 수출하며 입에 달고 살았고…. 으허허!"

그게 전부는 아닐 것이다. 엄청난 돈을 여기저기 뿌려 무탈하게 넘어갔을 게 뻔하다.

"경부고속도로 속도전은 부실 공사라 나중에 하자보수 하며 메꿨고, 리비아 대수로 공사는 앞으로 남고 뒤로 아까지(적자) 난 헛발질이었어."

회한에 잠긴 음성이 아니라 재미있는 추억을 더듬는 밝은 목소리였다.

"그렇지만 지금 이 역사관은 어떠냐? 성공을 써 내려간 상징처럼 보이지?"

"처럼이 아니라 상징 맞습니다."

"그래. 한국경제의 역사와 맞물리는 성공의 상징이지. 과정이야 여기저기 너덜너덜했지만 말이다."

할아버지는 내 손을 꼭 잡았다.

"어떠냐? 넌 이 역사관을 계속 넓힐 자신이 있겠지?"

"아뇨. 이곳은 지금 이 상태로 멈춰야죠. 여긴 할아버지의 기념관입니다."

내 의외의 대답에 할아버지가 눈을 치켜떴다.

"왜? 더 크게 키울 자신 없어?"

"어린애가 성인이 될 때까지는 무럭무럭 자라죠. 하지만 성인이 되면 키도 멈추고, 덩치도 더는 커지지 않습니다."

"순양그룹은 이제 다 큰 어른이다?"

"한국 경제성장률을 보십시오. 클 만큼 컸습니다. 병들지 않고 시들지 않도록 건강 관리가 우선이죠."

"그래서? 지키는 것에만 힘쓰겠다? 에이!"

할아버지의 손이 내 뒤통수를 갈겼다. 살날이 얼마 남지 않은 손길이었지만 꽤 맵다. 난 뒤통수를 만지며 말했다.

"순양은 건강만 지키면 됩니다. 대신 또 다른 종자를 심어 새싹을 틔우고 거목으로 키워야죠. 제2의 순양이 될 겁니다."

"또 하나의 순양이라…."

"네. 아, 물론 키우는 데 필요한 거름 값은 순양이 좀 보태야겠죠."

또다시 뒤통수에 손이 날아왔다. 이번은 그리 맵지 않았다.

"순양 돈을 왜 빼먹어? 네 돈으로 거름 대고 물 뿌려. 돈도 많은 놈이!"

나란히 앉은 할아버지의 표정을 곁눈질로 보니 웃고 있었다. 이 정도면 만족하려나?

"그만 일어나자. 출출한데 해장국이나 먹으러 갈까?"

"피곤하시지는 않으세요? 좀 쉬시는 게…."

"어제 하루를 꼬박 잤다. 피곤할 게 뭐가 있다고? 어서 가자. 여기 선지해장국 잘하는 데 있어. 먹을 만하다."

밖으로 나오자 의료진이 우르르 몰려와 할아버지를 부축했다.

"괜찮아. 내 몸 정도는 가눌 수 있어. 자네들도 출출할 테니 같이 가지. 해장국 한 그릇 정도는 내가 대접함세."

해장국 한 그릇을 깨끗이 비우고 밖으로 나오자 희끗한 새벽빛이 밝아오기 시작했다.

"이제 올라가셔야죠? 또 장시간 차를 타야 하는데 어디 온천이라도 가서 좀 쉬고 출발할까요?"

"아직 멀었다. 들를 데가 있어."

"아차, 깜빡했습니다. 인사드릴 분이 있다고 하셨죠?"

"그래. 여기서 그리 멀지 않아. 바로 출발하자."

"방문하기에는 너무 이른 시간 아닙니까?"

"늙은이라 새벽잠이 없어. 동트기 전에 일어나서 밥 챙겨 먹을 영감이다. 괜찮아."

영감이라고 하니 숨겨 둔 여인은 아니다. 누굴까?

한 시간 남짓 국도를 달렸다. 도착한 곳은 완전 깡촌도 아니었고 중소도시도 아닌, 흔히 볼 수 있는 시골이었다. 논밭과 비닐하우스 그리고 과수원이 펼쳐져 있지만, 흙길이 아닌 포장도로가 집 앞까지 깔린 그런 작은 마을로 들어섰다. 집집마다 이미 불이 켜진 것으로 보아 새벽부터 농사일을 준비하는 듯했다.

우리 차가 멈춘 곳은 이런 시골에서는 보기 힘든, 꽤 멋들어진 한옥 앞이었다. 낮은 담 너머로 보이는 넓은 마당은 관리가 잘된 잔디가 깔려 있었고, 본채와 별채로 이루어진 집은 누가 보더라도 고급 자재를 잔뜩 썼다는 걸 알 수 있을 만큼 화려했다.

이미 자동차 소리를 들어서인지 백발의 노인이 담 너머 우리를 지켜보고 있었다.

"이놈아. 형님 오시는 걸 뻔히 보고도 문 안 열고 뭐 해?"

"거참, 새벽부터 뭐 이리 요란하게 행차하십니꺼? 동네 사람들 다 깨것수."

툴툴거리며 문을 열었지만 반가움을 감추지 못하는 표정이다.

"아침은 자셨습니꺼? 밥 준비하라고 하까예?"

할아버지는 지독한 경상도 사투리로 반기는 노인의 손을 꼭 잡았다.

"해장국 한 그릇 했어. 나중에 점심이나 챙겨 주게."

"오믄 온다꼬 전화라도 하제. 그라고 밥때 됐는데 만다꼬 사 묵는교? 와서 자시면 되지."

섭섭한 듯 말하는 노인을 따라 할머니도 나와 할아버지를 반겼다.

"아이고, 회장님. 여까지 어인 일이라예? 참말로 오랜만이라예. 아이고 참, 우짜노? 쪼매만 기다리소. 내 얼른 밥 안치고 아침 준비하께예."

"고마 됐다. 자시고 오셨다니께 우리끼리 묵자. 차나 좀 내온나."

"그래도 밥 한술은 뜨고 가셔야지예. 저기 젊은 장정들이 몇인데? 얼른 준비하께예."

할머니는 뭐라 말할 새도 없이 쪼르르 부엌으로 달려갔다.

"제수씨는 여전하시네. 허허."

"말도 마이소. 인자 내 말이라믄 똥으로도 안 듣는다 아입니꺼? 그냥 지 하고 싶은 대로 다 합디더. 그만 들어가입시더. 바람이 찹니다."

노인은 같이 온 일행을 향해 말했다.

"저짜 별채에 가서 손발 좀 녹이소. 보일러 틀어 놔서 따숩을 거라."

모두 할아버지의 눈치만 살피자 노인이 버럭 소리 질렀다.

"집주인이 괜찮다고 안 하나? 얼릉 안 드가고 뭐하노?"

할아버지가 머리를 끄덕이자 모두 집 안으로 들어갔다.

"근데 야는 누꼬? 손잔교?"

"그래. 우리 집 막내야. 도준아, 인사드리거라."

난 이 경상도 영감님 앞에서 대뜸 큰절을 올리고 일어나서 머리를 조금 숙였다.

"진도준입니다. 작은할아버지."

살얼음이 낀 잔디에 주저 없이 엎드리니 조금 놀란 듯 보였다.

"어흠…. 거 어린놈이 싸가지는 있네. 형님 핏줄 맞소?"

"시끄럽고. 춥다, 빨리 들어가자."

반가움을 저리 표현하는 걸 보니 두 사람은 보통 사이가 아닌 듯한데, 정말 누구일까?

집 밖이 화려한 만큼 내부도 보통이 아니었다. 멋들어지게 쓴 붓글씨가 돋보이는 족자, 골동품처럼 보이는 도자기까지 즐비하다. 가짜가 아니라면 이 노인은 부자가 틀림없다. 노부부 둘이 사는 집이 이리 크고 깔끔하다는 건 분명 집안일하는 사람도 있다는 증거다. 아니나 다를까, 다과상을 들고 온 사람은 조금 전 그 할머니가 아니라 30대로 보이는 젊은 여인이었다. 핏줄이라면 소개를 했을 텐데 머리만 꾸벅 숙이고 나가는 거로 봐서는 딸이나 며느리가 아닌 듯했다.

"차 드이소. 형님이 지난번에 보내 주신 중국차라예. 맛이 에법 납디다."

"내가?"

할아버지가 고개를 갸웃하자 노인이 곧바로 이마를 찌푸렸다.

"그럼 그렇지. 이런 거 챙겨 줄 만큼 살가븐 사람이 아이제. 보나 마나 밑에 것들 시킨거구먼."

"누가 보냈든 내 돈으로 산 거다. 고맙다는 말도 안 하면서 불평은!"

두 사람이 찻잔을 들고 나서 나도 한 모금 마셨다. 따뜻한 차를 마시니 몸이 녹는 것 같았다. 노인은 무릎 꿇고 공손히 앉은 나를 물끄러미 보더니 할아버지를 향해 물었다.

"야도 델꼬 갔다 왔소? 군산에?"

할아버지는 머리를 한 번 끄덕이는 것으로 대답을 대신했다.

"순양카드 하나로 지 큰아버지 둘을 데꼬 논 게 이놈이요? 똘똘해 보이긴 하구만."

은퇴해서 유유자적하는 시골 노인이 아니다. 정말 누굴까?

"니도 너거 할아버지 자리 노리는 기가?"

"글쎄요. 노린다기보다는 언젠가 제가 그 자리에 앉을 수 있기를 희망하는 정도입니다."

"언젠가? 그기 언젠데?"

"저도 모릅니다. 하지만 전 아주 강력한 장점이 있으니까 느긋할 수 있습니다."

"장점? 나이 말하는 기가?"

"네. 10년 뒤든, 20년 뒤든 천천히 준비하면 언젠가는 가능하지 않겠습니까?"

"능물 떠는 건 영판 형님이오."

노인은 피식 웃으며 할아버지를 향해 말했다.

"10년은 무슨! 당장 내일이라도 순양그룹 회장실에 앉고 싶어 안달난 면상이구만."

마치 내 속을 훤히 들여다보는 듯한 말투지만, 그렇다고 딱 들어맞는 소리를 하는 것도 아닌 걸 보면 점쟁이나 관상 보는 사람은 분명히 아니다. 할아버지는 왜 이 노인을 꼭 만나야 한다고 했을까?

"도준아."

"네."

할아버지는 눈을 천천히 한번 끔뻑했다.

"내가 이 고약한 늙은이랑 할 이야기가 좀 있으니 밖에 나가 있겠느냐?"

"네, 할아버지."

나는 조용히 일어나 머리를 숙이고 밖으로 나갔다.

▲ ▲ ▲

"형님. 손자 보여 줄라꼬 오신 건 아니지예? 뭡니꺼?"

"저놈 부탁하러 왔어."

노인의 표정이 급격히 굳어졌다.

"어디 편찮으십니꺼?"

"쓸 만큼 썼다는구먼. 이제 고쳐서도 쓸 수 없을 만큼 망가졌어. 얼마 남지 않은 것 같으이."

진 회장은 손가락으로 자신의 왼쪽 가슴을 쿡 찔렀다.

"형님!"

"호들갑 떨지 말고."

진 회장은 조용히 찻잔을 들었다.

"가는 길 늦출 생각은 없어. 충분히 살았고 미련도 없다."

노인은 입술만 지그시 악물 뿐 아무 말도 하지 못했다.

"자네는 공기 좋고 물 맑은 이곳에서 좋은 것만 먹고 있으니 앞으로 10년은 거뜬할 거 아닌가? 그동안 저놈 좀 보살펴 주면 돼."

두 노인은 찻잔을 다 비울 때까지 서로 눈을 마주치지 못했다.

마침내 노인이 입을 열었다.

"저놈이 그룹을 물려받습니꺼?"

"알면서 뭘 물어봐? 잘난 놈이 차지하겠지."

"고약한 심술은 어디 안 갔네. 손주놈에게는 달랑 10퍼센트밖에 안 줬으면서 우째 싸워요? 그것도 피도 눈물도 없이 냉혹한 놈들 틈에서!"

"10퍼센트 아냐. 더 많이 줬어. 아니… 더 많이 뺏어 갔다고 말하는 게 맞겠구먼."

"뭘 뺏어요?"

"내 주식. 으허허."

"뭔 소리 하는 겁니꺼, 지금? 알아묵기 쉽게 말 안 할 겁니꺼?"

"순양자동차를 가져갔고, 이번엔 순양카드를 가져갔지. 들어는 봤겠지? 미라클 인베스트먼트와 HW그룹, 옛 아진그룹 말일세."

"네. 그게 뭔 상관인데예?"

"그 두 회사가 바로 저놈꺼네."

"예? 그기 무신…?"

"과정은 나도 잘 모르네. 아무튼, 목초지 좀 떼줬더니 그걸 장사 밑천 삼아 이만큼 일궜네. 겉으로 보이는 규모만으로도 국내 20대 그룹이고 미국에 투자한 돈은 나도 알 수 없어. 물론 순양자동차 넘길 때 주식도 좀 얹어 준 건 사실이야. 하지만 저놈이 가진 건 다 저놈 혼자 힘으로 세운 게 맞아."

진 회장의 설명이 끝나자 노인의 입꼬리가 올랐다.

"형님이 저놈을 엥가이 아끼누만요."

"사실이라니까!"

"씰데없는 소리! 영기 놈이나 동기 놈이 눈을 부라리고 있으니까 회사 하나 따로 떡하니 채려 주고 뒷구멍으로 다 퍼줬구먼. 내리사랑이 도가 넘었수. 해도 해도 너무한 거 아닙니꺼?"

진 회장은 노인의 반응에 피식 웃었다.

"못 믿겠지? 나도 그랬어. 달러를 한 움큼 쥐고 와서 자동차 내놓으라고 한 게 저놈 스무 살 때야. 그때 내 표정을 자네가 봤어야 하는데…."

진 회장은 손자의 어린 시절부터 순양카드를 차지한 올해까지 벌어진 일을 차분하게, 그리고 자세하게 늘어놓았다. 노인은 진 회장의 이야기를 듣는 동안 온갖 표정을 다 보여 주었다. 찌푸릴 때도, 감탄할 때도 있었지만, 대부분은 멍하니 듣는 게 전부였다. 진 회장의 긴 이야기가 끝났을 때, 노인이 소리쳤다.

"여기 차 좀 다시 내온나. 한 주전자 가득!"

다시 가득 찬 찻주전자가 들어오자 노인은 물 마시듯 차를 들이켰다.

"그 정도로 똘똘한 놈이믄 내가 돌봐 주고 살펴볼 필요가 없습니다. 솔직히 형님 아들내미 중에 동기는 좀 쓸 만하지만, 저놈만치는 아닙니더. 가만히 내비 두면 저놈이 다 묵겠구만…."

"그 가만히 내버려 두는 시간이 불안해서 하는 말일세. 저놈이 나이 서른만 되었다면 이런 걱정 안 해."

"와요? 형님 아들내미들이 저놈 더 크기 전에 확 잡아묵을 까바서요?"

진 회장은 쉽게 대답하지 못하고 차를 마셨다.

"그냥 도와줘. 딱 10년만."

진 회장은 앞뒤 다 자르고 한참 만에 대답했고, 노인은 그런 진 회장을 유심히 살폈다. 확연히 쇠약해 보이는, 죽음을 기다리는 노인의 모습과 손자를 걱정하는 할아버지의 모습만 보일 뿐, 나라를 쥐락펴락하는 재계의 거물다운 모습은 털끝만치도 보이지 않았다. 긴 한숨을 한번 쉰 노인은 천천히 입을 열었다.

"하는 거 봐서 챙겨 주리다. 되도 않는 재벌 흉내라도 내는 날이면 내 집 근처에는 얼씬도 못 하게 할 낍니다."

진 회장은 노인의 확답을 듣고 나서야 굳었던 얼굴이 확 펴졌다.

"제수씨가 밥 준다더니, 아직 상 차리나? 아침 먹은 거 소화 다 됐네. 상 내오게."

"오늘내일하며 황천길 건너는 연습한다면서 식성은 여전하네."

"제수씨가 소고기국밥 하나는 기막히게 끓여내지 않나? 그 생각하니 갑자기 시장기가 도는구먼."

"이거 우짭니까? 오늘 아침은 시락국인데. 흐흐."

연이은 아침 식사 때문인지 할아버지는 차에 오르자마자 잠에 빠졌다. 난 저 노인이 누군지 궁금해서 미칠 지경이었지만, 할아버지가 잠에서 깰 때까지 기다려야만 했다. 거의 두 시간이 지나도록 단잠을 즐긴 할아버지가 눈을 떴을 때 그 노인의 정체를 슬며시 물었다.

"주병해라고 순양그룹의 일등공신이었다."

주병해? 기억에 없는 사람이다. 할아버지가 일등공신이라고 할 정도면 최소한 주력 계열사의 사장 정도는 역임했을 텐데 이름이 생소하다.

"언제 순양그룹에 몸담으신 분이죠?"

"몸담은 정도가 아니야. 전쟁 끝나고 대구에서 섬유공장 시작할 때 만났지. 우리가 기술이 있어? 기계가 있어? 일본에 가서 중고 기계 사오고, 그 기계 만질 일본 기술자까지 데려온 사람이 바로 그 영감이야."

그 정도면 일등공신이 아니라 거의 창업 공신 수준이다.

"정말 대단한 친구였어. 내가 계획을 세우면 그 친구가 밀어붙였지. 내가 확신이 서질 않아 주저할 때조차 일단 시작해 보자며 실행에 옮겼어. 머리도 비상했고. 계속 나와 함께 있었다면 진즉에 회장 자리 꿰찼을지도 몰라."

"그런 분이 왜 저렇게 지내십니까? 언제부터…?"

솔직히, 가장 먼저 든 생각은 할아버지가 쫓아낸 건 아닐까 하는 것이었다. 그룹이 성장할수록 주병해라는 노인의 입지는 점점 더 커졌을 테고 성장의 과실을 함께 나누자고 요구했을 수도 있다. 그걸 받아들일 할아버지가 아니다. 하지만 내 추측은 틀렸다.

"20년이 넘었으니 오래됐지. 네가 아주 어릴 때 내게 침 뱉고 등진 사람이다."

'이건 또 무슨 말일까? 등을 돌리다니?'

할아버지는 그 순간이 떠올랐는지 잠깐 얼굴을 찌푸렸다. 몹시 아픈 기억인가 보다.

"신군부가 정권을 잡고 총칼을 휘두를 때였어. 군부 정권은 늘 그렇지. 먼저 돈 있는 놈들부터 휘어잡으려고 하거든."

그 정권에 줄을 잘 서서 승승장구한 기업이 바로 순양 아닌가?

"다들 눈치 보며 돈 달라면 돈 줬고, 특정 지역에 공장 지으라면 조금도 주저하지 않고 말뚝부터 박았지."

"그럼 그분은 신군부에 저항하셨습니까?"

"아니. 그럴 리가 있나? 주병해 저 친구도 뼛속까지 장사치라고. 정권에 갖다 바친 돈 이상의 이익을 뽑아내면 그만이라는 생각이었어."

"그럼 그 시대 상황과 관계없이…."

"아니, 맞아. 너 혹시 동명그룹이라고 아니?"

동명그룹, 잘 알고 있다. 70년대 중반까지 압도적인 재계 서열 1위였던 기업이다. 신군부가 들어서자마자 표면상 국가 헌납의 형태로 강탈당해 어이없게 흔적도 없이 사라졌지만 말이다.

"네. 대충 주워들었습니다."

"주병해가 바로 그 동명그룹의 강 회장과 많이 친했어. 형님, 형님 하며 쫓아다녔고 도움도 많이 받았지. 덕분에 나도 도움 좀 받았고."

원인이야 뭐가 됐든 경쟁 기업이 사라졌다. 그 때문에 두 분이 갈라서야 할 이유가 있었을까?

"재계는 모두 바짝 엎드렸어. 누구 하나 나서는 사람이 없었지. 괜히 강 회장 돕겠다고 나섰다가 제2의 헌납 기업이 될 건 뻔하니까 말이야."

20여 년 전만 해도 권력이 기업을 무너트릴 수 있었다. 그만큼 기업의 규모가 크지 않았다는 증거다. 하지만 지금은 불가능하다. 이제 대기업 집단의 규모는 정권이 어찌할 수도 없을 만큼 비대해졌다.

"혹시 주병해 그분이 구명운동이라도 벌인 겁니까?"

"아니. 아무리 친하다 해도 같이 망할 수는 없잖아? 병해 저 친구도 엎드린 채 쥐 죽은 듯 가만히 있자고 했어. 나중에 강 회장 노후나 책임져 주면 욕 얻어먹지 않을 만큼 도리는 다한 거라고 했어."

"그런데 왜…?"

할아버지는 쓸쓸한 미소를 보이며 말을 이어갔다.

"난 가만히 안 있었거든. 곧바로 신군부에 줄을 대기 시작했어. 기업 헌납이라고 해봤자 현찰이 아니잖아? 정부가 기업을 손에 들고 있으면 어디에다 쓰겠어?"

무슨 말인지 대번에 알아들었다. 하긴, 그런 기회를 놓칠 할아버지가 아니다.

"동명그룹 여섯 개 자회사 중에 동명산업, 동명중공업, 동명개발, 동명식품… 내가 네 개를 거저먹다시피 가져왔지. 그거 먹는 바람에 우리 순양의 중공업 부문이 엄청나게 커졌어."

역시, 그렇게 된 것이다. 이제 흐릿하나마 그림이 그려졌다.

"병해는 그 사실을 알자 노발대발하더라고. 상도의가 바닥에 떨어지더라도 인간의 도의는 지켜야 하지 않냐면서 말이야. 쓰러진 강 회장을 두 번 죽이는 짓을 어떻게 할 수 있냐며…. 정말 그렇게 화내는 모습은 처음 봤어. 내게 마지막으로 화낸 모습이기도 하고."

주병해라는 노인이 불같이 화를 낸 게 이해가 갔다. 내 집이 경매로 넘어갈 때 기다렸다는 듯이 친한 친구가 싸게 입찰해서 가져가 버리는 꼴이다. 비난을 피하기 어렵다.

"그럼 그때부터 저렇게 사시는 겁니까?"

"응."

"좋지 않게 헤어진 것치고는 두 분 사이가 친형제 못지않아 보이던데요?"

"아이고, 말도 마라. 한 5년은 문전박대도 그런 문전박대가 없었어. 하지만 제 놈도 늙어 가니 별수 있겠어? 과거가 그립고, 사람이 그리운지 물렁물렁해지더구나. 친구처럼, 형제처럼 지낸 지 오래되었다."

그럼 이제 남은 의문은 하나다. 왜 저 노인에게 꼭 인사를 드려야 했을까?

"앞으로 내가 없더라도 나를 대한다 생각하고 자주 찾아뵙거라."

"네, 작은할아버지처럼 모시겠습니다."

"그래, 어려운 일 있으면 도움도 청하고 조언도 구해. 어지간한 일은 네게 답을 줄 거다."

"똑똑하신 분인가 보군요."

"지혜롭기도 하다. 그러니 내가 그룹 일을 시시콜콜 다 이야기하며 저 늙은이의 의견을 구하는 것이 아니겠냐?"

또 한 명의 이학재 실장이다. 하지만 이 실장에게 못 미치는 것도 있다. 그 차이가 어느 정도인지 확인하고 싶었다.

"그룹에서 저분을 기억하는 사람이 많습니까?"

할아버지는 눈을 빛내며 미소 지었다.

"많아. 그룹에서 방귀깨나 뀌는 놈들은 다 저 친구 밑에서 일을 배웠으니까. 명절 때 빼놓지 않고 선물꾸러미를 들고 인사하러 갈걸? 사정이 여의치 않으면 전화라도 하고."

'그렇단 말이지?'

은퇴한 노인이라도 영향력이 있다면 친손자처럼 재롱떠는 게 뭐 그리 어려운 일이겠는가?

▲ ▲ ▲

병원 주차장에는 아버지와 이학재 실장이 초조한 얼굴로 기다리고 있었다. 차에서 내린 할아버지는 의사들이 가져온 휠체어를 거들떠보지도 않았다.

"몇 발짝 된다고 그걸 가져와? 됐다. 그냥 올라가자."

엘리베이터 앞까지 성큼성큼 걸어간 할아버지는 뒤를 돌아보며 말했다.

"두말하지 않겠다. 모두 돌아가. 오늘은 혼자 있고 싶다."

우리는 빠르게 닫히는 엘리베이터 문을 보고만 있어야 했다. 아버지는 다른 엘리베이터에 오르며 말했다.

"도준아, 넌 가서 좀 쉬도록 해. 난 병원장 만나 보고 갈 테니까. 학재 형님도 가서 좀 쉬세요."

아버지가 탄 엘리베이터 문이 닫히자 이학재 실장은 마음이 놓였는지 긴 한숨을 쉬었다.

"도준아, 피곤하니?"

"아닙니다. 올라오면서 눈 좀 붙였어요."

"그럼 나랑 이야기 좀 할까?"

그와 난 병원 근처의 카페로 자리를 옮겼다.

"군산은 어떻더냐?"

"썰렁하던데요?"

"뭐? 썰렁?"

"네. 순양그룹의 역사관이라고 하기에는 좀 빈약하지 않습니까? 사진 몇 장과 기념품 몇 개가 전부던데…."

"그런가? 그 현장을 직접 겪지 않은 사람들은 별다른 감흥을 못 느끼나 보군."

"차라리 할아버지의 사진첩이라고나 할까요?"

"사진첩? 하하. 그래, 그편이 더 어울리겠다. 회장님의 추억을 담은 곳이니까 말이다."

이학재는 웃으며 나를 살폈다.

"별말씀 없으시더냐?"

"그때 그 사고에 대해서 말씀하셨어요."

그의 눈썹이 꿈틀하는 것을 놓치지 않았다. 설마 할머니 짓이라는 걸 할아버지가 다 털어놓을 것이라고는 예상하지 못한 게 틀림없다.

"실장님도 알고 계셨죠?"

"으흠… 당연히. 내가 조사했으니까."

"궁금한 게 있는데 여쭤봐도 되겠습니까?"

"그래. 뭐지?"

"할머니도 손발이 되어 주는 사람들이 있습니까? 그런 일을 실행에 옮기려면 보통의 직원들로는 불가능하지 않습니까?"

"돈만 주면 무슨 짓이든 저지르는 놈들이 득실거리는 세상 아니냐?"

"순양그룹 회장 사모님이 그런 놈들과 어울려 지낸다고 생각하기 어려운데요? 그놈들에게 약점 잡히는 일인데…. 그리 단순하지는 않을 겁니다. 말씀해 주십시오."

"왜 그렇게 자세히 알려고 하지?"

"할아버지께서 그러시더군요. 또 해코지할지 모르지만, 당신을 봐서 용서하라고요. 그럴 때를 위해 저도 대비해야죠."

이학재 실장은 내 눈을 똑바로 쳐다보며 말했다.

"용서할 자신은 있고?"

"할아버지 부탁인데 들어드려야죠."

"흠…."

그가 커피를 한 모금 마시며 생각하는 동안 나는 조용히 기다렸다.

"사모님이 미술관과 예술지원센터를 운영하는 건 알지?"

"네. 최고의 후원단체라고 들었습니다."

"고가의 예술품이 움직이는 세계다. 가짜가 판을 치고 웬만한 전문가가 아니면 위작과 진품을 구별하기 어렵지. 그리고 음지에서 거래하는 경우가 다반사고."

"아…!"

"떳떳하지 못한 거래를 했는데 위작이라고 판명 나면? 경찰에 신고할까?"

음지, 떳떳하지 못한 거래… 바로 밀수를 말한다.

한때 떠도는 소문이 있었다. 북한의 골동품이 중국을 통해 한국으로 쏟아져 들어왔다고. 그 골동품을 싹 거둬들여 지하 수장고에 고이 모셔 둔 곳이 바로 순양갤러리라는 소문이었다. 이 역시 밀수를 통하지 않으면 불가능한 일이다.

"그런 불미스러운 일을 힘으로 해결하는 손발 조직이 있군요."

이학재 실장은 대답 대신 머리만 끄덕였다.

"돈과 힘이라…. 할아버지 말씀 새겨 둬야겠네요. 처음이 어려워서 그렇지 두 번째는 별다른 죄책감도 못 느낄 테니까요."

"너도 마찬가지 아니냐? 돈과 힘을 다 갖췄어. 우병준은 네가 지시하면 눈 하나 깜빡 않고 사모님께 경고할걸? 널 건드리면 그대로 갚아 준다고 말이다."

"설마요?"

"내 전화도 안 받던데? 너한테 충성 맹세를 한 거 아냐?"

보여 주기 쇼가 아니었다. 정말 순양의 이인자를 지워 버렸다.

아니, 그래도 이 사람의 말을 다 믿으면 안 된다. 두 사람이 입을 맞추고 나를 속이려면 얼마든지 가능한 일이다. 사람을 쉽게 믿고 따르다 무슨 꼴을 당했는지, 죽음으로 배우지 않았던가?

"우병준이 정도면 초일류다. 잘 벼린 칼이니 신중하고 조심히 다루며 써."

"네, 유념하겠습니다."

"뭐, 집안 문제는 내가 관여할 바는 아닌 것 같고…. 회장님께서 그룹에 대한 말씀은 없으셨어?"

내가 이 사람에게 약속한 바가 있으니 할아버지와 내가 어떤 말을 주고받았는지 궁금해하는 건 당연하다.

"순양을 더 크게 키울 자신이 있느냐만 물어보셨습니다. 그 외에는 특별한 건 없었고요."

"그래? 그게 전부야?"

"네, 실장님. 아니 오히려 제가 여쭤보고 싶습니다. 할아버지는 제게 그룹 지배지분을 더 주실 생각입니까?"

이학재는 고개를 흔들었다.

"다들 회장님이 비장의 카드 한두 장을 갖고 있을 거로 생각하지만… 잘못 생각한 거다. 회장님 손에 그룹 지배지분은 없어. 남은 건 부동산과 예금이 전부다. 개인 재산에 대해서는 나도 잘 몰라. 그건 개인 변호사가 관리하니까."

"확실합니까?"

"내 손으로 나눴다. 더는 없어."

단언하는 그의 말을 듣자 힘이 좀 빠졌다. 최후의 일격을 가할 만큼의 비밀 무기 하나쯤은 주시지 않을까 하는 기대가 사라졌다. 참 냉정한 분이다. 끝까지 싸워 이긴 놈이 당신의 후계자라 이건가?

"실망한 얼굴인데? 하하."

"네, 기대했거든요."

"네가 실수만 하지 않았다면 회장님이 그 기대를 저버리지 않으셨을 텐데."

'실수? 내가? 이건 또 무슨 말이지?'

휘둥그레 뜬 내 눈을 보며 이 실장은 손을 살짝 저었다.

"그런 실수가 아니라 사람의 마음을 못 읽은 걸 말하는 거다."

"제가요?"

"그래. 부모 마음을 조금만 알았더라면 좋았을 텐데… 넌 너무 잘난 모습만 보여 줬어. 조금은 부족하고 약한 모습을 보여 드렸어야 해. 그래서 측은하고 안쓰러운 마음이 들도록 했다면 조금 달랐을 거다. 우는 애에게 떡 하나 더 준다는 말, 그거 사실이다."

정말일까? 나에 대한 신뢰가 컸기 때문에 딱 그 정도의 지분만 주신 걸까?

"아, 너무 깊이 생각하지는 마. 단지 내 생각일 뿐이니까. 이거… 자꾸 이야기가 딴 데로 새는구나. 참, 올라오는 길에 어디 들렀다면서?"

"네. 실장님은 아시는 분일 것 같습니다. 주병해 씨라고…."

"응? 주 사장님을?"

이학재 실장은 의외인지 놀란 표정이었다.

"네. 앞으로 어려운 일 있으면 도움을 청하라고 하셨습니다. 그리고 종종 찾아뵙고 인사도 하라고 하시면서요. 잘 아시는 분입니까?"

"물론."

그의 얼굴에 희미한 미소가 맺히는 걸 보니 좋은 기억이 많은가 보다.

"대단한 분이다. 조금만 참았다면 순양의 절반을 그분이 가질 수도 있었어. 그걸 다 팽개치고 미련 없이 돌아섰으니… 진짜 사내지."

"그래도 사는 모습 보니 궁색하지는 않던데요?"

"버린 거에 비하면 궁색한 거 맞아. 회장님이 신경 쓰시니까 그 정도로 사는 거야. 참, 그분을 네게 보여드린 건 회장님 안 계시면 네가 그분 돌봐드리라는 뜻도 포함된 거다."

"아, 그렇군요. 잊지 않아야겠군요."

"현명하신 분이니 종종 자문을 구하는 것도 나쁘지 않을 거야. 나도 가끔 전화드린다."

이학재 실장은 커피잔을 싹 비우더니 비장한 표정을 지었다. 나를 따로 보자고 했던 진짜 이유를 말할 것 같다.

"이제 각오 단단히 해라. 회장님 저리되신 거 알면 모두 본색을 드러낼 거다. 특히 진영기 부회장이 가장 먼저 시작할 거야. 첫 먹이가 네가 될지 아니면 진동기 부회장이 될지 모르지만, 곧바로 축출 작업 들어간다."

"도와주실 겁니까?"

"말했지? 회장님의 유지는 받들 거라고. 지분 이동은 막아 주마. 하지만 그 이상은 없다. 날 앞세울 생각은 하지 마."

"알겠습니다. 준비 단단히 해야겠군요."

"특히, 두 부회장이 단합해서 너부터 쫓아내려는 수작을 부릴지도 몰라. 그 고비 잘 넘겨."

"싸울 만한 뭔가를 제 손에 좀 쥐여 주실 생각은 없으시고요?"

웃으며 슬쩍 찔러 보니 이학재도 웃음을 보였다.

"직접 찾아봐. 재벌 2세 공격할 만한 흠집이야 널리고 널린 거 아니겠어?"

이 양반도 뭔가 한껏 움켜쥐고 있는 게 틀림없다.

▲ ▲ ▲

검찰이 2002년 대선 전반에 불법 자금이 만연했다는 의혹을 조사하며 야당 대선후보의 측근을 긴급 체포했고, 이 뉴스가 2003년의 대미를 장식했다. 일명 차떼기 수법에 가담한 대기업을 전방위로 수사한다는 중수부의 발표가 터져 나오자 모두 비상이었다. 두 큰아버지들은 선거 자금 전달 과정에 자신들의 흔적을 지우고 대신 검찰 포토라인에 설 사람을 구하느라 정신없었다.

"실장님, 미라클 인베스트먼트의 관계자는 어떻게 됐습니까?"

"오세현 대표는 은퇴나 다름없고, 그때 돈을 전달한 직원 두 명도 일찌감치 미국으로 출국했습니다. 두 직원은 가족들과 함께 나갔으니 저쪽 흔적은 지웠다고 봐도 되겠죠?"

우병준 상무는 고개를 끄덕였다.

"그럼 됐습니다. 진동기 부회장 측에 실장님의 돈을 전달한 놈들도 검찰 수사가 끝날 때까지 동남아로 휴가 보냈습니다."

"제 돈의 흐름은 찾으셨나요?"

"아뇨. 오세현 대표님이 깔끔하게 처리하셨더군요. 제 힘으로 발견하는 건 불가능하고 검찰이 작정하고 덤벼들어도 힘들 겁니다. 미국 계좌까지 전부 확보해서 일일이 대조해야 하니까요."

"설사 그렇게 해도 못 찾습니다. 뉴욕과 여의도 양쪽으로 하루에 왔다 갔다 하는 돈만 수십억입니다."

내가 자신감을 보이며 말하자 우병준 상무도 어깨를 으쓱하며 받아들였다.

"두 분 다 보통 아니시군요."

"제 나이 이제 겨우 스물일곱입니다. 벌써 구정물에 손 담글 수는 없죠."

우병준은 천천히 미소를 거두며 말했다.

"회장님께서 계속 병원에 계신다는 소문이 돕니다. 아시고 계십니까?"

"어디서 그런 소문이 시작됐죠?"

"회장님 자택 경호원들입니다. 통 출입을 안 하시니 그놈들도 이상하게 생각하겠죠. 사실입니까?"

이 사람에 대한 내 믿음이 100퍼센트는 아니지만, 소문을 확인시켜 줄 만큼은 된다고 생각했다.

"네, 일주일쯤 전입니다."

그는 놀라지도 않고 담담하게 말했다.

"비밀로 하신 이유는…?"

"할아버지께서 원하셨습니다."

"그렇군요. 그럼 이학재 실장님께 연락하셔서 회장님 자택 경호원들 교체하라고 요청하십시오. 경호실은 일정 기간 지나면 교대 근무하는 게 원칙이니 그놈들도 특별한 일로 받아들이지 않을 겁니다."

언제까지 비밀로 할 수 있을까? 할아버지가 공식적인 자리에 모습을 드러내지 않는다면 시간문제일 뿐이다. 어쩌면 두 큰아버지도 눈치채지 않았을까?

"알겠습니다. 이 실장님께 말씀드릴게요."

"이런 말씀 드리기 조심스럽습니다만, 회장님 건강이 많이 안 좋아졌습니까?"

"네. 병원에서는 남은 시간이 그리 길지 않다고 합니다."

우병준은 내 말이 떨어지자마자 휴대전화를 꺼내 들었다.

"직원들 전부 모이라고 해. 진도준 실장님 운전하는 직원만 빼고 전부."

그는 짧은 통화를 끝내고 바로 일어섰다.

"오늘은 외부 일정 짧게 하시고 댁으로 가시는 게 좋겠습니다. 그리고 내일부터 경호 수준을 좀 더 올리도록 하겠습니다."

갑작스러운 그의 행동이 과잉인 것 같아 좀 거북했다. 그는 내 표정을 보고 더욱 음성이 굳어졌다.

"물리력과 금력을 모두 쥔 사람이 초조해졌을 때, 상식을 벗어난 짓을 저지르는 걸 여러 번 봤습니다. 순양그룹의 차기 구도가 명확해질 때까지 온갖 사건 사고가 연이어 난다 해도 전 조금도 이상하게 생각하지 않습니다. 실장님도 긴장하실 필요가 있습니다."

할머니가 벌인 일을 생각하면 우병준의 말이 틀린 것도 아니다. 새삼 할아버지의 죽음이 현실로 다가오기 시작했다.

직접 노려보는 눈이 수십이요, 소문에 민감한 귀가 수백이다. 할아버지가 병원에서만 지낸다는 사실을 더는 감추기 힘들어질 때쯤, 할아버지는 다시 쓰러졌다.

새해 첫 소식이 날벼락이었지만 나는 병원으로 달려가지 못했다.

"실장님, 병실에 모인 분들을 확인했는데 부회장님들과 사모님들 그리고 이사장님만 계시다고 합니다. 실장님 사촌분들은 아무도 없다고 하니 기다리시는 게 어떨까요?"

다급한 내 발길을 김윤석 대리가 붙잡았다. 그는 내 눈치를 보며 계속 말을 이었다.

"이럴 때 실장님 혼자 병실에 나타나면 불필요한 눈총만 받지 않겠습니까? 어차피 회장님께서 깨어나시면 실장님을 찾으실 겁니다. 그때 두 분만 만나시는 게 더 좋을 듯합니다."

지금껏 지시만 따르다 처음으로 의견을 냈다. 그것도 내가 경황이 없을 때 호흡을 가다듬으며 조심해야 할 것을 지적했다. 이학재 실장의 행동을 보며 배운 것일까?

"병원과 긴밀하게 연락할 방법은?"

"실장님은 병원장이나 이사장이신 아버님께 연락 받으실 것 아닙니까? 그리고 제가 손을 좀 써뒀습니다."

"손을 쓰다니요?"

"지금 병실 경호를 맡은 놈들은 전부 이학재 실장의 수족입니다. 제가 몇 년간 그분 밑에 있으면서 경호실 직원들과 개인적으로 친분을 좀 쌓아 뒀거든요. 같이 삼겹살도 구워 먹었고 소주도 함께 마신 놈들입니다. 수시로 상황을 알려 달라고 부탁했으니 중요한 순간을 놓치는 일은 없을 겁니다."

미리 사람 관리까지 한다. 김윤석 대리의 몰랐던 장점이다.

"그래요. 지금은 기다려 보죠. 대신 한순간도 놓치면 안 됩니다. 병실에서 일어나는 일 중 내가 몰라서 낭패당하는 순간이 없도록 하세요."

"알겠습니다. 수시로 업데이트해서 보고드리겠습니다."

김윤석의 표정에는 자신감이 넘쳤다.

▲ ▲ ▲

네 명의 아들과 네 명의 며느리 그리고 딸 한 명, 아홉이나 되는 사람들이 모이자 특별 병동의 가장 넓은 병실마저 비좁아 보였다.

"제발 목소리 좀 높이지 말고 나가서 이야기하자. 아버지 회복 중이잖아."

호들갑 떠는 누이와 병원장을 붙잡고 닦달하는 큰형, 의사들에게 끊임없이 질문을 퍼붓는 둘째 형까지…. 진윤기는 이들을 1초라도 빨리 병실에서 내보내고 싶어 그들을 밀어내다시피 했다.

"이 실장! 당신도 따라와. 이야기 좀 하자!"

진영기 부회장은 엉거주춤 서 있는 이학재 실장을 향해 소리치며 병실 밖으로 나갔다. 그의 뒷모습을 노려보는 이 실장의 볼이 실룩거렸다. 이젠 완전히 아랫사람 취급하는 진영기의 말투에 화가 치밀어 올랐지만, 그의 손을 잡은 진윤기를 보며 표정을 풀었다.

"흥분하면 위아래 없는 사람 아닙니까? 형님이 좀 참으세요."

"윗사람 맞지, 뭐. 저 사람이야 순양그룹 회장실에 가장 근접한 사람이고 난 이제 쫓겨나는 일만 남았으니 말이야."

"형님! 그게 무슨 소립니까?"

"됐다. 빨리 가자. 모두 내게 할 말이 많을 거 같아 보이는데? 허허."

이학재는 근심 가득한 진윤기의 어깨를 툭 치고 발걸음을 옮겼다. 병원장은 식은땀을 흘리며 진 회장의 상태를 설명했다. 그의 입에서 앞을 장담할 수 없다는 결론이 나오자, 자식들의 입에서는 낮은 탄식이 흘러나왔다.

"얼마나 남았어? 설마 두어 달이니, 반년이니 하는 소리는 아니지?"

진영기 부회장이 병원장을 향해 쏘아붙였다.

"예측 가능한 질병이 아닙니다. 노화로 인한 것이니 남은 생명을 가늠하는 건 의사의 능력 밖입니다."

셋째인 진상기도 인상을 찌푸리며 소리쳤다.

"뭐요? 그게 의사 입에서 나올 소리요? 이거 원, 기가 차서…."

마침내 진영기 부회장이 폭발해 버렸다.

"보자 보자 하니까, 이것들이 미쳤나? 선생, 선생 불러 주니까 분수도 모르고…! 이 새끼들아, 사람 살리라고 그 어마어마한 연봉 줘가며 채용한 거야! 회사 같았으면 그따위 하나 마나 한 소리나 해대는 놈은 진즉에 모가지야, 이 새끼들아."

"형님!"

진윤기가 험한 말을 쏟아 내는 그의 입을 막으려 하자 진영기는 동생마저 노려보며 소리 질렀다.

"너도 똑같은 놈이야! 이런 일이 생기면 제일 먼저 우리에게 알렸어야지. 그리고 이런 무능한 의사 새끼들 다 자르고 미국이든 일본이든 제 대로 된 의사를 불렀어야지!"

병원장은 진영기의 손가락질을 견디기 힘들었는지 머리를 숙이고 나가 버렸고 나머지 의사들도 그를 따랐다.

의사들이 사라지자 진동기 부회장이 피식 웃었다. 비웃음이 분명했다.

"좀 솔직해지자. 살리지 못한 무능 때문이 아니잖아? 남은 시간이 얼마인지 모르는 것에 더 열 받은 거 아냐? 회장 자리에 앉으려면 준비할 게 많으니까 말이야."

"이 새끼가 진짜…."

두 사람의 눈빛이 부딪혔을 때 진서윤이 벌떡 일어나며 말했다.

"잘들 하는 짓이다. 환갑 바라보는 나이가 부끄럽지도 않아? 서로 못 잡아먹어서 안달이구만."

"뭐?"

"야!"

그녀는 두 오빠를 무시하고 벗어 놓은 코트와 핸드백을 챙겼다.

"잘들 해봐. 난 아버지 곁에서 팔이라도 주물러 드릴 테니까."

진서윤은 뒤도 돌아보지 않고 나가 버렸다. 그녀는 이제 필드의 선수도 아니고, 벤치의 후보 선수도 아니다. 일개 스태프에 불과할 뿐이니 누구도 여동생을 붙잡지 않았다. 진서윤의 문 닫는 소리를 신호로 모두 입을 열지 않았고 어색한 침묵만 감돌았다.

침묵을 깬 사람은 이학재 실장이었다.

"부회장님. 저는 따로 말씀드릴 일은 없습니다만, 하실 말씀 있으시면 하시죠."

다소 도발적인 어조 때문에 진영기의 눈썹이 꿈틀했다.

"도대체 왜 아버지가 편찮으시다는 걸 숨긴 거야? 윤기와 단둘만 알고 쉬쉬한 이유가 뭐지?"

"형님 그건 오햅니다."

"넌 입 다물고 있어. 이 실장에게 물었다. 네게 따질 것도 있으니까 기다려."

진윤기가 나서자 진영기는 소리를 꽥 질렀다.

"그것도 오햅니다. 진윤기 이사장은 병원에서 보고할 수밖에 없는 위치죠. 초특급 VIP가 병원으로 실려 왔는데 병원 이사장이 몰라서야 되겠습니까? 저와 말을 맞추지도 않았고 그럴 이유도 없습니다."

"좋아. 그럼 왜 장남인 내게 숨긴 거지? 내가 아버지 쓰러지신 걸 몰라야 하는 이유라도 있어?"

"글쎄요. 회장님 지시 사항일 뿐입니다. 제가 회장님 마음까지 알지는 못합니다."

"뭐?"

"건강에 적신호가 오더라도 함구하라고 하셨습니다. 병원에서 눈을 떴을 때 자식 얼굴 보는 건 싫다고 하시더군요. 자식들에게는 직접 말씀하신다고 하셨기에 그 뜻을 따랐을 뿐입니다."

이학재 실장은 무표정한 얼굴과 건조한 음성으로 말했다. 회장님의 지시 사항이라고 하니 더는 따질 수도 없었다. 머쓱한 2세들의 표정에도 이학재의 무표정한 모습은 변함이 없었다. 다시 사무적인 그의 목소리가 흘러나왔다.

"혹시 몰라서 스위스에 계신 사모님께 전화했습니다만 알았다는 대답만 하시고 끊으셨습니다. 연락 한번 하시는 게 좋지 않을까요?"

이학재는 진영기를 향해 말했다. 남편을 증오하는 사모님이지만 장남을 향한 애정은 누구 못지않은 사람이다. 언제가 될지 모르는 진 회장의 임종을 지키게 하려면 장남이 연락을 해야 한다. 진영기는 고개를 끄덕였다.

"내가 전화하지. 그리고… 이 실장은 나 좀 볼까? 조용히 이야기 좀 하고 싶은데?"

그 순간 진동기도, 진상기도 눈을 빛냈다. 이 눈빛을 놓치지 않은 이학재는 슬쩍 웃었다.

"진영기 부회장님, 불필요한 오해는 이제 사양입니다. 다 함께 있는 자리에서 말씀 나누시죠."

진영기는 날카로운 두 동생의 눈빛을 보자 짧게 한숨을 쉬었다.

"제수씨들은 집으로 돌려보내지? 의사들도 고비는 넘겼다고 말했으니 아버지 깨어나시면 다시 와도 되잖아. 당신도 집으로 돌아가."

며느리들이 남편의 눈치만 살피며 우물쭈물할 때 남편들은 고개를 끄덕였다. 며느리들이 다 빠져나가자 진윤기도 일어섰다.

"난 형님들이 무슨 말 하려는지 궁금하지 않으니까 자리 피해 줄게. 알아서들 하라고. 참, 병원에서 연락 가면 재빨리 뛰어오고. 연락은 똑같이 갈 테니까 이제 내게 뭐라 하지 마."

진윤기까지 나가 버리자 세 형제와 이학재만 남았다. 진영기가 불만스러운 표정으로 이학재를 노려볼 때 진동기가 먼저 입을 열었다.

"형님이 궁금한 거 내가 물어보지. 나도 엄청 궁금하거든."

진동기의 눈길이 이학재 실장을 향했다.

"실장님, 아버지 유언장에 특이한 사항이 있습니까? 남은 지분 배분이라든가, 후계자로 생각하는 특정인이라든가…."

이학재는 웃으며 세 형제를 둘러보며 말했다.

"모두 궁금하신 것 같으니 제가 아는 것만 말씀드리죠. 첫째, 전 회장님의 유언장은 본 적이 없습니다. 그러니 말씀드릴 게 없어요. 둘째, 회장님 소유의 그룹 지배지분은 없습니다. 승계 작업은 다 끝났습니다."

더는 남은 지분이 없다는 말에 희비가 엇갈렸다. 진영기의 표정은 순식간에 밝아졌고 가장 흙빛이 된 건 진상기였다. 그는 명색이 순양의 셋째 아들이지만, 아무짝에도 힘쓰지 못하는 재단 몇 개 손에 쥔 게 전부다. 앞으로도 영원히…. 진동기의 표정도 좋지 않았다. 이대로 간다면 진영기에게 회장 자리를 내어 줄 수밖에 없다.

"화, 확실해요? 더는 지분 없어요?"

진상기는 이런 절망적인 상황을 쉽게 받아들일 수 없었다. 실낱같은 희망이 사라졌다는 걸 인정하기 어려웠다.

"그룹 지배력에 영향을 미칠 정도의 지분을 '유산'으로 남길 수는 없습니다. 상속세를 어떻게 감당하려고요? 계열사 자투리 주식은 좀 있을지 모르겠습니다만, 그것 역시 회장님 개인 변호사가 관리합니다."

진상기는 저도 모르게 '후' 하고 긴 한숨을 쉬며 애꿎은 의자를 걷어찼다.

"그럼 남은 건 아버지 개인 재산뿐이다, 이 말인가?"

"네. 하지만 큰 기대는 마십시오. 항상 입버릇처럼 말씀하시지 않으셨습니까? 평생 신세 진 사람이 많아 그분들께 나눠 준다고요."

이학재는 진영기의 욕심에 혀를 내둘렀다. 진영기는 이미 핵심 계열사를 물려받았다. 계산하기도 불가능한 그 엄청난 유산을 받았음에도 새 발의 피에 불과한 개인 재산까지 노리다니….

"더 물어볼 게 없으면 저도 이만 가보겠습니다."

"잠깐만."

나가려는 이학재를 불러 세운 건 진동기였다.

"실장님은 어쩌실 겁니까?"

"네?"

"아버님이 안 계신 순양그룹에서 어떡하실 생각인지 묻는 겁니다."

이학재는 이런 질문을 받을 것이라고는 생각해 본 적이 없다. 그리고 아직 진 회장의 죽음 이후를 구체적으로 생각해 본 적도 없었다.

"새 술은 새 부대에 담아야 제격이겠죠. 두 부회장님께서 각자의 보좌진을 거느리고 있으니 전 조용히 사라지겠습니다. 다만….'

이학재는 두 사람을 향해 공손한 어투로 말했다.

"제가 데리고 있던 직원들은 잘 챙겨 주십시오. 그놈들은 구하기 어려운 인재들입니다. 다른 곳으로 옮긴다면 그룹의 손실입니다."

"이 실장님이야말로 다른 곳으로 옮기면 그룹 손실 아닙니까? 순양을 위해 계속 남는 게 어떨까요?"

진동기의 이런 제안 역시 예상 밖이었다. 과연 그의 속셈은 뭘까? 이학재는 '다른 곳'이라는 말에 주목했다. 순양을 속속들이 아는 자신이 다른 회사로 가서 검은 비밀을 발설할 거로 생각하나? 만약 이런 뜻으로 한 말이라면 모욕이다. 평생을 몸 바친 회사, 그 회사에서 최상의 대우를 받으며 군림했다. 적어도 진 회장의 신뢰를 가벼이 여기지는 않는다.

"둥지를 옮기는 것도 격이 맞아야죠. 순양의 회장 자리 정도라면 생각해 보겠지만, 그 외 어떤 곳도 고려하지 않습니다. 말씀드렸듯이 전 조용히 현업에서 떠날 겁니다. 그럼….'

이학재는 고개를 조금 숙이고 나와 버렸다. 저들이 조금은 혼란스러울 것으로 생각하니 절로 미소가 지어졌다.

진 회장은 거의 48시간 만에 다시 깨어났다. 병원의 연락에 부리나케 달려온 자식들은 환자복이 아니라 정장 바지와 셔츠 차림의 진 회장을 발견했다.

"소란 피우지 말고 얌전히들 굴어. 나 아직 안 죽었다."

문을 열고 쏟아져 들어오는 자식들의 얼굴을 보자마자 진회장이 내

뱉은 첫말이다.

"아버지!"

"나 귀 안 먹었어, 언성 높이려면 나가. 채신머리없이!"

비록 쇠약한 몸이기는 하나 또렷한 음성이 병실을 채웠다. 자식들은 그런 아버지의 당당한 태도가 오히려 마음 놓일 지경이었다.

"영기야."

"네, 아버지."

"내가 정신 잃었던 동안 막말을 일삼았다고 들었다. 우리 병원장이 돌팔이는 맞지만 너한테 막말 들을 정도의 사람은 아니다. 사과하거라."

"회, 회장님."

"아, 아버지."

두 사람 모두 당황했지만, 진 회장의 따가운 눈빛을 피하지는 못했다.

"원장님, 일전의 무례를 용서하세요. 제가 경황이 없어 입에 담아서는 안 될 말을 했습니다."

병원장은 자신에게 깍듯이 머리를 숙이는 진영기에게 손사래를 쳤다.

"그, 그만하십시오. 그보다 더 험한 말도 많이 들었습니다. 그런 일은 다반사로 일어나는 곳이 병원입니다. 부모님이 위독하신데 자식이 못할 말이 뭐 있겠습니까? 마음에 담아 두지 마십시오."

두 사람을 바라보던 진 회장이 미소를 지으며 말했다.

"그래, 괘씸하고 분통 터지는 일이 넘쳐나더라도 그렇게 본심은 숨기고 서로 웃으며 대하는 게다. 그게 어른이야. 허허."

진 회장이 의료진에게 눈짓하자 그들은 조용히 병실 밖으로 나갔다.

"모두 들어서 알겠지? 내가 또 쓰러지면 그 길로 황천길을 건널지 한숨 푹 자고 다시 일어날지는 아무도 장담 못 한다."

"아버지, 그런 말씀 마시고…."

"어허, 아비가 말할 때 불쑥 끼어드는 버르장머리는 어디서 배웠누?"

진 회장의 매서운 눈초리에 움찔한 진영기 부회장은 입을 닫았다.

"상기야."

"네, 아버지."

진상기는 굳은 얼굴로 진 회장 곁에 다가섰다.

"네가 제일 섭섭해 한다는 거 다 안다. 하지만 네 동생 서윤이를 봐. 줘도 지키지 못하면 저리 뺏긴다. 넌 서윤이보다 더 물러 터졌어."

"아, 아버지. 저도….'"

"말했지? 끼어드는 버르장머리는 가만히 두고 보지 못한다고!"

"아, 네…."

"머리 들어. 일머리 없는 게 죄는 아니다."

진 회장은 고개 숙인 아들의 손을 잡았다.

"내가 꿍쳐 둔 돈이 좀 있다. 그걸 재단에 맡길 테니까 넌 그 돈을 쥐고 있다가 필요할 때 써라. 돈은 날려 먹어도 돼. 하지만 회사는 잃어버리면 안 된다."

진상기는 입술만 깨물었다. 할 말은 태산같이 많았지만 쇠약한 아버지 앞에서 떼를 쓸 수는 없었다.

"영기야."

"네."

"네가 장남이니 상기 데리고 가르쳐. 그러다 동생 심지가 좀 굳어졌다 싶으면 쓸 만한 계열사 두어 개 계열 분리해서 뚝 떼어 주고."

진 회장은 다시 셋째를 향해 말했다.

"넌 내가 준 쌈짓돈 잘 보관하고 있다가 네 형이 계열사 떼줄 때 후하게 값 쳐줘. 공짜는 허투루 대하는 게 사람 마음이다. 비싸게 값 쳐주고 사서 본전 찾을 때까지 잘 키우도록 하고."

비록 다른 속셈이지만 두 형제는 고개를 끄덕였다. 형은 아버지가 말한 그 쌈짓돈이 얼마나 될까 생각했고, 동생은 욕심 많은 형님이 쓸 만한 계열사 두어 개를 떼어 줄 리가 없다는 생각이었다.

진 회장은 두 아들의 마음은 아랑곳없이 고개를 끄덕이는 모습을 보며 흐뭇한 미소만 지었다.

"그리고 윤기야."

"네."

"넌 아들 잘 둔 덕에 가질 만큼 가졌지? 필요한 게 더 있느냐?"

"딱 하나 남았습니다."

"뭐라? 남았어? 이놈 보게. 잘난 아들에, 예쁜 마누라에… 또 있지. 팔도에 예쁘다는 여자 다 모아 놓은 꽃밭이 바로 네놈 회사 아니냐? 그런데도 더 갖고 싶은 게 있어? 에이, 도둑놈아."

진윤기는 웃으며 농담하는 아버지가 보기 좋았다. 죽음을 앞둔 노인의 흔적이 보이지 않았기 때문이다. 그는 눈앞의 아버지를 순양의 회장님으로 생각하며 말했다.

"도준이가 관리하는 순양금융그룹 말입니다. 완전히 계열 분리해 주십시오. 지배지분이 얽히지 않은 독립 기업으로 말입니다."

모두의 눈빛이 변했다. 당치도 않는 말이라고 소리 지르고 싶은 것을 꾹 참는 모습이었다. 만약 이 자리에 진도준이 있었다면 그도 같은 모습이었을 것이다.

진윤기는 당사자인 아들도 계열 분리하는 건 원하지 않는다는 걸 잘안다. 순양그룹을 통째로 먹으려 하는 아들은 계열사 간의 연결고리를 절대 끊고 싶어 할 리가 없다. 진 회장도 마찬가지였다. 완전한 계열 분리는 사랑하는 손자가 원하는 것이 아니다.

"흠… 가만 보니까 네 녀석 욕심도 보통이 아니었구먼. 금융계열이 순양그룹에서 금고 역할을 한다는 걸 모르지 않는 놈이 그따위 소리를 해?"

"아, 아버지. 그게 아니라….”

"시끄럽다. 그룹을 조각내고 싶어? 쪼개지는 순간 순양이 아니야. 널리고 널린 일개 기업에 지나지 않게 된다는 걸 모르지는 않겠지?"

진 회장은 황급히 진윤기의 입을 막았다. 그도 아들이 왜 이런 요구를 하는지 모르지 않았다. 아들이 험난한 싸움을 하지 않았으면 하는 바람 때문이다.

"윤기 넌 더 욕심부리지 마. 네 몫은 네 아들놈에게 다 줬으니까 불만은 없을 거다.”

진 회장은 막내아들의 요청을 단칼에 자른 뒤, 두 부회장을 보며 말했다.

"난 너희 둘에게 다 줬다. 서로 박 터지게 싸워서 한 놈이 다 가지든, 사이좋게 공동 경영하든 너희 선택이다. 하지만 하나는 명심해라.”

두 부회장은 진 회장의 마지막 말에 귀를 기울였다.

"누가 이기든 내치지는 마. 남들 보기에 부끄럽지 않을 자리 마련해 주고 평생 그 자리 보장해. 그게 이 애비의 마지막 부탁이다.”

진 회장의 유언 같은 말이지만 두 아들이 이 말을 지켜 줄지는 모르는 일이다. 어차피 결과를 보기 전에 눈감을 것 아닌가? 떠나는 자가 할 수 있는 것은 유언을 남기는 것이 전부다. 그 유언이 지켜질지 아닐지 결과에 대해선 떠나는 자가 미련을 두지 말아야 한다.

"자, 이제 내가 해야 할 말은 다 끝났으니 다른 이야기나 해볼까? 평범한 사람들처럼 말이다. 아, 손주들 이야기나 좀 해봐. 요즘 그놈들 어떻게 지내고 있어?”

자식들은 굳은 표정을 풀고 진 회장처럼 웃음을 띠기 시작했다. 살날이 얼마 남지 않은 아버지의 기분을 맞춰 주기 위해 자신들도 잘 모르는 자식들의 근황을 늘어놓아야 했다.

교대로 병실을 지키겠다는 자식을 전부 쫓아낸 진 회장은 다시 잠에 빠졌다. 짙은 어둠이 깔린 한밤중에 깨어난 진 회장은 담당 의사를 불렀다.

"내가 두어 시간 바깥바람 좀 쐬고 올 생각인데 괜찮겠는가?"

"지난번처럼 장거리 행차가 아니시면 괜찮습니다만… 혹시 어딜 다녀오시려는지요?"

"딴 건 아니고 허기가 져서 그래."

"아, 곧바로 식사 준비하…."

"아닐세. 병원 밥 먹으려면 나간다는 소리를 했겠는가? 갑자기 초밥이 먹고 싶어졌어. 참, 초밥 먹는 게 나쁜 건 아니겠지?"

"혹시 약주라도 드실 생각이신지…."

담당의는 진 회장의 표정을 살피며 말했다.

"술 생각은 안 나니 걱정하지 말게. 초밥만 몇 점 먹고 올 게야."

"차라리 사람을 보내시지요. 심부름할 사람은 많습니다."

짧은 시간이라 해도 특급 VIP가 병실을 비우는 게 계속 마음에 걸리는지 담당의는 이런저런 군소리를 덧붙였다.

"거 사람, 참. 그리 불안하면 같이 가든가? 자네도 초밥 좋아하나?"

'물론 좋아합니다'라는 표정이었지만, 진 회장의 뜻이 명백하니 입 밖으로 내지는 못했다.

"아, 아닙니다. 다녀오십시오. 하지만 너무 오래 비우시면 곤란합니다. 회장님."

"알았네. 두어 시간이면 충분해."

담당의가 머리 숙이고 나가자 진 회장은 만족스러운 표정으로 휴대전화를 꺼냈다.

"아이고, 김 행장. 자는데 깨운 거 아닌지 몰라?"

첫 번째 통화는 은행장이었다.

"내가 어려운 부탁 하나 함세. 내 세이프티 박스 있지 않은가? 그거 좀 가져다주겠나? 업무시간도 아닌데 미안허네. 아니, 자네가 직접 올 필요는 없고 아랫사람 시켜."

두 번째 통화는 초밥집 사장이었다.

"마스타? 날세. 지금 자네가 만들어 주는 초밥이 갑자기 생각나서 말이야. 그래, 좋은 거 아니라도 돼. 남은 거로 몇 피스만 만들어 주게나. 내, 한 시간 내로 감세."

세 번째 통화는….

"도준이냐? 지금 이 할애비가 불러 주는 곳으로 냉큼 오너라."

통화를 모두 끝낸 진 회장은 병실 밖의 경호원들을 전부 불러 모았다.

"모두 잘 듣게. 내가 지금부터 자리 좀 비울 텐데, 자네들에게는 내가 병실 밖을 벗어난 적이 없어. 무슨 말인지 알아들었겠지?"

"네, 회장님."

비밀이며 입단속 하라는 뜻이다.

"이학재 실장에게도 말하면 안 돼. 명심하라고."

"넵!"

모두 부동자세로 힘차게 대답했다. 이들도 누가 자신들의 고용주인지 잘 안다.

▲ ▲ ▲

한밤중에 초밥집이라니? 이것저것 생각할 겨를도 없이 급히 옷을 챙겨 입고 밖으로 나갔다. 오늘 병실에서 할아버지는 큰아버지들에게 몇 가지를 당부했다고 김윤석 대리가 알려 주었다. 내게도 뭔가를 말씀하시기 위해 불러내는 것이 틀림없다. 단지 초밥 몇 점 먹고 싶어 밥 친구 해달라는 의미는 아닐 테니까. 초밥집으로 달려가니 누군가 준비에 한창이었다.

"미안합니다. 영업 끝났어요."

요리사의 무뚝뚝한 응대에 재빨리 대답했다.

"진양철 회장님과 약속했습니다."

"아, 그러세요? 이거 죄송합니다. 이쪽으로 오시죠."

룸도 없이 의자 대여섯 개가 전부인 바 형태의 조그만 초밥집이었다. 먼저 따뜻한 녹차로 몸을 녹이고 있을 때 문이 열리며 할아버지가 들어오셨다.

"벌써 왔어? 눈길에 살살 다녀야지, 이놈아."

"몸은 좀 어떠세요? 이렇게 나오셔도 괜찮으십니까?"

"괜찮으니까 나왔지. 호들갑은 그만 떨고 앉자."

의자에 앉자 요리사가 허리를 숙였다.

"오랜만에 모시는데 재료가 영 시원치 않아 죄송합니다."

"괜찮아. 다음엔 미리 연락함세. 그때 잘 챙겨 주게."

"특별히 드시고 싶은 거라도 있으십니까? 회장님."

"아냐. 사실은 내가 이 녀석이랑 긴히 할 이야기가 있어서 자리 빌리는 게야. 서너 점이면 족해."

"아, 알겠습니다. 준비하겠습니다."

긴히 할 이야기가 있다는 말에 심장이 뛰기 시작했다. 오늘 이 자리는 아마도 할아버지가 내게 마지막 말을 남기는 장소일지도 모른다. 굉장히 소박한 장소이긴 하지만 말이다.

이때 또다시 문이 열리며 낯선 중년 남자가 들어왔다. 그는 할아버지를 보자마자 허리부터 숙였다.

"회장님, 행장님이 보내서 왔습니다."

"그래, 늦은 시간에 고생 많았어. 이리 가져오게."

중년의 사내는 보자기에 싼 길쭉한 철제 상자를 꺼냈다.

"가만있자, 열쇠가…."

할아버지는 주머니에서 열쇠 지갑을 꺼내 세이프티 박스 열쇠를 찾기 시작했다. 중년 사내는 그 모습을 유심히 보다 조심스럽게 다가와 말했다.

"회장님. 작은 거, 그게 박스 열쇠 같습니다만."

"그래? 이거?"

"네."

할아버지는 열쇠 지갑을 중년 사내에게 건넸다.

"눈이 침침해서 그러니 자네가 좀 열어 보게."

"네."

그는 재빨리 열쇠를 받아들고 박스를 열었다. 그 속에는 서류봉투 두 개가 들어 있었고 할아버지는 그걸 꺼내 옆자리에 놓았다.

"됐네. 자네는 이만 가보게. 추운데 고생했어. 김 행장에게는 내가 한 번 들른다고 전해 주고."

"네, 회장님. 그럼."

나는 문을 열고 나가는 중년 사내가 아니라 봉투에서 눈을 떼지 못했다. 과연 저 속에는 뭐가 들었길래 은행 개인 금고에 맡겨 뒀을까?

서류봉투에 쏠린 시선을 돌렸다. 어차피 날 위해 준비한 것이니 봉투 속에 뭐가 들었는지는 알게 될 것이다. 이제 귀를 활짝 열어야 한다. 지금부터 할아버지가 하는 말은, 단 하나도 잊지 않고 가슴에 새겨 두고 지켜야 할 유언일지도 모른다.

"이거, 급하게 준비하느라 입에 맞으실지 모르겠습니다."

요리사는 초밥 몇 개를 올려놓은 작은 도마를 우리 앞에 내밀었다.

"자네 솜씨야 잘 아는데 무슨 소리? 잘 먹겠네."

할아버지가 젓가락을 들자 요리사는 손을 닦으며 말했다.

"두 분 말씀 나누십시오. 필요하시면 부르시고요."

"바깥 날씨가 매섭던데 나 때문에 고생이구먼."

"별말씀을요. 겨울 찬바람은 제가 싱싱한 횟감만큼 좋아하는 겁니다."

그는 할아버지에게 꾸벅 머리를 숙이고 밖으로 나갔다.

"먹어 봐. 저 친구 솜씨는 눈치만큼이나 좋아."

할아버지가 초밥 하나를 입안에 넣는 걸 보고 나도 젓가락을 들었다.

"어때? 괜찮으냐?"

날씨도 찬데 차가운 생선 쪼가리를 올린 밥 덩이가 그리 맛있지만은 않았다. 내 표정을 본 할아버지는 황급히 입안에 든 밥을 꿀꺽 삼킨 후 따뜻한 녹차를 한 모금 마셨다.

"아이고, 이 시려. 차라리 뜨듯한 국물 나오는 집으로 갈 걸 그랬나?"

"오뎅 국물이라도 좀 만들어 달라고 할까요?"

"아니다. 장소가 필요했을 뿐, 혀끝 즐겁자고 너 부른 거 아니다."

할아버지는 젓가락을 내려놓고 다시 따뜻한 차를 마셨다.

"도준아."

"네."

"오늘 낮에 네 애비가 그러더라. 금융 부문을 완전히 계열 분리해 달라고 말이다."

"네? 아버지가요?"

금융사가 가진 지분으로 순양그룹에 10퍼센트의 영향을 미칠 수 있다. 하지만 계열 분리해 버리면 그 10퍼센트의 영향력이 사라진다.

당황한 내 표정을 본 할아버지는 싱긋 웃었다.

"그래. 허나 걱정하지 마. 어림없는 소리 말라고 단단히 혼을 내줬다."

다시 안심하는 나를 보며 할아버지는 내 손을 꼭 잡았다.

"난 네가 내 뒤를 잇기를 원해. 하지만 현실은 그렇지 못하구나. 자식이라는 천륜이란 거, 세대라는 거, 나이라는 거, 시간이라는 거…. 참 무서운 게 현실이야."

"잠시 비워 둘 뿐입니다. 그동안 빈자리에 스쳐 가는 사람이 있겠지만 결국 제 자리입니다."

"큰소리는, 허허."

할아버지는 꼭 잡았던 내 손등을 찰싹 때렸다.

"지난 10여 년 동안 난 우리 도준이가 커나가는 모습을 보는 것이 순양그룹의 확장보다 더 즐겁고 기뻤다. 대기업이라는 것도, 큰 사업이라는 것도 다 따지고 보면 장사야. 그리고 장사는 돈을 버는 게 무조건 제일 중요한 일이고."

난 많은 돈을 벌었지만, 그것도 장사라고 볼 수 있을까? 사실은 이미 번호를 아는 복권을 사 모은 것에 불과하다. 그동안 경영을, 장사를 배우기 위해 뼈를 깎는 노력을 했지만, 할아버지의 기대치에는 한참 모자란다. 이런 내 속도 모르고 할아버지는 대견하다는 눈빛을 보냈다.

"그런 면에서 본다면 넌 이미 우리나라 제일의 대기업 회장이다. 10여 년 만에 가늠하기도 힘들 만큼 돈을 벌었으니 말이다."

얼마나 벌었는지 말하고 싶었지만, 가뜩이나 약해진 할아버지의 심장이 견디지 못할 것 같아 겸손의 미소만 지었다.

"사실 네게 순양그룹이 꼭 필요한지도 의문이다. 이대로만 간다면 10년, 20년 뒤에는 분명 순양을 뛰어넘는 일가를 이룰 게 틀림없으니 말이다."

"돈만 있을 뿐입니다. 할아버지처럼 힘은 없어요. 돈과 힘을 다 가졌다는 상징이 바로 순양그룹 회장 아닙니까?"

"네가 그런 욕심을 낸다는 것도 나를 흡족하게 했어. 사내라면 당연히 나라를 뒤흔들고 호령할 만한 힘을 가지겠다는 웅심이 있어야지, 암."

나를 기특하게 바라보던 할아버지의 눈빛이 조금 변하며 의외의 질문을 했다.

"많이 섭섭하냐?"

"네?"

"내가 아직 지분을 움켜쥐고 있을 줄 알았고… 그리고 그 마지막 지분을 네게 줄 것으로 기대했다지?"

이학재 실장이 말한 게 분명하니 시치미 떼기에는 늦었다.

"솔직히 그랬습니다."

"그래서? 내가 빈털터리라서 실망했어?"

"실망은 했지만 원망하지는 않습니다. 충분히 주셨고 그걸 밑천으로 벌써 3분지 1 이상을 확보했으니까요."

"그리 생각한다면 됐다."

이것은 진심이다. 순양자동차를 가져올 때 기대 이상의 지분을 받지 않았던가?

할아버지는 다시 젓가락을 들어 초밥 한 점을 삼키고는 천천히 입을 뗐다.

"널 이리 은밀하게 불러낸 건 몇 가지 당부하고 싶은 게 있어서야."

"말씀하십시오. 경청하겠습니다."

"네가 순양의 회장 자리를 차지하는 방법은 나도 모른다. 단지 돈이 많다고 해서 순양그룹을 통째로 사지 못한다는 것은 잘 알겠지?"

"네."

"하지만 난 네 말을 믿는다. 넌 언젠가 순양을 차지할 게다. 난 그 이후의 일을 말하고 싶다."

회장 이후라…. 심장이 두방망이질 쳤다. 생각해 본 적이 없다. 내 목표는 단지 그 자리에 오르는 데에서 끝난다. 과연 난 할아버지 서재의 주인 돼서 무엇을 할 것인가?

이런 나를 모르는 할아버지는 회장 자리까지 오르는 과정은 가벼이 여긴다. 당연히 그 과정은 쉽게 헤쳐 나가리라 보고 결승점 이후의 일을 알려 주려는 것이다. 갑자기 할아버지에게 죄송한 마음이 들었다.

"순양의 회장실은 참 지독한 자리다. 어느새 속 터놓을 친구가 전부 사라진다. 친구라고 여겼던 놈들도 슬슬 내 눈치를 살피기 시작하지."

그런데 할아버지도 친구가 있긴 했을까? 동등한 시선을 교환하는 사람이 바로 친구 아닌가? 할아버지를 같은 높이에서 바라보는 사람은 지금껏 본 적이 없다.

"네가 가장 먼저 견뎌야 하는 것은 바로 고독이다. 함부로 측근들에게 마음을 열고 친구를 자처하지 마라. 그런 호사는 회장의 몫이 아니야. 친구 하나 두지 못한 채 외로움을 견뎌야 하는…."

"할아버지."

"…?"

"전 지금껏 친구를 둔 적이 없습니다. 사람과의 관계는 전부 거래였을 뿐입니다. 다만 존경하고 좋아하는 사람이 있기는 합니다만 그것뿐입니다. 전 제 어깨에 올려진 짐을 나눠서 질 사람이 필요치 않습니다."

"거래?"

"네. 누구든 제 밑에서 일할 수 있습니다. 하지만 전 그들에게서 충성심 같은 건 바라지 않습니다. 그들이 원하는 걸 주고 그들에게서 필요한 것만 취하면 그만입니다."

"그게 신세대가 쓰는 방법이냐? 허허."

속내를 알 수 없는 웃음이었다. 할아버지는 잠시 날 물끄러미 바라보다 말했다.

"네게 뭔가를 가르치려 했는데 그럴 필요가 없겠구나."

"아닙니다. 전 아직 많이 부족합니다."

"쓸데없는 겸손은 마라. 넌 부족한 게 하나뿐이다."

"하나라고요?"

"그래. 자, 봐라. 세상에 입 달린 놈들은 전부 날 욕하고, 손가락 달린 놈 모두 내게 손가락질한다. 정경유착의 상징이니, 편법과 탈법을 일삼는 재벌이니, 하청업체 쥐어짜서 부를 쌓아 올린 악랄한 영감이니 하며 말이다."

이런 말을 하면서도 그리 화가 난 것처럼 보이지 않았다. 그저 내게 들려주고 싶은 이야기일 뿐이다.

"하지만 그놈들 중에 날 두려워하지 않는 놈이 있을 것 같으냐? 단한 명도 내 앞에서는 그런 말을 입에 담지도 못한다. 심지어 정치인도 그렇다. 내가 국회 청문회장에 선 것만 세 번이다. 다른 그룹 총수에게는 온갖 비난을 퍼붓던 국회의원들도 내 앞에서는 꼬리 흔드는 강아지처럼 눈치만 본다."

"그게 바로 두려움 때문입니까?"

"그래. 거래도 좋고, 존경도 좋다. 하지만 그들의 바닥에는 너에 대한 두려움이 있어야 한다. 두려움이야말로 네가 원하는 힘의 원천인 게야."

눈치 보는 강아지들은 두려움 때문만은 아닐 것이다. 때마다 챙겨 주는 묵직한 무게의 돈, 그 무게도 무시할 수 없다. 채찍과 당근이 바로 할아버지 힘의 원천이다.

할아버지는 다시 내 손을 꼭 쥐었다.

"네가 부리는 사람들에게 꼬박꼬박 말을 높이고 깍듯이 대한다는 말을 들었다."

"네. 다들 저보다 나이가 많아 조심하는 편입니다."

"그것도 적당히 해. 강아지 귀엽다고 자꾸 쓰다듬으면 밥상까지 차지하려 든다."

"알겠습니다. 가끔 따끔하게 대하겠습니다."

"그래. 더는 잔소리 할 게 없다. 이제 부탁 하나 하자."

"뭐든 말씀하십시오."

"네가 순양의 주인이 되더라도 핏줄들을 너무 괄시하지 말고 적당한 자리 만들어서 나눠 줘. 그놈들도 다 내 새끼들 아니냐?"

"당연합니다. 식구 아닙니까?"

할아버지 마음을 편하게 만들기 위해서야 못할 말이 없다. 이보다 더한 거짓말이라도 할 수 있다. 조금 이상한 건 할아버지의 반응이다. 단지 해야 할 말을 했다는 표정일 뿐, 그리 신경 쓰는 모습은 아니었다.

할 말은 속 시원히 다 했는지 할아버지는 은행에 보관했던 서류봉투를 내 앞으로 내밀었다.

"이제 이건 네가 관리하거라."

"이게…?"

"꺼내 봐."

봉투 속에 있는 건 두꺼운 노트였다. 가죽으로 만든 커버, 손때가 새카맣게 묻은 속지. 설마? 커버를 넘기자마자 마른침을 꿀꺽 삼켰다. 설마가 아니었다. 빼곡히 기록한 이름과 날짜, 장소 그리고 금액, 바로 순양그룹의 비자금 전달 내용을 빠짐없이 기록한 장부다.

"내가 그거 기록한 게 신군부가 정권을 잡았을 때부터였다. 대통령 말 한마디면 그룹이 통째로 자빠지니 당최 불안해서 살 수가 있어야지?

그래서 여기저기 손써 두며 하나도 빠짐없이 적어 뒀다. 여차하면 다 터
트리려고 생각했지.”

순양 돈은 먹어도 뒤탈이 없기로 유명하다. 그룹 회장이 청문회장에
불려 나가도, 법정에 서서 재판을 받아도 뇌물 이야기는 일절 나오지 않
았다.

“터트릴 일이 없었군요.”

“그래. 하지만 정권이 바뀌어도 빠짐없이 계속 기록해 뒀어. 내 돈 먹
은 놈들도 다 알 거야. 그 장부가 존재한다는 걸. 그리고 절대 공개하지
않는다는 것도 말이야.”

할아버지가 가리키는 이 장부는 존재 자체만으로도 무언의 위협이다.

“내 뜻대로 되지 않는다고 해서 그 장부를 들이밀고 협박하지도 않았
어. 차라리 돈을 더 안겨 주고 내 뜻을 따르도록 했지.”

위협은 말로 하는 게 아니다. 폭탄을 쥐고 있다는 것 자체가 위협이
다. 한 손에는 폭탄을 쥐고 다른 한 손으로 돈을 건넨다. 둘 중 어느 것
을 선택할지는 불 보듯 뻔했다.

“하나도 빠짐없이 직접 기록하신 겁니까?”

“잔챙이 관료들이나 정치 신인들에게 떡값 몇 푼 쥐어 준 거는 나도
몰라. 그건 이학재나 계열사 사장들이 내게 보고하지 않고 알아서 처리
했으니까.”

일선 판검사, 초선의원, 정부부처 실무진 정도가 잔챙이들이니 이 장
부에 이름 오른 사람들의 위치가 어느 정도인지는 짐작할 수 있었다.

“다른 봉투도 꺼내 봐. 그것도 쓸 만할 게다.”

두 번째 봉투에는 통장과 카드, 열쇠 꾸러미가 잔뜩 들어 있었다.

“내 명의로 된 것은 여기저기 재단에 쭉 뿌릴 거야. 언론이야 내 개인
재산을 사회에 환원한다고 나팔을 불어대겠지. 뻔한 꼼수라는 걸 아는

놈들은 욕할 테고."

"그럼 이건… 차명입니까?"

할아버지는 머리를 끄덕였다.

"국내외 계좌들이다. 페이퍼 컴퍼니도 있고 위조 여권으로 만든 계좌도 있어. 국내 은행은 다 차명이다."

"할아버지. 저 돈 많습니다. 쓸 만큼 있으니 이 돈은 딴 데…."

내가 통장을 다시 봉투에 주섬주섬 담으며 말하자 할아버지는 고개를 저었다.

"네 녀석의 그 피 같은 돈을 쓰레기 같은 놈들에게 뇌물로 쓸래?"

"네?"

"여기저기 찔러줘야 할 데 생기면 그 돈을 써. 추적하기 힘든 돈이니 안전할 거야. 그리고 그 계좌, 네가 계속 이어서 써. 이리저리 빼돌린 명찰 없는 돈 만들면 그 계좌에 넣어. 안전하다."

드러나지 않게 관리해야 할 사람, 그 관리를 위해 필요한 돈과 계좌다. 나는 지금 이 순간, 할아버지의 힘 반쪽을 얻지 않았을까 하는 생각이 들었다.

노트의 가죽 커버를 쓰다듬었다. 과연 몇 명의 사람들이 등장하며 그들의 현재 위치는 어디일까? 20년도 넘었으니 이미 이 세상 사람이 아닌 자도 많을 것이고, 일선에서 물러나 모든 영향력을 잃어버린 사람도 많을 것이다. 이 기록을 어떻게 다시 정리하고, 어떻게 써먹어야 하는지 머릿속이 복잡할 때 할아버지가 말했다.

"이걸 네게 주는 내 마음을 알아주기 바란다. 이것들은 바로 내가 누구에게도 보여 주지 않은 나의 어두운 기록이다. 내 회사의 주인이 되는 놈, 돈을 가져가는 놈, 땅을 차지하는 놈은 여럿이지만 내 치부를 고스란히 가져가는 건 바로 너다. 만에 하나, 네가 순양의 주인이 못되더라도… 넌 이 진양철을 잇는 유일한 후계자라는 징표가 바로 그것이다.”

참 낯간지러운 말이었지만, 이보다 더한 진심은 두 번 다시 듣지 못할 것이다.

“할아버지의 이름을 절대 지워지지 않을 영원한 것으로 만들겠습니다.”

나도 낯간지러운 말이 나왔다. 진심을 표현하는 말은 왜 이리 유치한가? 좀 더 세련되고 중후한 어휘를 생각했지만 당장 입 밖으로 나오는 말은 이게 전부였다. 할아버지와 난 잠깐 동안 눈을 마주치지 못했다. 조금 붉어진 뺨이 세게 틀어놓은 히터 때문은 아니다.

“흠, 흠…. 아무튼 말이다, 그 노트에 이름 오른 사람들은 잘 관리해라. 당장 눈앞의 이익을 위해 돈을 쓰는 건 큰아버지들이 할 것이다. 지난 대선 때라든지, 올봄에 치러질 총선 같은 거 말이다.”

“아, 깜박했는데요. 저도 지난 대선에 20억을 둘째 큰아버지께 건넸습니다.”

“알고 있다. 바로 그런 식으로 하면 된다. 그룹 차원에서 진행할 때만 그렇게 보태 줘.”

“그럼 이 명단의 사람들은 별도로…?”

“그래. 특별한 일이 있건 없건 늘 전해 주도록 해. 보험료 낸다 생각하고. 그리고 너도 사람을 잘 보고 앞으로 큰 인물이 되겠다 싶은 놈들을 그 명단에 추가해. 항상 길게 보고 투자해야 한다.”

“제가 가장 잘하는 게 장기 투자 아닙니까? 10년을 묻어 놔도 눈 하나 깜빡하지 않습니다.”

“또, 또… 그놈의 잘난 척은 끝이 없어! 허허.”

할아버지는 내 뒤통수를 툭 쳤다.

“계좌는 내가 특별히 알려 줄 건 없어. 해당 은행에 담당하는 놈들 이름과 연락처가 있으니 필요한 건 그놈들이 다 처리해 줄 거다. 네가 조심해야 할 건 하나다. 돈을 은행에서 찾아올 믿음직한 놈 하나를 구해. 그놈이 돈을 찾아오면 전달하는 건 우병준이에게 맡겨. 몇 번 해봤으니 잘할 게다."

"돈을 찾을 때, 전달할 때 제 모습이 드러나지 않도록 조심하라는 말씀이시죠?"

"그래, 그 누구냐? 우리 대신 목숨 걸고 트럭 들이받은 놈?"

"김윤석 대리 말입니까?"

"맞다, 그놈. 이학재가 그러더라. 영민한 머리는 없지만 우직한 마음은 있다고 말이다. 돈 찾아오는 거, 그놈이 딱 맞지 싶다. 머리 쓰는 일은 아니나 우직하니 입이 무거워야 하니까 말이다."

"돈 욕심도 별로 없으니 적당하겠군요."

"뭐? 돈 욕심이 없어?"

"네. 그때 우리 목숨 구해 주고 큰돈을 주겠다고 해도 거절하지 않았습니까?"

할아버지는 인상을 찌푸렸다.

"세상에 돈 욕심 없는 놈이 어디 있어? 돈보다 더 큰 욕심이 있으니 그런 게지. 아무튼, 너무 믿지 말고 항상 경계하도록 해."

다시 한 번 놀랐다. 할아버지는 목숨을 구해 준 은인마저 믿지 않는다. 사람을 믿다 죽음까지 맛본 나보다 더 사람을 불신하다니. 하지만 저런 모습이 바로 지금의 순양을 만든 것이니 명심해야 한다.

"그럼 일어날까? 여기 주인장 밖에서 얼어 죽은 건 아닌지 모르겠다."

할아버지를 모시고 밖으로 나가니 입술까지 새파래진 주인장이 벌벌 떨며 서 있었다.

7장

악당으로 살아!

나는 집으로 돌아와 장부를 펼쳤다. 80년대보다 가장 최근부터 역으로 짚어 나가는데 들여다보면 볼수록 할아버지의 치밀함에 혀를 내둘렀다.

　틈만 나면 TV에 나와 입에 거품까지 물며 기업 친화적인 발언을 일삼던 경제학 교수들의 행동이 이해되었다. 국내 최대 노동자 조합이 유독 순양그룹에 대해서는 침묵하는 이유도 알았고, 순양의 임원들이 고등법원에만 가면 무죄나 집행유예 판결이 나는 이유도 알았다. 순양그룹이 감추고 싶은 것은 절대 뉴스에 나오지 않는 이유와 사회 원로나 지식인 그룹이 순양이라는 이름 자체를 입에 담지 않는 이유도 알았다.

　나는 이들에게 전해지는 돈의 액수와 주기를 자세히 검토하고 할아버지가 주신 계좌도 확인했다. 놀라운 사실은 국내 계좌다. 외국 계좌야 우리나라의 손이 미치지 않기 때문에 그렇다 쳐도 적게는 수억, 많게는 수백억이 들어 있는 차명계좌인데 어떻게 지금까지 발각되지 않았을까? 아무리 생각해 봐도 결론은 하나뿐이다. 은행도 알고, 관련 정부 기관도 알지만 단지 모른 척하며 조사 대상에서 제외한다는 것 외에는 설명할 방법이 없다. 할아버지가 이 계좌를 계속 사용하라는 이유도 바로 그것 때문일 것이다. 이 계좌들은 세상에서 가장 안전한 내 개인 비밀 금고인 셈이다.

　장부와 계좌 확인을 다 끝내자 이미 밖은 훤히 밝아 있었다. 나는 전화를 들어 김윤석을 불렀다. 이른 아침이었지만 부리나케 달려온 그에게 통장 세 개를 내밀었다.

"은행 문 열자마자 이 세 곳에 들러 각각 1억씩 찾아오세요. 인감은 함께 들어 있고 담당자와 비번은 메모해 뒀습니다."

"네, 또 시키실 일은 없습니까?"

"담당자 표정을 잘 살피세요. 돈을 찾을 때 은행원들의 행동도 유심히 관찰하고요."

"네, 돈 찾으면 어떻게 할까요?"

"집으로 가져오세요. 난 눈 좀 붙이고 있겠습니다."

"알겠습니다. 그럼 쉬십시오."

수상한 지시였고 의문을 가질 만한데도 김윤석은 질문 하나 없이 머리를 숙이고 나갔다.

초인종 소리에 눈을 떴을 때는 정오가 가까웠다.

"좀 쉬셨습니까?"

"네, 좀 개운하군요. 일은 다 처리했나요?"

김윤석 대리는 대답 대신, 가져온 보스턴 백 세 개를 가리켰다.

"별다른 문제는 없었습니까?"

"네. 말씀하신 담당자들은 전부 지점장들이었습니다. 지점장실에서 차 한 잔 마시며 기다리니 다 알아서 처리해 줬습니다."

"놀라지는 않던가요?"

"두 곳은 아무 말 없었고 한 곳만 슬쩍 물어보더군요. 담당자가 바뀐 거냐면서요."

"그래서 뭐라고 했습니까?"

"혹시나 해서 아무 말 않고 그냥 쏘아보기만 했어요. 그랬더니 대번에 실례했다면서 머리 숙이더군요."

많이 늘었다. 누가 갑인지 확실히 알려 줘야 하고 불필요한 말은 되도록 하지 않는 게 좋다.

"잘했습니다."

가방 지퍼를 열어 돈뭉치를 슬쩍 보며 김 대리의 표정을 살폈다. 견물생심에는 예외가 없다. 유혹에 흔들려 봐야 자신이 어떤 사람인지 안다. 그에게는 수백억이 들어 있는 통장만 줬다. 그도 알았을 것이다. 마음만 먹으면 언제든 거금을 챙길 수 있다는 사실을 말이다. 하지만 그의 눈동자는 차분히 가라앉은 그 상태에서 변화가 없다. 아무 생각이 없는 건지, 할아버지 말씀처럼 돈보다 더 큰 걸 바라고 있는지 알 도리가 없었다. 그에게 가방 하나를 내밀었다.

"가져가서 쓰세요."

"네?"

이제야 그의 눈빛이 흔들렸다. 돈 때문이 아니다. 갑자기 거금을 선뜻 내미는 이유를 몰라서일 것이다.

"필요한 곳에 쓰면 됩니다. 영수증 챙길 필요 없는 돈이니 현금으로 뿌리세요."

무슨 뜻인지 알아들은 김윤석은 곤란한 표정을 보였다.

"실장님, 너무 많습니다."

"많아요?"

"…네."

내 목소리가 심상치 않은 것을 알아챈 그의 목소리가 기어 들어갔다.

"100만 원씩 뿌리면 100명입니다. 지금까지 깔아 둔 사람이 100명도 안 됩니까? 모자란다고 해도 시원찮은 판인데…!"

짐짓 굳은 목소리로 질책하듯 말하자 그가 재빨리 대답했다.

"아, 단위가 달랐습니다. 전 10만 원씩 나눠 준다고 생각했거든요."

그룹 기획실, 비서실, 전략실 그리고 경호팀의 말단 직원들 월급을 생각하면 김 대리가 10만 원으로 생각할 만하다.

"그럼 이제부터라도 단위를 올립시다. 아니…. 그럴 필요 없이 판단은 김 대리에게 맡길게요. 알아서 뿌리세요."

"알겠습니다. 솔직히 100만 원은 너무 많습니다. 그러니까…."

난 손을 들어 그의 입을 막았다.

"맡긴다고 했습니다. 일일이 설명하지 않아도 됩니다."

"아, 네."

김 대리는 가방을 챙겼다.

"참, 말씀드릴 게 있습니다. 오늘 아침부터 실장님 사촌들이 진 회장님 병실을 방문하고 있습니다."

"다 같이?"

"아뇨. 따로따로 온다고 합니다."

"확인해 보세요. 분명히 미리 연락하고 갈 겁니다."

"네, 확인 후 알려드리겠습니다."

김 대리가 나가자 남은 두 개의 가방을 구석에 던져두었다. 나중에 우병준 상무에게 전할 생각이다. 그가 여기저기 뿌린다면 2억 정도는 충분히 소화할 것 같았다. 이때 전화가 울렸다.

"응. 형."

"도준아. 넌 할아버지 병원에 입원한 거 알고 있었지?"

상준 형의 목소리가 떨렸다. 그도 놀랐나 보다.

"아, 미안. 연락 못 했네."

"아냐. 내가 할아버지께 자주 연락하지 않으니까 그런 거지. 아버지께 여쭤보니까 면회가 된다고 하는데, 너 시간 되면 같이 가자. 솔직히 난 아직 할아버지가 좀 어려워. 혼자 갈 생각하니까 눈앞이 캄캄하다."

우리 집안에서 할아버지께 가장 미움받은 손자가 바로 상준 형이다.

성인이 되고 좀 나아졌지만 혼자 할아버지 앞에 서는 게 쉬운 일은 아닐 것이다.

"그래. 어차피 나도 오늘 들를 생각이었어. 같이 가."

안도하는 한숨 소리가 똑똑히 들렸다.

"휴, 다행이다. 언제 갈 건데?"

"시간은 확인해야 해. 형은?"

"난 계속 녹음실에 있을 거니까 언제든 괜찮아."

"그럼 내가 녹음실로 갈게. 형 일하는 곳 구경도 할 겸 해서. 괜찮지?"

"나야 괜찮지. 그런데 너 번거로워서 어쩌냐?"

"아냐. 병원 가는 길에 잠시 들르는 건데 뭐. 신경 쓰지 마."

"그래. 그럼 나중에 보자."

통화를 끝내고 다시 눈을 좀 붙였다. 김 대리의 전화에 눈을 떴다. 사촌들은 오후에 몰려들 것이며 저녁엔 아무도 없을 것이라고 알려줬다. 그래, 밤이 되면 놀아야지. 어차피 주식 한 주 떨어지지 않는 걸 다 아니 뒤늦은 효도도 필요 없는 놈들 아닌가?

병원으로 가는 길에 나는 상준 형의 스튜디오에 들러 둘러보고 함께 차에 올랐다.

"할아버지는 좀 어떠셔?"

나와 나란히 뒷좌석에 앉은 상준 형은 차가 출발할 때 조심스레 물었다.

"겉으로 보기에는 정정하셔. 하지만 쓰러지면 어떻게 될지 장담할 수 없어."

"할아버지의 죽음은 왠지 현실감이 없다. 영원히 군림하실 것 같았는데…"

"그렇지? 벌써 두 번이나 쓰러지셨는데 나도 실감이 안 나. 여든 넘은 노인이라는 걸 자꾸 잊어먹게 돼."

상준 형은 내 얼굴 보며 말했다.

"괜찮냐?"

"뭐가?"

"넌 할아버지와 좀 특별했잖아. 손자 중에 유일하게 지분을 직접 물려받았고."

"아버지 대신 받은 거지 뭐."

"아무도 그렇게 생각 안 해. 네게 직접 주신 거야. 어쨌든 우리 중에는 네가 제일 힘들 것 같다."

"어쩌겠어? 마지막까지 자주 찾아뵙는 수밖에. 참, 형은 어때? 괜찮아?"

오늘 형이 다니는 회사를 보니 재미는 있겠지만 보통 고생이 아닐 것 같았다.

"난 지금 만족해. 이 바닥의 좋은 점은 다들 지가 좋아서 발 들여놓은 놈들이니까 돈이나 환경에는 그다지 민감하지 않아. 그놈들에게 비하면 난 호강에 겨운 거야. 적어도 밑바닥까지 떨어져서 빌빌대지는 않을 테니까."

"응? 나도 모르는 돈이라도 좀 꿍쳐 둔 거야? 믿는 구석이 있나 보네?"

"야! 하나뿐인 형님이 밥 굶으면 보고만 있을 거냐?"

상준 형은 팔꿈치로 내 옆구리를 쿡 찌르며 웃었다.

"마흔까지만 죽어라 해. 그렇게까지 했는데 성공 못 하면 운 탓으로 돌려야지 어쩌겠어? 할 만큼 한 거 아니겠어? 그때는 나랑 같이 손잡고 코타키나발루 리조트에 가서 정원 손질이나 하며 살자."

"네가 마흔 전에 은퇴한다고? 말 같은 소리를 해라."

오랜만에 만나 이런 농담이라도 주고받으니 상준 형은 할아버지를 만난다는 긴장감을 내려놓은 것 같았다. 차는 어느새 병원 주차장으로 들어갔다.

"상준이도 왔어?"

여전히 정장 차림의 할아버지는 병실에 들어서는 상준 형을 보자 환하게 웃었다.

"네, 할아버지. 죄송합니다. 많이 늦었어요."

"아니다. 병원에 누운 지 며칠이나 됐다고. 그래 넌 잘 지내고?"

"네. 염려해 주신 덕분에 잘 지냅니다."

할아버지는 우리를 소파에 앉혔다. 직접 음료수 두 병을 가져와 우리 앞에 놓으며 웃음을 지우지 못했다.

"듣자 하니 열 평짜리 오피스텔에서 혼자 산다고? 내, 집 한 채 주랴?"

"괜찮습니다. 집이라고 해도 옷만 갈아입고 잠깐 들러 잠 좀 자는 게 전부데요, 뭐. 대부분 스튜디오에서 지내니까 열 평짜리 오피스텔도 충분합니다."

기특한 대답인지 고개를 끄덕였고 오랜만에 만난 손자에게 질문을 퍼부었다.

"그래? 월급은 얼마나 받누?"

"얼마 안 됩니다."

"이놈아, 내가 그걸 모르겠냐? 왜? 너무 적어서 부끄러운 게냐?"

오랜만에 듣는 할아버지의 고함에 상준 형은 재빨리 대답했다.

"아닙니다. 월급 200에 인센티브 받으면 3000만 원은 넘습니다. 그런데 하루 종일 녹음실에서만 지내다 보니 오피스텔 관리비 외에는 돈 들어갈 일이 없어 고스란히 다 모읍니다."

"그래? 그깟 노래 만드는 놈에게 뭐 그리 후하게 줘? 네 녀석 회사 사장 좀 데려오너라. 내가 월급 적게 주고 부려먹는 법 좀 가르쳐 줘야 겠다."

할아버지의 농담에 긴장이 풀린 듯 상준 형은 평소에 잘 보이지도 않 던 능청을 떨었다.

"할아버지. 저 일 잘해요. 우리 회사 사장님이 틈만 나면 월급 적게 줘 서 미안하다고 그럴 정도라고요. 그래서 인센티브도 제가 제일 많이 받 아요."

"그렇다면 다행이로구나."

할아버지는 갑자기 상준 형의 손을 덥석 잡았다.

"내 손자가 몇이더냐? 열 명이 넘는 놈들 중에서 내 돈 빼먹지 않는 놈은 너희 형제뿐이구나. 제 손으로 밥벌이하고, 처자식을 제힘으로 먹 여 살리는 게 사내가 해야 할 첫 번째 일이라는 걸 아는 놈이 어른인 게 다. 손주놈들 중에서 어른이 된 건 너희 둘이 전부다. 내가 자식 농사 잘 못한 게야."

"그럴 리가요? 다들 제 갈 길이 다른 거겠죠."

"아니, 아니다."

할아버지는 애틋한 눈으로 상준 형을 바라보며 말했다.

"내가 네 애비에게 실망한 걸 네게 화풀이했다. 어린 네가 무슨 죄가 있다고…. 원망이 깊지? 이 할애비를 용서하거라."

"아닙니다. 다 지나간 일인데요, 뭐. 그리고 끝이 좋으면 전부가 좋다 고 하지 않습니까? 할아버지께서 제가 음악 하는 걸 인정해 주시는 것 만으로도 충분합니다."

할아버지는 묵은 짐 하나를 내려놓은 듯, 편안한 모습이었다.

"한 핏줄인데도 우리 상준이는 동생과 많이 다르구나. 저놈은 속이 시커먼 욕심으로 가득 찬 놈인데 말이야. 허허."

할아버지가 나를 가리키며 웃었지만 나는 아무 말도 하지 않았다. 지금은 두 사람의 시간이다. 할아버지는 웃으며 소파에서 일어났다. 그리고 침대 옆의 서랍을 열어 봉투 하나를 가져와 탁자 위에 슬쩍 놓았다.

"이건 네 몫으로 준비해 놓은 거다."

이건 예상하지 못했다. 당연히 상준 형은 나보다 훨씬 더 놀랐을 것이다. 눈만 똥그랗게 뜬 채 아무 말 못 하고 있었다.

"그런 표정 하지 마라. 너만 주는 거 아니다."

할아버지는 우리 둘을 보며 피식 웃었다.

"너희 사촌들에게도 다 뭔가 하나씩은 줄 생각이다. 이미 다녀간 애들도 봉투 하나씩은 다 챙겨 갔어. 도준이 넌 봉투 없다."

"아니, 그건 좀… 하다못해 상품권이라도 한 장 넣어 주셔야 하는 거 아닙니까?"

할아버지는 상준 형을 향해 말했다.

"봐라, 저놈이 저렇게 욕심 많은 놈이다."

하지만 놀란 상준 형은 아무 말도 들리지 않는 듯 여전히 봉투만 바라보고 있었다.

"상준아."

"네? 아… 네."

"네 사무실과 오피스텔이 강남이라지?"

"네."

"집 한 채 준다는 거, 그냥 했던 말이 아니다. 그거 강남에 구한 집 매매 계약서다. 네 이름으로 했고 우리 손자 깨끗한 집에서 살라고 증여세까지 깔끔하게 정리했어. 집 안을 채울 가구는 저놈이 해줄 거다."

할아버지가 나를 가리킬 때 입을 삐쭉 내밀었다.

"거, 이왕 주시는 거 집 안도 꽉꽉 채워 주시지…."

"이놈아. 모르는 소리 마라. 선물은 조금 부족한 듯 보여야 하는 법이다. 아쉬움이 남아 있어야 더 얻기 위해 관계를 지속하는 거야."

"핑계도 참 그럴듯한….."

"시끄럽다, 이놈아. 그래서? 넌 친형이 집 생겼는데 선물도 안 할 생각이냐? 돈도 많은 놈이?"

상준 형에게는 할아버지와 내가 주고받는 농담도 들리지도 않는 것 같다. 그는 충혈된 눈으로 할아버지께 머리를 숙였다.

"고맙습니다. 할아버지."

"아니다. 고맙기는 무슨….."

이쯤 해서 자리를 피해 줘야겠다. 비록 조손 간이지만 두 사람은 집안 모임 때 얼굴 본 게 전부일 정도로 지금껏 단 한 번도 정을 나눈 적이 없다. 이제 두 번 다시 오지 않을 시간이라는 걸 두 사람도 안다.

"그럼 말씀 나누십시오. 전 일이 있어서 먼저 가보겠습니다."

상준 형은 당황했지만, 그의 손을 꼭 잡은 할아버지는 머리를 끄덕였다.

▲ ▲ ▲

"이 실장, 다시 한 번 확인하는데, 아버지 소유의 주식은 단 하나도 없는 게 확실하나?"

"실장님, 혹시 파악 못 한 지분이 있을 가능성은 없습니까? 아버지께서 손수 관리한 지분 말입니다."

이학재 실장은 두 부회장의 타는 듯한 시선이 정말 부담스러웠다. 도대체 이들은 무엇을 걱정하는 것일까?

"명동 사채시장에 쫙 깔린 게 순양그룹 주식입니다. 전부 차명이죠. 그걸 전부 파악하지 않는 한 제가 아는 범위 내에는 없습니다. 또 회장님께서 사적으로 관리하는 게 있다면 제가 알 방법이 없겠죠?"

"실장님, 사실 확인이 아니고 그럴 가능성을 묻는 겁니다."

"없다고 봅니다. 여러 가지 위험을 무릅쓰고 회장님이 차명으로 관리할 이유가 없어요. 두 분도 잘 아시지 않습니까?"

이학재 실장의 말에 두 사람은 뜨끔하는 눈치였다. 이들은 개인 소유나 다름없는 법인을 세워 자신들이 관리하는 계열사에 일감 몰아주기 수법을 자행해 왔다. 이렇게 모은 돈으로 끊임없이 주식을 사들였다. 물론 차명으로 말이다. 믿을 만한 임원이나 그 가족들 혹은 주변 측근들이 차명의 주인이지만 늘 불안하다. 언제든 싹 팔아 치우고 사라질 수 있기 때문이다.

"뭐… 그렇다면 다행이고."

진영기 부회장은 떨떠름한 표정으로 말했다.

"혹시 상기에게 준다는 아버지 사재, 구체적으로 아는가?"

이학재는 참으려 해도 어쩔 수 없이 눈살이 찌푸려졌다. 도대체 저놈의 욕심은 그 끝이 어디일까?

"이미 말씀드렸다시피 회장님 개인 재산은 제가 모릅니다. 개인 변호사에게 맡기셨으니까요. 참, 개인 변호사가 여러 명인 거 아시죠? 그마저도 전부 분산해서 관리하셨습니다."

그나마 눈치 빠른 진동기는 이학재 실장의 마음이 불편하다는 걸 알고 진영기의 입을 막아 버렸다.

"이미 다 얘기한 거 아닙니까? 했던 말 계속 반복하지 말고 우리 생각을 말합시다. 그게 이 실장님 편하게 하는 거 아니겠습니까?"

진동기는 앞에 둔 찻잔을 들며 이학재의 눈치를 슬쩍 살핀 후 조심스레 말했다.

"솔직히 말씀드릴게요. 아버지께서 안 계시면 우리 그룹이 시끄러워질 테고 예상치 못한 일들도 생길 수 있지 않겠습니까?"

"구체적으로 말씀하시죠. 시끄러워질 일이 뭐가 있습니까?"

"지분 말입니다. 순양은 거미줄처럼 얽힌 지배구조 아닙니까? 가느다란 거미줄 하나만 끊어져도 불미스러운 일이 생깁니다."

"그래서요?"

이학재 실장의 표정과 말투에서 언짢은 기색이 확 드러나니 진영기 부회장이 발끈했다.

"거, 사람 참! 도대체 뭐가 그리 못마땅한가? 우리가 지금 못할 말 하나?"

"형님!"

진동기의 고함에 진영기는 끙하는 소리 한번 내고 다시 입을 닫았다.

"이 실장님, 우리 처지도 생각해 주십사 하는 겁니다."

"진동기 부회장님, 요점부터 먼저 말씀해 주시는 게 어떻습니까? 말을 빙빙 돌리는 걸 보니 어려운 이야기라는 건 알겠는데 결론부터 말씀하시는 게 낫겠습니다."

"좋습니다. 지주회사를 새롭게 정리하고 싶습니다."

"지주회사요?"

"네. 흩어져 있는 지분을 싹 모아서 거미줄이 아닌 튼튼한 동아줄로 묶어 버리는 겁니다."

"쉬운 일이 아닐 텐데요? 잘못 건드렸다가는 약하디약한 거미줄이 끊어질지도 모릅니다. 또한, 그 과정에서 세금 문제까지 일어날 수 있어요. 도박에 가깝다고 볼 수 있습니다."

"그러니까 이 실장님께 말씀드리는 겁니다. 이 작업은 이 실장님 외에는 누구도 지휘할 사람이 없어요."

두 형제가 부리는 사람들 중 머리 좋다고 소문난 놈들만 모아 이 작업을 지시했으나 지배구조 파악도 제대로 못 하고 두 손 들었다. 반도체 회로보다 복잡하고 거미줄보다 더 촘촘한 그림을 분석하기 위해서는 이 구조를 만든 사람이 아니면 불가능하다는 결론만 나온 게 전부였다.

"꼭 그럴 필요 있습니까? 이 시스템 때문에 두 분께서 부회장을 하시는 겁니다. 굳이 리스크를 안고 바꿀 필요가…?"

이학재는 두 사람의 속셈을 훤히 들여다봤지만 그들의 입에서 어디까지 원하는 것인지 직접 듣고 싶었다.

"몰라서 그래? 첫 번째로 미라클부터 들어내야지! 만약 미라클이 도준이 놈 손을 들어 준다면… 아니, 확실해. 그놈들은 도준이를 앞세워 우리 순양을 야금야금 차지할 속셈이라고."

진영기가 소리쳤다.

"꼭 그렇지는 않더라도 23퍼센트의 주식을 지닌 투자사가 떡하니 버티고 있는 게 바람직한 건 아니죠."

진동기도 거들었다.

"그렇기도 합니다만…. 좋습니다. 안전한 지주회사를 별도로 만든다고 칩시다. 그럼 그 지주회사의 지분구조는 어떻게 하기를 바라시는 겁니까?"

두 사람은 잠깐 눈빛을 교환하더니 진영기 부회장이 헛기침했다.

"으흠. 나와 동기가 55퍼센트, 상기 5퍼센트 임원들 10퍼센트 정도. 나머지는 계열사로 분산시키고. 일단은 이렇게 생각하고 있어."

두 사람이 모든 권력을 쥐겠다는 의미다. 셋째인 진상기를 포함해서 55퍼센트가 아니다. 진영기와 진동기 두 사람이 55퍼센트라는 말은 셋째 동생마저 못 믿는다는 뜻이다. 혹시라도 진상기가 딴마음을 품더라도 그룹 지배권에는 흔들림이 없다.

"임원들 보유 지분은 늘리는 대신 사람은 바꿀 생각입니다. 전부 아버지 세대의 사람 아닙니까? 새로운 임원으로 교체할 생각입니다."

진동기는 세대교체까지 언급한다.

"미라클은 그렇다 쳐도 도준이는요? 그 애도 10퍼센트의 지분이 있습니다. 아예 빼버릴 생각입니까?"

이학재가 이들이 거론하기 꺼리는 부분을 들쑤시자 두 부회장의 표정이 굳었다.

"도준이에게는 금융 계열사 두어 개 떼줄 생각입니다. 그놈 적성에도 맞고… 부족하다면 계열사 주식 좀 얹어 줘도 되고. 어차피 어린애 아닙니까? 그룹 경영에 참여한다는 게 쉬운 일은 아니죠."

"남들 보면 웃음거리야. 지금 대기업 중에 20대가 그룹 경영권을 위협한다는 게 말이 돼? 도준이는 착실하게 경영수업 받을 나이지, 계열사를 책임질 나이는 아니야."

이학재는 이들이 차라리 회사를 갖고 싶다고 솔직하게 말하는 게 더 낫겠다 싶었다. 도준이는 이미 능력을 증명했다. 하지만 이들은 진 회장의 피를 물려받은 것 외에는 내세울 게 없지 않은가?

이학재가 좋지 않은 표정을 보이자 진동기가 다급하게 말했다.

"실장님도 섭섭지 않은 자리를 드리겠습니다. 우리와 함께하시죠."

"그래요? 어떤 자리라면 제가 만족할 거로 생각하십니까?"

건조한 음성이었지만 적어도 관심을 보이니 진동기는 싱긋 웃으며 말했다.

"순양전자 총괄 대표이사 자리라도 드리겠습니다. 순양의 핵심 아닙니까?"

돈으로 이학재를 잡을 수 없다는 걸 잘 아는 두 사람은 자리를 내민 것이다. 하지만 대표이사 따위야 하루아침에 물갈이할 수 있다. 시끄럽지 않게 교체한다고 해도 2년이면 충분하다. 이학재도 모르는 바가 아니다. 그들은 이학재 실장이 5년 정도 자리 보장을 요구할 것이라고 예상했고 그 정도는 받아들이기로 합의까지 한 상태다.

"물론 이 모든 것은 회장님 모르게 진행할 생각이시죠?"

"꼭 알릴 필요가 있나? 얼마 남지 않은 시간, 당신 뜻대로 모든 게 이뤄졌다고 여기시는 게 마음 편한 것 아니겠어?"

사실 진 회장이 두 아들의 속셈을 안다고 해도 어찌할 수 없다. 다시 지분을 거둬들이기에는 남은 시간이 턱없이 부족하다. 새로운 지주회사는 순전히 이학재의 손에 달려 있다. 그가 거부한다면 시간이 걸리더라도 자신들의 힘만으로 진행할 것이다.

"생각을 좀 해봐야 할 것 같군요. 아직 회장님께서 절 지켜보고 계십니다. 차마 그분 얼굴 보면서 유지를 거역하는 일은 못 하겠습니다."

아버지가 돌아가실 때까지 기다려 달라는 소리가 아닌가? 두 사람의 얼굴에 미소가 번졌다.

"당연하지. 이 실장이 우리 뜻을 알아주니 이거… 마음이 한결 가볍구먼. 하하."

진동기는 벌떡 일어나 이학재의 손을 잡고 고마움을 표했다.

"고맙습니다, 실장님. 이게 다 순양을 더 안전하게 하려는 일입니다. 이 일은 절대 잊지 않겠습니다."

이학재는 진동기의 손을 슬며시 뺐다.

"두 분 뜻은 충분히 알았고, 제 마음도 말씀드렸으니 이만 일어나겠습니다, 그럼."

이학재는 조용히 자리를 떴다. 그가 보이지 않자 미소를 머금었던 두 사람의 표정이 순식간에 변했다.

"저 새끼, 지가 꼭 뭐라도 되는 줄 알아. 성질 같아서는…."

"그만해. 순양의 호위 무사 정도는 되잖아. 아버지 충신이기도 하고."

"저놈, 진심일까?"

진영기는 여전히 못 믿겠다는 표정이었다. 반면에 진동기는 훨씬 여유 있었다.

"아버지 돌아가시면 자신도 물러난다고 했어. 그게 진정으로 원하는 건 아닐 거야. 아직 한창나이잖아. 순양전자의 우두머리 자리면 심장이 벌렁거릴걸? 그리고 저놈 도움이 필요해. 상기 재단이 받을 아버지 개인 재산을 생각해 봐. 그것부터 챙겨야지. 적어도 수천억은 족히 될걸?"

"난 더 된다고 봐. 현금뿐 아니라 부동산도 있어. 그게 훨씬 알짜 재산이야."

두 사람은 서로 마주 보며 웃기 시작했다. 영향력 없는 지분 좀 나눠주고 챙길 어마어마한 돈. 그 돈을 생각하니 웃음을 멈출 수 없었다.

두 형이 동생이 물려받을 재산을 가늠하고 있을 때 당사자인 진상기 이사장은 한껏 기대에 부푼 표정으로 세 명의 손님을 맞이했다. 그들은 법무법인 소속이 아닌 개업 변호사들이었으며, 모두 두꺼운 서류를 테이블 위에 올려놓았다.

"이미 회장님께서 말씀하셨다고 들었습니다."

"모두 재단에 기증한다는 서류입니다. 회장님은 이미 사인하셨으니 재단 인감만 찍으시면 기증 절차는 끝납니다."

"이 서류는 기증 자산 목록입니다. 한번 확인해 보십시오."

진상기는 뺏다시피 서류를 받아들고 살펴보기 시작했다. 빽빽한 목록을 꿈꾸던 그의 표정이 일그러진 건 순식간이었다.

"이게 뭐요?"

"네?"

"달랑 이게 전부요?"

"우리가 관리하는 회장님 재산은 그게 전부입니다."

"우리? 그럼 다른 변호사도 있다는 건가?"

"거기까지는 알지 못합니다. 회장님께 한번 확인해 보시죠."

진상기는 다시 한 번 목록을 살폈다. 다섯 채의 건물 그리고 전국 곳곳에 흩어져 있는 땅. 마지막으로 현금 300억가량….

진상기가 목록으로 다시 눈을 돌리자 변호사들이 기다렸다는 듯이 말했다.

"현재 유지 보수와 빌딩 관리 직원 급여를 제외하면 매달 14억가량 수익이 발생합니다. 임대차 계약 만료일을 확인하시고 계약 연장 여부를 결정하셔야 합니다. 아 참, 계속 저희가 관리할지 아니면 재단에서 관리할지 결정하셔서 알려 주시기 바랍니다."

"토지는 용도 변경 가능한 곳과 불가능한 곳, 이렇게 구분해 뒀습니다. 토지의 가치는 주변 거래 금액을 참고로 산정한 겁니다."

"그 가치가 900억, 맞습니까?"

진상기가 어이가 없는 표정으로 물었다.

"그렇습니다. 용도 변경한다면 토지 가치는 확 뛸 겁니다."

서류를 쥔 손이 부르르 떨리더니 천천히 서류를 구겨 버렸다.

"이 사람들이 지금 장난하나! 이봐요. 대한민국 최대 기업의 창업주가 우리 아버지요. 그런데 재산이 푼돈 조금하고 빌딩 몇 채 그리고 쪼가리 땅이 전부라고! 이게 말이 돼?"

흥분한 진상기와는 달리 변호사들은 차분한 모습을 잃지 않았다.

"말씀드렸다시피 저희가 관리한 재산은 그게 전부입니다. 회장님께서 우리 외에 개인 변호사를 더 두셨는지는 모릅니다. 그러니 그게 재산의 전부인지, 일부인지는 회장님께 확인하시는 게 정확할 겁니다."

'그래, 이 정도일 리가 없어. 분명히 더 있을 거야. 꿍쳐 둔 돈이라고 분명히 말씀하셨잖아. 아버지가 꿍쳐 뒀다고 할 정도면 수천억은 넘어야 해. 맞아. 돈 관리는 다른 변호사가 한 게 틀림없어. 보나 마나 차명계좌일 테니까 그쪽 전문 변호사를 별도로 두셨을 거야.'

진상기는 자기 생각이 틀림없다고 믿고 싶었다. 전화기를 든 그는 짧은 한마디를 툭 던졌다.

"법무팀 오라고 해. 재단 인감 들고."

진상기는 더 볼 것도 없다는 듯 일어섰다.

"법무팀 오면 설명해 주고 처리해요. 난 약속이 있어서….'

진상기가 나가자 변호사들의 표정이 달라졌다.

"이게 전부잖소? 돈은 회장님께서 싹 정리하셨으니 말이오."

"조금 전 진 이사장 표정 못 봤소? 이게 전부라고 말했다가는 난리가 날 것 같더이다."

"다른 변호사가 있을지도 모르는 일, 우린 이것만 처리하면 돼요. 괜히 남의 집안일에 끼어들 필요 없어요."

세 변호사는 법무팀 직원들이 문을 열고 들어오자 입을 닫았다.

▲ ▲ ▲

"회장님. 어서 쾌차하셔야죠."

"아직 정정해 보이십니다. 훌훌 털고 일어나십시오."

순양그룹의 모든 임원이 오고 싶어 하지만 선택받은 자는 몇 안 된다. 병실에 발을 디딘 이들은 모두 진 회장이 건재할 때 주력 계열사의 대표이사나 핵심 보직에 앉았던 사람들이었다. 여전히 그 자리를 굳건히 지키는 사람도 있었고 몇몇은 진 회장이 일선에서 물러나자마자 회사를 나온 퇴직자도 있었다.

"요즘 회사가 한가한가 봐? 뒷방 늙은이 병문안 올 짬도 나는 걸 보니 말이야."

진 회장은 그들을 반갑게 맞이했고 한동안 병실에는 웃음이 만발했다. 그들의 웃음이 잦아들 무렵 진 회장이 말했다.

"다들 주름이 늘어난 걸 보면 요즘 봉급생활이 힘든가 보군?"

단순한 농담으로 받아들이는 사람은 없었다. 진 회장이 지금의 그룹 상황을 확인하는 말이라는 걸 모두가 안다.

"이제 우리도 정리해야 할 때라는 걸 느끼고 있습니다. 새 술은 새 부대에 담아야 하지 않겠습니까?"

이들의 대표 격인 순양전자 손훈재 사장이 웃으며 말문을 열었다.

"왜? 자식 놈이 심하게 대하나?"

"그렇지는 않습니다만 진영기 부회장이 속 편히 지휘하려면 아무래도 우리 같은 구세대는 불편하겠죠. 젊고 훌륭한 후배도 많으니까요."

"진동기 부회장도 마찬가지 아니겠습니까? 특히 우리 같이 시멘트 만지고 쇳덩이 만지던 노가다 출신들은 상하 관계가 더 거칠다 보니 불편해 하는 모습이 훤히 보입니다."

순양중공업 사장도 한마디 더 보탰다.

"가만 보니 내 병문안 온 게 아니고 불만 털어놓으려고 온 것이구먼. 허허."

진 회장은 웃음을 터트렸으나 사장들은 굳은 표정을 풀지 못했다. 그들을 바라보는 진 회장은 속으로 혀를 찼다. 남자는 늙었다는 걸 인정하고 받아들여야 한다. 이 사실을 받아들이지 못하면 지위를 잃어버리지 않기 위해 안간힘을 쓰고 욕심을 부린다. 이미 사내로서의 향취가 손톱 때만큼도 남아 있지 않은 늙은이가 아직 늙지 않았다고 인정받는 방법은 자리와 명함뿐이기 때문이다. 이 병실에 모인 사람 전부는 아니겠지만, 진 회장에게는 미련을 버리지 못한 늙은이들이 생명을 연장하고자 매달리는 모습이 보였다.

"종이하고 볼펜 좀 듬뿍 가져와."

대기 중이던 비서 하나가 재빨리 병실 밖으로 나갔다. 난데없는 진 회장의 행동에 모두 눈만 동그랗게 떴다.

"내가 가기 전에 자네들 마음 편하게 해줌세. 잠시 기다려 봐."

비서가 종이와 볼펜을 한 움큼 들고 오자 진 회장은 대표이사들을 가리켰다.

"전부 나눠 줘."

종이와 볼펜을 쥐고 눈만 끔뻑거리는 그들을 향해 진 회장이 단호하게 말했다.

"모두 사표 써. 날짜만 비워 놔. 물러나야 할 때는 내가 정하지."

날벼락 같은 지시에 모두 눈치만 보니 다시 큰소리가 들렸다.

"뭐하나? 어서!"

손훈재 사장이 가장 먼저 볼펜을 쥐고 사표를 쓰기 시작하자 나머지도 황급히 그 뒤를 따랐다. 이미 물러난 사람들은 어색하고 불편한 이 시간이 빨리 지나가기만을 빌었다. 모두 펜을 내려놓고 진 회장에게 사표를 내밀었다. 그들의 사표를 받아 한쪽에 치워 놓은 진 회장이 입을 열었다.

"어떤가? 마음 비우니?"

스스로 비우지 않은 마음이니 편할 리가 없다. 모두 머리를 숙인 채 입을 굳게 다물었다.

"이 친구들아. 그 정도면 오래 해먹었어. 자식들 결혼시킬 때 혼주가 순양의 임원이라는 걸 잘 써먹지 않았는가? 설마 손주 결혼 때도 써먹으려 뭉그적대고 있었던 게야?"

"아, 아닙니다. 회장님."

"그럼 됐어. 내가 퇴직금은 섭섭지 않게 챙겨 주라고 해놓을 테니 지금부터는 마음 비우고 일해. 그리고… 다들 높은 자리에 있으면서 삥땅 많이 쳤잖아. 그거 내가 다 눈감아 줬고. 고맙지 않나? 으허허."

진 회장의 웃음소리만 병실에 퍼졌다. 슬쩍 흘려 말하는 것 같지만 명백한 경고다. 새로운 공장 부지를 선정할 때 주변의 땅을 미리 사두고 땅값이 뛰면 팔았다. 회사의 호재가 있으면 차명으로 주식을 사재기하고 엄청난 차익도 봤다. 심지어 신규 하청업체 선정 때 친척이나 지인의 회사를 골라 지분을 태우는 일도 있었다.

누구나 이 정도는 눈감아 주는 일이지만, 문제 삼으려면 그 또한 어려운 일이 아니다. 진 회장의 웃음은 오늘 당장 사표를 수리하더라도 딴 생각하지 말라는 경고나 다름없다.

"참, 회사 그만두더라도 감사 자리와 사무실 하나씩은 준비해 두라고 할 테니까 심심하면 나와서 소일하도록 하고."

두둑한 퇴직금, 감사라는 직책으로 현재의 급여 정도를 받으며 품위 유지를 할 수 있는 기간 2년, 이것이 순양그룹에 평생을 바친 이들의 마지막 모습이다. 물론 이들 외 나머지 99.9퍼센트는 이런 호사를 누리지도 못하고 쫓겨난다.

"자, 다들 돌아가서 일봐. 난 좀 쉬어야겠어."

명백한 축객령이 떨어지자 모두 허리를 숙이고 물러났다.

"아, 손 사장. 자네는 잠깐 남게."

진 회장 곁에서 수발들던 비서까지 내보내고 단둘만 남자 손훈재 사장의 표정이 더욱 어두워졌다.

"요즘 회사 돌아가는 꼴이 영 엉망인가 봐? 저놈들 얼굴에 심술이 덕지덕지 붙었어."

"다들 오늘내일하니까 불안해서 그렇습니다. 아무튼, 잘하셨어요. 두 부회장과 껄끄럽게 지내는 것보다 이처럼 마음 비우게 못 박아 두는 게 낫습니다."

"나이 먹은 사람들이 물갈이할 때라는 걸, 왜 몰라?"

"아쉬우니까 그렇겠죠. 회장님께서 이해해 주십시오."

"내가 이해할 게 뭐 있나? 자네가 신경 쓰여 그런 게지."

"전 괜찮습니다. 사실 작년에 그만둬야 했는데 때를 놓쳤습니다. 참, 제 사직서에는 날짜를 적어 뒀습니다. 이달 말까지 정리할 거 하고 물러 나겠습니다."

"미안하고 고마워. 내 뜻을 알아줘서."

그룹의 대표 격인 순양전자다. 그곳 사장인 손훈재까지 물러나는 마 당에 버티고 있을 만큼 뻔뻔한 사람은 없을 것이다.

"별말씀을요. 그보다 하실 말씀이라도…?"

"자네와 다른 친구들이 쥐고 있는 지분 말일세."

"아, 네. 말씀만 하십시오. 옮기겠습니다."

그의 대답에 진 회장은 빙긋 웃었다. 무려 5퍼센트나 되는 지분인데 흑심 품은 기색은 조금도 보이지 않았다.

"아니, 옮길 필요 없어. 계속 쥐고 있게. 그건 내가 주는 퇴직금이야. 다만…."

"회, 회장님. 그럴 수는 없습니다. 단순한 계열사 지분 정도가 아니지 않습니까?"

화들짝 놀란 손훈재 사장이 손을 내저었지만 진 회장은 계속 웃기만 할 뿐이었다.

"내가 그 지분이 어떤 건지 몰라서 하는 말 같은가?"

"아, 아닙니다."

"그럼 내 말대로 해. 대신 그 지분 의결권은 자네를 수탁자로 해둬. 내 지시라고 하면 문제없을 것 아닌가? 더는 토 달지 마."

"네, 회장님. 그럼 그 의결권에 대한 회장님 심중을 말씀해 주십시오."

"오로지 하나만 생각해서 자네가 결정해. 그룹에 이익이 되는가?"

"명심하겠습니다."

손훈재 사장은 머리를 깊숙이 숙였다.

"더 하실 말씀 없으시면 저도 이만 일어나겠습니다. 많이 피곤해 보이십니다."

"그래, 수고했어. 아 참. 혹시 말이야, 내가 저승길 갈 때가 얼마 남지 않았다는 걸 자식 놈들이 알고 나서 혹시 달라지거나 이상한 기류 같은 게 없나 해서 말이야."

진 회장은 조금이라도 이상한 낌새가 있는지 확인하려는 듯 손훈재 사장의 얼굴을 유심히 살피며 말했다.

"다들 바쁘시죠. 허허."

"바쁘다니?"

"임원들이야 누구 뒤에 줄을 서야 하나 눈치 보기 바쁘고 혹시라도 대대적인 구조조정이라도 있을까 봐 실적 나쁜 직원들은 전전긍긍하죠."

"그게 전분가? 내가 뭘 묻는지 알면서 딴소리는…!"

진 회장의 못마땅한 표정에 손훈재 사장은 잠시 기억을 더듬다 조심스레 말문을 열었다.

"정확하게 확인한 건 아니나, 조금 이상한 이야기가 나돌았습니다. 하지만 곧 잠잠해져서 저도 흘려들었는데…"

"이 친구가! 무슨 뜸을 그렇게 들여? 얼른 말해 보게."

"현재의 그룹 체계를 새로운 지주회사로 변화하려고 검토했다는 소문입니다. 그리고 이 소문은 회장님께서 병원에 들어오시기 훨씬 전에 돌았던 거라 저도 잊었습니다."

손훈재 사장 입장에서야 대수롭지 않게 꺼낸 말이지만, 곧바로 후회했다. 이미 표정이 굳을 대로 굳은 진 회장이 주먹을 부르르 떨고 있었기 때문이다.

"회, 회장님. 흥분하지 마십시오. 그냥 뜬소문이었을지도 모르는 일이고… 소문만으로 끝났습니다. 실제 그룹에서는 아무런 움직임도 보이지 않았으니까요."

예상 밖의 반응에 손훈재는 자신이 저지른 짓이 아님에도 식은땀을 흘리며 변명 같은 말을 늘어놓았다.

진 회장은 흥분을 가라앉히고 차분히 말했다.

"됐어. 자네도 이만 가봐. 내가 알아서 할 테니까. 참, 회사 그만두면 종종 와서 말벗이나 되어 주게."

"여부가 있겠습니까? 회장님, 또 찾아뵙겠습니다."

손훈재 사장이 물러나자 진 회장은 대기하던 비서에게 소리쳤다.

"이학재 빨리 들어오라고 해!"

곧 죽을 날짜 받아 뒀다는 회장이 불같이 노하자 병원이 발칵 뒤집힐 지경이었다. 큰소리에 몰려온 의사들은 진 회장을 침대에 눕히고 혈압을 재니, 링거를 꽂니 하며 야단법석이었다. 침대에 누워 화를 삭이던 진 회장은 급히 달려온 이학재를 보자마자 다시 소리쳤다.

"넌 알고 있었어?"

"회장님, 고정하시고…."

"알고 있었냐고? 두 놈이 지분 장난질 치려 했다는 거 말이다!"

"아, 그거…."

이학재 실장이 대수롭지 않은 반응을 보이자 진 회장의 눈꼬리가 올라갔다.

"아 그거…? 이 친구가 지금 제정신이야?"

"회장님, 두 부회장의 장난질 정도로 지배구조가 흔들릴 순양이 아닙니다. 너무 노여워 마시고… 제가 말씀드리겠습니다."

이학재 실장이 차분히 말했지만 진 회장의 노기는 쉬이 사그라지지 않았다.

"뭐야? 자네는 이미 알고 있었다는 소리야?"

"두 사람은 계획을 제게 털어놓았고 도움까지 요청했습니다."

"그런데 왜? 왜 내게 일언반구도 없었던 게야!"

"실행 불가능한 무의미한 계획입니다. 전 도와줄 생각이 조금도 없고요. 그러니 굳이 보고할 필요조차 못 느꼈습니다."

이학재 실장은 펄펄 뛰는 진 회장을 진정시켰다.

"가뜩이나 심장도 좋지 않으신데 괜히 불편한 이야기 들으시고 더 나빠질 것이 염려되어 말씀드리지 않았습니다."

그제야 소파에 털썩 주저앉은 진 회장은 가쁜 숨을 몰아쉬었다. 병실에서 새어 나오는 큰소리 때문에 또 한 번 의료진이 달려왔지만 매섭게 노려보는 진 회장의 눈길에 조용히 물러났다.

한동안 숨을 가다듬은 진 회장은 이학재 실장이 떠다 준 물 한 모금을 마시며 물었다.

"그래, 그놈들이 무슨 꿍꿍이를 꾸미던가?"

"현재의 복잡한 구조가 취약점이라고 생각해서 굳건한 지주회사 구조로 전환하고 싶다고 했습니다."

"속셈은 딴 데 있겠지?"

"미라클과 도준이의 지분을 무력화하겠다는 생각이었습니다."

"지주회사 지분 55퍼센트 정도를 두 놈이 가지고?"

"네, 정확하십니다."

"정신 빠진 놈들. 그게 말처럼 쉽다면 진즉에 복잡한 구조 버리고 지주회사를 만들었지. 그리고 또?"

"진상기 이사장도 참여시키겠다는 의사를 보였습니다."

"상기를?"

"네."

갑자기 진 회장이 이를 바드득 갈았다.

"요놈의 새끼들. 내가 상기 그놈에게 재산을 물려준다고 하니까 그것까지 눈독 들이는구면."

셋째를 끌어들이는 이유가 돈이라는 것은 이학재 실장도 예상하지 못했던 말이다. 좀 심하다 싶을 정도의 추측이지만 두 아들의 욕심은 진 회장이 누구보다도 더 잘 안다. 지분을 미끼로 재단까지 꿀꺽하려는 건 순양 전부를 갖고 싶어 하는 장남의 생각이 아닐까, 하는 생각도 들었다.

"그래서? 자네는 뭐라고 했나?"

"생각해 보겠다고 하고 나왔습니다. 굳이 이런저런 이야기를 해줄 필요성을 못 느꼈으니까요."

"잘했네."

이 말을 끝으로 두 사람은 한동안 입을 열지 않았다. 침묵을 깬 건 진 회장이었다.

"그런데 자네의 진심은 뭔가?"

"네?"

"내가 가고 나면 정말 은퇴할 생각인가? 아직 한창인 자네가?"

"그럼 회장님께서 책임지십시오. 하하."

대수롭지 않게 웃는 이학재에게 진 회장은 눈을 부라렸다.

"이 친구가…! 계열사 몇 개 이리저리 엮어서 자네가 맡으라고 했잖나? 필요하다면 계열 분리까지 해서 온전히 자네 것으로 해주겠다고 했지만 단칼에 거절한 건 바로 자네야. 내가 더 이상 어떻게 책임지나?"

"아, 그럼 어찌합니까? 회장님 밑에서 보통 사람들은 상상할 수 없는 일들만 해왔고 모두 제 앞에서 머리 숙이며 눈치 봤습니다. 그런 일만 하다 평범한 경영자로 변하기는 어렵습니다. 세상에서 단 하나밖에 없는 자리지만, 회장님 안 계시면 그 자리도 사라집니다. 그러니 저도 물러나는 게 맞습니다."

"총리 하다가 장관은 못 하겠다?"

"그런 셈이죠. 하하."

안타까운 표정의 진 회장 앞에서 이학재는 호탕한 웃음을 보였다.

"회장님, 염려 마십시오. 제가 회장님이 바라시는 게 뭔지 모를 리 있겠습니까? 도준이에게 해를 끼치지 못하도록 계속 지켜보겠습니다."

"내가 가고 나면 그놈들 구박이 심할 텐데?"

"견제는 할지언정 대놓고 절 박대하지는 못할 겁니다."

이 말이 무슨 의미인지 진 회장은 잘 안다. 온갖 잡다한 불법적인 일들을 지시하고 실행한 게 바로 이학재다. 하지만 이런 일도 그룹 승계 과정과 비교하면 새 발의 피다. 어마어마한 상속세를 피하려고 동원된 모든 편법과 불법, 이 세부 사항을 가장 정확히 아는 자가 이학재다. 그가 이 일의 실행자이니 문제가 불거지면 법적인 책임을 져야 한다. 하지만 그의 입은 다 같이 자멸하는 스위치가 될 수도 있다. 이 때문에 이학재는 두 부회장이 자신을 어찌할 수 없을 거라고 굳게 믿고 있었지만, 진 회장은 여전히 불편한 표정이었다.

그때 갑자기 문을 열고 들이닥친 진상기 때문에 두 사람의 대화는 더 이상 이어지지 못했다.

"아, 이 실장님도 계셨네요."

이 실장은 그의 표정을 보자마자 단순한 문안 인사차 들른 것이 아닌 걸 알았다. 긴장과 흥분, 그리고 허탈함까지 배어 있는 얼굴이었다. 눈치 빠른 진 회장은 이미 못마땅한 표정으로 변해 있었다.

"실장님, 자리 좀 비켜 주시겠습니까? 아버지와 단둘이 나누고 싶은 이야기가 좀 있습니다만."

"아, 그러시죠. 저도 나가려던 참이었습니다."

이학재 실장이 돌아서려고 할 때 진 회장 그를 붙잡았다.

"자네는 그냥 있게. 어차피 이놈 표정 보니 내 병세를 살피러 온 건 아닌 게 분명해. 부자간의 정을 나누는 게 아니라면 공무지. 이 실장 자네는 공적인 이야기를 들어도 되는 사람이야."

"아버지, 지금 무슨 말씀하시는 겁니까?"

"내 말이 틀렸어? 상속 문제 때문에 온 거 아니냐?"

속내를 들킨 진상기는 대꾸를 못 했다.

"그래, 말해 봐. 또 뭐가 불만이기에 이렇게 달려온 게냐?"

나이도 먹을 만큼 먹은 자식들이 불만을 터트리며 떼쓰는 모습, 이학재 실장이 수도 없이 봐왔던 모습이다. 하지만 생명의 불꽃이 언제 꺼질지 모르는 노쇠한 아버지를 앞에 두고 조금도 변하지 않은 자식을 보기가 참 지경이었다. 더 놀라운 건 진 회장의 태도였다. 그는 상속 문제까지 회사 일처럼 공무라고 말한다. 과연 이 사람에게 사적인 일은 무엇일까?

"아, 아버지. 정말 죄송한데요. 상속에 불만이 있는 건 아닙니다. 단지 확인 좀 하고 싶은 게 생겨서요."

"그러니까 말해 보라고."

진상기는 이학재의 눈치를 슬쩍 살핀 후 말했다.

"오늘 변호사들이 다녀갔는데… 그 사람들이 말하기를 건물과 땅, 현금 조금이 전부라고 했습니다. 혹시 개인 변호사를 몇 분이나 두셨습니까?"

"오늘 찾아갔더냐?"

"네."

"셋 아니었어?"

"네. 맞습니다."

셋이라는 말을 듣자마자 진상기의 표정이 일그러지기 시작했다. 설마 설마 했는데 그게 전부라니….

"그놈들이 전부다. 왜 생각보다 적어서 그러는 게냐?"

열불난 속에 기름을 붓는 말이었지만 진상기는 이를 악물고 참았다. 그는 절대 아닐 것이라고 믿었다. 분명히 더 있다. 그러니 지금은 분통을 터트릴 때가 아니라 더 받아 내기 위해 노력을 할 때다.

"아, 아닙니다. 그럴 리가 있겠습니까. 단지 아버지의 개인 재산치고는 너무 초라해서 확인하고자 했던 것뿐입니다."

"뭐라? 초라해? 이놈아! 빌딩에, 땅에, 현찰 300억이 초라하다고? 남들은 평생 일해도 모으지 못하는 돈을 월세로 받게 해줬더니…. 그 정도면 어딜 가더라도 갑부 소리 들어. 게다가 재단까지 더하면 재벌 소리까지 듣는다. 이놈이 말이면 단 줄 알아?!"

진 회장의 큰소리에 진상기는 두 손을 황급히 내저었다.

"아이고, 아버지. 그런 뜻이 아닙니다. 저는 단지 확인 차…."

"시끄럽다. 네 얼굴에 훤히 다 쓰여 있는데 무슨…!"

이학재는 어느 순간 두 사람의 대화를 듣지 않고 생각에 빠졌다.

'300억? 고작 300억만 줬다면 나머지 돈은? 설마 아직까지 쥐고 있을 리는 없고… 역시 진도준인가?'

조세회피처인 해외계좌와 국내 차명계좌를 관리하던 이학재였다. 그 자료 전부를 진 회장에게 전달했는데 행방이 묘연하다. 그 엄청난 돈을 진도준 손에 쥐어 주었다면 또 하나의 날개를 달아 준 셈이다. 매년 정관계에 뿌리는 순양 장학금이 얼마인가? 그 돈은 출처를 찾을 수 없는 돈

이어야 하는데 두 부회장은 아직 충분한 비자금을 확보하지 못했다. 진도준이 먼저 장학금을 뿌린다면 그가 실질적인 후계자임을 알리는 셈이다. 이학재는 진도준이 그 돈을 어떻게 사용할지 몹시 궁금해지기 시작했다.

▲ ▲ ▲

"이 자식은 왜 감감무소식이야?"

"아무래도 거절한 것 같은데? 우리 조건이 마음에 차지 않나?"

진영기, 진동기 두 형제는 가타부타 말이 없는 이학재를 생각하면 분통이 터졌다.

"순양전자 사장 자리보다 더 나은 게 어디 있어? 아예 순양그룹 회장 자리를 달라는 거야?"

진영기의 말이 틀리지도 않았다. 그들은 생각할 수 있는 최선의 제안을 던졌고 이학재가 거부했을 뿐이다.

"시간이 걸리더라도 우리 손으로 하자. 이학재가 그랬잖아? 지 밑에 있는 놈들은 뛰어난 인재니까 거둬 달라고. 그놈들 데려오고 세무, 주식 쪽으로 빠삭한 로펌에서 난놈들 싹 쓸어 와서 시작하자고. 아예 맡겨도 되고."

"좀 위험하지 않을까? 이학재가 데리고 있던 놈들이 간첩질하면? 이학재 그놈이 대번에 알 텐데?"

진동기가 불안한 듯 말했지만, 진영기는 머리를 저었다.

"알면 어쩔 건데? 아버지 돌아가시면 그놈은 백수야. 권력 떨어진 놈한테 충성 바칠 사람은 없다."

"그 양반 마음 상하면? 우리 그룹 비밀을 속속들이 알잖아. 고춧가루 뿌리려면 얼마든지 가능한 사람이 이학재잖아."

진동기는 여전히 불안한 마음을 지울 수 없었지만 진영기는 피식 웃을 뿐이었다.

"넌 그래서 안 되는 거야. 어떻게 간땡이가 벼룩만 하냐?"

"흘려듣지 마. 그놈이 빈정 상해서 작정하고 덤비면 우리도 크게 다쳐."

"도대체 넌 아버지에게 뭘 배웠냐?"

"무슨 소리야?"

"두 번 다시 일어서지 못하도록 밟아서 완전히 무너뜨리고 자포자기했을 때 슬쩍 손을 내미는 거… 몰라?"

"이학재를 밟자고?"

"그래. 이 일이 아니더라도 가만히 놔두면 두고두고 화근이야. 아버지께 충성하던 놈들 정리해야지. 딴 영감들이야 퇴직금 두둑이 주면 감지덕지할 테지만 이학재는 아냐. 그놈은 밟아야 해."

"어떻게?"

"그놈 손에 묻은 흙먼지가 태산이야. 확 털어 버려야지."

진동기가 놀라 소리쳤다.

"무슨 소리야? 우리까지 다쳐!"

하지만 진영기는 여전히 여유만만했다.

"너 나랑 내기할래? 아버지 안 계시면 내가 바로 순양이야. 장남이잖아. 칼질은 이학재까지만이다. 번뜩이는 칼날은 우리 앞에서 멈춰."

진 회장과 순양그룹이라는 배경이 사라진 이학재는 단순한 민간인일 뿐이라고 굳게 믿는 진영기였다.

"듣기 거북해. 형님이 순양이라니? 우리가 순양이지."

동생이 정색하자 진영기의 표정도 굳어졌다.

"말꼬리 잡지 마. 아버지 돌아가시면 장례 동안 누구 얼굴이 언론에 나오겠어? 맏상주인 나야. 그 방송을 보는 모든 사람들이 나를 후계자로 생각할 거다. 난 그걸 말한 거야."

진영기 부회장은 기회다 싶어 동생을 설득하기 시작했다.

"우리 당분간 경계의 벽을 허물자. 순양에 들러붙은 놈들 다 쳐낼 때까지만 날 밀어 줘. 네 몫은 내가 절대 손대지 않으마."

"밀어 달라는 뜻은 아버지 돌아가시면 형님이 회장실을 차지하겠다는 거지?"

"그래야 하지 않겠냐? 언제까지 빈자리로 놔둘 거야? 아버지 돌아가시면 그룹이 요동친다. 그때 누군가가 중심을 잡아야지. 그리고…."

진영기는 서랍에서 종이 뭉치를 꺼냈다.

"이거 아버지가 주시더라. 계열사 사장들 사표야. 필요할 때 언제라도 물갈이할 수 있도록 말이야."

사직서 뭉치를 본 진동기는 피식 웃었다.

"그걸 형님만 받았어? 나도 내가 관리하는 계열사 사장들 사표는 받았어. 그게 바로 아버지의 뜻이야. 함께 그룹을 경영하라는…."

"그러니까 함께 진드기들 쳐내자고. 창업 공신이네 뭐네 하며 방귀 좀 뀌는 영감들 정리하고, 이학재 밟아 지주회사 만들고, 도준이 놈이랑 미라클을 잘라 낼 때까지만 내가 순양그룹 총괄 회장 할게."

"그다음은? 날 쳐내고?"

진영기는 동생의 곱지 않은 시선을 못 본 체하며 말을 이었다.

"넌 부회장 말아. 내가 네 몫은 손대지 않는다고 했잖아. 그 계열사들은 말아먹든 비벼 먹든 네 마음대로 해. 그리고…."

"아직 할 말이 남았어?"

"어차피 우리도 나이 먹어 간다. 애들도 크고. 우리 애들이 그룹을 맡을 때쯤 갈라서자. 완전히 계열 분리하면 되잖아. 싸움은 우리 대(代)에서 끝내고 자식들은 제 몫 챙기면 되잖아."

진동기는 형의 말이 무슨 뜻인지 알아들었다. 자식들도 자신들과 똑같이 싸울 것이다. 조금이라도 더 차지하려고 싸울 것이다. 자신들처럼 형 동생의 관계는 경영 참여 전까지다. 회사에 발 담그는 순간 형 동생이 아니라 회사의 주인 자리를 놔두고 싸우는 경쟁자의 모습으로 변한다. 그 싸움을 사촌들까지 확대하지 말아야 한다.

지금 두 사람이 핏대를 세우고 싸우는 이유 중 하나도 자식들 때문이다. 조금이라도 더 많이 물려주기 위해 아니, 온전한 순양그룹을 통째로 넘겨주기 위해 눈치 보고 싸우는 것이다.

"우리 주변의 날파리 전부를 없앨 때까지는 동의해. 하지만 그 뒤에도 형님이 계속 회장 자리를 지키는 건 못 받아들여."

"야! 지주회사 설립하고 우리가 55퍼센트 지분을 가지면 경영권은 안전해. 게다가 내가 많이 양보했잖아! 그래도 못 믿어?"

두 사람의 합의는 55퍼센트의 지분을 55대 45로 나누는 것이었다. 현재 진동기의 그룹 지분이 26퍼센트에 불과하며, 진영기의 지분이 36퍼센트인 것을 생각하면 형이 많이 양보했다는 말은 사실이다.

"회장 자리에 오래 앉아 있을수록 지주회사 지분을 늘리는 게 가능하잖아. 형님이 그 지분을 계속 늘리려는 속셈이라는 건 나도 알아. 왜냐하면, 나라도 그럴 테니까."

진영기는 긴 한숨을 쉬고 입을 닫았다. 일단은 동생의 생각을 따르고, 이 정도라도 만족해야 한다. 최소한 아버지 사후에 회장 자리 앉는 건 확보했으니 일보 전진이다. 다음 단계는 회장 자리에 앉아 세우면 된다. 지금은 보이지 않더라도 회장이 되고 나면 선명하게 보이는 그림도 있을 테니까 말이다.

할아버지가 정신을 잃는 빈도는 점점 잦아졌고 주기도 짧아졌다. 절대 몸에 칼을 대지 말라는 당부가 있었지만, 간단한 혈관 확장 치료를 위해서는 어쩔 수 없었다.

"이놈들아. 어차피 천수를 다 누리고 가는 게야. 칼 대고 수명 늘려 봤자 그게 얼마나 된다고? 기껏 한두 달 더 살자고 소란 피울 거 없다. 그리고 나도 힘들어. 그만해라."

쓰러질 때마다 몰려드는 자식들을 향해 할아버지는 같은 말을 반복했다. 하지만 최선을 다하고자 하는 의사들과 이렇게라도 하지 않으면 죄짓는 기분이 드는 자식들은 할아버지의 반대를 무릅쓰고 해야 하는 어쩔 수 없는 선택이었다.

난 언제든 달려갈 수 있도록 아예 병원 근처 호텔을 잡고 있었다. 할아버지는 자식들이 없을 때 전화를 했고 그럴 때마다 나는 병실에 가서 할아버지의 말벗이 되어 주었다.

"동남아는 이제 생산지로써 수명은 다한 것 같다. 대신 훌륭한 시장으로 성장할 게야. 넌 선물을 바리바리 싸들고 그 나라 정치인들과 돈독한 관계를 쌓도록 해."

"그런 것보다 할아버지 과거의 기억 중에 다이내믹하고 스펙터클했던 거 들려주시면 안 됩니까? 옛날이야기 들려주는 보통의 할아버지처럼 말입니다."

"시끄럽다. 딴소리 말고 새겨들어."

할아버지는 돌아가시는 그날까지 당신이 평생 해왔던 일을 계속할 것 같다.

"지난 정부에서 외교부 차관을 지낸 놈이 있어. 그놈이 퇴직을 앞두고 고민이 많다고 들었다. 그놈 꿈은 금배지 다는 거지만 인지도도 약하고, 딱히 내세울 게 없어 이번 총선 때 공천 물먹었다. 그놈 데려다 써."

"외교부 관료를요?"

"그래. 그놈이 젊을 때부터 동남아만 돌았어. 그쪽으로는 인맥이 두 텁다고 들었다. 국회의원들이 시찰 명목으로 동남아 가서 골프나 치고 와도 문제없는 건 다 그놈 때문이다. 그놈이 자료도 준비해 주고 그 나라 정치인들과 사진도 한 방 찍을 수 있게 주선하기도 한다. 요긴하게 쓸 수 있을 거다."

"네. 그럼 대아건설 임원 자리 내주고 데려오겠습니다."

이렇게 맞장구치며 지시사항을 조용히 따르는 게 손자의 재롱이다.

"참, 그 차떼긴지 뭔지 하는 대선 비자금 문제는 어찌 됐냐?"

불법 대선자금 '흑역사'에서 명실상부한 '차떼기'가 이때 처음 등장해 연일 뉴스를 장식하고 있었다.

"우리도 조사를 피할 수는 없습니다. 하지만 차떼기 이슈를 만든 그 회사만 제물로 삼고 끝낼 심산인가 봐요."

"그쪽에서 얼마나 냈다고 하더냐?"

"150억 추산하더군요."

"그래?"

"네. 하지만 방법이 너무 서툴러서 곳곳에 흔적을 남겼습니다."

"으허허. 고기도 먹어본 놈이 잘 먹는 법이지."

할아버지는 별일 아닌 듯 여기며 웃음을 터트렸다.

어차피 크게 번질 수 없는 일이다. 대통령 선거가 아닌가? 이 일을 담당한 그 회사 본부장급 사람 하나가 법정에 설 것이며 세상의 관심이 멀어질 때쯤 슬며시 보석으로 풀려날 것이다. 세상은 쉽게 바뀌지 않는다.

"도준아."

"네."

"회사에 빈자리 좀 있느냐?"

"글쎄요. 전 큰아버지들처럼 임원 정리를 하지 않은 터라 그리 많지는 않을 겁니다."

"아니. 순양금융 말고. 네놈 회사 말이다."

"아, HW그룹 말이죠? 거기도 마찬가지긴 한데 확인해 보겠습니다. 제가 인사 문제에는 크게 관여하지 않아서요."

"임원급 말고. 내가 죽고 나면 옷 벗어야 할 사장이나 임원들 중에 모자라는 자식 놈 때문에 걱정인 사람들이 꽤 있어. 네가 그 부족한 자식 놈들 좀 챙겨 주는 게 어떨까 해서 말이다."

"할아버지께서 그 정도로 신경 쓰셔야 할 사람이라면, 없는 자리라도 만들어야죠."

아무렇지도 않은 듯 웃으며 대답했지만, 마음 한구석이 아려 왔다. 과거를 되짚으며 조금이라도 마음에 걸리는 일이 있으면 정리하는 것이다. 돌아가시기 전에 후회를 남기지 않으려고 안간힘을 쓰는 것처럼 보였다.

"아예 빚진 사람 명단을 만들어 볼까요? 제가 몇 배로 후하게 다 갚을 테니까 염려 마시고요."

단번에 내 말뜻을 알아챈 할아버지는 환한 미소를 지었다.

"내 새끼지만 눈치 하나는 징그러울 만큼 빠르구나, 허허."

빚진 사람 명단을 만들어 다 갚아 주겠다고 할아버지를 안심시킨 것은 다시 생각해도 절묘한 것이었다. 그 이후로 할아버지는 순양그룹의 미래에 대한 생각은 접어 두었다. 대신 나와 보내는 단둘만의 시간에는 할아버지가 내게 준 비자금 장부에 적힌 이름과 순양그룹 과거 인사 기록을 보며 기억을 더듬었다. 그중에 신세 진 사람을 떠올리기도 하고,

아직 본전을 못 찾았다며 더 우려먹어야 할 사람들을 짚어 내며 분통을 터트리기도 했다. 미래가 아닌 과거로의 여행을 시작하니 할아버지의 표정도 한결 밝아졌고 추억에 잠기는 시간도 길어졌다. 걱정보다는 즐거운 시간이 계속되었다.

안타깝지만 갈수록 시간이 줄어든다는 걸 확연히 느낄 만큼 할아버지는 점점 더 약해졌다. 잠들어 있는 시간이 점점 더 길어졌고 깨어 있는 시간은 점점 더 짧아졌다. 정신을 잃으면 다시 깨어나는 데 굉장히 긴 시간이 필요했고 의사들은 초긴장 상태로 24시간 병실을 지켜야 했다.

그나마 다행이라고 할 수 있는 건 깨어나 있을 때의 정신은 그 어느 때보다도 맑았다는 것이다. 과거의 사소한 일까지 또렷이 기억하고, 늘 헷갈리던 열세 명의 손주들 이름은 물론이요, 나이까지 정확히 말했다. 할아버지는 기억을 몽땅 끄집어냈고, 우리는 명단을 빽빽하게 완성했다.

"네 녀석 어깨가 무겁겠다. 그 많은 사람을 다 돌봐 주려면 말이다."

"전부 다 어떻게 챙깁니까? 이 중에 성의 표시로 돈다발을 쥐여 주고 정리할 사람이 태반 아닙니까?"

"그래. 그 정도로 끝내도 될 사람은 그렇게 정리하려무나."

할아버지는 만족한 표정으로 나를 바라보다 뜻밖의 말을 꺼냈다.

"네 어미 좀 불러 주겠니? 조용하게 말이다."

"네? 어머니를요?"

"그래. 내가 네 어미에게는 지은 죄가 커. 그 죗값을 너한테 갚으라고 할 수는 없는 일 아니냐? 내가 마지막으로 정리해야 할 사람은 바로 네 어미다. 그리고 그건 직접 해야 하고. 알아들었지?"

언제부터였을까? 할아버지가 어머니에게 미안한 마음이 든 것은? 내가 할아버지 눈에 들면서 어머니를 구박한 적도, 모멸감을 준 적도 없다. 그저 한 사람의 며느리로 인정하며 무뚝뚝한 시아버지 모습만 보였다. 지금은 어머니도 앙금이 다 사라졌을 텐데⋯ 굳이 용서의 시간을 가진다는 건 어머니를 위한 것이 아니라 할아버지를 위한 것이다.

"네, 제가 내일 모시고 오겠습니다."

다음 날 나는 잔뜩 긴장한 어머니와 함께 병실 앞에 섰다.

"어머니, 긴장 푸세요. 할아버지는 어머니와 나누지 못한 시간을 조금이라도 가지려고 노력하시는 겁니다. 그냥 즐겁게 대화 나누시면 돼요."

"알아. 하지만 이 나이가 되어도 아버님 앞에서는 오금이 저리는 건 나도 어쩔 수 없구나. 이게 무슨 주책인지 원⋯."

어머니는 병실 앞에서 몇 번이나 크게 심호흡하면서 마음을 가라앉히려 노력했다. 쉰을 바라보는 어머니지만 지금 모습은 마치 처음 결혼 승낙을 받기 위해 부모님께 인사드리러 온 예비 신부 같았다.

조용히 병실 문을 두드리고 어머니와 함께 안으로 들어갔다. 침대에 비스듬히 누워 있던 할아버지는 간호사의 부축을 받으며 상체를 일으켰다.

"우리 서현이⋯ 왔어?"

"아, 아버님⋯!"

내가 깜짝 놀란 것은 아무것도 아니다. 어머니는 얼어붙은 듯 할아버지 곁에 다가서지도 못했다.

'우리 서현이라니!'

할아버지가 어머니뿐만 아니라 다른 며느리의 이름을 부르는 걸 단 한 번도 본 적도, 들은 적도 없다. 게다가 이렇게 부드러운 음성으로.

할아버지가 가까이 오라고 손짓하자 어머니는 천천히 발걸음을 뗐다. 두 분의 눈이 이미 붉게 변한 것을 봤다. 눈물은, 서로를 향해 흘리는 눈물은 지난 시간 쌓였던 모든 것을 씻어 낼 것이다. 그 모습을 내가 지켜보는 건 두 분에겐 불편한 일일 것 같아 조용히 밖으로 나왔다.

병원 카페에 앉아 어머니를 기다렸다. 다행히 특별 병동이라 다른 사람은 보이지 않아 마음 편히 기다릴 수 있었다. 어머니는 거의 두 시간이 넘어서야 병실에서 나왔다.

"말씀 많이 나누셨어요?"

"그래. 잠드시는 거 보고 나왔다."

더는 묻지 않았다. 환하게 웃는 얼굴만으로 두 시간 동안 어떤 모습이었는지 생생하게 그려졌기 때문이다.

"또 주무세요?"

"그래. 이제는 앉아서 이야기하시는 것도 어려우신가 봐. 힘들어하시는 게 훤히 보여. 어떡하니?"

"안타깝지만 어쩔 수 없어요. 우리도 마음의 준비를 해야 합니다."

눈앞으로 가까이 다가온 현실을 외면하고 싶었지만 이젠 그러면 안 된다. 할아버지의 장례식이 끝나면 그동안 발톱을 숨기고 있던 모든 사람들이 본모습을 드러낸다. 지금의 나는 발톱을 드러내기보다는 그들의 발톱에 상처 입지 않도록 튼튼한 갑옷으로 무장해야 한다.

"어머니. 제가 모셔다드릴게요. 집으로 가실 거죠?"

"그래."

어머니는 내 팔을 꼭 잡고 단단한 눈빛으로 말했다.

"아버님이 그러시더라. 네가 참 어려운 일을… 아니, 힘든 길을 가야 하니까 엄마가 지켜보는 게 힘들지 모른다고. 하지만 절대 막지 말고 널 내버려 두라고 하셨어. 대신 몸 상하지 않게 잘 챙겨 주고, 엄마 대신 널 챙겨 줄 수 있는 좋은 며느릿감 빨리 구하라는 말씀도…."

"어머니가 보시기에는 그럴지도 모르지만, 제겐 별로 힘든 길이 아닙니다. 제가 원하는 길이라서 즐겁기만 합니다. 너무 걱정하지 마세요."

"순양그룹을 네 것으로 만드는 건데 당연히 쉽지 않은 길이겠지. 하지만 네가 원해서 선택한 것이니까 그렇게 걱정하지도 않아."

어머니는 또 한 번 나를 놀라게 했다. 지금도 충분하니 만족하며 편히 지내라고 할 줄 알았는데 예상 밖이다.

"그리고 미약하지만 내 힘이 필요할 때는 조금도 주저하지 말고 이야기해라. 엄마잖니. 어떤 말이라도 해도 되는 사람이잖아. 그렇지?"

뜻밖의 말에 마땅히 할 말이 없어 팔짱 낀 어머니의 손만 꼭 잡았다.

병원을 나와 차에 오르기 전 불현듯 잊었던 한 가지 사실이 떠올랐다.

"어머니."

"응. 왜?"

"예전에 땅 사놓은 거 있죠? 일산이던가? 그거 지금쯤 금싸라기 땅으로 변했을걸요? 아니, 이미 파셨나?"

당황한 어머니의 표정은 귀엽기까지 했다.

▲ ▲ ▲

"실장님. 지금 당장 병원으로 가보셔야 할 것 같습니다."

한밤중에 걸려온 김윤석 대리의 전화에 불안감이 엄습했다.

"병실 경호원에게 연락이 왔는데 병원이 초비상이랍니다. 이번에는 좀 심각한 것 같습니다. 이미 병원장님이 실장님 아버님과 이학재 실장님에게 연락했다고 들었습니다."

통화를 끝내자마자 나는 병원으로 달려갔다. 병실에는 불안한 표정의 경호원 한 사람만 있을 뿐 할아버지는 보이지 않았다.

"혹시 수술실…?"

"네, 방금 들어가셨습니다."

수술실로 달려가니 병원장이 보였다.

"원장님!"

"어? 도준아. 너 어떻게 알고…?"

"그보다 할아버지는요? 많이 심각합니까?"

병원장은 어렵게 입을 열었다.

"수술 끝나는 대로 가족들께 연락드려야 하지 싶다. 만약 깨어나신다고 해도 48시간? 길어야 삼사 일일 거야."

"못 깨어나시면요?"

이미 각오했지만 직접 들으니 온몸이 떨려 왔다.

"선택해야겠지. 삽관해서 조금이라도 더 연장하느냐, 아니면 편히 보내드리느냐를 말이다."

다리가 풀려 의자에 털썩 주저앉았다. 머릿속이 새하얘진다는 말이 바로 이런 것이었나? 시간이 정지한 것 같았다. 그때 급히 달려온 아버지와 이학재 실장이 내 어깨를 두드려 겨우 정신을 차렸다.

"아, 아버지. 실장님."

"일찍 왔네. 좀만 있어. 원장님과 이야기 좀 하고 올 테니까."

아버지가 병원장과 잠시 자리를 비우고 나자 이학재 실장은 내 곁에 앉았다.

"이미 이야기 들었겠구나."

"네."

"회복은 힘들겠지?"

대답 대신 머리를 끄덕이자 이학재 실장은 긴 한숨을 쉬었다.

"젠장, 아직 못다 한 말이 좀 남았는데…."

"무슨 말이든 할아버지는 이미 아실 겁니다."

"살다 보니 네가 날 위로할 때도 있구나."

"저도 그렇게 믿고 싶으니까요."

이 실장은 나를 슬쩍 보더니 등을 한번 툭 쳤다.

"그래. 회장님은 우리 마음 다 아실 거라고 믿자."

한동안 우린 아무 말 없이 자리만 지켰다. 수술실에 들어갔지만 살리기 위한 수술을 하는 게 아니라 응급 처치 수준이다. 병원장이 말한 대로 할아버지의 남은 시간은 짧디짧을 것이다.

"도준아."

"네."

"각오 단단히 해. 회장님 돌아가시면 진영기 부회장이 무슨 짓을 할지 모른다."

"알고 있습니다."

"아는 정도로 안 돼. 필요하다면 계열사 지분을 쓸어 담는다 생각하고 돈을 쏟아부어야 할지도 몰라."

"혹시 뭔가 들으신 게 있습니까?"

"너부터 쫓아내고 두 사람이 회장 자리를 놓고 싸우려나 보더라. 회장님께도 말씀드렸지만, 지주회사 체제로 변환하려고 머리 쓰고 있어. 그렇게 되면 네가 가진 지배지분은 일개 비상장 회사의 주식에 지나지 않아."

지금 이런 말을 나누고 싶지 않았지만, 마음을 다잡았다. 할아버지도 죽음이 코앞까지 왔는데도 그룹만 생각하지 않았나? 나도 그래야 한다. 할아버지의 후계자가 되기 위해서는 아무리 힘든 상황이라도 미뤄서는 안 된다.

"혹시 직접 들으신 겁니까?"

"그래. 지주회사로의 전환 방법을 물어보… 아니 도와 달라고 하더라."

"제게 전부 말씀하시는 걸 보면 거절하셨군요."

이 실장은 고개를 끄덕였다.

"넌 내게 순양그룹 회장 자리를 준다고 했는데 그 양반들은 고작 순양전자 사장 자리 준다더구나. 그래서 흥미를 잃었어."

피식 웃는 그의 얼굴에서 또 다른 감정이 있음을 알았다. 아마도 모멸감을 느꼈나 보다. 순양전자가 아무리 그룹의 주력 회사라 해도 일개 계열사 사장이다. 할아버지를 대신해 모든 권력을 손에 쥐고 휘두른 사람에게는 턱없이 부족한 자리가 분명하다.

그가 이런 말을 꺼내는 이유가 내 약속을 확답받고 싶어서는 아닌 듯했다. 이 사람은 할아버지가 안 계신 순양그룹에서 뭘 어떻게 해야 할지 아직 아무런 결정도 못 했다.

"말씀해 주셔서 감사합니다. 좀 더 각오를 단단히 해야겠군요. 여차하면 총알을 퍼부을 준비도 하고요."

"나도 약속했다시피 이 상태를 고수하는 데 내가 할 수 있는 건 다 하마. 그게 회장님 유지를 받드는 거니까."

"그 정도만 해주시는 것도 감사할 따름입니다. 하지만 실장님 전 순양그룹 회장 자리는 물론 그 전에 HW그룹 회장 자리도 제안드리고 싶습니다."

좀 더 이야기를 나누며 이 사람의 마음을 엿보고 싶었지만, 기회가 없었다. 복도를 울리는 발걸음 소리가 들리며 두 사람이 다가왔다. 병원장과 함께 나타난 아버지는 참담한 표정이었다.

"형님. 식구들을 다 불러야 하지 않겠습니까?"

아버지가 떨리는 목소리로 말했지만, 이학재 실장은 고개를 저었다.

"회장님 수술실에서 나오시면 결정하자. 그래도 늦지는 않을 거야. 안 그렇습니까?"

이학재 실장이 병원장에게 묻자 그도 머리를 끄덕였다.

"차이 없습니다."

변하는 것이 없다는 뜻이다. 48시간, 할아버지가 숨 쉬는 시간이다.

우리는 수술실 앞에서 시간을 잊고 기다리는 것밖에 할 수 없었다.

수술실에서 의사들이 나왔다. 몇 시간은 기다린 것 같았는데 고작 한 시간도 지나지 않았다. 의사들은 굳은 표정으로 아무 말도 하지 못했다. 병원장이 의사들과 몇 마디 나누더니 아버지에게로 와서 머리를 슬쩍 저었다.

"준비하셔야 할 것 같습니다. 이사장님."

"오늘… 밤?"

"모릅니다. 말씀드렸듯이 길어도 48시간입니다."

우리는 힘없이 병실로 발걸음을 옮겼다. 산소마스크를 쓴 할아버지는 눈을 감은 채 가쁘게 숨만 쉴 뿐이다. 잠든 것인지, 정신을 잃은 것인지 아니면 정신은 멀쩡한데 몸을 가눌 수 없는 것인지 우리로서는 알 도리가 없었다. 그냥 곁에서 꺼져 가는 생명을 바라만 볼 뿐이다.

아버지는 휴대전화를 들고 큰아버지들께 연락했고 이학재 실장도 어디론가 끝없이 통화 중이었다. 두 사람은 통화가 길어지자 아예 병실 밖으로 나갔다. 의사와 간호사는 침대 옆의 의료 기기를 보며 계속 점검했다.

"선생님. 아주 잠깐이라도 깨어나실 수 있겠습니까?"

의사는 난처한 듯 입술을 살짝 깨물었다.

"장담할 수는 없지만 힘들지 싶습니다."

"그럼 이대로…?"

"아마도요. 죄송합니다. 이런 말밖에 못 드려서….."

"아닙니다. 선생님 잘못도 아닌데 괜히 그러실 필요는 없어요."

차트를 든 의사는 가볍게 머리 숙이며 양해를 구했다.

"잠시 자리 좀 비우겠습니다."

의사와 간호사마저 나가 버리니 나 혼자 텅 빈 병실에 남았다. 산소마스크 사이를 뚫고 나오는 할아버지의 가쁜 숨소리에 마음이 찢어질 듯 아팠다. 참으려 해도 눈물이 뺨을 타고 계속 흘렀다. 깡마른 할아버지의 손을 잡고 뺨을 닦으려 할 때 할아버지의 손이 꿈틀했다. 내 손을 마주 잡으려 하는 것 같았다.

"으… 으… 허…."

반쯤 눈을 뜬 할아버지를 보고 의사를 부르기 위해 일어나려는데 내 손을 끌어당기는 힘이 느껴졌다. 고개를 자꾸 흔들며 한쪽 손으로 힘겹게 마스크를 툭툭 건드리는 걸 보니 답답한가 보다. 산소마스크를 살짝 들어 올리자 마른 입술 사이로 소리가 흘러나왔다.

"도… 도준… 아…."

"네, 할아버지. 저 여기 있어요."

꽉 잡은 두 손에 힘을 주며 할아버지 얼굴에 닿을 듯 가까이 갔다.

"도…."

가쁜 숨을 몰아쉬며 안간힘을 쓰는 할아버지의 모습을 더는 보기 힘들었다.

"할아버지. 아무 말씀 마세요."

손에 쥔 산소마스크를 다시 대려고 하니 할아버지는 눈살을 찌푸리며 아주 조금 머리를 저었다. 그리고 또다시 말했다. 느릿했지만 아주 또렷하게 들렸다. 마치 유언처럼 말이다.

"단 하나도 뺏기지 마."

마주 잡은 할아버지의 손에서 힘이 느껴졌다.

"악당으로 살아."

이 말을 끝으로 다시 정신을 잃은 할아버지를 나는 한동안 바라보기만 했다. 할아버지는 다시 태어난 이번 생에서 가장 오랜 시간을 함께 보낸 사람이다. 내게 많은 기대를 걸었고 난 그 기대를 저버리지 않았다. 그래서 아주 많은 것을 받았다. 생이 끝나기 전, 마지막으로 남긴 말도 나를 위한 것이다. 이 사실이 그룹의 지배지분보다 더 큰 의미로 다가왔다.

처음 만났을 때 환히 웃으며 나를 안아 올리던 모습, 전국 10위의 수능 성적을 온 동네 자랑하던 그냥 평범한 할아버지와 다를 바 없던 모습, 10억 달러를 내밀었을 때 감격하던 그 모습, 아진그룹을 내 손에 넣었다는 사실이 자랑스러워 어쩔 줄 몰라 하던 모습…. 할아버지와의 함께한 과거가 죽음을 눈앞에 둔 지금의 모습과 겹쳐져 시야가 흐려졌다. 하지만 정신을 차려야 했다.

소란스러운 소리가 병동을 울렸다. 사람들이 몰려오는 것 같다. 난 그들이 들어서기 전 병실을 벗어나야 한다. 어차피 죽음을 가장 가까이서 봐야 할 사람은 손자가 아니라 자식들이니까.

병실 복도에 서서 달려오는 큰아버지들을 향해 머리를 숙였다. 하지만 그들은 나를 거들떠보지도 않고 곧바로 병실 안으로 뛰어 들어갔다.

"아버지!"

자식들의 울부짖는 소리가 밖에서도 다 들렸다. 아직 돌아가신 것도 아닌데…. 차라리 할아버지가 놀라서 정신이 든다면 얼마나 좋을까 하는 실없는 생각을 하며 복도 끝의 카페로 발걸음을 옮겼다.

▲ ▲ ▲

병원장은 식은땀을 흘리며 사나운 형제들에게 다시 한 번 진 회장의 상태를 설명했다.

"모두 마음의 준비를 하셔야 할 것 같습니다. 그리 시간이 많은 건 아닙니다."

"회복 가능성이 없다?"

"…네."

병원장은 장남이 혹시나 또 소리 지르면 어떡하나 걱정했지만 그런 일은 없었다. 진영기 부회장은 눈을 감으며 머리를 떨궜다.

"다들 모이셨으니 말씀드릴 게 있습니다. 이 상태라면 회장님은 48시간을 넘기기 힘듭니다. 원하신다면 좀 더 강제적인 의료 장치를 사용할 수 있습니다만…."

"삽관 같은 거 말이오?"

진동기 부회장이 얼굴을 찡그리며 물었다.

"네. 하지만 평소 회장님께서는 그런 물리적인 장비는…."

"하지 마. 자연스럽고 편안하게 가시도록 해."

진영기가 단호하게 말했다. 병원장의 권고가 아니더라도 가는 길을 억지로 늦추지 않겠다는 아버지의 당부를 모두 기억한다.

"네. 알겠습니다."

병원장은 조용히 병실을 떠났고 담당의는 병실 구석에서 조용히 대기했다.

"그런데 어머니는? 아직 연락 안 돼?"

진서윤이 세 오빠를 향해 물었지만 아무도 대답하는 사람이 없었다.

"도대체 뭐 하는 거야? 어머니가 연락 안 되면? 수행원이라도 있을 거 아냐?"

"수행하는 놈들도 연락 두절이다. 아버지 병원에 입원하셨을 때 전화 통화한 게 끝이야."

진동기의 한숨 섞인 말에 진서윤은 진영기를 노려보기 시작했다.

"큰오빠, 비서실 사람들이라도 보내서 찾아야지! 그리고 혜경이는? 그 기집애가 어머니 곁에 딱 붙어 있지 않아? 딸도 연락 안 돼?"

"스위스 별장에서 나가신 것까지만 확인했다. 그 뒤로 개도 전화 안 받아. 어머니가 막은 거겠지."

"그걸 지금 말이라고?! 이러다 아버지 임종도 못 보시면 어떡해?"

진영기는 날카롭게 소리 지르는 진서윤을 향해 눈을 부라렸다.

"임종 안 보시려고 전화 피하는 거, 몰라서 그래? 그리고 넌? 도대체 엄마 전화번호도 모르는 딸이 어디 있어? 그런 주제에 어디서 큰소리야? 큰소리는!"

"목소리 좀 낮추자. 지금 그따위 소리가 나와?"

진동기는 두 사람을 향해 말하며 한숨만 쉬었다.

아버지를 극도로 증오하며 경멸하는 어머니는 아버지의 죽음에 조금도 신경 쓰지 않는 것이 분명하다. 자식들은 어머니가 임종은 지키지 않아도 좋으니 제발 장례식 전에만 나타나기를 빌었다. 장례식 때는 가족만 있는 게 아니다. 카메라도 동원되어 전 국민이 지켜볼지도 모른다. 그런데 조강지처의 모습이 보이지 않는다면 무슨 억측이 돌지도 모르며, 엉뚱한 소문이 찌라시로 돈다면 그보다 더한 집안 망신도 없다. 제발 하루라도 빨리 귀국해야 한다. 그나마 어머니도 체면을 굉장히 중요시하니 적어도 장례식 때는 슬픔에 잠긴 아내의 모습을 보여 줄 것이라 믿을 뿐이다.

"저기, 의사 양반."

"아, 네?"

구석에 서 있던 담당의가 화들짝 놀라며 진동기 부회장 곁으로 다가왔다.

"우리가 잠깐 자리 비울 시간 정도는 있겠지?"

"네?"

"한두 시간 안에 큰일이 생기겠느냐 묻는 거야. 괜찮겠지?"

"네."

무의미한 질문이라 담당의도 건조하게 대답했다.

정신을 잃은 이 상태에서 깨어날 확률은 거의 없다고 봐야 한다. 앞으로 남은 시간은 단지 숨을 쉴 뿐이다. 임종의 순간을 꼭 지켜봐야 할 이유가 없다. 진동기는 의사의 대답을 확인하자 형인 진영기에게 눈짓했다. 병실 밖으로 나온 두 사람은 담배 하나씩 물었다.

"어머니는 진짜 연락 안 돼?"

"나도 미치겠다."

진영기는 두어 번 연기를 들이켜더니 담배를 내팽개쳤다.

"왜? 통화는 했어?"

"넌?"

"내 전화는 아예 안 받아. 그래도 어머니는 장남이라고 형님 말은 좀 듣잖소."

"몇 번 받으시긴 했어. 그런데 늘 같은 말이야. 그 영감탱이는 명이 질겨서 쉽게 안 죽는다고. 때 되면 갈 테니까 귀찮게 하지 말라고만 하시더라."

"이번엔 오셔야 하는데…."

동생이 무슨 마음인지 아는 진영기는 한숨 쉬며 말했다.

"아까 연락받았을 때 일단 문자는 넣었어. 하루를 넘기시기 힘들 거라고 했으니까 비행기 타셨을 거야. 그 정도 눈치는 있으시잖아."

"꼭 오셔야 하는데… 잘못하면 진짜 집안 망신인데…."

"어쩌면 아버지 죽음은 유야무야 묻힐지도 몰라."

"응? 그건 또 무슨 말이야?"

진동기는 뜬금없는 형의 말에 눈이 커졌다.

"요즘 시끌시끌하잖아. 대통령 때문에."

"그거랑 우리가 무슨 상관이야? 대선자금 문제는 거의 다 가라앉았는데.”

“어쩌면 탄핵당할지도 몰라.”

“뭐? 탄핵?”

“그래. 저쪽에서 단단히 준비한 모양이다. 기회만 노리던 중에 꼬투리 하나 잡은 거지.”

“설마? 그 정도로 탄핵을? 가능하겠어?”

어림없는 소리라는 듯 눈살을 찌푸린 진동기는 고개를 잘게 흔들었다.

“탄핵 상정안의 국회 통과는 자신하더라. 여당이 갈라지면서 지금 야당 의원 수가 압도적이니까 말이야.”

진동기는 점점 더 세력이 커져 가는 진영기 때문에 마음이 편치 않았다. 이런 고급 정보를 자신에게 전해 주는 사람이 없다. 여의도 국회에 꽂아 놓은 의원이 한둘이 아니지만 정작 중요한 정보는 순양의 장남에게만 들어 간다. 아닌 게 아니라 형의 말대로 장례식이 끝나면 외형적으로는 맏아들의 위치가 더욱 공고해질 것만 같아 자꾸 불안해졌다.

“그래 봤자 대통령 직무 정지로 끝날 것 같은데? 정말 그대로 정권이 끝나지는 않을 거야.”

자신의 말에 싱긋 웃는 진영기를 보자 아차 싶었다. 형은 다른 생각이 있고 자신은 그 생각을 읽어 내지 못했다. 또 잘난 척하며 자신을 깔보는 모습을 지켜봐야 한다.

“설마 생각해 둔 사람이라도 있어? 정권을 확 바꿔 버리게?”

놀란 진동기의 질문에 진영기는 고개를 흔들었다.

“그런 건 관심 없어. 알아보니까 탄핵안이 국회를 통과하면 헌법재판소에서 맥시멈 6개월을 끌 수 있다더라.”

그제야 진동기는 형의 속뜻을 알아챘다.

“혼돈의 6개월이 되겠군.”

"그래. 사상 초유의 대통령 탄핵이야. 곧 총선도 있잖아. 세상의 이목은 아버지의 죽음보다 청와대와 여의도로 쏠릴 게 분명해. 우린 이때를 놓치지 말고 우리 계획을 속전속결로 진행하는 거야."

"우리가 무슨 짓을 해도 아무도 관심 가지지 않을 6개월이다?"

"그렇지. 이 기회를 절대 놓치면 안 돼."

"아버지는 돌아가시면서까지 우리에게 선물을 주시는 셈인가?"

"장례식 때 우리가 필요한 사람 대부분이 조문 올 거야. 그때 이야기 끝내야 해."

형제는 서로를 바라보며 옅은 미소를 잠시 보였지만 곧바로 지웠다. 지금은 웃음을 감춰야 할 때 아닌가?

"들어갑시다. 곁은 지켜야지."

▲ ▲ ▲

사람들이 속속 병원에 도착했다. 며느리들도 한껏 긴장한 얼굴로 병실에 들어갔고 곧이어 계열사 사장 몇몇이 도착했다. 그들은 병실에 들러 할아버지의 상태만 확인하고 밖으로 나와 이학재 실장을 찾았다. 임종은 가족의 몫이다. 손자들도 보이기 시작했다. 가장 먼저 도착한 사람은 장손 진영준이었다.

"아, 형님."

"어? 도준아. 역시 일찍 왔네."

난 그가 내미는 손을 잡았다. 꽤 오랫동안 못 본 사이 분위기가 확 달라졌다. 서른 중반으로 넘어가는 나이와 회사에서의 직책 때문인지 몰라도 철부지 모습은 온데간데없다.

"할아버지는 좀 어떠셔?"

내가 고개를 살짝 젓자 그의 입에서 낮은 신음이 흘러나왔다.

"흠… 오늘…?"

"아마도."

"가자."

우리는 어깨를 나란히 하고 병실로 들어갔다. 넓은 특실이 꽉 차 있었다. 난 한쪽 구석에 자리 잡았고, 진영준은 사람들을 헤치며 침대 곁으로 다가갔다.

사촌들이 계속 도착하면서 병실이 비좁아지자 자식들만 남고 나머지는 복도로 나왔다. 할아버지의 마지막 숨결을 함께하지 못하는 슬픔이 가슴을 짓눌렀다. 닦아도, 닦아도 눈물이 마르지 않았다. 몇 시간이 흘렀는지 확인하지도 않았다. 차라리 이 시간이 조금이라도 더 길어지기를 바랐지만 내 염원은 이뤄지지 않았다.

"아버지!!"

"아버지! 흑흑."

병실에서 울음과 탄식이 터져 나오자마자 난 미친 듯이 병실로 달려 들어갔다. 의사가 산소마스크를 떼어 내니 할아버지의 표정이 고스란히 드러났다. 완벽하게 무표정한 얼굴. 차마 그 얼굴에 손을 댈 수 없었다.

고모가 할아버지의 목을 끌어안으며 통곡하기 시작했고, 난 반쯤 나간 정신을 꼭 붙잡고 할아버지 곁으로 발을 끌었다. 침대를 에워싼 사람들을 비집고 들어가 여전히 온기가 남아 있는 할아버지의 손을 꼭 잡았다. 고통스러운 죽음이 아니었기를, 단 한순간도 회한의 시간이 없었기를, 80년 넘게 살아온 인생에서 지우고 싶은 시간은 단 1초도 없었기를… 그렇게 빌고 또 빌었다.

한동안 병실 안은 울음과 통곡 소리만 메아리쳤다. 그러다 전혀 어울리지 않는 소리가 나왔고, 그 소리를 신호로 통곡도 잦아들었다.

"하, 할머니."

손주 중 한 명이 병실 입구에 서 있는 할머니를 발견하고 비명에 가까운 소리를 질렀다.

"어, 어머니!"

"엄마! 왜 이리 늦었어? 아버지 임종은 지켰어야 하는 거잖아!"

"안 늦었다. 딱 맞춰 온 거다."

눈물을 뚝뚝 흘리며 소리치는 고모와 달리 할머니는 조금도 흔들리지 않는 차가운 표정이었다.

"어머니! 지금 그게 무슨 말입니까?"

"엄마! 지금 그게 할 말이야?"

큰아버지와 고모가 어처구니없는 표정으로 말했지만, 할머니는 조금도 흔들림 없이 말했다.

"그 인간과 같은 공기를 마시고 싶지 않아. 그러니 제시간에 온 게지."

난 내 귀를 의심했다. 할머니가 할아버지를 증오한다는 건 알지만, 이게 고인이 된 분 앞에서… 그것도 자식과 손주들이 지켜보는 자리에서 할 말인가? 하지만 이게 끝이 아니었다. 나를 발견한 할머니는 손을 들어 가리키며 말했다.

"네놈이 왜 여기에 있어?"

할아버지의 죽음보다 나를 보는 것이 더 힘든지 할머니의 손끝이 떨리고 있었다. 그것도 모자라 병실 안을 휙 둘러보더니 눈살을 확 찌푸렸다.

"딱 맞춰 온 게 아니군. 내가 저런 것들을 또 봐야 하다니…."

할머니가 말한 저런 것들은 바로 나와 상준 형 그리고 내 어머니라는 걸 모르는 사람은 없었다.

"도대체 지금 뭐 하자는 겁니까? 그걸 말이라고 하세요?"

아버지는 눈물로 얼룩진 얼굴을 참담하게 일그러트리며 말했다. 할아버지의 죽음 앞에서 차마 큰 소리를 내지 않는 것은 그의 마지막 인내심 때문일 것이다.

"이놈이고, 저놈이고… 전부 모자란 놈들만 득실대는군. 누구 핏줄 아니랄까 봐 어찌 이리 한심할꼬."

할머니는 쯧쯧 하며 혀를 차며 자식들과 손주들에게 차가운 눈길을 보냈다.

"장례는 집에서 지내라. 조문객은 엄격히 가려 받고 번잡한 일 생기지 않도록 각별히 유념하고."

할머니는 더는 할 말 없다는 듯 뒤돌아섰다.

"참, 영기, 동기는 필요한 거 지시하고 집으로 와. 내 긴히 할 이야기가 있다."

할머니는 진영기 부회장의 맏딸인 진혜경에게 눈짓하고 병실을 나가 버렸다. 진혜경은 모두를 향해 머리를 꾸벅 숙이고 재빨리 따라 나갔다. 이 모습을 지켜보던 아버지는 마침내 인내심이 바닥나 시뻘게진 얼굴로 할머니의 뒤를 쫓으려 했다. 하지만 어머니가 그의 팔을 붙잡았고 둘째 큰아버지도 아버지의 앞을 막아섰다.

"윤기야, 오늘은 참자. 제발 오늘만은…."

주먹을 꽉 쥐고 부들부들 떨던 아버지의 손에서 툭하고 힘이 빠졌다.

"큰형!"

아버지는 진영기 부회장을 향해 소리쳤다.

"아버지 입관하는 거 어머니 두 눈으로 똑똑히 보도록 해야 해. 안 본다면 끌고 와서라도 꼭! 형이 책임져."

입관은 시신을 관 속에 넣는, 단순한 행위가 아니다. 관 뚜껑을 닫기 전 고인에게 마지막 인사를 드리는 의미다. 아버지는 미우나 고우나 한평생을 함께했던 남편에 대한 예의는 저버리지 말라고 말하는 것이다.

첫째 큰아버지는 힘없이 머리를 끄덕였다. 나 역시 어처구니없는 할머니의 행동에 울화가 치밀었지만, 고요히 눈을 감고 있는 할아버지의 얼굴을 보며 마음을 억눌렀다. 할머니를 용서하라는 할아버지의 음성이 아직 귓가에 생생히 남아 있다.

8장

늙은 사자의 선택

특별 병동 회의실에는 꽤 많은 사람들이 모여 있었다. 눈코 뜰 새 없는 5일을 준비하기 위해서였다.

"장례는 가족장으로 치르는 것에 대해서는 모두 동의하지?"

진영기가 맏상제로서 회의를 주도해 나갔다. 형제들은 모두 고개를 끄덕였지만, 급히 달려온 주력 계열사 사장들의 표정은 좋지 않았다.

"부회장님. 전경련에서 경제인장으로 하는 게 어떠냐는 의견입니다. 물론 회장님 장례는 전적으로 자제분들의 의견에 따라야겠지만, 각계각층의 의견도 한번 생각해 보십시오."

"맞습니다. 솔직히 사회장도 어렵지 않습니다. 회장님의 생애가 바로 한국 경제의 역사 아닙니까? 조금도 무리한 일이 아닙니다."

진영기는 두 사장의 말을 들으며 진동기의 표정을 살폈다. 무표정하게 앉아 있지만, 이 의견을 내도록 조정한 것은 저놈이 틀림없다고 생각했다. 장남인 자신이 노출되는 것을 최소한으로 하기 위한 꼼수다.

사회장은 국장, 국민장 다음으로 예우를 갖추어 거행하는 장례다. 비록 정부에서는 장례절차와 방법에 직접 관여하지는 않지만, 고인의 업적을 참작하여 훈장을 추서하기도 한다. 또한, 사회장은 각계각층의 사회단체 중진들이 모여 부서를 정하고 위원을 선출하여 장의위원회를 구성하고 계획을 세워 장례를 집행한다. 이때 장의위원장은 고인의 장남이 아니라 가장 중량감 있는 원로가 맡기 마련이다. 순양그룹 회장이라면 적어도 전직 총리급이 물망에 오른다. 언론의 스포트라이트는 장남이 아니라 위원들을 향한다.

조용히 장례를 치르면서 일을 도모하자고 말했을 때 머리를 끄덕였던 동생의 모습은 가식이었다. 진영기는 별다른 내색을 보이지 않았다. 어차피 이 시도는 불발이 될 것이다. 어머니도 가족장이라고 못 박았고 나머지 형제들도 가족장을 원한다. 무엇보다도 고인이신 진 회장의 뜻이기도 하다. 아나나 다를까 막내인 윤기가 알아서 나서 준다.

"사장님들 뜻은 감사히 받겠습니다. 하지만 아버지가 원하시는 길이 아닙니다. 조용히 생을 정리하시겠다고 늘 말씀하셨어요. 가족장으로 치르겠습니다."

단호한 진윤기의 말에 누구도 다른 의견을 내지 않았다. 진동기도 볼이 조금 씰룩했지만, 그것이 전부였다. 진영기는 좌중을 쓱 둘러보고 결론을 내렸다.

"그럼 가족장으로 하겠습니다. 언론 발표는 내일 할 테니까….."

진영기는 이학재 실장을 힐끗 본 다음 바로 자신 뒤에 서 있는 비서실장인 백준혁을 보며 말했다.

"백 실장이 차질 없도록 준비해. 참, 집 앞에 기자들이 진을 치고 취재하는 것도 막아. 조문 오는 손님들 불편해 하신다."

"네, 부회장님."

이학재는 헛웃음이 나는 걸 참아냈다. 노골적인 배제…. 이젠 자신은 그룹의 일에서 빠지라는 신호이며 그룹 비서실장이라는 이름을 반납하라는 명령이기도 했다.

"그리고 전략실 직원 전부 차출해서 장례 동안 조문객들 불편함이 없도록 하고."

"네."

진영기는 자신의 지시에 아무도 토를 달지 않자 기분이 조금 나아졌다. 마치 그룹의 회장 같지 않은가?

"아, 그룹 본관 로비와 계열사 사옥 그리고 지방 사업장에도 분향소를 준비하는 게 좋겠죠?"

가만히 있던 진동기가 계열사 사장들을 향해 말하자 모두 당연하다는 듯 고개를 끄덕였다.

"그리고 사장님들께서는 우리가 부고를 빠트려서는 안 될 분들 명단 좀 만들어 주십시오. 혹시 모르니 이중 점검해야 하지 않겠습니까?"

진동기는 갑자기 생각난 듯 막내를 향해 말했다.

"윤기야. 네게 부탁 하나만 하자. 넌 유명 연예인들 많이 알 테고 그 사람들도 조문을 빠질 수는 없는 관계잖아."

진윤기가 미디어 엔터테인먼트의 큰손이기 때문에 초상집이 영화제로 돌변하는 건 순식간이며 레드 카펫만 없을 뿐 당대 최고의 배우들이 줄을 지어 등장할 것은 뻔하다.

"무슨 말인지 알았어. 제작사나 기획사 사장들만 조문하도록 할게. 배우들은 화환 정도만 받고."

"그래. 이해해 줘서 고맙다."

"아니야. 나도 생각하고 있었어. 아버지 장례를 언론 경제면과 사회면이 아니라 연예면에 실리게 할 수는 없지."

그때 병원장이 들어와 조심스레 말했다.

"회장님 시신… 자택으로 옮길 준비를 끝냈습니다."

진영기가 먼저 일어섰다.

"그럼 이만 끝내고 집에서 봅시다."

▲ ▲ ▲

『순양그룹 진양철 회장이 지난밤 노환으로 사망했다고 오늘 아침 순양그룹 측이 공식 발표했습니다. 진양철 회장의 타계는 순양 임직원들에게 큰 충격이 아닐 수 없습니다. 이미 CNN과 뉴욕타임스가 진양철 회장의 사망 소식을 긴급 뉴스로 보도했으며, 해외 주요 언론들도 진 회장의 사망 소식을 비중 있게 다루었습니다.

경제단체들, 그리고 주한미국 상공회의소까지 국내외 재계는 진양철 회장의 타계를 깊이 애도하는 분위기입니다. 또한, 창업자를 잃은 순양 사옥 주변에는 오늘 검은색 정장의 물결이었습니다.

다음 뉴스입니다. 국회는 오늘도 대통령 탄핵에 대한 찬반 논의로 뜨겁습니다….』

아침 첫 뉴스는 할아버지의 죽음이었다. 하지만 예전 대현그룹 주영일 회장 때처럼 하루 종일 소식을 전하지는 않았다. 할아버지의 죽음은 단순한 소식이지만 대통령 탄핵은 당면한 현실이기 때문이다. 말만 무성하던 대통령 탄핵이 실제 눈앞으로 다가오자 모든 언론의 카메라는 국회와 청와대로 향했고, 순양그룹으로 방향을 돌릴 카메라는 몇 대 남지 않았다.

TV를 끄고 상복으로 갈아입었다. 정신이 없었지만, 꼭 해야 할 일이 있었기에 잠시 집으로 돌아왔다. 초인종 소리와 함께 검은 정장 차림의 김윤석 대리가 조심스레 들어왔다.

"얼마나 상심이 크십니까, 실장님. 뭐라고 위로해야 할지….'

"괜찮습니다. 그보다 이 와중에 일 이야기를 해야 하니 제가 면목이 서질 않는군요."

"아이고, 아닙니다. 뭐든 말씀하십시오."

"전략실 소속 직원들 전부 동원했죠?"

"네. 회장님 가족분들 서포트하던 여직원들까지 전부 회장님 자택으로 달려갔습니다."

"김 대리는 그 직원들과 관계를 계속 유지했죠?"

"물론입니다. 실장님 지시대로 그놈들에게 인심 잃지 않으려고 때마다 밥 사주고 술 사주고 차비도 쥐여 줬죠."

김윤석의 자신 있는 태도를 보니 마음이 놓였다.

"그럼 그 직원들에게 장례 도중에 누가 누구를 만나는지 전부 확인하도록 하세요. 단순한 조문은 필요 없습니다. 분명히 밀담을 나누는 사람들이 있을 겁니다. 특히 두 부회장과 독대하는 사람들 명단은 꼭 작성하도록 하세요."

"얼마나 오래 밀담을 나누었는지도 확인해야겠죠?"

"그것까지 확인한다면 금상첨화죠."

김 대리가 나가고 커피 한 잔을 마시며 잠깐 쉬었다. 더 중요한 일이 남았기 때문이다.

우병준 상무도 검은 넥타이를 매고 왔다.

"죄송합니다. 늦었습니다."

"아닙니다. 본관 분향소를 다녀오셨습니까?"

"네."

"굳이 그럴 필요 없었는데… 저랑 같이 할아버지를 뵈어도 되는 일이었습니다."

"장소가 중요하나요? 제 마음만 회장님께 전달하면 됩니다. 마음 쓰지 마십시오."

항상 무표정하고 딱딱한 그였지만 오늘은 달라 보였다. 눈물을 흘렸는지 눈이 다소 충혈되어 있었다.

"나중에 저랑 같이 묘소에 갑시다. 제가 매일 문안 인사드린다고 약속했거든요."

"네, 그렇게 하죠."

그제야 우병준 상무는 옅은 미소를 보였다.

"참, 지시하실 일이라는 게 뭔지 말씀하십시오. 실장님도 빨리 빈소를 지키셔야 하지 않겠습니까?"

난 심호흡을 크게 한 번 하고 무겁게 말을 꺼냈다.

"할머니를 조사하세요. 특히 미술품 구매와 판매를 중심으로 샅샅이 뒤져 봐요. 그 바닥 구린 건 널리 알려진 사실 아닙니까?"

할머니를 용서하라는 할아버지의 말씀을 기억한다. 그 말씀에 따라 나를 죽이려 했던 일은 용서한다. 또한, 악당으로 살라는 유언도 기억한다. 나와 내 가족에게 조금이라도 상처를 주는 사람은 용서할 수 없다. 모름지기 악당이라면 처절한 복수가 제격 아니겠는가? 비록 복수의 대상이 친할머니라고 해도 말이다. 핏줄마저 냉혹하게 대할 때 비로소 악당이 되는 법이다.

할머니 뒷조사 지시를 듣고 놀랄 법도 하건만, 우병준 상무는 변함없는 모습이다.

"쉽지 않은 일입니다."

대뜸 부정적인 반응부터 보인 건 그가 나를 위해 일한 뒤로 처음이다. 그만큼 힘든 일인지 아니면 할머니라서 부담스러운지 궁금했다.

"어려운 건 일입니까? 대상입니까?"

"대상을 생각하고 움직이지 않습니다. 미술품 거래 파악이 어려운 일이라서 그렇습니다."

우병준도 사람이구나 싶어 이 와중에 슬쩍 웃음이 났다.

"엄살이 아닙니다."

내 웃음을 오해했는지 표정이 더 굳어졌다.

"고가의 예술품 거래를 정확하게 파악하기 위해서는 자료를 찾아내는 것만으로는 불가능합니다. 은밀한 거래도 많고 오로지 캐시만 주고받는 거래도 부지기수입니다."

"혹시 사람을 조사해야 한다는 뜻입니까?"

"네. 거래에 몸담았던 사람들의 입을 통해 거래 내용을 파악해야 하니까 어렵다고 말씀드리는 겁니다."

"입을 열게 하는 건 돈과 폭력이 가장 확실한 방법이죠."

우병준이 조금 놀란 표정이다. 내 입에서 정답이 나올 줄 몰랐을 것이다. 난 정반대의 경우였다. 돈과 폭력으로 사람의 입을 닫게 만드는 것이 내 업무였다. 임신한 여자, 폭행당한 남자, 교통사고 뺑소니, 마약 등등… 당사자의 입에 돈으로 자물쇠를 채웠고 담당 수사관의 입에 돈을 물렸다. 눈치를 챈 기자의 집으로 고가의 선물을 보내 소리가 멀리 퍼지지 않도록 스피커를 껐다. 입을 열게 하는 것과 닫게 하는 것은 똑같은 일이다.

"잘 아시는군요. 맞습니다."

"폭력은 사용하지 않는다고 하지 않았습니까?"

"네. 대신 폭력을 사용하는 인간을 고용하죠. 그것도 쉽게 꼬리를 자를 수 있는 놈을 써야 합니다."

"그것 역시 돈으로 가능한 일인데… 힘들다고 하신 건 폭력을 적절히 잘 쓰는 인간이면서 꼬리 쳐내기도 쉬운 사람 구하기가 어렵다는 뜻이군요."

"머리도 잘 돌아가야 하니까요. 머리 나쁜 놈이면 엉뚱한 질문에 엉뚱한 답만 듣기 마련입니다. 그리고 저쪽에도 힘쓰는 애들 많습니다. 서로 폭력이 오갈 테고 충돌이 일어나면 무마하는 것까지…."

이상하리만치 사족이 많다. 평상시의 우병준이라면 어렵다 할지라도 '알겠습니다, 하지만 시간은 좀 걸릴 겁니다.'라는 짧은 대답으로 끝낼 사람 아닌가? 혹시?

"이미 뭔가를 아시는군요. 맞습니까?"

감정을 잘 드러내지 않는 우병준이 당황하는 모습을 보는 것도 흥미로웠다. 이 사람은 당황하면 눈을 자주 깜빡거린다.

"눈치 빠른 분이라는 걸 잠시 잊었습니다."

당황한 그를 더 난처하게 하고 싶지는 않았다.

"자세한 건 묻지 않겠습니다만 힘들어도 해야 합니다. 꼭 필요한 일입니다."

우 상무의 깜박거리던 눈이 멈췄다.

"네, 바로 진행하겠습니다."

"필요한 자금은 충분히 지원하겠습니다. 일단 10억을 오늘 중으로 제 오피스텔에 놔두겠습니다. 가져가십시오."

"알겠습니다. 실장님."

우 상무가 떠나고 나도 빈소가 차려진 할아버지 집으로 출발했다.

▲ ▲ ▲

진 회장의 세 아들은 이제는 주인이 없는 아버지의 서재로 들어갔다. 그리고 들어가자마자 동시에 눈살을 찌푸릴 수밖에 없었다. 아버지의 체취가 사라지기도 전에 어머니가 떡하니 자리 잡고 앉아 있었기 때문이다. 한마디하고 싶었으나 초상집에서는 큰소리 내는 법이 아니라 모두 마음을 다잡고 참았다.

"연락도 없이 한국에 언제 들어오셨습니까?"

"일주일쯤 됐다."

"전화라도 받으시지…."

진상기가 불만스럽게 말하자 그녀는 아들의 입을 막았다.

"지난 얘기는 그만하고…. 넌 도대체 그동안 뭘 한 게야?"

그녀의 시선이 장남에게 꽂혔다.

"무슨 말씀입니까?"

진영기는 어머니의 질책이 짜증 나는지 얼굴을 찌푸렸다.

"왜 그 맹랑한 놈이 아직 회사에 어른거리냐는 말이다."

모두 그 맹랑한 놈이 바로 진도준이라는 걸 안다.

"그룹에서 그놈 하나 들어내는 게 그리 힘들더냐?"

"어머니, 그룹 일은 우리가 알아서 하겠습니다. 괜한 데 신경 쓰며 기력 잃으실 필요 없어요."

팔순 넘은 노인치고는 기력이 넘치는 어머니지만, 환갑이 다 돼가는 자식들은 어머니의 간섭과 잔소리가 곱게 여겨질 리가 없다.

"한심한 인사들 같으니라고…!"

자식들의 얼굴에 훤히 드러나는 불만과 짜증을 읽은 이필옥 여사는 눈꼬리를 치켜떴다.

"그놈이 너희들 아비의 순양을 야금야금 갉아먹는데 알아서 하긴 뭘 알아서 한단 말이냐?"

"어머니! 우리도 이미 대책을 세웠고 아버지 장례가 끝나는 대로 추진할 겁니다. 그럼 도준이는 그룹에 발도 못 디뎌요. 그러니 우리에게 맡겨 두세요."

진동기는 1초라도 빨리 이 자리를 벗어나고 싶었다. 밖에서는 빈소를 차리느라 정신없는데 아버지 장례는 하나도 신경 쓰지 않는 어머니가 못마땅할 뿐이었다.

"형님. 그건 또 무슨 말이요? 대책이라니?"

조용하던 진상기가 눈을 부라리며 소리쳤다.

긁어 부스럼이라더니…. 어머니 때문에 괜한 말을 꺼내 아무것도 모르는 셋째까지 나서게 됐다.

"너도 곧 알게 될 거다. 따돌릴 생각도 없고 그럴 이유도 없어. 아버지는 널 그룹에서 빼버렸지만 우린 다르다. 아무튼… 큰일 치르고 자세히 알려 줄 테니까 조금만 참아."

진영기가 타이르듯 셋째를 향해 말했을 때 이필옥 여사는 분통을 참지 못하고 책상을 탕 하고 내리쳤다.

"이런 한심한 놈들! 이렇게 천지 분간도 못 하는 놈들이니 저 영감이 그 어린 도준이 놈을 끼고 살았지!"

"어머니, 진정하시고 언성 낮추세요. 밖에 사람들이 다 듣습니다."

장남이 달래듯 말했으나 소용없었다.

"상기 너! 말해 봐. 네 애비가 개인 재산 전부를 네게 줬다지? 그게 얼마나 되든? 1조 원이 넘든? 부동산은? 빌딩 수십 채와 수백만 평의 땅이라도 받았어?"

느닷없는 어머니의 질문에 제대로 대답도 못 하고 눈을 피하는 진상기를 보자 두 형들이 재촉했다.

"뭐야? 너 왜 그래?"

"말해 봐. 얼마야? 설마… 깡통인 거냐?"

이필옥은 이런 모습의 아들들을 보며 혀를 찼다.

"밖에 누워 있는 저 인간이 돈을 얼마나 좋아하는지 몰라? 수단과 방법을 가리지 않고 돈을 긁어모았어. 설마 네놈들이 받은 주식이 전부라고 생각했던 거냐? 멍청한 놈들."

"그럼 개인 재산 전부를 도준이에게 줬다는 말입니까?"

진상기가 가까스로 입을 열었다.

"그럼? 누가 가져갔겠어? 두 형들이? 아니면 내가? 서윤이가? 꼭 먹어 봐야 똥인지 된장인지 알아채는 거냐?"

이필옥 여사는 놀라서 서로 눈만 끔뻑거리는 아들들을 한심하게 바라볼 뿐이었다.

"얼굴에 분칠이나 하며 살던 근본도 모르는 천한 것이 내 귀한 막내를 홀려서 낳은 자식 놈이다. 그런데 하필 그놈이 너희들 애비의 성정을 고스란히 이어받았어. 음흉하고, 욕심 많고 독하고…."

이필옥은 손가락으로 밖을 가리켰다.

"그러니 저기 누워 있는 인간이 그놈을 금이야 옥이야 챙겼던 게야. 자기랑 똑같은 놈이니까 말이다."

세 아들은 어머니의 따끔한 질책에 아무 말 못 하고 머리만 숙였다.

"천한 것이 내 아들을 뺏어 가더니, 이젠 그 피가 섞인 천한 놈이 우리 순양그룹까지 차지하게 생겼는데… 너희는 서로 회장 되겠다고 싸움질이나 하고 있어? 제정신이냐!"

이필옥은 분이 풀리지 않는지 가슴을 탕탕 쳤다.

"두말할 필요 없다. 장례 치르고 나면 영기 네가 회장 자리에 앉아. 동기는 군소리 말고 네 형을 따라. 너희 둘의 지분이면 아무 문제없지 않으냐? 그다음, 도준이 놈이 차지한 금융 계열사를 장악해. 대표이사부터 임원들 전부 너희 사람들로 앉히면 끝나는 일이다. 이렇게 쉬운 일을 네 놈들은 서로 견제하느라 놓친 게야!"

진영기는 구구절절 제게 득이 되는 말만 해주는 어머니가 너무나 고마웠다. 이렇게 든든한 아군이 생길 줄이야!

하지만 진동기의 표정은 더욱 굳어만 갔다. 이제 형은 어머니까지 등에 업었으니 일시적인 회장 직책을 오래도록 내놓지 않으려 할 것이다.

"왜 대답이 없어?"

진동기는 어머니를 향해 말했다.

"새롭게 지분 조정을 끝낼 때까지 형님이 회장 자리에 앉도록 협의했습니다. 이미 끝난 이야기입니다. 어머니."

"그래? 그거 잘했구나."

"아무튼, 그룹 일은 형님과 제가 잘 처리하겠습니다. 관심 끊으시고 장례 치를 동안만이라도 슬픈 표정 좀 지으세요. 보는 눈이 많습니다."

진동기는 짧게 한숨 쉬고 일어나려 했다. 하지만 어머니의 말이 그를 붙잡았다.

"내가 지분이 좀 있다. 그리고 이리저리 모은 돈도 꽤 많아. 너희가 하는 거 봐서 내 마음에 쏙 드는 놈에게 몰아서 줄 생각이다. 동기 네가 그걸 다 쥐면 네 형도 널 함부로 대하지 못할 거다."

'지분?'

"어, 어머니…."

당황한 진영기가 더듬거리자 이필옥은 자식들의 입을 막았다.

"내가 여든 넘게 네 아버지와 살면서 빈털터리라고 생각했어? 돈을 어떻게 빼돌리고, 확보한 지분 어떻게 숨기는지 훤히 다 봤다."

"지, 지분이 얼마나 됩니까?"

진영기가 다급하게 물으니 이필옥은 웃음만 보였다.

"부모도 가진 재산이 있어야 대접받는 세상이라지? 이제야 너희들도 이 에미의 말을 귀담아듣겠구나."

이필옥 여사는 진 회장의 자리에서 일어섰다.

"내가 가진 지분이 그리 많지는 않아도 지분과 돈을 합치면 저울을 움직일 수 있는 추 하나는 될 게다. 집안 곳곳에 묻은 천한 것들 흔적 말끔히 지워. 그럼 내가 가진 전부를 줄 테니까. 알아들었으리라 믿는다."

이필옥은 아들들의 간절한 눈빛을 못 본 체하며 서재를 나갔다.

▲ ▲ ▲

빈소에는 일하는 사람 몇 명이 화환을 정리할 뿐 아무도 없었다. 아버지는 방금 영빈관으로 달려가는 모습을 봤는데, 나머지 상주들은 어디에 있는 걸까?

새로운 향 하나를 올리고 조용히 물러나 텅 빈 빈소를 바라보기만 했다. 나 혼자 빈소를 지키는 모습을 할머니가 보기라도 하는 날엔 경건해야 할 이 자리가 다시 소란스러워질 것이다. 장례 끝날 때까지는 되도록 부딪히지 않게 노력하리라 마음먹었다.

그때 서재 문이 열리며 할머니가 나왔다. 그녀는 빈소를 거들떠보지도 않고 곧바로 2층으로 올라가 버렸다.

왜? 할머니가 할아버지의 서재에 왜 들어갔을까? 저곳은 이미 말끔히 치웠다. 자료 대부분은 태워 버렸고, 꼭 필요한 서류는 각 계열사로 옮겼다. 남은 건 서가를 장식하는 책과 할아버지가 받았던 상패와 트로피가 전부다. 할머니는 서재를 보며 추억에 잠길 분은 아니다.

혹시나 해서 서재로 가까이 가자 아니나 다를까 세 큰아버지들의 목소리가 새어 나왔다. 또 무슨 모의를 꾸미는지 알아듣기 어려울 만큼 낮은 목소리였다. 할머니가 자식들을 앉혀 놓고 잔소리를 퍼부었던 걸까?

이 의문은 곧 풀렸다. 서재를 나오는 큰아버지들의 표정이 굳어 있었다. 잔소리를 들었다면 짜증 난 얼굴일 텐데… 뭔가 특별한 일이 있었던 게 틀림없다. 무슨 이야기를 나눴는지 궁금했지만, 하나둘 조문객이 몰려들기 시작해 생각을 떨쳐 버려야 했다.

▲ ▲ ▲

우리나라를 이끄는 힘 있는 자들이 빈소를 찾아올수록 진동기의 표정은 점점 더 어두워졌다. 그들은 아예 진영기가 회장 후계자라고 확신하는 듯 자신보다 진영기를 찾기 바빴다. 심지어 건설업계를 관장하는 건설교통부 장관까지 자신은 뒷전이고 진영기와 한참 동안 밀담을 나눌 때는 피가 거꾸로 솟았다. 자신이 순양건설과 중공업의 책임자라는 건 이미 안중에도 없다는 뜻 아닌가?

모두가 자신을 이인자로 취급하자 진동기는 조급해졌다. 어머니가 가진 지분과 돈, 이것이 더욱 절실히 필요했다. 그리고 필요한 것은 꼭 가져야 한다고 아버지에게 배우지 않았던가? 진동기가 이런 복잡한 생각에 잠겼을 때 그와 비슷한 경험을 맛보며 마음이 불편한 사람도 있었다.

'이거, 예상은 했지만 좀 심한데… 안면몰수라는 말이 이런 거군.'

이학재 실장은 빈소를 방문하는 조문객 중에 예전처럼 자신을 대하는 사람이 거의 없다는 것에 기가 찼다. 며칠 전만 해도 허리를 굽신대던 사람들이 자신보다 진영기 부회장의 수족인 백준혁 실장에게 눈도장 찍으려 발버둥 쳤다.

백준혁을 보니 마치 예전의 자신을 보는 듯한 착각마저 일었다. 백준혁은 그룹을 대표하여 진 회장의 사망 소식을 전했다. 그의 모습이 일제히 언론을 타고 흘러 나가자 순양을 아는 사람들은 이학재의 역할을 그가 고스란히 물려받았다고 생각한다.

이학재는 그룹 회장에게 가장 가까이 다가설 수 있는 최측근 자리가 더 이상 자신의 것이 아니라는 것을 장례 첫날부터 실감하는 중이다.

"정승집 개가 죽으면 문전성시를 이루지만 정승이 죽으면 문상객 맞는 마당이 빈다죠?"

"정승 자리를 계승하는 아들이 있으니 여전히 문전성시를 이루는데?"

"대신 죽은 정승이 키웠던 개는 이제 거들떠보는 사람이 없군요."

"여전히 입이 맵군. 언제 왔나?"

"지금 공항에서 곧바로 오는 길입니다."

"전투기 타고 온 게 아니면 너무 빠른데?"

"며칠 전에 윤기가 전화했습니다. 회장님께서 더는 버티지 못할 것 같으니까 들어오라고요."

"오 대표가 회장님과 그처럼 가까웠나? 임종을 지켜볼 만큼?"

"가깝지는 않지만 조금은 존경하는 구석도 있습니다. 물론 임종을 지키려 온 건 아니고요."

"도준이?"

"네. 회장님 안 계시니 부회장들이 움직일 테고 순양그룹의 지배지분을 가진 우리 미라클도 상황을 예의주시해야죠. 우리도 대주주 아닙니까? 개나 소나 회장 자리에 앉는 꼴은 못 봅니다."

오세현은 이학재 실장과 마당 한 편에 나란히 서서 끊임없이 들어오는 고급 승용차의 행렬을 지켜보며 말했다.

"피곤할 텐데 한숨 자고 오지? 자네가 딱히 할 일은 없을 것 같네만."

"전세기는 아니더라도 퍼스트 클래스에서 편히 푹 잤습니다. 정신은 말똥말똥합니다. 윤기와 도준이 얼굴은 보고 가려고요. 조문도 하고요."

오세현은 이학재의 옆구리를 툭 건드렸다.

"제가 등장하면 상주들 모두 허리 숙여야 하는 거 아닙니까? 대주주님 납시었는데…."

"이 집안 아들들은 자네를 도둑놈이나 사기꾼 취급할걸? 그 귀한 지분을 뺏어 갔으니 말이야."

"그럼 이 실장님은 어떤 취급입니까?"

"자네가 말하지 않았나? 죽은 정승이 키우던 개라고. 아니, 더 심한가? 아무도 거들떠보지 않으니 낙동강 오리알 신세라고 해야 맞는 것 같은데? 허허."

"그럼 신세타령 그만하시고 도준이 제안을 받아들이시죠."

"제안? 아, HW그룹?"

"네. 정승까지는 아니더라도 판서 정도는 되지 않겠습니까?"

실실 웃음을 흘리는 오세현을 보며 이학재는 절레절레 머리를 흔들었다. 이런 능글능글한 놈이 어떻게 진중한 윤기와 친구가 되었는지 참 알다가도 모를 일이다.

"가만 보자… 정승이 정1품, 판서가 정2품이지 아마?"

"아이고, 아는 것도 많으셔라."

"이 정도는 상식이지. 자네가 무식한 거야."

"저야 영국물 먹은 유학파다 보니… 한국사는 좀 어둡죠. 딴소리는 그만두고 생각해 보시겠습니까? 진지하게."

"순양이 정1품이면 HW는 정2품은 턱도 없고… 이제 겨우 과거 급제한 수준이지. 비유가 맞지 않아."

"대신 자리가 다르죠. 이건 회장입니다. 용 꼬리가 아니라 뱀 대가리 아닙니까?"

"적당할 때 끝내. 농담도 길어지면 지겨워서 짜증 나. 참, 아예 오 대표가 그 자리에 앉지 그래? 대표 떼고 회장 달면 되겠네."

오세현은 손을 들어 자신의 얼굴을 가렸다.

"제 때깔 한번 보십시오. 거의 동남아 원주민 같지 않습니까?"

원주민까지는 아니더라도 프로 스포츠 선수 이상으로 새카맣게 그을린 모습이었다. 두 달 남짓 지났을 뿐인데 이렇게 변한 건 그의 일상이 어떤지 알려 주는 것이다.

"팔자 늘어졌나 봐?"

"아침에 느긋하게 일어나서 호텔 조식 먹고, 골프 한 바퀴 돌고, 풀장에서 수영도 좀 하고, 바닷가에 앉아 비키니 미녀들 감상하다 푸짐한 저녁에 와인 곁들이는 게 하루 일상입니다. 이젠 일 못 하죠. 낙원에서 사는데. <u>흐흐.</u>"

"오 대표는 참 희한해. 갬블러는 노름판을 떠나면 살 수 없는 법인데…. 내가 잘못 봤나?"

"때를 알고 판을 접을 줄 아는 사람이 진짜 갬블러 아니겠습니까?"

이학재 실장은 오세현을 힐끗 보며 미소 지었다.

"좀 쉬더니 감을 잃었군. 이번엔 패를 잘못 골랐어. 관심 없으니 빈소에 국화나 하나 올리고 가. 참, 낙원으로 돌아가기 전에 연락해. 저녁이나 한번 하자고."

이학재는 오세현의 어깨에 손을 한번 올리고 휘적휘적 사라졌다.

"이대로 은퇴할 사람은 아닌데…"

그의 뒷모습을 보던 오세현은 머리를 갸우뚱했다.

▲ ▲ ▲

이학재 실장이 사라지는 걸 확인하고 나는 오세현에게 다가갔다.

"뭐라고 해요?"

"모르겠다. 말하는 거로 봐서는 지금 처지가 마음에 안 드는 건 확실한데 네 제안엔 전혀 관심을 보이지 않아."

"속을 벅벅 긁어야 하는데 또 엉뚱한 소리만 하신 거 아닙니까?"

오세현은 내 머리를 툭 쳤다.

"얌마! 정승집 마당 개 취급까지 했는데 웃기만 하더라. 속내를 모르겠어."

"아쉽네요."

"자존심 긁어서는 답이 안 나온다. 작전 바꿔 봐."

오세현은 미덥지 못한 표정으로 나를 흘겨보기 시작했다.

"아무튼, 난 향이나 하나 올리고 갈 거다."

"호텔에 계실 거죠?"

"그래. 장례 잘 치르고, 천천히 보자."

"네. 오랜만에 오셨는데 사람들도 좀 만나고 그러세요."

"그래. 친구 몇 놈 만나 소주나 한잔하며 시간 때울 생각이다. 고생해."

그는 내 등을 가볍게 쓰다듬고 집 안으로 들어갔다.

▲ ▲ ▲

오세현은 빈소에 들어서자마자 자신을 노려보는 눈길을 느꼈다. 가볍게 볼 수 없는 순양그룹의 대주주, 하지만 이학재 실장의 말처럼 저들의 눈길에는 적의가 가득했다. 따뜻한 눈길은 친구 진윤기뿐이다.

오세현은 공손히 분향하고 큰절을 했다.

"망극한 일을 당하셔서 어떻게 말씀드려야 좋을지 모르겠습니다."

최대한 공손히 말하자 진영기는 표정을 풀었다.

"위로의 말씀 고맙습니다."

하지만 그는 오세현의 귓가에 나지막이 속삭였다.

"나 잠깐 보고 가지?"

가볍게 머리를 끄덕인 오세현이 조용히 물러나자 진영기가 뒤따르며 그를 향해 눈짓했다. 진윤기는 이 모습을 보고 자신도 따라가려 했지만 진동기가 그의 손을 잡았다.

"주주와 경영자가 이야기하는 거다. 네가 낄 자리가 아니야."

두 사람이 2층 거실에 마주 앉자 백준혁 실장이 달려왔다.

"마실 것 준비할까요?"

"아니, 금방 끝나. 아, 아무도 못 올라오도록 해줘."

"네. 부회장님."

단둘만 남게 되자 오세현이 먼저 입을 열었다.

"만상주가 자리 비워도 됩니까?"

"실없는 소리 그만하고. 바쁘니까 용건만 말하지. 곧 주총이 열릴 거야."

"그렇겠죠. 빈자리를 그대로 둘 수는 없으니."

"지분 내놓으라 소리는 하지 않을 테니 의결권만 내놓고 이대로 돌아가. 동남아에서 골프나 치며 지내라고. 내가 좋은 골프채 한 세트 보내 줄 테니까."

오세현은 어깨를 으쓱하며 미소 지었다.

"그럴 수는 없습니다. 대주주가 주총에 빠지면 쓰나요? 성실하고 올바르게 주권을 행사해야죠."

"농담 아냐."

"저도 농담 아닙니다."

서로를 노려보는 눈빛이 부딪혔다. 날카로운 눈빛을 먼저 거둔 이는 오세현이었다.

"문상 온 대주주를 이리 겁박하는 건 좀 심한 거 아닙니까?"

"보통의 대주주면 업고 다니지. 오 대표는 사실상 적대적 M&A의 기업사냥꾼이나 다름없으니 내가 물 한 잔도 안 주는 거야. 하하."

여유 있는 모습을 보이는 진영기를 보며 오세현이 피식 웃었다.

"착각하시는군요. 전 M&A 관심 없습니다. 순양그룹은 삼키려다 목막혀 죽죠. 전 최고의 경영자를 선정하는 데만 관심 있는 주주입니다. 그리고 경영 자질로만 본다면 진영기 부회장님보다는 진동기 부회장님이 더 낫다는 게 제 판단입니다."

"뭐야?"

"소리치지 마시고 과거를 돌이켜보십시오. 사업 말아먹은 사례가 누가 많은지. 그리고 미라클과 진동기 부회장의 지분을 합치면 충분히 가능한 이야기 아닙니까?"

오세현은 소파에서 몸을 일으켰다.

"주총 날짜 잡으면 연락 주십시오, 그럼. 아… 삼가 고인의 명복을 빕니다."

이를 악물고 있는 진영기를 내버려 둔 채 오세현은 가볍게 머리 숙이고 아래층으로 내려왔다. 진동기 부회장과 눈이 마주친 오세현은 미소를 띠며 다가갔다. 그는 진동기의 귓가에 입을 가져갔다.

"나중에 술 한잔 사쇼."

오세현이 돌아가고 진영기는 단둘이 할 이야기가 있다며 진동기를 2층으로 불렀다.

"너 혹시 오세현과 손발 맞추고 있냐?"

"뜬금없이 그게 무슨 말이야?"

"확실해? 만약 내 뒤통수칠 생각이면 그만둬라. 돌아올 수 없는 강을 건너는 거다."

"갑자기 왜 또 트집인데?"

형이 첫 마디부터 시비조로 말하니 진동기는 짜증이 확 솟구쳐 올랐다. 진영기는 조금 전 오세현이 했던 말을 더하지도 빼지도 않고 전달했다.

"후… 형님. 그 자식에게 말려들지 말자. 그놈은 우리 형제가 갈라서야 힘을 발휘하잖아. 캐스팅보트가 그놈의 유일한 무기야. 그런 얕은수에 이리 흔들리면 어떡하려고?"

진영기는 동생의 얼굴을 노려보다 크게 숨을 들이켰다.

"좋아. 내가 지나쳤다, 미안해."

"괜찮아. 예민해서 그런 거니까 이해해."

"동기야. 도저히 안 되겠다. 이런 식이면 불안해서 살 수가 없다. 지주회사 서두르자."

찝찝하긴 하지만 진동기도 별다른 말을 꺼낼 수 없었다. 오세현의 캐스팅보트가 언제라도 진영기에게 도움이 될 수도 있다. 이런 불안 요소를 없애려면 주변을 정리하고 형제만 남는 게 최선이다.

"그래. 장례 끝나면 곧바로….."

"아니. 오늘부터 바로!"

"응?"

단호한 표정의 진영기를 보자 그냥 내뱉는 말은 아닌 듯싶었다.

"이학재부터 조지고. 그놈이 우리를 돕게 해야 해. 그럼 지주회사 전환은 훨씬 더 빨라지잖아."

"아는데….. 오늘은 무슨 의미야?"

"아까 연락 왔잖아. 법무부 인사들 조문 온다고. 그 사람들과 조용히 이야기 좀 해야겠다."

무슨 뜻인지 알았다. 법무부 관료들이라면 검찰 출신이 태반이다. 특히, 법무부의 주요 보직은 검사들 중 선두에 선 사람이 차지하고 검찰을 주무른다. 그들이 나서면 이학재를 압박하는 건 식은 죽 먹기나 다름없다.

진영기는 오늘 그들에게 부탁할 생각이다.

"아주 작살을 내고 살려 주면 고분고분해질 거야."

진동기는 흥분한 형을 보며 말했다.

"다 좋은데 이젠 혼자 뛰지 마. 지주회사 설립하고 지분 확실하게 나눌 때까지는 이인삼각이라고."

"무슨 뜻이야?"

"중요한 조문객을 왜 혼자 만나? 앞으로 그런 독대는 안 돼. 함께 만

나서 이야기하자고. 그래야 조금 전 오세현처럼 서로 오해하는 일이 생기지 않지. 안 그래?"

진영기는 심각한 표정의 동생을 보며 살며시 웃었다.

"산 사람을 화해시키고 하나로 만드는 건 죽은 사람이라더니 딱 그 짝이네. 아버지가 우리를 손잡게 만들었으니 말이다."

오랜만에 두 사람은 진심으로 손을 잡았다. 그리고 조문 온 고검장도 함께 만났다.

"고검장님, 공무가 바쁘실 텐데 어려운 걸음 하셨습니다."

"무슨 말씀을. 당연히 와야 할 자리 아닙니까?"

"오실 때 불편함은 없었습니까?"

"들어오다 보니 이 동네에 기자 하나 얼씬거리지 않은 걸 보면 신경 많이 쓰셨더군요."

김석휘 고검장은 한국 경제의 거목이 떠난 자리에 경찰 10여 명만 서성대며 주차나 돕는 것을 신기해 하며, 아마도 순양그룹에서 손을 쓰지 않았나 짐작했을 뿐이다.

"우리가 신경 썼다기보다는 지금 요동치는 정국 때문입니다. 어깨에 카메라 걸친 기자 놈들은 전부 여의도에 진을 치지 않았습니까? 언론사에서 여기까지 신경 쓸 여력이 없습니다."

"아, 그렇군요. 그쪽도 터지기 일보 직전이니…."

빈소를 찾은 고검장은 자신을 조용히 불러낸 두 부회장과 이야기를 나누며 들뜬 마음을 가라앉혔다. 진 회장이 자기를 서재에 불러 짧은 이야기를 나누고 나서 고검장으로 승진했다. 한 번만 더 불러 준다면 검찰총장이 되지 않을까 기대하며 기다렸는데, 그 기회는 영원히 사라져 버렸다. 기대를 접고 온 단순한 조문이었는데 진 회장의 후계자들이 불러 주니 다시 들뜰 수밖에 없었다.

"고검장님."

"네, 말씀하십시오."

김석휘 고검장은 귀를 쫑긋 세웠다.

"그룹의 기둥이시던 아버지가 돌아가시니 우리가 매우 어렵습니다."

"무슨 말씀입니까? 두 부회장님이 떡하니 버티고 계신데…. 이젠 기둥이 둘씩이나 됐으니 더 굳건하지 않겠습니까?"

"기둥은 둘인데 하나뿐인 주춧돌이 약합니다. 그래서 굳건한 주춧돌 두 개를 다시 심으려 하는데, 고검장님의 도움이 절실합니다."

진동기의 공손한 태도에 고검장은 곧바로 눈치를 살폈다. 두 아들이 순양그룹을 장악하는 데 분명 문제가 생겼다. 법적인 문제라면 대형 법무법인을 찾거나 전관예우를 받는 데 충분한 고위 법조인을 찾는다. 고위급 법조인에게 거액을 안기고 공직에서 물러나게 한 다음, 전담 변호인으로 쓴다. 이게 재벌들이 법적 문제를 해결하는 ABC 아닌가? 법적인 문제가 아니라면 현재 고검장이라는 자신의 힘이 필요하다는 뜻이다. 어찌 됐든 둘 다 놓칠 수 없는 좋은 기회다.

"말씀만 하십시오. 제가 고인이신 회장님께 신세 진 적이 한두 번입니까? 당연히 도와드려야죠."

환하게 웃으며 말하던 고검장은 두 부회장의 표정을 보고 웃음을 거두었다. 자신을 노려보는 두 사람이 잔뜩 찌푸린 표정이었기 때문이다. 당황한 고검장은 자신의 실수가 무엇인지 재빨리 되짚었다. 그리고 단어 하나를 잘못 썼다는 걸 깨달았다.

"아이고, 이거 제가 실언을 했습니다그려. 도와드린다니… 오해 마십시오. 당연히 해야죠."

해야 한다는 말에 두 사람의 표정이 풀렸다.

"그리 말씀해 주시니 마음이 놓이는군요."

진영기가 고개를 끄덕이자 동생이 이어받았다.

"아버지가 쓰시던 주춧돌은 빼내고 우리 형제가 쓸 주춧돌을 박고 싶은데 방해하는 사람이 있습니다. 옛 주춧돌에 떡하니 앉아 비키질 않아요."

"이런, 그런 일이 있습니까?"

"네. 생각대로 한다면 그 사람을 휙 들어 치워 내고 싶은데… 아버지께서 중히 쓰던 사람이고, 우리도 어느 정도는 예의를 지켜야 해서 보고만 있었습니다. 하지만 더는 가만히 있기 힘듭니다."

진영기도 한마디 더 보탰다.

"예의도 중요하고 대우도 중요하지만, 그것 때문에 순양그룹의 기둥이 자리를 못 잡으면 어떻게 되겠습니까? 순양이 흔들리면 한국 경제가 흔들리지 않겠습니까?"

고검장은 기껏해야 사기업의 경영권을 공고히 하는 것에 불과한 일을 위해 나라 경제까지 거론하는 이들이 어처구니없었지만, 기회를 놓치지 않으려면 맞장구쳐야 했다. 그것도 진심으로 보이게.

"당연합니다. 리더가 흔들리면 나머지는 우왕좌왕하기 마련이죠. 순양의 경영권은 반석 위에 자리 잡아야죠."

고검장은 이들이 원하는 것이 무엇인지 알아차렸다.

"누굽니까? 제가 그 사람을 들어내는 데 힘을 보태겠습니다."

고검장의 말에 두 형제는 서로에게 눈짓하며 입을 열었다.

"조금 부담이 있을 겁니다. 바로 이학재 실장이니까요."

"네? 이 실장…?"

김석휘 고검장은 눈을 크게 떴다. 과거의 꼰대 임원 정도가 아니다. 이학재라면 바로 며칠 전까지 진 회장을 대리하여 세상을 주무르던 사람이라 그의 영향력이 미치지 않는 곳이 없다. 누군가 자신의 뒤에서 칼을 간다는 걸 알면 가만히 있을 사람이 아니다. 순식간에 굳어진 고검장의 표정을 보며 두 형제가 말했다.

"이거, 나는 새도 떨어트린다는 서울고검장님께서 이렇게 긴장하는 걸 보니 이학재 실장이 대단하긴 대단한가 봅니다."

"그래 봤자 끈 떨어진 연이지 뭐. 순양이 보호해주지 않으면 회사에서 퇴출당한 중년 백수일 뿐이야."

진영기가 대수롭지 않게 말했지만, 고검장의 표정은 밝아지지 않았다. 자신이 이학재의 뒷조사를 지시하는 순간 이학재 실장의 귀에 들어갈 것이다. 그리고 불같이 화내는 검찰총장의 전화를 받을 게 뻔한데 마음이 편할 리 없다.

진동기는 이 겁쟁이의 마음을 편히 해줘야 했다. 이미 시작된 일인데 한 놈 한 놈 사정 봐줘 가며 일할 수는 없지 않은가?

"고검장님."

"네."

"하이에나 아십니까?"

"네? 하이에나요? 썩은 고기만 먹는다는…."

"잘못 알고 계시는 겁니다. 하이에나는 썩은 고기도 먹을 수 있을 뿐, 실제로는 집단 사냥을 하는 놈들이죠."

"아, 그렇습니까?"

고검장은 혹시 자신을 하이에나에 빗대는가 싶어 조금 언짢아졌다.

"늙은 사자를 사냥하는 하이에나 떼 보신 적 있습니까?"

"네? 아, 아뇨."

"사실 다 늙어 젊은 수사자에게 쫓겨난 늙은 사자는 크게 위협적이지 않습니다. 하지만 사자라는 이유만으로 다른 맹수들이 두려워하죠. 그런데 하이에나는 굉장히 머리가 좋습니다. 무리 중에 가장 용감한 놈이

다가가서 늙은 사자를 슬쩍 건드립니다."

고검장은 진동기가 자신을 용감한 하이에나에 빗대는 것인지 주의 깊게 들었다.

"하지만 늙은 사자는 크게 포효할 뿐 자신을 건드린 하이에나를 공격하지 않습니다. 그놈 눈에는 수십 마리의 하이에나가 보이거든요. 그놈들이 동시에 공격해 오지 않도록 위협하는 게 전부입니다. 사실 일대일 싸움도 장담할 수 없으니까 어쩔 수 없겠죠."

드디어 고검장은 이 이야기를 왜 하는지 알았다. 이건 하이에나 이야기가 아니라 늙은 사자 이야기다.

"하이에나 떼는 알았습니다. 저 늙은 사자는 아무런 힘도 없고 위협이 되지 못하는구나… 이제 하이에나 떼에게 무참히 뜯겨 나가는 사자의 마지막 운명만 남죠."

"제게 가장 용감한 하이에나가 되어 달라는 말씀입니까?"

"그럴 리가요. 우리 고검장님께서 어떻게 그런 일을 하십니까? 법무부 형사기획과에서 그 일을 맡을 겁니다. 고검장님께서는 나머지 하이에나들이 동시에 덤비도록 신호만 내리시면 됩니다."

고검장의 표정이 한결 밝아졌다. 적어도 맨 앞에서 돌진하는 보병 역할은 피했기 때문이다. 아무리 순양의 후계자들이 요구한다고 해도 상황은 파악할 수 있는 시간을 벌었다. 이학재가 늙은 사자가 아니라 단지 늙어 보일 뿐, 여전히 강한 이빨과 발톱이 건재하다면 물러서 버리면 그만이다. 고검장의 얼굴이 다시 환해졌다.

"문제없습니다. 그럼 더 하실 말씀 없으시면 일어서겠습니다. 제가 시간을 너무 많이 뺏은 건 아닌지 모르겠습니다. 조문객들이 줄지어 기다릴 텐데 말입니다."

"다들 기다리라고 하죠, 뭐. 고검장님이 더 중요한 분이니까요. 하하."

진동기가 입에 발린 소리를 하자 진영기도 한마디 했다.

"이번에 어머니께서 유럽에서 돌아오시면서 그림 몇 점 가지고 오셨습니다. 개중에 요즘 한창 주가를 올린다는 프랑스 화가 그림을 고검장님 차에 실어 뒀습니다. 집에 걸어 두시고 감상하셔도 좋고, 우리 순양 예술 재단에 되파셔도 괜찮습니다."

"아이고, 이런⋯. 이렇게 신경 쓰시지 않으셔도 되는데⋯."

"아닙니다. 제가 미술에 문외한이지만 척 봐도 아주 고가의 그림처럼 보입디다."

그림이 중요한 게 아니다. '되팔 수 있다'는 게 중요하다. 그깟 물감칠한 걸 집에 두면 뭐하나, 두둑한 지폐뭉치가 훨씬 아름답지 않은가, 하는 생각을 하며 고검장은 여기가 초상집이라는 걸 잊은 듯 연신 웃으며 물러났다.

"저놈, 잘할까?"

"전적으로 믿을 놈이 어디 있어? 동원할 수 있는 놈 전부 동원해야지."

형제는 피곤한지 계속 관자놀이를 꾹꾹 눌렀다.

"내려가자. 또 만나야지."

"이번에 누구지?"

"국책은행 지점장들. 우리 지분 들고 있는데 휴지 조각 될 거잖아. 미리 약 좀 쳐놔야지."

두 사람은 피곤한 몸을 이끌고 아래층으로 내려갔다.

▲ ▲ ▲

"오늘 명단입니다."

김윤석 대리가 내 곁에 다가오더니 메모지 한 장을 슬쩍 건넸다.

"특별한 건 없습니까?"

"메모에 체크해 뒀습니다. 그런데 차 트렁크에 실은 게 그림 같습니다."

"그림?"

"네. 큼지막한 액자가 분명하다고 하네요. 박스와 보자기로 잘 싸서 넣었답니다."

"돈은요?"

"지금까지는 없습니다. 전부 그림입니다."

새로운 돈세탁 방법이다. 그림을 주고 되산다. 출처 미상의 그림이니 누가 그림을 팔았는지 기록을 남길 필요도 없다. 하지만 그림을 살 때 지불한 돈은 매입 비용으로 경비 처리가 가능하다. 뇌물을 경비로 떨어버리는 새로운 수법이다.

"특이한 점은?"

"가장 오랜 시간 밀담을 나눈 사람들은 전부 법무부를 포함한 검찰 쪽입니다."

"검찰?"

"네."

'이상한데.'

대통령 탄핵 때문에 한 치 앞을 내다볼 수 없는 정국이다. 당연히 정치인들과 많은 이야기를 해야 하지 않는가? 그런데 검찰이라니? 검찰이 우리 그룹에 칼날을 겨누고 있다면 모르지만 그런 징후는 찾아볼 수 없다. 회사가 아니면 사람인데….

'설마 나?'

노골적으로 나를 그룹에서 제거하라는 할머니의 독촉에 검찰을 움직이려 하는 게 아닐까? 그때 할아버지의 서재에서 나눈 이야기가 바로 이것이었나? 검찰이 나를 털어도 나올 건 없다. 하지만 검찰이 없는 죄를 만들고, 있는 죄를 없애는 일쯤은 쉽게 하지 않는가? 할아버지 장례

기간이라고 해서 안심하면 안 된다. 저들은 할아버지의 장례식을 이용해서 모략을 꾸민다. 후회하지 않으려면 나도 대비책을 세워야 한다.

"김 대리. 사람 눈에 띄지 않게 차 준비해 줘요. 지금 집으로 갑니다."

"네."

김 대리는 이유를 묻지도 않고 곧바로 달려 나갔다.

집에 도착하자마자 김 대리가 전해 준 메모의 이름과 할아버지가 남겨 준 노트를 대조하며 겹치는 명단을 작성했다. 지금 내가 가장 먼저 파악해야 할 일은 오늘 장례식장에 온 검찰이 큰아버지들에게 받은 표적지를 확인하는 것이다. 그 표적지에 내 얼굴이 그려졌다면 반격은 힘들지 모르지만, 검찰 스스로가 표적지를 찢도록 해야 한다.

해야 할 일을 정리한 다음 거실에서 기다리는 김윤석 대리에게 돈을 준비시켰다.

"최대한 빨리 20억을 찾아오세요."

"분산은 어떻게 할까요?"

"1억씩 나눕시다."

"알겠습니다."

김 대리는 급박하다는 것을 느꼈는지 재빨리 달려 나갔다.

잠시 후에 오세현 대표가 투덜거리며 들어왔다.

"야. 전화로 하면 될 걸, 뭐 하러 직접 만나? 너 안 바쁘냐?"

"바쁜데 더 바쁘게 만드는 사람들이 있으니까요."

심각한 내 표정을 본 오세현은 정색하며 물었다.

"무슨 일이야?"

난 오늘 있었던 일을 자세히 설명하며 메모의 명단을 내밀었다.

오세현은 메모를 자세히 들여다보았다.

"법무부, 검찰 소속 조문객에게만 뇌물을 건넸습니다. 두 명의 은행장과는 꽤 오랜 시간 밀담을 나눴고요."

"검찰과 은행이라… 어울리는 조합이 아니야. 아마도 다른 이야기를 했을 것 같기도 해. 네가 염려하는 건 검찰이지?"

"네. 할머니가 퍼부었던 말이 계속 마음에 걸립니다. 절 쫓아내는 가장 빠른 방법은 제 약점을 잡는 것 아닙니까?"

오세현은 생각에 잠기더니 한참 뒤에 입을 열었다.

"넌 일단 확인만 해. 검찰이 널 목표로 한다고 해도 섣불리 움직이지 말고. 나도 여기저기 알아볼 테니까."

"은퇴하신 분 괜히 끌어들여 죄송합니다."

"그러니까 한국에 오는 게 아니었어. 탁한 공기만 해도 가슴이 턱 막히는데 너희 집안 돌아가는 거 보니 더 숨 막힌다."

집에서 나가려던 오세현이 조금 걱정스러운 듯 말을 꺼냈다.

"내가 알아본다고 한 건 너만을 위해서는 아니다. 혹시 윤기의 약점을 잡으려 할지도 몰라서 그러는 거야."

"아버지를요?"

"그래. 그쪽이야 워낙 불투명한 일이 많잖아. 꼬투리 잡으려면 얼마든지 잡을 수 있어. 네가 부모 끔찍이 여기는 거 아니까 윤기를 미끼로 널 협박할지도 모르잖아. 난 그게 더 걱정돼."

이 말을 듣는 순간 머릿속에 불꽃이 튀었다. 화가 솟구친 게 아니다. 어쩌면 역전의 기회일 수도 있다.

"삼촌. 지금은 아버지께 아무 말씀 마세요. 전부 확인하고…."

"잔소리 그만해라. 아직 너한테 잔소리 들을 만큼 눈치 없는 꼰대 아니다."

오세현이 돌아간 뒤, 김윤석 대리를 기다렸다. 금액이 많다 보니 시간이 꽤 걸렸다. 최소한 대여섯 곳은 도는지 한참 뒤에야 김윤석 대리와 경호원 몇몇이 박스를 들고 들어왔다.

"수고했습니다. 전 여기서 해야 할 일이 있으니 할아버지 집으로 먼저 가세요."

사람들을 내보내고 진짜 일을 하기 위해 우병준 상무에게 연락했다.

"이렇게 빈소를 비워도 괜찮으십니까?"

급히 달려온 우병준 상무는 조금 걱정스럽게 말했다.

"워낙 자손이 많으니 저 하나쯤 안 보인다고 해서 티가 나지 않습니다. 아직 저 찾는 전화가 없는 걸 보면 말이죠."

"빈소를 비울 만큼 급한 일이군요."

"네."

우병준 상무는 거실 한쪽에 쌓인 상자를 보더니 살짝 미소 지었다.

"사모님 조사하는 건 이제 시작 단계라 보고드릴 내용이 없는데….
저것과 관계 있습니까?"

"네. 오늘 배달 좀 해야겠습니다."

내 태도를 보고 우 상무는 놀란 듯했다.

"혹시 직접 가시려고요?"

"그래야 합니다. 직접 전해 주며 확인할 게 좀 있습니다."

"누굽니까? 직접 만나야 할 정도의 사람이?"

"김석휘 서울고검장입니다."

우병준은 이름을 듣자마자 휴대전화를 꺼냈다.

"서울고검장 김석휘. 핸드폰 번호랑 집 주소 확인해 줘. 긴급이다."

어디로 연락했는지 묻지 않았다. 각자의 영업 비밀은 서로 캐묻지 않는 것이 예의 아닌가? 몇 분 지나지 않아 문자 알림음이 들렸다.

"연락은 미리 하셔야겠죠?"

"그래야죠. 검찰청에서 뇌물을 전해 줄 수는 없는 일 아니겠어요?"

"잠시만요."

우병준은 다시 휴대폰을 꺼냈다.

"전화기 하나 갖고 올라와. 새 걸로."

전화기? 대포폰인가?

"깨끗하게 세탁한 휴대폰입니다. 앞으로 이런 사람들과 통화하실 때 쓰십시오. 지금 휴대폰은 실장님 명의죠?"

"네."

"그건 공적인 업무에만 사용하십시오. 재벌 3세와 고검장의 통화는 누가 봐도 수상하니까요."

참 디테일하다. 이런 걸 신경 쓰지 않아도 척척 알아서 해주니 새삼 이 사람의 능력이 대단해 보였다. 경호원이 휴대전화 하나를 내려놓자 우병준이 물었다.

"몇 개 가져가실 겁니까?"

"두 박스면 됩니다."

우 상무의 눈짓에 경호원은 두 박스를 들고 내려갔다.

"전 잠깐 나가 있겠습니다. 통화 끝내고 알려 주십시오."

일어서려는 그를 앉혔다.

"저런 일을 맡아서 하시는 데 통화 내용 듣는 게 뭐 대수라고 자리를 피하십니까? 그냥 앉아 계세요."

"아닙니다. 서로 아는 게 적을수록 실장님이 편하실 겁니다."

철저한 건지 아니면 고지식한 건지, 참 파악하기 어려운 사람이다. 그가 자리를 비운 후 나는 깊게 심호흡을 한 번 한 다음 고검장의 번호를 눌렀다.

"여보세요?"

"안녕하십니까 고검장님. 진도준입니다."

"누구? 진도준? 혹시…?"

의심 가득한 음성이다.

"네. 돌아가신 진양철 회장님 손잡니다. 그리고 순양금융그룹을 맡은 바로 그 진도준입니다."

대번에 목소리가 변했다.

"아, 그러시구나. 오늘 빈소를 들렀는데 인사를 못 드렸네요."

'응?! 왜 놀라지 않지?'

전화기로 들리는 목소리만으로 판단하기는 어렵지만, 내 전화에 당황하는 기색이 전혀 느껴지지 않았다. 바로 오늘 표적으로 삼은 사람이 마치 다 안다는 듯 전화를 하면 아무리 차분한 사람이라 하더라도 이렇게 아무렇지도 않게 반갑게 전화를 받을 수 없다.

내가 잘못 생각한 것인가? 표적이니 뭐니 그런 것 없이 단순한 대화였을까? 그렇지는 않을 것이다. 큰아버지들이 인사나 나누자고 고검장급 사람과 오랜 시간을 이야기할, 그런 사람들이 아니다.

"아닙니다. 큰아버지를 뵀다고 들었습니다. 고검장님께 먼저 인사드리지 못한 제가 죄송합니다."

"아이고, 별말씀을. 회장님 총애가 대단하셨다고 들었습니다. 상심이 크실 텐데 굳이 조문 인사 때문에 전화까지 하실 필요는 없었어요."

내가 표적이 아니라는 생각이 점점 더 굳어졌다. 이 사람의 목소리에는 조금의 경계심도 느껴지지 않는다.

"오해십니다, 고검장님. 전 인사드리려고 전화한 게 아니고 회장님 유훈(遺訓) 때문에 전화한 겁니다."

"유훈?"

"네. 직접 만나 뵙고 말씀드리고 싶은데 혹시 시간 내실 수 있겠습니까?"

갑작스럽게 만나자고 하면 의구심이 드는 건 당연한 일, 대답이 없다. 좀 더 편하게 풀어 줘야 한다.

"아, 할아버지께서 제게 맡기신 게 금융그룹이 전부는 아닙니다. 금융그룹이 특별히 해야 할 일도 함께 맡기셨습니다."

"그 일이라는 게…?"

"시시콜콜한 개인적인 일 때문에 공무에 지장 주지 않도록 '분기마다' 잘 챙겨드리라고 말씀하셨습니다만…."

이 정도면 할아버지의 '유훈'이 무슨 뜻인지 알아들었을 것이다. 예상한 대로 순간 고검장의 목소리에 반가움이 묻어났다.

"아, 그렇군요. 가만있자…. 그럼 한 시간 후 늘 하던 대로 그 장소에서 뵙겠습니다."

그 장소라니? 황급히 노트를 확인하니 주차장이라고 쓰여 있었다. 주차장에서 물어볼 수는 없는 일, 재빨리 장소를 바꿨다.

"인사도 드려야 하니 좀 쾌적한 곳이 어떻겠습니까? 제가 장소를 알려드리죠."

"그럴까요?"

"참, 이 일은 제 '식구'들을 포함해서 아는 사람이 적어야 한다는 것도 잊지 마시고요."

"물론이죠."

그에게 여의도 오피스텔을 알려 주고 통화를 끝냈다. 이제 그가 큰아버지에게서 받은 표적지가 누군지 확인해야겠다.

한 시간 쯤 후 오피스텔 실내를 두리번거리며 들어오는 김석휘 고검장을 향해 가볍게 머리를 숙였다.

"처음 뵙겠습니다. 진도준입니다."

"아, TV를 통해 몇 번 봐서 그런지 처음 뵙는 분 같지 않게 낯이 익숙해요. 허허.”

그의 모습을 보자마자 확신했다. 난 표적이 아니다. 머릿속에서 수많은 사람의 얼굴이 스쳐 갔다. 큰아버지들이 쳐내고 싶은 사람은 과연 누굴까? 간단히 인사를 나누자 그가 물었다. 그도 어지간히 궁금했나 보다.

“회장님의 유훈이라는 것이… 제 짐작이 맞습니까?”

“아마도요. 할아버지께서는 몇몇 분들을 선택하셨고 그분들을 가족처럼 챙겨드리라고 하셨습니다. 부회장님이신 큰아버지 두 분은 꼼꼼함이 좀 부족하다고 하셨죠. 물론 그룹 일이 워낙 바쁘시기도 하고요.”

“이거 참, 역시 회장님은 대단하신 분입니다. 솔직히 회장님 저리되시고 나서 생각을 접었는데 말입니다.”

“바뀌는 건 없습니다. 늘 그렇듯, 집안일이 공무에 영향을 끼치지 않도록 신경 쓰겠습니다. 단지….”

슬쩍 그의 눈치를 보자 그는 미소를 지으며 말했다.

“편히 말씀하세요, 괜찮습니다.”

“단지 이 일은 부회장님께도 비밀로 해주셨으면 합니다. 사실 할아버지께서 이 일을 제게 맡기신 건 다른 이유도 있습니다.”

“다른 이유요?”

“네. 두 분 부회장님은 효율을 굉장히 따지시는 분들입니다. 뭐… 할아버지께서 그렇게 경영수업을 하셨기도 하고요. 그러니까 필요한 일이나 도움을 청할 때만 적절한 보답으로 끝내실 분들입니다.”

김석휘 고검장의 표정이 좋지 않다. 일을 처리해 줄 때만 돈을 준다는 말이다. 그리고 일을 처리해 줄 검사들은 많다. 즉, 가끔 써먹는 도구로 전락하는 건 충분히 예측할 수 있기 때문이다.

“하지만 역할 분담이라고 편히 생각하십시오. 지금 그룹 경영의 역할을 나눈 것처럼 말입니다.”

내 설명이 끝나자 고검장은 누가 더 자신에게 꼭 필요한 사람인지 확실히 알았는지 미소를 보였다. 필요할 때만 돈을 건네는 사람과 언제나 빠짐없이 돈을 건네는 사람, 둘 중 놓치지 말아야 할 끈이 누군지 두말하면 입만 아픈 것 아니겠는가?

"이렇게 신경 써 주시니 고맙다는 말을 빠트릴 수 없군요."

"저야 뭐 할아버지께서 맡기신 일을 하는 것뿐이니까요. 부담 느끼실 필요 없습니다."

내 위치와 역할을 정확히 알렸고, 남은 것은 확인하는 것뿐이다.

"그런데 고검장님."

"네."

"오늘 큰아버지께서 부탁하신 일은 잘 좀 처리해 주시기 바랍니다. 그룹의 중요한 일이니까요."

단어 선택을 신중히 해야 한다. 마치 나도 그들과 한통속이며 이미 부탁의 내용이 뭔지 다 안다는 느낌을 줘야 한다. 초조하게 그의 반응을 기다렸다.

"물론입니다. 세대교체라는 건 앞으로 30년을 결정지을 중대사니까요."

'세대교체라고? 남은 사람이 누가 있다고?'

할아버지가 지분을 나눴을 때 이미 세대교체는 끝났다. 게다가 아직 자리에 남아 있는 사람들도 언제든 바꿀 수 있는데, 세대교체를 언급하는 것은 이상하다.

"네. 특히 할아버지께서 돌아가셨으니 이젠 더는 늦출 수 없죠."

슬쩍 맞장구를 치자 대화는 한 발짝 더 깊이 들어갔다.

"아무리 이인자였다고 해도 회장님이 작고하셨으니, 남은 분들 부담 주지 않게 스스로 물러났어야죠. 그게 사람의 도리 아니겠습니까?"

이인자! 딱 두 사람이 떠올랐다. 손훈재 전자 사장과 이학재 비서실장. 진영기 부회장의 처지에서는 그룹의 주축인 전자를 확실하게 장악하려면 손훈재 사장을 빨리 쳐내야 한다. 하지만 진정한 이인자는 바로 이학재 실장이다. 게다가 김석휘 고검장은 외부인이다. 외부에서 바라볼 때 이인자는 이학재 실장뿐이다.

이미 내용을 전부 아는 것처럼 담담하게 보이도록 안간힘을 썼다. 고검장이 해서는 안 될 말을 했다고 느껴 버리면 큰일이다.

"그분이 좀 그런 면이 있죠. 뭐든 쉽게 포기하지 못해요. 그리고 한편으로는 이해도 됩니다. 아주 오랫동안 지켜 온 자리니까 미련이 없을 수는 없겠죠."

다행히 아무런 눈치를 채지 못한 것 같다.

"그나저나 고검장님께는 좀 부담이겠습니다. 그분과의 전혀 인연이 없는 것도 아니고…."

김석휘 고검장의 눈치를 살피니 그리 난감해 하지는 않는 것 같다.

"저야 뭐 마무리만 하는 정도니까요. 법무부가 칼잡이로 나섰으니 그쪽이 곤란할 겁니다."

큰아버지들의 시나리오가 나왔다. 법무부가 목 조르고 고검장이 관 뚜껑을 닫는다. 물론 관 뚜껑에 못질하기 전, 원하는 것을 받아 내면 다시 꺼내줄 것이다. 그들이 원하는 건 바로 지분 재조정이다.

'요것들 봐라! 꽤 머리를 썼는데.'

검찰을 써서 이학재를 잡고 이학재는 날 잡는 도구로 삼을 것이다.

"혹시 마음에 걸리는 게 있습니까?"

굳은 내 표정을 본 고검장의 눈빛이 변했다. 혹시 해서는 안 될 말을 했는지 염려하는 것 같다.

"아뇨. 이학재 실장을 아꼈던 할아버지 생각이 나서요."

대화는 이쯤에서 끝내야 한다. 이야기가 길어지면 불필요한 것까지 나오기 마련이다.

"자, 그럼 고검장님. 장례 끝나고 다시 연락드리겠습니다. 앞으로는 예전처럼 그 장소에서 진행할 겁니다."

"아이고, 바쁘신 분을 너무 오래 붙잡은 건 아닌지…."

"별말씀을 다 하십니다. 참, 키는 주차장에서 우리 직원에게 맡기셨죠?"

"네."

고검장도 트렁크에 실린 돈을 빨리 확인하고 싶었는지 곧바로 일어섰다.

"그럼 먼저 출발하십시오. 전 잠시 뒤에 나가겠습니다."

김석휘 고검장이 떠나고 나는 급히 휴대전화를 꺼냈다. 하지만 이학재 실장에게 알려 주지는 못했다. 성급한 판단보다는 좀 더 생각하고 내게 유리하도록 국면을 전환해야 한다. 다시 할아버지 집으로 향했다. 당사자의 얼굴을 보며 대화하고, 생각하고, 계획을 세워야 한다.

밤낮없이 조문객들이 몰려오고 모든 조명을 밝힌 저택도 밤낮 구분이 힘들 만큼 환했다. 영빈관에는 중요한 분들이 식사하거나 술 한잔을 걸쳤고, 마당에 차린 간이 식탁은 잠깐 밥 한술 뜨고 가는 사람들이 차지했다.

나를 발견한 사람들이 머리를 숙이며 인사했지만, 그들의 표정에서 대세의 흐름 같은 것이 느껴졌다. 금융계열 임원이 분명한데도 예전처럼 내게 호들갑을 떨지 않는다. 내 뒤를 든든히 받쳐 주던 할아버지가 돌아가셨으니 내가 떨어져 나갈 것이라고 예상하는 게 틀림없다.

"어딜 다녀왔어? 한동안 안 보이던데?"

간이 철렁했다. 하필 이학재 실장이 내 어깨를 툭 치며 나타났기 때문이다.

"아, 실장님. 잠깐 처리할 일이 생겨서 다녀왔습니다."

"미라클?"

"…네."

"하긴 요즘 주식 시장이 요동치긴 하더라. 대통령 탄핵 때문이겠지?"

"그렇죠. 일시적인 현상인데 팀장이나 매니저들이 흔들린다길래 중심 잡아 주고 왔습니다."

"중심? 어떻게?"

"탄핵 소추안이 가결되든 부결되든 정상 회복은 시간 문제고 가결된다 해도 헌법재판소에서 기각할 거니까요."

"어떻게 확신하지? 정치는 생물이야. 어떻게 꿈틀댈지 아무도 몰라."

자신의 목을 노리는 칼이 목전으로 다가왔는데 아무것도 모르는 그를 보니 기분이 묘했다. 순양과 할아버지라는 든든한 성벽의 보호를 받으며 누군가의 목을 찔러대기만 했던 사람이 반대의 경우가 되면 어떤 모습을 보여 줄까?

"통찰력은 그런 걸 정확히 예측하는 데 도움이 되죠."

"이젠 겸손한 척하는 건 전부 벗어던졌군."

이학재는 나를 빤히 바라보며 말했다.

"그런데 네가 자리 비운 사이 회장님 장지(葬地)를 바꿔 버렸다. 통찰력으로 그건 예측 못 했어?"

"네? 그게 무슨…?"

"군산 순양박물관으로 바꿨다. 사모님이 고집부렸고 자식들도 받아들이더라. 명분이 그럴듯하잖아. 순양의 출발지가 바로 군산이니까. 그곳에 편히 잠들다…. 물론 네 아버지는 반대했지만, 어쩌겠어? 미망인과장, 차남이 밀어붙이는데."

"이런 제기랄!"

절로 욕이 터져 나왔다. 이건 숫제 멀리 보내놓고 신경 끄겠다는 소리 아닌가? 손끝이 덜덜 떨려 주먹을 쥐었다.

집 안으로 달려가려 할 때 이학재 실장이 내 팔을 잡았다.

"아서라. 네가 어찌해 볼 일이 아니다."

"이거 놓으시죠."

"장례는 미망인과 자식들의 일이야. 손자가 나서 봤자 변하는 건 없다. 손자는 어른들 결정을 따르는 수밖에 없어. 시끄럽게 하면 너만 힘들다."

그는 더 힘껏 내 팔을 움켜쥐었다.

"참고 견뎌. 나중에 네가 회장님 묘를 이장할 만큼 힘이 생기면 이 정도는 별것 아니다. 순양그룹 본관에 회장님을 모신다 한들 그 누구도 입도 벙끗 못해. 그때를 위해 지금은 힘을 아껴."

주먹을 풀었다. 이 실장의 말은 구구절절 옳았다. 참았던 눈물이 왈칵 쏟아졌다. 매일 문안 인사드린다고 약속했지만, 그것마저도 지키지 못하게 돼버렸다.

닷새째 되는 날, 할아버지의 마지막 길을 배웅했다. 운구 행렬은 집을 떠나 순양 본관에 잠시 들렀고 다시 군산으로 향했다.

하관식을 진행할 때는 눈물바다였다. 할아버지에 대한 정이라고는 눈곱만큼도 없는 큰어머니마저 눈물을 글썽였지만, 난 이를 악물고 참았다. 이곳은 내가 눈물을 흘릴 자리가 아니다. 이곳 군산이 아니라 용인의 순양미술관 앞뜰로 이장할 때 참았던 눈물을 흘려야 한다.

할아버지를 보내고 이틀을 집에만 있었다.

"뭐야? 슬픔을 못 이겨 폐인처럼 지내는 줄 알았는데 멀쩡하네?"

커피를 사 들고 들어온 오세현은 노트를 꼼꼼히 들여다보는 나를 보며 한시름 놓은 표정이었다.

"생각을 정리하느라 집에 있었습니다."

"뭔 생각?"

"여러 가지죠. 참, 혹시 뭔가 알아내신 건…?"

"없다. 검찰은 조용해. 서울과 경기도 지검 전부 확인했는데 순양 측 관련 수사는 없어. 사람도 마찬가지고."

"삼촌, 제가 알아낸 게 있습니다."

"뭐? 야! 그걸 왜 이제야 말해!"

버럭 소리를 질렀지만, 얼굴에는 호기심이 가득하다.

"말씀드릴 틈이 없었습니다."

이런 일이 싫어 동남아로 가버린 사람이 호기심을 보이니 우습기도 했지만, 지금 내 의견을 교환할 사람은 오세현뿐이다.

"큰아버지들의 타깃은 이학재 실장입니다."

"뭐?"

"재밌죠? 아무것도 하지 않고 조용히 은퇴하겠다는 사람을 공격하겠다고 고검장과 법무부 요직을 움직였어요."

"그러니까 왜? 이 실장은 자기 세력 만들려고 하는 것도 아니고 순양 계열사에 욕심내는 것도 아니잖아."

"가만히 있는 게 싫은 거죠. 자기들 편이 되어 달라는 요청입니다."

"죽을 때까지 순양에 충성해라? 미친 거 아니냐?"

이학재 실장에게 동질의 느낌을 받아서일까? 오세현은 자기 일처럼 분노를 터트렸다.

"순양이 아니라 두 아들이죠. 제 지분과 미라클이 가진 지분을 휴지로 만드는 일, 그걸 지시했는데 이 실장이 거부했으니까요."

지주회사 전환, 순양전자 대표이사 자리 제안 등을 이야기해 주니 오세현은 분노를 지우고 걱정하기 시작했다.

"이 실장이 버틸 수 있을까? 그 양반 궂은일에 손 담근 적 많잖아."

"힘들걸요? 배임, 횡령이나 뇌물만 털어도 무기징역입니다. 특히 국회의원과 함께 엮을 수 있으니 노다지나 다름없어요. 탄핵 정국에, 곧 총선입니다. 이학재 실장은 화약고의 뇌관입니다. 이걸 검찰이 주무르기 시작하면 엄청난 후폭풍이 몰아칩니다."

"야! 그런데 말이야. 만약 이학재가 혼자 죽지 않겠다고 하면? 순양 발목 잡고 함께 죽자고 하면 도리어 역풍이잖아."

"아니죠. 이 실장이 잡을 수 있는 발목은 순양이 아니라 할아버지뿐입니다. 하지만 할아버지는 돌아가셨죠. 독박입니다. 우리나라에서 돌아가신 할아버지 명예를 더럽힐, 간 큰 놈은 없습니다."

담담한 내 말투가 이상한지 오세현이 눈살을 찌푸렸다.

"너 지금 무슨 생각하냐? 이학재 실장에게 검찰이 노린다고 경고하긴 했어?

"아뇨. 모른 척해야죠."

"뭐?"

"가만히 두고 보시죠. 검찰이 어디까지 이 실장을 벼랑으로 몰아갈지. 아예 벼랑에서 확 밀어 버리면 더 좋고요."

오세현의 눈이 반짝였다.

"널 위해서는 그 양반을 지켜 줘야 하니까 버릴 생각은 아닐 테고…. 극적인 순간에 짠, 하고 등장하시겠다?"

"네. 검찰이 이학재 실장을 물어뜯을 수 있는 건 그의 배경이 사라졌기 때문입니다. 우리가 배경이 되어 주는 거죠."

"HW그룹?"

"벼랑에 대롱대롱 매달려서 떨어지기 일보 직전에 동아줄을 내려 주면 붙잡아야지 별수 있겠어요? 완강히 거절하던 HW그룹 회장 자리에 앉을 겁니다. 제게는 감사한 마음을, 두 분 큰아버지에게는 증오로 이를 바득바득 갈면서 말이죠."

오세현이 입을 떡 벌렸다.

"이야… 이 자식, 몇 달 안 본 사이에 더 영악해졌네. 그런 생각을 다 하고."

"HW그룹과 제 지분을 지키는 튼튼한 방패, 두 큰아버지를 공격하는 날카로운 창, 일인이역을 해낼 만한 그릇이지 않을까요?"

"하고도 남지. 아무튼 너도 참 독하다. 늪에 빠질 사람인 거 뻔히 알면서도 구경만 하다니."

"아직 멀었습니다. 더 독해지고 강해져야죠. 제가 힘이 없으니 할아버지가 돌아가시고 나서 온갖 수모를 다 겪지 않습니까? 지하에서 눈이라도 제대로 감으시도록 빨리 힘을 키워야죠. 이 실장이 도와주면 더 빨라지겠죠."

눈에 잔뜩 힘이 들어간 내 모습을 보며 오세현이 한숨을 푹 쉬었다.

"아무래도 나 빨리 돌아가기는 틀린 것 같은데?"

"큰아버지가 서두르니까 빨리 끝날 겁니다. 이학재 실장이 HW그룹 회장에 취임하는 건 보고 가세요."

▲ ▲ ▲

"장 부장, 어쩐 일이야? 무슨 바람이 불었길래 먼저 연락을 다 해?"

"그간 잘 지내셨습니까? 회장님 장례 때 찾아뵙지도 못했습니다."

"괜찮아. 고위 공무원들 수두룩하게 조문 왔어. 부장검사 정도는 왔는지 안 왔는지 티도 안 나. 자네는 왔다 간 거로 함세. 허허."

이학재는 기분 좋은 웃음을 짓다 곧바로 멈췄다. 장 부장의 표정이 심상치 않았기 때문이다. 긴장한 것 같기도 하고 눈치 보는 것 같기도 하다. 어려운 말을 하려고 만나자고 한 게 틀림없다.

"자네, 무슨 일 있나? 안색이 안 좋아. 혹시 재정 문제…."

"아, 아닙니다. 실장님. 제가 염치가 있지, 어떻게 돈 때문에 먼저 실장님께 연락드리겠습니까? 평검사 때부터 돌봐 주신 것만 해도 평생 못 갚을 은혜를 입었는데요."

장 부장은 황급히 손을 내저었다.

"그럼?"

"이런 말씀, 송구합니다만… 중앙지검 법무부 라인 선수들이 움직입니다."

"법무부?"

"네. 아시겠지만 법무부 파견 검사들은 출세가 보장된 선두주자들 아닙니까? 그래서 그들을 따르는 검사들이 지검 곳곳에 박혀 있습니다."

"다 아는 이야기 빼고! 누구야? 칼잡이가?"

"검찰국의 검찰과장, 형사기획과장이 중심인 것 같습니다. 그들이 지검 라인을 동원해서 칼을 가는데…."

"핵심들이 움직이네."

"네."

"대상은? 누구를 제물로 삼는 거야? 설마 우리 순양이야?"

"그게…."

장 부장이 머리를 조아리며 제대로 말을 잇지 못하자 이학재 실장은 심장이 덜컥 내려앉았다.

"나?"

장 부장은 아주 미세하게 머리를 조금 끄덕였다.

그의 대답에 이학재 실장은 손끝까지 떨려 오는 걸 느꼈다.

"죄송합니다. 이런 말씀드리게 돼서….."

"아, 아냐. 미리 알려 주는 것만 해도 고맙지. 그런데 확실한가? 날 잡으려고 법무부가 움직이는 게?"

"네. 남부지검에 제 연수원 동기가 있습니다. 법무부 대학 선배에게 연락 받았는데 난감해 하더군요. 남부지검 윗선에는 보고하지 말고 직접 보고하라는 밀명이었답니다."

부장검사는 잘못 알지 않았다. 직접 지시받은 사람의 입에서 나온 사실이다. 온갖 생각이 이학재의 머릿속에서 휘몰아쳤다. 탄핵 정국에 제물로 삼아야 할 놈이 자신과 연관됐을까? 검찰이 총선 흐름을 주도하기 위해 국회의원 길들이기 하는 걸까? 국회의원 길들이기의 도구로 자신을 고른 것이고?

머리를 흔들었다. 지금은 왜가 아니라 누구를 먼저 찾아야 한다.

"장 부장. 이 지시 내린 윗선이 누군지는 몰라?"

"죄송합니다. 거기까지는 파악이 안 됩니다. 법무부 감찰국이 시작했으니 현재 알 수 있는 최고 윗선은 감찰국장이겠지요."

감찰국장이 자신을 건드렸다고? 절대 아니다. 법무부 장관이나 검찰총장 정도는 돼야 순양의 이인자인 자신을 노릴 수 있다.

"죄송하긴 뭘. 아무튼 고마워. 내가 이 일은 절대 잊지 않겠네. 언제 소주 한잔하자고."

이학재는 황급히 일어섰다. 자신을 겨누는 칼, 그리고 그 칼자루를 쥔 놈을 빨리 찾아야 한다. 장 부장과 헤어지자마자 휴대전화를 들었다.

"지금 즉시 모여. 한 명도 예외 없다. 회의실… 아, 아니다. 밖으로 나와. 광화문 일식집 알지? 30분 뒤다."

대기하던 승용차에 올라탄 이학재는 기사에게 소리쳤다.

"광화문. 30분 안에 도착해야 해."

"넵."

이학재의 세단은 서초동에서 광화문으로 달렸다.

일식집 문을 열고 들어서자 주인장이 나와 반갑게 맞았다.

"어서 오십시오. 실장님."

"애들 왔지?"

"네. 이쪽으로…."

빠른 걸음으로 별실에 들어섰을 때 눈앞이 캄캄했다. 마치 죄라도 지은 양, 사내 셋만 눈을 마주치지 못한 채 이학재를 기다리고 있었다. 들어올 때 '애들'이라는 복수형을 쓴 게 부끄러울 지경이다. 달랑 셋이라니.

"앉자. 그리고 내 눈 똑바로 봐. 죄지었어?"

그들이 슬그머니 의자에 앉았을 때 이학재는 차디찬 냉수부터 들이켰다.

"다른 애들은? 몰라서 못 온 거야? 아니면 알지만 안 온 거야?"

"일단 이야기는 했습니다만…."

"모시는 윗전이 아니니 나오기 싫다?"

"아, 아닙니다. 실장님. 눈치 봐서 빠져나온다고 했습니다."

"눈치 봐서라…."

이 자리에 참석하지 않은 놈들에게 섭섭한 것은 사실이다. 하지만 자신이 그들을 보내 주지 않았던가? 훌륭한 인재들이니 데리고 가서 중하게 쓰라고 부탁까지 했다. 이학재는 저도 모르게 한숨이 흘러나왔다.

이해는 한다. 자기 밑에서 엄청난 힘을 휘두르며 선택받은 특권층이라고 생각했겠지만, 어차피 월급쟁이다. 매달 월급을 챙겨 주는 사람의 명령을 따라야 하며 눈치도 봐야 한다. 그래야 연봉도 오르고 진급도 할게 아닌가? 이제 눈치 봐야 할 사람이 바뀌었다. 진영기와 진동기가 그들의 주인이다. 자리를 옮긴 지 얼마 지나지도 않았으니 눈칫밥이 심할

것이다. 전화 한 통에 달려온 사람이 겨우 셋에 불과한 걸 보고 이학재
는 자신이 흘러간 물결이라는 것을 다시 한 번 실감했다.

"실장님….”

참담한 표정의 이학재가 안쓰러웠는지 의리를 지킨 놈들도 눈시울이
붉어졌다.

"이 새끼들이! 미친 거냐? 지금 뭐 하는 거야? 설마 네놈들이 날 동정
하는 거냐?”

"아, 아닙니다.”

이학재는 버럭 소리를 지르고 일어섰다.

"이 자리에 없는 놈들을 욕할 마음은 없다. 그놈들이 현명한 선택을
한 거야. 예전처럼 불러낸 나도 멍청했지만, 네놈들이 멍청했어. 난 이
제 너희들 상사가 아니니까 나올 필요 없었다.”

이학재는 지갑을 열고 백만 원짜리 수표 한 장을 식탁 위에 올려놓
았다.

"밥이나 챙겨 먹고 가.”

이학재는 자신을 바라보는 시선을 외면한 채 밖으로 나왔다. 3월 초
의 밤바람은 아직 매서웠다.

"제기랄… 49재나 끝나고 시작하지.”

이제 순양의 이인자가 아닌 이학재는 자신에게 칼을 겨눈 자가 누군
인지 알아내는 것조차 녹록지 않았다.

"형님, 이거 심상치 않습니다. 구속 영장 칠만큼 증거를 확보했다는
소문도 돌아요.”

"실장님, 죄송합니다만 제가 도와드릴 방법이 없어요. 지금 칼 뽑은
놈들은 검찰 핵심 라인입니다. 이놈들 지시라면 물불 안 가리고 덤벼들
검사가 수두룩합니다.”

"차라리 잠시 외국으로 나가 계시는 게 어떻겠습니까? 총선용일 수도 있으니 선거 끝나고 잠잠해지면 들어오십시오. 길어 봤자 3개월입니다."

이학재 실장이 만나는 사람들마다 한발 물러서기에 바빴다.

"실장님, 지금 청와대 꼴이 말이 아닙니다. 탄핵은 막아야죠. 이럴 때 법무부나 검찰에 전화 넣다가는 역풍이 이만저만 아닙니다. 죄송합니다. 우리 발등에 떨어진 불부터 끄고 연락드리겠습니다."

마지막으로 기대한 청와대마저 외면했다. 하긴 자신보다 더 궁지에 몰려 고생하는 걸 생각하면 도와주지 못하는 게 당연하다. 이학재는 지친 몸을 차에 실었다.

"집으로 가지."

차가 출발하고 얼마 지나지 않아 룸미러를 자꾸 힐끔거리는 기사가 거슬렸다.

"이봐. 뭐 하는 거야? 왜 자꾸 힐끔거려?"

"아, 그게 아니라 며칠 전부터 거슬리는 게 있어서요. 아무래도 미행하는 것 같습니다."

"미행?"

고개를 돌려 뒤를 봤지만, 도로를 꽉 메운 자동차 중에 어느 것인지 알 방법은 없었다.

"이것들이 정말!"

이학재는 휴대전화를 꺼냈다. 참고 참았지만 이젠 방법이 없다. 전면전으로 치달을 수도 있지만, 저쪽 대가리를 쳐야 할 때가 왔다. 먼저 대가리의 지시대로 움직이는 것이 분명한 법무부 장관부터 건드려야 한다. 조금 주저했지만 결국 번호를 눌렀다. 신호가 거의 끝나 갈 때쯤 상대가 전화를 받았다.

"아이고, 실장님. 그간 격조했습니다."

"장관님. 인사는 건너뛰겠습니다. 제가 그럴 여유가 없어서요."

"네? 아, 그렇죠. 회장님 장례 치르시느라 마음고생, 몸 고생이 심하셨겠습니다그려."

"다 아시면서 시치미 떼시는군요. 긴말 않겠습니다. 멈추세요."

"네? 밑도 끝도 없이 그게 무슨…?"

"진정 모르신다면 감찰국장과 업무 협조가 안 된다는 뜻이고, 시치미 떼신다면 제 말 알아들었으리라 생각합니다."

"감찰국장요?"

"조심하십시오. 제가 입만 벌리면 대통령 탄핵보다 제 이야기가 더 크게 번질 겁니다. 감당할 수 있으면 계속해 보세요."

먼저 전화를 끊어 버린 이학재는 이를 악물었다. 이 정도 미끼를 던지면 칼날이 아니라 칼자루 쥔 놈이 얼굴을 빼꼼히 드러낼 것이다. 하지만 칼자루 쥔 놈보다 칼자루들이 먼저 모습을 드러냈다. 그것도 하필 장소가 이학재의 집 앞이었다.

"이학재 씨. 밤늦게 죄송합니다만 잠시 실례하겠습니다."

정장 차림 두 명과 점퍼 차림의 남자 한 명. 이학재는 기가 찼다. 법무부 장관의 빠른 행동은 조금도 예상하지 못했다.

"어디서 나왔나?"

"중앙지검 금융조사부입니다."

"장관이 보냈나?"

"장관님이야 TV에서만 얼굴 보죠. 우리 같은 평검사야 부장님 지시를 따를 뿐입니다."

"임의동행?"

두 명의 검사는 씩 웃으며 말했다.

"잘 아시니 두말하지 않겠습니다. 잠깐 가시죠."

순순히 끌려가지 않을 사람이고 그럴 수도 없다는 걸 법무부 장관이 모를 리 없다. 분명 후속 조치도 취했을 것이다. 이학재는 그것이 알고 싶었다.

"싫다면?"

"영장 전담 판사가 대기 중입니다. 이학재 씨가 그냥 지금 집으로 들어가신다면 수색영장이 나올 겁니다. 집 안이 쑥대밭이 될 건데 괜찮으시겠습니까?"

"체포영장도 준비 중입니다. 검찰청에는 사진 기자가 대기 중이고요. 감당할 수 있겠습니까?"

법무부 장관의 확실한 경고가 평검사들의 입을 통해 나왔다. 자신이 했던 말을 고스란히 되돌려준다. 두 평검사를 노려보던 이학재가 천천히 입을 뗐다.

"내가 일 때려치운 후 귀가 시간이 빨라졌거든. 자정 전에 끝낼 수 있으면 따라가고."

"용건만 간단히! 약속드립니다."

"그 약속 꼭 지켜야 할 거다. 아니면 검찰총장의 비자금 통장 계좌 번호가 내일 신문 톱에 실리는 걸 너희 눈으로 볼 테니까."

검찰총장의 비자금. 이 단어가 주는 충격 때문에 두 검사는 얼음처럼 굳어 버렸다.

"뭐해? 빨리 길 잡아. 말했지? 자정 전에 끝내야 한다고."

이학재 실장은 아랫사람들 대하듯 검사들에게 소리쳤다.

이학재는 중앙지검 취조실에 앉아 물 한 잔을 마시고 한동안 기다렸다. 뻔한 수법이지만 늘 통한다. 특히, 끌려온 이유를 모를 때는 그 초조함을 견디기 힘들다. 법무부가 자신을 토끼몰이한 이유를 들으러 순순히 왔으나 홀로 덩그러니 앉아 있는 시간이 지날수록 초조해지는 것은 어쩔 수 없었다. 취조실의 문을 열고 들어온 남자는 낯이 익었다.

"안녕하십니까? 실장님."

"안녕하지는 않아. 근데… 누구더라? 만난 적이 있나?"

"예전 총장님과의 식사 자리에서 뵌 적 있습니다. 인사도 드렸지만, 실장님께서 기억하실 정도는 아니고요."

그가 내민 명함에는 법무부 검찰국 형사기획과라고 찍혀 있었다.

"검찰국? 감찰에서 나섰다더니 이젠 검찰국까지 동원한 건가?"

"특정부서라기보다는 이곳저곳 다 나섰죠. 일종의 TFT라고나 할까요?"

"내 신세가 이 정도까지 추락했나? 국장도 아닌 일개 과장이 내 앞에 앉을 정도로?"

"집 나오면 개고생이라는 말도 있지 않습니까?"

집 나오면? 단순히 순양의 끈이 떨어졌으니 힘을 잃었다는 표현일 수도 있으나 이상하리만치 집이라는 말이 무겁게 다가왔다.

"회장님 아들내미들이 묵인하거나 동조한다는 것 하나는 명확하군."

"순양이 자선단체도 아닌데 퇴사자를 돌볼 이유는 없겠죠. 더는 묻지 마십시오. 전 순양의 내막은 모르니까요."

"그럼 아는 것만 말해."

형사기획과장은 서류 몇 장을 테이블 위에 올려놓았다.

"실장님 자녀 명의로 홍콩에 펜트하우스가 하나, 미국 시애틀에 15층짜리 빌딩이 하나 그리고 프랑스 외곽에 와이너리… 이게 양조장을 말하는 것이더군요. 이번에 처음 알았습니다. 전 와이너리라고 해서 와인 보관 냉장고 같은 건 줄 알았거든요. 아무튼, 알려진 재산만 이 정도니까 더 파보면 해외계좌도 쏟아져 나오겠죠?"

"그건 쏟아져 나온 다음 이야기해. 그리고 해외 부동산이야 증여세 내면 되고… 다른 건 없어?"

"상속세 정도로 끝날 일이 아니죠. 순양의 해외법인을 통해 돈을 빼돌린 건데, 외국환관리법과 횡령 문제도 함께 생각하셔야 합니다. 법망 피하는 법은 잘 아시는 분이니 이 정도 금액이면 중범죄에 해당한다는 것도 아시겠죠?"

저쪽의 패가 뭔지 알았으니 이쪽 패를 슬쩍 보여 줘야 한다.

"날 검찰청 포토라인에 세울 생각이라면 아서라. 포토라인 기자들에게 내가 무슨 말을 할지 당신 상관들은 다 알아. 기자들은 해외 부동산보다 내 입에서 나오는 말에 더 관심 있을걸?"

기획과장은 과장된 표정으로 어깨를 으쓱했다.

"뻥카가 심하시네. 어차피 폭로전으로 몰고 가실 생각은 없으신 거 다 압니다. 본인 다치는 거야 감내하시겠지만, 순양그룹은 물론이고 작고하신 진 회장님 무덤까지 똥칠하는 셈인데, 설마 그러시겠습니까?"

"뻥칸지 아닌지는 두고 보면 되고…."

상대를 협박하는 패는 서로 확인했다. 그럼 이쯤에서 판을 접는 방법도 확인해야 한다. 시작은 칼잡이들이었으니 그들의 요구를 들어야 한다.

"이 정도까지 날 골탕 먹였으면 진짜 원하는 게 뭔지 말할 차례야. 그거 알려 주려고 날 데리고 오지 않았나?"

기획과장이 머리를 긁으며 우물쭈물할 때 문이 열리며 중년의 사내가 들어왔다.

"개고생 그만하시고 집으로 다시 들어가십시오. 실장님."

이학재와 여러 차례 만났고, 술자리도 몇 번 했다. 물론 꼬박꼬박 떡값까지 받아 챙긴 놈이다.

"드디어 칼잡이 두목 얼굴 보는군."

"에이, 칼잡이라뇨? 그건 우리끼리 쓰는 말이지 민간인이 쓰면 기분 상합니다."

"민간인이라… 이제 내가 자네한테는 별 볼 일 없는 놈이라 이건가? 내가 주는 돈은 넙죽넙죽 받아 챙겼으면서?"

"사실 관계는 정확히 합시다. 실장님이 준 건 아니지 않습니까? 배달 꾼이었지. 전 순양 돈을 받았습니다."

감찰국장은 재벌의 돈을 받았다는 사실을 거리낌 없이 말했다. 이중 거울을 통해 들여다보는 사람도 없고 녹음도 녹화도 없다는 뜻이다.

집으로 가라. 그리고 순양의 돈…. 이학재는 이들 칼잡이를 누가 고용 했는지 이제야 알았다.

"돈 준 놈을 위해 배달꾼 정도는 얼마든지 찌를 수 있는 놈이라는 걸 깜빡했군."

이학재는 감찰국장의 등장에 벌떡 일어나 부동자세를 취한 기획과장 을 향해 말했다.

"자네도 줄 잘 서. 지금 자네가 동아줄이라고 생각하는 이 사람, 내가 돈 줄 때는 내 앞에서 머리도 못 들었어. 아, 한번은 이런 일도 있었지."

"그만하시죠."

감찰국장의 표정이 일그러졌고 이학재는 웃음까지 터트렸다.

"술자리였나? 아무튼, 내가 저 친구 술잔에 담뱃재를 털었어. 실수였 지. 그런데 갑자기 그 잔을 들어 단숨에 마시더라고. 뭐, 말릴 새도 없었 어. 입을 쓱 닦고 나서 뭐라고 하는 줄 알아? 하하."

"실장님!"

감찰국장이 이학재의 입을 막으려 소리 질렀지만 소용없었다.

"실장님이 주시는 것이라면 뭐든 감사히 받겠습니다. 이러는 거야. 으하하."

이를 꽉 깨문 감찰국장은 이학재를 노려보다 표정을 풀었다.

"그러니까 다시 그런 대접을 받고 싶으면 집으로 들어가면 됩니다. 지금 이게 무슨 꼴입니까?"

이학재는 참았던 말을 던졌다.

"내가 이 꼴을 당하는 게 집주인 때문인가?"

"빨리 돌아오시랍니다."

"그게 전부야? 그들이 오해한 것 같은데… 난 은퇴야. 딴마음 먹은 게 아니라고."

"그래서 신신당부하셨습니다. 주인 말을 잘 듣는 개로 훈련시켜서 돌려보내라고요. 돌아가셔서 주인이 시키는 대로 하십시오. 그럼 제가 실장님이 담뱃재를 털어 버린 술잔을 다시 받겠습니다."

이학재는 손목시계를 흘깃 보더니 일어섰다.

"지금 나가야 12시 전에는 집에 도착하겠어."

감찰국장은 슬며시 문을 막아섰다.

"확답은 받아야겠습니다. 저도 밥값은 해야 하는지라…."

이학재는 피식 웃으며 말했다.

"이 친구야. 착각이 지나쳐. 주제를 알아야지. 넌 메모 전달자일 뿐이야. 내가 비루먹은 강아지 같아 보여도 전화 한 통으로 너 정도는 시골 지청으로 쫓아 버릴 수도 있어. 비켜!"

서슬 퍼런 일갈에 움찔한 감찰국장은 슬며시 물러났다.

이학재가 사라지자 취조실에 남은 두 사람은 한숨을 쉬었다.

"우리도 갈까? 할 일은 끝난 것 같은데."

"이 정도면 충분할까요?"

형사기획과장은 불안한 표정으로 말했다.

"우리가 확보한 자료 전부 서울고검장과 공유해. 남부지검 검사장에게도 주고. 저 새끼가 말한 대로야. 우린 메모 전달자니까 이 정도면 충분해."

감찰국장은 기획과장의 등을 툭 쳤다.

"우리도 가자. 해장국이나 한 그릇 할까?"

▲ ▲ ▲

"동기야. 여기서 한 걸음만 더 나가면 나도 회장님에 대한 의리는 버린다. 이게 내 대답이야."

아침 일찍 진동기 부회장을 만난 이학재는 두꺼운 서류봉투를 툭 던졌다.

"오랜만에 들어 보는군요. 실장님… 아니, 형님이 내 이름 부르는 거 말입니다."

"이젠 실장도 뭣도 아니니까 이름쯤은 불러도 되잖아. 왜? 기분 나빠?"

"아뇨. 정겨워서 그렇습니다."

활짝 핀 진동기의 미소가 거짓말이 아님을 보여 준다.

"내가 네 형을 만나려다 네게 왔다. 적어도 넌 대화가 가능할 거라고 생각하니까."

"잘하셨습니다. 우리 형님이야 윽박지르고 소리치는 게 전부 아닙니까?"

진동기는 이학재가 던져 준 봉투를 열고 내용물을 확인했다. 한참을 들여다본 진동기는 눈살을 찌푸렸다.

"아버지에 대한 의리는 예전에 버리셨군요. 이런 것까지 차곡차곡 모은 걸 보면 언제든 아버지 뒤통수를 칠, 만반의 준비를 한 것처럼 보이는데요?"

"삼세번은 못 하겠더라. 애들이 커서 말이야. 알 거 다 아는 자식들에게 법정에 서는 거 더는 보여 주기 싫었어."

이학재가 검찰청을 들락거린 건 부지기수다. 법정에 서서 무죄 선고를 들은 것도 적지 않았다. 하지만 무려 두 번이나 실형 선고를 받았다. 여전히 얼굴을 찌푸린 진동기는 고개를 저었다.

"우리 아버지를 못 믿었군요. 세 번이나 총대 메라고 하신 적은 없어요. 전부 두 번으로 끝냈습니다."

"두 번으로 끝낸 건 총대 멜 놈들이 많았기 때문이야. 하지만 내가 총대 메는 건 나를 대신할 놈이 없어서 그런 거야. 대체할 놈이 없다면 회장님은 세 번, 네 번도 보낼 사람이다."

진동기는 표정을 풀고 서류를 다시 봉투에 넣었다.

"착각하지 마세요. 아버지가 이깟 자료가 무서워서 형님을 놔뒀다고 생각하십니까? 천만에요. 두 번이나 총대 멘 게 미안해서 더는 총알받이로 안 쓴 겁니다. 이런 자료 한 트럭을 갖고 있어도 눈도 깜빡하지 않을 분이 바로 아버지입니다."

"뭐?"

"저를 보세요. 제가 겁먹은 것처럼 보입니까?"

진동기는 봉투를 다시 이학재에게 내밀었다.

"경찰이든 검찰이든 가져다줘요. 언론사에 쫙 뿌려도 됩니다."

"내용을 제대로 봤다면 그런 말을 쉽게 못 할 텐데?"

"봤습니다. 불법 증여, 탈세, 내부거래… 이 정도면 핵폭탄급이죠. 언론도 물 만난 고기처럼 펄떡펄떡 뛸 겁니다."

이학재는 진동기가 이처럼 여유를 보이는 이유를 안다. 언론이 시끄럽게 떠들어도 길어 봤자 한 달이다. 딱 한 달이면 시끄러운 세상을 잠잠하게 만들 힘을 가진 곳이 순양이다. 그렇지만 조용하게 만드는 데는 엄청난 비용이 든다. 특히 이 자료처럼 확실한 불법의 증거가 있을 때는 더욱 그렇다. 최소한 몇천억의 세금과 추징금을 내야 하며 두 부회장 모두 대국민 사과 이벤트를 열어야 한다. 대신 자신은 실형으로 감옥살이 하겠지만 말이다. 하지만 이학재는 자신을 감방에 처넣기 위해 몇천억의 돈을 날리고 대국민 사과라는 망신을 견뎌낼 2세들이 아님을 안다.

"그럼 그 대가도 알겠지?"

"알죠. 하지만 이번은 다를 겁니다."

"아니, 다르지 않아. 늘 같은 패턴이고 결과는 변함없어."

"궁지에 몰리니 정신을 엉뚱한 데 놓고 다니시나 봐요?"

진동기는 이학재의 확신을 비웃기라도 하듯 TV를 켰다.

TV는 긴급 속보를 계속 내보내고 있었다.

『3월 12일 11시 55분 현재. 재적 271명 중 193명 찬성, 헌법 제65조 제2항에 의거 탄핵소추안 가결! 국회 소추위원, 헌법재판소에 소추의결서 정본 제출!』

"바로 오늘이라는 걸 모르셨습니까?"

"그래서? 이미 알 만한 사람은 다 짐작했던 거 아냐? 새삼스럽지도 않아."

진동기는 의외인 듯 머리를 갸우뚱했다.

"이런, 현업에서 물러나신 지 얼마나 됐다고 감을 다 잃으셨을까?"

"뭐야?"

"대통령 탄핵이 주는 의미를 모르십니까? 저건 면죄부를 주는 겁니다."

"면죄부라니?"

"전 국민의 눈과 귀를 뺏은 게 바로 탄핵입니다. 앞으로 두세 달은 우리 형제와 실장님의 힘겨루기에 신경 쓰는 이가 없을 겁니다. 즉, 대통령 탄핵은 형님이 제출할 그 자료를 검찰과 언론이 완전히 무시해도 되는 면죄부라는 겁니다."

이학재는 아무 말 하지 못했다. 두 달이면 종결이다. 순양그룹은 아무 일 없었다는 듯, 언론사에 광고 물량을 밀어줄 것이고 기자들은 두둑한 술값으로 연일 흥청망청할 것이다. 이번 일을 덮은 검사들은 떡값과 승진이라는 보상을 받거나 사표를 던지고 순양그룹의 고액 연봉 변호사로 둔갑할 것이다. 그사이 자신은 온갖 혐의를 뒤집어쓴 채 구치소에서 재판을 준비할 테고 말이다.

이학재의 굳은 표정을 보자 진동기의 입꼬리가 올라갔다.

"이번엔 패턴이 다르다는 걸 드디어 감 잡으셨나 보네. 193명의 국회의원 덕분에 우리는 별다른 데미지 없이 실장님만 법정에 설 겁니다. 참, 그나마 다행입니다. 실장님이 법정에 서는 건 뉴스거리도 안 되니까 자식들도 못 볼 겁니다."

이학재는 진동기가 말하는 시나리오가 그리 틀리지 않다는 것을 알았다.

"내게 원하는 건 지주회사 설립이겠지?"

"그것 말고 있겠습니까? 완벽하게 끝내시고 깔끔하게 은퇴하세요. 퇴직금은 충분히 챙겨드리겠습니다."

진동기는 다시 입을 다문 이학재에게 조금 더 진솔한 속내를 말했다.

"솔직히 전 실장님께 진짜 섭섭합니다. 아버지께서 분명히 형님께 후계 구도에 대한 의견을 물었을 텐데 단 한 번도 제 손을 들어 준 적이 없었죠? 우리 형제 중에 후계자감은 저 아닙니까?"

이번에는 이학재 실장의 입꼬리가 올라갔다.

"아직도 그런 착각에서 빠져나오지 못했어? 후계자감에 대한 평가는 회장님과 내가 일치했어. 넌 아니었다.”

진동기는 믿기지 않은 듯 버럭 소리를 질렀다.

“영기 형이 나보다 더 낫다고요? 도대체 평가 기준이 뭡니까? 욕심? 막무가내로 밀어붙이는 추진력?”

“여전히 착각하는군. 진영기는 장남으로 태어난 게 전부다. 하지만 회장님께 장남은 큰 의미였어. 그 덕을 본 것뿐이다.”

진동기의 표정이 더욱 일그러졌다.

“설마 윤기…?”

이학재는 머리를 끄덕였다.

“회장님과 내 생각은 틀리지 않았어. 지금의 윤기를 봐. 비록 도준이와 오세현이 도와줬다 해도 터줏대감들이 득실거리는 미디어 판에서 우뚝 섰다. 너라면? 순양을 동원해서 전력을 다한다 쳐도 10년 만에 한 분야를 석권할 자신 있어?”

진동기는 자신 있게 대답하지 못했다.

“장담하는데 윤기는 한국 엔터테인먼트 시장을 장악할 거다. 그놈이 유학 가서 딴짓만 하지 않았다면, 문화예술 방면으로 관심이 없었다면 회장님은 일찌감치 윤기에게 그룹을 승계했을걸? 대신 너희는 골프장이나 재단 정도 물려받았겠지.”

“그래서 아버지는 도준이에게 그토록 애정을 퍼부은 겁니까?”

“그것도 그래. 도준이가 어리지만 않았다면 너희를 위협했을 거다. 아니, 이미 위협했나? 무려 10퍼센트나 가져갔으니 말이다.”

“도준이는 나도 인정합니다. 그러니 위협이 되지 않도록 지주회사로 전환하는 겁니다. 만약 도준이가 두려울 정도로 성장한다면… 나와 영기 형님은 가만히 보고 있지는 않을 거니까요.”

“그런 건 또 회장님을 닮았지. 흐흐.”

이학재는 '부모 양쪽 모두의 피를 물려받았지.'라고 말할 뻔했다. 진 회장의 부인 이필옥 여사는 정당한 방법으로 이길 수 없을 때는 수단과 방법을 가리지 않는다. 특히 그녀는 진도준을 제거하기 위해 이미 범죄 도 저지르지 않았는가.

이학재는 가져온 서류를 진동기의 책상에 다시 던졌다.

"천천히 다시 살펴봐. 무시할 수 있는 수준이라면 검사를 동원해서 날 찔러. 서로 칼질 한번 해보자. 내가 많이 다치는 건 각오하마."

"형님!"

"낯간지럽다. 형님은 무슨!"

무심한 듯 툭 던지는 한마디가 예사롭지가 않았다.

이학재는 굳은 표정의 진동기를 뒤로하고 순양그룹 본관을 빠져나왔 다. 그는 아직 자신을 순양의 이인자로 생각하는 많은 직원들이 머리 숙 여 인사하는 모습을 보자 마음이 편하지 않았다. 지금 자신에게 머리를 숙였던 직원들은 곧 자신을 회장의 믿음을 배신하고 순양의 돈을 빼돌 린 양아치라고 손가락질할 것이다. 이학재는 자신이 늙어 버렸다는 걸 실감했다. 예전 같으면 타인의 시선과 인식은 신경 쓰지도 않았는데 갑 자기 명예라는 단어의 의미가 묵직하게 온몸을 눌러 왔다.

그가 힘없이 집으로 돌아온 오후 5시 15분, 대통령의 권한 행사는 정 지되었고 국무총리가 대통령의 권한을 대행하기 시작했다.

▲ ▲ ▲

"대화 내용은 못 들었는데 가끔 고성이 오갔다고 합니다."

"진영기 부회장은 그 자리에 없었고요?"

"네. 진동기 회장과 독대했습니다."

드디어 누가 노리는지 이학재 실장도 알아 버렸다. 그가 어떻게 대처

할지가 궁금했지만, 마냥 지켜보고만 있을 수는 없다. 혹시라도 그가 돌이킬 수 없는 곳까지 밀려나는 건 막아야 한다.

다시 김윤석 대리에게 물었다.

"예전 비서실 직원들 근황은 어떻습니까?"

"두 부회장님이 적절한 자리에 앉혔습니다. 홀대한다는 느낌은 없습니다."

"아니, 자리 말고요. 사람들 말입니다. 만족합니까?"

"만족하지는 못하겠죠. 돌아가신 회장님의 친위대나 다름없었는데 지금은 이진이니까요. 두 부회장님을 처음부터 모셨던 측근은 따로 있지 않습니까?"

월급쟁이에게 중요한 두 가지는 월급과 직책이다. 하지만 이보다 더 중요한 눈에 보이지 않는 두 가지가 있다. 숫자나 명함에는 나오지 않지만, 당사자도 알고 주변 동료도 아는 바로 그것은 하는 일의 중요도와 주변의 인정이다. 이는 능력과 자존심의 다른 말이기도 하다. 이학재 실장 밑에서 눈에 보이는 두 가지와 눈에 보이지 않는 두 가지 모두 만족하며 지내던 그들이 쉽게 적응하기는 어려울 것이다.

일단 그들에게 먼저 동아줄을 내려 보는 건 어떨까 생각했다. 이학재 실장이 뛰어난 능력을 발휘한 건 혼자만의 힘이 아니라 그를 서포트하는 뛰어난 스태프진과 함께 움직였기 때문이다.

"김 대리."

"네."

"믿을 만한 전략실 직원들에게 지시해서 이학재 실장의 사람들과 시간 조율해서 한자리에 모아 주세요."

"전부 다요?"

"네. 하지만 지금 큰아버지 밑에서 만족하는 놈들을 빼야 합니다."

무슨 의미인지 알아차린 김윤석 대리는 머리를 끄덕였다.

"네. 말이 새어 나가지 않도록 단단히 주의시키겠습니다."

은퇴한 노정객이라도 측근들의 살림살이가 궁핍하면 외면하기 힘들다. 세간의 욕을 얻어먹더라도 다시 등장해서 자신을 따르던 가신들의 기를 펴게 하는 것이 우두머리의 의무다. 이학재 실장도 우두머리의 의무를 잊지 않았으리라 믿는다.

김윤석 대리는 신속하게 이학재 실장 밑에서 일하던 사람들을 모아 주었다.

"몇 명이나 왔습니까? 아니, 부르지 않은 사람은 몇이나 됩니까?"

"네 명입니다. 그들이 저쪽 편에 완전히 적응했는지 아닌지, 판단하기 힘든 사람만 뺐습니다."

"그럼, 여기 참석한 자들은 다 부적응자라는 말이죠?"

"표면적으로야 그렇게 보이지는 않습니다. 하지만 회장님 살아계실 때가 좋았다고 구시렁대던 사람들입니다."

어차피 부딪쳐 보기 전에는 회색분자를 알기 어렵다. 눈으로 확인하고 색깔을 바꾸는 게 지금 해야 할 일이다.

"들어갑시다. 참, 이 사람들에게 줄 선물은 준비해 뒀죠?"

"네. 직급에 맞게 챙겨 뒀습니다."

문을 열고 들어가니 10여 명의 사내들이 벌떡 일어나 머리를 숙였다.

"그냥 앉으세요. 제가 여러분께 인사받을 위치는 아닙니다."

어정쩡하게 다시 앉는 그들의 얼굴에 불편함이 엿보였다. 왜 불러냈는지 궁금하지만 대놓고 물어보기도 힘든 창업주의 핏줄, 그다지 직접적인 관계도 없는 애매한 위치…. 속 시원한 것 하나 없으니 당연하다.

"자리가 많이 불편하신 듯하니 밥 먹기 전에 용건부터 말하겠습니다. 제 이야기 다 듣고 편히 식사하십시오."

이들의 표정이 조금 펴지고 눈이 초롱초롱 빛나기 시작했다.

"전 부탁을 받고 이 자리에 나왔습니다. 어려운 부탁을 받았고 여러분께 어려운 말을 해야 합니다."

10여 명을 모아 놓으면 성질 급한 놈도 있기 마련이다. 그놈이 참지 못하고 입을 열었다.

"누구 부탁인지 먼저 말씀해 주시면 안 되겠습니까?"

"두 분입니다. 아마 잘 아실 텐데… 조대호 사장님과 오세현 대표님입니다."

실내가 잠깐 술렁였다. 순양자동차 대표였던 조대호와 순양자동차를 가져간 오세현, 이 둘에겐 HW그룹이라는 공통분모가 있다.

"아시겠지만 HW그룹의 수장이셨던 송현창 회장님이 물러나시고 그 자리는 공석입니다. 그룹의 주력 기업 대표와 대주주의 대표는 회장 그릇이 안 된다며 한사코 마다하셨고 대신 한마음으로 한 명을 원하시더군요."

10여 명을 모아 놓으면 성질도 급하고 눈치도 빠른 놈도 있다.

"그 한 명이 혹시 이학재 실장님입니까?"

"네. 하지만 이미 의사를 여쭈어봤는데 단칼에 거절하셨다고 합니다."

또다시 술렁이지만 미묘하게 다르다. 각자의 생각이 다르기 때문이다. 이학재 실장의 격에 맞지 않는 자리라는 생각도 있을 테고 이인자에서 일인자로 승격하는 셈이니 최적의 제안이라는 생각도 있을 것이다.

"그런데 왜 그 얘기를 우리에게 하시는 건지…?"

"여러분들은 이학재 실장님과 한몸처럼 움직이지 않았습니까? 그룹 회장으로 일하시려면 오랜 시간 동안 손발 맞춰 온 여러분들과 함께인 게 편하지 않겠습니까?"

이들은 눈치 또한 빠르다. 이학재 실장이 HW그룹의 회장이 되면 자신들 전부 패키지처럼 HW그룹으로 옮길 수 있다는 걸 안다. 부지런히 머리를 굴리며 계산하는 소리가 들리는 듯했다.

지금 이들은 단 한 명도 주류 라인에 올라탔다고 생각하지 않는다. 한때 계열사 임원들마저 아래로 보던 시절이 있었지만, 지금은 부회장 비서실의 끗발 없는 일개 직원일 뿐이다. 규모가 좀 작으면 어떤가? 다시 메인스트림에 올라타는 일인데. 또한, HW그룹의 규모가 작다고 해도 순양에 비교하면 그렇지 국내 기업 규모로 보면 그 누구도 무시할 수 없는 대기업이다. 이 제안은 결코 손해 보는 장사가 아니지만, 자신들은 패키지의 핵심이 아니다. 메인 상품은 바로 이학재 실장인데 그가 이미 거절해 버렸다고 하니 아무짝에도 쓸모없는 이야기일 뿐이다.

"저기… 이 실장님께서 거절하셨다면 무의미한 이야기 같은데요."

"환경은 변하고 상황은 바뀌는 것 아니겠습니까? 여러분께서 이 실장님의 생각을 바꿔 주시는 건 어떨까요?"

내 말이 떨어지자마자 모두 피식 웃음까지 보였다.

"모르시는 말씀입니다. 이 실장님은 결정하는 데 오랜 시간이 걸리는 법은 있지만, 최종 결정을 번복하시는 일은 없습니다."

"그렇습니다. 우리가 설득한다고 마음 돌리실 분이 아닙니다."

모두 고개를 저으며 이구동성으로 말했다.

"다들 만족하시나 봅니다."

가라앉은 내 목소리 때문인지 모두 입을 닫았다.

"앞으로 나아질 것이라고 기대라도 하는 겁니까? 여러분은 구조조정에 앞서 대기발령 중인 퇴출 대상입니다. 두 부회장님이 여러분에게 중책을 맡길 거라 생각하세요? 뛰어난 인재들이라고 들었는데 실망입니다. 상황 파악도 제대로 못 하는 듯싶군요."

내 말이 심하다고 생각할 수도 있지만, 사실 이들도 안다. 믿고 싶지 않을 뿐 불투명한 미래가 지금보다 더 좋아지지 않는다는 것을.

"뭐, 전 HW그룹을 대신해 뜻을 전달하는 것뿐이니 선택은 여러분이 하세요. 모두 이학재 실장님께 몰려가 함께 보금자리를 옮기자고 매달리든지 아니면 순양에서 이리 치이고 저리 치이다 퇴출당하든지…."

나는 쐐기를 박기 위해 좀 더 세게 한마디 더 했다.

"제 할아버지의 죽음이 잊힐 때쯤 대대적인 인사이동이 있을 겁니다. 2세 경영 체제가 굳건해질 때 여러분의 자리가 있을 것이라고 믿는다면 우리 가족을 잘못 본 겁니다. 우린 그렇게 너그럽지 않아요."

말을 끝내고 김윤석 대리를 향해 눈짓했다. 김윤석 대리는 서류를 그들에게 나눠 주기 시작했다.

"그건 HW그룹에서 준비한 계약서입니다. 그 계약서에 사인하고 싶으면 이학재 실장님을 설득하세요. 이사하자고 말입니다. HW그룹이 여러분의 새 보금자리로 적당하지 않을까요?"

계약서를 뚫어지게 보는 그들을 남겨 두고 일어섰다.

"제 일은 끝났습니다. 여러분들끼리 식사도 하면서 깊은 이야기를 나누세요. 그럼…."

비서실 직원들과 만난 후 딱 이틀이 지났을 때 이학재 실장의 전화를 받았다. 시간으로 추측건대 비서실 직원들은 나와 만났던 그날 밤 자신들의 보스를 찾아갔고, 그는 하루 동안 생각하고 내게 연락한 것이다. 이것은 청신호지 적신호는 아니다.

"꽤 머리를 썼더구나."

"아쉬우니까 온갖 잔꾀가 다 떠오르더군요."

"너 혹시 뭐 아는 거라도 있어?"

이학재 실장은 의심의 눈초리를 거두지 않았다.

"많습니다. 가장 정확히 아는 건 실장님께서 제 제안을 받아들이실 수밖에 없다는 거죠."

"내가? 지금까지 내가 결정을 번복하는 걸 본 적이 없었을 텐데?"

"그거야 지금까지 할아버지가 깔아 놓은 꽃길만 걸어서 그런 거죠. 흙탕길을 걷다 보면 후회도 하고 생각을 바꾸기도 합니다. 이번에는 제가 깔아 놓은 꽃길로 올라오세요."

"북한이냐? 대를 이어 충성하게?"

"제게 충성할 생각도 없으시면서 그런 말씀 하십니까?"

이학재는 잠시 뜸을 들인 후 말했다.

"네 큰아버지 두 사람이 날 벼랑 끝으로 밀어 넣는 걸 알고 애들까지 동원한 거 맞지?"

"네. 제가 생각해도 절묘한 한 수라고 생각하는데 어떻게 생각하세요?"

"나쁘지 않아. 그런데 넌 갈수록 얼굴이 두꺼워지는구나. 느물스럽기까지 해."

"웃으며 말씀드리는 게 실장님 마음을 조금이라도 편하게 해드리는 것 같아 그런 겁니다. 그냥 귀엽게 봐주십시오."

마침내 그의 입가에 미소가 걸렸다.

"실장님. 지금 큰아버지들과 부딪히지 마십시오. 정치판 상황을 생각하면 그분들은 날개까지 달았습니다."

이번 총선은 그야말로 목을 내놓고 치르는 진검승부다. 대통령 직무 정지 상태에서 총선을 치르니 여당도 야당도 사활을 걸었다. 당연히 엄청난 돈을 쏟아부어야 하니 돈줄인 순양그룹이 절실히 필요하다. 그러니 순양이 찍어 내라고 손가락질만 하면 물불 가리지 않고 해낼 것이다.

"싸우지 마시고 임시로나마 HW그룹을 방패로 쓰십시오. 총선 끝나면 곧바로 반격할 수 있게 해드리겠습니다."

"나도 구렁텅이에서 건져 주고 내 새끼들 전부 밥그릇도 챙겨 주고… 넌 뭘 챙기지?"

"제가 손해 보는 장사는 안 합니다. 그건 할아버지께서 가장 싫어하시는 거 아닙니까?"

이학재 실장은 한동안 나를 물끄러미 바라보더니 의외의 말을 했다.

"너도 참 잔인하다. 힘든 내 사정을 후벼 파고, 내 새끼들 못 챙겨 준 죄책감을 들쑤시고, 회장님을 거론해서 미안한 마음까지 들게 해?"

"실장님은 의외로 의리 있으시네요. 지금은 실장님만 생각하십시오. 의리는 제가 챙기겠습니다."

"한마디도 안 져요. 허허."

"그럼 입 다물고 있을까요?"

"까불지 말고 묻는 말에 대답해. 넌 뭘 챙기고 싶은 거냐?"

"첫째는 지주회사 전환을 막아 제 지분을 유지하는 것. 두 번째는 HW그룹을 최소 재계 3위까지 끌어올리는 것. 순양과 대현을 앞지르는 건 힘들 것 같아 목표를 좀 낮췄습니다."

이학재는 다시 침묵에 빠졌다. 거의 다 왔다. 알량한 자존심 때문에 드리워진 동아줄을 거부할 만큼 머리 나쁜 사람이 아니다. 그리고 누구의 그림자가 아니라 당당하게 전면에 서서 자신의 능력을 발휘해 기업을 이끌어 나가고 싶은 욕심도 있을 것이다. 이학재는 한참 만에 입을 열었다.

"하나 더 하자."

"더 필요한 게 있으십니까?"

"날 순양의 회장 자리에 올리겠다는 약속, 아직 유효하지?"

"물론입니다. 대신 순양을 차지하는 데 힘을 보태 주셔야 합니다."

이학재는 싱긋 웃었다.

"회장님께 들었다. 넌 깔끔한 거래 관계를 선호한다지?"

"네."

"계약서는 내가 만드마, 깔끔하게."

난 이학재 실장이 내미는 손을 덥석 잡았다.

"새집으로 이사 오시는 걸 환영합니다."

9장

오월동주

HW자동차의 조대호 사장은 잔뜩 굳은 이학재 실장의 어깨를 툭 치며 웃었다.

"뭘 그리 긴장해? 기자회견이 처음도 아니면서?"

"제 이야기를 한 적은 없었으니까요. 이번엔 제가 회견의 당사자 아닙니까?"

"대신 좋은 내용이잖아, 회장 취임. 좀 생산적이지 않아? 지금까지 자네 기자회견은 전부 사죄 아니면 변명… 아, 딱 잡아떼기가 대부분이었지? 차명계좌는 없다, 정치 비자금은 우리와 무관하다, 회사 차원의 개별적 행동이었으며 진 회장님은 모르는 사안이다. 으허허."

"사장님까지 왜 그러십니까? 가뜩이나 그런 이상한 질문 나올까 봐 신경 쓰여 죽겠는데…."

이학재는 조대호 사장에게 툴툴거리다 목소리를 낮췄다.

"그런데 사장님."

"응. 왜?"

"괜찮으십니까?"

"뭐가?"

"제가 그룹 회장이 되는 것 말입니다. 한참 아랫사람인데 사장님 윗자리로…."

조대호 사장은 손을 들어 이학재의 말을 막았다.

"한참 아래는 무슨! 순양 시절에 자네가 내 아랫사람이었나? 무서운 시어미 노릇 했으면서?"

"사장님, 제가 또 뭘 그리….'"

"진 회장님 등에 업고 계열사 사장 군기 잡은 게 자네 아닌가? 지주보다 마름이 더 무섭다고, 자네가 딱 그 짝이었잖아. 나도 회장님과는 형님, 아우 하며 편히 지냈지만 자네 눈치는 봤다고."

이학재가 어찌할 줄 모르자 조대호 사장은 또다시 웃음을 터트렸다.

"지나간 일인데 다 털어 버려. 그리고 이건 개인적인 감정일 뿐이야. 공적으로는 난 자네를 높이 평가해. 순양그룹의 지저분한 일만 처리하기에는 아까운 사람이었어. 자네의 진짜 모습을 보여 줄 좋은 기회야. 다 잘됐어."

조 사장의 덕담에 이학재 실장의 표정이 밝아졌다.

"그런데 아쉽지 않습니까?"

"뭐가? 난 처음부터 회장 자리는 관심 없었는데?"

"아뇨. 그거 말고 순양그룹 말입니다."

"무슨 뜻이지?"

"사실 진 회장님께서 어이없을 만큼 자동차를 쉽게 내주셨습니다. 그래서 일시적일 뿐, 곧 자동차를 다시 순양으로 가져올 줄 알았거든요. 아마 사장님도 그렇게 생각하셨을 겁니다."

"아, 그거?"

"회장님이 돌아가셨으니 이젠 순양그룹과의 인연은 끝났습니다. 아쉽지 않으세요?"

"전혀."

1초도 망설이지 않고 대답하는 걸 보면 진심이다.

"처음엔 언제 다시 돌아가나 노심초사했어. 그리고 순양자동차의 진짜 주인이 누군지 엄청 눈치 봤고. 진 회장님이신지, 미라클인지 아니면 도준이에게 물려주려는 회장님의 복심이 있는 건지…."

"그래서 누구 겁니까?"

이학재는 호기심 가득한 표정이었지만 조대호 사장은 짧게 웃을 뿐이었다.

"이젠 누가 주인인지는 상관없어. 회장님이 돌아가셨으니 미라클 아니면 도준이겠지. 그렇지만 누가 됐든 주주일 뿐이잖아. 경영성과가 좋지 않으면 물러나야겠지만 그건 내 탓이지."

이학재는 조 사장의 생각을 읽을 수 있었다.

"순양그룹 사장 중에 경영성과 때문에 옷 벗은 놈이 몇이나 돼? 비자금 들킨 놈, 2세들과 사이 틀어진 놈, 회장님 지시 사항에 반발한 놈, 다 이런 이유였잖아. 하지만 여기는 일만 생각하면 되니까 그렇게 마음 편할 수 없더라고."

"이제 제가 회장이 되면 환경이 변할 수도 있습니다."

조대호 사장은 고개를 흔들었다.

"자네가 변할 거야. 이미 HW그룹의 체질은 자네 한 사람 때문에 변할 만큼 허약하지 않아."

이학재는 조대호 사장의 눈에 가득 찬 확신을 읽었다.

"이제 시작할 시간입니다. 나가시죠."

대기실 문을 열고 들어온 비서가 회견 시간임을 알렸다.

"가세. 긴장 풀고 자연스럽게 해."

두 사람은 대기실을 벗어나 회견장으로 향했다.

두 사람이 들어서자 터져 나오는 플래시와 셔터 소리가 회견장을 가득 메웠다.

"뭐야? 뭔 기자가 이리 많아?"

이학재가 혼잣말처럼 중얼거리자 조대호 사장이 웃으며 그의 귓가에 대고 속삭였다.

"오늘, 내일 빵 터트려야지. HW그룹 회장 취임 기사가 대통령 탄핵 기사를 눌러야 하니까."

두 사람은 나란히 자리에 앉아 기자회견을 시작했다. 요식적인 발표가 끝나자 조대호 사장이 말했다.

"…그럼 기자님들 질문받겠습니다."

뻔한 질문이 쏟아졌고 쓰기 좋은 대답이 이어졌다.

"순양의 이인자로 지내신 분인데 다른 기업의 총수로 옮긴다는 건 기업윤리에 대한 문제는 없습니까? 순양그룹의 많은 비밀을 알고 계신 분 아닙니까?"

약발 덜 받은 기자가 있었는지 민감한 질문이 나왔다. 조 사장이 당황해서 마이크를 잡으려 할 때 이학재가 먼저 입을 열었다.

"기업윤리는 그럴 때 쓰는 말이 아닙니다. 회사의 경쟁력인 테크놀로지나 노하우를 빼먹는 일은 지탄받아 마땅합니다. 하지만 전 순양그룹 회장 비서실장으로 지냈습니다."

이학재는 머리를 슬쩍 긁었다.

"솔직히 순양그룹의 기술은 눈으로 봐도 모릅니다. 제가 HW그룹으로 가져가는 건 제 경험입니다. 회장도 회사의 월급을 받는 봉급쟁이, 경험을 평가받아 경력직으로 뽑힌 것일 뿐, 그 이상도 이하도 아닙니다. 경험은 회사 기밀이 아니니까요."

조대호 사장이 슬쩍 끼어들었다.

"이학재 회장의 연봉이 아무리 높아도 HW그룹의 주식 하나 없으니 월급쟁이 맞습니다. 하하."

이학재 회장의 기자회견이 진행되던 그 시각 이를 TV로 지켜보던 진영기, 진동기 형제는 망연자실할 수밖에 없었다.

"이거 어떻게 흘러가는 거야?"

"어떻긴! 보고도 몰라? 새 둥지 찾아 도망간 거잖아!"

방송이 끝나자 진동기는 신경질적으로 TV를 껐고 진영기는 입술을 짓씹었다.

"이 자식이! 왜 소리를 지르고 난리야? 그리고… 네가 말했지? 이학재 저놈은 항복한 거나 다름없다고? 이야기 잘 끝냈다고 했잖아!"

진영기 부회장이 소리를 지르자 진동기는 입을 다물었다.

동생을 못마땅하게 바라보던 진영기는 수화기를 들었다.

"조대호 사장 연결해."

진동기는 갑작스러운 형의 행동에 화들짝 놀랐다.

"뭐해? 조 사장은 왜?"

"넌 입 다물고 있어."

진동기는 눈을 부라리는 형을 보고 고개를 돌렸다. 저런 표정일 때는 건드리지 않는 게 좋다. 제 성질을 다 풀기 전에 건드리면 불똥만 떨어질 것이다.

"아, 조 사장. 오랜만입니다."

인사를 건넸지만 별다른 반응이 없다. 진영기는 전화기를 확인하고 다시 말했다.

"여보세요? 조 사장?"

"듣고 있네. 말하게."

순식간에 진영기의 얼굴이 붉어졌다. 감히 어디서 하대를? 하지만 지금 성질대로 해버리면 아무것도 건지지 못한다. 진영기도 그 정도의 자제심은 있다.

"방금 기자회견 봤습니다. 도대체 어떻게 된 거요?"

"봤으니 알 것 아닌가? 회견 그대로야. 이학재 실장을 우리 HW그룹이 스카우트한 거지. 직장인들 회사 옮기는 거야 특별할 것도 없지 않은가?"

"조 사장! 이게 직장인들 이직이랑 비교할 수 있는 일이요? 망명 아니오?"

"뭐? 망명? 허허. 이거야 원… 순양그룹이 뭐 국가라도 되나? 망상이 지나쳐."

"조 사장!"

"소리 지르지 마. 나 귀 안 먹었어. 그리고 다짜고짜 전화해서 남의 회사 일에 감 놔라 배 놔라 하는 버르장머리는 어디서 배워먹었나?"

"뭐야?"

수화기를 쥔 진영기의 손이 부르르 떨렸다.

"이봐, 진영기. 내가 돌아가신 회장님과 사석에서는 호형호제했다는 거 몰라? 이젠 순양과의 인연도 다 떨어졌으니 자네한테 숙부님 소리를 듣지 못할망정 예의 없게 반말 들을 사람은 아냐. 이만 끊지."

진영기는 신호 끊긴 수화기를 집어던졌다.

"왜? 무슨 일이야?"

진동기가 씩씩대는 형을 향해 물었으나 그는 소리만 질렀다.

"법무부, 검찰 독촉해. 이학재 이 새끼 당장 구속 수사하라고 압력 넣어."

진영기는 수화기만으로는 분이 풀리지 않는지 손에 잡히는 것 전부를 집어던지기 시작했다.

▲ ▲ ▲

"그러니까 이게 지분 싸움이라는 말입니까?"

"그렇습니다. 그게 아니라면 진 회장님의 최측근이었던 이학재 회장을 그토록 핍박할 이유가 뭐 있겠습니까? 장관님."

오세현 대표는 찻잔을 든 법무부 장관에게 공손히 말했다.

"그랬군요."

어색한 표정의 법무부 장관이 찻잔을 내려놓았다.

"이거, 우리 애들이 오해했나 봅니다. 이학재 실장… 아니 이젠 회장님이죠. 아무튼 이 회장이 순양그룹의 약점을 쥐고 단단히 한몫 챙기려 오너 가족을 협박하는 줄 알았습니다."

"그럴 리가요. 이학재 회장은 고 진양철 회장님의 자식 같은 존재였습니다. 그러니 회장님 돌아가시자 곧바로 은퇴를 결심했죠."

"그런데 오 대표님. 도대체 지분구조가 어떻길래 진영기, 진동기 부회장이 이 난리를 치는 겁니까?"

"혹, 기억하시는지 모르겠지만, IMF 때 우리 미라클이 순양그룹에 달러를 지원했습니다."

"네. 어렴풋이 들었습니다. 그때 미라클의 달러가 아니었다면 아진그룹, 대아건설이 망했겠죠. 순양그룹도 계열사 여러 개가 무너졌을 겁니다."

"그 정도가 아닙니다. 위태위태했죠. 우리 덕분에 버텼다고 해도 과언이 아닙니다. 그래서 진 회장님이 그룹 지분까지 넘기는 과감한 선택을 하셨고요."

"아… 미라클이 순양의 지분을…?"

"네. 그것 때문에 지금 두 부회장이 지분구조를 확 바꾸려고 하는 겁니다. 우리 미라클이 가진 지분을 휴지로 만들 생각이죠."

"그렇군요. 이제야 그림이 선명하게 보입니다그려."

고개를 끄덕이는 장관을 보며 오세현이 말했다.

"장관님, 그룹 내부 문제에 정부 기관이 관여한다는 게 알려지면 시끄러워지지 않겠습니까?"

"물론이죠. 더 커지기 전에 정리하겠습니다. 우리 법무부가 오명을 뒤집어쓸 수도 있었는데 오 대표님 덕분에 살았습니다. 허허."

장관은 웃음을 흘렸다.

"그런데 이학재 실장을 그룹 회장으로 초빙한 이유를 여쭈어 봐도 되겠습니까? 워낙 큰 이슈다 보니 궁금해서 그럽니다."

"그분은 순양의 후반기를 함께한 분입니다. 그 기간에 순양은 비약적인 발전을 했죠. HW그룹은 그런 순양의 역사를 본받으려 합니다."

"미라클은 자금 동원력이 어마어마하니 엄청난 투자를 하시겠군요."

"네. 전력을 다해 HW를 키울 생각입니다. 장관님께서도 관심 가져 주시고 지켜봐 주십시오."

"아이고, 저야 뭐 시한부 인생 아닙니까? 정치 상황이 바뀌면 언제든 이 자리에서 떠날 각오로 하루하루 버팁니다."

엄살을 떠는 장관의 눈이 빛났다. 그 눈빛의 의미를 모를 리 없는 오세현이었다.

"장관님이야 이 자리가 잠시 거쳐 가는 항구 아닙니까? 더 큰 항구로 들어가셔야죠. 언제든 연락 주십시오. 미약하나마 도움이 되고 싶습니다."

"이거 말씀만 들어도 힘이 납니다. 허허."

"잘 아시겠지만, 이학재 회장도 사람이 진국입니다. 은혜를 잊을 분이 아니죠."

오세현이 약을 치자 장관의 얼굴에는 함박웃음이 사라지지 않았다.

▲ ▲ ▲

"축하드립니다. 회장님."

"쫄지 말고 앉아. 안 잡아먹는다."

법무부 감찰국장은 HW그룹 회장실을 둘러보며 조심스레 소파에 엉덩이를 걸쳤다. 널찍한 회장실에 가득한 난초 중에 가장 앞에 놓인 두 개의 난초가 그를 불편하게 했다. 법무부 장관 그리고 검찰총장이 보낸 난초였다.

"축하 인사 때문에 직접 올 필요는 없는데, 혹시 이번에도 메모 전하러 왔나?"

메모가 무슨 의미인지 아는 감찰국장은 안색이 시뻘겋게 변했다.

"일전에는 제가 무례를 범했습니다. 용서하십시오."

"말했잖아. 안 잡아먹는다고."

"감사합니다, 회장님."

"감사는 무슨. 자네도 검사니까 알겠네. 살인사건 발생하면 찌른 놈을 잡아 처넣지, 범행 도구인 식칼을 감방 보내지는 않잖아? 내가 식칼 붙잡고 드잡이할 이유는 없어."

검사를 칼잡이라고 부르기도 하지만 이들 같은 거물들에게는 칼일 뿐이다. 검사를 도구로 사용하는 거물 틈에 낀 감찰국장은 죽을 지경이었다.

"수사 종결하라는 장관님과 총장님의 지시가 있었습니다. 혹여 마음 상하셨다면 넓은 마음으로 잊어 달라는 부탁도 잊지 않으셨고요."

이학재는 여유롭게 담배를 입에 물었다.

"그래? 여기 HW그룹도 꽤 하는군. 순양의 요청도 생깔 정도의 위상은 되나 보지?"

"자칫하면 기업들의 정당한 경쟁에 정부가 개입한다는 오해를 사기 십상이니까요."

"단지 그게 다야?"

"HW그룹의 위상과 미라클 인베스트먼트의 영향력을 생각하면 고래 싸움에 새우 등 터지는 꼴이라서요."

감찰국장이 조심스레 말했을 때 이학재는 이마를 찌푸렸다.

"말 돌리지 말고 대답해. 돼? 안 돼?"

"되, 됩니다. 앞으로 회장님께 찝쩍댈 곳은 없을 겁니다."

"검찰도, 법무부도 여기 돈 많이 받아 처먹었군. 빨대 무지하게 꽂아 뒀어."

이학재의 노골적이고 천박한 표현이 거슬리는지, 감찰국장은 입술을 깨물며 얼굴을 찌푸렸다. 이 모습을 놓치지 않은 이학재 회장의 눈썹이 꿈틀했다. 화가 치밀어 오르는지 담뱃재를 재떨이가 아닌 물잔에 터는 실수까지 범했다.

"메모는 잘 받았다고 전해. 그리고 내가 예전보다 더 신경 써서 챙겨 줄 테니 자네도 그리 알고 가."

불편한 자리에서 해방된다는 것 때문인지, 아니면 돈을 더 챙겨 준다는 말 때문인지는 몰라도 감찰국장의 표정이 다시 환해졌다.

"감사합니다. 회장님. 그럼…."

그가 벌떡 일어나 머리를 숙였을 때 이학재 회장이 말했다.

"그래도 한번 뱉은 말은 지켜야지?"

"네?"

"내가 집으로 돌아가면 다시 잔을 받겠다고 하지 않았나?"

이학재가 손끝으로 가리키는 곳에는 담뱃재가 떨어진 물잔이 놓여 있었다.

"왜? 이 집은 마음에 안 들어? 꼭 순양이라야만 돼?"

"아, 아닙니다."

감찰국장은 재빨리 잔을 들어 단숨에 들이켰다. 그 모습을 바라보던 이학재가 슬쩍 웃으며 말했다.

"내가 이래서 자네를 미워할 수 없다니까. 심부름하느라 수고했어. 자네 차에 박스 하나 실어 뒀으니까 애들 과잣값이나 해."

감찰국장은 공손히 허리를 숙인 뒤 나갔다. 혼자 남은 이학재는 이제 뒤를 쫓는 늑대가 없어졌다는 안도감을 즐길 여유도 없었다.

"회장님, 진도준 실장님이 오셨습니다."

▲ ▲ ▲

회장실에 가득 찬 축하 난을 보니 이학재의 거미줄 같은 인맥이 새삼 실감났다.

"축하합니다. 이학재 회장님."

"됐다. 안전한 곳으로 숨은 꼴인데 축하는 무슨."

이학재는 나의 축하 인사가 거북한 듯 손을 내저었다.

"그 자리 싫으시면 사표 쓰시든가요."

그의 눈을 똑바로 바라보며 쏘아붙이자 움찔했지만, 본래의 모습을 되찾는 건 순식간이었다

"지방으로 좌천당한 공무원 심정인 거 잘 압니다. 하지만 자리로 보면 엄청난 승진 아닙니까? 누가 보더라도 영전입니다."

마지못해 회장 자리를 수락한 건 아닐 테지만 두 번 다시 이런 말은 나오지 않아야 한다. 그가 이끌어야 할 사장과 임원들도 바보는 아니다. 도살장에 끌려온 소 같은 모습의 회장이라면 기존 경영진의 집단 반발은 뻔하다.

"순양그룹 같은 대형차를 운전했으니 HW그룹 정도야 한 손으로 핸들링할 것 같죠? 만만해 보이죠? 어림없습니다. HW그룹이 순양그룹보다는 작지만, 경차 수준도 아니고 동네 구멍가게도 아닙니다."

이학재 회장은 다시 손을 내저었다. 이번에는 다른 의미였다.

"핀잔은 그만해. 오늘 하루 축하한다는 소리를 워낙 많이 들어 쑥스러워서 그랬다. 만만하게 생각한 적 없고 좌천당했다고 생각한 적 없어. 잘해낼 수 있을까 두렵고 무섭기까지 해. 요즘 잠도 안 와."

"하다 하다 이젠 엄살입니까?"

"진심이다."

간절한 눈빛이라고는 쥐꼬리만큼도 없는 무심한 표정이다. 감정을 드러내는 분이 아니니까 단언하는 그의 말투에서 진심을 읽어야 한다.

"믿겠습니다."

"기회다 싶으면 사람 갈구는 건 딱 네 할아버지 판박이다."

입가에 걸린 작은 미소를 보며 나도 슬쩍 웃었다.

"칭찬으로 듣겠습니다."

그는 아주 잠시 보였던 미소를 지우고 말했다.

"조금 전 법무부 친구 하나 다녀갔다. 더는 날 괴롭히지 않겠다고 하면서 사과하더라."

"오세현 대표가 좀 뛰어다녔습니다."

"고맙다는 말이라도 해야 하는데… 그 양반은 통 안 보이시네."

"주주가 전문 경영인 자주 보면 부담이라고 하시면서… 지금쯤 짐 싸실 겁니다."

"짐? 또?"

이학재 회장은 오늘 나와 함께한 시간 중에 가장 놀란 표정을 지었다.

"네, 코타키나발루로 돌아가신답니다. 이젠 무슨 일이 있더라도 부르지 말라고 신신당부하더군요."

"그래? 대리인은 가고 진짜 주주… 아니, 주인이 남아 있군."

그는 슬쩍 손을 들어 나를 가리켰다.

"전 오세현 대표와 다르거든요. 감시의 눈길을 절대 거두지 않습니다. 하하."

"이거 어째 소문과 다르다? 너 순양금융그룹에서는 주요 인사 문제 외엔 관여하지 않았다고 들었는데?"

"거긴 할아버지가 물려주셔서 공짜로 받은 거고, 여긴 제 피 같은 돈으로 하나하나 사들인 회사거든요. 차원이 다르죠."

"그래, 네 피 같은 돈 날리지 않도록 각별히 유념하마."

"그게 전부는 아니죠. 여기서 회장님의 경영 능력을 검증하지 못하시면 약속했던 순양그룹 회장 자리는 못 드립니다."

"그 약속 지키려면 네가 순양을 차지하는 게 먼저다. 큰소리는 그 뒤에 해."

서로를 바라보는 눈에는 신뢰보다 투지가 넘쳤다.

"비서실 직원들은 다 데려오셨습니까?"

"그래, 지금 짐 정리 중일 거다. 나중에 꼬투리 잡히는 일이 없어야 하니까 지울 건 지우고 챙길 건 챙기라고 해뒀다."

"순양에 남겠다는 직원은 없었습니까?"

"꽤 있었지. 하지만 설득했다. 남겠다는 놈들은 내가 연락했을 때 외면했던 전력이 있어. 그러니까 미안해서 그런 거거든. 하지만 다 떠난 자리에 남아 있어 봤자 눈칫밥 먹을 게 뻔하잖아? 챙겨 줘야지."

"그 사람들의 충성심이 더 깊어지겠네요. 사면받았으니."

"이놈아. 그런 계산 없다. 이건 의리야."

이학재 회장은 나를 흘깃 흘겨보고는 이내 다른 이야기로 넘어갔다.

"참, 이번 총선은 어쩔 생각이냐?"

"하나 마나 한 선거 아닙니까?"

"왜?"

정세를 읽는 눈을 확인하려는 듯 알면서도 꼬치꼬치 캐묻는다. 이미 아는 거 말해 주는 건 어렵지 않다.

"대통령 탄핵의 후폭풍이 저리도 거센데 여당의 압승이겠죠."

"압승? 어느 정도?"

"과반수 이상."

이번엔 조금 놀란 듯하다.

"너무 많이 잡은 거 아냐? 지금 여당은 미니정당이야. 겨우 47석의 제3당인데 과반수 이상이라고?"

"거대 야당이 멀쩡한 당사를 버려 두고 여의도에 천막 치고 동정표 끌어모으는 중입니다. 그들 역시 피부로 위기를 느끼니 그런 쇼를 하는 겁니다만, 이미 늦었죠. 대통령 탄핵이 미니 여당 최고의 선거 마케팅 수단이 되리라고는 상상도 못 했을 겁니다."

총선을 코앞에 둔 야당은 '국민께 석고대죄하는 심정'이라며 허허벌 판에 천막을 쳤다. 이른바 천막 당사다. 그럴 수밖에 없었다. '차떼기당' 이란 오명이 너무나 두터웠고 대통령을 탄핵한 후폭풍이 거셌다. 천막 당사는 총선에서 50석도 못 건질 것이란 예상이 지배적일 만큼 수세에 몰려 시도한 극약처방이었다.

'당이 부패 정당, 기득권 정당이란 오명에서 완전히 새롭게 출발한 다.'라는 의미로 중소기업종합전시장이 있던 여의도 공터에 천막 당사 가 마련됐고, 야당 의원들은 천막으로 출근했다. 어처구니없는 것은 천 막 당사를 차린 구 중소기업전시관 터를 50일 빌려 임대료로 4200만 원을 지불했는데, 당시 여당의 당사 건물 임대료는 월 2500만 원이었 다. 국민에게 동정표를 구하느라 엉뚱한 곳에 세금을 쓴 것이다.

이학재는 과반수 이상이라는 내 예측을 여전히 믿지 못하는 눈빛이 었지만 그도 하나는 인정한다.

"정세 예측은 너 따라갈 사람 없으니 그 판단을 믿고 움직이는 수밖에. 그럼 여당에 몰빵해?"

"아뇨. 성의를 안 보였다고 불이익을 받지 않을 만큼만 던지죠. 어차 피 다 이긴 선거고, 지금 여당은 우리 같은 대기업에 큰 특혜를 줄 것 같 지도 않으니까요."

"그래? 그럼 쓸데없는 돈은 안 나가겠군."

"아뇨. 대신 지금 천막 치고 길에 나앉은 야당 있지 않습니까? 컵라면 이라도 몇 박스 보내죠."

"질 게 뻔한 놈에게 베팅하자고?"

"알면서 왜 그러십니까? 지금 천막 치고 쇼하는 야당은 항상, 늘 친재 벌 정당 아닙니까. 그들이야 우리가 준 만큼 꼭 보답하니까 나쁠 건 없 어요."

이학재 회장은 머리를 끄덕였다.

그도 이미 잘 아는 걸 내게 확답받기 위해 물어본 것은 내가 이 회사 의 주인이기 때문이다. 이런 걸 최소한의 예의라고 생각하는 사람이다.

"내가 적당히 뿌릴 테니까 그리 알아. 혹시 이런 것도 다 승인받아야 하나?"

"그럴 리가요. 불법적인 일에는 발을 담그지 않고 모른 척하는 게 낫 죠. 나중에 잡혀가더라도 오너는 쏙 빠져야 하니까 말입니다."

"뻔뻔한 놈. 미안한 기색이라도 좀 보이면서 말해. 허허."

웃으며 농담을 주고받을 때 비서가 문을 두드렸다.

"회장님. 사장단 회의 시간이 다 됐습니다. 어떡할까요? 좀 연기할 까요?"

조심스럽게 말하는 비서를 향해 나는 가볍게 손을 저으며 일어섰다.

"아닙니다. 제 볼일은 끝났습니다. 신임 회장님이 주재하는 첫 사장단 회의인데 늦으면 안 되죠. 사장님들이 욕합니다. 회장이랍시고 무게 잡느라 늦게 나타난다고요."

이학재 회장도 회의 참석을 위해 일어나며 내게 손을 내밀었다.

"너무 자주 오지 마. 은근히 신경 쓰여."

난 그의 손을 잡으며 말했다.

"회장님."

"뭐냐? 아직 잔소리가 남았냐?"

"자동차 프로젝트 중에 알파로메오 인수 건이 있을 겁니다. 막바지에 달했으니 면밀히 검토해 주십사 부탁드립니다. 하하."

▲ ▲ ▲

보고서를 검토하던 두 형제의 표정은 점점 더 굳어졌다. 결국, 참을성이 부족한 진영기 부회장이 먼저 보고서를 홱 던져 버렸다.

"이 새끼들이 깽판까지 치고 튀어?"

진영기의 고함에 진동기도 보고서에서 눈을 뗐다.

"교묘하게 중간 고리를 지웠네. 이거 골치 아파지겠는데?"

지배지분의 계열사 간 연결고리 일부를 파악할 수 없다는 내용과 지주회사 설립은 내년 이후에나 가능하다는 것이 보고서의 결론이었다.

"이학재 그 새끼랑 밑에 일하던 비서실 새끼들 전부 고발해야겠어. 사표 쓰고 나가는 놈들이 감히 똥을 싸질러?"

"진정해. 이건 우리가 해결해야 해. 그놈들 수사하려면 지배지분 이동부터 차근차근 밟아야 하는데, 편법 증여라는 걸 세상에 광고라도 할 참이야?"

차분한 동생의 말에 진영기의 얼굴은 더욱 구겨졌다.

"그래서? 이대로 보고만 있자고?"

"일단 총선 끝나고, 대통령 탄핵 여부 결정이 나면 그때 다시 대책을 세우자고."

"야! 그놈들이랑 우리가 뭐 상관인데?"

"생각 좀 하자. 검찰은 손 털었어. 우리가 무기로 쓸 수 있는 건 결국 정치권이야. 그놈들 움직여서 HW그룹을 흔들자고. 국세청도 있고 금융감독원, 공정거래위원회도 있잖아. 사람이 안 되면 회사를 쳐야지."

"젠장. 허구한 날 기다리고, 헛발질이나 계속하고. 도대체 이게 무슨 꼴이야!"

아버지가 살아계실 때 말 한마디, 지시 한 번으로 모든 것이 착착 해결되던 모습을 봐온 진영기는 그때처럼 술술 풀리는 일이 없자 답답해서 속이 터질 지경이었다.

"그만큼 우리 입지가 굳건하지 못하다는 뜻이겠지. 어쩔 수 없어. 다들 그랬잖아. 청일그룹, 화순그룹… 모두 2세 체제에서 얼마나 고생했어? 대현그룹 봐봐. 아직도 시끄럽잖아."

"빨리 회장 선출해서 확 휘어잡아야 해. 그래야 일사불란하게 움직여."

진동기는 형의 말에 눈살을 찌푸렸다. 갑자기 대화가 이상한 방향으로 흐른다. 회장 선출이라니…?

"회장 이야기는 그만하자. 내년이면 지주회사 설립이 가능하다고 하잖아! 그때 회장실 차지해. 우리가 약속한 대로."

"동기야, 형식적인 거야. 대외적인 모양새만 갖추자고. 네가 관리하는 계열사는 절대 손대지 않으마."

"그래? 그럼 반대로 하자. 내가 회장 타이틀 가져가면? 순양전자를 비롯한 형님 계열사 쪽으로는 처다보지도 않는다. 어때?"

진영기는 동생의 되바라진 말을 듣자 속이 부글부글 끓어올랐다. 이놈은 장남이라는 것이 얼마나 중요한 의미를 지녔는지를 모른다.

"겉도는 이야기는 그만하자. 네 회사 손 안 대는 것은 당연하고 추가로 원하는 걸 말해. 단, 회장 자리 달라는 억지는 그만 부려. 장남이 회장이고 차남이 부회장이면 둘 다 살아. 하지만 차남이 회장 자리에 오르는 순간 장남은 사형선고 받은 거나 다름없다고. 세종이 세자가 되는 순간 양녕대군은 궁 밖으로 쫓겨났어. 그게 세상의 눈이다."

"장남이 왕위에 오른 후 죽임을 당한 왕자가 더 많아. 부회장? 과연 내가 그 부회장이라는 자리라도 보존할까? 회장 직책을 이용해서 날 쫓아낼 거야. 원하든, 원하지 않든."

한 치도 양보하지 않는 두 형제가 팽팽한 시선을 교환할 때 갑자기 문이 열렸다.

"잘들 하는 짓이다. 뭐가 어쩌고 어째? 양녕? 세종? 주제도 모르는 것들이 어디서 왕자 놀음을 하는 게냐?!"

"어, 어머니!"

"갑자기 어쩐 일로…."

연락도 없이 나타난 어머니 때문에 두 아들은 깜짝 놀라 다툼을 멈췄다. 이필옥 여사는 진영기의 집무실을 휙 둘러보더니 소파에 털썩 앉았다.

"멀쩡한 회장실을 비워 놓고 이런 곳에 만족하는 너희를 보니 내 억장이 무너진다."

"어머니, 그 자리는 결국 우리 형제가 앉을 겁니다."

"시끄럽다!"

진동기가 부드럽게 말했지만, 그의 모친은 목소리를 낮추지 않았다.

"내가 네 아버지 장례식 때 말했지? 도준이 그놈부터 들어내라고! 그놈이 가진 금융 계열사, 그것부터 빨리 찾아와! 이놈들아."

"그만 하세요, 어머니. 우리가 알아서 하겠습…."

"이학재가 저쪽으로 갔다. 아직 모르겠어?"

이필옥 여사는 아들의 말을 자르며 탄식했다.

"이학재가 회장으로 간 회사는 오세현인가 뭔가 하는 놈이 주인이다. 오세현이는 윤기와 친구고. 이학재, 오세현… 이 두 놈이 도준이를 들쑤시면 어찌 되겠어? 우리 순양의 금융 계열사부터 노릴 거다. 계열 분리 작업을 시작하면?"

두 부회장은 머리를 탁 치고 싶었다. 아버지가 돌아가시고 서로만 노려봤다. 어머니가 도준이를 싫어하는 건 노인네의 옹졸한 마음이라고 치부했을 뿐 그리 신경 쓰지도 않았다. 하지만 자신들에게 앙심을 품었을 게 분명한 이학재가 도준이와 손을 잡는다면?

역시 사람은 자신의 시야만으로 모든 걸 본다. 어머니는 극렬히 미워하는 막내 손자에 몰두해 있으니 항상 최악의 경우만 상상했다. 그런데 이젠 상상이 아니라 현실이 될지도 모르는 상황까지 왔다.

"도준이 그놈은 너희들 애비와 똑같다고 내가 늘 말했지? 욕심도 많지만, 쇠(金)귀신도 붙은 놈이다. 얼마 되지도 않는 지분으로 위태위태하게 있으니 재빨리 제 것으로 만들고 싶어 할 거야. 그런데 이학재가 도와준다고 바람 넣으면? 네놈들이 노래 부르는 그 지주회사 만들기도 전에 금융그룹이 먼저 떨어져 나갈 거다."

두 아들은 노모를 바라보며 혀를 내두를 지경이었다. 이런 재빠른 판단이 과연 집착 때문일까?

"회장 자리 놓고 다툴 때가 아니라는 걸, 이래도 모른다면 네놈들은 회장 자격도 없다!"

어머니의 호통에 장성한 두 아들은 고개를 들지 못했다.

"동기야."

"네, 어머님."

"지금 당장 네 형을 회장 자리에 올리라는 말이 아니다. 형과 뜻을 같이해서 순양의 금고나 다름없는 금융 계열사부터 되찾아라."

어머니의 말이 아니더라도 이학재라는 인물이 얼마나 위협적인지 안다. 그자가 손을 쓰기 전에 빨리 조치를 해야 한다는 걸 진동기도 충분히 느꼈다.

"그리고 영기야."

"네."

"금융그룹을 되찾더라도 네가 차지하겠다는 욕심은 가지지 마. 허수아비라도 좋으니 상기를 거기 앉혀라. 너희 둘이 싸우는 것보다는 훨씬 좋은 모양새 아니겠니?"

어머니의 타이르는 듯한 말도 두 사람의 귀에는 들리지 않았다. 이젠 회장 자리는 한쪽으로 잠시 밀어 놓고 금융 계열사를 갖기 위해 열심히 머리를 굴렸다.

▲ ▲ ▲

양우찬 전 순양생명 사장은 진영기 부회장의 부름에 막연한 기대를 품고 달려갔다. 새파란 어린애 때문에 당한 모욕을 회복할지도 모른다는 기대였다. 그가 살포시 진영기 부회장의 집무실 문을 열자 진동기 부회장이 먼저 반겼다.

"어서 오세요, 양 사장님. 아버지 장례식 때는 인사도 제대로 못 드렸죠?"

"아이고, 아닙니다. 정신없으셨을 텐데 그럴 경황이 있었겠습니까? 아무튼 큰일 치르느라 고생하셨습니다."

"서서 이럴 게 아니라 일단 앉읍시다."

진영기가 그의 등을 토닥이며 소파로 끌었다. 의례적인 인사말과 근황을 묻는 의미 없는 말이 오가고 양우찬이 자신을 불러낸 이유를 궁금해할 때쯤 진영기가 말했다.

"순양금융그룹을 재정비하려고 하는데 사장님 생각은 어떠십니까?"

"재정비라니요? 혹시 통폐합을 말씀하시는 겁니까?"

"뭐… 아직 구체적인 그림은 나오지 않았습니다만 가만히 두고 보기가 힘들군요. 아무래도 도준이 같은 어린애가 만지다 보니 위기 대처 능력도 의심되고…."

양우찬은 두 부회장의 본심을 알아야 했다. 본심도 모른 체 섣불리 지껄이다가는 도리어 기회를 놓쳐 버릴 수도 있다.

"진도준 실장은 새로운 경영진을 세팅한 후, 일절 관여하지 않는다고 합니다. 문제가 있다면 경영진의 문제일 텐데…."

양우찬은 두 사람의 눈치를 슬쩍 보며 말했다.

"그게 문제라는 거요. 금융그룹 전체가 일사불란하게 움직여야 할 때 제각기 놀면 어쩌려고! 쯧쯧."

"소유와 경영의 분리가 한국 실정에 맞기나 해? 어디서 외국 기업 흉내나 내는 거지. 그런 게 쿨하다고 생각할 나이긴 하지만."

"그러니까 우리 양 사장님 같은 분을 박대한 거 아니겠어? 애가 뭘 알아?"

양우찬의 눈이 빛났다. 금융그룹 재정비는 핑계일 뿐이고 진도준을 쫓아내려 하는 것이 분명하다. 역시…. 호랑이 같은 진 회장이 사라지니 늑대 새끼들이 이빨을 드러낸다. 물론 이것이 자신에게 기회라는 걸 모를 리 없는 양우찬이었다.

"일리 있는 말씀이십니다. 그런데 저같이 일선에서 물러난 구세대가 새롭게 재정비하는 데 도움이 되는지…?"

"구세대라니? 그게 무슨 겸손의 말씀입니까? 아직 정정하시고 한창입니다."

양우찬의 얼굴이 환해지기 시작했다. 자신을 내세워 진도준을 치려는 것이 분명하다는 걸 확신했다.

"아무튼 회사를 재정비하려면 가장 먼저 경영진을 정비해야 하는 것 아니겠소? 기업은 곧 사람이니 말이요."

진영기 부회장은 양우찬의 동의를 구하듯 말했다.

"그렇습니다. 수족처럼 움직일 인재들을 구석구석 배치해야 일사불란하게 움직이죠. 그런데…."

"편히 말씀하세요, 양 사장님."

"만약 경영진을 교체하실 생각이라면 진도준 실장의 의견도 확인해야 하는 것 아니겠습니까?"

"왜 그렇게 생각하시죠?"

진동기는 양우찬의 생각을 읽어 내려는 날카로운 눈빛으로 그의 표정을 살폈다.

"대표이사와 임원 선임은 이사회 결정 사항인데 진도준 실장 없이 가능하겠습니까?"

"이사회보다 더 상위에 있는 게 주총 아닙니까?"

"그야 그렇죠."

"그룹 지분을 보면 저와 형님의 지분만 합치면 51퍼센트가 넘습니다. 이래도 도준이의 허락이 필요할까요?"

양우찬은 만세라도 부르고 싶은 심정이었다. 두 부회장의 지분만으로 금융그룹을 휘어잡을 수 있으니 진도준이라는 어린놈은 손가락 빨며 바라볼 뿐 아무런 일도 못 한다.

"아이고, 그렇다면야 뭐…. 당장 이사회 소집하고 부회장님들 사람으로 재정비하셔도 문제없겠습니다."

"그래서 양 사장님의 도움이 필요합니다."

"뭐든 말씀하십시오. 제가 할 수 있는 일이라면 얼마든지 하겠습니다."

두 부회장은 서로를 향해 눈빛을 교환했다.

"대표이사와 임원진, 요직 부서의 부장급까지 리스트를 만들어 보십시오. 진도준에게 반발하는 자, 그리고 추종자."

"아, 살생부인 셈이군요."

"바로 그렇습니다. 대신 하나는 명심하세요. 절대 사적인 감정이 들어가면 안 됩니다. 냉철하게 판단해서 만드세요."

"여부가 있겠습니까?"

"참, 순양생명의 대표이사 자리는 비워 두십시오. 그 자리는 바로 양 사장님을 위한 자리니까요."

양우찬은 죽은 진 회장이 살아 돌아온 듯 감격에 찬 표정으로 벌떡 일어섰다.

"감사합니다, 진영기 부회장님, 진동기 부회장님. 제게 이런 기회를 다시 주시다니… 어떻게 감사 인사를 드려야 할지. 이 은혜 절대 잊지 않겠습니다."

진영기는 머리를 배꼽까지 숙이는 양우찬의 등을 두드렸다.

"아버지가 살아 계실 때처럼 손발 한번 맞춰 봅시다. 기대하겠습니다."

양우찬은 두 사람에게 연신 허리를 굽히며 나갔다.

떠난 양우찬의 빈자리를 보며 진영기가 피식 웃었다.

"어때? 잘할 것 같지?"

"꼼꼼하게 하겠지. 자기가 데리고 쓸 사람들이라고 생각할 테니."

"노친네, 벌 만큼 벌었으면 손주나 보며 쉬는 게 당연한데, 저 나이 먹고도 욕심을 버리지 못해요."

진영기는 마치 벌레라도 본 듯 눈살을 찌푸렸다.

"어쩌겠어? 뒷방 늙은이로 나앉으면 떵떵거리던 옛 생각밖에 더 나겠어? 그때가 그리운 거지."

"명단 작성이 마지막 임무라는 걸 알면 실망할 텐데….."

"왜? 안쓰러워?"

"안쓰럽기는 개뿔, 밥이나 한 그릇 사주고 용돈 좀 쥐여 주면 되겠지."

두 사람이 사라진 양우찬 전 순양 생명 사장을 비웃고 있을 때 다시 문이 열리며 한 사람이 나타났다.

"아이고, 어서 오십시오. 순양생명 신임 대표이사님."

진영기는 허리까지 꾸벅 숙이며 과장된 인사를 했지만, 진동기는 씁쓸한 미소만 지었다. 순양생명의 새로운 대표이사는 아무래도 진영기 부회장의 사람이기 때문이다.

"어서 와라, 상기야. 차 한 잔할래?"

정말 오랜만에 순양 본관을 찾은 진상기는 큰형의 말에 활짝 웃었다.

"형님들!"

▲ ▲ ▲

"양 사장이?"

"네. 요즘 뻔질나게 진영기 부회장실을 들락거린다는 소문입니다."

장도형 부사장은 긴장을 풀지 못했다. 이게 끝이 아니기 때문이다.

"진상기 이사장님도 마찬가지입니다. 싱글벙글하며 본관에 자주 나타납니다."

아무리 숨기려 해도 회사에 나타나면 감출 수 없다. 특히 임원 이상의 전용층에는 출입하는 사람을 한 명도 빠짐없이 지켜보는 여직원이 있고, 여직원들은 새로운 소식을 빠르게 전달하기 마련이다.

"그게 전부는 아니겠죠?"

장도형 부사장은 조금은 힘들게 말했다.

"진상기 이사장님이 공공연히 떠들고 다닙니다. 자신이 순양금융그룹의 새로운 책임자라고 말입니다."

양우찬이 등장했다는 말을 들었을 때부터 두 큰아버지가 뭔가 꾸미고 있다는 걸 짐작했다. 그런데 진상기라니? 이건 뭔가 이상한 조합이다. 세 형제의 관계를 봤을 때 성공 가능성이 희박한 계획이다.

"셋째 큰아버지는 입이 가볍죠. 그리고 과장된 허세도 곧잘 부리고요."

"허세라고 보기에는 위험한 것 아닙니까?"

장도형 부사장은 여전히 긴장을 풀지 못했다.

"그분들이 뭘 꾸미든 간에 실패할 확률이 높아요. 한마음으로 움직일 때 가장 필요한 게 뭔지 아십니까?"

"공통의 이익 아닙니까? 힘을 합쳐 이익을 볼 수만 있다면 철천지원수와도 손잡는 게 사람입니다."

"아뇨. 그 전에 꼭 필요한 게 있어요. 내가 약간의 손해를 감수하거나 이익을 적게 가져가도 괜찮다는 마음이죠. 욕심의 일부를 버릴 수 있어야 합니다. 우리 집안사람들은 그게 가장 어려워요."

하지만 내뱉는 말과 다르게 찜찜한 마음이 드는 건 어쩔 수 없다.

"실장님. 너무 확신하는 건 위험합니다. 두 부회장님이 힘을 합치면 지분의 51퍼센트가 넘지 않습니까?"

"그렇긴 합니다만."

"이번에는 욕심이나 이익을 위한 게 아닙니다. 공동의 적을 제거하기 위함입니다. 이럴 때는 욕심을 잠시 접어 둘 수도 있습니다."

공동의 적이라…. 내가 그들 공동의 적일까? 아니면 두 사람의 무게 균형을 잡아 주는 추일까? 물론, 장도형 부사장의 말도 일리는 있다. 하지만 그의 생각에는 빠진 것 하나가 있다.

"그럴 수도 있습니다. 두 분이 손잡으면 절 쫓아낼 수도 있죠. 하지만 전리품을 어떻게 나누느냐를 생각하면 다시 욕심이 머리를 듭니다. 산 넘어 산이죠."

"실장님, 하지만…."

걱정하는 장도형 부사장의 마음이 보여 일단 그를 진정시켰다.

"알겠습니다. 그분들 행동을 대수롭지 않게 생각하는 건 아닙니다. 좀 더 확인해 봐야겠어요."

"네, 저도 임원들을 만나 보겠습니다. 혹시라도 새로운 사실이 나오면 곧바로 말씀드리겠습니다."

장도형 부사장을 보내고 나는 곧바로 김윤석 대리를 불렀다.

"그룹 내 전략실 직원들에게 확인하십시오. 두 부회장이 무슨 꿍꿍이가 있는 것 같은데…."

"혹시 진상기 이사장님 말씀하시는 겁니까?"

"어떻게 알았어요?"

"회장님께서 그룹 승계 작업 끝내신 이후 그룹 본관에 발도 디디지 않던 분이 며칠 전부터 갑자기 뻔질나게 드나든다고 하더군요. 늘 두 부회장님과 만난다고 하니, 새로운 일이라면 그것뿐이거든요."

"왜 들락거리는지는 모르고?"

"곧 그룹으로 복귀한다는 말이 떠돌긴 합니다. 하지만 그 말이 바로 진상기 이사장님 입에서 나온 말이라 곧이곧대로 믿기에는 좀…."

워낙 과장이 심한 사람이라 흘려듣는 이가 많지만, 그룹을 떠났다가 오랜만에 돌아와서 허풍부터 일삼을 바보는 아니다. 양치기 소년의 말도 두 번은 거짓이었지만 한 번은 진실이다. 큰아버지들이 금융그룹을 차지하기 위해 모략을 꾸미는 건 거의 확실한 듯싶었다.

'아, 금융그룹을 차지하는 건 날 쫓아내면 얻게 되는 부수적인 효과인

데…. 그 할망구가 부추겼나?'

아무래도 노련한 이학재 회장과 의논해 봐야 할 것 같아 HW그룹 회장실로 향했다.

"회장님, 좀 심상치 않은 일이 생긴 것 같습니다."

"네 표정 보니 딱히 심각한 일은 아닌 것 같은데?"

이학재 회장은 내 표정을 힐끔 보더니 다시 서류로 눈길을 돌렸다.

"아닙니다. 이건 표정 관리한 겁니다."

이학재 회장은 서류철을 덮으며 짧게 한숨 쉬었다.

"그래, 너한테 바람 잘 날 있겠어? 그래, 무슨 일이지?"

"큰아버지들이 목표물을 바꿨나 봅니다. 꿩 대신 닭이라고, 절 노리는 게 틀림없습니다."

이학재 회장은 농담처럼 받아들이다 자세를 고쳐 잡았다.

"내가 꿩이고 네가 닭인 건 알겠는데… 구체적으로 말해."

난 진상기 이사장이 회사를 들락거리는 사실과 그가 공공연히 떠벌리고 다니는 말을 전했다.

"물론 가능한 일이긴 한데 두 부회장이 손을 잡는다는 게 영 믿기지 않습니다."

내 얘기를 끝까지 들은 이학재 회장의 표정은 나보다 더 심각했다.

"도준아. 그룹을 지배한다는 건…."

"인사권을 틀어쥐는 것 아닙니까?"

내 성급한 대답에 그는 손을 들었다.

"하나 더 있어."

"그게 뭐죠?"

"당연하다고 여기는 것."

"당연하다…?"

이학재 회장은 머리를 끄덕이며 말을 이었다.

"네가 순양금융계열사를 맡아 첫 번째 인사 조치를 단행했을 때… 특히 네가 해임한 임원 중에 네 자격을 묻는 사람이 있었어? 네가 진짜 인사권을 휘둘러도 되는 법적 자격 말이야."

"아…."

"순양에 몸담은 사람 그 누구도 네 자격을 의심하지 않아. 넌 진 회장님의 손자였고 그분이 네게 금융그룹을 맡긴다고 밝히셨으니까."

"현재 순양의 모든 이들이 큰아버지를 당연하다고 여기니까 조건은 충족했군요."

"지분도 문제없지. 그 두 사람이 금융 계열사 대표이사와 임원진 전부를 싹 교체하고 조직을 바꿔도 넌 보고만 있어야 해."

이학재 회장은 갑자기 너털웃음을 터트렸다.

"거참, 어허허. 어지간히 똥줄 타나 보군. 두 사람이 손을 잡다니. 상상할 수도 없는 일인데 말이야."

"웃음이 나오십니까? 여차하면 할아버지께서 주신 걸 홀라당 뺏길지도 모르는데?"

"네 인생에 영원한 승승장구만 있을 거로 생각했어? 순양은 거대한 장기판이다. 밀릴 때도 있고 위기도 닥치겠지. 장기 말 몇 개가 죽는다고 해서 흔들릴 것 같으면 이 판에서 못 견뎌. 마지막 왕 하나만 남더라도 이기면 되는 거다."

그의 말이 아리송하다. 난 재차 확인했다.

"이번엔 물러나라? 그런 뜻입니까?"

"그걸 왜 내게 물어보지? 스스로 판단할 능력도 충분하잖아."

이학재 회장마저 불가능하게 보았던 큰아버지들의 동맹, 설사 그것이 사실이라 하더라도 나에겐 동맹을 깨버릴 한 수가 있다.

"제가 큰아버지 두 분 중 한 분에게 미라클과 제 지분으로 밀어드릴 테니 저와 손잡자고 한다면 두 분의 오월동주(吳越同舟)는 끝이죠."

"과연 그럴까?"

"그럴 겁니다."

"여유 있어 보이는데, 허세냐?"

"아이고, 여유는요? 지금 속은 바짝 타들어 갑니다."

한동안 물끄러미 나를 보던 이학재 회장은 고개를 갸우뚱했다.

"너와 손잡으면 더 강력한 라이벌인 형제를 쳐낼 수 있는데 왜 라이벌끼리 손잡았을까? 네가 그 두 사람의 오월동주를 끝내기는 쉽지 않을 것 같은데?"

내 마음 한구석에 가장 걸리는 것을 다른 사람의 입을 통해 들으니 불안이 점점 더 커졌다. 내 표정의 변화를 느꼈는지 이학재 회장은 슬쩍 웃었다.

"내가 좀 도와주리?"

"그럼 감사하죠."

"너 돈 많지?"

"제가요?"

"미라클이 보유한 돈 꽤 되는 거로 알고 있는데? 거기에다 진 회장님이 관리하시던 돈, 그거 네 손에 있지? 그 정도면 우리나라 현금 왕이라고 해도 과언은 아닐걸?"

"돈 많은 건 인정합니다."

"그럼 그 돈을 이용해서 금융그룹을 계열 분리해 줄까? 순양 이름 떼고 HW금융으로 바꿔 버릴 수도 있어."

순양의 지배구조를 훤히 안다는 것은 구조의 약점까지 훤히 안다는 뜻이다.

"많은 시간과 엄청난 돈이 필요한 작업이겠죠?"

"그렇지."

"그 전에 큰아버지들은 단숨에 절 축출할 것 같은데요?"

"그것도 그래. 기업을 지배한다는 건 사람을 지배한다는 의미니까. 이사회 열어서 자기 사람을 다 심으면 끝. 회의 한 번으로 돼. 왜냐하면…."

"반발이 없으니까요. 아까 말씀하신 대로 누구나 큰아버지들을 순양의 주인으로 생각하니까."

"부회장들이 사람을 지배하더라도 넌 주식을 끌어모을 수 있어. 지분을 확보하면 역전이지."

그룹 전체를 사는 건 불가능해도 순양생명을 사는 건 가능할지도 모른다. 또한, 순양생명은 금융 계열사의 모회사나 다름없으니 역전의 기회는 분명히 있다. 하지만 난 고개를 저었다.

"안 할랍니다. 잠시 맡겨 둔다고 생각하죠, 뭐. 귀중한 돈과 시간을 써 가면서 일부만 차지할 필요가 뭐 있겠습니까? 어차피 다 가져올 텐데. 괜히 그들이 경계심만 잔뜩 가지게 됩니다. 그럼 큰 거 가져오는 게 더 힘들어지죠."

이학재도 고개를 저었다.

"발을 걸치고 있는 건 엄청나게 중요하다. 네가 순양그룹을 통째로 가져오는 게 일이 년 안에 가능한 일도 아니잖아? 한참 그룹을 떠나 있으면 넌 그룹과 전혀 관계없는 외부인이야."

그는 손가락을 들어 자신을 가리켰다.

"나 보라고. 회장님 돌아가시고 내가 은퇴한다고 하니까 그동안 내게 굽신대던 놈들도 순식간에 돌아섰어. 네가 그룹을 오랫동안 떠나 있으면 널 당연하게 여기던 사람들도 마음이 변해. 네가 순양을 차지하더라도 널 주인이라기보다는 침략자로 여길걸?"

결론은 두 부회장의 음모를 막아야 한다는 것이다. 흘러가는 대로 놔 두는 것보다 훨씬 어려운 일이라는 건 두말하면 잔소리라 머리가 지끈 거리기 시작했다.

"지금 이 상태로 유지해야 하는군요. 계열 분리는 날 침략자로 만드 는 것이니…. 그리고 할아버지의 유산인데 순양이라는 이름을 떼는 건 저도 싫습니다."

"결론 났네. 두 사람이 손잡는 거 막아."

"안 도와주실 겁니까?"

"내가?"

그는 어림도 없다는 듯 손을 내저었다.

"계열 분리는 도와줄 수 있어. 하지만 형제가 손잡는 건 내가 어찌할 방법이 없다. 네가 풀어야 해."

이학재는 마지막 조언으로 그의 말을 끝냈다.

"네가 가진 무기를 너무 숨기려 하지 마. 보여 줄 때는 보여 주고, 풀 때는 풀어야 한다. 그리고 만고불변의 진리인 말도 있지? 잊지 마."

"무슨 말인데요?"

"아끼면 똥 된다."

▲ ▲ ▲

"이 정도면 문제없지? 나중에 딴말하지 말고 첨가할 내용 있으면 지 금 해."

"너도 참 독하다. 형제끼리 이런 것까지 해야 하나?"

진영기 부회장은 동생이 내민 몇 장의 종이를 들여다보며 얼굴을 찌 푸렸다.

"생뚱맞게 사적인 관계를 들먹이실까? 이건 경영권에 관한 거야. 형제가 아니라 자식이라도 해야지. 새삼스럽게 왜 이래?"

진동기가 내민 서류는 순양금융그룹의 경영과 인사권에 대한 자세한 조건이 들어 있었다. 그로서는 장남인 형의 입김이 너무 커지는 걸 미연에 방지하고 싶었다.

"솔직히 너무 공평해서 손댈 게 없다."

진영기는 계약서나 다름없는 서류를 흔들며 말했다.

"넌 진짜 철저해. 이런 네가 날 위해 순양의 이인자가 되면 얼마나 좋을까 하고 매일 생각한다."

"난 형님이 날 도와 순양의 이인자 역할을 하는 건 단 한 번도 생각해 본 적 없는데 어쩌지? 섭섭해?"

동생이 자신의 능력을 완전히 무시하는 모욕적인 말을 했으나 진영기는 발끈하지 않았다. 차남이라는 콤플렉스는 언제나 이렇게 날 선 말로 드러난다. 진영기는 고개를 절레절레 저으며 진동기가 내민 서류에 사인했다.

이로써 순양금융계열사는 공동 관리다. 남은 건 계열사의 이사회뿐이다. 어린 조카를 쫓아내는 게 조금 마음에 걸렸지만, 계열사가 손에 들어오면 께름칙한 마음은 눈 녹듯 사라질 것이다. 하지만 이 모든 것이 불만인 사람도 있다. 두 사람이 서류를 챙겨 넣었을 때 문이 벌컥 열리며 진상기가 씩씩대며 나타났다.

"이거 너무 하는 거 아냐? 내가 뭐 꿔다놓은 보릿자루야? 도대체 이게 뭐냐고!"

그의 손에도 종이 몇 장이 팔랑거리며 흔들리고 있었다.

"목소리 낮춰라. 여기 듣는 귀 많아."

진상기는 형들의 핀잔에도 아랑곳하지 않았다.

"나 보고 금융 계열사 맡으라면서? 그런데 임원급은 고사하고 부장급 인사까지 다 끝내? 그럼 난? 내 사람 하나 건사 못하게 만들어 놓으면? 도대체 난 뭐야?"

폭포수처럼 쏟아 내는 그의 불만을 두 형은 조금도 귀 기울이지 않았다.

"허수아비라서 싫다는 거냐?"

진동기는 싸늘한 눈빛으로 동생을 노려보며 말했다.

"너무하잖아!"

"허수아비도 역할이 있어. 참새 떼를 쫓잖아. 넌 그 정도 역할도 못 할 걸? 어깨 힘주는 거 외에 할 줄 아는 게 뭐 있어? 그래서 힘 잔뜩 줘도 봐줄 만한 명함 주잖아. 주제 파악해."

"형님!"

"시끄럽다. 목소리 낮추라고 했지?"

진영기마저 나서서 윽박지르니 진상기는 입을 닫았다.

"전망 좋은 방 하나 주고, 월급도 주고, 차도 주고, 한도 없는 카드까지 준다. 그 자리 준다고 하면 너 아니라도 엎드려 절할 놈이 줄 서 있어. 어머니 부탁 때문에 널 앉히는 거다. 불평보다는 고맙다는 말이 먼저야."

진영기는 시뻘건 얼굴의 동생에게 다가가 어깨를 두드렸다.

"이건 시작이다. 네 사람은 아니지만 다들 훌륭한 인재들이야. 그 사람들과 함께 차근차근 네 업적 쌓아. 그럼 명실상부한 부회장 대접해 주마. 조급해 하지 마라."

계약서 때문에 맞섰던 두 사람은 한심한 동생 때문에 한마음이 되었다.

▲ ▲ ▲

저들이 빨리 움직이는 만큼 나도 더는 고민하지 않았다. 할아버지가 남기신 마지막 말도 내 결심을 굳히는 데 큰 몫을 했다. 맞다! 아무것도 뺏기면 안 된다. 뺏기지 않기 위해서는 무엇이든지 거침없이 해치워야 한다. 악당처럼 말이다. 악당이 가장 자주 만나야 할 사람은 뭐니 뭐니 해도 법 만지는 놈들 아니겠는가? 진짜 악당은 법 위에서 놀아야 한다, 할아버지처럼.

좀 놀라기는 했지만, 환히 웃으며 날 반기는 걸 보니 돈 냄새는 확실하게 맡은 게 분명했다.

"아이고, 그 유명한 재계의 총아 진도준 씨가 나 같은 공무원에게 무슨 볼일이 있으실까? 하하."

법무부 장관은 조금 과장된 모습으로 나를 맞이했다.

"오세현 대표님이 꼭 한 번 찾아뵙고 인사드리라고 하시더군요. 지난번에는 신세 많이 졌다고 하시면서요."

"아, 그렇죠. 오 대표님의 미라클 인베스트먼트에도 깊숙이 관여하시죠?"

"관여까지는 아니고 그곳에서 일을 좀 배웠습니다."

"겸손하기까지. 익히 들어서 알아요. 오 대표가 건강 챙기느라 진도준 씨에게 모든 걸 맡기고 휴양지로 떠났다는 거 말입니다. 순양그룹의 금융 파트를 책임지고, 국내 굴지의 투자사까지… 정말 대단하십니다."

"과찬이십니다. 그냥 운이 좋았을 뿐입니다. 순양이야 할아버지 덕분이고 미라클은 아버지 덕분이죠. 오 대표님과 아버지가 절친한 친구니까요. 한마디로 부모 잘 만난 운 좋은 놈일 뿐입니다."

장관은 입꼬리가 올라가며 낮은 휘파람 소리까지 냈다.

"이거 원, 대놓고 그리 말씀하시니… 재벌가의 막내답지 않게 소탈하신 것 같습니다."

"좋게 봐주시니 감사합니다."

"자, 이만하면 덕담은 충분했으니, 용건을 말씀하시죠."

나는 장관에게 반으로 접은 메모를 슬쩍 내밀었다.

"이게 뭡니까?"

그가 메모를 집어 들어 내용을 보는 모습을 유심히 관찰했다. 아주 잠깐 놀란 모습을 보였지만 당황한 건 아니다. 의외의 것을 봤을 때, 누구나 보이는 그런 평범함이었다.

"별다른 뜻은 없습니다. 단지 제 말의 신빙성을 더하기 위해 준비한 겁니다."

장관은 메모를 테이블 위에 내려놓더니 깍지를 끼며 말했다.

"역시… 돌아가신 회장님은 꼼꼼하시군요. 회장님께는 푼돈이나 다름없는 숫자를 전부 기록해 놓으시다니."

"하지만 휠체어를 타고 검찰청에 출두하는 일이 있더라도 그 기록을 이용하시지 않으셨습니다. 단지 '보관'만 하셨죠."

"그런데 왜 이걸 진도준 씨가 갖고 있죠? 혹시 내 짐작이 맞습니까?"

장관의 눈이 반짝였다.

"네, 이제 제가 그 기록을 맡았습니다."

"기록을 맡았다…."

이것의 의미가 뭔지 곧바로 눈치챈 장관이다.

"궁금한 게 그룹을 맡은 아들이 있는데 왜 손자에게 기록을 넘겨줬을까…?"

솔직하게 말할 때가 아니니 적당히 둘러댔다.

"이유를 말씀하시지는 않았지만, 첫 번째는 제가 돈 만지는 일을 잘한다고 생각하신 것 같고, 두 번째는 큰아버지들이 이 기록을 행여나 엉뚱한 데 쓰지나 않을까 걱정하신 듯합니다. 물론 제 생각일 뿐입니다."

엉뚱한 데 쓴다는 의미를 정확히 알아들었기를 바랐다. 두 부회장은 필요할 때마다 협박용 무기로 꺼내 쓸 만큼 위험한 사람이라는 것쯤은 알 것 아닌가?

"그렇군요. 그럼 진도준 씨도 이 기록을 보관만 하실 테죠?"

"당연합니다. 할아버지의 뜻을 이어받을 생각입니다."

때마다 안전한 돈을 준다는 말이다. 장관은 싱긋 웃으며 말했다.

"자, 진도준 씨가 어떤 역할을 하는지 잘 알았습니다. 그럼 진짜 용건을 말씀하시죠."

할아버지가 기록을 공개하지 않아도 다들 받은 돈값은 한다. 할아버지는 전화 한 통으로 돈값을 받아 내지만 난 아직 이렇게 일일이 찾아다니며 부탁해야 한다. 다들 거절하지 못하는 것은 똑같을 테지만 말이다.

"제가 조만간 큰 사고를 칠 것 같습니다. 수습이 문젠데…."

"사고 내용은 말할 것 같지 않고, 수습은 어떤 방향으로…?"

"없었던 일로 만들어 주시겠습니까?"

"사이즈에 따라 다른데?"

"그게… 사이즈가 좀 큽니다. 작은 사이즈라면 장관님을 찾아뵙지도 않았겠죠."

"이거, 머리 아프네. 순양 3세, 그것도 아주 잘나가는 3세 입에서 큰 사이즈라고 하면 나 같은 보통 사람은 상상이 안 되는데 어떻게 수습할지, 원…."

법무부 장관씩이나 되는 사람이 엄살은!

"아, 제가 깜빡하고 순서를 바꿔서 말씀드렸네요. 오세현 대표님이 남기신 말도 있었고, 할아버지께서 초선의원 시절부터 눈여겨 봐온 장관님 아닙니까?"

"그게 뭐 자랑거리라도 되나, 허허."

"총선이 코앞입니다. 총선 끝나면 대통령 탄핵에 대한 헌법재판소의 결론도 나올 테고 정국 쇄신을 위해 큰 인사이동이 있을 텐데⋯."

"그럴 겁니다. 탄핵은 기각이 뻔하고 총선도 여당의 승리가 점쳐지는 상황이니까요."

"여권의 대대적인 승리라고 할 수 있겠습니다마는, 참 이상하죠? 승리는 여의도에서 즐기고 내각은 피바람이 부니 말입니다. 참. 대한민국 역대 장관의 평균 임기가 14개월이었던가요?"

"정확히는 13.8개월이죠. 내가 지금 딱 13개월째군요. 이번 정권의 초대 장관이었으니까 말이요."

"다음 행보는 당연히 여의도로 가시겠군요."

"물론이지요."

이제 곧 옷 벗어야 하는 장관치고는 표정이 좋다. 다음 선거까지 남은 4년을 백수로 지내야 하는데도 말이다.

"특별한 계획은 있으십니까?"

"대통령께서 후미진 공공기관장 자리 하나는 주시겠지만, 장관까지 지냈는데 모양 빠지는 일은 못 하지요. 책이나 읽으며 소일해야지, 별수 있겠소?"

내 눈치를 살피는 걸 보면 원하는 대답을 듣고 싶어 한다.

"그럼 2년 정도 유학 다녀오시는 건 어떻습니까? 돌아오시면 지역위원장 하시며 선거 준비하시고. 나쁘지 않을 것 같은데요?"

"젊은 사람이 정치를 잘 아시는군요. 빠삭해. 하하."

"준비는 제가 다 하겠습니다. 아, 이건 오세현 대표님을 대신해서 하는 일이지, 다른 뜻은 없습니다."

장관은 웃음을 지우지 않고 말했다.

"진 회장님께서 기록을 맡기신 이유가 다 있구먼. 잘 알았소."

장관의 입에서 나온 '잘 알았다'라⋯ 이보다 적절한 대답은 없다.

"그럼 전 이만 가보겠습니다. 바쁘신 중에 시간 내주셔서 감사합니다."

일어서는 내게 그가 말했다.

"사이즈 너무 키우지 말고 살살 합시다. 임기 말년에 흙탕물 너무 튀면 위험하거든."

"흙탕물은 검찰총장과 나눠서 묻게 해드립니다. 너무 염려하지 마십시오."

검찰총장이라는 말에 그의 눈이 화등잔만 해졌지만, 모른 체하고 나와 버렸다.

▲ ▲ ▲

"실장님, 대책을 세우셔야 합니다. 다음 주에 순양생명의 이사회를 연다고 합니다."

"안건은 당연히 대표이사와 이사진 물갈이겠죠?"

"웃으실 때가 아닙니다."

장도형 부사장은 타는 속을 달래느라 연신 물을 들이켰다.

"그럼 울까요? 어쩌겠습니까? 지분 많은 대주주들이 경영진을 교체하는 건 그들의 권리 아닙니까?"

"그럼 이대로 보고만 있을 겁니까?"

"장도형 부사장님."

웃음 거둔 내 표정에 장도형은 우는소리를 멈췄다.

"제게 대책을 세우라고 말하는 건 오늘이 마지막입니다. 앞으로는 그 어떤 일이라도 내게 대책을 제시해야 합니다."

"시, 실장님. 하지만 이런 일은….'

"주주들의 경영권 다툼이니 방법이 없다, 이런 뜻입니까?"

"…."

"이사회를 무산시키는 방법은 생각해 봤습니까? 이사진들의 집단 반발을 유도해 본 적도 없죠?"

장도형 부사장은 입을 열지 못했다. 이런 식으로 한 번씩, 지독한 실망을 질책으로 드러내야 한다. 상사의 절대적인 신임을 받고 있다는 믿음을 가지게 해서는 안 된다. 신임을 얻기 위해 뭐든지 해야 한다는 마음을 항상 유지하게 해야 한다. 상사는 괴팍하고, 고약하고, 무자비한 괴물이라는 것을 늘 기억해야 하는 것이 신임받는 자의 마음이다.

"이번 이사회 문제는 제가 해결하겠습니다. 이게 무슨 의미인지 아십니까?"

"죄송합니다. 제가 무능해서…."

"아뇨. 전 장 부사장님을 구해 주는 겁니다. 이사회가 열리면 지금의 경영진 중에 가장 먼저 해임될 사람이 누구 같습니까?"

다시 입을 닫았다. 장 부사장은 내가 고속 승진시킨 사람이니 해임 1순위라는 걸 안다. 지금까지 내가 경영권을 잃을까 염려한 것이 사실은 자신의 안위를 걱정한 꼴이 돼버렸기 때문이다.

"자, 상사의 잔소리는 이만하겠습니다. 지금부터 제 말 잘 들으세요."

"네, 실장님."

"평검사 한 명이 필요합니다. 힘없는 곳은 안 되고, 서울중앙지검이면 좋겠네요."

"평검사요?"

"네. 제 손이 닿는 곳은 최소 부장검사라서요. 단, 깡다구 좀 있고 꼴통으로 소문난 놈일수록 좋습니다. 대신 이번에 옷을 벗게 될지도 모르니까, 뒤는 우리가 책임진다는 말을 꼭 하십시오."

"저격수를 찾으시는군요."

"맞습니다."

장도형 부사장은 침을 꿀꺽 삼켰다.

"누구를 저격하실 생각입니까?"

"진동기 부회장입니다."

장도형 부사장에게 지시를 내린 후 다음 스텝을 밟기 위해 미리 약속한 진동기 부회장을 찾아갔다.

"오, 도준아. 어서 와라."

반기는 말투였으나 숨기는 것이 있는 자의 불안함이 진동기의 표정에 모두 드러났다.

"많이 바쁘실 텐데 시간 뺏어서 어떡하죠?"

"별소리를 다 하는구나. 내가 아무리 바빠도 네게 시간을 못 내겠어?"

소파에 자리 잡자 비서가 차를 내왔다. 내가 찾아온 이유를 살피느라 그는 찻잔을 입으로 가져가면서도 내 얼굴에서 눈길을 떼지 않았다.

"그래, 어쩐 일이냐?"

"갑자기 이상한 이야기를 들어서요. 다음 주에 순양생명의 이사회가 열린다고 들었습니다. 혹시 아시는 것 있습니까?"

"흠…."

"이사회야 이사라면 누구나 소집할 수 있지만 제 허락 없이 열리는 거라 좀 당혹스럽습니다. 연락도 없었고요."

"법적으로야 넌 주주일 뿐이고 이사가 아니니까 소집통지서를 못 받은 거지. 당혹스러울 게 뭐 있어?"

어울리지 않게 발뺌을 한다.

"그런가요? 순양중공업이나 순양건설이 큰아버지의 허락 없이, 이사들끼리 모여 이사회를 열기도 하나 보군요."

내 목소리가 날카로워지자 진동기 부회장이 눈살을 찌푸리며 말했다.

"이미 다 알고 온 것 같은데, 뭘 그리 말을 빙빙 돌려?"

"네, 그럼 몇 가지만 여쭤보겠습니다. 다음 주 이사회 안건이 제가 임명한 대표이사는 물론이고 이사들까지 전원 교체하는 겁니까?"

"전원은 아닐 거다. 몇몇은 살아남겠지."

"살아남는 이사들은 당연히 큰아버지 사람이겠군요."

"그렇다고 봐야겠지?"

"순양생명을 시작으로 다른 금융 계열사의 이사회도 열릴 것이고 그때 모든 경영진을 교체하실 생각이시죠?"

"아마도."

"이 모든 일은 제가 금융그룹에 그 어떤 영향력도 미치지 못하게… 아니, 간단명료하게 말하자면 절 쫓아내기 위함입니까?"

"미안하게도 정확해. 넌 경영에서 손 떼고 그룹 지배지분 10퍼센트의 주주로 만족해야겠다."

"미안하긴 하신 겁니까?"

큰아버지는 어깨를 움찔했다.

"진심이다. 고개도 들지 못할 만큼 미안한 건 아니고 아주 조금…?"

그는 손가락을 조금 내밀며 슬며시 웃었다. 저 웃음이 사라지고 그 자리에 당혹감과 초조함이 대신하는 데 걸리는 시간은 그리 길지 않을 것이다.

"그럼 마지막 질문입니다. 절 쫓아내겠다는 아이디어는 두 분 큰아버지에게서 처음 나온 겁니까? 아니면 할머니의 요구입니까?"

그의 얼굴에 미소가 사라졌다.

"요구는 아니고 바람 정도로 해두자. 네 할머니가 널 못마땅하게 여기는 건 새삼스러운 일은 아니잖니?"

'당신 다음 차례는 당신 어머니야.'

언제쯤이면 이런 말을 마음 놓고 입 밖으로 내뱉을 수 있을까? 하지만 입 밖으로 낼 수 있는 말도 있다.

"둘째 큰아버지께서 동조하지 않으신다면 다음 주 이사회는 열리지 않을 수도 있겠죠?"

"동조? 넌 내가 이 일의 종범(從犯)이라고 생각하는구나. 장남이 시키는 대로 끌려가는 동생, 그렇게 생각하는 거냐?"

"그러길 바랍니다."

"이번에도 좀 미안하긴 한데, 내가 나서면 나섰지 다른 사람 뒤따르는 짓은 못 해."

"음… 이사회는 무조건 열리겠군요."

"그래, 결과도 바뀌지 않을 거야. 이사회가 끝나면 순양그룹에서 네 지시를 따르는 사람은 아무도 없을 거다."

확신에 찬 그의 말에 난 쓴웃음을 지었다.

"제가 둘째 큰아버지 눈 밖에 날 짓은 하지 않았다고 생각했는데, 혼자만의 착각이었군요."

"네가 손자면서 그룹 지분을 물려받았을 때, 모든 사람의 눈 밖에 난 거다. 다른 손자들처럼 통장이나 집문서 하나 받았다면 내가 널 그룹의 중요한 자리에 앉혔을 거야. 네 자질은 그냥 썩히기에는 참 아까우니까 말이다."

진정성이 듬뿍 묻어나는 말이다.

"똘똘한 조카까지만 허락한다, 경쟁은 안 된다. 이 말씀이군요."

"경쟁?"

진동기 부회장의 얼굴이 순식간에 붉어졌다.

"그 단어는 30년 뒤의 너라면 인정하마. 지금의 넌 아무리 뛰어나도 속수무책으로 당할 수밖에 없는 어린애다. 경영은 숫자가 아니야. 이 말의 진의를 알려면 한참 더 배워야 할 거다."

"얼마나 더 배워야 할까요?"

"이미 말했다. 30년은 더 배워라."

나는 머리를 슬쩍 긁적이며 난처한 표정을 지었다.

"이거… 곤란하군요. 전 배우는 건 앞으로 3년 정도로 끝낼 생각이었는데…. 서른이면 배운 걸 써먹어야 할 나이 아니겠습니까?"

"뭐, 그건 네가 판단할 문제고. 물어야 할 건 다 물었지? 그럼 이만 가봐라. 참, 네 사무실은 다음 주부터 다른 사람이 쓸 거다. 온 김에 짐 빼고 정리하는 게 좋겠지?"

진동기 부회장은 손을 들어 문을 가리켰다. 난 그에게 머리를 숙이고 인사하기 전 마지막 말을 남겼다.

"오늘 저녁 뉴스를 놓치지 말고 꼭 보십시오. 제 대답을 들으실 수 있을 겁니다."

뉴스라는 말에도 그는 콧방귀를 꼈다.

"조카 재산을 뺏는 큰아버지를 성토라도 하려고? 너라면 기자들이 벌떼처럼 모여들겠지. 꽤 핫한 뉴스거리는 될 테니까 말이야. 하지만… 아니다. 네가 하고 싶은 대로 해라. 그거라도 해서 네 화가 좀 풀리면 다행이고."

"제가 고작 화풀이나 하려고 뉴스에 나오겠습니까?"

웃으며 인사를 하자 그가 조금은 당황한 것이 느껴졌다. 둘째 큰아버지는 아마도 오늘 저녁 식사를 건너뛰게 될 것이다.

▲ ▲ ▲

"서울중앙지검 형사부 검사입니다. 원래 특수부 출신인데 물불 안 가리고 날뛰다가 형사부로 떨어졌습니다. 다음 정기인사 때 지방 발령이 확실한 놈이라 사직서를 만지작거리는 중입니다."

장도형 부사장은 인사 파일을 건네며 설명했다.

"누가 소개한 겁니까?"

"지금은 변호사인 제 고등학교 선배가 특수부 시절에 이 친구를 데리고 있었습니다. 최근, 몇 번이나 찾아와 변호사 개업을 심각하게 고려 중이라며 고민을 털어놓았답니다."

"일단 들이박고 보는 스타일이군요."

인사 파일의 주인공이 만진 사건을 보니, 이런 검사를 데리고 있던 부서장도 머리가 꽤 아팠을 것 같았다. 하지만 단순한 정의감만으로 움직인 놈도 아니다. 건드린 사건들이 전부 굵직하다. 대어를 건드려야 실패하더라도 출세한다는 걸 읽은 놈이 분명하다.

"하지만 성공한 사례가 없어요. 전부 흐지부지 끝나 버리니 오명만 자꾸 쌓인 겁니다."

"대충 언질은 줬죠?"

"네. 옷 벗고 검찰청 떠나는 데 적절한 사건이라고 생각한답니다."

자동차는 서울 강북의 좁은 길을 요리조리 달렸다. 지금 내 뒤에 붙은 큰아버지들의 눈과 귀를 떼어 내려면 복잡한 시내를 몇 바퀴 도는 게 가장 좋은 방법이다. 꼬리를 따돌리고 다시 경기 북부의 한적한 고깃집으로 달렸다. 가든이라고 붙은 이름을 보니 아주 오래된 식당인 게 확실했고 탁 트인 정원까지 갖춘 곳이니 숨어서 사진 찍는 놈은 염려할 필요가 없었다. 저격수가 기다리는 별실의 문을 열자 앉아 있던 두 사람이 벌떡 일어났다. 나이 많은 남자는 장도형 부사장의 친구라는 변호사일 게 뻔하고 그 옆의 젊은 사람이 바로 내가 필요한 저격수일 것이다.

"아이고, 이런 유명한 분을 뵙게 되다니 영광이올시다. 허허."

너스레를 떨며 명함을 꺼내는 중년 사내를 쳐다보지도 않았다. 대신 장도형 부사장에게 말했다.

"부사장님, 긴한 이야기를 해야 하니 다른 방에서 식사하시겠습니까. 인사는 나중에 하죠."

"아, 네."

명함을 꺼내던 변호사는 장도형의 눈짓에 황급히 밖으로 나갔다. 이 기회에 재벌가와 엮였으면 하는 기대가 있었던지 나가는 발걸음이 무거워 보였다.

"앉읍시다, 검사님."

"아, 네."

30대 중반을 향해 달려가는 사내는 그리 초조해 보이지도 않았고 긴장한 것 같지도 않았다. 마음 비운 게 확연히 드러났다.

"곧 검찰을 떠나신다고 들었습니다."

그의 앞에 놓인 술잔에 소주를 따르며 말했다.

"아, 네. 그렇게 됐습니다."

"그 조직이 튀는 사람을 가만히 두고 보지 못하죠. 군대보다 더하다고 들었습니다."

"진도준 씨도… 아, 이거 뭐라 불러드려야 할지…."

"괜찮습니다. 어차피 대학 후배 아닙니까? 편히 부르세요."

그는 이마를 탁 치며 반가운 표정으로 말했다.

"아차차. 깜빡했어요. 우리 과 출신이죠? 재벌 3세가 법대 출신이라는 게 흔한 일이 아니어서 생각 못 했습니다."

"저도 익숙하지 않아요. 입학만 했지 제대로 공부한 적이 없어서. 흐흐."

역시 우리나라는 학연이, 그중에 대학이 최고다. 조금 전까지 불편한 기색이 역력하던 이 사람도 대학 후배라는 인연 하나만으로 갑자기 편한 표정으로 변했다.

"그래도 우리 후배님은 참 대단해요. 그쪽 애들은 집안만 믿고 판판이 노는 게 대부분인데, 참! 성적도 어마어마했죠?"

재벌과는 맺힌 게 많은 사람이라 그런지 곱지 않은 말부터 쏟아낸다. 기업 비리 파헤치다 윗선의 압력으로 수사 중단한 적이 많은 사람답다.

"옛이야기만 하기에는 시간이 부족합니다. 소주 마시며 모교 이야기하는 건 이번 일 끝나고 나서 하는 거로 미루죠."

그는 손에 든 술잔을 내려놓았다.

"서두르는 걸 보니 급하시군요."

"네, 오늘 저녁 뉴스에 때려야 하니까요."

"오늘?"

"기자 동원은 전화 한 통이면 끝납니다. 대본도 나와 있는데 배우가 없어요."

"캐스팅은 끝난 거 아닙니까? 두둑한 개런티를 보장받고 이 자리에 나왔습니다만."

그가 찡그린 얼굴로 말했지만 난 미소를 지었다.

"감독으로서 연기력은 확인해야 하니까요."

난 서류뭉치를 그에게 쓱 밀었다.

"대본 먼저 보시죠. 오디션은 그 후에…."

주연 배우 후보인 검사는 후다닥 서류를 펼쳤다. 한 장 한 장 꼼꼼히 읽어 가던 그는 눈을 빛낼 때도 있었고 답답한지 물을 들이켤 때도 있었다. 고기 한 점 올리지 않은 숯불의 열기가 식을 때쯤 서류를 덮었다.

"누군지 빠졌군요."

"그게 누군지를 찾아내는 게 검사가 할 일이죠."

"찾아내야 합니까?"

이미 대본의 끝이 어디로 가는지 짐작한 걸 보니 머리 회전은 쓸 만

했다.

"아뇨. 범인이 누군지 모른 채 끝나는 이야기니까요."

그는 손가락 사이의 담배를 슬쩍 흔들며 양해를 구했다.

"얼마든지."

머리를 끄덕이자 그는 담배에 불을 붙여 연기를 한껏 빨아들였다.

"1000억 원대의 해외 비자금도 문제지만, 아예 존재하지도 않는 외국 기업을 사들인다는 명목으로 돈을 빼돌렸으니… 죄질이 악랄합니다."

곧 옷 벗을 검사지만, 순순한 정의감에 불을 지를 만큼 깊은 분노를 느꼈나 보다.

"횡령, 배임, 재산 국외 도피… 50억 이상이면 최하 10년인데…."

"최고 무기까지 가능하죠. 게다가 공소시효가 10년이니 아직 3년 남 았습니다."

"법대에서 마냥 놀지는 않았군요. 잘 아시네요."

"그 자료 정리하면서 확인하느라 오랜만에 법전을 좀 뒤졌습니다. 다 까먹은 지 오래됐어요. 하하."

검사는 함께 웃을 여유는 없어 보였다. 자기 일이 이 범죄를 끝까지 파헤치는 게 아니라 군불만 피우고 끝낸다는 걸 알기 때문이다. 마치 고 기는 굽지 않고 열기가 식어 버린 이 식탁 위의 숯불처럼.

"후배님, 내가 이거 터트리면 수습하기 어려울 텐데요? 아무리 생각 해 봐도 이 돈의 주인은 순양그룹 사람이 확실한 거 같은데? 내부자료 가 아니면 이런 디테일은 못 구하거든."

그의 눈에 비친 호기심을 읽었다. 많이 알면 다친다는 진리를 모를 리 없건만 호기심은 위험을 잊어버릴 정도의 강력한 감정이다.

"마무리는 제가 알아서 합니다. 선배님은 도화선에 불만 붙여 주세 요. 그리고 쓸데없는 넘겨짚기는 서로를 불편하게 합니다. 아실 만한 분이 왜 이럽니까?"

"그, 그런 게 아니라 타다가 꺼지면 불붙인 난 완전히 끝장이라서…."

후배라며 다소 편하게 대했던 그가 당혹감을 감추지 못하고 말을 더듬었다.

"각오하고 나오신 것 아닙니까? 뒤는 책임진다는 말 못 들으셨어요?"

"아, 물론 들었지만…."

"그럼 지금 결정하세요. 바쁜 사람 붙잡고 눈알 굴리지 말고!"

언성을 높이자 자세를 낮추는 모습이 확연히 드러났다. 힘을 쥐고 흔들어 본 자는 자신보다 더 강한 힘을 가진 자의 태도에 민감하다. 대번에 내 눈치를 보기 시작했다.

"공무원 퇴직금이 얼만지 모르겠지만, 평생 돈 걱정 안 해도 될 만큼 책임지는 데 앞일을 걱정하는 겁니까?"

"좋습니다. 후배님만 믿고 검사 신분증 제대로 한번 써보죠, 뭐."

그는 큰소리치며 서류를 챙겨 들었다.

"기자회견에서 꼭 강조해야 할 부분은…."

"후배님, 주연 배우한테 믿고 맡겨 봐요. 이런 일 한두 번도 아니고, 중요 포인트는 내가 더 잘 짚을 겁니다."

자신감을 확 드러내는 그를 보고 웃으며 소주병을 들었다.

"잘 좀 부탁합니다. 선배님."

그도 웃으며 잔을 내밀었고 난 보통의 후배처럼 공손히 두 손으로 잔을 채웠다.

다시 서울로 올라가는 차 속에서 나는 마지막까지 신중하게 점검했다.

"저녁 뉴스에 나올 수 있도록 차질없이 준비하세요."

"기자들은 이미 대기 중이고 보도국도 적극적으로 협조하기로 했습니다. 최소 2분 이상 나올 것이며 가능하면 첫 꼭지로 배치하겠다는 말까지 들었습니다."

장도형 부사장은 오늘 준비한 것을 차분히 보고했다.

"검찰총장 미팅도 문제없겠죠?"

"네. 처음엔 영문을 몰라 주저했지만, 돌아가신 회장님의 말씀을 전한다고 하니 선뜻 응하더군요."

"수고했습니다."

장도형은 내 눈치를 슬쩍 살피더니 종이 한 장을 꺼냈다.

"뭡니까? 이건?"

"실장님께서 이사회를 무산시키시려는 것 같아 미리 입수한 명단입니다."

어떤 명단인지 알 것 같다.

"이사회 때 부회장님의 수족으로 임명될 사람들이군요."

순양금융그룹의 새로운 대표이사와 임원들의 조직도가 한눈에 들어왔다.

"네, 좀 괘씸한 마음이 드는 놈들도 있더군요."

"이번 일이 일면 잘된 부분도 있네요. 흑백을 명확히 가릴 수 있으니 차제에 싹 정리합시다."

"네. 전부 해임…."

"아뇨."

난 머리를 짧게 흔들었다.

"해임으로 끝내면 안 됩니다. 누가 보더라도 눈살을 찌푸릴 정도의 불명예를 안겨 줘야 합니다. 모두 지방 지점이나 고객센터로 발령 내고 감사팀도 돌려서 좁쌀만 한 잘못이라도 무조건 찾아내도록 하세요. 사표를 내더라도 곱게 보내 주는 일은 없어야 합니다."

이를 악문 내 모습에 장도형은 세차게 머리를 끄덕였다.

10장

깨어진 동맹

『1000억 원대의 거액을 비자금 저수지라 일컬어지는 말레이시아 라부
안의 국제은행에 숨겨 둔 정황을 포착해 수사하였습니다. 현재까지 조
사한 내용을 말씀드리겠습니다. 이 비자금은 국내 굴지의 대기업 오너,
다시 말씀드립니다. 자금의 실소유주가 법인이 아닌 개인 오너입니다.
…특히 자금 조성 경위는 기존의 횡령과 그 결을 달리합니다. 존재하지
않는 유령 해외 기업을 매입하는 명목으로 거액을 빼돌렸고, 이미 검찰
은 관련 증빙 서류를 추적 중입니다. 이 비자금은 IMF 외환위기 당시
에 조성한 것으로 보이며…
이 계좌의 소유자는 곧 소환할 예정이며 피의자로 전환될 확률이 높다
는 점을 다시 한 번 말씀드립니다.』

TV를 끄고 술병을 들었다.

"머리 아프시겠습니다. 총장님."

입술을 살짝 깨문 검찰총장이 잔을 들어 술을 받았다.

"오후에 저런 깜짝 쇼를 저질러 놓고 잠수 탔답니다. 검찰청 기강이
이 정도까지 개판이니 원…. 평검사가 윗전 몰래 기자회견할 정도면 방
송 타서 얼굴 알리고 개업한다는 소리밖에 더 됩니까?"

술은 입도 대지 않고 잔을 내려놓은 검찰총장은 의심에 찬 눈으로 나
를 바라보기 시작했다.

"아무튼, 지검장이 알아서 처리해야겠지요. 그런데 말이오. 혹시…?"

"왜요? 저 계좌의 주인이 순양그룹 같습니까?"

"저 회견을 미리 감지했기 때문에 날 만나자고 한 것 아니요? 돌아가신 회장님까지 팔아서?"

"방금 들으셨죠? IMF 때 빼돌린 돈입니다. 전 그때 대학 신입생이었고요. 제가 저 정도 큰돈을 만들 시간이 있었겠습니까?"

"내 말은 그게 아니고, 진영기 부회장을 대신해서 나온 거 아니냐는 뜻이지. 아니면 진동기 부회장?"

내가 대답을 하지 않자 그는 이마를 탁 쳤다.

"이런! 돌아가신 진 회장님 계좌였구먼. 그래서 회장님이 남기신 말을 전한다며…."

"아닙니다, 총장님. 전 다른 일 때문에 총장님을 뵙자고 한 겁니다."

그에게도 법무부 장관과 같은 종류의 메모를 내밀었다.

"부장검사 시절부터 할아버지와 인연을 쌓아 오셨더군요."

검찰총장의 반응도 법무부 장관과 다르지 않았다. 처음에는 깜짝 놀랐고 당황했으나 곧 의문을 품고 여러 가지를 물었다. 나는 법무부 장관에게 했던 말을 고스란히 되풀이했다. 총장은 지금껏 유지했던 비밀스러운 관계가 계속된다는 것에 안심하는 눈치였고 공격적인 큰아버지가 아닌 내가 그 일을 이어받은 것을 오히려 다행으로 여기는 것 같았다.

"이거, 좀 쑥스럽긴 하지만 이 말은 해야겠습니다. 잘 부탁합니다."

"별말씀을 다 하십니다. 앞으로 더 큰일을 하실 분인데 미약하나마 도움이 됐으면 합니다."

"내게 큰일이 남아 있겠어요? 검사의 끝은 총장인데 그 끝을 봤으니 내려가는 일만 남았습니다."

"그럴 리가요. 일전에 법무부 장관님을 뵈었는데 내각 개편이 머지않았다고 합니다. 그 개편에 법무부 장관님도 당연히 들어가고요. 그러니

총장님께서 뜻이 있으시다면 내각에 합류하는 것도 불가능한 일은 아니죠."

"아이고, 언감생심 장관은 무슨⋯."

관심 없는 척해도 눈빛이 달라지는 걸 나는 놓치지 않았다.

"이미 국회 인사청문회까지 통과하신 분이니 검증까지 끝냈습니다. 청와대 측에서 보면 단연 1순위죠."

이만하면 총장의 귀는 즐겁게 해줬다. 이제 요구할 타이밍이다.

"그런데 총장님. 저 1000억대 비자금 사건, 당분간 모른 체하고 내버려 두실 수 없겠습니까?"

"그게 무슨⋯?"

아주 잠깐 눈을 깜빡거리더니 무릎을 탁 쳤다.

"역시! 이거 순양이 관련된 건이구먼!"

"글쎄요? 아직은 모르는 일이죠. 아마도 총장님께 이 수사 덮으라는 부탁을 가장 먼저 하는 자, 그자가 비자금 계좌의 주인이겠죠. 전 덮지 말라고 부탁하는 것이니⋯ 좀 다르죠?"

한동안 인상을 찌푸린 채 아무 말 없던 총장이 서서히 표정을 풀었다.

"몰라야 할 것을 많이 알게 되는 게 무슨 뜻인지 알아요?"

갑자기 뜬금없이 하는 말은 무슨 의미인 걸까?

"방금 뉴스에 나온 저런 젊은 검사는 이렇게 생각하지. 자신이 점점 더 중요한 사람이 되어 간다고 말이지."

"사실은 점점 더 위험해지는 줄도 모르고 말이죠."

"역시 잘 아는군. 몰라도 되는 것에 호기심을 보이지 않는 게 오래가는 비결이라오."

검찰총장의 얼굴에 미소가 번졌다.

"모른 척하면 되나?"

"그렇습니다. 담당 검사가 수사하는 걸 총장이라고 막을 수는 없다. 이 정도면 됩니다."

"그럼 덮어야 할 시점은?"

"따로 연락드리겠습니다."

"그런데 이거 하나는 알아두시오. 덮은 사건은 언젠가는 고개를 들고 다시 올라오는 법이오. 그때는 내가 검찰총장 자리에 없을 거요. 못 막을 수도 있어."

"공소시효가 3년 남았습니다. 푹 묵혔다가 잘 익었을 때 꺼내 쓰십시오. 그때쯤이면 총장님께서 법무부 장관님이 되어 계실 수도 있으니까요. 전 지금 쓰는 것만으로 충분합니다."

"한입 베어 물고 내게 남겨 주는 건가? 허허."

"1000억이라는 거액입니다. 제가 아무리 뜯어 먹어 봤자 줄어든 티도 나지 않을 겁니다."

"이거 오늘 선물을 잔뜩 받은 것 같은데…. 가만히만 있어도 된다니 미안한 마음마저 드는구려."

권력을 쥔 자는 늘 돈을 쥔 자에게 미안한 마음만 가지면 된다. 많이 받고 적게 주는 게 그들의 특권이니까.

"부담드리지 말라는 게 할아버지의 가르침이었습니다. 신경 쓰지 않으셔도 됩니다."

주고받는 계산이 끝나고 우리는 잔을 들었다. 이 정도면 성공적인 거래 아닌가?

술잔을 기울이며 나는 끊임없이 울리는 핸드폰을 매우 흡족한 마음으로 바라보기만 했다. 진동기 부회장의 애타는 마음이 부재중 전화 숫자로 드러났다.

찾아오는 놈이 아래다. 큰아버지가 자존심을 꺾고 내 방으로 오도록 만들어야 한다. 똥개도 자기 집 마당일 때는 크게 짖는 법이니까. 순양 본관 내 사무실로 돌아가 느긋하게 회전의자 놀이나 하고 있을 때 문이 벌컥 열리며 진동기 부회장이 모습을 드러냈다.

"너…!"

"아, 큰아버지. 어쩐 일이세요? 여기까지?"

"왜 전화는 안 받는 게냐?"

"전화하셨어요? 진동으로 해놨나? 못 들었습니다. 짐 싸느라고요."

"뭐? 짐?"

"네, 다음 주면 저 쫓겨난다고 하셔서 짐 싸는 중이죠."

진동기 부회장은 내 방을 쓱 둘러보더니 소리 질렀다.

"지금 감히 날 놀리는 게냐? 짐 싼 흔적은 하나도 없잖아!"

난 내 책상 위를 가리켰다. 그곳에는 치약과 칫솔 하나만 덩그러니 놓여 있다.

"제가 이 사무실을 자주 이용하지 않다 보니 아무리 뒤져도 저게 전부더군요."

진동기 부회장은 우리 집안사람 중에서 그나마 인격을 갈고닦았다. 새파란 어린 조카가 이 정도 약 올렸으면 뭔가 집어던지거나 멱살 쥐고 흔들어도 그리 이상하지 않건만 꽉 쥔 주먹만 부르르 떠는 게 전부다.

"아, 죄송합니다. 일단 앉으시죠. 하실 말씀이 많아 보이는데…."

진동기 부회장은 거친 숨이 잠잠해질 때까지 나를 노려보다 소파에 털썩 앉았다.

"뉴스 잘 봤다."

"보셨군요. 놓쳤으면 큰일 날 뻔한 뉴스 아닙니까?"

"너 바보냐?"

큰아버지는 빙글빙글 웃는 나를 죽일 듯 노려봤지만 이미 목소리는 많이 차분해졌다.

"그렇게 보입니까?"

"이판사판이야? 라부안의 비자금 자료를 검찰에 던져 주고 함께 죽을 셈이었어? 그게 날 협박하는 방법이야?"

"정말 절 바보로 보십니까? 그 비자금을 어떻게 만들었는지를 검찰이 알고 있습니다. 정말 그들이 수사해서 찾아낸 것일까요?"

"네가 준비했겠지. 서류는 아직 네 손에 있나? 아니면… 블러핑일 수도 있고."

"믿고 싶은 대로 추측하시면 단순한 위안으로 끝난다는 걸 잘 아실 만한 분이 왜 이러십니까? 현실을 보세요."

"현실? 너야말로 큰 착각을 하는 거다. 설사 서류가 있다 해도 난 모르는 일이라고 하면 돼. 게다가 비자금은 네 손에 있다. 검찰 조사의 첫 대상은 너야. 너부터 시작해서 나까지 온다고 생각했던 거라면 넌 아직 어린 애다. 수사는 네가 처음이자 마지막이야. 네 무덤을 스스로 판 꼴이라고."

자신 있게 말하지만, 그의 표정에는 불안이 서려 있었다. 내가 그 정도로 멍청한 바보가 아니라는 걸 알기 때문이다.

"왜 제가 첫 번째 수사 대상이라고 생각하시죠? 전 1000억 원의 비자금은 구경도 못 했는데? 아, 정정할게요. 구경은 했습니다."

자신만만한 내 표정과 '구경만'이라는 말 때문인지 큰아버지의 얼굴에 불안함이 더욱 짙어졌다.

"그 돈은 고스란히 그 은행에 잠자고 있습니다. 전 돈을 찾지도, 옮기지도 않았어요. 그 어디에도 제 흔적은 없습니다."

마침내 그의 얼굴이 하얗게 질려 버렸다. 물론 입도 벙긋하지 못했다.

"IMF 때 남미의 유령회사 매입 서류도 있고 그 일을 진행했던 두 직원은 외국에서 유유자적하며 살고 있습니다. 물론 언제든 증언할 수 있는 상태로 말이죠. 그리고 은행의 카드와 계좌 등도 다 제 손에 있으니 그 돈을 어떻게 지워 버릴 수도 없습니다."

"너… 넌 처음부터…?"

"설마 처음부터 그럴 생각이었겠습니까? 딱히 필요한 돈도 아니고 해서 그냥 내버려 둔 겁니다. 그걸 이렇게 써먹을 줄 저도 몰랐어요."

순진한 척 시치미를 뗐지만 믿는 것 같지 않다. 온갖 자료와 증인까지 미리 숨겨 둔 건 처음부터 작정했다는 증거다. 하지만 큰아버지는 더이상 따지지 않았다. 지나간 일이 아니라 닥쳐올 일을 해결하는 게 우선이라는 걸 아는 사람이기 때문이다.

"너 때문에 오늘 뉴스에 나온 검사는 인생이 망가질 거다."

한참 만에 입을 연 큰아버지는 내게 강력한 경고를 보냈다.

"출세욕에 사로잡힌 검사의 섣부른 수사, 그 때문에 국내 유수 기업의 오너 명예를 더럽힌 놈으로 낙인찍혀 변호사 개업도 못 하게 될 테니까."

이런 뻔한 수법이 내게도 통할 거로 생각한 것인가? 아니면 이것 외에는 빠져나갈 방법이 없는 것인가?

"큰아버지! 일인 시위하는 공장 근로자 하나를 나쁜 놈으로 만들어 사안의 근본을 감추는 일, 이번에도 통할 것 같습니까? 상대가 다릅니다."

"검사나 공장 근로자나 내게는 별반 차이 없어!"

"그 검사 뒤에 제가 있습니다. 전 그 검사를 스타로 만들 힘이 있어요. 잊으셨군요. 우리나라 미디어의 절반을 손에 쥐고 흔드는 권력자가 누군지!"

또다시 그의 얼굴이 하얗게 질렸다. 그룹에 조금도 관여하지 않는 내 아버지의 존재를 이제야 떠올린 것이다.

"한국의 절대 권력이라는 순양그룹에 맞서는 용기 있는 검사, 온갖 유혹을 물리치고 기업 비리를 파헤친 정의로운 검사, 비자금 1000억을 국고로 환수시킨 명예로운 검사. 딱 일주일 동안 예능 프로그램에 나와 떠들면 국민 영웅이 될 겁니다. 아시겠지만 뉴스보다 예능 프로그램의 시청률이 훨씬 높아요."

큰아버지는 언론과 여론 전쟁에서 단 한 번이라도 밀리면 자신의 주장이 전부 비리 재벌의 변명으로 전락한다는 것을 깨달았을 것이다.

"아직 시간은 있습니다, 다음 주 이사회 때까지 전 그 검사를 스타로 만들 테니까 큰아버지께서는 그자를 천하의 개잡놈으로 만들어 보십시오. 누가 이기나 한번 볼까요? 아 참, 하나만 명심하십시오. 아직 이 나라 국민은 재벌의 입보다 검사의 입을 더 신뢰한다는 것을요."

나는 멍하니 앉아 있는 큰아버지를 두고 일어섰다.

"이사회에서 어떤 입장을 취해야 할지 잘 생각해 보시기 바랍니다."

책상 위의 치약과 칫솔을 주머니에 쑤셔 넣고 마지막 경고를 던졌다. 그의 얼굴은 여전히 하얗게 질려 있었다.

▲ ▲ ▲

"저격수는 어디 있습니까?"

"기자회견 끝내고 호텔로 옮겼습니다."

"쓸데없는 짓 못 하게 잘 감시하십시오."

"네. 그 친구 핸드폰도 제가 갖고 있습니다. 그런데 검찰 내부에서는…?"

"다 막아 뒀습니다. 다들 모른 척할 겁니다."

장도형 부사장의 얼굴에 화색이 돌았다. 검찰 윗선에서 움직이면 어떤 양상을 띨지 모르니 불안했던 것 같다.

"기자들은요?"

"회견장에서 기사 받아쓴 애들에게는 술값 넉넉히 쥐어 줬습니다."

"방송사 보도국 간부들은 줄타기할 겁니다. 딱 일주일만 참으라고 하십시오. 일주일이면 다 끝나니 줄타기 삐끗하면 돌이킬 수 없다는 경고도 확실히 하시고요."

"네. 오늘 저녁부터 한 명 한 명 만나 단단히 못 박아 두겠습니다."

장도형 부사장은 자신 있게 말하면서도 내 눈치를 살폈다. 총알을 달라는 의미다.

"아래층에 시큐리티 직원들이 대기 중입니다. 오늘부터 함께 움직이십시오. 사과 상자 잔뜩 실은 봉고차로 따를 겁니다. 국장급은 10억씩 돌리고 그 이하 간부들은 5억씩 돌리세요. 깨끗하게 세탁한 돈이니까, 걱정하지 말고 펑펑 쓰라고 하십시오."

장도형의 입이 떡 벌어졌다.

"시, 실장님, 너무 많습니다. 그들에게는 10년 치 연봉이 넘는 돈인데…."

"10억은 챙겨야 1억은 돌려보내지 않겠습니까?"

"네?"

"진동기 부회장은 분명 보도 자제를 위해 1억쯤 돌릴 겁니다. 언론인들은 둘 중 하나를 선택해야 하는데 열 배 차이는 나야 고민을 안 합니다."

"아, 네."

"그리고 보나 마나 광고 물량 빵빵하게 밀어주겠다고 전 언론사에 설레발을 칠 겁니다. 하지만 국장급도 월급쟁이죠. 회사가 돈 많이 버는 것도 분명히 신경 써야겠지만, 자기 주머니에 들어올 10억을 생각하면 그깟 회사 광고 물량 정도는 하찮게 보이겠죠."

"그러니까 아예 회사 사정은 싹 잊어버릴 만큼 지르는 거군요. 양심의 가책 따위는 떠올리지도 못하게."

"바로 그겁니다. 그러니까 방송이나 기사 추이를 지켜보다 삐딱선 타는 기자가 나오면 돈 걱정하지 말고 그놈들에게도 뿌리세요. 1억이든 2억이든 그놈들 입이 떡 벌어지게 줘야 합니다. 아시겠습니까?"

이런 긴급한 상황에서 돈을 뿌릴 때는 시세나 관행을 따르면 안 된다. 돈 받는 놈이 나를 미친놈이라고 생각할 만큼 확 질러야 한다. 적당히 주면 그놈들이 내 편의를 봐준다고 생각하며 내 머리 위에서 놀려고 하지만, 입이 떡 벌어지게 줘버리면 순한 양처럼 고분고분해진다.

앞으로 일주일 동안, 대한민국 모든 언론이 내가 시키는 대로 기사를 써야 하고 방송해야 한다. 내가 노래 가사로 기사를 대체하라고 해도 군말 없이 따를 만큼 돈으로 끌고 가야 한다. 어쩌면 삼국지가 초한지로 바뀌게 될지 모른다. 가진 돈을 다 퍼부어도 아깝지 않다.

▲ ▲ ▲

진동기 부회장은 계속 휴대전화만 만지작거렸다. 상황이 이쯤 되면 자기 뜻을 물어보거나 확인하기 위한 전화가 빗발쳐야 하는데 단 한 명도 전화하지 않았다. 밖에서 바쁘게 뛰어다니는 비서실 직원들의 부정적인 소식만 간간이 들릴 뿐이다.

"야! 뭐야? 소문이 사실이야?"

노크도 없이 문을 벌컥 열고 들어와서 소리 지를 사람은 뻔하다.

"무슨 소문?"

"라부안 비자금! 유령회사 매입으로 위장해서 돈 챙긴 게 너 맞아?"

얼굴을 찌푸린 채 아무 말 하지 않는 동생을 보며 진영기 부회장은 혀를 찼다.

"해먹었으면 들키지를 말아야지. 이 중요한 시기에 그런 뉴스가 나오면 어떡하자는 거야!"

"뉴스의 주인공이 나라고 누가 그래?"

"너 빼고 모두! 이 빌딩에서 왔다 갔다 하는 놈들 전부 구시렁거려. IMF 때 해고한 숫자만 기천 명이야. 그런데 넌 1000억씩이나 빼먹었으니, 우리 보는 눈이 존경은커녕 벌레 보는 것 같다고!"

"그만하자. 파헤치면 형님도 수두룩하잖아. 순양전자 수출 대금 환차익을 개인 주머니에 넣은 거만 해도 수백억이지? 그거 뉴스에 나오게 해줘?"

신경 날카로운 동생의 한마디에 진영기는 한숨만 내뱉었다.

"아무튼, 빨리 수습해. 아직 순양이라는 이름 안 나왔을 때 덮어. 이럴 때 대대적인 인사발령 내면? 그룹 분위기 진짜 개판 된다."

"잔소리 그만하고 형님도 좀 나서 봐. 이대로 가면 다음 주 이사회 때 난 빠질 수밖에 없어."

"갑자기 그게 무슨 소리야? 이사회에 빠지다니?"

"이거 도준이 그놈이 벌인 일이야. 내 약점 틀어쥐고 금융그룹 지키려는 수작이라고."

진영기의 눈이 커졌다.

"도준이? 그놈이 어떻게?"

"설명하려면 길어. 아무튼, 그놈이 내 비자금 증거와 증인까지 확보해 놓고 협박하는 중이야. 게다가 그놈이 무슨 수를 썼는지 몰라도 법무부 장관도, 검찰총장도 뜨뜻미지근해."

"그놈들이?"

"상황 파악할 시간을 조금만 달라고 하더라고. 내부 반발 없이 조용히 덮으려면 지금 당장은 어렵다나?"

"제기랄, 그런 거 신경 쓸 여유 없으니까 그냥 내버려 둬. 알아서 잠잠해지도록 하겠지. 지들이 어쩌겠어?"

이번엔 진동기가 긴 한숨을 내뱉었다.

"명백한 증거와 증인을 손에 쥐고 언론에 돈을 뿌려대면? 도준이는 힘없고, 줄 없는 일반인이 아니야. 우리처럼 이곳저곳 인맥을 동원할 수 있는 놈이라고."

진동기의 우는소리에 진영기 부회장은 머리를 세차게 저었다.

"너도 돈 있고, 줄 있고, 힘도 있잖아! 알아서 해. 난 다음 주 이사회 무산되는 꼴은 못 본다."

진영기는 단단히 엄포를 놓고 동생 방에서 도망치듯 나왔다. 그런 그의 얼굴에는 묘한 웃음이 감돌았다.

"강력한 한 칼이 있다, 이거지?"

집무실로 돌아온 진영기는 즉시 비서실장을 호출했다.

"백 실장, 내 방으로. 즉시."

진영기는 부리나케 달려온 백 실장에게 진동기 부회장의 일을 자세히 설명한 뒤 의견을 물었다.

"어떻게 생각해?"

"이사회는 무산될 것 같습니다. 해외계좌의 1000억 정도야 별일 아니지만, 하필 IMF 때라는 게 걸립니다. 여론의 뭇매를 맞을 게 뻔한데…."

진영기 부회장은 손을 저으며 백 실장의 입을 막았다.

"내 말은 그게 아니라 이 기회에 동기를 잠시 물러나게 하면 어떨까 하는 거야. 그놈이 부회장직을 잠시 내려놓으면 누가 중공업 계열을 맡아야 할까? 나 말고 없잖아."

"아…!"

백 실장의 얼굴이 조금 붉어졌다. 이런 아이디어는 책사라는 자신이 냈어야 비서실장이라는 직책이 부끄럽지 않기 때문이다.

"그 말씀은 진도준이 쥐고 있는 증거를 부회장님께서 챙기셔야 하는데…. 순순히 내놓겠습니까? 금융 계열사를 뺏기지 않으려고 큰아버지를 협박하는 놈인데요."

"그놈도 이젠 시커면 욕심을 확 드러낸 거지?"

"네. 뭐, 짐작은 했지만 이젠 노골적이기까지 하죠."

"그럼 그 욕심을 조금 채워 주면 내가 원하는 대로 움직이겠지."

백준혁이 비서실장까지 오르는 데는 진영기의 마음을 빨리 읽어 내는 눈치도 한몫했다.

"제가 한번 만나 보겠습니다. 정확히 뭘 쥐고 있는지, 그리고 원하는 게 어디까지인지 파악하는 게 우선인 것 같습니다."

진영기 부회장의 얼굴에 만족스러운 미소가 번졌다.

"서둘러."

▲ ▲ ▲

뉴스와 신문을 보며 돈의 위력을 확인했다. 사돈댁의 치부라고 생각한 한성일보는 기사 한 줄 내지 않으며 언급을 하지 않았지만, 나머지 언론은 노골적이지 않게 부정적인 기사를 실었다. 뉴스는 순양그룹이라는 이름은 언급하지 않고 검찰의 엄중한 수사를 요구하는 논조를 유지했다. 대신 인터넷판에는 조심스레 순양의 이름을 흘리는 것으로 받은 돈값을 했다. 기사에 만족하며 신문을 접었을 때 띠링하는 문자 알림음이 울렸다.

[진영기 부회장님 비서실장 백준혁입니다. 긴히 드릴 말씀이 있으니 잠시 시간 좀 내주십시오.]

'어라? 갑자기 진영기 부회장이 왜 접근하는 걸까? 위협이라도 하려는 걸까? 뭐, 만나 보면 뭘 원하는지 알 수 있겠지.'

진영기 부회장은 에둘러 말하는 사람이 아니니 긴 이야기는 필요 없을 것이다. 나는 백 실장이 말한 회사에서 좀 떨어진 카페로 갔다. 카페

문을 열고 들어서자 먼저 와 기다리던 백 실장이 일어나 머리를 숙였다.

"백 실장님이 제게 연락을 다 주시고. 무슨 일입니까?"

"차 한 잔하며 숨이라도 좀 돌리시죠."

개는 주인 성격을 따라간다고 했던가? 흥분하면 본심을 숨기지 못하는 우리 큰아버지의 성격을 얼마나 닮았을까 궁금하다. 난 의자 등받이에 한껏 몸을 기대며 최대한 거만한 재벌 3세처럼 자세를 취했다.

"거, 우체부는 편지만 전달하지? 편지 쓴 주인 흉내 내지 말고."

"말씀이 좀 심하시군요."

자존심을 긁는 한마디에 벌써 얼굴이 붉어지며 발끈한다.

"참 내, 별⋯."

의자에서 벌떡 일어나니 당황한 그도 따라서 일어섰다.

"문자 한 통에 달려 나오니까 주도권을 잡았다고 생각해? 큰아버지 대리라고 생각해서 나온 거야. 회사에서 거리가 떨어진 이곳으로 잡은 건 은밀히 할 이야기가 있다는 뜻이겠지? 그것 때문에 나온 거지 당신이랑 차 마시며 시간 때울 생각은 없어."

내 말에 백 실장은 입술을 한번 꾹 깨물더니 입을 열었다.

"일단 진정하시고 앉으시죠. 부회장님 말씀 바로 전하겠습니다."

못 이기는 척하고 나는 다시 앉았다. 이제 나를 떠보는 말 따위는 꺼내지도 못할 것이다.

"혹시 진동기 부회장님 비자금에 관련된 자료를 갖고 계시는지요?"

아직 뭔가를 더 알아내려고 애쓰는 모습이 보인다. 기특하긴 하지만 장단 맞춰 줄 생각은 없다.

"편지만 전해. 질문은 내 몫이야."

백 실장은 다시 옅은 신음을 내고, 천천히 말했다.

"진동기 부회장님에 관련된 자료를 원하십니다."

"정확히 뭔지는 알고?"

"비자금 증거라는 것은 아십니다."

"그 증거를 어디에 쓰실까?"

"그것까지는 저도 알지 못합니다."

모를 리가 있나? 하지만 아는 걸 말할 것 같지도 않다.

"설마 그냥 내달라는 건 아니겠지? 눈엣가시 같은 동생을 단번에 날려 버릴 수 있는 강력한 폭탄인데?"

진동기 부회장을 날려 버릴 자료라는 말에 그의 눈이 반짝인다.

'옳지! 날 쳐내는 것보다 경쟁자를 제거하는 걸 더 원하는군!'

진동기 부회장이 날아가면 순양그룹 회장실은 저절로 진영기 부회장 손에 들어가는 셈이니까 말이다.

"원하는 걸 말씀하시랍니다."

정확하다. 이 제안의 목적은 진동기 부회장이다.

"제안을 먼저 꺼낸 쪽에서 지갑을 보여 줘야지."

"사는 사람이 가격을 제시하는 상거래는 없습니다만."

"장사 하루이틀 하나. 안 파는 물건 살 때는 돈다발부터 내미는 거 몰라?"

백 실장은 아무 말 못 했다. 자기 선에서는 단돈 10원도 쓸 수 없는 처지 아닌가?

"돌아가서 주인님한테 다시 확인해야겠지?"

진영기 부회장의 속마음을 알았으니 백 실장에게 볼일은 끝났다. 의자를 밀고 일어섰다.

"혹시나 해서 알려 주는 건데, 내가 가진 자료를 진동기 부회장을 궁지에 몰아넣는 정도의 가치로 판단하지 마시라고 조언해. 진동기 부회장을 궁지로 몰아넣은 다음 얻을 수 있는 것의 가치를 생각해서 가격

정해야 할 거야."

여전히 굳은 표정의 백 실장이 이를 악물었다.

"이봐요, 진도준 씨. 아무리 아쉬운 게 내 쪽이라고 해도 이 말은 해야 겠소. 최소한의 예의는 갖춰. 그룹 내에서 두 부회장님 외에 내게 함부로 반말하는 사람은 없다고. 부회장님 장남인 진영준 상무도 꼬박꼬박 존대한다는 걸 알아 둬."

마침내 폭발한 백 실장은 앉은 채로 나를 노려보며 말했다. 이런 자를 브레인이라고 곁에 두는 큰아버지가 안쓰럽다. 필요한 걸 얻을 때까지는 철저히 웃는 낯을 해야 하는 기본도 모르다니.

"아, 그러시군요. 그럼 정중하게 다시 말하죠. 큰아버지께 전하세요. 내가 가진 자료를 원하시면 백준혁 비서실장님의 해고는 필수라고."

백 실장은 순식간에 새파랗게 질려 버렸다. 내 입에서 이런 말이 나올 줄은 상상도 못 했을 것이다.

"우리 가족은 필요한 걸 얻을 수만 있다면 월급쟁이 정도는 언제든 버릴 수 있어. 그래서 월급쟁이들은 우리 가족만 보면 굽신대는 거고. 월급쟁이는 살아남기 위해서 간 쓸개는 집에 넣어놓고 출근해야 하는 걸 모르나 보지?"

내 모욕적인 언사에도 단 한마디 못 하는 백 실장을 남겨 둔 채 카페를 나왔다. 잘만 하면 내 손에 피 한 방울 묻히지 않고 둘째 큰아버지를 끝장낼 수도 있겠다. 물론 계산기 두들기며 어떤 입장을 취하는 게 더 이익인지 생각해야 한다.

이학재 회장에게 진영기 부회장의 제안을 말해 주니 당연하다는 듯 고개를 끄덕였다.

"진영기다운 선택이네. 딱 1년만 진동기를 그룹에서 쫓아내면 많은 일을 할 수가 있지."

"그런데 가능할까요? 1년이라면 실형 선고받고 옥살이해야 하는데, 최악의 경우라도 3심까지 가면 집행유예로 풀려날 게 뻔한데."

"네가 가진 그 자료의 파괴력 문제겠지? 옴짝달싹 못 할 정도라면 진영기가 이리저리 힘을 쓰면 일이 년은 가능할 거다."

고민하는 내 모습을 보며 이학재 회장은 넌지시 말했다.

"그 자료를 넘겨주고 순양중공업을 포함한 계열사 몇 개를 넘겨받을 수만 있다면 고민할 필요가 없겠지?"

"그러게요. 하지만 그렇게 할 사람은 아니니까 먼저 제안할 필요도 없어요."

"차라리 진동기와 협상해 보지 그러냐?"

"그게 낫겠죠? 궁지에 몰린 사람을 꺼내 주며 주고받는 게 아무래도 이익이긴 한데…."

눈이 마주친 이학재는 빙긋 웃었다.

"역시 빠르구나. 단박에 알아듣네."

"진영기 부회장이 이럴 때는 큰 도움을 주니까요. 흐흐."

비자금 증거를 진영기 부회장에게 넘긴다고 말하면 진동기 부회장은 어떤 표정을 지을까?

"그건 그렇고 하나 물어보자."

"네."

"도대체 어떻게 했길래 진동기가 힘을 못써? 이쯤 되면 사실무근이라든지, 기자회견 했던 검사의 사생활까지 파헤쳐서 출세욕에 눈이 뒤집힌 나쁜 놈으로 몰고 가는 게 정상인데…."

"검찰 쪽과 언론의 일주일 치 시간을 샀습니다."

"시간을 사?"

"네. 딱 일주일만 가만히 있어 달라고 했죠. 거의 100억가량 썼어요."

"뭐?"

"진동기 부회장의 스피커를 꺼버리는데 100억이면 싸게 먹혔다고 생각합니다."

이학재는 입을 떡 벌렸다.

"하이고, 기가 차서 할 말이 없다. 진 회장님도 그 정도까지 무지막지하지는 않았어."

"현찰은 할아버지보다 제가 더 많지 않겠어요?"

황당해 하는 이학재 회장의 표정을 보는 재미도 나쁘지 않다.

▲ ▲ ▲

"이야, 서슴지 않고 큰아버지를 협박하는 우리 조카가 어려운 발걸음을 다 하시고. 뭔가 또 새로운 협박거리라도 생겼나?"

마음이 무거울 텐데 억지로라도 여유 있는 모습을 보이려고 애쓴다.

"여전히 이사회에서 절 쫓아낼 생각입니까?"

"더 강하게!"

의외의 대답에 오히려 당황스럽기까지 했다. 역시 녹록지 않은 사람이다.

"내가 차분하게 생각해 봤어. 왜 너 같은 어린애가 이런 일까지 벌일 수 있는지를. 결론은 딱 하나만 나오더라고. 바로 순양그룹 창업주의 특별한 손자라는 세간의 인식, 그리고 순양금융 계열사의 대표, 이게 네가 가진 힘이었어."

이럴 때 보면 첫째 큰아버지와는 비교도 되지 않을 만큼 판단력이 좋다. 하지만 머리 잘 돌아가는 것만으로 충분하지 않다는 건 지금 이 상황이 말해 준다.

"그래서 절 쫓아내겠다는 생각은 변함없다는 뜻이군요."

"네가 순양그룹에 아무런 힘을 쓰지 못한다는 걸 세상이 아는 순간, 모두 등을 돌릴 거다. 그때는 내가 당한 이 수모를 고스란히 돌려주마."

"전 비자금 따위는 만든 적도 없고, 가진 적도 없는데요?"

"지금 내 돈이라고 떠들어대는 저 라부안의 비자금이 네 것이라고 순식간에 바뀔 거다. 강한 자의 입에서 나오는 말이 진실이야. 언론이든 검찰이든 순양의 울타리를 벗어나 홀로 서 있는 널 날카롭게 물어뜯을걸?"

이미 승자의 표정으로 나를 내려다본다. 내가 쫓겨나더라도 꼭 저 말처럼 되지는 않을 테지만 섬뜩한 마음이 드는 건 어쩔 수 없었다. 하지만 두 큰아버지들이 호시탐탐 서로 노리는 것을 멈추지 않는 한, 내겐 항상 위기에서 벗어날 기회가 온다.

"아이고, 그룹에서 쫓겨나고 해외로 돈이나 빼돌리는 재벌 3세로 손가락질받을 생각하니 이거 엄청 살 떨리는데요? 지금 세상은 절 잘생기고, 똑똑하고, 돈도 많은 재계의 총아라며 극찬하는데… 순식간에 쓰레기가 되는군요."

"그 칭찬이 질투의 다른 표현이었다는 걸 알게 될 거다. 질투가 본래의 얼굴을 드러내면 얼마나 험악한지 곧 깨닫게 되겠지."

난 잠깐 큰아버지의 눈을 바라보다 머리를 긁적였다.

"이거 혼자 죽을 수는 없으니 큰아버지 발목을 꽉 잡아야겠습니다."

"그런 일 없을 거다. 날 끝까지 물고 있기에는 네 힘이 약해."

"그럼 힘을 빌려야죠."

"뭐?"

이제 조금은 당황한 눈치를 보인다.

"제가 가진 비자금 자료를 아주 비싸게 사겠다는 분이 나타났거든요. 역시 옛말 틀린 게 없어요. 보물은 지킬 힘이 있는 사람 손에 들어가야 한다는 말이 정확해요."

내 얼굴에 미소가 번지자 큰아버지의 당혹감은 더욱 커졌다.

"전 비싸게 팔아먹고 돈이라도 챙겨야겠습니다. 그런데 조금 전에 하신 말씀은 되돌려 드리겠습니다. 강한 자의 입에서 나오는 말이 진실이니까 순양의 울타리를 벗어나 홀로 서 있는 큰아버지를 많은 사람들이 물어뜯겠는데요?"

눈치가 없는 사람이 아니라 내가 말한 강한 자가 누군지 대번에 알아들었다.

"너 형님 만났어?"

"백 실장이 먼저 찾아왔더군요. 원하는 게 뭔지도 물어보고 자료의 파괴력이 얼마나 되는지도 확인하고 갔습니다."

'먼저'라는 말이 먹혔다. 진동기 부회장의 얼굴이 붉게 타오르기 시작했다. 뒤통수 맞았다는 배신감, 그다음 찾아온 것은 분노겠지. 그리고 할머니 때문에 잠시 잊었던 사실이 그의 머리를 강타했을 것이다. 순양그룹을 놓고 손잡은 동맹은 아주 사소한 것 하나만으로도 쉽게 깨질 수 있다는 사실 말이다.

그는 갑자기 인터폰을 눌러 커피를 가져오라고 하더니 한 잔을 다 마실 때까지 아무 말 하지 않았다. 마음을 진정시키고 생각하는 모습이다. 커피 한 잔의 마지막 향기가 사라질 때쯤 그가 입을 열었다.

"네가 본색을 드러내니 왜 아버지가 널 그리도 끔찍이 아꼈는지 알겠어. 경쟁자를 이간질하는 게 보통이 아니야."

"이간질인 걸 아시면서도 받아들일 수밖에 없을 겁니다."

"독배라는 걸 알지만, 잔은 받아라?"

"독배까지는 아니고 몸에 해로운 것 정도로 해두죠."

"이사회 무산시키고 금융그룹을 그대로 놔두면 그 자료 전부 내게 넘길 거냐?"

"이사회 무산, 제 자리는 그대로. 이건 첫째 큰아버지에게 자료를 팔지 않는 대가죠. 자료 파기를 원하신다면 두 번째 제안을 하셔야 합니다."

"그 두 번째는 뭐지?"

난 자세를 고쳐 잡았다.

"그걸 한번 진지하게 논의하고 싶습니다, 큰아버지."

진동기 부회장은 살포시 웃는 내 모습을 못마땅하게 바라봤다.

"제가 첫째 큰아버지의 욕심을 얕봤습니다. 언론이나 검찰보다 더 확실한 곳이라는 걸 이제야 알았습니다."

"또 써먹을 카드가 없으니 아쉽겠구나. 쓸데없는 소리는 그만하고 원하는 게 뭐냐?"

"절 쫓아내기 위해 두 분께서 손을 잡았지만, 잡은 손의 힘은 약하고 다른 손에는 칼까지 쥐어야 합니다. 전 언제든 찌를 수 있는 그 칼을 무용지물로 만들고 싶습니다. 언제, 어떤 식으로든 칼끝이 제게로 또 향할 수 있으니까요."

"잡설이 길다. 요점만."

"당분간… 아니, 꽤 오랫동안 저와 함께 첫째 큰아버지의 칼을 막는 게 어떠십니까?"

"네 손을 잡아라?"

"네."

진동기 부회장의 표정이 변했다. 어처구니없는 제안이라고 생각하는 게 틀림없다.

"내가 네놈 손을 잡아서 어디다 쓰게? 그 이야기는 내가 널 키워 주는 것밖에 더 돼?"

"큰아버지 지분 26퍼센트, 제 지분 10퍼센트. 합치면 36퍼센트입니다. 첫째 큰아버지의 지분과 같죠. 두 분을 바라보는 그룹 내의 시선이 똑같아진다는 뜻입니다."

그의 표정이 다시 변했다. 이번엔 반가운 제안이라고 생각하는 것이다.

"그건 나쁘지 않군. 네가 지분을 넘길 리가 없으니 의결권을 위임하겠다는 게냐? 그렇게 한다면야 내가 널 지켜 주마. 절대 그룹에서 쫓겨날 일은 없을 거다."

"큰아버지는 며칠 전까지만 해도 절 쫓아내려고 하셨습니다. 지금 그 약속을 믿는다면 제가 바보라는 소리죠. 섣부른 오해십니다."

"그럼?"

"36퍼센트의 공동의결권입니다."

"뭐?"

큰아버지의 안색이 시뻘겋게 달아올랐다.

"공동의결권? 그걸 지금 말이라고 해? 같은 비율이라고 해도 어림없는 소린데, 고작 절반도 안 되는 지분을 들고? 가당키나 한 소리냐!"

"평상시 같으면 말도 안 되는 억지라는 걸 알지만 지금 상황은 다르지 않습니까? 그리고 우리 가족이 쥔 지분이라는 것이 어차피 경영권 방어용 아닙니까? 큰아버지의 경영에 대해서는 제가 관여하지도 않고 할 생각도 없습니다. 단지 두 분이 다시 손잡고 절 쫓아내려는 시도를 하지 못하도록 사전에 방지할 목적이 전부입니다."

"시끄럽다."

"진정하시고 냉철하게 생각하십시오. 이건 큰아버지의 26퍼센트를 뺏기는 게 아니라 제 지분 10퍼센트의 힘을 얻으시는 겁니다. 물론 저도 26퍼센트만큼 경영권 방어의 힘을 얻는 것이고요. 제가 더 많은 이익을 본다고 해서 큰아버지께서 손해 보는 건 아니라는 말입니다. 윈윈 전략이라고 해두죠."

진동기 부회장은 지금 인간의 치졸한 본성을 이겨내야 한다. 나보다

남이 더 많은 것을 얻는다고 해서 내가 얻는 게 사라지는 건 아니다. 하지만 함께 손잡고 달려가는 법을 배우기보다는 나보다 더 가진 놈, 앞서가는 놈을 찍어 누르는 법만 익힌 사람은 뒤따라오는 놈을 끌어 준다는 것 자체를 손해라고 여긴다. 진영기 부회장이라면 씨알도 먹히지 않을 소리지만 조금이라도 이성적 판단을 우선시하는 진동기 부회장이라면 치졸한 본성을 극복할 수 있으리라 기대했다. 그리고 지금은 큰소리칠 처지가 아니라는 것도 계산에 넣을 것이다.

"미라클이 가진 지분도 생각하십시오. 아무리 물타기를 해서 그쪽 지분이 줄어들었다고 하지만 아직 20퍼센트가 넘습니다. 그 20퍼센트는 언제든 제 편이 되어 줄 수도 있고요. 그럼 전체 지분의 과반이 훌쩍 넘습니다. 첫째 큰아버지께서 온갖 수단을 다 동원한다고 해도 절대 그룹을 차지하지 못합니다."

진동기 부회장의 눈빛이 달라졌다. 지금 가장 약한 사람이 바로 자신이라는 걸 깨달았기 때문이다. 외부의 지분은 방관자라고 생각해도 무방하지만, 미라클은 다르다.

"오세현 대표와 아버지 그리고 제가 있는 한 미라클은 확실한 우리의 우호지분입니다. 제 지분 10퍼센트는 그런 의미도 있다는 걸 생각하십시오."

구구절절한 말 대신 비자금으로 협박하는 게 빠를 수도 있지만, 협박으로 굴복시키면 오래가지 못할 약속만 받아 낸다. 지금은 큰아버지의 지분도 오래가는 우호지분으로 바꿔야 한다. 한참을 생각하던 진동기 부회장이 입을 열었다.

"네 말대로 우리 셋의 지분이면 과반이다. 차라리 미라클 지분을 이용해서 날 회장으로 올려라. 그럼 널 유일한 부회장으로 만들어 주마. 그럼 더는 불안에 떨 필요가 없겠지?"

달콤한 말이었지만 생각이 다르니 무의미한 속삭임이다.

"큰아버지께서 회장에 오르시면 가장 먼저 무슨 일을 할지 오세현 대표도 압니다. 대대적인 계열사 구조조정으로 미라클의 지분을 희석하시겠죠. 물론 제 지분도 포함해서 말입니다. 오 대표도, 저도 그 정도 눈치는 있습니다."

이미 다 알면서 슬쩍 던진 말이 분명하다. 더는 조르지도, 강요하지도 않았다.

"네가 공동의결권으로 내 손과 발을 묶어 버릴 수도 있어. 네가 의결권을 포기하면 나도 포기해야 하니까 말이다."

"저 역시 마찬가지로 묶여 버릴 수도 있습니다. 전 그런 상황이 오면 제 지분을 부모님께 넘겨 버릴 겁니다. 그럼 공동의결권은 파기되니까요. 큰아버지께서도 그렇게 하십시오. 어차피 아들에게 물려주실 것 아닙니까?"

최악의 상황까지 생각한다는 것은 반 이상 넘어왔다는 증거다. 마지막 미끼를 던져야 할 때다.

"라부안에 있는 비자금 1000억, 제가 인출하겠습니다. 그럼 비자금으로 큰아버지를 협박할 일은 없어지죠. 저도 엮인 것이니까요."

"내 먼지를 너도 뒤집어쓰겠다?"

"그래야 '공동'이라는 단어가 어울리지 않겠습니까?"

"네 제안을 거부하면 비자금 자료를 형님한테 넘길 거냐?"

"저 그렇게 양아치 아닙니다. 이미 말씀드렸습니다. 이사회만 무산시키시면 자료는 넘기지 않습니다. 하지만 공소시효 3년 남은 강력한 무기가 제 손에 있으니 늘 불안하실 겁니다."

진동기 부회장은 인터폰을 눌렀다.

"법무팀 전부 들어오라고 해."

한결 부드러운 표정의 큰아버지가 말했다.

"검토하고 오늘 중으로 연락하마. 아, 검토는 긍정적 검토다. 나가 봐."

법무팀에게 위협적인 요소를 제거한 공동의결권 계약서 작성을 지시하기 위한 호출이라는 걸 눈치챘다.

"그럼 연락 기다리겠습니다. 그간 제가 했던 불손한 언사는 용서해 주십시오. 저도 살아남으려고 이러는 겁니다."

"이미 널 조카로 생각하지 않아. 넌 내게 조카가 아니라 순양의 경영권 자일 뿐이다. 그러니 그따위 예의 바른 모습 보이려고 애쓸 필요 없다."

그에게 머리를 숙이고 조용히 나오려 할 때 그가 의외의 말을 꺼냈다.

"네가 형님과 손잡았다면 날 쫓아내 버릴 수도 있었다. 그 대가로 계열사 몇 개쯤은 뚝 떼어 받았을 테고. 왜 거부했지?"

"전 할아버지께서 제게 주신 걸 지키는 게 목적입니다. 계열사 몇 개 더 받을 욕심은 없습니다. 그리고 첫째 큰아버지는 예전부터 그리 좋아하지 않았습니다."

"통째로 삼킬 생각이니 부스러기는 성에 차지 않겠지. 됐다."

큰아버지는 손을 휘휘 저으며 등을 돌렸다.

▲ ▲ ▲

진동기는 크게 숨을 한 번 쉬고 진영기 부회장실의 문을 열었다.

"부회장님 계시지?"

데스크를 지키던 여직원이 화들짝 놀라 일어섰다.

"아, 네. 부회장님. 이사회 준비 중이십…."

"아무도 없지?"

진동기는 여직원의 말을 다 듣지도 않고 들어갔다.

"어? 웬일이냐? 좀 있다 이사회에서 볼 텐데?"

진영기는 혼란해지기 시작했다. 동생의 표정이 예사롭지 않았기 때문이다.

"이사회 안건이 바뀔 테니까, 형님이나 나나 갈 필요 없어."

"갑자기 그게 무슨 소리야?"

"이사들 인사 문제가 안건인 건 변함 없지만, 결정은 도준이가 할 거야. 아버지께서 원하신 방향 그대로야."

"야!"

"그렇게 됐어. 형님이 내 뒤통수칠 생각만 하지 않았다면 우리가 약속한 대로 임원들 물갈이했을 테지만, 언제나 날 쳐내려는 사람과 뜻을 함께한다는 건 아무래도 안 되겠더라고."

진영기는 어떻게 흘러갔는지 짐작했다.

"도준이가 그래? 내가 네 뒤통수친다고?"

"시치미 떼지 말고. 아, 원망한다든가 화난 건 아냐. 나라도 이런 호기를 놓치기 아까웠을 테니까, 당연해. 약점을 드러낸 내가 멍청했던 거지."

진영기는 손에 쥔 이사회 자료를 내팽개쳤다.

"인마! 그렇다고 도준이를 들어낼 기회마저 날려? 제정신이야? 어머니 얼굴 어떻게 볼래?"

"우리가 어머니를 극진하게 생각하는 효자도 아닌데 새삼스럽기는…. 아무튼 금융그룹은 손대지 마."

진영기는 동생을 향해 소리쳤다.

"야이, 멍청한 놈아! 아직 안 늦었다고! 지금이라도 마음 돌려. 내가 순양생명을 네게 줄 수도 있어."

"그만해. 도준이 지분과 내 지분, 그리고 미라클 지분까지 합치면 그룹 지배지분 절반이 넘어. 여차하면 형님을 쫓아내고 내가 회장 자리에 앉는 게 허황한 꿈이 아니라고. 더는 도준이 긁지 마."

방금까지 버럭버럭 소리 지르던 진영기의 얼굴이 하얗게 질렸다. 그는 그룹에서 밀려날 수도 있다는 생각은 단 1초라도 해본 적 없었다.

그룹 외부에도 공기업, 은행, 외국 자본 등 많은 지분이 있다. 하지만 그들은 그룹 내부 일에는 조금도 관여하지 않는다. 단지 안전한 투자처라고 생각해서 돈을 묻어 두거나 주식 매매 차익을 노릴 뿐이다. 혹은 담보로 쥐고 있든지. 미라클의 지분은 돌아가신 아버지의 섣부른 판단으로 빠져나갔고 그룹에 우호적인 지분이라고 여겨 왔다. 그런 미라클이 동생과 조카의 실질적인 힘이 될 줄이야.

진동기는 형의 표정을 보고 피식 웃으며 나가 버렸다.

혼자 남은 진영기가 한참을 멍하니 있을 때 백준혁 비서실장이 문을 두드렸다.

"부회장님. 이사회 시간이 다 되어 갑니다. 특별히 준비할 게 있으면 말씀해 주십시오."

백 실장은 심상치 않은 부회장의 표정 때문에 아주 조심스레 말했지만 돌아온 건 "짝!" 소리나는 손찌검이었다. 따가운 뺨을 어루만지고 싶었지만 분노한 진영기 부회장의 손이 연거푸 날아와 부동자세를 풀지도 못했다.

"이 병신새끼야! 넌 도대체 뭐 하는 놈이야!"

▲ ▲ ▲

"다 모여 있습니까?"

"네. 실장님께서 들어가시면 모두 깜짝 놀랄 겁니다."

장도형 부사장은 승자의 기분을 만끽하는지 환한 표정이었다.

"갑시다. 노친네들 많이 기다리겠습니다."

우리는 대회의실로 발걸음을 옮겼다.

대회의실 문을 열고 들어서자 임원들 표정이 확 변했다. 눈칫밥 먹은 게 몇 년인데 상황이 변했다는 걸 모르겠는가?

회의실 상석에 비워 둔 자리까지 성큼성큼 걸어가 엉덩이를 걸쳤다. 바로 옆에 앉아 있는 사람의 얼굴은 이미 백지장이었다.

"양우찬 전 순양생명 사장님, 오랜만에 뵙습니다."

양우찬을 향해 슬쩍 웃음을 보이자 그는 눈을 감았다.

나는 내 곁에 앉은 장도형 부사장을 향해 말했다.

"장도형 부사장님, 임원 전용층까지 외부인을 들여놓은 경비실 직원 전원 문책하십시오. 순양그룹이 언제부터 개나 소나 들락거리는 시골 장터로 변했습니까?"

"죄송합니다, 실장님. 곧바로 조처하겠습니다."

다시 양우찬을 향해 말했다.

"뭐 하세요? 경비에게 끌려 나가면 수치스럽지 않을까요? 아직 충분히 걸어 다닐 기력은 있어 보이는데…?"

양우찬은 후들거리는 다리를 끌며 회의실을 나갔다. 그리고 남은 사람들 모두 다리를 덜덜 떠는 게 느껴졌다.

"윤호일 순양생명 사장님."

"네, 실장님."

내가 임명한 윤 사장의 표정은 다른 이들과 다르게 많이 밝았다. 양우찬 전 사장이 대회의실에 등장하는 순간, 자신의 해임을 직감했던 그였다. 하지만 이사회를 주도하리라고 생각했던 두 부회장 대신에 내가 나타났을 때 전세가 뒤바뀌었다는 걸 모를 리 없었다.

"이사회 빨리 진행하시죠."

"네."

윤호일 사장은 의자를 밀고 일어났다.

"편의상 순양그룹 금융 계열사 통합 이사회를 개최하게 된 것에 대한 양해를 구하며, 임시 이사회 안건을 말씀드리겠습니다."

그는 대표이사들을 한번 쓱 둘러보고 말을 이어 나갔다.

"첫째, 순양생명, 순양카드, 순양화재 그리고 순양증권의 대표이사 해임 및 선임에 대한 건입니다. 의견 있으신 분 말씀해 주십시오."

모두 입을 꾹 다물고 눈치만 보기 시작했다. 내가 이 회의실에 나타났다는 것은 대주주가 변함없다는 의미다. 그런 대주주가 임명한 대표이사를 해임하자는 말은 사표 쓰겠다는 말과 다르지 않다. 그리고 사표 쓰고 싶은 자는 아무도 없다. 조용한 실내를 쓱 둘러본 윤호일 사장은 재차 확인했다.

"없습니까? 그럼 두 번째 안건으로 넘어가겠습니다. 동사(同社)들의 이사 해임에 관한 건입니다."

내가 장도형 부사장에게 눈짓하자 그가 재빨리 입을 열었다.

"잠시 회의 진행 발언하겠습니다."

장 부사장이 윤호일 사장을 보며 말하자 그는 머리를 끄덕였다.

"시간 절약을 위해 제안하겠습니다. 오늘 이사회 안건에 대해 특별한 의견이 없으시다면 이사회를 끝내는 게 어떻습니까?"

모두 입을 굳게 다문 채 서로 눈치만 보자 윤호일 사장이 입을 열었다.

"오늘 이사회 안건은 의견이 없는 관계로 철회되었음을 알립니다. 이것으로 임시 이사회를 마칩니다."

그의 말이 끝나자마자 하나둘 슬금슬금 자리에서 일어나기 시작했다.

그때 다시 장도형 부사장이 말했다.

"각 계열사 사장님들은 잠시 남아 주십시오."

이 말을 신호로 임원들은 도망치듯 회의실을 빠져나갔다. 남은 네 명의 사장들은 흥분과 긴장감 때문인지 모두 얼굴이 조금 붉었다. 오늘 쫓겨날 수모를 당할 것이라고 자포자기했지만, 자신들을 대표이사 자리에 앉힌 내가 건재하다는 것은 자신들도 굳건하다는 의미라는 걸 잘 알기 때문이다.

장도형 부사장이 그들에게 몇 장의 서류를 내밀었다.

"새로 정리한 인사 명단입니다. 이번 기회에 두 부회장님의 사람을 싹 청소합시다. 충성맹세는 엉뚱한 곳에서 하고 월급은 우리 회사에서 받아 가는 철면피들을 더는 두고 볼 수 없군요."

"그럼 이 명단은…?"

"다시 확인하려고 나눠 드린 겁니다. 혹시 그 안에 잘못 판단한 사람이 있는지부터 점검해 보십시오."

그들은 내 눈치를 슬쩍 살피며 이름을 확인하기 시작했다.

"혹시 몰라서 미리 말씀드립니다. 제 눈치 보지 마시고 정확하게 판단해 주십시오."

수포로 돌아간 이사회를 열었던 대회의실은 졸지에 인사위원회 자리로 변했다. 거의 10여 분간 그들은 명단을 꼼꼼히 들여다본 후 넘겨주었는데, 몇몇 이름에 펜으로 표시되어 있었다.

"이 친구들은 저쪽 사람이긴 하지만 실력과 능력은 뛰어납니다. 이렇게 내치는 건 좀…."

윤호일 사장이 내 눈치를 보며 말했다.

"사장님이 생각하시는 그 능력, 순양 임원이라는 명함에서 비롯된 것일 수도 있습니다. 웬만하면 뜻하시는 대로 따르고 싶지만, 이번에는 안 되겠습니다. 능력은 보지 마시고 어느 쪽인지로만 판단하세요. 그리고 실력과 능력이 출중한 인재를 발굴해서 그 자리에 앉히세요. 그것도 대표이사가 해야 할 일 아니겠습니까?"

명단을 다시 정리하자 장도형 부사장의 판단과 그리 다르지 않았다.

나는 명단을 가리키며 단호하게 말했다.

"그 사람들은 전부 지방 영업소로 발령 내세요. 순양카드의 경우 채권추심 부서로 내보내도 됩니다. 또한 부장급까지 싹 물갈이할 생각입니다. 그 임원들 라인은 단 한 명도 남기지 말고 일선 영업소로 다 쫓아버리세요."

"부장급까지 말입니까?"

"네."

"부장급까지 정리하면 좀 시끄러워질지도 모릅니다."

"제가 그것까지 걱정해야 합니까? 시끄러워지지 않게 정리하는 것은 기본 중의 기본 아닙니까?"

사장들은 난처해 하던 표정을 싹 지우고 머리를 숙였다.

난 장도형 부사장을 향해 말했다.

"장 부사장님도 함께하세요. 내일까지 인사발령 내고 결과 보고하세요."

"네, 실장님."

자리에서 일어서자 사장들도 벌떡 일어났다.

"두 부회장님이 또다시 금융그룹을 차지하기 위해 이사회를 요구할 엄두도 못 내게 하세요. 여러분들을 쳐내고 다른 사람을 앉히려 해도 사람이 없어 못 할 정도로 탄탄한 조직을 구축해야 합니다. 지금 하는 대량 해고는 저만을 위한 게 아니에요. 여러분을 위한 일이기도 합니다."

머리 숙인 그들을 뒤로하고 회의실을 나왔다. 큰 고비는 넘었고 방어벽을 더 굳건히 쌓아야 할 때다.

▲ ▲ ▲

『…제보와 증거를 제대로 검증하지 못한, 성급한 수사 때문에 혼란을 일으킨 점 깊이 사죄드립니다. 또한 이 일로 불필요한 오해를 받게 된 분들에게도 사과의 말씀 전합니다. 전 제 개인의 실수 때문에 검찰의 명예를 실추시킨 책임을 지고 검찰을 떠나려 합니다…』

"저 친구는 어쩌기로 했어?"

"아버지 회사의 법무팀에 들어갈 겁니다. 검사 월급의 열 배를 주고 데려오니 저 양반도 손해는 아니죠."

"기자회견 한 번으로 팔자 고쳤군."

나와 진동기 부회장은 최초로 방아쇠를 당겼던 검사의 두 번째 기자회견을 확인하고 TV를 껐다.

"라부안 돈은?"

"여기 일 마무리하고 직접 날아가 인출할 겁니다. 그리고 자료는 전부 파기하겠습니다."

"두 번 써먹을 생각하지 마. 넌 똑똑하니까 그런 멍청한 짓은 하지 않을 거로 믿는다."

"믿으십시오. 공동의결권까지 작성한 같은 편입니다."

우린 각자 사인한 서류를 챙겨 들었다.

"같은 편이라서 말하는데 이번에는 너무 심했어. 부장급까지 가지치기한 건 그룹 전체의 분위기를 망치는 거다. 오너 가족의 지분 다툼이 일반 직원들에게까지 영향을 미치는 건 좋지 않아."

"모르시는 말씀입니다. 넥타이 맨 샐러리맨은 일상이 줄타기라고요. 부장급 이상 다 날아갔으니 승진 기회 잡은 차장, 과장은 쾌재를 부를 겁니다. 살아남은 부장급은 임원 될 생각에 코를 벌렁거리고요. 아마도 지금은 축제 분위기일 테죠."

큰아버지는 쓸쓸한 미소를 지으며 다른 이야기를 슬쩍 흘렸다.

"너도 아직 줄타기가 늦지 않았어. 미라클 잘 구슬려서 큰 그림 그려 봐. 나나 너나 욕심만 좀 접으면 순양그룹 양분하는 게 불가능한 일은 아니다."

"제가 조금 더 나이 먹을 때까지 생각해 보겠습니다. 젊다는 게 경영에서는 핸디캡이더군요."

"난 그리 오래는 못 기다려. 언제든 마음 바뀔 수 있다."

"명심하지요. 큰아버지. 하하."

웃으며 나가려 할 때 문이 열리며 카랑카랑한 소리가 터져 나왔다.

"동기야! 넌 지금 저놈이랑 뭘 하는 거야?"

"어, 어머니."

갑자기 나타난 할머니 때문에 큰아버지가 깜짝 놀라 벌떡 일어났다.

그 목소리를 듣는 순간부터 짜증이 솟구쳤지만 나 혼자 앉아 있을 수는 없어 천천히 일어나니, 할머니가 나를 향해 소리쳤다.

"넌 이제 이 할미에게 인사도 하지 않는 것이냐?"

나는 입을 다문 채 가볍게 머리만 숙였다.

"저, 저⋯."

공손하지 못한 내 모습에 할머니가 눈을 치켜뜨자 큰아버지는 내게 눈짓한 뒤 그녀를 막아섰다.

"어머니, 일단 앉으세요. 화내실 일 없으니까 진정하시고요."

머뭇거리며 눈치 볼 이유가 없었기에 큰아버지께 머리를 숙이고 빠져나왔다. 밖으로 나오는 나를 끝까지 노려보는 할머니의 이글거리는 눈빛을 가슴에 담았다. 갑자기 할아버지가 보고 싶어 핸드폰을 꺼냈다.

"군산 갑니다. 지금! 준비하세요."

갑작스러운 군산행 요구에 우병준은 차에 오르자마자 질문을 했다.

"갑자기 웬 군산입니까?"

"상무님은 아직 묘소에 못 가보셨지요? 언제 가실지 모르니 제가 자리 만들어 드리려고요."

우병준 상무는 슬쩍 미소 지었다.

"단지 그것 때문일까요?"

"지금 못 믿겠다는 뜻…?"

"당연히. 흐흐."

달리는 차 속에서 우리는 서로를 향해 미소 지었다.

"뭐… 제가 용서를 구해야 할 일이 생길 것 같아 미리 사죄드리러 가는 것도 있지만, 주목적은 상무님 때문입니다."

갑자기 우 상무의 얼굴에서 미소가 사라졌다.

"이필옥 여사님 때문입니까?"

이 사람 눈치 빠른 건 아무도 따라올 수 없을 것이다.

"지시한 일은 진척이 있습니까?"

"네. 그렇지 않아도 보고드리려 했습니다. 이사회 때문에 정신없으신 것 같아 기다렸습니다."

"깨끗하지는 않군요."

"네. 그렇지만 원하시는 수준의 증거는 없습니다. 그 바닥 놈들 입에서 대체적인 상황은 다 들었습니다만 그놈들이 증언하지는 않을 테니까요."

"깔끔하게 일 처리 했다면 마도구찌(담당자)가 있을 텐데요?"

우병준 상무는 조금 머뭇거렸다. 누군지 짐작할 수 있는 태도다.

"상무님 같은 사람이군요."

"네. 아주 오랫동안 이 여사님 곁에서 일한 사람입니다. 일 잘하기로 소문났죠."

"그럼 그 사람 밑에서 일했던 사람을 찔러 보면 뭔가 나오지 않을까요?"

우병준은 고개를 짧게 저으며 운전 보조석에 앉은 직원에게 말했다.

"야. 누가 너에게 접근하면 어쩔 거야?"

보조석 직원은 뒤도 돌아보지 않고 말했다.

"누가 보낸 건지, 목적이 뭔지, 확인할 때까지 속아 주는 척하겠습니다."

"그리고?"

"제 선에서 감당하기 힘들 땐 상무님께 보고합니다."

"수십억 정도 돈으로 유혹하면?"

"아이고, 상무님 왜 그러십니까? 저 오래 살고 싶습니다."

우병준 상무는 나를 향해 말했다.

"저쪽도 똑같습니다. 섣불리 접근했다가는 모든 걸 망칩니다."

수십억이 아니라 수백억. 그리고 안전보장이라는 단서까지 붙여 접근한다고 해도 저런 대답이 나올까? 아, 맞다. 날 죽인 놈도 수천억을 거부했다.

"우리가 좀 멍청하긴 해. 하지만 삼키지 못할 떡을 넘볼 만큼 멍청하지는 않아."

이처럼 사람마다 다르다. 모두 돈으로 살 수 있다는 생각은 버려야 한다.

"뭐… 방법을 찾아봅시다. 아무리 튼튼한 성벽이라도 개구멍 하나쯤은 있기 마련이지 않겠습니까?"

자동차는 빠르게 군산을 향해 달렸다.

순양박물관이 보이자 우병준의 눈빛이 달라졌다.

'설마 이 양반, 펑펑 우는 건 아니겠지?'

차에서 내려 박물관 뒤편의 햇볕 잘 드는 공원으로 걸어가다 발길을 멈췄다.

"상무님 먼저 올라가십시오. 전 커피 한잔하고 천천히 뒤따라가겠습니다."

우 상무는 주춤하더니 머리를 숙였다.

"배려해 주셔서 감사합니다."

우 상무가 빠른 걸음으로 사라졌다.

나는 박물관 입구 카페에서 커피를 마셨다. 얼추 30분쯤 지났을 때 카페를 나왔다. 할아버지 묘소에 도착하니 우병준 상무는 '눈이 퉁퉁 부은 채'로 봉분 주변의 잡초를 손으로 뽑고 있었다.

나는 할아버지께 인사를 드리고 천천히 입을 열었다.

"약속은 지키지 못하게 되었습니다. 하지만 할머니가 과거에 저지른 잘못을 용서하지 않은 건 아닙니다. 과거가 아니라 제 미래를 위해 어쩔 수 없는 선택을 해야겠습니다."

우병준 상무가 조용히 내 곁으로 와서 말했다.

"어떤 선택을 하실지 말씀해 주실 수 있습니까?"

"할머니를 다시 스위스 별장으로 보내야겠습니다. 그곳에서 아무것도 하지 않고 숨만 쉬며 살도록 노후를 챙겨드릴 생각입니다."

우병준은 가볍게 고개를 끄덕였다.

"대부분의 사람들이 꿈꾸는 안락한 노후군요. 회장님께 용서를 빌 일은 아닌 것 같습니다."

우리는 다시 서로를 향해 미소 지었다.

〈5권에서 계속〉

재벌집 막내아들 4

초판 1쇄 발행 2022년 11월 18일
초판 6쇄 발행 2024년 6월 20일
지은이 산경
펴낸이 이진영, 배민수
기획·편집 밀리&셀리
표지·본문 디자인 정현옥
마케팅 태리
펴낸곳 (주)테라코타　**출판등록** 2023년 1월 13일 제2024-000068호
주소 서울특별시 마포구 어울마당로 130 기린빌딩 3층 3604호
메일 terracotta_book@naver.com
인스타그램 @terracotta_book

ⓒ 산경, 2022
ISBN 979-11-979159-5-6　04810
　　　979-11-979159-9-4　04810　(세트)